올드 타운

올드 타운

Old Town

엄우흠 장편소설

자음과모음

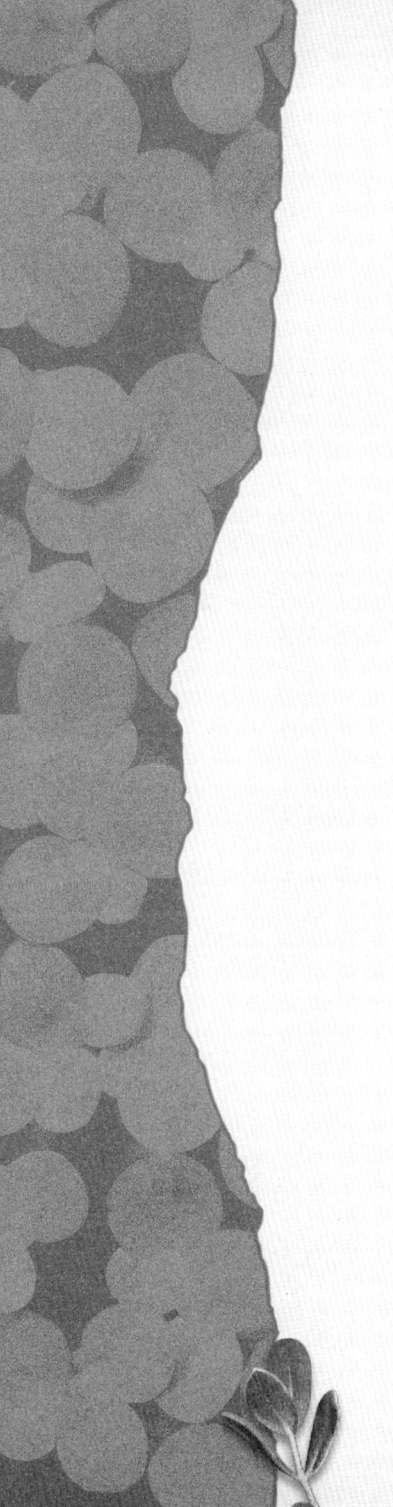

차례

영혼이 없는 떡볶이

1

마을이 언제부터 무동으로 불렸는지는 확실하지 않다. 무동이라는 이름의 유래에 대해서도 설이 제각각이다. 오래전에 무동(舞童)놀이, 그러니까 어른의 어깨 위에 올라선 아이들이 춤을 추면서 묘기를 부리는 연희를 주요 레퍼토리로 하는 광대들이 이곳에 천막을 치고 살아서 무동마을이라 했고 이것이 줄어서 무동이 되었다는 설이 한동안 가장 널리 받아들여졌다. 이 무동놀이 유래설은 세월이 흐르면서 힘을 잃어갔다. 광대의 천막촌을 직접 본 사람 가운데 이제 생존자는 없고, 이에 대한 기록도 남아 있지 않으며, 들어서 알고 있는 이도 지금은 소수에 지나지 않기 때문이다. 마을의 북쪽에는 위성천이 흐르고 있다. 도시 동쪽의 크고 작은 세 개의 산에서 내려온 물이 모여 서쪽으로 흘러가는 이 하천은 규모에 비해 수량이 많고 계절에 따른 변동 폭도 크다. 하천을 정비하고 제방을 개축하기 전에는 큰비가 내릴 때마

다 마을에 물이 차곤 했다. 마을 남동쪽에 새로 생긴 농업용 저수
지까지 고려하면 무동이 물동네에서 비롯되었다고 생각하는 사
람이 늘어나는 것도 자연스럽다. 안개 유래설도 물 유래설 못지
않게 세력을 확산하고 있다. 무동의 '무'가 '안개 무(霧)'라는 주장
이다. 마을에 안개가 비교적 많이 끼는 것은 사실이다. 그러나 안
개 유래설의 확산에 결정적인 기여를 한 것은 마을의 유일한 중
국음식점이 내건 간판에 크게 찍힌 붉은 글씨, '霧洞飯店(무동반
점)'이다. 공문서가 아니어도, 간행물이 아니어도, 그냥 영세상인
의 허름한 간판 위에 놓여 있어도, 활자에는 권위가 있다.

서울에서 열리는 국제적인 행사를 앞두고 한 고위 관리는 한
자문화권 관광객의 편의를 위하여 도로표지판의 모든 지명에 웬
만하면 한자를 병기하라는 지시를 내렸다. 지시는 아래로 내려
올수록 엄격해져서 공문에서 '웬만하면'이라는 말이 빠졌고 업
무의 완료 시한도 앞당겨졌다. 무동이 속한 지역을 담당한 공무
원은 자존심이 센 신참이었다. 한문학과 출신인 그는 상사의 전
폭적인 신뢰 속에서 동료들의 두 배에 달하는 업무량을 할당받
았다. 청사 안에서 참고할 만한 사전은 국어사전까지 포함하여
달랑 두 권. 사전 하나를 놓고 여러 직원이 차례를 기다리며 돌려
보고 있는 터에 한문학과 출신인 그까지 끼어들기란 정말이지
곤란한 상황이었다. 그래도 일은 순조롭게 진행되었다. 그는 지
도와 관청의 문서와 지역학 문헌을 뒤적이고 답사의 기억을 떠
올리면서 수백 개의 지명을 한자로 옮기고 수십 개의 고유어 지
명을 한자어로 번역하는 작업을 수행했다. 그런데 마지막 날, 무

동에 이르러 갑자기 머릿속이 하얗게 변했다. 이 지명은 도로표지판에만 있을 뿐 지도와 문서, 지역학 문헌 어디에도 나와 있지 않았다. 기록이 전혀 없어서 며칠 전 마을을 직접 찾아가 몇 가지 유래를 듣고 왔는데……. 지금 그 획수 많은 한자들이 전혀 기억이 나지 않는 것이었다. '안개 무' 자도, '춤출 무' 자도, 아니 그 어떤 '무' 자도……. 오로지 하나 '없을 무' 자만 떠올랐다. 사전을 빌리러 가자니 한문학과 출신의 자존심 때문에 망설여졌다. 뒤를 돌아보니 그에게 과중한 업무량을 할당한 상사가 전폭적인 신뢰의 눈길을 보내고 있었다. 그는 순간 결단을 내렸다. 그래, '없을 무'다. 어차피 기록에도 없고, 하나의 유래도 없다. 무동은 법정동의 명칭도 아니고 행정동의 명칭도 아니다. 공원녹지와 농경지로 분류되는 너른 땅의 한 귀퉁이를 차지하고 있는 불량 주거지를 두고서 민간인들이 그저 관습적으로 부르는 이름일 뿐이다. 심각한 사안이 아니다. 보름 뒤, 마을 주변 곳곳의 도로표지판에는 '無洞'이라는 한자가 병기되어 있었다.

2

경수네 식구가 무동으로 들어온 것은 경수가 아홉 살 때였다. 앞으로 살게 될 집을 처음 본 순간 경수는 어린 나이에도 약간 충격을 받았다. 여름 한낮인데도 가슴이 서늘해졌고, 엄마가 옆에 꼭 붙어 있는데도 쓸쓸했다. 경수의 몸속 어디선가 바람 부는 소리가 났다. 쇠파이프로 이루어진 집의 뼈. 그 앙상한 뼈를 얼기설기 덮은 베니어합판, 스티로폼, 검은 천, 색 바랜 장판이 집의 살과 지방과 가죽이 되어주고 있었다. 프랑켄슈타인 박사가 만든 괴물 같은 모습. 이런 데서도 사람이 살 수 있을까. 얼핏 보아도 한 번에 만들어진 집이 아니었다. 추우면 스티로폼과 합판을 덧대고, 더우면 깜박 잊었던 창문을 내고, 비가 새면 자투리 장판을 잘라 막는 식으로 여러 번에 걸쳐 덧칠과 개칠을 거듭하며 완성한 집. 경수는 괴물에게서 공포가 아니라 연민을 느꼈다. 괴물의 쇠파이프 뼛속에도 바람이 불었다. 엄마가 경수의 어깨를 끌어안고 미소를 지어 보였다. 엄마의 미소가 말하고 있었다. 괜찮아, 여기도 다 사람이 사는 곳이란다. 새로운 이웃을 보러 마을 사람들이 하나둘 모여들었다.

조금 긴장을 하며 경수는 괴물의 내장 속으로 들어갔다. 어라, 의외로 안은 괜찮았다. 8평 남짓한 공간에 방 하나와 부엌 하나뿐인 단출한 구조이지만, 방은 어른 서너 명이 누워도 될 만큼의 넓이는 되었고, 한쪽 벽에 싱크대가 설치된 부엌은 4인용 식탁을 놓더라도 남는 자리가 있어서 아쉬울 때 작은방 구실을 겸할 수 있을 것 같았다. 경수는 식탁을 책상 삼아 학교 숙제를 할 테고, 아마도 아버지가 돌아오면 이 부엌방에서 잠을 자게 되리라. 집 안이 멀쩡하다는 인상을 주는 데 가장 큰 역할을 한 것은 새로 도배한 깨끗한 벽지와 새로 깐 깔끔한 장판이었다. 경수 엄마는 일주일 전부터 이곳에 미리 와서 직접 도배를 하고 장판을 깔고 세간의 일부를 옮겨놓았다. 경수의 충격을 덜어주기 위한 배려였다. 경수는 아늑함을 느꼈다. 그냥 보통 집 같았다. 그냥 보통 집 같다는 느낌이 그렇게 고마울 수가 없었다.

용달차 기사에게 삯을 치르면서 경수 엄마는 물었다. 저, 이런 거 하면 벌이는 괜찮나요? 왜, 아줌마가 하시게? 아니, 그게 아니라 그냥 궁금해서……. 아, 아저씨가 하시려고? 이게 이사철에는 짭짤하지만 철이 아닐 때는 노는 날도 많고, 또 힘만 있다고 되는 게 아니고 기술이 필요해, 이 일이……. 아니에요, 괜히 제가……. 그인 이런 험한 일을 할 사람이 아닌데……. 액수를 확인한 노임을 바지 주머니에 넣던 용달차 기사가 잠시 어이가 없다는 표정을 짓더니 이내 말투를 바꾸었다. 그래요, 생각 잘했어요. 그럼 이만……. 꾸벅 인사를 하고 돌아선 기사의 툴툴거리는 소리가 들릴 듯 말 듯 했다. 나 원 참, 이런 일 하는 사람은 어디 타고나나? 셋집이긴 하지만 그래도 난 17평짜리 아파트에 산다고요, 아파트, 아파트으!

용달차가 떠나고 구경 나온 마을 사람들도 각자의 집으로 돌아갔다. 보는 사람이 없게 되자 비로소 젊은 엄마는 이불꾸러미에 엎드려 소리 없는 울음을 터뜨렸다. 마을 사람들이 보는 데서 우는 것이 그들에 대한 모독이 될 수 있음을 그녀는 본능적으로 느끼고 있었다. 예의에 대한 이런 타고난 감각마저 용달차 기사 앞에서는 어이없이 오작동을 하고 말았다. 그렇게 만든 상황이 서러워서 그녀는 한 번 더 울었다. 이번에는 경수가 다가가 엄마를 끌어안았다. 잠시 후 고개를 든 그녀의 눈가는 젖어 있었지만 얼굴은 활짝 웃고 있었다. 아들, 배고프지? 우리 짜장면 시켜 먹을까? 이런 곳에도 배달을 해줄까 미심쩍어 경수는 머뭇거렸다. 경수 엄마는 걸레를 든 손으로 현관문 방향을 가리켰다. 문틀의 위쪽 알루미늄 섀시에는 전화번호와 함께 '무동반점 신속배달'이라고 쓰인 스티커가 붙어 있었다.

3

경수 아버지는 원래 경찰이었다. 사정이 있어서 경찰을 그만두었다고 하는데 그게 언제 일인지 적어도 경수의 기억 속에는 아버지가 경찰로 일하는 모습이 남아 있지 않았다. 대신 경수는 아버지가 커피숍에서 분식집으로, 문방구에서 통닭집으로 여러 자영업을 전전하는 과정을 지켜보며 자랐다.

경수 아버지가 빚을 내어 야심차게 차린 커피숍은 3년 만에 문을 닫았다. 3년이나 버틴 것은 임대계약 때문에 가게가 나가기 전에는 문을 닫고 싶어도 닫을 수가 없었기 때문이다. 다음 세입자는 돼지갈비집을 차릴 예정이어서 인테리어 비용과 권리금은 고스란히 날렸다. 밀린 월세와 이자를 제하자 보증금은 반 토막이 났다. 어쨌거나 그동안 밥은 안 굶고 살았잖아. 뭐 크게 손해본 건 아니라구. 경수 아버지의 낙관은 전혀 꺾이지 않았다. 사람에겐 역시 밥이 중요해. 우리나라에 커피 들어온 게 언제야? 고작해야 백 년? 커피는 안 마셔도 살 수 있지만 밥 안 먹으면 못 살지. 쌀집과 식당 사이에서 고민하던 경수 아버지는 쌀집은 배달이 성가시다는 이유로 식당을 선택했다. 내가 자취생활을 오래 해봐서 요리는 좀 할 줄 안다고.

반 토막 난 보증금으로 정식 식당을 차리기는 무리여서 작은 분식집을 차렸다. 이번에는 시장조사를 철저히 하여 초등학교에서 반경 백 미터 안에 드는 목이 좋은 점포를 인수했다. 그는 아이들 먹는 음식이니 화학조미료는 절대 안 쓰겠다는 방침을 세웠다. 다시마와 마른 멸치, 마른 새우, 무, 양파를 넣고 두 시간 이상 푹 고아 만든 육수를 어묵과 잔치국수의 국물로 쓰고, 더 졸여 농도를 높인 것은 직접 담근 고추장과 섞어 떡볶이의 양념으로 사용했다. 재료도 신선한 최상품만 들여왔고 튀김기름은 사흘 이상 사용하지 않았다.

눈에 잘 띄지 않는 데에 엄청나게 쏟아부은 이러한 정성은 결코 헛되지 않았다. 그의 투철한 직업정신을 누구보다도 잘 알아주는 이가 있었으니, 바로 아들인 경수였다. 아들은 아버지가 만들어준 음식을 정말 맛있게 잘 먹었다. 최초의 시식 시간. 무표정한 얼굴로 아무 말 않고 떡볶이만 집어 먹던 경수가 한 접시를 다 비우고 나서야 양손 엄지손가락을 치켜들었다. 조조하게 기다리던 아버지는 노고의 보상을 받았다는 사실에 감동의 눈물을 흘릴 뻔했다. 있잖아요, 다른 집 떡볶이는 너무 달고 느끼한데요, 우리 집 떡볶이는요, 내 입맛에 딱 맞아요. 곧이어 경수는 1인분의 어묵과 1인분의 순대, 1인분의 튀김을 차례로 먹어치웠고, 이튿날부터는 아예 분식집에서 살며 아버지의 일을 거들었다. 목이 좋아서인지 음식 맛이 좋아서인지 손님도 많았다. 그런데 한 달이 지나자 어른 손님은 변함이 없었으나 어린이 손님과 청소년 손님이 눈에 띄게 줄었다. 아이들이 주요 고객인 업종으로서는 타격이 아닐 수 없었다.

4

어느 날 경수 아버지는 액화석유가스의 약불 위에서 끓고 있는 떡볶이 철판을 넓적한 나무주걱으로 휘젓고 있었다. 등 뒤에서는 십대 여자아이 둘이 떡볶이와 튀김을 먹고 있었다. 처음 보는 아이들이었다. 하긴 요즘은 처음 보는 아이들만 오지. 아이들의 나른한 목소리가 들려왔다. 콧소리와 쇳소리가 살짝 가미된 느린 중저음. 기묘한 조합. 마치 기계음 같은.

"뭔가 빠졌어. 그치이?"

"너도 그러니? 밋밋해. 그냥 집에서 먹는 떡볶이 같아."

"강렬한 포인트가 없어. 그냥 집에서 남편하고 늘 하는 섹스 같아."

"무릎 나온 추리닝 입고 하는 섹스."

"다 벗지도 않고 돌돌 말아 종아리에 걸치고 하는……."

"맞아. 영혼이 없어."

"영혼이 없는 떡볶이. 이거 다 먹어야 할까?"

뭔가 빠졌다, 밋밋하다, 강렬한 포인트가 없다는 아이들의 심사평을 들었을 때만 해도 경수 아버지는 조금 충격을 받았으나 침착한 태도를 유지할 수 있었다. 남편이니 섹스니 하는 소리를 들었을 때 그는 나무주걱을 내려놓았다. 잘못 들었나 싶어서, 아니 잘못 보았나 싶어서 대화가 들려오는 테이블 쪽을 돌아보았다. 아이들이 맞았다. 많게 보아야 열여섯 살. 교복 치마를 짧게 줄여 입은 두 아이의 외모에서 딱히 불량스러워 보이는 점은 없었다. 눈 밑에는 둘 다 다크서클. 피곤에 찌들고 따분함에 지친 서로 닮은 두 얼굴은 바로 권태기의 주부 얼굴이었다. 요즘 애들이란. 고작해야 10년 남짓 살고서 벌써 권태기란 말인가. 소녀란 모름지기 구르는 낙엽만 봐도 웃고 울고 해야 하는 것 아닌가. 그게 소녀의 의무 아닌가. 아무리 가정환경이나 학교성적 따위의 압박이 심하다 해도. 경수 아버지는 불만의 한편에 일말의 안쓰러움을 느끼면서 다시 나무주걱을 잡았다. 그러나 곧이어 영혼이 없다는 말을 듣자 인내심이 드디어 한계에 이르렀다. 나무주걱이 저 혼자 소녀들 쪽으로 날아갔다.

"뭐? 영혼이 없다고? 니들이 영혼의 맛을 알아?"

나무주걱이 저 혼자 날아간 데 놀란 경수 아버지의 입이 저 혼자 말을 하고 있었다. 붉은 떡볶이 국물을 뒤집어쓴 나무주걱은 아무런 인명피해를 주지 않고 테이블 사이 통로에 무사히 착륙했다. 흙 속에 뿌리를 내리고 물과 햇빛을 먹고 살던 식물 시절을 기억하는 나무주걱은 폭력을 싫어했으니 어차피 소녀들을 겨냥하고 날아간 것은 아니었다. 타인의 몸이 아닌 제 몸을 깨뜨려 뜻을 전달하고자 했을 뿐. 말하자면 상대방의 얼굴이 아니라 아무 상관 없는 콘크리트 벽을 반복해서 치며 피 흘리는 주먹의 자세라고나 할까. 가게 안에는 경수 아버지 외에 다섯 사람이 있었다. 두 소녀, 두 소녀와 통로를 사이에 둔 옆 테이블에서 잔치국수의 면을 후루룩 삼키던 야구모자를 쓴 청년, 안쪽에서 대파를 다듬던 경수 엄마, 엄마 옆에서 이쑤시개에 꽂은 순대를 입에 넣던 경수, 이들 모두의 시선이 일제히 바닥에 떨어진 나무주걱과 경수 아버지의 상기된 얼굴 사이를 왕복하다가 마침내 경수 아버지에게 고정되었다. 경수 아버지는 이쯤에서 그만 멈추고 싶었지만 이미 통제를 벗어난 입을 어떻게 할 수가 없었다.

"니, 니들이 영혼의 맛을 알아? 이, 인생을 알아? 뭘 안다고 함부로 지껄이는 거야? 너희들, 잘 모르나 본데, 어른들은 웬만하면 옷 다 벗고 하거든. 전쟁 중이라면 몰라도 니들처럼 뒷산이나 남의 집 옥상에 숨어서 그냥 엉덩이만 까고 토끼처럼 쫓기듯 하지는 않는다고……. 씨이, 잘 알지도 못하면서 까불고 있어. 아직 거기에 털도 안 난 년들이……."

그때까지 그저 멍한 표정을 짓고 있던 관객들이 얼굴을 찡그렸다. 경수는 온화한 아버지의 돌변한 모습이 낯설고 무서웠다. 경수 엄마는 잠시 눈을 감고 생각했다. 자영업이 사람을 거칠게 만들 수도 있겠구나. 그나저나 어떡하나. 서비스업은 친절이 생명인데……. 에이, 사람 성격이 어디 가겠어? 조년들이 특이한 케이스지. 어디서 배웠는지 말 참 이상하게 해. 경수 엄마가 눈을 떴을 때 야구모자를 쓴 청년이 뒤늦게 킥킥대며 입에 넣었던 국수 가락을 그릇에 도로 담아냈다. 가장 당황한 사람은 물론 경수 아버지. 이제 입에 대한 통제권은 되찾았으나 상황을 되돌릴 수는 없었다. 관객이 입장한 가운데 이미 공연은 시작되었고, 환불의 방법은 모르겠고, 이제 공연을 최대한 빨리 마치는 수밖에 없다고 경수 아버지는 생각했다. 그는 호흡을 가다듬고 당당한 걸음으로 소녀들의 자리로 다가갔다.

"야, 니들, 돈 안 받을 테니까, 영혼이 없는 떡볶이 그만 먹고 빨리 나가라."

"어머, 우리 쫓겨나는 거예요?"

"우리가 뭘 잘못했다고? 우리가 피해잔데."

"맛이 없다며. 그러니까 그만 먹고 나가라고. 돈 안 받을 테니까."

아이들이 입을 반쯤 벌리고 경수 아버지를 향해 눈을 흘겼다.

"왜? 뭐 잘못됐어?"

"이 아저씨, 정말 웃긴다. 맛이 없다고 그만 먹으면, 다들 그런 식으로 살면, 세상이 이렇게 돌아가겠어요?"

"어른이 그런 것도 몰라요?"

"이것들이 진짜……. 니들이 아까……."

할 말을 잃은 경수 아버지는 두 아이를 번갈아가며 노려보았다. 이제 아이들의 얼굴은 들어올 때와는 딴판으로 화색이 돌고 있었다. 이게 이 아이들이 세상을 견뎌내는 방식인가. 그때 한 아이의 옷에 진 얼룩이 눈에 들어왔다. 새하얀 블라우스의 봉긋 솟은 왼쪽 가슴께에 엄지손톱 크기의 얼룩이 번져 있었다. 핏빛! 심장에 명중했다. 나무주걱이 날아가며 뿌린 떡볶이 국물. 경수 아버지의 눈길을 따라간 아이들이 그제야 얼룩을 발견했다. 옷에 얼룩이 묻은 아이는 집게손가락으로 얼룩을 찍어 먹고, 다시 침을 묻혀 문지르다가, 마침내 고개를 숙이고 블라우스를 집아 당기더니 혀로 세탁을 하기 시작했다. 경수 아버지는 허리에 찬 전대에서 지폐 몇 장을 꺼내어 탁자 위에 올려놓았다.

"쉽게 안 지워질 거야. 여기, 세탁비."

"어머, 이렇게까지 안 주셔도 되는데."

"우리 이제 그만 먹고 나갈까?"

"모처럼 서울 한번 가자."

"신당동 가서 제대로 한번 먹어보자구."

"참, 아저씨, 튀김은 맛있었어요."

"그 애길 왜 이제 하는 거야?"

"그런데 튀김은 떡볶이랑 같이 먹어야 제맛이거든요. 그러니까 앞으로 여긴 다시 안 올 거예요."

"나도 다신 너희들 안 봤으면 좋겠다. 그런데……."

"뭐요?"

"신경이 좀 쓰이네. 소문 같은 거……."

"이 집 떡볶이 맛없다는 소문? 그거 벌써 옆 동네까지 퍼졌을걸요."

"허, 그래?"

경수 아버지는 불현듯 뭔가 떠오르면서 다리에 힘이 빠졌다.

"그 정도로 맛이 없어?"

그는 무릎이 꺾일 것 같아 의자를 빼고 쓰러지듯 앉았다. 왜 그걸 진작 생각하지 못했을까. 경수의 입맛이 아이들 표준이 아니었던 게야. 생쑥, 생마늘은 기본이고 삭힌 홍어까지 맛있게 먹어치우는 녀석인데. 그걸 보고 녀석이 미식가인 줄 알았지. 이제 보니 그건 미각이 예민해서가 아니라 둔해서였던 것. 미각이 둔하니까 온갖 역한 맛도 견뎌낸 거고. 하지만 경수 탓을 할 수는 없었다. 경수 아버지는 그냥 원칙을 지켰을 뿐이다. 아들의 호평이 없었다 해도 어차피 똑같이 했을 터.

"정말 충격받았나 봐."

소녀의 목소리를 듣고 정신을 차린 경수 아버지는 원래 말하고자 했던 바를 겨우 떠올릴 수 있었다.

"아니, 그게 아니라…… 내가 말실수를 좀 했지? 없던 걸로 해주면 안 될까?"

"아아, 아까 그거 세탁비가 아니라 뇌물이었어요?"

"그거 알아요? 소문은 막으려 할수록 더 퍼진다는 거."

"그렇겠지?"

"……."

"아깐 미안했다. 잘 가라."

"뭐야? 그냥 이렇게 끝나는 거야? 시시하게."

금세 노인이 된 경수 아버지가 노인처럼 손을 휘이 내저었다. 가방을 메고 일어선 아이들은 다시 권태기 주부가 되어 있었다. 그럼, 안녕히 계세요. 권태기 주부가 된 소녀들이 정중하게 고개 숙여 유치원생처럼 배꼽인사를 했다. 경수 아버지는 의자에 앉은 채 계속 손만 휘이 내저었다. 문을 향해 서너 걸음 걷는가 싶더니 아이들이 다시 돌아섰다. 한 아이가 다가와서 입술을 동그랗게 오므리고 경수 아버지의 귓속에 뜨거운 입김을 한 모금 휘익 불어넣은 다음, 비음 섞인 중저음의 떨리는 목소리로 귓속말을 했다. 근데 아저씨이…… 잘 모르시나 본데, 나 거기 털 났거든요. 모두에게 들리는 귓속말이었다. 경수 아버지는 힘없이 고개를 한 번 끄덕이고 다시 손을 휘이 내저었다.

가게를 완전히 빠져나갈 때까지, 아니 가게 앞 골목을 완전히 빠져나갈 때까지, 그냥 하는 말보다도 더 크게 울려 퍼지는 아이들의 귓속말 대화는 계속되었다. 얘는 아저씨 밤에 잠 못 자게시리. 너무 풀이 죽어 있잖아, 불쌍해서. 아줌마랑 잘 안 되나 봐. 그래서 양기가 다 입으로 올라갔나? 그건 우리가 더 심하지 않니? 그래도 어른이 그러면 안 되지. 경수 아버지는 생각했다. 그럼 그렇지. 쟤들이 순순히 물러날 리가 없지. 그나저나 어떻게 하나. 영혼이 없는 떡볶이라니……. 그는 최고의 육수를 위해 자신을 희생한 수많은 양파와 멸치와 새우의 영혼에게 미안한 마음이 들었다.

경수 엄마는 떨어진 나무주걱을 치우고 대걸레로 바닥을 닦기 시작했다. 경수는 삶은 돼지 간과 허파를 한꺼번에 이쑤시개에 꽂고 있었다. 입을 크게 벌려야 하지만 이렇게 먹으면 간의 텁텁한 맛이 덜해지고 씹는 맛도 한결 나아진다는 것이 경수의 주장이었다. 언어 발달이 한창 왕성하게 진행되는 시기에 부모가 요식업에 종사한 덕분에 경수는 맛에 대한 표현을 어른만큼 다양하게 구사할 줄 알았다. 야구모자를 쓴 청년이 일어섰다. 경수 엄마가 계산대로 가서 음식값을 받았다.

"난 맛있기만 하던데. 정말 맛있게 먹었어요. 어쩌나 맛있던지 눈물이 다 났다니까요. 정말이에요."

"고마워요."

"그런데 참 재미있는 집이네요. 전직 경찰이 여중생들에게 뇌물을 주질 않나. 울다가 웃다가 정신없었어요. 걱정 마세요. 소문 안 낼 테니까. 그럼, 사업 번창하기를 바랍니다. 진심이에요."

청년이 나가자 경수 엄마가 걱정스러운 얼굴을 하고 경수 아버지 옆으로 다가와 앉았다.

"당신 아는 사람이에요?"

"글쎄…… 앞모습을 못 봐서 모르겠는데. 모자도 눌러썼고."

"혹시 전에 일 때문에 만난 사람? 짐작 가는 사람 없어요?"

"에이, 무슨 상상을 하는 거야? 나, 원한 같은 거 산 일 없어. 경수야, 너 이제 그만 먹고 아빠랑 양파 좀 까자."

5

이튿날 가게 문을 열었을 때 경수 아버지는 다시 활기에 넘쳐 있었다. 그는 하나의 장애물을 만났을 때에는 그럭저럭 무사히 넘어가는 편이지만 두 개의 장애물을 동시에 맞닥뜨렸을 때에는 갈팡질팡하다가 자포자기하는 경향이 있었다. 전날이 바로 그랬다. 음식에 대한 혹평과 말실수라는 두 개의 장애물 앞에서 그는 중심을 잃고 무너졌다. 하지만 특유의 낙관적인 기질이 그를 하루 만에 일으켜 세웠다. 경수 아버지는 화학조미료는 안 쓴다는 원칙은 그대로 밀고 나가면서 단맛을 보강하기로 했다. 그는 소매를 걷어붙이고 손을 깨끗하게 씻은 뒤 조리대 앞에 서서 30초 동안 눈을 감았다 떴다. 그리고 강판으로 양파를 갈기 시작했다. 이 양파가 생으로 먹으면 독해도 익히면 엄청 달거든. 강판 아래 놓인 플라스틱 용기로 곱고 하얀 양파즙이 흘러내렸다. 어느새 경수가 숟가락을 들고 달려왔다. 난 안 익히고 그냥 먹어도 달아요. 플라스틱 용기로 돌진하는 숟가락을 간신히 막아낸 경수 아버지가 한숨을 한차례 크게 내쉬고 국그릇에 양파즙을 가득 퍼담아 경수에게 건네주었다. 멀찌감치 물러서서 가만히 지켜보고 있던 경수 엄마가 남편 곁으로 다가왔다.

"그냥 설탕 쓰면 될걸. 설탕은 화학식품 아니잖아요."

"그렇지. 백 퍼센트 자연식품이지. 설탕은 식물의 피를 정제해서 말린 거니까."

"그럼 좋은 거 아니에요?"

"난 하얀 가루가 싫어. 아니, 무서워. 죄다 그래, 설탕이든 뽕이든 미원이든, 일단 맛 들이면 절제를 할 수 없게 되거든. 코카 잎도 껌처럼 씹어 먹을 때는 문제없었잖아. 정제해서 가루로 만드니까 위험해졌지. 설탕도 마찬가지야. 비쌀 때는 그래도 약으로 쓰거나 아니면 부자들만 먹을 수 있는 거였는데, 지금은 너무 싸다구. 싸니까 물처럼 펑펑 쓰지. 어떤 나라에서는 설탕이 물보다 싸다고 하더라. 설탕 한 숟가락을 만들기 위한 식물의 안간힘을 생각해봐. 아무리 식물이지만 피값치고는 너무 싸지 않아?"

"어휴, 저 많은 걸 다 갈게요? 믹서로 갈면 편할 텐데."

"강판으로 간 거하고 믹서로 간 거하고 결이 달라. 그리고 묵념까지 했는데 이제 와서 편하자고 믹서 쓰면 체면이 안 서지."

"아까 묵념한 거예요? 양파한테?"

"평생 땡볕 속에서 광합성의 고된 노동을 하다 간 양파의 넋을 기리며. 한 개당 1초씩. 30초."

강판으로 간 양파가 열 개를 넘어서자 경수 아버지의 얼굴에는 땀과 눈물이 범벅이 되어 흐르기 시작했다. 열다섯 개를 갈고 나자 눈을 못 뜰 지경이 되었다. 여보! 경수 엄마! 믹서기 어디 있어? 안쪽 테이블에서 꼬치에 어묵을 꽂고 있던 경수 엄마가 마른 수건을 들고 왔다. 경수 아버지가 수건으로 눈가를 훔치며 말했다. 곰곰이 생각해보니까 강판으로 가나 믹서로 가나, 큰 차이는 없을 것 같아.

6

단맛을 보강하고 나자 단골이 서서히 늘면서 가게는 안정을 찾아가는 듯했다. 미취학 아동인 경수는 거의 하루 종일 엄마 아빠와 붙어 지냈다. 엄마 아빠와 함께 출근을 하고 퇴근을 했으며 엄마 아빠와 함께 잠이 들고 잠에서 깨어났다. 세월이 흐른 뒤에 경수의 몸과 마음은 이 무렵을, 그러니까 아버지가 온갖 자영업을 전전하던 나날들을 자신의 생애에서 가장 행복한 시절로 기억했다. 하지만 그는 시간의 보석을 기억의 가장 깊은 금고 속에 꼭꼭 감추어두었다. 가끔씩 꺼내어 보는 즐거움조차 철저히 회피했다. 거기에는 반드시 쓰라린 통증이 뒤따랐기에. 어느새 경수는 금고를 여는 방법을 잊어버렸다. 아니, 어느 안개 낀 새벽, 무동의 저수지 한복판 잿빛 수면 위로 금고의 열쇠를 던졌던가. 열 수 없는 금고 속에 있다 해도 보석은 보석이어서 허기를 견뎌낼 힘이 되어주는가. 그런 게 보석인가. 어쨌든 경수의 완강한 방어도 꿈의 침입까지 막아낼 수는 없었다. 꿈은 게릴라처럼 출몰하면서 금고 속에 봉인된 시간의 해방을 위해 투쟁했다. 경수는 속수무책이었다. 캄캄한 아침, 단꿈에서 깨어나면 낯선 세상 속에 홀로 누워 있었고, 아주 고약한 기분이 들었다. 펑펑 울지도 못하고 찔끔찔끔 훌쩍이다가 학교에 가면, 그런 날이면 꼭, 아이들에게 시비를 걸거나 아이들이 시비를 걸어왔다. 꿈에서 깨어난 곳이 감방일 땐 차라리 미치고 싶었다. 모범수로 얌전히 잘 지내다가 이유 없이 난동을 부리는 바람에 형기가 오히려 늘어났다.

7

한 남자가 허겁지겁 달려와 잔치국수 한 그릇을 3분 만에 후루룩 마시고 다시 허겁지겁 달려갔고, 곧이어 숨을 헐떡이며 들이닥친 한 여자가 김밥 한 줄을 들고 하이힐로 말발굽 소리를 내면서 버스정류장 방향으로 전력 질주를 했다.

출근길 직장인의 무리가 끝물까지 빠져나가고 거리가 한산해지는 시간, 세 식구는 아침밥상 앞에 둘러앉았다. 부부는 전날 먹다 남은 된장찌개에 두부를 조금 더 썰어 넣고 데운 것과 냉장고에서 꺼낸 밑반찬 몇 가지로 밥을 먹었다. 경수는 밥을 안 먹고 순대를 먹었다. 어느새 경수는 끼니를 전부 분식집 음식으로 때우고 있었다. 아침에는 순대와 돼지부속을, 점심에는 잔치국수와 튀김을, 저녁에는 떡볶이와 어묵을 먹는 식이었다.

"희한한 녀석이야. 아침부터 순대가 먹힐까. 보기만 해도 느끼하네."

"밥을 먹어야 할 텐데. 걱정이에요."

"괜찮아. 언제까지 가겠어? 금방 질리겠지."

"그럴까요?"

"워낙 먹성이 좋은 앤데 뭐. 지금까지 밥 안 먹어서 걱정한 적 있어?"

"그나저나 내년이면 학교 들어갈 텐데…… 유치원에 안 보내도 될지 모르겠어요."

"유치원? 경수야, 너 유치원 다닐래?"

"아니요. 저, 글씨도 읽을 줄 알고 숫자도 백까지, 아니 천까지 셀 줄 알아요. 힘도 얼마나 센데요. 봐요."

경수는 자리에서 일어나더니 가게 안쪽 구석에 세워둔 10킬로그램짜리 양파 망을 머리 위까지 번쩍 들어 보였다.

"이 녀석아, 힘센 거하고 유치원하고 무슨 상관이야?"

"유치원 안 다녀도 난 뭐든 다 할 수 있어요. 또 뭐 들어볼까요? 더 무거운 것도 들 수 있는데……."

"하루 종일 엄마 아빠하고만 있으면 심심하지 않아?"

"난 엄마 아빠랑 노는 게 제일 재미있어요."

"일하느라 바빠서 놀아주지도 못하는데 뭘."

"그냥 같이 있기만 해도 재미있어요."

경수 아버지는 경수 엄마를 바라보며 '다니지 않겠다는데 뭐, 보내지 말지'라는 뜻을 담은 어깻짓을 했고 경수 엄마는 동의한다는 뜻의 고갯짓을 했다.

"앗! 힘을 좀 썼더니 똥이 마렵네. 잠깐 화장실에 갔다 올게요."

경수는 두루마리 화장지를 왼손 둘레에 붕대처럼 휘감고 몸을 높이 날려 벽에 걸린 화장실 열쇠를 오른손으로 낚아챈 다음, 가게 밖에 있는 화장실로 달음박질했다. 얼마 지나지 않아서 "아빠!" 외치며 경수가 뛰어 들어왔다. 너, 벌써 똥 다 눴어? 똥은, 아, 다시 들어가버렸어요. 근데 화장실에 이상한 글씨가 있어요. 이상한 그림도 있고요. 아빠 얘기 같아요. 경수 아버지는 아내에게 가게를 맡기고 아들과 함께 문제의 화장실로 갔다. 급히 뛰어올 때와는 달리 경수는 서두르지 않고 한 걸음 앞에서 천천히 걸으며 아버지를 안내했다. 2층짜리 건물인 상가의 1층에 입주한 점포들이 공동으로 사용하는 화장실. 경수 아버지는 남자 표지가 붙은 문의 손잡이를 잡았다. 잠겨 있었다. 경수가 열쇠를 내밀었다. 그 와중에도 경수는 문을 잠그고 온 것이다. 행여 그사이에 누가 볼까 싶어서? 아니, 닫으면 저절로 잠기는 문이었던가? 소변기가 늘어선 쪽의 벽면은 깨끗했다. 칸막이 쪽을 바라보았다. 활짝 또는 반쯤 열려 있는 다른 칸들과 달리 가운데 칸만 문이 꼭 닫혀 있었다. 누가 있는 걸까. 경수가 노크도 하지 않고 가운데 칸의 문을 밀었다. 사람은 없었다. 대신 양변기에 앉았을 때 정면으로 보이는 쪽 하얀 타일 벽면에 빨간 사인펜으로 쓴 낙서가 가득 채워져 있었다.

　분식집 아저씨는 완전 변태다!!! 아저씨는 매운 떡볶이를 먹었으니 디저트로 아이스크림을 먹는 것이 어떻겠느냐면서 나를 으슥한 골목으로 데리고 갔다. 아저씨가 바지 지퍼를 열자 아이스크림 대신 커다란 고추가 튀어나왔다. 아저씨가 아이스크림보다 더 맛있다면서 나한테 한번 먹어보라고 했다. 나는 무서워서 엉엉 울었다. 아저씨가 재촉했다. 얼른. 날도 더운데 다 녹겠다. 딱딱할 때 먹어야지 녹아버리면 맛없는데. 그때 달콤한 포도 향기 같은 것이 막다른 골목 안을 가득 메웠다. 어지럽고 몽롱했다. 강렬한 향기에 취해 금방 정신을 잃을 것 같았다. 극심한 공포 때문에 나의 뇌가 존재하지도 않는 향기를 만들어내고 그 냄새에 취한 척하면서 도피한 것인지, 아니면 실제로 아저씨의 거기에서 포도 향기가 난 것인지는 지금도 잘 모르겠다. 무언가에 홀린 내가 아저씨의 요구에 굴복하기 직전, 누군가 다가오는 소리가 났다. 그 소리에 겨우 정신을 차린 나는 비명을 지르고 아저씨를 밀친 다음, 있는 힘껏 달려 겨우 골목을 빠져나왔다. 다시는 그 집에 가지 말아야겠다. 떡볶이도 더럽게 맛없다. 퉤퉤. 어느 분식집인지는 절대 말할 수 없다. 보복이 두렵기 때문이다. 요즘엔 변태 아저씨가 너무 무서워서 밖에도 잘 못 나간다. 그런데, 경수야, 넌 참 귀엽더라. 어쩌다가 너는 그런 이상한 아버지를 만났니?

빼곡한 글씨 옆에는 조잡한 그림이 그려져 있었다. 거대한 음경이 대포 바퀴 같은 두 개의 고환을 달고 위로 45도 방향을 겨냥한 발사 자세를 취하고 있었고, 그 밑에 음경 길이의 반도 안 되는 키의 여자아이가 짧은 치마를 입고 서서 아래로 45도 방향으로 뻗친 갈래머리를 하고 눈물을 좌우로 세 방울씩 갈래머리와 평행으로 튀기고 있었다.

"이거, 아빠랑 우리 떡볶이 욕하는 거죠? 그럼 우리 또 망하는 거예요?"

경수가 울먹이는 얼굴을 하고 아버지를 바라보았다. 경수 아버지는 아들의 머리와 등을 쓰다듬고 어루만졌다.

"괜찮아. 별일 아냐. 그냥 누가 똥 누다가 심심해서 장난친 거야. 그런데 하나도 재미없다. 그치?"

경수가 고개를 끄덕였다. 그때 노크 소리가 났다. 낙서를 읽는 사이에 경수가 칸막이의 빗장쇠를 걸어놓았나 보다. 그런데 옆 칸들도 다 비었을 텐데 왜 하필 이곳을 두드리는 걸까. 경수 아버지는 쫓기는 범죄자처럼 심장이 두근거렸다. 범인으로 쫓기거나, 범인에게 쫓기거나, 무언가에 쫓기고 있다는 기분이 들었다. 오랫동안 범인을 쫓고만 살다 보니 쫓기는 기분이 무척 낯설었다. 낯설어서 심장은 더욱 두근거렸다. 지금 거짓말탐지기로 검사한다면 입에서 튀어나오는 말 전부가 거짓말로 판별되리라. 심장아, 그만 두근거려라. 아들도 옆에 있는데 쪽팔린다. 똑똑 똑똑. 다시 노크 소리가 났다. 그는 아들을 보호하는 자세를 취하며 꼭 안았다. 아들을 안았는데 아들에게 안긴 기분이 들면서 마음이 한결 편해졌다. 누가 누구를 보호하는 건지 알 수 없었다. 교감신경의 흥분이 조금 진정되자 그는 비로소 목소리를 낼 수 있었다.

"누구, 세요?"

"누구긴 누구예요? 화장실 급한 사람이지. 빨리 문 열어요."

누구세요라니, 누구세요라니, 화장실 노크하는 사람한테 누구세요라니. 문이 열리고 나서도 경수 엄마는 한 번 더 남편을 놀려댔다. 경수 엄마는 손에 검은 비닐봉지를 들고 있었다. 그녀는 비닐봉지에서 주방의 찌든 기름때를 닦는 용도의 액체세제와 여러 장의 걸레를 꺼냈다. 아들과 포옹을 하고 이제 아내의 얼굴까지 보자 경수 아버지는 완전히 정상으로 되돌아왔다. 방금 전까지 왜 그렇게 떨고 긴장을 했는지 도무지 이해할 수가 없었다. 이번에도 낙서의 충격과 갑작스러운 노크 소리라는 두 개의 장애물을 동시에 만나서일까.

"가게는 어떡하고?"

"잠그고 왔어요. 마침 한가한 시간이잖아요. 그런데 얼굴이 좀 창백해 보여요."

심장의 두근거림은 가라앉았으나 아직 얼굴에는 핏기가 돌아오지 못했나 보다.

"요즘 기가 허하네. 점심에는 삼계탕이라도 먹어야겠어."

"당신 요 몇 달 동안 너무 무리했어요. 개고기는 어때요?"

"에이, 나는 개는 좀 그렇더라. 뱀이라면 또 몰라도."

"많이도 썼네요. 변비 환자인가?"

"미리 종이에 적어 온 걸 옮겨 쓴 것 같지? 수정한 흔적이 없는데 문장도 잘 다듬어져 있고 맞춤법도 대충 맞고."

경수 엄마는 시험 삼아 처음에는 젖은 걸레로, 그다음에는 마른 걸레로, 다시 마른 걸레에 액체세제를 묻혀 타일을 닦아보았다. 역시 유성이었어. 그나마 매끈한 타일 위에 써서 다행이네. 아주 악질은 아닌가 봐요. 그녀는 본격적으로 낙서를 지우기 위해 변기 뚜껑을 덮고 그 위에 걸터앉았다. 경수야, 너는 가게에 가 있어라. 엄마 아빠는 이거 다 지우고 금방 갈게. 경수 엄마와 경수는 가게 열쇠와 화장실 열쇠를 맞바꾸었다. 너, 칼 만지면 안돼. 큰일 나. 순대 찾는 손님 있으면 잠시만 기다리라고 해. 네가 썰지 말고. 그게 보기에는 쉬운 것 같지? 순대 써는 건 한석봉 엄마가 떡 써는 거보다 백 배는 더 어려울 거야. 석봉이가 누구예요? 아, 떡집 아들이 있어. 같은 한씨네요. 친척이에요? 친척은 아니고 글씨 잘 쓰기로 유명한⋯⋯. 갑자기 표정이 밝아진 경수가 엄마의 말을 자르고 소리쳤다. 우와, 그러니까 우리 순대가 석봉이네 떡보다 백 배는 더 세다는 거잖아요. 나는 우리 집이 떡집이 아니라 분식집인 게 정말 자랑스러워요.

8

경수가 나가고 난 뒤 경수 엄마는 오른쪽의 그림 부분부터 먼저 지우기 시작했다. 그러면서 왼쪽의 글씨 부분을 무심한 척 곁눈질하며 꼼꼼히 읽었다. 동시에 생각했다. 도대체 누가 이런 짓을 했을까. 이 화장실은 1층에 입주한 점포들, 그러니까 복덕방, 정육점, 슈퍼마켓, 빵집과 공동으로 사용한다. 2층에도 세탁소, 미술학원, 피아노학원, 중국집이 들어와 있지만 화장실은 2층에 있는 걸 따로 쓴다. 1층 화장실은 분식집을 제외하면 외부인들이 사용하는 일이 거의 없다. 그렇다고 해서 1층 가게들의 주인과 종업원으로 용의자의 범위를 좁힐 수 있는 것도 아니다. 중국집 사장이 복덕방에 내기 장기를 두러 내려왔다가 2층까지 올라가기가 귀찮아서 들를 수도 있는 일이고, 정육점에 삼겹살 사러 온 손님이 갑자기 설사가 나서 올 수도 있는 일이다. 접근성이라는 기준은 아무 의미가 없다. 그렇다면 처음부터 다시 시작이다. 경쟁업체의 모략? 원한 관계? 아니면 낙서의 내용이 전부 사실? 혹시 진짜 피해를 당한 소녀가 이 글을 쓴 건 아닐까? 아, 내가 지금 무슨 생각을 하고 있는 거야. 믿지 않는다는 건 속이는 것보다 몇 배는 더 무거운 죄일 텐데. 어쩌면 믿지 않는 것과 속이는 것은 정도의 문제가 아니라 차원이 다른 죄인지도 모르겠다. 아니, 속이는 것은 죄라고 할 수도 없다. 살면서 몇 번쯤 남을 속이지 않은 자가 어디 있으랴. 누군가가 나를 속이면 까짓것 속아주면 된다. 설령 손해를 본다 해도 그저 몇 번일 뿐이다. 속이고 속는 일은 횟수의 문제다. 하지만 믿지 않는다는 건 삶의 기반이 통째로 흔들리고 뿌리 뽑히는 우주적 사건이다. 배신을 당한 어떤 자가 자살을 한다면 그건 속아서가 아니라 더 이상 아무것도 믿지 못해서, 모든 것이 뿌리 뽑히고 마침내 풀 한 포기 자라지 않는 황량한 마음의 사막을 견디지 못해서일 터. 속는 자가 아니라 믿지 않는 자가 진짜 손해인 것이다. 그래, 믿자. 아내인 내가 이렇게 흔들린다면 누가 이 사람을 믿어줄까. 믿자. 믿고, 낙서를, 일말의 동요를, 깨끗하게 지우자.

"도대체 누가 이런 낙서를 했을까요? 아주 어린아이 같지는 않아요, 그죠?"

"필체나 문장, 맞춤법, 어휘력으로 봤을 때 최소한 중학생은 되었을 거 같아. 십대 중반에서 이십대 초반? 그보다 더 나이가 들었을 것 같지는 않고."

"그림은 갈래머리를 한 꼬마아이로 그려져 있어요."

"아이스크림 준다고 따라가는 거니까 꼬마아이로 설정해야 했겠지. 또 그래야 나를 더 나쁜 놈으로 만들 수도 있고."

"이십대 초반까지만? 그것보다 많으면 안 되나요?"

"나이가 더 들었으면 어린아이 역할에 보다 충실하지 않았을까? 누가 보더라도 어린아이가 쓴 걸로 믿게 하기 위해서 완전히 어린아이의 입장에서 어린아이의 필체와 어휘와 문장을 사용했을 거 같은데? 기왕 내게 누명을 씌울 작정이었다면 말야."

"그런가?"

"만화영화 더빙하는 성우를 보라고. 완전한 어른이 되어야 어린아이 배역도 제대로 소화할 수 있는 법이지. 그러니까 이건 어른도 어린아이도 아닌 어중간한 연령대의 소행일 가능성이 높아. 어설픈 어른……. 거 왜, 스무 살 무렵까지는 다들 기를 쓰고 어른 흉내를 내잖아. 자기가 아는 것보다 더 어렵게 말하려 하고 글을 쓸 때도 더 어렵게 쓰려고 하고. 이렇게 자진해서 어린아이 배역을 떠맡은 순간에도 그런 버릇을 완전히 버리지 못한 거지."

"듣고 보니 그 아이들이 떠오르네요. 있잖아요, 그, 말 이상하게 하던 여학생들. 생각 안 나요?"

"생각나지. 얼마나 됐다고."

"그 아이들이 딱 들어맞지 않아요? 나이도 그렇고 어른 흉내 내는 것도 그렇고. 여기 봐요. 분식집 아저씨가 무서워서 밖에도 잘 못 나간다고 했지만 전혀 무서워하고 있지 않잖아요. 보복이 두려워서 어느 분식집인지 말할 수 없다고 해놓고서 곧바로 경수 이름을 밝히질 않나……. 오히려 갖고 놀고 있어요. 세상에 시비를 걸고 싶어서, 누군가를 조롱하고 싶어서 안달이 난 것 같은 그 아이들이 의심스러울 수밖에요."

"그땐 내가 잘못했지."

"그러니까 복수하는 거겠죠."

"하긴 나도 그 아이들 말고는 딱히 떠오르는 게……."

"아차, 그걸 깜박했네."

"뭘?"

"여긴 남자 화장실인데."

"여자라고 남자 화장실 못 들어오나? 당신도 지금 들어와 있잖아. 방법은 얼마든지 있지. 남장을 하고 들어왔을 수도 있고 남자친구한테 시켰을 수도 있고."

"남자친구는 없어 보이던데. 아마 남자랑 키스 한번 못 해봤을 거예요. 말만 그렇게 하는 거지. 그런 애들일수록……."

경수 엄마는 거기서 말을 멈추었다. 곧이어 걸레질도 멈추었다. 그리고 천천히 일어나 남편의 손을 잡았다. 그녀의 손은 따뜻하고 부드러웠으나 얼굴은 진지하게 굳어 있었고 입술은 미세하게 떨렸다.

"나는…… 당신…… 믿어요."

경수 아버지는 영문을 몰라 멍한 표정을 지었다. 의미를 알아챈 뒤에 그는 아, 하고 입을 벌렸고 벌린 입을 한동안 다물지 못했다. 마침내 아내의 손을 뿌리친 그는 한 손으로 허리를 받치고 다른 손으로는 이마를 짚은 채 말을 쏟아붓기 시작했다.

"나 참 환장하겠네. 믿는다고? 그게 지금 상황에서 어울리는 말이라고 생각해? 그냥 애들이 장난친 걸 갖고. 그냥 화장실 낙서일 뿐이잖아. 그런 말은 정말로 믿음이 필요한 순간을 위해서 아껴두어야 하는 거 아냐? 이런 어처구니없는 해프닝에 다 써버리고 나면 정작 중요한 때에는 쓸 카드가 없잖아."

그녀는 의외의 반응에 당황했다. 남편이 뿌리친 손을 어디에 두어야 할지 난감했다. 그녀의 두 손은 잠시 허공에 떠 있었다. 담배를 배웠다면 허공에 난파한 두 손을 성냥 켜고 불붙이는 일련의 동작에 의탁할 수 있었을 텐데. 바지 주머니에 손을 찔러넣는 동작도 괜찮을 듯싶었지만 마침 꽃무늬 주름치마를 입고 있었고 거기에는 속주머니 하나 달려 있지 않았다. 아, 이때 눈물이라도 흘러준다면 표류하던 두 손은 자연스럽게 영웅적인 귀항을 준비할 텐데. 하지만 설움이 복받쳐도 의외의 상황엔 눈물샘도 더디 자극되는지 울음은 제때 터져주지 않았다. 별수 없이 그녀는 걸레를 집어 들었다. 걸레는 자석처럼 착 그녀의 손에 달라붙었다. 역시 그녀의 손에 가장 잘 어울리는 동작은 걸레질인가. 그때 날카로운 쇳소리가 고막을 찔러댔다. 남은 기껏 심각하게 이야기하고 있는데 무슨 딴짓을 하고 있는 거냐. 그녀는 화들짝 놀라 걸레를 다시 내려놓았다. 남편의 목소리는 아니었다. 억센 중년 여인의 목소리. 전에도 몇 번 들어본 터라 그녀의 마음이 만들어낸 상상의 소리란 걸 알면서도 들을 때마다 놀라긴 마찬가지였다. 갈팡질팡하는 그녀의 모습을 보고 남편은 피식, 웃음을 흘렸다. 미안해. 내가 요즘 왜 이러는지. 아무것도 아닌 일에 흥분하고. 용서해줄 거지? 경수 엄마는 긍정도 부정도 하지 않았다. 그녀의 안면 근육이 미소와 찡그림 사이에서 갈피를 잡지 못하다가 가벼운 경련을 일으켰다. 이내 그녀는 두 손바닥을 위로 하고 어깨를 으쓱하는 동작을 취해 보았다. 아, 이런 동작도 있었는데. 왜 진작 떠올리지 못했을까.

"뭐 해? 빨리 마무리하고 가자고. 아니다. 당신은 가만있어. 내가 할게."

남편이 걸레질하는 모습을 지켜보며 경수 엄마는 생각했다. 그래, 또 한 고비 넘었구나. 이러면서 10년을 같이 살고 20년, 30년을 같이 사는 거겠지. 남편이 보인 예상 밖의 반응에 위축되었으면서도, '아무것도 아닌 일에 왜 이렇게 흥분하고 그래요? 다 당신 위해서 한 말인데. 당신, 나 원망하는 거죠? 나 때문에 이렇게 꼬맹이들 상대로 떡볶이 장사나 하고 있다고'라는 말이 혀에서 맴돌면서 반격의 시기를 재고 있었던 것 같기도 하다. 고비는 넘겼는데 그게 잘한 짓인지는 잘 모르겠다. 어쨌거나 믿는다는 말이 상황에 따라 달리 받아들여질 수 있다는 걸 알았다. 믿는다는 말이 믿지 않는다는 말로 받아들여질 수도 있는 거다. 앞으로 평생 남편에게 믿는다는 말은 하지 못할 것 같다. 맹세한다. 여전히 믿고 있고 앞으로도 믿겠지만 믿는다는 말을 절대 입 밖에 내지는 않을 테다. 이 정도의 뒤끝도 없이 어떻게 세상을 살겠는가.

그때 노크 소리가 났다. 누굴까. 다른 칸도 비어 있을 텐데. 순대 손님 때문에 경수가 뛰어온 걸까. 경수니? 경수 엄마는 낮은 목소리로 물어보았다. 아무 대답이 없다. 잠시 정적이 흐른 뒤에 다시 문 두드리는 소리가 났다. 경수 엄마는 자신도 모르게 목소리 톤이 올라가고 말았다.

"누구, 세요?"

"푸하하하."

요란한 웃음소리가 들렸다. 문 두드리는 사람의 웃음소리가 아니라 경수 아버지의 웃음소리였다.

"거봐, 그렇게 된다니까."

경수 아버지는 뭐가 그리 고소하고 재미난지 문 두드리는 사람의 정체에 대해서는 전혀 관심을 두지 않고 푸하하 킬킬킬 웃어댔다. 한번 발동이 걸린 웃음은 쉽게 멈춰지지 않았다. 경수 엄마는 별것도 아닌 일에 실성한 사람처럼 웃어대는 남편이 안쓰러웠다. 이 사람, 오래 긴장하고 살았나 보다. 한 번쯤, 정말 크고 길게 웃고 싶었나 보다. 다만 그럴 구실이 있어야 했는데 별것도 아닌 일이 지금 용케 걸려들었을 뿐이고.

"뭐가 그렇게 웃겨요? 지금 밖에 누가 있는지도 모르는데."

"누구긴 누구겠어? 킬킬, 화장실 급한 사람이겠지."

이 말을 하며 경수 아버지는 뒤로 넘어갔다. 웃음도 전염성이 있어서 경수 엄마는 안 그래야지 하면서도 슬슬 따라 웃게 되었다. 부부가 이중창으로 웃고 있는데 세 번째 노크 소리가 났다. 이번에는 손가락 관절로 두드리는 경쾌한 소리가 아니라 주먹으로 치는 둔탁한 소리였다. 경수 엄마가 웃음을 겨우 참으면서 노크 소리에 응답했다.

"저기, 금방 끝나요. 조금만 기다리세요."

"하하하, 정말 웃겨. 금방 끝나요라니. 뭐가 금방 끝나나? 응가가? 쉬가?"

"그게 뭐예요? 초딩처럼 유치하게. 이제 그만해요."

경수 아버지의 웃음은 멈추지 않았다. 잦아들 듯하다가 살아나길 여러 번 반복했다. 그는 이 웃음의 향연을 무한히 연장하고 싶은 것처럼 보였다. 그렇게 해서라도 시간을 정지시키고 싶은 것처럼 보였다. 경수 엄마는 투정하는 아이를 대하듯 냉정하게 말했다.

"이제 그만. 뚝. 여기까지."

경수 엄마는 한 손으로는 걸레와 세제를 담은 검은 비닐봉지를 들고 다른 손으로는 경수 아버지의 손을 잡아끌었다. 더운 날씨에 환풍도 잘 안 되는 좁은 공간에서 열심히 걸레질을 한 뒤라 두 사람의 이마와 콧등에는 송골송골 땀이 맺혀 있었다. 빗장쇠를 풀고 문을 열자 2층의 중국집 사장이 앞에 버티고 서 있었다. 부부는 가벼운 눈인사를 하고 중국집 사장 옆을 지나갔다. 건물 밖으로 나가자 경수 아버지의 웃음 발작은 완전히 진정되었다.

"다른 칸 비었는데 꼭 잠긴 칸 노크하는 사람들이 있다니까."

"호기심이 너무 왕성한 건가? 아니면 영역 표시라도 해뒀나 보죠."

그 시간, 오랜 기다림 끝에 화장실 가운데 칸을 차지한 중국집 사장은 땀으로 범벅이 된 두 사람을 떠올리며 혀를 끌끌 차고 있었다. 참 아무리 급해도 그렇지. 여관비 없는 애들도 아니고 나이도 먹을 만큼 먹은 사람들이 화장실에서⋯⋯. 그것도 벌건 대낮에⋯⋯. 중국집 사장은 바닥과 벽, 모서리, 변기 뚜껑 등 화장실 곳곳에 코를 들이밀며 킁킁 냄새를 맡았다. 그러자 온몸에 피가 빠르게 돌면서 극심한 변의가 밀려왔다. 아, 이젠 더 이상 미룰 수 없다. 그는 서둘러 바지를 내리고 양변기에 걸터앉아 굵은 신음을 토해냈다. 오호, 아껴 모아 누는 기쁨이란.

9

부부가 돌아왔을 때 가게는 난장판이었다. 비록 중고시장 출신이지만 평소 청결과 질서를 사랑하여 체크무늬 비닐 식탁보로 말끔히 단장하고 종횡으로 반듯하게 열을 지어 서 있던 여섯 개의 테이블이 제자리를 이탈한 채 삐딱한 자세로 껌을 씹고 있었다. 의자들의 탈선은 더욱 급진적이어서 단순히 대열을 이탈하는 정도가 아니라 옆으로 누운 놈, 뒤로 누운 놈, 앞으로 꼬꾸라진 놈, 테이블 위에 올라탄 놈, 다른 의자 위에 올라탄 놈들이 전복(顚覆)의 다양한 형식을 보여주었다. 반란의 수괴, 우리의 경수는 바닥에서 의자로, 의자에서 테이블로, 한 테이블에서 다른 테이블로 타잔처럼 뛰고 날며 괴성을 질러댔다. 길게 끊은 순대 한 줄을 뱀처럼 목에 두른 경수는 양손으로 또 다른 순대뱀의 머리와 꼬리를 하나씩 움켜잡고 가운데 몸통부터 물어뜯기 시작했다. 받아랏. 당면 기관총이다. 두두두두. 받아랏. 이번엔 선지 기관총이다. 두두두두. 총구처럼 동그랗게 오므린 경수의 입술 속에서 파편이 된 돼지창자와 당면, 검게 응고된 선지 부스러기가 튀어나왔다. 우하하하, 어떠냐. 우리 순대가 석봉이네 떡보다 백배는 더 세다.

경수 엄마 얼굴에 순대 파편 몇 알이 튀었다. 그제야 경수는 엄마와 눈이 마주쳤으나 전혀 반성의 기미를 보이지 않았다. 반란을 즉각 멈추기는커녕 오히려 지원군을 만났다는 듯 기고만장해졌다. 우와, 봤죠? 우리 순대 정말 세죠? 기관총의 탄환이 떨어지자 경수는 다시 순대뱀의 몸통을 물어뜯기 시작했다. 경수 엄마는 경악과 공포와 분노가 뒤섞인 감정을 느꼈다. 그것들이 차례로 다가왔는지, 처음부터 섞여 있었는지는 잘 모르겠다. 경수가 입술을 오므리고 기관총을 발사할 태세를 갖추었다. 이제 분노가 우세했다. 그녀는 자신의 성량의 한계를 뛰어넘는 목소리로 고함을 질렀다. 그만해! 놀란 경수가 손에 든 순대뱀을 떨어뜨렸다. 그녀는 아들에게 다가갔다. 원래는 엉덩이를 실컷 때려줄 작정이었다. 그러나 소리를 지르면서 경악과 분노는 어느새 사라지고 공포만 남았다. 대상을 잃은 공포는 막연한 불안으로 바뀌었다. 경악과 분노가 사라진 자리는 걱정과 연민과 사랑이 메웠다. 경수 엄마는 얼굴에 붙은 순대 파편을 떼어 입에 넣었다. 돼지부속의 강한 냄새 속에서 그녀는 아들의 침 냄새를 골라냈다. 시큼한 젖비린내. 아기 때처럼 이렇게 달콤한 냄새가 나는데 무슨 문제가 있을 리 없어. 그녀는 아들의 엉덩이를 때리지 않고 몇 번 토닥인 다음 꼭 안아주리라고 마음을 바꾸어먹었다. 그때 경수가 목을 움켜잡고 바둥거렸다. 얼굴도 파랗게 질려 있었다. 경수 아버지가 달려와 뒤에서 아이를 끌어안고 아이의 윗배를 강하게 밀어 올려 압박하는 동작을 반복했다. 아이의 입에서 씹지도 않고 삼킨 순대 덩어리가 튀어나왔다. 저게 기도를 막고 있었어. 응급처치가 조금만 늦었더라도 큰일 날 뻔했어. 정말 아찔했지. 방금 내가 취한 조치는 하임리히법이라는 건데……. 경수 아버지는 모처럼 우쭐거릴 기회를 놓치지 않았다.

안색이 제대로 돌아온 경수가 울먹이며 엄마에게 달려와 안겼다. 경수 엄마도 아들을 안으며 울었다. 입장이 바뀌어 엄마가 아들에게 잘못을 빌어야 할 처지가 되었다. 가게를 난장판으로 만들어놓은 짓에 대한 추궁도 잠시 미뤄두어야 했다. 놀랐지? 엄마가 미안해. 엄마가 크게 소리 질러서 미안해. 다시는 안 그럴게. 아들을 안고 달래며 그녀는 오늘 맹세 참 여러 번 한다고 생각했다. 아직 점심도 안 되었는데 하루가 참 길게 느껴졌다. 문득 허기가 밀려드는 것 같기도 했다.

10

쓸고 닦고 정돈하여 가게를 원래의 모습으로 복구한 뒤에 세 식구는 밥상에 둘러앉아 점심을 먹었다. 날도 덥고 매운 음식이 당기기도 해서 경수 엄마는 식구들의 의견도 물어보지 않고 그냥 비빔국수를 만들었다. 잘게 썬 배추김치와 오이채, 매운 고추장과 식초, 참기름만 넣고 3인분치고는 많다 싶게 양푼에 가득 비빈 국수를 밥상 가운데 놓고 각자 넣어 먹었다. 맛을 본 경수 엄마는 고개를 흔들더니 청양고추 한 개를 들고 와 자기 그릇에만 가위로 싹둑싹둑 잘라 넣고 다시 비볐다. 경수도 고개를 흔들더니 참기름 한 큰술을 더 넣고 비볐다.

"다들 이렇게 미각이 둔해서야……. 경수 엄마, 이 고추장, 청양고추로 만든 고춧가루를 30퍼센트나 섞어서 만든 고추장이야. 안 그래도 충분히 매워. 그렇게 맵게 먹으면 위가 견뎌내겠어?"

"흥, 웬 참견이에요? 오늘은 그냥 이것저것 따지지 않고 한번 진짜 맵게 먹고 싶은 기분이어서 그러는데."

경수 엄마가 콧방귀를 뀌자 경수 아버지는 아들을 향해 고개를 돌렸다.

"경수야. 참기름은 많이 넣을수록 고소해지는 게 아니야. 느끼해지기만 하지. 참기름의 고소한 맛은 혀가 아니라 코로 느끼는 거야. 한 방울 살짝 떨어뜨렸을 때가 가장 고소해."

경수는 엄마처럼 콧방귀도 뀌지 못하고 울상을 지었다. 그리고 억울하다는 듯 목멘 소리를 내뱉었다.

"내가 더 고소하게 먹으려고 이러는 게 아니에요. 목에 안 걸리게 국수에 기름칠을 하고 있는 거란 말이에요. 죽을까 봐, 아까처럼 죽을까 봐…… 아니, 나는 괜찮은데 내가 죽으면 엄마 아빠 마음이 아플까 봐……."

말을 하다 보니 실제 상황이 된 것처럼 점점 더 슬퍼지고, 그런 속을 몰라주는 데 대한 서운함까지 겹치면서 경수는 끝내 울음을 터뜨리고 말았다. 경수 엄마는 한편으로는 아이를 달래면서 한편으로는 남편에게 눈짓으로 신호를 보내고 한껏 과장해서 화를 내는 시늉을 했다.

"당신은 밥 먹는데 왜 애를 울리고 그래요? 지금부터 경수 밥 다 먹을 때까지 아무 말도 하지 말아요."

"나 참, 밥상 앞에서 말도 못 하나."

눈짓으로 보낸 신호를 알아채지 못한 건지 알아챘으면서도 적당히 무시하는 건지 경수 아버지는 말을 멈추지 않았다. 육아의 팀워크도 이제 슬슬 어긋나기 시작하는 건가. 어차피 경수를 달래기 위한 일시적인 희생양이 필요했던 거고 진짜로 밥 먹는 내내 말을 하지 말라는 뜻은 아니었으니 단 몇 박자의 침묵으로 얼마든지 동조해줄 수도 있었을 텐데.

"경수야. 남자는 하루에 두 번 우는 게 아니다."

경수 엄마는 평소 같았으면 이 시답잖은 말에도 중간에 끼어들어 '어머, 그런 말도 있어요? 남자는 평생 세 번 운다는 말은 들어봤지만……' 하고 살갑게 말을 받았을 것이다. 그녀는 잠자코 있었다. 아직 울음을 그치지 않은 경수도 마찬가지였다. 말을 금지당한 사람이 계속 말하기를 고집한다면 말을 금지시킨 사람이 입을 다물 수밖에 없다.

"하루에 두 번 울면 엉덩이에 털 난다."

"에이, 그런 말이 어디 있어요? 울다가 웃으면 엉덩이에 털 나는 거지이이. 아빠 그것도 몰라요?"

역시 아이는 아이다. 경수는 자기도 모르게 웃고 말았다. 웃으면 안 된다는 걸 깨달았을 때는 이미 늦었다. 웃지 않으려 할수록, 웃음을 참으려 할수록 웃게 된다는 것이 이 속설이 지닌 힘이다. 경수 아버지는 엉덩이 털에 대한 엉뚱한 견해를 새롭게 제시하면서 경수가 오랜 속설을 자연스럽게 이야기하도록 했다. 새로운 설을 따르나 오랜 속설을 따르나 엉덩이에 털이 나는 처지를 면하기 어렵게 되었는데도 경수는 웃지 않을 수 없었다. 경수 아버지는 자신을 희생하지 않고서도 아들의 울음을 자연스럽게 멈추게 하면서 동시에 아들 앞에서 아버지를 무시하지 말라는 경고를 아내에게 자연스럽게 전달했다. 물론 복수도 잊지 않았다.

"경수야. 앞으로는 음식에 참기름 안 발라서 먹어도 돼. 그냥 꼭꼭 씹어서 천천히 먹으면 절대 목에 걸리는 일은 없을 거야.

단, 엄마가 또 크게 소리 질러서 우리 경수를 깜짝 놀라게 하지만 않는다면…….”

경수 엄마는 남편이 낯설게 느껴졌다. 남편은 이런 자잘한 복수에 집착하는 성격이 아니었는데……. 낯선 느낌은 가벼운 한기를 동반했다. 냉장고에서 청양고추 한 개를 더 가지고 와서 쌈장도 찍지 않고 통째로 씹어 먹고 나자 한기가 제법 물러갔다. 이번에는 승리감에 도취한 경수 아버지가 그녀의 미각과 위장까지 염려할 겨를이 없었기에 아무런 간섭도 받지 않았다.

세 사람이 양푼 가득한 국수를 다 먹었다. 경수 엄마는 걱정하는 마음을 감추고 태연한 목소리로 아들에게 물었다.

“아까는 왜 그랬니? 식탁 위를 막 뛰어다니고.”

“그냥 기분이 좋아서요. 그러면 기분이 좋아져요.”

“기분이 좋아서 그런 거니? 그렇게 하면 기분이 좋아져서 그런 거니?”

“아, 잘 모르겠어요. 너무 어려워요.”

“그래? 그럼 대답하지 않아도 돼.”

“사실은…… 내가 그러고 싶어서 그런 게 아니에요. 음…… 엄마 아빠도 알다시피 난 착한 어린이잖아요. 난 가만있고 싶었는데요, 다리하고 팔이 뛰어놀고 싶다고 자기들 맘대로 막 움직였어요. 그래서요, 나도 할 수 없이 끌려다닌 거예요.”

경수 엄마는 그냥 웃어야 할지, 알밤 한 대를 줘야 할지, 본격적으로 걱정을 시작해야 할지 알 수 없었다. 경수 아버지가 나섰다.

“괜찮아. 한창 뛰어놀 땐데 뭐. 우리 경수 점프 실력이 대단하던걸. 도움닫기도 하지 않고 그렇게 높이 뛰다니. 역시 우리 아들은 운동에 소질이 있나 봐. 높이뛰기 선수 해도 되겠더라."

11

며칠 동안 부부는 아들의 행동을 주의 깊게 관찰했다. 경수는 테이블 위를 뛰어다니고 순대 기관총을 쏘는 따위의 과격한 난동은 다시 부리지 않았으나 무언가에 쫓기듯 잠시도 가만있지 못하고 분주하게 돌아다녔다. 자리에 앉아서도 주먹으로 탁자를 두드리거나 다리를 떨었다.

"무당보다는 아무래도 병원이 낫겠죠? 어디 아는 의사 있어요?"

"있지."

"그냥 아는 의사 말고 잘 아는 의사요. 가끔 전화통화도 하고 병원 밖에서 따로 만나기도 하는 사이 말예요."

"병원 밖에서 따로 만나는 사이라……. 있지. 있기야 있지만……."

"정말요? 와, 우리도 의료계에 빽이 다 있네."

"글쎄, 내 생각에는 잘 아는 의사보다 그냥 아는 의사가 나을 것 같은데. 요 앞 사거리의 김내과도 괜찮고 이소아과도 괜찮던데."

"그래도 혹시 모르잖아요. 몇 달씩 기다려야 하는 큰 병원에 소개시켜줄 수도 있고."

"그럴 정도의 사람은 아닌데."

"그래도 한번 알아봐요."

경수 아버지는 계산대 밑의 서랍에서 오래된 명함첩을 꺼내어 뒤적였다. 글쎄, 이걸 잘 아는 사이라고 할 수 있을까. 이름이 가물가물하고 얼굴도 어렴풋하다. 병원 밖에서 따로 만나기는 했다. 문제는 병원 안에서는 만난 적이 없다는 거다. 명함에 의사라고 적혀 있을 뿐 진짜 의사인지도 확실하지가 않다. 노상방뇨 상습범이었는데, 특별히 신고가 들어온 경우가 아니면 범칙금을 부과하지 않고 그냥 주의를 주고 잘 타일러서 보내곤 했다. 어느 날 경수 아버지는 그에게 어쩔 수 없이 노상방뇨를 해야겠으면 하수구를 정확하게 조준하라거나 한 장소에서 반복하면 신고가 들어오니까 여러 곳을 두루 이용하라는 조언까지 친절하게 해주었다. 상습범은 이런 친절한 민주경찰은 처음 본다면서 어리석은 시민들 계도하느라 스트레스가 많지 않느냐고 물었다. 그는 머뭇거리던 경수 아버지의 대답은 듣지도 않고, 자기 직업도 스트레스가 많다면서, 힘든 수술을 하고 나면 한잔 마시게 되고, 한잔 마시다 보면 이렇게 된다고 했다. 무슨 수술을 하셨는데요? 맹장수술. 그게 하면 할수록 어려워. 무슨 일이든 깊이 들어가면 다 그렇겠지만……. 상습범은 경수 아버지에게 명함을 건네면서, 언제 한번 꼭 연락하라고, 맹장수술, 포경수술, 정관수술 가운데 하나는 공짜로 해주겠다고, 아니 세 가지 다 공짜로 해주겠다고 말했다. 경수 아버지는 고개를 끄덕였지만, 포경수술은 이미 했고, 정관수술은 어디든 무료이며, 게다가 아직까지 맹장염에 걸리지도 않아서 그 노상방뇨 상습범의 병원에 갈 일은 없었다. 그후로도 경수 아버지는 그에게 한 차례 어쩔 수 없이 범칙금을 부과했고, 예닐곱 번은 친절한 계도를 했다. 경찰을 그만둔 뒤로는 한 번도 본 적이 없다. 경수 아버지는 꼬깃꼬깃한 명함을 찾아 손에 들고는 만난 지 7년도 넘은 사람에게 전화를 걸었다.

세 식구는 가게 문을 닫고 병원으로 갔다. 병원은 가깝지도 멀지도 않은, 버스로 20분 거리에 있었다. 간판에 열거된 진료과목은 일반외과, 대장항문외과, 내과, 소아과, 피부과, 비뇨기과 등등. 거의 모든 병을 다루는 동네 병원이었다. 플라스틱 병에 든 음료수를 마시고 있던 의사가 의자에 등을 그대로 기댄 채 성의 없는 눈인사로 경수네 식구를 맞이했다. 어디 앉으라는 말도 없어서 세 식구는 각자 마음에 드는 의자를 끌고 와서 앉았다. 의사는 음료수 한 모금을 마시고 마른 멸치 한 마리를 먹고 다시 음료수 한 모금을 마셨다. 곧이어 그는 다른 플라스틱 병에 든 음료수를 입속에 넣고 굴리더니 세면대로 가서 뱉어냈다.

"이런, 바뀌었잖아. 구강청정세를 마시고 소주로 입을 헹궜네. 왠지 소주에서 박하 향이 난다 했어. 병이 똑같으니까 헷갈려."

"왜 술을 거기다 넣고 마셔요?"

"나도 가릴 건 가린다고. 근무시간인데 노골적으로 마실 순 없지. 사람이 최소한 부끄러운 건 알아야지."

경수 아버지는 생각했다. 전에는 이 정도는 아니었는데. 이런 몸으로 수술까지 하나. 역시 그냥 아는 의사가 나을 뻔했어.

"혼자서 이 많은 과목을 다 진료하세요?"

"요즘은 너무 세분화되어 있어. 동네 병원이 그럴 필요 있나?"

문득 경수 아버지는 1년 전에 한 치질수술이 떠올랐다. 그건 의사가 공짜로 해주겠다던 세 가지 수술에는 포함되어 있지 않았다.

"혹시 치질수술도 하세요?"

"내 전공이 일반외과야. 맹장과 치질이 주특기지. 그걸로는 수지가 안 맞아서 감기 환자도 보는 거고."

"그럼 그때 왜 치질수술은 얘기 안 했어요? 작년에 돈 엄청 들었어요."

"그랬나? 깜빡했나 보네. 괜찮아. 곧 재발할 테니까."

"그런데 전에도 이렇게 반말을 했던가요?"

"의사가 반말하는 게 뭐 잘못됐어? 반말을 해야 권위도 생기고 병도 잘 낫지. 무당은 욕까지 섞어가며 반말을 해도 안 따지는 사람들이 꼭 의사한테 와서는 따지더라. 새파란 처녀보살 앞에서 무릎 꿇고 비는 사람들이 말야."

"에이, 그건 다르죠. 무당이 아니라 무당의 몸에 내린 신에게 비는 거니까."

"다르긴 뭐가 달라? 의술을 신이라고 하면 얘기가 똑같아지는 거지. 그만 따지고 애가 어떻다고?"

경수 아버지는 아들의 증세를 자세히 설명했다. 의사는 경수의 동공과 혓바닥을 살피고, 체온을 쟀다.

"간호사는 없어요?"

"마누라가 간호사인데 마침 가출 중이라서……. 어떻게 생각해? 가출은 해도 직장엔 나와야 하는 거 아냐?"

청진기가 아이의 가슴과 배와 등을 천천히 더듬었다. 설마 머리까지? 경수 아버지는 의사가 아이의 머리에 청진기를 대는 순간 곧바로 아이 손을 붙잡고 병원 문을 나서리라고 결심했다. 우려하던 일은 일어나지 않았다. 의사는 아이에게 앉았다 일어서기, 주먹 쥐었다 펴기, 손가락으로 숫자 세기, 종이에 초승달과 별 모양을 그리고 가위로 오리기 따위를 시켰고 아이는 고분고분 의사의 지시에 따랐다. 경수가 가위질하는 모습을 지켜보던 의사는 나머지는 대기실에서 마무리하라고 했다. 경수가 진료실에서 나가자 의사는 경수 엄마에게 질문을 했다.

"경수가 아기 때 젖은 잘 빨았어?"

경수 아버지야 그렇다 치고 경수 엄마는 초면인데 역시 반말이었다. 그녀는 똑같이 반말로 대응할까 고민하다가 말을 하지 않고 고개를 끄덕이는 방식으로 타협했다.

"아기 때 잠은 잘 잤고? 중간에 자주 깨지 않고 길게?"

이번에도 그녀는 고개를 끄덕였다.

"많이 울고 보채진 않았나?"

이건 고개를 끄덕이거나 젓는 걸로 대신할 수 없었다.

"그냥 다른 애들만큼."

"글씨도 잘 쓴다고 했고, 블록놀이도 오랫동안 잘 한다고 했고……. 음, 아이가 차례는 잘 지키나? 그러니까 줄을 잘 선다거나 신호등 지시를 잘 따른다거나."

이번에는 경수 아버지가 나섰다.

"어휴, 말도 말아요. 규칙을 얼마나 잘 따르는지. 새치기 같은 거 하면 지옥 가는 줄 알아요."

의사는 더 이상 질문을 하지 않고 고개를 숙인 채 무언가를 한참 쓰고 긋고 그렸다. 이윽고 고개를 든 의사가 손뼉을 두 차례 짝짝 치고 말했다.

"됐어. 몸도 마음도 아주 건강해. 단, 앞으로는 물을 조심하고 돼지와 흰색을 멀리하도록. 이사를 갈 일이 있으면 동쪽이나 남쪽으로 가고. 명심해. 이것만 지키면 아무 문제 없을 거야."

"네에?"

줄곧 아내의 눈치를 보던 경수 아버지가 과장되게 목소리를 높였다.

"왜 그렇게 놀라?"

대기실에 혼자 있는 아들이 걱정되었지만 혹시나 하는 기대를 가지고 남편 옆에 앉아서 의사의 말에 귀를 기울이던 경수 엄마가 더 이상 참지 못하고 자리에서 일어났다. 그녀는 남편에게 대충 마무리하고 빨리 따라오라는 말을 입 모양으로 전달한 뒤에 진료실을 빠져나갔다.

"아니, 무슨 처방이……."

"왜? 이상해? 그럼 다른 병원에 가든지."

"……."

"다른 데 가봐야 십중팔구 원인을 알 수 없다고 할 거야. 아니면 오진을 하거나. 나도 처음에는 ADHD를 의심했는데 아이를 관찰하고 얘기도 더 들어보니 그건 아닌 것 같아. 유아기 때 정서도 안정적이었고, 소근육 발달도 정상이고, 집중력과 인내심도 있는 편이고…… 세상에는 정확한 원인을 알 수 없는 병이 더 많아. 그러니까 알아서 해. 그냥 내 말을 한번 믿어보든지 다른 병원에 가든지."

"물을 조심하고…… 또 뭐라고 하셨죠?"

"돼지와 흰색을 멀리하도록 해. 그리고 동쪽과 남쪽이 아이에게 좋은 기운을 주니까 숨을 쉴 때도 그쪽을 보고 쉬는 게 좋을 거야."

"나침반을 가지고 다녀야겠네요."

"그럼 더 좋지."

의사는 잠시 말을 멈추고 졸음을 쫓으려는 듯 머리를 좌우로 세차게 흔들었다. 원심력을 받은 볼살이 뼈에서 달아나듯 출렁이다 제자리로 돌아왔다. 진동을 멈춘 얼굴은 어리둥절한 표정을 하고 마치 처음 보는 사람처럼 경수 아버지를 바라보았다.

"그런데 피해야 할 게 돼지고기예요, 돼지예요?"

"이런 처방은 두루뭉술한 것이 좋지 너무 구체적이면 약발이 떨어져. 다 알면서. 그럼 이제 안녕."

분위기의 흐름상 자연스럽게 의사가 뿅 하고 사라지는 장면을 기다렸으나 그런 일은 일어나지 않아서 경수 아버지는 건강 잘 챙기라는 둥 사모님은 곧 돌아올 거라는 둥 어색한 인사말을 늘어놓고 진료실을 빠져나와야 했다.

12

병원을 나와 버스정류장으로 걸어가면서 경수 아버지는 의사가 아니라 무당한테 왔다 가는 기분이 들었다. 경수 엄마는 아직도 화가 덜 풀렸는지 뾰로통해 있었다. 경수 아버지가 말했다.

"그래서 내가 그냥 사거리에 있는 병원에 가자고 한 건데."

경수 엄마는 아무런 대꾸도 하지 않았다. 경수 아버지도 아내의 눈치를 살피며 입을 다물었다. 버스에 탄 세 식구는 뒷자리에 나란히 앉았다. 가운데 자리에 앉은 경수는 의사가 내어준 과제에 지쳤는지 정류장의 플라타너스 그늘을 벗어나자마자 차창을 뚫고 쏟아지는 따가운 여름 햇살 속에서 곧바로 잠이 들었다. 세 식구는 그렇게 버스에서 한마디도 하지 않았다. 아들의 얼굴에 흐르는 땀을 엄마가 한 차례 손수건으로 닦아주었고, 차가 급회전할 때마다 좌우로 꺾이는 아들의 고개를 아버지가 두어 번 바로 세워주었을 뿐.

버스에서 내린 경수 아버지는 잠이 덜 깬 경수를 안고 걸었다. 짐이 없어 몸이 가벼운 경수 엄마는 몇 걸음 앞서 걸었다. 여전히 입을 다물고 있었지만 이제는 화가 났다기보다는 골똘히 생각에 잠긴 표정이었다. 둘 사이의 간격이 점점 더 벌어졌다. 그녀는 옆을 둘러보다가 걸음을 멈추고 뒤돌아서서 일행을 기다렸다. 요 며칠 좋은 일이라고는 하나도 없었는데 그녀의 눈동자는 반짝반짝 빛나고 있었다. 경수 아버지는 아내의 화가 풀린 것 같아 한숨 놓였다.

"생각해보니까 그 의사 참 용하네요."

"용하다고? 뭐가?"

"아까 돼지를 멀리하라고 했잖아요. 그런데 우리 경수 봐요. 분식집 시작하고부터 벌써 몇 달 동안 거의 매일 순대를 먹었다구요. 요즘엔 아예 밥 대신 순대를 먹고 있구요. 순대 재료가 당면 빼면 전부 돼지잖아요. 거기다가 돼지 허파, 돼지 염통, 돼지 간까지 먹었으니……."

"난 그냥 탄수화물, 단백질, 지방을 골고루 갖췄으니까 영양에 별 문제가 없을 것 같아서 내버려두었지. 지방이 조금 많고 단백질이 조금 부족하지만 간이랑 같이 먹으면 균형도 얼추 맞고. 우리는 물건도 최상품으로 떼어 오는데."

"지금 영양성분 얘기 하는 거 아니잖아요. 매일 순대 먹는다는 얘기, 그 의사한테 했어요?"

"아니."

"와우! 어쩜! 어떻게 알았을까? 정말 족집게네."

"당신, 미신 같은 거 안 믿었잖아."

"그랬나요? 난 잘 모르겠는데……. 그게 어디 믿는 사람, 안 믿는 사람으로 딱 갈라지는 건가요? 상황에 따라 달라지는 거지. 이런 상황에선 오히려 안 믿는 게 어색하다니까요. 속는 셈치고 한번 시키는 대로 해보죠. 크게 손해 볼 것도 없는데."

"순대야 그렇다 치고…… 그 맛있는 삼겹살을 어떻게 끊어? 김치찌개는 어떡하고? 꽁치통조림 넣은 김치찌개만 줄창 먹으라고?"

"지금 누구 혀를 걱정하는 건지 모르겠어요. 경수? 나? 당신?"

"우리 모두지. 경수는 못 먹게 하고 우리만 먹는 건 더 잔인하 잖아."

"남자들은 이렇게 융통성이 없다니까요. 불신 아니면 맹신이 죠. 중간이 없어요. 일주일에 한두 번 김치찌개 먹고 한 달에 한두 번 삼겹살 먹는 정도가 무슨 문제가 되겠어요? 조심하라, 멀리하 라는 말이 완전히 끊으라는 의미는 아닐 거예요. 그럼 물을 조심 하라고 했으니까 물 한 방울도 안 마실 거예요? 주어진 상황에서 정성을 다하는 게 중요하죠. 계율이란 건 융통성 있게 적당히 지 키면 되는 거예요. 너무 완벽하게 지키면 신도 숨이 막힐 거예요."

"다행이네."

그는 아내가 맹신은 아니어서 다행이라는 의미로 말했고, 그 녀는 삼겹살과 김치찌개를 계속 먹을 수 있어서 다행이라는 의 미로 받아들였다.

"그렇게 한번 해보지."

"무당에게 갈까 병원에 갈까 고민했는데 한 번에 해결했어요. 당신, 은근히 발이 넓네요."

13

아버지 팔근육의 피로가 한계에 이르렀을 때 마침 완전히 잠 이 깬 아들이 바닥에 내려서 걷겠다고 했다. 하마터면 아버지는 아들에게 고맙다는 인사를 할 뻔했다. 아버지의 팔근육은 아들의 체중 증가에 비례하여 늘어나주지 않았다. 경수 아버지는 당장 내일부터 팔굽혀펴기를 해야겠다고 결심했다. 모퉁이를 돌자 분식집 간판이 눈에 들어왔다. 경수네 분식. 괜히 상호로 쓰는 바람에 아들 이름은 화장실 낙서에 등장하는 불명예를 안게 되었다. 조만간 간판을 바꿔야지. 바꾸고 다시 시작하는 거야. 어떤 이름이 좋을까. 간판을 바라보던 경수 아버지의 시선이 '분' 자에 머물렀다. 그제야 '분'의 뜻이 가루라는 데 생각이 미쳤다. 하얀 가루를 그렇게 경계했는데 적(敵)은 엉뚱한 곳에 숨어 있었다. 흰색을 멀리하라는 의사의 말도 떠올랐다. 경수 아버지는 자책했다. 아이들 먹는 음식이라고 화학조미료 대신 천연재료로 육수를 만들어 쓰고 설탕 대신 양파를 갈아 쓰며 온갖 정성을 쏟아부었는데 정작 아들의 건강은 챙기지 못했다. 아들의 건강 앞에서 비로소 경수 아버지의 낙관과 집념은 흔들리기 시작했다. 계속 밀고 나가야 하나. 여기서 그만 접어야 하나.

가게 문을 열고 들어가려는데 이상한 낌새를 느꼈다. 상가 건물이 평소와는 다른 기운을 발산하고 있었다. 경수 아버지는 아내와 아들을 먼저 들여보냈다. 그리고 건물 주위를 한 바퀴 돌아보기로 했다. 한 바퀴를 다 돌 필요도 없었다. 90도를 돌자 건물 옆 벽면에 붉은 스프레이로 휘갈긴 낙서가 눈에 들어왔다. 분식집 아저씨는 어린 여자애만 밝히는 변태. 사람이 불결하면 그 사람이 만든 음식도 불결하다. 이번에는 내용이 간단하고 그림도 없지만 글씨가 크고 실외인 데다가 잘 지워지지 않아서 파급 효

과는 훨씬 더 클 것 같았다. 선택의 여지가 없었다. 누가 낙서를
했는지는 이제 궁금하지도 않았다. 경수 아버지는 분식집을 접
기로 했다. 그는 마음을 비우고 나머지 270도를 산보하듯 돌았
다. 건물의 나머지 세 면은 여느 때와 다름없는 평화로운 모습이
었다.

14

　가게가 나가는 데는 오랜 시간이 걸리지 않았다. 그나마 다행
이었다. 다행인 것은 몇 가지 더 있었다. 우선 커피숍 때와는 달
리 권리금을 고스란히 되찾았다. 복덕방의 백수 아들이 가게를
인수하면서 업종을 바꾸지 않았기 때문이다. 또한 맛은 그저 그
런데 먹고 나서 속이 편하다는 입소문이 퍼지면서 성인 단골이
제법 늘어난 덕분이기도 했다. 의기소침한 가운데서도 경수 아
버지는 권리금 백 퍼센트 환수를 자신의 사업 감각에 대한 공공
의 인정으로 받아들이고 스스로를 위로했다.
　무엇보다도 다행인 것은 경수의 이상한 증세가 깨끗하게 사라
졌다는 점이다. 순대와 분식을 끊고 하루 세 끼 엄마가 차려준 가
정식 백반을 먹는 생활을 한 지 사흘 만이었다. 그로부터 몇 달이
지나도록 경수의 행동에서 별다른 이상이 보이지 않게 되자 경
수 아버지는 영양학이나 의학, 미신 쪽의 입장과는 다른 새로운
해석을 내놓았다. 엄마가 손수 만들어준 음식이 경수에게 특효

약이었다는 것이다. 엄마 밥을 먹었을 때는 경수에게 아무런 문제가 없었다. 문제의 행동을 보인 것은 공장에서 떼어 온 음식이나 아버지가 만들어준 음식을 먹었을 때뿐이다. 똑같은 재료와 똑같은 조리법으로 만든다 해도 공장에서 만든 음식과 아버지가 만든 음식과 엄마가 만든 음식이 몸과 마음의 건강에 미치는 영향이 다 다르다고 경수 아버지는 주장했다. 물론 그의 해석을 과학이라 할 수는 없었다. 하지만 엄마 밥에 대한 호감과 신뢰가 대중 일반에게 널리 퍼져 있는 상황에서 그것의 심신 치유 효과를 마냥 미신으로 치부하기에도 무리가 있었다. 결국 경수 엄마도 고개를 끄덕였다. 다른 쪽의 설명보다는 설득력이 있어 보였다. 경수 아버지는 이 핑계로 적어도 집에서만큼은 요리의 세계와 결별했다. 몇 달이 더 지나 부부는 의사의 말을 자연스레 잊어버렸다. 다시 몇 달이 흐르자 의사의 존재도, 경수에게 이상행동이 있었다는 사실조차도 부부의 기억 속에서 희미해졌다.

15

분식집을 그만두고 경수 아버지는 한동안 공원이나 놀이터에서 기나긴 낮 시간을 보내면서 사업 구상을 했다. 어느 날 놀이터 그네에 앉아 꾸벅꾸벅 졸다가 우연히 아이들의 대화를 들었다. 빵집 아들이 뭐가 부럽다고 그러니? 세 개만 먹어봐라. 빵은 금방 질린다니까. 안 질려도 돼지가 되는 거고. 그럼 넌 어떤 집 아

영혼이 없는 떡볶이 59

들로 태어나고 싶은데? 완구점 아들이 최고야. 자동차, 총, 로봇, 비행기, 다 마음대로 갖고 놀 수 있잖아. 제3의 아이가 끼어들었다. 그런 건 포장을 뜯으면 팔 수가 없지. 씨이, 포장이 안 된 것도 많다니까. 어쨌든 나는 서점이나 만홧가게가 최고라고 생각해. 다 보고 팔 수도 있고 빌려줄 수도 있으니까. 경수 아버지는 격세지감을 느꼈다. 뭐야? 완구점, 서점, 만홧가게가 그 위대한 빵집을 이긴 거야? 요즘 애들 배가 부른가 보네.

여기서 영감을 얻은 경수 아버지는 그 자리에서 문방구를 차리기로 결심했다. 이때만 해도 그의 감각은 아주 녹슬지 않았다. 완구점, 서점, 만홧가게라는 말을 듣고서 순간적으로 문방구를 떠올리는 능력은 누구에게나 있는 것이 아니다. 그는 작은 완구점과 작은 서점을 겸하는 문방구를 골라 인수했다. 완구점을 겸하는 집은 흔했으나 거기에 서점까지 겸하는 곳은 아주 드물어서 발품을 많이 들여야 했다. 경수네 문방구는 연필, 공책, 크레파스, 물감, 스케치북 같은 문구류는 기본이고 소년잡지, 만화잡지, 학습참고서까지 팔았으며 전문 완구점처럼 다양하지는 않지만 아이들에게 인기 있는 웬만한 로봇이나 자동차쯤은 갖추어놓고 있었다. 경수는 뜻밖의 호강을 누렸다. 경수 아버지는 뜯은 포장을 복원하는 기술을 어디선가 배워 왔다. 그는 경수가 며칠 동안 가지고 놀던 장난감을 지문까지 깨끗하게 닦아내고 원래대로 감쪽같이 포장하여 다시 진열대에 올려놓곤 했다. 놀이터 아이들이 다음 생에서나 이루어지길 바라던 소원을, 그것도 세 가지씩이나 현생에서 실현시킨 것이니, 경수 아버지는 아들에게 최고의 선물을 한 셈이다. 물론 아들에게 소원을 물어본 적은 없으나 아이들 취향은 거기서 거기리라 짐작했다.

어느새 경수는 초등학교에 입학했고, 주로 잡지와 만화책이지만 주변에 책이 많아서인지 육체파 어린이에서 학구파 어린이로 변신했다. 역시 아이들에게는 환경이 중요하다니까. 적은 수입으로 원금은커녕 이자 갚기에도 벅찼지만 부부는 아들이 자라는 모습을 보며 그런대로 만족스러운 생활을 했다. 그럭저럭 1년이 흘렀을 때였다. 학교에 다녀온 경수가 숙제를 하려고 책가방을 뒤지다가 편지 한 통을 발견했다. 경수는 곧장 아버지에게 편지를 들고 갔다. 봉투에는 발신인도 수신인도 적혀 있지 않았지만 우표는 붙어 있었다. 반대의 경우, 그러니까 우표는 안 붙이고 발신인이나 수신인은 적는 경우는 보았지만 이건 뭔가. 경수 아버지는 봉투의 장난기에서 벌써 내용을 예감했다. 내용은 단 한 줄이었다. 우리 변태 아저씨는 역시나 아이들 상대하는 업종만 골라서 하네요. 분식집에서 5킬로미터 정도 떨어진 거리라면 소문에서 자유로울 줄 알았다. 더 멀리 가고 싶었지만 자리가 잘 나지 않았다. 경수 아버지는 이것저것 따지지 않고 서둘러 가게를 정리했다. 아들이 다니는 학교 앞이었기 때문이다.

16

이번에는 분식집을 그만둘 때보다 상실감이 더 컸다. 빚은 두 배로 늘었고 자신감은 반의반으로 줄었다. 당장 무엇으로 생계를 해결해야 할지 막막했다. 무엇보다도 경수가 문방구에서 즐겁게 놀던 모습이 눈에 아른거렸다.

문방구를 넘긴 그날 밤, 부부는 잠을 이루지 못했다. 심한 허기를 느낀 두 사람은 야식을 찾듯 서로의 살 속으로 파고들었다. 허기는 쉽게 채워지지 않았다. 아니, 점점 더 깊어졌다. 부부는 포개지고 뒤엉키고 때론 똬리를 틀며 무언가를 찾아 헤맸다. 구름을 추월한 살찐 달이 그 공허의 틈새를 비집고 들어와 다가구주택의 좁은 방을 가득 채웠다. 순간 모든 살이 부드러운 젖빛으로 물들었다. 둥근 살은 풀빵처럼 부풀고 단단한 살은 대리석처럼 빛나고 기름진 살은 강물처럼 꿈틀거렸다. 침식과 풍화의 세월 속에서 여태 살이 남아 있다는 사실이 낯설고 고마웠다.

여자는 이날이 생의 마지막 날인 것 같아서 울었다. 남자는 그 눈물을 핥아 먹었다. 핥아 먹으며 같이 울었다. 혓바닥에 닿은 한 방울의 눈물은 잠자고 있던 갈증을 도발했다. 남자는 여자의 살이 분비하는 온갖 체액을 핥아 마셨다. 침과 땀을, 눈물을, 깊은 샘에서 흐르는 뜨거운 술을…… 간편한 야식은 이제 멸망 직전의 종족이 나누는 최후의 만찬으로 바뀌었다.

그때 강렬한 향기가 여자의 뇌수를 흠뻑 적셨다. 여자는 아득한 현기증을 느꼈다. 달콤한 과일 향기가 방 안을 가득 메웠다. 포도 향기였다! 여자의 엉치뼈에서 감각이 사라졌다. 향기의 밀도가 높아질수록 남편의 몸은 줄어들었다. 남편은 나프탈렌처럼 자신의 몸을 녹여 기체로 변신하며 향기를 발산했다. 여자는 급격히 줄어들어 금세 공기가 되어 사라질 것 같은 남편의 몸을 꼭 붙잡아 안았다. 이내 여자는 정신을 잃었다.

다음 날 아침, 지구는 멸망하지 않았다. 무덤덤한 아침이었다. 경수 엄마는 간밤의 일을 떠올렸다. 모처럼 절정을 느꼈다. 살다 보니 이런 일도 다시 있네. 그녀는 설핏 미소를 흘렸다. 그런데 어디까지가 실제고 어디서부터 환각이고 꿈인지 경계가 모호했다. 남편의 몸이 내뿜던 포도 향기가 마음에 걸렸지만 대수롭지 않게 생각하기로 했다. 전에도 절정에 오를 때면 가끔 환각을 체험한 적이 있기에. 더구나 남편의 몸은 전혀 줄어들지 않았으며 방 안 구석 어디에도 포도 향기는 배어 있지 않았다. 다만 흠뻑 젖은 속옷과 이불보가 간밤에 겪은 격렬한 무언가에 대한 증거로 남아 있었다. 그녀는 소녀 같은 장난기가 발동하여 남편을 저울 위에 올려 세웠다. 줄기는커녕 한 달 새에 두 근이나 늘었다. 남편의 체중을 확인하고 한결 느긋해진 그녀는 잠시 생각에 잠겼다. 나프탈렌처럼 자신의 몸을 녹여가며 행하는 악은 제 몸집을 불려가는 선보다 나쁜 것일까. 이내 그녀는 고개를 흔들고 속옷과 이불보를 빨아 베란다에 널었다. 빨래 널기에 참 좋은 화창한 날이었다.

17

경수 아버지는 전기구이통닭집에 마지막 승부를 걸었다. 이 무렵 그는 반복된 좌절과 학습된 무력감으로 이미 판단이 많이 흐려진 상태였다. 의심과 불신으로 무장한 채 몸을 움츠리고 있다가도 결정적인 순간에 귀가 얇아지곤 했다. 어느 날 그는 몇 다리 건너 아는 사람에게서 떼돈을 벌고 있는 통닭집이 있다는 얘기를 들었다. 그이가 다음 달에 미국으로 이민을 가는데 분신 같은 가게를 아무한테나 넘길 수가 없다잖아. 물론 그 집을 탐내는 사람들은 줄을 섰지. 그런데 그이가 참 진국이라. 고객과 한번 한 약속, 변함없는 맛과 서비스를 돈보다도, 아니 돈이 뭐야, 목숨보다도 더 소중하게 생각해. 그래서 돈은 좀 덜 받더라도 정말 믿을 만한 사람에게, 그러니까 장사꾼보다는 장인에게 자기의 분신을 맡기고 싶다는군. 그런데 요즘 세상에 어디 그런 사람을 쉽게 찾을 수 있나? 경수 아버지는 음식 장사는 다시 안 하고 싶었지만 자기의 진심을 알아주는 사람이 있다는 사실에, 자기와 같은 부류의 사람이 이 세상에 존재한다는 사실에 감동을 받아 마음을 조금 열었다.

가게를 방문했을 때 50석 규모의 홀에는 손님이 빼곡하게 들어차 빈자리가 거의 없었다. 이대로라면 1년 안에 지금까지 진 빚을 모두 갚고 새로 투자한 자금까지 모두 회수할 수 있을 것 같았다. 통닭집 사장은 시세의 반값만 받겠다면서 나머지는 형편이 되는 대로 천천히 갚으라고 했다. 반값이라 해도 큰돈이어서 경수 아버지는 자금을 융통하는 데 애를 먹었다. 영세 자영업자에게 가장 만만한 것은 역시 전세금이었다. 우선 다가구주택 전세에서 옥탑방 월세로 집을 옮겼다. 이미 여러 곳에 많은 빚을 지고 있었기에 그다음에는 뾰족한 방법이 없었다. 옛 동료와 먼 친척, 친하지도 않은 동창을 찾아갔다가 말도 못 꺼내고 발길을 돌리는 일을 수차례 반복했다. 결국에는 고금리의 사채에 의지하는 수밖에 없었다.

전임 사장의 권고를 받아들여 개업기념행사로 전기구이통닭을 50퍼센트 할인하고 생맥주를 무제한 무료로 제공했다. 가게는 손님으로 북적거렸다. 자리가 없어서 손님을 돌려보내야 할 때도 많았다. 지금 이대로 1년만 가자. 그러나 한 달 동안의 행사 기간이 끝나자 손님들은 약속이나 한 듯이 한꺼번에 발길을 끊었다. 하루에 서너 테이블이 고작이었다. 손님 수보다 종업원 수가 더 많은 날도 있었다. 그렇다고 팔수록 손해를 보는 할인행사를 무턱대고 계속 진행할 수도 없었다.

경수 아버지는 주변의 상권과 시내 거리를 둘러보다가 이른바 프라이드치킨이 널리 퍼져 있는 것을 발견했다. 외국의 유명 브랜드 하나와 국내 브랜드 몇 개가 체인점 형태로 곳곳에서 영업을 하고 있었다. 조각난 닭이 온전한 닭을 몰아낸 것이다. 이길 왜 몰랐을까. 그는 닭고기를 좋아하지 않는 아내를 원망했다. 아내에게 취향을 맞추다 보니 복날에 먹는 삼계탕을 빼고는 닭고기를 거의 먹지 않게 되었고 자연스레 최신 흐름에도 무지할 수밖에 없었다. 그는 대중의 변덕스러운 입맛도 원망했다. 기름이 쏙 빠진 담백한 영양식을 외면하고 밀가루를 덮고 저질 기름으로 튀긴 고열량의 음식에 열광하다니. 설상가상으로 양념치킨이 등장하여 전국적으로 선풍적인 인기를 끌었다. 점점 가관이

로군. 그는 대중의 둔감한 미각에 할 말을 잃었다. 세상에 닭고기에 고추장이라니. 도대체 그게 어떻게 어울린단 말인가. 텔레비전에서는 인기 절정의 코미디언이 나와 트로트 창법으로 노래를 부르며 한 국내 브랜드의 양념치킨을 광고했다. 아니야. 내가 옳아. 진실은 승리하는 법. 사람들이 지금은 잠시 거짓된 맛에 현혹되었지만 머지않아 정직한 맛을 찾아 돌아올 거야.

경수 아버지는 고집 반 우유부단 반으로 버티다가 업종을 바꿀 적절한 시기마저 놓치고 말았다. 마침내 가게는 사채업자의 손에 넘어갔다. 비로소 경수 아버지는 무언가 당했다는 느낌이 들었다. 처음 가게를 방문했을 때 홀을 가득 메운 손님들을 떠올렸다. 그때 이미 할인행사, 아니 아예 무료행사를 하고 있었던 게 아닐까. 숫자와 세부에는 집착했으되 맥락에는 소홀했다.

가게를 사채업자의 처분에 맡겼지만 빚은 크게 줄지 않았다. 재빨리 결단을 내리지 못하고 여러 달을 질질 끈 탓이었다. 여기서 끝이 아니었다. 어느 날 사채업자가 경수 아버지를 찾아와 머리를 긁었다. 이거 미안해서 어떡하나. 사정이 딱한 건 나도 알지만……. 사채업자가 서류를 내밀며 전임 사장의 채권을 넘겨받았다고 했다. 그건 형편이 되는 대로 천천히 갚아도 된다고 했는데요. 원금은 천천히 갚더라도 이자는 제때 갚아야 하지 않겠어? 그제야 경수 아버지는 소개한 사람과 전임 사장, 사채업자, 부동산업자, 건물주까지 한통속이 되어 이 일을 공모하거나 적어도 묵인했음을 짐작할 수 있었다.

경수 아버지의 자영업시대는 이렇게 막을 내렸다. 그는 사업이 실패할 때마다 집을 옮겼다. 자가 주택에서 전세로, 전세에서 월세로⋯⋯. 아파트에서 다가구주택으로, 다가구주택에서 옥탑방으로⋯⋯. 이제 경수 아버지는 잠적했고, 남은 식구는 옥탑방에서 나와 장기투숙자를 우대하는 몇 개의 여관을 떠돌다가 무동으로 숨어들었다.

18

훗날, 경수 아버지는 비 오는 날 무동의 천막집 처마 밑에서 소주를 마실 때면 이따금 환청을 듣곤 했다.

영혼이 없는 떡볶이, 이거 다 먹어야 할까?

천막을 두드리는 빗소리를 제치고 여학생의 나른한 목소리가 경수 아버지의 귀정을 때렸다. 그때마다 경수 아버지는 영혼이 없는 떡볶이를 그만 먹고 모든 것을 놓아버리고 싶은 충동을 느꼈다. 그는 충동을 뿌리치려는 듯 술잔을 연거푸 털어 넣고는 중얼거렸다.

거기서부터 꼬였어. 시대를 너무 앞서 나간 죄야. 미원이, 엠에스지가 영혼인 시대를 거스른 죄!

꾸벅꾸벅 조는 그에게 다시 소녀의 목소리가 들려왔다. 나른한 목소리는 그의 귓가를 간질이며 유혹했다.

영혼이 없는 떡볶이, 이거 다 먹어야 할까?

그는 술잔을 찾았다. 술잔도 술병도 비었다. 몇 발짝 앞에서 흙

알갱이가 햇살과 뒤엉켜 뒹굴었다. 언제 비가 그쳤나. 그러나 천막을 두드리는 빗소리는 여전했다. 그는 눈을 비비고 다시 바라보았다.

마당에는 뿌연 빛의 가루가 부서지고 있었다.

거기, 부서지는 빛의 가루를 맞으며 여학생이 하얀 교복 블라우스에 번진 붉은 얼룩을 혀로 핥고 있었다.

온통 순백의 세상에서 소녀의 혀와 입술과 얼룩만이 붉게 빛났다. 얼룩에서 혀로, 입술로 이어지는 그 붉은 형상은 맑은 날 눈 덮인 들판에서 홀로 피 흘리는 작은 짐승처럼 몸부림치고 파닥거렸다. 짐승의 피가 눈 속에 스며들면서 붉은 형상은 서서히 주변 공간을 침식했다.

혀의 격렬한 움직임에 소녀의 팔과 다리가 마른 꽃잎처럼 부서지고 하얀 가루가 되어 흩날렸다.

어느새 얼룩을 삼키고 입술마저 삼킨 소녀의 혀가 빠른 속도로 자라났다. 집채 높이만큼 자란 붉은 혀가 꿈틀거리며 일어서더니 높은 파도의 자세로 머리를 치켜들고 다가왔다. 그는 공포에 질렸다. 달아나려고 했지만 꼼짝할 수가 없었다. 붉은 혀가 마침내 하얀 배경을 삼켰다. 이제 거대한 혀만 남았다.

혀가 빛을 삼키자 세상은 촉각이 되어버렸다. 촉촉하고 미끌미끌하고 차가운 것이 그의 몸을 덮치고 핥고 적셨다. 미역 같기도 하고 뱀 같기도 한 것이 그의 다리를 휘감았다. 이어 배가 조이고 가슴까지 압박감이 올라왔지만 그는 야릇한 흥분을 느꼈다. 혀의 머리가 그의 입을 파고들었다. 방금 전의 흥분에 대한 반작용으로 그는 완강하게 버텼다. 그는 입술과 치아를 꼭 닫고 혀의 침입을 막으려 했으나 결국 무너지고 말았다.

미끌미끌하고 차가운 그것은, 의외로 달콤했다. 차가운 혀가 그의 몸을 뜨겁게 만들었다. 그는 상대가 누구인지 혼란스러웠다. 아내처럼 친근하기도 하고 옛사랑처럼 아련하기도 하고 타인처럼 낯설기도 했다. 이제 소녀의 혀라고 할 수도 없었다. 그는 그냥 우주의 혀라고 생각하기로 하고 껄끄러움을 떨쳐버렸다. 이런 게 뭐 범아일여(梵我一如)이고 우주와의 합일인 거지.

그의 습관화된 합리화에 일침을 놓듯 입속에 날카로운 통증이 밀려왔다. 거대한 혀가 연체동물의 치설(齒舌)로 변했다. 혀에서 돋아난 수천 개의 이빨이 그의 구강을 할퀴며 휘저었다.

그의 입속을 실컷 유린하고 철수한 혀의 머리가 이번에는 스프링보드가 되어 그의 몸을 튕겼다. 그는 공중 높이 튀어 올랐다가 떨어졌다. 떨어진 곳은 다시 수많은 이빨이 돋아난 혓바닥. 부처님 손바닥도 아니고 부처님 혓바닥이라니.

그는 물컹한 빨래판 같은 혓바닥을 미끄러져 내려갔다. 아래로 아래로……. 촘촘한 이빨의 과속방지턱에 엉덩이가 덜컹거렸지만 속도가 줄기는커녕 오히려 점점 가속도가 붙었다.

해가 보이지 않아 며칠이 지났는지 몇 달이, 몇 년이 지났는지 알 수 없었다.

이 추락은 언제까지 계속되는 걸까.

아래로 아래로…….

끝이 없는 미끄럼틀이었다.

혹시 이건 원형(圓形)의 혀, 원형의 미끄럼틀이 아닐까.

목구멍은 어디에? 구멍아, 그만 나를 삼켜다오.

소녀의 목소리가 속삭였다.

빠져나갈 수 없어요.

윤회(輪廻)를 즐기세요.

이만하면 아름다운 놀이터 아니에요?

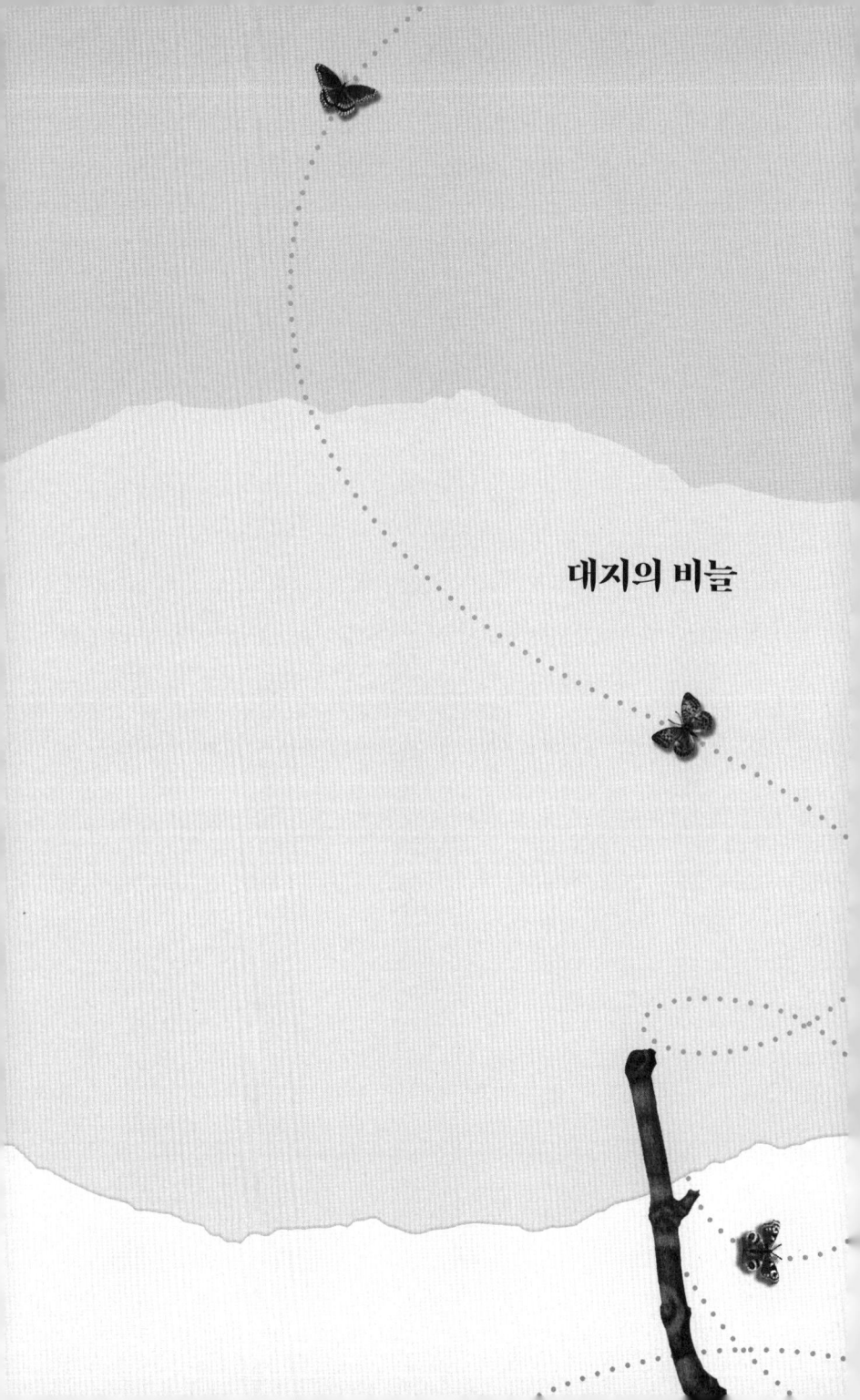

대지의 비늘

1

무동은 수백 동의 비닐하우스로 이루어진 마을이다. 그 비닐하우스에 꽃과 채소 대신 사람이 살고 있다. 사람이 광합성을 할 필요는 없으므로 투명한 비닐 위에 보온과 차광을 위하여 검은 천을 덮었다. 처음부터 사람이 살기 위해 비닐하우스를 세운 것은 아니다. 제방이 개축되고 배수시설이 정비되면서 무동이 상습 침수 지역에서 벗어났을 때, 마침 정부는 현대식 영농기술을 보급하고 근교농업을 장려하는 정책을 추진하고 있었다. 부가가치가 높은 꽃과 채소를 재배하는 비닐하우스가 위성천 남쪽의 너른 논밭을 서서히 침식했다. 무동도 거기에 포함되었다. 위성시의 근교농업은 수십 년간 전성기를 누렸다. 교통의 발달과 지대(地代)의 상승으로 경쟁력이 예전에 비해 다소 약화되기는 했어도 위성시의 근교농업은 여전히 사계절 내내 붉은 장미와 신선한 채소를 서울에 공급하며 명맥을 이어가고 있다. 이제 무동은 거기에 포함되지 않는다. 무동의 비닐하우스에는 꽃과 채소 대신 사람이 살고 있다.

무동의 비닐하우스에서 꽃과 채소를 몰아내고 처음으로 사람이 몰려들어와 살기 시작한 것은 서울시가 국제적인 행사를 앞두고 도시 미관을 위하여 대대적인 재개발을 감행하면서부터다. 어느 날 철거를 앞두고 다음 정착지를 찾아 서울 근교를 정탐하던 한 남자가 농민들이 휴게용 막사로 개조한 비닐하우스에 간이침대를 들여놓고서 틈틈이 휴식을 취하기도 하고 한낮의 더위를 피하여 낮잠을 자기도 하는 모습을 우연히 발견하고는 무릎을 쳤다. 재개발에서 밀려난 서울 곳곳의 철거민들이 정탐병의 뒤를 따라 속속 무동으로 몰려들었다.

왜 그들은 하필 무동을 선택했을까? 무동은 위성시의 근교농업 지역 가운데 도시 지역과 가장 가까웠다. 걸어서 전철역까지 갈 수 있었고, 전철을 타고 15분이면 시계(市界)에, 50분이면 서울역에 도착할 수 있었다. 서울의 도심에 접근하는 데 있어서 서울 변두리 지역과 큰 차이가 없었다. 그러나 서울의 일자리도 중요하기는 하지만, 오직 그것만 바라보고 있었다면 그들은 무동을 선뜻 정착지로 선택하지는 않았으리라. 다수가 일용직 인부로 하루에 열두 시간 이상씩 일하는 그들에게 두 시간의 출퇴근 시간과 교통비는 부담이 될 수밖에 없었을 터. 그런데 위성시에는 여러 공사들이 한창 진행되고 있어서 서울보다도 오히려 일자리가 많았다. 위성천에 교량 두 개가 추가로 건설되고 있었고, 북구에 자리 잡은 북부공단이 제2단지를 조성하고 있었으며, 위성천의 도심 주변 구간을 복개하는 사업이 추진되고 있었다.

2

관선 시장은 이 하천복개공사에 특히 애착을 가졌다. 중앙정부의 건설부 고위공무원 출신인 시장은 훗날 시장직에서 물러난 다음, 하천복개사업의 업적을 내세우면서 위성시 남구의 국회의원에 당선되었다. 국회의원이 된 지 2년 만에 그는 무동의 최대 지주인 부동산개발업자 최회장에게서 거액의 뇌물을 받은 혐의로 기소되었다. 재판에서 그는 징역 1년 6개월의 실형을 선고받아 의원직을 상실했다. 그는 3년 동안 수인과 야인으로 지내다가 특별사면을 받았다. 곧이어 치러진 지방선거에서 그는 콘크리트로 덮인 하천을 복원하여 시민을 위한 생태공원을 만들겠다는 공약을 내걸고 민선 시장에 당선되었다. 화려한 부활이었다.

고마운 개천! 이쯤에서 그는 개천을 열고 닫는 일에 신명을 느꼈다. 전에 그는 일 숭녹자라는 소리를 들었으나 진정으로 일을 즐기지는 못했다. 개천을 열고 닫으면서 그는 비로소 일과 놀이의 결합이라는 말을 이해했다. 자신이 일을 이토록 사랑하는지 처음 알았다. 주색이며 골프 따위가 다 시시해졌다. 그는 개천을 열고 닫는 일에서 우주의 리듬을 느꼈다. 이 정도가 무슨 낭비란 말인가. 실용성이라고는 코딱지만큼도 찾아볼 수 없는 행성탐사에 천문학적인 돈을 쏟아붓는 나라도 있는데. 아, 토건의 신비여!

국가적인 경제위기와 대규모 실업사태가 닥치자 그는 환경보다는 일자리 창출이 중요하다면서 하천을 복개하고 그 위에 소상공인의 거리, 세계문화의 거리, 고용과 생산과 소비와 문화가 한자리에서 만나는 거리를 조성하겠다는 공약을 내걸고 시장선거에서 한 번 더 승리했다. 그리고 또다시 4년이 흘렀다. 이번에는 웬만하면 토건사업에 호의적인 소속 정당에서도 그를 만류했다. 그는 무소속으로 출마했다. 수염도 안 깎은 초췌한 모습으로 유세장에 나타난 그는 녹색도시와 녹색성장은 세계적 추세이자 시대의 흐름이라고, 우리는 후손에게 부끄럽지 않은 지구를 물려주기 위해 노력해야 하는데, 그 첫 걸음이 바로 하천의 복원이라고 주장했다. 입장이 바뀐 데 대하여 그는 지난날의 과오를 솔직하게 인정하고 반성했다. 하지만 입장을 번복하기를 두려워하기보다는, 개인의 일관된 소신과 명예에 집착하기보다는, 실용과 공익을, 시의 이익과 국가의 이익과 지구의 이익을 우선시해야 한다는 깨달음에 용기를 얻어 어려운 결단을 내렸으니 그런 충정을 이해해달라고 호소했다. 여기서 잠시 울컥한 그는 목멘 소리로 상황이 바뀌면 정책도 바뀌어야 하고 잘못된 것이 있으면 인정하고 더 늦기 전에 바로잡아야 하는 게 아니냐고 반문했다. 청중의 박수 소리가 울려 퍼졌다. 그는 지난날의 과오는 시대적 지평의 한계 때문이라는 주변의 지적도 있지만 결국 모든 것은 오로지 자신의 부덕 탓이라고 말하다가 끝내 눈물을 흘렸다. 청중에게 큰절을 올리는 것으로 그는 연설을 마무리했다. 시민들은 그의 고해하는 듯한 솔직한 자세와 야릇한 실용정신에 매료되었다. 그는 민선 시장 3선에 성공했다.

시장의 개천 사랑 이야기는 끝이 없을 듯하다. 다시 그가 관선 시장이었던 시절로 돌아가보자. 무동의 땅 주인들은, 꽃과 채소를 몰아내고 비닐하우스를 제집으로 삼은 사람들을 왜 그냥 내버려두었을까. 하루아침에 집을 잃고 거리로 나앉은 이들의 처지에 동정이 갔을 법도 하다. 하지만 딱한 처지의 사람들에 대한 동정은 멀지도 가깝지도 않은 적당한 거리가 유지되었을 때, 그들이 뉴스나 드라마 속에 머물며 안전거리를 확보하고 있을 때에나 겨우 발휘되는 것이지, 그들이 불쑥 텔레비전에서 튀어나와 자신의 영역을 침범하고 사유재산을 점령한다면 이야기는 달라진다. 그러니 성자도 자선사업가도 아닌 무동의 땅 주인들이 철거민의 침입을 허락한 것은 오로지 그것이 이익이 되었기 때문이다. 꽃과 채소가 내는 집세보다 사람이 내는 집세가 조금이나마 더 많았다. 지주들 가운데 일부는 장래를 내다보았다. 위성시도 급속한 도시화가 진행되면서 주변부의 개발에 대한 기대가 싹텄다. 그들은 아무래도 사람이 살면 유리할 것이라고 생각했다. 사람이 살기 때문에 오히려 개발이 어려울 수도 있다는 점은 간과했다. 지주라 해도 대부분 아직 촌사람, 순진한 농민이었다.

세입자 입장에서도 이익이었다. 다가구주택 단칸방 한두 달치 월세면 1년을 살 수 있었다. 소문을 듣고 북부공단의 공원들이 대거 이주했다. 시간이 흐르면서 위성시 내부의 재개발에서 밀려난 사람들, 실직이나 가정 해체, 사업 실패 때문에 빈민으로 몰락한 사람들이 무동에 정착했다.

3

무동이 농경지에서 사실상 주거지로 바뀌기 전에도 거기서 잠을 자고 밥을 지어 먹으며 사는 사람이 있었다. 그는 철거민이 이주하기 10여 년 전에 무동에 들어와 비닐하우스 한 채를 빌려 작업실 겸 숙소로 개조했다. 그는 로큰롤 고라고 불렸는데 당시에 이십대 초반의 청년이었다. 낮에 와서 일을 하고 잠시 낮잠을 자는 농민들을 주민이라 할 수 없으니 로큰롤 고는 광대의 천막촌이 사라진 이래 무동 최초의 주민이었으며 한동안은 무동의 유일한 주민이었다.

그는 오후 두세 시쯤 일어나 맨손체조를 하고 간단하게 씻고 나서 밥을 지어 먹었다. 식단은 365일, 아침, 점심, 저녁, 늘 똑같았다. 그는 불린 쌀 위에 직접 기른 콩나물을 듬뿍 올려 밥을 짓고 거기에 간장 한 숟가락을 얹어 비벼 먹었다. 그리고 날계란 한 알을 깨어 먹는 것으로 식사를 마무리했다. 이런 조촐한 식단을 고집한 것은 돈을 아끼기 위해서이기도 했지만 무엇보다도 우선 생활을 최대한 단순하게 하고 음악에 집중하기 위해서였다. 뮤지션의 길을 걷는 이에게서 이보다 더 단순한 식생활을 상상할 수 있을까. 거기에는 군더더기가 하나도 없었다. 타원형의 하얀 밥알은 온음표였다. 2분음표였던 콩나물은 검은 간장에 물들면서 4분음표가 되었다가 꼬리의 위치가 바뀌면서 8분음표가 되었다. 날계란은 그의 소박한 밥상에서 중요한 단백질 공급원이었는데, 익혀 먹으면 식감이 더 좋고 소화흡수율도 더 높을 텐데 일부러 날것으로 먹은 것은 혹사당하는 성대를 보호하려는 목적이 우선이었기 때문이다.

그는 밥을 먹고 일렉기타의 볼륨을 낮춘 채로 곡을 썼다. 비닐하우스를 개조하면서 보온과 차광뿐만 아니라 방음까지 고려했지만 아무래도 주변에 사람이 있을 때에는 신경이 쓰였다. 해 질 무렵 농민들이 집으로 돌아가면 마음껏 기타를 치고 노래를 불렀다. 땅이 울리고 천막이 파르르 떨리도록 볼륨을 높여도 뭐라고 하는 사람이 없었다. 전에 살던 주택가에서는 아무리 방음장치를 철저히 해도 이웃의 항의가 끊이지 않았다. 대낮에도 그랬으니 밤에 연습을 한다는 것은 상상도 할 수 없었다. 무동에서는 낮보다 밤이 더 자유로웠다. 야행성 기질이 점점 더 심해져서 그는 아침에 해가 뜨고 한두 시간이 더 지나서야 잠이 들게 되었다.

로큰롤 고는 스무 살이 넘도록 자위를 한 번도 하지 않았다. 일부러 그런 건 아니다. 그냥 깜빡했다. 열두 살에 기타를 처음 잡고부터 그는 음악에 흠뻑 빠져 다른 데에는 도통 관심이 없었다. 그는 한 달에 한 번쯤 몽정을 했다. 속옷 처리가 난감해질 때마다 인제 시간이 나면 미리 배출을 해야겠나고 마음먹었다가 이내 잊어버리곤 했다. 그러기를 몇 년, 마침내 몽정도 사라졌다. 출구를 잃은 고환 속의 수많은 올챙이들이 혈관을 타고 올라가 뇌에서 콩나물로 바뀌었던 것이다. 수억 수조의 음표들이 그의 머릿속을 가득 채웠다. 이쯤에서 반문이 있을 법도 하다. 록의 정신은 저항과 관능인데, 금욕이라니. 중세의 종교음악가도 아니면서. 그러나 그는 의도하지 않은 금욕생활 속에서 오히려 처절하게 관능적인 음표들을 오선지와 기타 줄 위에 쏟아냈다. 그가 토한 음표들이 대부분 올챙이 출신이라는 점을 기억하자.

어느 날 오후 로큰롤 고는 담배가게에 들렀다가 숙소로 돌아가고 있었다. 둥글게 부풀어 오른 하얀 비닐의 물결이 비스듬히 기운 오후의 태양을 반사하며 대지의 비늘처럼 번득거렸다. 둑길의 무성한 풀과 철길 너머의 논, 동쪽 산의 우거진 숲이 무동의 들판을 에워쌌다. 그렇게 무동은 초록에 갇힌, 여름의 설국이었다. 하얀 비닐의 들판 틈새에 박힌 몇 개의 검은 점 가운데 하나가 그의 숙소. 동서로 난 길과 남북으로 난 길이 만나는 지점의 한 길목에는 나이가 아주 많은 느티나무가 있었다. 땅의 용도가 거듭 변경되고 주변에서 자라는 식물의 종류가 수없이 바뀌는 모습을 목격하며 느티나무는 3백 년 동안 그 자리를 지켰다. 로큰롤 고의 숙소는 느티나무 앞을 거쳐야 갈 수 있었다.

나무를 백 미터쯤 앞에 두었을 때 야릇한 냄새가 났다. 뭐라고 할까. 물고기가 흘리는 땀 냄새라고나 할까. 땀샘은 포유류에게만 있다고 들었는데……. 인어에게 겨드랑이 냄새가 난다면 이와 비슷할까? 그는 사람과 물고기의 경계가 뚜렷하지 않은, 냄새라는 정체 모를 세계 앞에서 당혹스러웠다. 뼛속이 간지러웠다. 난감했다. 뼛속이 간지러우면 어디를 긁어야 하는가.

마침내 느티나무 앞에 도착했다. 나무의 넓은 그늘 아래 노란 장판이 깔린 평상 위에서 한 여자가 무릎을 꿇고 엎드려 걸레질을 하고 있었다. 로큰롤 고 또래의 젊은 여자였다. 검고 긴 생머리를 뒤로 묶은 여자는 하얀 원피스를 입고 있었다. 소매가 없고 평퍼짐하고 단이 짧은 원피스였다. 여자가 방향을 바꾸어 걸레질을 했다. 여자의 엉덩이가 로큰롤 고를 정면으로 노려보았다. 살이 많고 둥근 엉덩이가 상하로 좌우로 출렁거리며 춤을 추었다. 원피스 자락이 펄럭일 때마다 오금 주변의 하얀 허벅지 살이 그대로 드러났다.

바람이 불었다. 바람이 폭이 넓은 원피스 속을 통과했다. 여자의 맨몸을 목부터 한 차례 쓰다듬은 바람이 다리 사이를 빠져나와 로큰롤 고에게 불어왔다. 순간, 인어의 겨드랑이 냄새 같은 것이 조금 전과는 비교할 수 없게 진한 농도로 로큰롤 고의 후각을 강타했다. 금세 심장박동이 두 배, 세 배로 빨라졌다. 그는 어찌할 바를 몰랐다. 단거리달리기 선수보다 빠른 속도로 전력질주하고 싶기도 했고, 거꾸로 서서 팽이처럼 돌며 머리부터 땅을 파고 들어가고 싶기도 했다.

좌우 엉덩이 살집의 율동에 따라 검은 골의 윤곽과 음영이 나타났다 사라지기를 반복했다. 그는 자신의 고통의 원천인 검은 골을 응시했다. 그는 그 깊은 바다로 빠지고 싶은, 참을 수 없는 충동을 느꼈다. 어느새 그는 평상 위에서 무릎을 꿇고 기어가고 있었다. 로큰롤 고의 코가 바다에 닿기 직전, 여자가 방향을 돌렸다. 그제야 여자는 로큰롤 고의 존재를 알아차렸다.

"어머, 깜짝이야."

여자가 원피스 자락을 쓸어내리며 두 다리를 모으고 앉았다. 정신이 번쩍 든 로큰롤 고는 평상에서 무릎을 떼고 엉거주춤한 자세로 있다가 이내 책상다리를 하고 앉았다. 깜짝이야, 하고 말은 했지만 여자는 그리 놀란 것 같지는 않았다. 여자는 생글생글 웃는 얼굴을 하고 있었고, 이마와 콧등에는 이슬 같은 땀방울이 송골송골 맺혀 있었다.

"까치가 단체로 똥을 싸서……. 아침에 쌌는지 바짝 말라붙어서 치우느라 좀 힘들었어요. 이제 깨끗하죠?"

"아, 예."

로큰롤 고는 간신히 몇 음절로 신음하듯 대답했다. 그는 호흡을 가다듬고 간밤에 작업하던 곡을 떠올렸다. 스님처럼 책상다리를 하고 음표에 집중하자 마음이 조금 진정되었다. 바람이 잔잔해졌다. 팽창했던 혈관도 거의 제자리로 돌아왔다.

"내가 아니면 아무도 안 치워요. 덕분에 넓은 평상이 다 내 차지가 됐지만요. 여기, 누울 자린 고사하고 앉을 자리도 없을 때가 많거든요. 저녁 늦게까지 일하려면 좀 쉬어야 하는데……."

"아, 예."

여자는 느티나무 앞 토마토 농장에서 일하는데 농장에 휴게용 막사가 따로 없어서 평상에서 휴식을 취한다고 했다.

"저는 토마토 문이라고 해요. 어릴 때부터 토마토 농장에서 일해서. 그쪽은요?"

"아, 저는 로큰롤 고라고 합니다. 어릴 때부터 로큰롤을 해서."

"로큰롤이요? 그런 채소는 들어본 적이 없는데."

"그건 채소가 아니라 음악이에요. 최고의 음악이죠. 반짝 유행하고 사라질 음악이 아니에요. 아마 백 년, 2백 년 뒤에도 살아남을 겁니다."

"아아, 그러니까 오래 살고 싶으시다는 거군요."

"그게 아니라……."

로큰롤 고는 할 말을 찾다가 자신이 무엇을 부인하려는 건지 알 수 없게 되었다. 이내 여자가 의외로 핵심을 짚었을지도 모른다는 생각이 들어 입을 다물었다.

"오래 살려면…… 토마토를 많이 먹어야 해요. 토마토는 암도 예방하고 노화도 늦춘대요. 또 피부에도 좋다는데……. 어머, 내가 토마토를 많이 먹어서 이렇게 피부가 좋은가?"

"글쎄요, 제가 피부에는 문외한이라서……."

"……."

"……."

"그런데 아무리 몸에 좋아도 그렇지 새참으로 달랑 토마토 두 개를 주면 어떡해요? 이거 먹고 저녁 여덟 시까지 버텨야 한다니까요. 다른 농장은 새참으로 국수도 준다는데. 삶은 계란도, 찐 고구마도……."

여자가 투덜대면서 옆에 놓인 토마토 두 개를 들어 보였다가 다시 내려놓았다.

"저는요, 오래 사는 것보다는…… 땅이 있었으면 좋겠어요. 엄마 아빠도 어릴 때부터 남의 땅에서 일했어요. 지금도 마찬가지예요. 수십 년 동안 변한 게 없어요. 아, 땅이 있었으면 좋겠다. 아주 많이……. 무동의 땅을 다 가졌으면 좋겠다."

여자는 토마토를 한 입 베어 먹었다. 남자에게도 하나 먹어보라고 권할 법도 한데 그러지 않았다.

"그래, 그 로큰롤이라는 채손지 뭔지는 어디서 길러요?"

"아, 이쪽으로 똑바로 가다가 왼쪽으로 꺾어져 좀 들어가면 오이 농장이 하나 있죠? 그 옆에 있는 검은 집이 제가 일하는 곳이에요. 저도 콩나물 하나는 잘 키웁니다."

"그 집은 로큰롤 고씨 소유? 아니면……."

"월세예요. 아니, 1년에 한 번 한꺼번에 세를 내니까 연세라고 해야 하나."

"우, 이런 얘기 하니까 덥다. 덥죠? 그죠?"

"음…… 좀 덥긴 한데…… 제 생각에는 여름이라 그런 것 같은데요."

여자는 토마토를 한 입 더 베어 먹었다. 여전히 남자에게는 권하지 않았다. 천천히 아껴가며 토마토 하나를 다 먹은 여자가 머리를 풀고 고개를 좌우로 흔들었다. 윤기 흐르는 검고 긴 생머리가 맹금의 날개처럼 펼쳐지며 공중에 한참을 떠서 활공했다. 중력이 사라진 듯 시간이 멈춰진 듯……. 여자가 머리를 다시 묶었다. 금방 묶을 머리를 왜 풀어 헤치는지 로큰롤 고는 알 수 없었다. 정돈되기는커녕 삐져나온 머리칼 몇 가닥이 새로 여자의 젖은 뺨과 젖은 입술에 달라붙었다. 여자가 입으로 바람을 후, 불어 입술에 붙은 머리칼을 떼어냈다.

두 팔을 들어 머리를 풀고 흔들고 다시 묶는 동안 민소매 원피스를 입은 여자의 겨드랑이는 무방비 상태로 활짝 열려 있었다. 빛과 분자의 이동 속도 차이 때문에 후각은 시각보다 몇 박자 늦게 반응했다. 여자의 겨드랑이가 닫힌 뒤에야 비로소 여자의 아포크린샘이 분비한 휘발성 물질의 분자가 로큰롤 고의 비강에 도착했다. 로큰롤 고의 심장박동이 또다시 두 배, 세 배로 빨라졌다. 이제 음표를 떠올리는 건 아무 소용이 없었다. 그는 무릎을 꿇고 애원했다.

"제발……."

그는 자신이 무엇을 바라고 있는지도 모르면서 빌었다.

"절대 안 돼요."

여자가 싸늘한 목소리로 잘라 말했다. 울상이 된 로큰롤 고가 주먹을 쥔 오른손의 집게손가락을 높이 세워 보이며 애원했다.

"제발……."

"한 입만 달라구요?"

"예, 예, 제발……."

"어림도 없어요. 이것만은 절대 안 돼요."

여자가 하나 남은 토마토를 두 손으로 꼭 잡고 일어섰다.

"먹는 것만큼은 절대로 양보할 수 없어요."

여자가 평상에 엉덩이를 걸치고 땅바닥에 놓인 작업용 운동화를 신었다. 그녀는 한 손으로 신발을 신으면서도 나머지 한 손으로는 토마토를 꼭 움켜쥐는 걸 잊지 않았다.

"일하러 갈 시간이에요. 오늘은 낮잠도 못 잤네. 로큰롤 고씨도 이제 그만 가서 물 줘야죠? 콩나물이 아빠를 애타게 기다릴 텐데……."

남자에게서 돌아서자마자 여자는 두 번째 토마토를, 아껴 먹던 첫 번째 토마토와는 달리 엄청나게 빠른 속도로 꾸역꾸역 씹어 삼키기 시작했다. 누가 뺏어 먹을까 봐 두렵다는 듯이……. 그렇게 여자는 위로는 토마토를 게걸스레 썰어 삼키고 아래로는 튼실한 엉덩이를 실룩실룩 흔들어대며 농장을 향해 걸어갔다. 멀어지는 여자의 뒷모습을 바라보다가 남자는 앞으로 고꾸라지며 평상 바닥에 이마를 내리찧었다.

4

작업실로 돌아왔지만 로큰롤 고는 일이 손에 잡히지 않았다. 그도 그럴 것이 그의 머릿속을 가득 채운 음표들이 급격한 속도로 뇌에서 빠져나가고 있었다. 수억 수조의 콩나물들이 올챙이로 바뀌어 혈관을 타고 고환으로 이동했다. 이러한 변화는 토마토 문을 처음 보았을 때, 아니 그녀의 냄새를 처음 맡았을 때부터 시작되었는데, 이제 그것이 절정을 향해 치닫고 있었다. 수많은 올챙이들이 떼를 지어 연어처럼 처음 태어난 곳으로 회귀했다. 고환이 부풀면서 청바지가 조여왔다.

이제 일이 안 되는 것은 문제도 아니었다. 로큰롤 고의 모든 감각을 토마토 문이 점령하고 있었다. 혀에서는 새콤하고 달콤하고 조금 짭짤한, 소금 뿌린 토마토 맛이 났고, 귓가에서는 친절함과 싸늘함과 백치미가 뒤섞인 목소리가 울려 퍼졌으며, 눈을 떠도 눈을 감아도 둥근 엉덩이가 출렁이는 모습이 선명하게 떠올랐고, 무엇보다도 코에서는 그녀 특유의 땀 냄새가 가시지 않았다. 로큰롤 고는 이제 자신이 바라는 것을 어렴풋이 알게 되었다. 그는 달뜬 몸으로 뒹굴고 몸부림치며 날이 밝기를 기다렸다. 그는 날이 밝으면 농장에 가서 여자에게 청혼을 해야겠다고 결심했다. 고통에서 벗어나는 방법은 그녀와 결혼하는 길밖에 없을 것 같았다.

날이 밝았지만 그는 여자의 출근시간을 계산하며 조금 더 뜸을 들였다. 서두르지 말자. 급할수록 침착하게…… 오전 열 시. 로큰롤 고, 장하다. 오랫동안 잘 참았구나. 그러나 곧이어 그는 과연 잘 참은 것인지 두려움 때문에 결단을 미루고 있는 것인지 분간을 할 수 없게 되었다. 그는 간이침대에서 벌떡 일어나 세수를 하고 옷을 챙겨 입었다. 특유의 냄새 때문에 농장에서 토마토 문을 찾는 것은 그리 어렵지 않았다. 그녀는 비닐하우스 안에서 다 익은 토마토를 따 바구니에 담고 있었다.

"어, 여긴 웬일이에요?"

"저…… 그게…… 그러니까……."

"어머, 하루 만에 반쪽이 되었네. 어디 아프세요?"

"네. 아파요."

"어, 어디가요?"

"이게 다 당신 때문이에요."

"저 때문에요? 아니, 제가 뭘 잘못했다고?"

"그게…… 뭐라고 해야 하나…… 그러니까……."

"뭐요?"

"당신은…… 다, 당신은……."

"뭐요? 아유, 답답해. 빨리 좀 말해봐요."

"다, 당신은 왜 다른 아줌마들처럼 몸뻬를 안 입는 거죠?"

"네?"

로큰롤 고의 입에서 생각지도 않은 엉뚱한 말이 튀어나왔다. 역시 말은 음악보다 어렵다. 말은 재즈보다 더 즉흥적으로 흘러간다.

"지금 그거 따지러 왔어요? 이 바쁜 시간에 일부러?"

"농장에 원피스 입은 여자는 당신밖에 없어요. 다들 몸뻬를 입었지."

"나 참, 원피스가 얼마나 시원한데요. 바람도 잘 통하고."

"그래서 문제라구요. 바람이 잘 통해서…… 당신 냄새 때문에 머릿속의 음표가 다 날아갔다구요."

"아니, 지금 무슨 말이에요? 냄새라뇨?"

"당신에게서 냄새가 나요. 아주 지독한……."

"이것 봐요. 저한테 무슨 냄새가 난다고 그래요? 저는 목욕도 매일 하거든요. 음, 여름에는……. 농장에서 이런 일이나 한다고 사람 무시하지 말아요."

"아아, 화내지 말아요. 제가 말을 잘못했네요. 지독하긴 하지만 나쁜 냄새는 절대 아니에요. 그렇다고 좋은 냄새라는 표현도 적당하지 않은 것 같고……. 아무튼 사람을 미치게 하는 아주 죽여주는 냄새인데…… 정말 몰라요?"

남자의 말에 여자는 조금 누그러졌다.

"정말 모르겠어요. 지금까지 그런 말 들어본 적 없는데."

"정말요?"

"정말이요."

"아무튼 당신 때문에 머릿속의 음표가 다 날아갔어요. 책임져요."

"어떻게요?"

"저와 결혼해요."

"장난치지 말아요. 제가 그렇게 만만해 보여요? 저, 그렇게 쉬운 여자 아니에요."

"장난 아니에요. 저, 정말 지금 심각하거든요."

"저, 정말 지금 바쁘거든요. 앞에 토마토 상자 쌓인 것 안 보이세요? 주문이 한참 밀려 있다구요. 그만 가세요. 사장님 오기 전에……."

"그럼 오후에 평상에서 기다릴게요."

"기다리지 마세요. 그리고 여기도 다신 찾아오지 마세요."

5

로큰롤 고는 숙소에 들렀다가는 행여 잠이라도 들까 싶어서 곧바로 평상으로 가서 여자를 기다렸다. 긴 여름 해가 저물어도 여자는 오지 않았다. 그는 무릎을 끌어안고 앉은 채 이따금 깜빡깜빡 졸았다. 졸다 깰 때마다 어둠은 한층 짙어져 있었다. 한밤에 여자가 올 리가 없는데도 그는 자리를 지켰다. 여자가 멀리서 이 모습을 지켜보고 있으리라고 그는 확신했다. 별이든 구름이든 바람이든 이 넓은 우주에 그녀의 전령 하나 없으리라고는 도저히 상상할 수 없었다. 며칠 전까지만 해도 터무니없다고 여겼을 믿음이 그의 마음속에 자연스럽게 자리 잡았다.

다음 날도 여자는 오지 않았고 또다시 밤이 찾아왔다. 사이사이 앉은 채로 졸기는 했지만 그는 벌써 이틀 넘게 제대로 된 잠을 자지 못했다. 감기가 시작되려는지 목이 컬컬했다. 아무리 여름이라 해도 이불도 외투도 없이 밤을 꼬박 밖에서 지내는 건 무리였다. 슬슬 배도 고팠다. 따져보니 밥 먹은 지도 이틀 가까이 되었다. 그동안 어떻게 견뎠는지 이해할 수가 없었다. 몸에 생긴 어떤 변화가 수면욕과 식욕을 억제한 것 같았다. 하지만 그것도 이틀이 지나니 한계에 이르렀다. 그는 밤 시간은 숙소에서 보내고 아침에 돌아오기로 했다. 이쯤이야 여자도 이해해주겠지.

숙소로 돌아온 그는 우선 밥을 안쳤다. 이번에는 콩나물을 쌀 위에 얹지 않고 따로 국을 끓였다. 콩나물이 익을 즈음 고춧가루를 풀고 소금으로 간을 맞추었다. 새우젓이 있었으면 더 좋았을 텐데. 새우젓 같은 건 군더더기인 줄 알았다. 누군가에게는 음악이 군더더기겠지. 마지막으로 계란 두 개를 깨어 넣고 30초가 지나 불을 껐다. 거기에 밥 한 그릇을 말자 대충 콩나물국밥 비슷한 것이 되었다. 얼큰한 국물이 컬컬한 목을 달래주었다. 오랜만에 그는 익힌 계란의 맛과 재회했다. 반숙 노른자의 맛은 환상적이었다. 껍질을 깨서 익히든 그대로 익히든, 기름에 익히든 물에 익히든, 노른자는 반숙이어야 한다. 그는 콩나물국에 밥 한 그릇을 더 말아 먹었다. 포만감에 금세 잠이 왔다.

해가 뜨자마자 그는 눈을 떴다. 잘 잤다. 개운했다. 감기 기운도 싹 달아났다. 며칠 동안의 고된 시차 극복 과정을 거치고 그는 아침형 인간으로 다시 태어났다. 전날 밤에 많이 먹고 자서 배가 고프지는 않았지만 그는 하루 종일 버티려면 저축하듯 미리 밥을 먹어두는 게 좋겠다고 생각했다. 콩나물국에 계란을 깨어 넣다가 새참으로 삶은 계란을 주는 농장을 부러워하던 여자가 떠올랐다. 밥을 먹고 나서 그는 여자를 위해 계란 두 개를 삶았다. 삶은 계란을 식혀 소금과 함께 종이봉지에 담으면서 그는 쓸쓸한 미소를 지었다. 줄 게 계란밖에 없다니. 계란밖에 없다는 사실이 쓸쓸했지만 그래도 뭔가 줄 게 있다는 사실이 흐뭇하기도 했다. 숙소를 나서는데 빗방울이 떨어졌다. 맞아도 될 정도였지만 우기에 접어들었기 때문에 앞으로 어떻게 될지 알 수 없었다. 그는 숙소에 들어가 우산을 들고 나와 몇 걸음 걷다가 다시 멈칫했다. 우산 없이 그냥 비를 맞으며 기다리는 게 그림이 더 낫지 않을까. 그것이 여자를 기다리는 자세에 더 가깝지 않을까. 우산을 놓고 나와 몇 걸음 걷다가 또다시 멈추어 섰다. 여자가 혹시 우산 없이 오면 우산을 씌워주어야 하지 않을까. 그리고 종이봉지가 비에 젖고 소금이 녹아버리면 계란은 뭐에 찍어 먹나. 몇 차례의 우왕좌왕 끝에 그는 우산을 갖고 가기로 결정했다.

비는 왔고 여자는 오지 않았다. 우산을 써도 몸은 젖었다. 노란 장판을 타고 흐른 물이 엉덩이를 흠뻑 적셨다. 해가 저물 때까지 기다리다가 그는 삶은 계란의 껍질을 천천히 까기 시작했다. 그는 껍질을 깐 계란을 손에 들고 한참을 가만히 들여다보다가 접은 종이에 붙은 반쯤 녹은 소금을 찍어 천천히 씹어 먹기 시작했다. 목이 메면 혀를 내밀어 빗물을 받아 마셨다. 그렇게 삶은 계란 두 개를 다 먹었다. 아무리 천천히 껍질을 까고 천천히 씹어도 시간은 오래 걸리지 않았다. 이제 뭘 해야 하나. 그는 빗길을 20분쯤 걸어 담배가게로 갔다. 가게 앞 공중전화 박스에서 그는 전화를 걸었다.

중현이 형! 저예요, 로큰롤 고. 잘 지냈어요? 예. 저도요. 형, 사랑해요. 형은 틀림없이 세계적인 뮤지션이 될 거예요. 저는 확신해요. 술은 무슨…… 저, 술 못 마시는 거 알잖아요. 에이, 그런 말 하지 말아요. 형은 너무 겸손해서 탈이라구요. 지미? 제프? 에릭? 하하, 걔들은 나라를 잘 골라 태어나서 그렇지 실력으로만 치면 형님 무릎에도 못 와요. 어휴, 제가 어떻게 감히…… 저야 형님 허리까지나 간신히 갈까. 잠깐만 기다려요. 금방 끝나요. 아, 형한테 하는 말이 아니라 밖에서 기다리는 사람이 자꾸 문을 두드려서. 네. 성질이 아주 급한 사람인가 봐요. 그럼요, 중요한 건 기다림인데. 예술이든 사랑이든. 사람들이 그걸 잘 몰라요. 형! 형은 부디 끝까지…… 우는 거 아니에요. 빗소리 때문에 그렇게 들리나? 형은 부디, 부디 끝까지 좋은 음악 하세요. 제 몫까지…… 저요? 아, 어떻게 말해야 하나…… 저는 음악계를 떠날 거예요. 아아, 아니에요. 성대도 아니고 손가락도 아니고, 더 중요한 데를 다쳤거든요. 제 느낌인데…… 회복이 불가능할 거 같아요. 아마 앞으로 오랫동안 못 볼 거예요. 좋은 음악 하시고 행복하게 잘 사세요. 뒤에 기다리는 사람이 있어서 그럼 이만…….

로큰롤 고는 공중전화 박스의 문을 열고 밖으로 나왔다. 눈물 때문인지 빗물 때문인지 앞이 뿌옇게 보였다. 우비를 입은 한 남자가 그를 향해 고개를 돌렸다. 조금 전에 문을 두드리던 남자인가 보다. 남자가 로큰롤 고 쪽으로 걸어왔다. 우비 주머니에서 남자의 오른손이 빠져나왔다. 날카로운 금속성의 물체가 번득거렸다. 칼이다! 깜짝 놀란 로큰롤 고가 몇 걸음 뒤로 물러섰다. 그러자 남자가 우비에 흐르는 빗물을 튕기며 빠른 속도로 다가왔다. 로큰롤 고는 있는 힘껏 달렸다. 바람의 저항을 줄이기 위해 우산을 재빨리 접어 움켜잡았다. 여차하면 무기로도 사용할 작정이었다. 세상이 이렇게 험악해서야. 전화 좀 오래 썼다고 칼을 들다니. 그렇게 오래 통화한 것 같지도 않은데. 남자의 발소리가 더 이상 들리지 않았다. 로큰롤 고는 여전히 전력을 다해 달리면서 고개만 슬쩍 돌려 뒤를 보았다. 남자는 공중전화 박스에서 몇 발짝 떨어지지 않은 자리에 그대로 서 있었다. 깁만 주려는 거였나. 하지만 아직 안심할 수는 없다. 숙소까지 계속 뛰어가는 거다.

6

그 순간 담배가게 주인은 청년이 달아나는 모습을 멍하니 바라보고 있었다. 담배를 열심히 팔아 번 돈으로 10여 년 뒤 위성시의 중산층 밀집 지역 2층 상가에 중국집을 차리게 되는 이 남자는 아무리 생각해도 청년이 달아나는 이유를 알 수 없었다. 청년은 일주일에 두어 번 담배를 사러 오거나 전화를 걸러 오곤 했다. 담배가게 주인은 손에 들고 있던 동전을 우비 주머니에 넣고 공중전화 박스 쪽으로 걸어갔다. 저녁에만 벌써 예닐곱 명이 찾아와 전화기가 돈만 먹고 통화가 안 된다면서 한바탕 따지고 환불을 요구했다. 정말로 전화기에 돈을 넣었는지 확인할 길이 없었지만 그는 환불 요구에 응하는 수밖에 없었다. 전화기 옆에 '고장'이라고 쓴 쪽지를 붙여놓아도 못 보았다고 잡아떼면 그만이었다. 언젠가 고장신고를 받고 일주일 만에 도착한 수리기사는 전화기를 몇 번 두드려보더니 전화기와 전화국 측 기재에는 아무 이상이 없고 케이블이 낡아서 그런 것 같은데 케이블을 갈려면 천문학적인 돈이 드니 그냥 비 오는 날만 조금 참고 견디라고, 세상에 완벽한 게 어디 있냐고, 맑은 날에는 아무 문제 없을 거라는 말만 남기고 10분 만에 떠났다. 비 오는 날마다 아주 귀찮게 되었지만 그렇다고 공중전화 관리인이라는 부업을 포기할 처지도 아니었다. 남에게 싫은 소리 듣는 게 질색인 그는 청년이 전화박스 안으로 들어가는 걸 보자마자 우비를 걸치고 가게에서 뛰어나왔다. 전화박스 유리문을 두드리며 전화가 고장 났다고 몇 번을 소리쳤지만 청년은 그의 말에 신경을 쓰지 않았다. 청년이 밖으로 나왔다. 그는 청년이 한바탕 따지고 환불을 요구하기 전에 미리 자진해서 동전을 내밀었다. 어차피 환불은 하게 될 텐데 싫은 소리라도 덜 들을 요량이었다. 동전을 내밀자마자 청년은 냅다 뛰기 시작했다. 동전을 돌려받지 않았으니 전화가 된다는 걸까? 이렇게 비가 쏟아지는데? 뭐, 비가 올 때도 되다가 안 되다가 하니까. 그런데 왜 달아났을까? 혹시 배설물이나 토사물? 아, 왜 이 생각을 못 했지. 최악의 사태다. 전화기 고장과는 비교도 안 되는……. 그는 두 팔을 대지와 평행으로 든 채 벨리댄서처럼 몸을 부르르 떨며 우비에 흐르는 빗물을 털어내고 박스 안으로 들어갔다. 당장 눈에 띄는 것은 없으니 대변이나 토사물은 아니다. 그는 코를 쿵쿵대며 전화 박스 안 구석구석의 냄새를 맡았다. 소변도 아니다. 별다른 흔적이 없다. 그럼 도대체 왜 달아났을까? 담배가게 주인은 그 이유가 궁금해 미칠 지경이었다. 청년이 가게에 다시 오면 물어보려 했으나 청년은 그후로 가게 근처에 얼씬도 하지 않았다. 단골을 바꾼 걸까? 이사를 간 걸까? 남자의 궁금증은 꼬리를 물고 이어졌다.

7

다음 날도 로큰롤 고는 평상으로 출근했다. 혼자 먹는 삶은 계란은 먹먹했다. 이번에는 여자와 두 개씩 나누어 먹을 생각으로 삶은 계란 네 개를 들고 갔다. 날은 맑게 개어 있었다. 오후 새참 시간이 다가오자 슬슬 긴장이 되었다. 오늘도 안 나오는 걸까. 그는 여자가 미워지기 시작했다. 그래, 바쁘겠지. 남자에게 인기도 아주 많을 거야. 나 따위가 성에 차겠어. 한편으로는 미안한 마음이 들기도 했다. 나 때문에 안 나오는 거라면 나 때문에 힘겨운 노동 속에서 잠깐의 휴식도 취하지 못한다는 것이다. 여자가 불쌍하고 안쓰러워졌다. 오늘도 안 나오면 이제 평상에서는 기다리지 말자. 그는 여자를 행복하게 해주기 위해서라면 어떤 험한 일도 할 수 있을 것 같았다. 여자의 손에 물 한 방울 안 적시게 하겠다는 흔한 생각도 했다. 그런 흔한 생각을 하자 행복한 기분이 들었다. 한 대상에게 미움과 미안함과 행복을 동시에 느끼는 일은 처음인 듯했다. 복잡한 감정이었기에 더욱 헤어나기 힘들었다. 그가 행복한 미소에 잠겨 있을 때 여자가 나타났다. 타이밍이 좋다는 걸 그는 직감했다. 오랜 기다림이 있었기에 이런 타이밍도 생겼을 터. 리듬이 중요하다. 음악이든 사랑이든. 그는 여자에게 환한 웃음을 지어 보였다. 조금 굳어 있던 여자도 반 박자 간격으로 활짝 웃으면서 화답을 했다. 경쾌한 싱커페이션이었다.

"어? 여긴 웬일이에요?"

"기다리고 있었어요."

"저를요? 왜요?"

여자가 생글생글 웃으며 시침을 뗐다. 무엇을 없었던 걸로 하려는 시침 떼기인지 알 수 없었다. 어이없는 청혼? 매정한 거절? 후자이면 좋겠지만 전자여도 그리 나쁘지 않을 것 같았다.

"무슨 일 있었어요? 며칠 동안 안 보이던데. 농장에는 쉴 곳도 없잖아요."

"어휴, 정말 바빴어요. 주문이 밀려서……. 휴식시간도 없이 일했어요."

"난 그런 줄도 모르고 여기서 계속 기다렸네요."

"그랬어요? 그냥 농장으로 찾아오면 될걸."

"오지 말라고 했잖아요."

"제가 그랬어요? 기억이 안 나는데."

"잘못 들었나? 에이, 괜히 힘들게 여기서 기다렸네. 그냥 농장으로 가면 될걸."

그는 여자의 시침 떼기에 리듬을 맞추어주었다. 비로소 음악 바깥 세상의 리듬을 알 것 같았다. 여자가 신발을 벗고 평상에 올라와 남자 옆에 앉았다. 여자는 들고 온 토마토 두 개를 바닥에 내려놓다가 종이봉지를 발견했다.

"어? 이게 뭐예요?"

"삶은 계란이에요. 드세요."

"정말요? 고마워요. 내가 진짜 좋아하는 건데……. 어릴 땐 소풍 가는 날에나 겨우 먹을 수 있었잖아요. 지금도 자주 먹을 수 있는 건 아니지만……."

여자는 껍질을 깨끗이 깐 계란을 소금에 찍어 먹었다. 목이 막힐 때마다 물기가 많은 토마토를 한 입 깨물어 먹었다. 여자는 같이 먹자고 권하지도 않았고 혼자 다 먹어도 되냐고 묻지도 않았다. 그렇게 여자는 혼자서 계란 네 개와 토마토 두 개를 다 먹었다.

"토마토를 많이 먹어서 그런지 피부가 정말 좋아 보여요."

"그걸 이제야 알았어요?"

"제가 좀 느려요."

"어떡하죠? 저, 밥도 아주 많이 먹거든요."

"와, 정말 타고났나 봐요. 그렇게 많이 먹고도 이렇게 날씬하다니."

"어떡하죠? 감당할 수 있겠어요?"

"예?"

남자는 여자의 말을 금방 이해하지 못했다.

"아아, 그러니까 그 말은⋯⋯."

순간 남자의 몸이 10센티미터가량 공중에 붕 떴다. 몇 초 뒤 다시 바닥에 내려온 남자는 여자에게 고개를 숙여 인사했다.

"정말 고맙습니다."

"바보처럼 고맙긴 뭐가 고마워요. 밥 많이 먹겠다는데."

"아무튼 고맙습니다. 밥은 제가 어떻게 해서든지⋯⋯."

"땅도 많이 갖고 싶어요."

"그것도 제가 어떻게 해서든지⋯⋯. 저, 무슨 일이든 할 각오가 돼 있어요."

"그게 정신력만 갖고 되는 일이 아니에요."

"그럼?"

"집도 월세에 하는 일도 콩나물 키우기라⋯⋯."

"이제 콩나물은 안 키울 거예요."

"어쨌든 검사부터 해봐야겠어요."

"무슨 검사요?"

"우린 가진 게 몸밖에 없는 사람들이에요. 건강이 중요해요. 평생 빌빌거리며 일도 못 하면 어떡해요. 먼저 팔굽혀펴기 좀 해봐요. 몇 개쯤 할 수 있어요?"

"글쎄요. 한 서른 개쯤?"

"자, 한번 해봐요."

남자가 평상에 엎드려 팔굽혀펴기를 했다. 서른 개를 다 채우자 여자가 말했다. 일어나지 말아요. 그대로 있어요. 이제부터 시작이에요. 여자가 남자의 허리에 올라타더니 바닥에서 두 발을 떼어 체중 전부를 남자의 몸에 실었다.

"이 상태로 서른 개를 더 하는 거예요. 제 발이 바닥에 닿으면 무효예요."

남자의 팔과 허리가 부르르 떨렸다. 날씬해 보여도 여자의 몸무게는 만만치 않았다. 이대로 그냥 버티는 것도 버거운데 팔굽혀펴기 서른 개를 더 하라니. 그는 엉덩이와 허리는 높이 든 채 팔을 굽히기 시작했다. 젖 먹던 힘을 다해 간신히 팔굽혀펴기 한 개를 했다. 그는 서른이라는 막막한 숫자를 잊고 하나하나의 동작을 마지막으로 생각하고 거기에 집중하기로 했다. 숫자는 여자가 대신 세어주었다. 남자의 몸이 오르내리자 여자의 엉덩이도 앞뒤로 흔들렸다. 얇은 속옷 한 장과 얇은 티셔츠 한 장을 사이에 두고 여자의 부드러운 속살과 남자의 딱딱한 허리가 마찰을 일으켰다. 남자의 허리에 불이 났다. 허리 속이 뜨거워지면서 남자는 새로 힘이 생겼다. 숫자를 세는 여자의 목소리가 점점 높아지고 호흡도 점점 가빠졌다. 서, 서, 헉, 서르은! 서른을 세고 나서도 여자는 한참 뜸을 들인 뒤에야 남자의 몸에서 내려왔다. 남자는 숨을 헐떡이며 일어나 여자 옆에 앉았다. 여자도 숨을 헐떡였다. 복숭앗빛으로 물든 여자의 얼굴에 땀이 맺혀 있었다. 남자는 힘을 쓰지도 않은 여자가 왜 숨을 헐떡이고 땀을 흘리는지 알 수 없었다.

"정말 힘이 좋네요. 특히 허리 힘! 오, 마음에 들어요. 쓸 만해
요. 시커먼 집에서 콩나물이나 키웠으면서 제법인데요."

"무언가를 키우기 위해서는 기다려야 하죠. 기다림에도 근력
이 필요해요. 저는 무거운 일렉기타를 메고 열 시간 동안 계속 서
서 연주한 적도 많거든요. 허리 힘이 받쳐주지 않으면 정말 한 시
간도 버티기 힘들어요. 다리 힘도 있어야 하지만 무엇보다도 중
요한 것이 허리 힘이에요, 허리 힘."

"아차, 다리 힘. 허벅지 한번 만져봐도 돼요?"

남자가 고개를 끄덕였다. 여자가 두 손을 크게 벌려 남자의 허
벅지 둘레를 재고 손가락 끝으로 꾹꾹 눌러보았다.

"아주 굵고 단단하네요. 좋아요."

"그럼 이제 된 건가요? 합격이에요?"

8

며칠 후 토마토 문은 로큰롤 고의 검은 집으로 짐을 옮겼다.
튼튼한 몸 하나밖에 내세울 게 없는 로큰롤 고에게 직업 선택의
자유는 제한되어 있었다. 그는 건설현장에서 인부로 일하기 시
작했다. 고되고 험한 직종이었지만 성실하게 일하면 웬만한 사
무직보다 더 많은 돈을 벌 수 있는 시절이었다. 몸을 사리지 않고
열심히 일하는 그에게 선배들이 충고했다. 살살 해. 그러다가 나

이 들어 골병든다구. 밤에는 토마토 문이 로큰롤 고의 몸을 정밀하게 검사했다. 그녀는 석 달 동안 남자의 노동능력과 생식능력을 꼼꼼하게 검증하고 나서 혼인신고를 했다. 다음 날부터 토마토 문은 농장 일을 그만두었다.

몇 달 뒤 로큰롤 고는 개명 신청을 하러 법원에 갔다. 법원 직원이 로큰롤 고가 들고 간 서류를 훑어보았다.

"이름을 로큰롤 고에서 노가다 고로 바꾼다구요?"

"네. 지금 하고 있는 일이 로큰롤이 아니라 노가다라서요."

"오오, 이런……. 이런 개명 신청은 받아들일 수가 없어요. 그럼 앞으로 직업이 바뀔 때마다 이름을 바꿀 겁니까?"

"아니에요. 앞으로는 안 바꿀 겁니다. 노가다가 제 적성에 딱 맞거든요. 직업이 바뀔 일도 없겠지만 혹시 바뀌더라도 이름을 바꾸는 일은 절대 없을 겁니다."

"이것 보세요. 개명을 하는 데 왜 엄격한 절차를 거치고 법원의 허가를 받도록 했는지 알아요? 당신처럼 자꾸 이랬다저랬다 장난처럼 이름을 바꾸는 사람들 때문이라구요. 당신, 3년 전에도 개명한 적 있죠? 고봉남에서 로큰롤 고로."

"아, 그때는 동사무소 직원이 권해서……. 세계화시대에 대비해서 서양식으로 개명을 하는 게 좋을 것 같다고. 그럼 밀가루도 준다고 해서……. 제가 뭘 잘못했습니까? 저는 그저 나랏일에 협조한 것뿐인데요."

"나랏일은 무슨……. 시장이 즉흥적으로 떠오른 생각을 여론 수렴도 없이 그냥 일방적으로 밀어붙인 거지. 당신, 티브이도 안 봐요? 그때 난리가 났잖아요. 신판 창씨개명이다 뭐다 해서."

"집에 티브이가 없는데요."

"그럼 신문도 안 봐요? 라디오는?"

"……."

"이런 답답한……. 아무튼 그때 노인들까지 나서서 시위를 하고 단식농성을 하고 그랬거든요. 그러다가 안타깝게도 단식을 하던 노인 한 명이 영양실조로 쓰러져 죽었어요. 여론이 들끓었겠죠? 결국 시장의 지침은 한 달 만에 철회되었습니다."

"아아, 그랬구나. 저는 정말 몰랐어요."

"그런데 아무리 밀가루를 준다고 해도 그렇지 한 달도 고민하지 않고 덜컥 이름을 바꾸다니 당신도 참 경솔한 사람이네요. 그때 서양식으로 개명한 사람이 몇 명이나 되는지 아십니까? 위성시의 15만 시민 가운데 달랑 다섯 명밖에 안 된다구요."

"정말 그거밖에 안 됩니까?"

"그렇다니까요. 달랑 다섯 명."

오, 그 다섯 명 가운데 토마토 문도 포함되다니. 로큰롤 고는 대단한 인연이라고 생각했다.

"3만 명 가운데 한 명꼴이죠. 다시 말해 3만 명 가운데 일등을 할 정도로 당신이 경솔하다는 겁니다. 아시겠어요?"

"그럼 다시 원래 이름인 고봉남으로 바꾸는 건 어떨까요?"

"안 됩니다. 그건 곤란한 정도가 아니라 아예 불가능합니다."

"아니, 왜요?"

"당신, 그때 밀가루 받았죠?"

"예. 20킬로그램짜리 한 포대요. 곰표 밀가루 중력분으로."

"그 밀가루는 서양식으로 개명을 한 대가로 받은 거죠? 그런데 다시 원래 이름으로 복귀하면 당신은 그 밀가루를 부당하게 취득한 게 돼버리거든요."

"밀가루는 다시 돌려드릴게요."

"하하, 돌려준다구요? 도대체 누구한테요? 저한테요? 판사님한테요? 시장님한테요? 아니면 동사무소 직원한테요? 그래, 예를 들어 동사무소 직원한테 밀가루를 돌려준다고 합시다. 그 사람은 갑자기 돌려받은 밀가루를 처리할 매뉴얼이 없어서 아주 난감해할 겁니다. 이런 경우 전례가 없어서 서식조차 마련되어 있지 않거든요. 동사무소 직원은 고민에 빠집니다. 당신이 놓고 간 밀가루 포대를 노려봅니다. 이걸 어떡하나. 점심시간마다 사무실에서 수제비를 끓여 먹고 회식 때마다 파전을 부쳐 먹어야 하나. 그런데 사무실에는 취사도구도 없습니다. 할 수 없이 집으로 밀가루를 가져갔다가, 아, 어떡하니, 뇌물수수죄로 쇠고랑을 찹니다. 그러면 당신이 그 사람 처자식 책임질 겁니까? 못 지죠? 법이나 행정 절차라는 게 그렇게 간단한 게 아닙니다. 돌이킬 수 없는 일이 많아요. 단순한 개명 신청이라면 몇 달 안에 마무리가 되겠지만 거기에 밀가루까지 들어가면, 어휴, 아주 복잡해집니다. 소송이 몇 년이 걸릴 수도 있어요. 비용은 또 어떡하구요. 집 한 채 날리는 건 기본입니다. 그런데 당신, 집도 없잖아요."

"죄송합니다. 그렇게 복잡한 일인지 미처 몰랐습니다. 그래도 무슨 방법이 없겠습니까? 제발 부탁드립니다. 저는 더 이상 로큰롤 고라는 이름으로는 살 수 없어요. 지금이야 음악을 완전히 끊었지만 로큰롤 고라는 이름으로 살다가는 언제 다시 음악에 대한 열정이 되살아날지 알 수 없습니다. 한 집안의 가장에게 그런 열정은 엄청난 재난입니다."

"나 참, 음악은 그냥 취미로 하면 되잖아요."

"취미라……. 신으로 섬기던 것을 장난감처럼 가지고 놀다뇨. 그건 신에게도 예의가 아니고 자기 자신에게도 예의가 아닙니다."

"성격 참 유별나네. 이름이 아니라 성격부터 바꿔야겠습니다."

"제 생각엔 이름을 바꿔야 성격도 바뀔 것 같은데요. 고봉남이 절대 안 된다면 제가 서류에 쓴 것처럼 그냥 노가다 고로 바꾸는 건 어떨까요. 제발 부탁드립니다."

"아, 이걸 어떡하나……."

"……."

"음…… 차라리 그게 조금이나마, 아주아주 조금이나마 가능성이 있겠네요. 자, 이렇게 합시다. 서류에 방금 말한 사정과 다시는 경솔하게 이름을 바꾸지 않겠다는 다짐을 덧붙여 써서 제출하세요. 그런데 큰 기대는 하지 않았으면 좋겠습니다. 판결은 판사님이 내리시겠지만 제 경험으로 볼 때 두 번째 개명은 아주 아주 까다롭거든요."

몇 달 후에 로큰롤 고는 법원으로부터 노가다 고로 개명을 허가한다는 통보를 받았다. 토마토 문은 토마토 농장을 그만두었지만 토마토 문이라는 이름이 싫지 않다면서 토마토 문이라는 이름을 그대로 사용하기로 했다.

　로큰롤 고, 아니, 노가다 고가 공사장 식당에서 점심을 먹고 활엽수 그늘 아래 스티로폼을 깔고 누워 짧은 휴식을 취할 때면 가끔 날씬한 인어 한 마리가 콧구멍을 간질이곤 했다. 후각은 쉽게 무뎌지기도 했지만 쉽게 살아나기도 했다. 시각과는 대조적이었다. 시각은 서서히 무뎌지다가 영영 다시 살아나지 않기도 하는데 후각의 권태기는 하루를 넘기지 않는 듯했다. 다른 사람들은 토마토 문의 냄새에 특별한 반응을 보이지 않았다. 자신만 그녀의 냄새를 맡을 수 있는 건지 그녀가 자신에게만 냄새를 발산하는 건지 알 수 없었다. 그는 '눈에 콩깍지가 씌었다'나 '제 눈에 안경'과 같은 말에서 '눈'을 빼고 '코'를 집어넣는 실험을 해보았다. 그러나 생각처럼 자연스럽게 바꿔지지가 않아서 새로운 속담을 만들어내는 데에는 실패했다.

　다음 해 여름 토마토 문은 검은 집의 간이침대에서 짧고 가벼운 산통 끝에 아이를 낳았다. 그보다 몇 달 전 검은 집에서는 또 하나의 생명이 세상에 고개를 내밀었다. 봄이 오고 언 땅이 녹자 검은 집 한가운데서 콩나물 모양의 식물이 꿈틀거렸다. 이내 어린 식물은 굽은 줄기를 곧게 뻗고 연둣빛 잎을 피웠다. 차광막을 통과한 희미한 빛을 삼키며 어린 식물은 안간힘을 다해 광합성을 했다. 여름이 되자 잎은 짙은 초록으로 물들었고 줄기에는 붉은빛이 깃들었으며 키는 어른 허리 높이만큼 자라 제법 나무의 행색을 갖추었다. 무럭무럭 자라난 나무는 다시 한 해가 지나자 검은 집의 천장을 뚫고 가지를 뻗기 시작했다.

9

새 울음소리에 경수는 잠이 깼다. 무동에 살면서 경수는 아침에 엄마가 깨우지 않아도 새들이 지저귀는 소리에 자연스레 눈을 떴다. 경수 엄마는 아직 자고 있었다. 온종일 식당에서 일하고 집에 와서는 지친 몸으로 집안일을 하고 다시 부업으로 늦은 밤까지 마늘을 까다가 잠자리에 든 경수 엄마는 자명종이 울릴 때까지 꼭꼭 채워 잠을 잤다. 경수가 날짐승의 작은 울음소리에 잠이 깨게 된 것은 요란한 자명종 소리와 함께 아침을 맞이하고 싶지 않아서인지도 몰랐다. 새소리가 부드럽게 속삭이며 경수의 이마를 어루만졌다면, 자명종 소리는 성난 얼굴로 꾸짖으며 경수의 어깨를 억세게 움켜잡고 흔들었다. 무동에 살기 전에는 자명종 소리를 들을 일이 거의 없었다. 아침에 눈을 뜨면 언제나 코앞에서 환하게 웃는 엄마의 얼굴이 있었으니까.

자리에서 일어난 경수는 엄마의 잠을 방해하지 않기 위해 조심스레 움직였다. 경수는 옷을 챙겨 입고 배낭에 1.8리터짜리 물통 세 개를 넣어 메고 집을 나섰다. 마을에 전기는 들어왔지만 상수도와 하수도 시설은 없었다. 부엌 싱크대에 달린 멀쩡하게 생긴 수도꼭지에서는 물이 나오지 않았다. 마을에 상수도 시설이 없으니 물이 나오지 않는 게 당연한데도 경수는 그 멀쩡한 겉모양에 속아 몇 번이나 수도꼭지를 틀고 물이 나오기를 기다리곤 했다. 며칠이 지나자 더 이상 수도꼭지에 속지 않았고 수도꼭지의 존재 자체를 잊게 되었다. 그러던 어느 날 경수는 수도꼭지를 물끄러미 바라보다가 미안한 마음이 들었다. 이번에는 속아서가 아니라 물이 안 나올 것을 뻔히 알면서 수도꼭지를 틀었다. 미안해. 널 없는 것처럼 무시해서. 경수는 수도꼭지를 어루만지며 달래고 타이르는 말을 이어갔다. 약해지지 마. 언젠가는 우리 마을에도 수도가 들어올 거야. 그럼 너에게도 물이 나오겠지. 그러니까 희망을 잃지 마. 경수는 수도꼭지를 틀었다 잠그기를 세 차례 반복했다. 항상 준비를 하고 있어야 해. 이렇게 몸을 안 움직이고 있다가 어느 날 갑자기 수도가 들어왔을 때 몸이 딱딱하게 굳어서 꼼짝도 할 수 없으면 어떡하니. 그럼 넌 평생 물 한번 내보내지도 못하고 고물상에 가게 될 거야. 그건 수도꼭지로서 아주 부끄러운 일이겠지? 그러니까 절대 게을러지면 안 돼. 그후로 수도꼭지를 틀었다 잠그는 의식(儀式)이 경수의 하루 일과에 포함되었다.

마을 사람들은 우물에서 물을 길어 빨래를 하고 몸을 씻고 기타 생활용수로 사용했다. 그래도 식수만큼은 웬만하면 우물이 아니라 동쪽 산의 약수터에서 조달하려고 했다. 마을에 인구가 늘어나면서 아이들의 배앓이가 잦아졌을 때 수질검사를 따로 하지는 않았지만 사람들은 지하수가 오염된 탓이라고 생각했다. 그들은 마을에 하수도 시설이 없기 때문에 수백 가구가 배출한 생활하수가 땅속으로 그대로 스며들었으리라고, 그것은 토양의 자연정화 능력을 벗어난 규모이리라고 추측했다. 비용 때문에 우물을 더 깊이 파지도 못해서 사람들은 약수터에서 받아 온 물을 식수로 쓰기 시작했다. 경수네는 식수뿐만 아니라 설거지를 하거나 세수를 할 때 마지막에 헹구는 물도 약수를 사용했다. 약수터에서 물을 길어 오는 일은 경수가 맡았다.

비탈길을 오르기 시작한 지 5분 남짓. 마을이 시야에서 사라졌다. 경사가 완만한 오르막길과 내리막길을 조금 더 걷자 약수터가 나왔다. 떡갈나무와 신갈나무 무리가 약수터 주변을 에워쌌다. 경수는 먼저 시원한 약수 한 바가지를 마셨다. 물통이 채워지길 기다리며 경수는 기지개를 켰다. 나무들은 서로 충분한 거리를 두고 서 있는데 고개를 드니 무성하게 자란 톱니바퀴 모양의 거대한 이파리가 빽빽하게 모여 숲의 천장을 이루고 있었다. 초록의 촘촘한 그물 사이로 하늘의 작은 파편들이 내비쳤다.

세 개의 물통이 다 채워졌다. 경수는 물통을 배낭에 넣어 메고 산길을 되짚어 걸었다. 경수는 아침에 한 번, 오후에 한 번 약수터에서 물을 길어 왔다. 그냥 한가한 오후 시간에 두 번 다녀와도 되는데 바쁜 아침에도 한 번 일부러 짬을 내는 건 화장실 때문이었다. 무동으로 이사를 온 뒤 다른 데에는 그럭저럭 익숙해졌는데 아직도 적응을 하지 못한 게 재래식 화장실이었다. 오줌은 잠시 숨을 멈추고 누면 되었지만 똥은 만만치 않았다. 똥이 나올 때까지 숨을 참고 참고 또 참다가 얼굴이 하얗게 질려 화장실 문을 박차고 나오길 여러 번. 학교에는 수세식 화장실이 있지만 짧은 쉬는 시간에 붐비는 화장실에서 차례를 기다려 큰일을 보기는 쉽지 않았다. 더구나 수업시간에 신호가 와서 쉬는 시간이 될 때까지 참느라 애를 먹은 적도 있어서 똥을 누지 않고 학교에 가면 마음이 편하지 않았다. 그러던 가운데 경수는 약수터를 다녀오는 길에 해결책을 찾았다.

등산로를 따라 내려가던 경수는 샛길로 빠져 걷다가 주위를 둘러보았다. 이쯤이면 약수터를 오가는 사람들 눈도 충분히 피할 수 있는 거리다. 경수는 배낭을 내려놓고 발끝으로 땅을 파헤친 다음 반바지를 벗고 앉았다. 숨을 크게 들이마셨다. 바람을 타고 온 활엽수림의 상쾌한 호흡이 경수의 허파로 이어졌다. 나무 냄새와 풀 냄새, 비릿한 물 내음에 마을 들깨밭에서 올라온 깻잎 냄새가 은은하게 스며 있었다. 경수는 숨을 조금씩 내쉬면서 아랫배에 서서히 힘을 주었다. 제법 묵직한 것이 몸 밖으로 빠져나왔다. 이내 샅 밑에서는 윙윙대는 부산한 소음. 냄새를 맡고 몰려든 파리 떼였다. 그래도 재래식 화장실에 비하면 제법 괜찮은 화장실이었다. 한적한 숲속의 쾌적한 화장실. 조금 멀긴 했지만 그리 나쁘지 않았다. 똥도 누고 물도 받고 아침 운동도 했으니.

10

경수가 산에서 내려왔을 때 마을은 아침의 한복판에서 가스레인지 위의 압력밥솥처럼 김을 뿜어내며 들썩거렸다. 집 앞에 하나씩 있는 엘피지 통은 부엌으로 연결된 꿈틀거리는 고무관으로 힘차게 가스를 분출하며 가스레인지의 취사를 지원했다. 러닝셔츠 차림의 여공이 골목 겸 마당에서 풍성한 샴푸 거품을 내며 머리를 감았고 그 옆에서 어린 남동생이 몸을 비틀며 고양이 세수를 했다. 더위보다 습기가 싫어서 한여름에도 불을 때야 편하게 잠을 잘 수 있는 노인이 연탄을 갈고 나와 집 앞의 아슬아슬한 연탄재 탑에 연탄재 하나를 더 쌓아올렸다. 부지런한 아낙은 벌써 처마 밑 빨랫줄에 빨래를 널었다. 빨랫줄 위로, 천막집의 둥근 지붕 위로, 전봇대 대용의 장대 사이로, 사방팔방 무질서하게 얽히고설킨 전깃줄이 과열과 누전을 무릅쓰고 이 집의 전기다리미, 저 집의 헤어드라이어로 분주하게 전기를 실어 날랐다. 전날 오후 꿀벌의 도움을 받아 가루받이를 한 호박이 부르르 떨며 넝쿨손을 내밀어 가까스로 허공 속의 전깃줄을 붙잡았고 이제 태양의 전폭적인 후원 아래 다리를 전깃줄에 난폭하게 휘감고 앞으로 뻗어 나가며 씨방의 살을 찌우기 시작했다.

경수가 집에 들어서자 밥상을 차리고 있던 경수 엄마가 아들을 맞이하며 물통이 든 배낭을 받아 들었다.

"또 물 받아 왔구나. 와, 이거 엄마가 들어도 무거운데?"

"저, 힘센 거 알잖아요."

"우리 아들 힘센 거야 잘 알지만 그래도 힘들지? 아침부터 힘을 써서 배고플 텐데 얼른 밥 먹자."

"이 정도는 정말 아무것도 아니라니까요. 우리 집이 나무 때는 집이었으면 저는 나무도 해 왔을 거예요."

경수는 밥을 먹다가 흘끔흘끔 엄마를 쳐다보았다. 경수 엄마는 평소에 잘 안 하던 색조화장을 했고 폭이 좁은 짧은 치마를 입고 있었다.

"왜 그렇게 봐?"

"좀 이상해서……. 화장했어요?"

"응. 화장하니까 엄마 예쁘지?"

"네. 그런데 예쁘긴 한데 엄마 같지가 않아요."

경수는 엄마가 예뻐 보이는 게 좋으면서도 왠지 불안했다.

"엄마, 화장 안 하면 안 돼요?"

"엄마가 예뻐 보이는 게 싫니?"

"엄마는 화장 안 해도 예뻐요."

"경수야……."

경수 엄마는 숟가락을 밥상 위에 잠시 내려놓았다.

"경수야, 엄마가 일을 하려면 어쩔 수 없어. 우리 아들은 엄마가 화장을 안 해도 예쁘다고 하지만 엄마가 일하는 식당의 사장님은 그렇게 생각 안 하거든."

"왜요? 못생겼대요?"

"그건 아니고…… 화장을 안 하면 손님들이 싫어한대."

경수가 자리에서 벌떡 일어나 두 주먹을 불끈 쥐었다.

"나쁜 놈! 지는 눌린 돼지처럼 생겨가지고 누구보고 못생겼다고 그래요? 당장 가서 때려줘야겠어요."

"나중에."

"언제요?"

"이담에 커서 어른이 되면……. 그러니까 지금은 그냥 밥 먹자. 얼른 앉아. 학교 안 갈 거야?"

경수는 상기된 얼굴로 씩씩거리다가 마지못해 자리에 앉았다.

"그때까지 어떻게 기다려요?"

"제대로 된 복수를 하려면 기다릴 줄 알아야 하는 거야. 그런데 나중에 복수를 하더라도 때리지는 마라. 폭력은 정말 나쁜 거니까."

"에이, 안 때리고 어떻게 복수를 해요?"

"사장 아저씨도 말로 한 거니까 경수도 말로 복수해야지."

"어떻게요?"

"눌린 돼지처럼 생겨가지고 왜 화장도 안 하고 다니냐고 따진다거나……."

"어, 재미있겠다. 하하, 그 얼굴에 화장하면 정말 웃길 텐데."

"그래. 그러니까 밥 먹자."

경수가 다시 밥상 앞에 바싹 다가와 앉았다.

"그래서 아저씨가 화장을 하고 나오면 또 남자가 왜 화장을 하고 다니냐고 놀려야지."

"그 아저씨도 그렇게 나쁜 사람은 아니야. 엄마한테 못생겼다고 한 것도 아니고 그냥 화장하고 다니라고 한 것뿐인데."

"그래도 복수할 거예요."

"아무튼 엄마는 우리 경수가 있어서 정말 든든하다. 복수를 할 건지 안 할 건지는 천천히 생각하자."

"그런데 분식집에서는 화장을 안 해도 되는데 감자탕집에서는 왜 화장을 해야 돼요?"

"그때는 엄마 아빠가 사장이었고 지금은 아니니까. 지금은 사장 아저씨가 시키는 대로 해야 해."

"미안해요. 남자인 내가 돈을 벌어야 하는데."

"어머, 얘가 못 하는 소리가 없어. 너, 다시는 그런 소리 하지 마. 애들은 그냥 놀면 되는 거야. 애들한테는 노는 게 돈 버는 거야. 놀다 놀다 또 놀다 그래도 심심하면 가끔 공부도 하는 거고."

"이 동네에는 돈 버는 아이들도 좀 있는 것 같던데요. 버스에서 껌도 팔고 볼펜도 파는데 돈을 많이 번대요."

"야! 너! 그런 거 하면 절대 안 돼! 그거 앵벌이야! 경수야, 너, 이 동네 아이들하고 어울리면 안 되겠다."

"앵벌이가 뭐예요? 나쁜 거예요?"

"아주 나쁜 거야. 거지나 깡패보다 더 나쁜 거야. 겉으로는 거지처럼 불쌍한 척하지만 사실은 깡패, 도둑놈, 강도야."

"그렇게 나쁜 애들처럼 보이지는 않던데."

"그거 다 깡패들이 시키는 거야. 그 애들이 돈을 벌면 깡패들이 다 뺏어 간다구. 그 애들도 조금 더 크면 깡패가 돼서 다시 더 어린애들에게 같은 짓을 하게 될걸."

"아, 그렇구나. 정말 나쁜 거네요. 그럼 마늘은 계속 까도 되죠?"

"이제 마늘도 까지 마. 엄마가 다 할 테니까."

"집에서 할 일도 없는데요, 뭐."

"그냥 놀라니까 그러네."

"엄마는…… 그냥 노는 게 얼마나 힘든데요. 이 동네에는 친구도 없어요. 이사 온 지도 얼마 안 돼서……."

경수는 '아까 엄마가 이 동네 아이들과는 어울리지 말라고 했잖아요'라는 말은 하지 않았다. 그러나 경수 엄마는 아들의 말투와 표정에서 그 말을 읽어냈다.

"그럼…… 엄마 일하는 식당에 와서 노는 건 어때?"

"예?"

"왜? 전에 분식집 할 때는 엄마 아빠 일하는 데서 하루 종일 놀았잖니."

"나는 그 사장 아저씨가 싫어요."

11

경수 엄마는 처음에 24시 감자탕집에서 일하게 되었을 때 다행이라고 생각했다. 다른 식당들은 대부분 문을 닫는 저녁 아홉 시나 열 시까지 일을 해야 하는데 오히려 24시간 동안 영업하는 식당은 교대로 일을 하기 때문에 근무시간을 조정할 여지가 있었다. 경수 엄마는 저녁 일곱 시에 퇴근하여 아들에게 저녁밥을 해 먹일 수 있었다. 시간이 조금 더 흐르자 그녀는 아이가 점심밥을 혼자 챙겨 먹는 게 마음에 걸렸다. 아이를 오랫동안 혼자 내버려두는 것도 신경이 쓰였다. 감자탕집은 제법 넓었다. 탁 트인 좌식 홀에는 4인용 탁자 열두 개가 충분한 간격을 두고 놓여 있었다. 오후에도 늦은 점심을 먹으러 오는 택시기사 손님들이 끊이지 않았지만 관공서의 회식 손님들이 들이닥치는 저녁 다섯 시까지는 한가한 편이었다. 그녀는 아들이 학교를 갔다 온 다음 식당에서 시간을 보낼 수 있게 해달라고 사장에게 부탁했다. 이거 참 곤란한데……. 나도 자식 키우는 입장이라 이해는 하지만서도……. 그런데 선화씨, 그렇게 큰 아들이 있었어? 사장은 경수 엄마의 몸을 위아래로 천천히 훑어보았다. 아무리 봐도 애 엄마 몸매 같지는 않은데……. 그래, 그렇게 하도록 하지. 한번 데리고 와봐.

경수가 감자탕집에 처음 온 날, 사장이 반갑게 경수를 맞이했다. 경수는 사장에게 고개를 숙여 공손하게 인사를 했다.

"엄마 닮아 예쁘게 생겼네. 키도 크고. 자, 밥부터 먹어야지?"

경수가 탁자 위에 놓인 메뉴판을 펼쳐 들었다.

"그럼 감자탕집에 왔으니까 감자탕을 먹어야겠죠?"

경수 엄마가 당황하며 사장의 눈치를 살폈다.

"경수야, 그냥 계란 후라이 해서 간단하게 먹자. 그 대신 엄마가 저녁에 맛있는 거 해줄게."

"먹고 싶은 거 먹으라고 그러지. 첫날인데."

사장이 미소를 지으며 경수의 머리를 쓰다듬었다.

"엄마, 아저씨가 먹어도 된다는데요."

빈말이었는지 사장의 안색이 살짝 변했다. 그는 굳은 얼굴로 억지로 웃으며 애꿎은 경수의 머리를 다시 쓰다듬었다.

"너, 음식 안 가리고 잘 먹는구나. 기특하네, 기특해. 이거 애들이 먹기 정말 힘든 음식인데. 엄청 매운 데다가 깻잎에 들깻가루에……."

"제가 바로 그런 음식을 좋아한다니까요."

경수는 머리를 쓰다듬는 사장의 손을 밀어냈다. 경수 엄마는 경수와 사장 사이에서 안절부절못했다.

"죄송해요. 원래 착하고 말 잘 듣는 아이인데 오늘따라 왜 이러는지……. 얘가 뭘 먹든 제 월급에서 까세요."

"에이, 나 그렇게 쪼잔한 인간 아니야. 음식 파는 집에서 먹는 것 갖고 너무 야박하게 굴면 안 되지. 다른 사람도 아니고 선화씨 아들인데……. 자, 먹고 싶은 거 마음대로 먹어. 괜찮아. 괜찮아. 정말 괜찮다구."

사장은 과장되게 괜찮다는 말을 반복했다.

"엄마, 그럼 감자탕 먹어도 되는 거예요?"

"경수야, 감자탕은 소짜도 양이 아주 많거든. 어른 두세 명이 먹어도 배불러. 1인분씩 시킬 수 있는 건 오른쪽 메뉴에 있는데 거기서 골라볼래?"

"그래요? 음, 뼈다귀해장국도 먹고 싶고 선지해장국도 먹고 싶고……. 아, 어떤 걸 먹지?"

"뼈다귀해장국이 그래도 감자탕과 맛이 좀 비슷할걸. 그거 먹을래?"

경수는 능숙하게 뼈를 발라가며 뼈다귀해장국 한 그릇을 순식간에 다 먹어치웠다. 사장은 그 모습을 바라보며 혀를 찼다.

"아무래도 애가 성격은 아빠 닮았나 봐. 식성도 그렇고……. 외모는 엄마를 빼닮았는데 말야."

경수는 여전히 입맛을 다시고 있었다.

"이상하게 오늘따라 먹어도 먹어도 배가 고프네. 아저씨, 선지해장국도 한번 먹어보고 싶은데, 괜찮겠죠?"

"아니, 얘가……. 남들이 보면 엄마가 밥 굶겼는 줄 알겠다."

경수 엄마는 이번에는 적극적으로 만류하지 않았다. 아들이 사장을 상대로 은근히 장난을 치고 있음을 눈치챘기 때문이다. 경수는 사장이 마음에 들지 않았던 것이다. 싫은 이유도 알 수 없었고 그보다 먼저, 싫어한다는 사실조차 의식하지 못하고 있었기에 이런 식의 행동으로 표출된 것이리라.

"아, 괜찮아요. 애들이 먹어봐야 얼마나 먹겠어. 마음대로 먹으라고 그래요. 그런데 우리끼리 얘기지만 우리 집 음식이 좀 느끼하고 강렬해서 이틀 연속 먹기는 힘들어. 여기 단골은 많아도 매일 오는 단골은 없잖아요. 자주 오는 손님도 사흘에 한 번꼴이지. 아마 내일부터는 억지로 먹으라고 해도 안 먹을 거야."

경수가 선지해장국까지 깨끗하게 비우는 모습을 보고 사장은 계산대로 갔고 경수 엄마는 주방으로 돌아갔다. 경수는 빈 테이블에 앉아 숙제를 했다. 엉덩이가 쑤시거나 다리가 저리면 테이블 사이의 공간을 거닐며 산책을 했다.

사장의 예상과 달리 경수는 며칠이 지나도 감자탕집 음식에 싫증을 내지 않았다. 경수는 첫날처럼 두 그릇을 먹지는 않았지만 매일 뼈다귀해장국이나 선지해장국 가운데 하나를 골라 맛있게 먹어치웠다. 그러던 어느 날 경수는 기어코 감자탕 소짜를 시키겠다고 고집을 부렸다. 사장은 음식을 남기면 열 배로 돈을 물어야 한다고 농담처럼 한마디 툭 던졌다. 경수에게 이 말은 농담처럼 들리지 않았다. 시간제한은 없는 거죠? 시간제한? 그런 건 생각해보지 않았는데. 그래도 무한정으로 할 수는 없으니까 그냥 한 시간으로 할까? 경수는 30분 만에 감자탕 소짜를 국물 한 숟가락 남기지 않고 깨끗하게 비웠다. 이번에는 먹성 좋은 경수의 위도 부담을 느꼈다. 감자가 너무 많았어. 공기밥은 안 시키는 건데. 경수는 소화를 시키기 위해 테이블 사이의 공간을 거닐며 산책을 했다. 사장이 한마디했다.

"여기가 운동장이냐? 뛰어다니게."

"뛰지 않았거든요. 그냥 빨리 걸었거든요. 두 발이 동시에 바닥에서 떨어져야 뛰는 거죠. 그런 것도 몰라요?"

사장이 버럭 소리를 질렀다.

"쪼끄만 게 뭘 그렇게 많이 먹냐? 뱃속에 거지가 들었냐?"

주방에서 경수 엄마가 그 소리를 들었다. 가까운 거리에 근무 시간을 조정할 수 있는 24시간 영업점은 없었다. 참자. 이만한 자리 구하기 힘들다. 다음 날 아침 경수는 무덤덤한 얼굴로 이제 감자탕집에는 안 가겠다고 했다. 경수 엄마는 좋을 대로 하라고 했다.

며칠 뒤 사장이 경수 엄마에게 말했다.

"요즘 경수는 왜 안 오나?"

"……"

"내가 소리 좀 질렀다고 그러나? 요즘 매상이 떨어져서 내가 신경이 좀 예민해졌나 봐. 그래도 딱 한 번 그런 걸 갖고……. 경수 다시 오라고 해요. 와서 먹고 싶은 거 마음대로 먹으라고……."

"아니에요. 요즘엔 친구들하고 노느라고 바빠서……."

그러다가 며칠 전에 사장은 주방보조로 일하던 경수 엄마에게 월급을 20퍼센트 올려줄 테니 홀에서 서빙을 하는 게 어떻겠느냐고 제안했다. 대신 친절은 물론이고 용모에도 항상 신경을 써야 한다고 했다. 경수 엄마는 잠시 생각할 시간을 달라고 했다. 글쎄, 이걸 승진이라 해야 하나. 일이 더 힘들어질 것은 뻔했다. 무거운 뚝배기를 쉬지 않고 날라야 하고 그러면서도 웃음을 잃지 말아야 하고 손님이 뜸한 시간에는 주방 일을 도와야 하고. 하다못해 옷값이나 화장품값도 더 들 것이다. 그래도 20퍼센트의 임금인상은 파격적인 조건이다. 이 형편에…… 경수 엄마는 결국 사장의 제안을 수락했다.

12

"나는 그 사장 아저씨가 싫어요."

아들이 사장을 싫어한다는 것을 뻔히 알면서 또다시 식당에 와서 놀라는 말을 하다니. 이 무슨 실없는 소리인가. 경수에게 이 동네 아이들과 어울리지 말라는 말을 하고 그걸 수습하려다 보니 말이 계속 꼬였다. 탁 털어놓고 잘못을 인정하자.

"아깐 엄마가 말을 잘못했어. 이 동네에도 좋은 아이들이 많을 텐데…… 학교 갔다 와서 심심하면 동네 친구들 좀 사귀어보는 건 어때?"

"어쨌든 마늘은 계속 깔 거예요. 그건 저도 양보 못 해요."

"그래, 알았어. 어, 학교 늦겠다. 이제 서둘러야겠는데?"

경수는 남은 밥을 마저 먹고 양치질을 하고 세수를 했다. 경수 엄마는 경수 옆을 따라다니며 수건을 건네고 갈아입을 옷을 챙겨주고 책가방 메는 것을 도와주면서 계속 말을 이어갔다. 점심 먹을 때 반찬 골고루 먹어야 돼. 한 가지만 먹지 말고. 냉장고에 다 넣어두었으니까. 찌개하고 조림은 데우기만 하면 되고. 예. 그리고 항상 낯선 사람 조심하는 거 잊지 마. 너, 절대 낯선 사람 따라가서는 안 돼. 이 말을 할 때 경수 엄마는 유괴범보다는 사채업자를 경계하고 있었다. 식당에서 받는 월급 몇 푼마저 사채업자가 가져가게 할 수는 없었다. 집을 찾아낼 가능성은 비교적 낮았다. 주소지는 잠시 지내던 여관으로 되어 있었다. 어차피 무동은 주거지가 아니어서 주민등록조차 할 수 없었다. 무동의 다른 주민들도 전부 친지의 주소로 위장전입을 한 상태였다. 문제는 경수의 학교였다. 경수를 한 달 동안 학교에 안 보내다가 결국 전학을 시켰지만 안심할 수는 없었다. 경수 엄마는 아침마다 경수에게 주의사항을 숙지시켰다. 낯선 사람을 따라가서도 안 되고, 또 낯선 사람이 따라오게 해서도 안 돼요. 학교 끝나고 집에 올 때는 어떻게 하라고 했지? 곧장 집으로 오지 말고 아이들이 많이 모이는 장소를 세 곳 이상 들렀다 와요. 3분마다 뒤를 돌아보는 것도 잊지 말고. 시계도 없는데요. 정확히 3분일 필요는 없어. 자연스럽게 돌아봐야 해. 길을 걷다가 갑자기 앉아서 신발 끈을 묶는다든지. 끈이 없는 신발인데요. 끈이 있는 신발이 하나도 없었나? 아, 언제까지 이렇게 살아야 해요? 그냥 탐정놀이라고 생각해.

재미있지 않아?

13

일요일 오전. 경수 엄마는 마당에서 밀린 빨래를 했다. 한 달에
두 번 돌아오는 쉬는 날이었다. 경수는 양말을 벗고 고무대야 속
에 들어가 비눗물에 담긴 이불 빨래를 밟았다. 이거 재미있는데
요. 비누거품이 튀어 올라 경수의 종아리를 간질였다. 경수는 빨
래를 밟으며 제자리에서 천천히 뱅글뱅글 돌았다. 세탁기가 없
으니까 더 재미있지 않아요? 다리 아프겠다. 이제 그만 밟아도
돼. 깨끗하게 빨아야죠. 경수 엄마는 빨래판에 대고 빨래를 비볐
다. 빨래에 진 얼룩이 잘 지워지지 않아 고개를 숙이고 조금 더
세게 문질렀다. 터벅터벅 발걸음 소리가 들렸다. 고개를 드니 별
다른 것은 보이지 않고 뜨겁게 달구어진 골목길 위로 뽀얀 흙먼
지가 일고 있었다. 경수 엄마는 고개를 좌우로 돌리며 주변을 살
펴보았다. 얼핏 키 큰 네발짐승의 뒷다리가 흙먼지를 일으키며
막 골목 모퉁이 저편으로 모습을 감춘 것 같기도 했다. 그러고 보
니 초식동물 특유의 냄새가 나는 듯하기도 했다. 소가 지나갔나.
예? 뭐가 지나가지 않았어? 못 봤는데요, 뒤로 돌아서 있어서. 이
동네에 소 키우는 집도 다 있나? 글쎄요. 이제 그만 밟아도 될 거
같아요. 들어가서 마늘이나 까야겠어요. 열심히 마늘 까서 엄마
탈수기 사드릴게요. 얘가 정말…… 엄마! 마늘 까는 일은 간섭

하지 않기로 했잖아요. 그래, 그래. 그럼 티브이도 보아가면서 쉬엄쉬엄 해라.

경수가 방으로 들어가고 잠시 후 옆집에서 크고 날카로운 여자 목소리가 들려왔다. 이 녀석들이……. 니들 입만 입이고 엄마 입은 입이 아니냐? 현관문뿐만 아니라 방문도 열어놓았는지 여자의 억센 음성은 바로 옆에서 귀에 대고 소리 지르는 것처럼 크고 또렷했다. 누가 엄마 밥 먹었어? 너냐? 아니면 너냐? 빨리 자수해. 아, 너희 셋이 나누어 먹었어? 엄마가 지금까지 밥 굶긴 적 있냐? 자기 몫을 다 먹었으면 됐지, 왜 남의 밥에 손을 대? 그것도 감히 엄마 밥에……. 말리지 않은 너희들도 나빠. 전부 무릎 꿇고 손들고 있어. 다다다닥, 방바닥에 무릎이 부딪치는 소리가 도미노 무너지는 소리처럼 들려왔다. 몇 분 동안의 정적 뒤에 여자의 훈계가 이어졌다. 세상에 어떻게 엄마 밥을 먹을 수 있니? 이런 못된 버릇은 도대체 어디서 배운 거야? 엄마가 지금까지 그렇게 가르쳤어? 내가 효도까지는 바라지도 않아. 하지만 인간으로서 최소한 기본적인 예절은 지켜야지. 엄마가 오늘은 이 정도로 참는다. 다음부터는 절대 이런 일이 있어서는 안 돼. 그만 손 내리고 편하게 앉아. 다시 다다다닥, 도미노 무너지는 소리가 들려왔다.

곧이어 옆집 현관에서 우르르 아이들이 튀어나왔다. 경수 엄마는 다리가 저리던 차에 고무장갑을 벗고 자리에서 일어났다. 그녀는 기지개를 켜고 허리를 돌리다가 몇 걸음 걸어 옆집이 정면으로 보이는 자리에 섰다. 아이들이 하나둘씩 지붕으로 오르

고 있었다. 반대편에 사다리가 있는 것 같았다. 지붕 위에 올라
간 아이들은 이제 나무에 오르기 시작했다. 자세히 보니 나무는
집 뒤편이 아니라 집 한가운데서 지붕을 뚫고 서 있었다. 높이가
20미터쯤 되는 커다란 나무였다. 어떻게 이걸 몰랐을까. 저녁에
는 해 질 무렵 퇴근을 했고 아침에는 옆집과 등을 진 방향으로 출
근을 했다. 그래도 도배, 장판 때문에 한낮에 온 적도 몇 번 있는
데…… 고정관념이 낳은 착시현상이었을까. 집 한가운데가 아
니라 당연히 집 뒤편에 나무가 있을 거라는……. 나무의 가지 사
이로 그네가, 아니 해먹이 매달려 있었다. 아이들은 지붕에 오른
순서대로 나무에 올랐고 나무에 오른 순서대로 가장 높이 있는
해먹부터 하나씩 차지했다. 위로, 가는 가지 쪽으로 갈수록 아이
들은 나이가 어려 보였고, 아래 굵은 가지 쪽의 아이 둘은 거의
어른 몸집을 하고 있었다. 전부 여섯 개의 해먹에 여섯 명의 아이
가 걸터앉거나 드러누워 흔들거렸다.

14

경수 엄마는 다시 고무장갑을 끼고 빨래를 했다. 옆집에서 하
얀 원피스를 입은 여자가 작은 플라스틱 대야를 들고 나왔다. 누
굴까. 아이들의 엄마라기에는 나이가 너무 어려 보였고 아이들
의 누나라기에는 나이가 너무 많아 보였다. 아이들의 막내이모
쯤 되는 걸까. 저 좁은 집에는 도대체 얼마나 많은 사람들이 사는

거야.

"안녕하세요. 얼굴 보기 정말 힘드네."

여자가 경수 엄마에게 몇 발짝 다가오며 말을 걸었다. 목소리를 듣고 보니 아이들의 엄마가 맞았다. 아, 예. 경수 엄마는 여자에게 고개를 숙여 인사를 했다.

"이사 올 때 얼핏 보고 처음이다. 그죠?"

사실 경수 엄마는 이사 오던 날도 경황이 없던 터라 본 기억이 없지만 네, 하고 대답했다.

"에유, 깍쟁이처럼 생겨가지고서는……. 이사를 왔으면 떡이라도 한 판 돌렸어야지."

"죄송해요. 제가 직장에 나가느라 바빠서. 오늘도 여기 이사오고 나서 처음으로 쉬는 날이거든요."

"농담이에요, 농담. 행여 떡 돌릴 생각 하지 말아요. 어쨌든 나라도 먼저 찾아가서 인사를 했어야 했는데. 나도 저녁에는 애들뒤치다꺼리하느라 정신이 없어서……."

"집에 애들이 많은가 봐요."

"글쎄, 나는 잘 모르겠는데 남들은 많다고 하네."

옆집 여자는 웃음을 지으며 경수 엄마 곁으로 다가와 앉았다.

"열둘이에요, 열둘."

그럼 지붕 위로 올라간 여섯 말고 지붕 아래에도 여섯이 더 있었단 말인가.

"열둘이 많다는 생각은 안 드는데, 그래도 아들이 열둘이라는건 좀 많다는 생각이 들어요."

"아이들이 다 아들이에요?"

"예. 전부 한 살 터울인데, 맏이가 벌써 열아홉 살이고, 막내는 이제 여덟 살."

옆집 여자는 위로 여섯 아들, 그러니까 열아홉 살인 첫째아들부터 열네 살인 여섯째아들까지는 북부공단에 있는 공장에 다니고 있고, 아래로 여섯 아들, 그러니까 열세 살인 일곱째아들부터 여덟 살인 막내아들까지는 초등학교에 다니고 있다고 했다.

"집도 좁고 하다 보니까 공장 다니는 여섯 아들은 평소 공장 기숙사에서 지내는데 일요일에는 집으로 와요. 일요일만 되면 집이 미어터지지만 이런 게 가족 아니겠어요? 저 밤나무는 공장 다니는 여섯 아들의 침실이에요. 여름에는 밤에도 저기서 자요. 어젯밤에도 저기서 잤는걸요. 추워지면 주말에도 기숙사에서 자게 되겠지만……."

"저 나무, 무슨 나무인가 했더니 밤나무로군요."

옆집 여자가 고개를 끄덕였다. 경수 엄마는 내년 이맘때 옆집 여자의 일곱째아들이 밤나무 높은 가지에 새로 설치한 해먹을 여름 침실로 사용하는 모습을 상상했다.

"혹시 내년이 되면 일곱째아드님도 공장에 가게 되는 건가요?"

"어쩌다 보니 아이들이 초등학교만 졸업하고 전부 공장에 다니게 되었네요. 처음에는 형편 때문에 어쩔 수가 없었어요. 아이를 열두 명이나 키우는 게 만만치 않잖아요?"

"그럼요, 잘 알죠. 저는 하나 키우는데도 쩔쩔매는데요."

"애들 아빠가 노는 것도 아니고 정말 열심히 일하는데, 오늘 일요일에도 일하러 나갔잖아요, 또 적게 버는 돈도 아닌데, 그 돈으로 열네 식구 밥 먹는 데도 빠듯해요. 정말 거짓말 하나도 안 보태고 밥만 먹는 데도 빠듯하다니까요. 그 돈을 아끼고 아껴서 간신히 아이들 초등학교까지 공부시켰어요. 남들은 무슨 저런 엄마가 있냐 싶겠지만 솔직히 말하면 살림 알뜰히 해서 자식들 밥 안 굶기고 학교 공부까지 시킨 데 대해서 가끔은 내 자신이 대견스럽게 생각되기도 해요. 어쨌든 의무교육은 마치게 했으니까. 하지만 중학교는 어림도 없었죠. 첫째가 중학교에 안 들어가고 공장에 가겠다고 했을 때, 음, 말릴 수가 없었어요. 심지어 고마운 마음이 들기도 하더라구요. 둘째부터는 자연스럽게 형이 먼저 간 길을 따라가데요. 셋째까지 그러고 나니까 숨통이 좀 트였어요. 들어가는 돈은 줄고 버는 돈은 늘었으니까. 넷째부터는 조금 무리하면 중학교에 갈 수 있었는데, 형들이 그러다 보니까 이게 벌써 가풍이 되어버린 거예요. 이제 아이들은 초등학교 졸업하면 당연히 공장 가는 줄 알아요. 일곱째아들도 아마 그럴 거예요. 나는 한 번도 강요한 적은 없어요. 물론 진로상담은 하죠. 아이들이 6학년이 되면 물어봐요. 공부에 흥미가 있느냐. 공부가 적성에 맞는 거 같냐. 그럼 아이들은 하나같이 공부가 싫다고 하더라구요. 뭐, 공부가 싫다는데 어쩔 수 없죠. 그래도 아이들이 참 착해요. 지금도 공장에서 월급 타면 엄마한테 다 갖다줘요. 기숙사에서 지내니까 돈 쓸 일도 별로 없다면서……. 아들에게 처음 월급봉투를 받았을 때는 울면서 어떻게 내가 이 돈을 쓰나 했는데 이제는…… 이제는 거기 길들여져서 애들이 갖다 주는 돈을 만지는 데 재미가 붙었다니까요. 애들이 갑자기 공장 그만두고 검정고시 봐서 다시 학교에 들어간다고 하면 굉장히 서운할 거 같아요. 나중에 아들에게 여자가 생겨서 엄마가 아니라 여자에게 월급을 갖다 바치면 어떡하나 걱정이 들 때도 있구요. 아, 아이들이 결혼하면 절대 안 되는데."

"에이, 농담도 잘하시네요."

"농담처럼 들려요? 농담 아닌데……. 이렇게 된 게 길들여져서 그런 건지 원래부터 의도한 건지 잘 모르겠어요. 처음부터 공장에 보내서 돈 벌어오라고 할 목적으로 아들을 열두 명씩이나 낳았는지도 몰라요. 정말요, 정말……."

경수 엄마는 옆집 여자의 어깨로 손을 내밀다가 고무장갑에 흐르는 비눗물 때문에 다시 손을 거두어들였다.

"저, 아이들에게 죄책감을 느끼는 건 이해하지만…… 그렇다고 자학할 것까지는……."

"자학처럼 들려요? 자학 아닌데. 죄책감도 아니고. 그냥 말한 그대로예요. 사실 학교 많이 다녀서 뭐해요? 많이 배우면 저 혼자 잘난 줄 알고 무식한 부모 무시하기나 하지……. 나도 초등학교만 나왔지만 사는 데 아무 불편 없다구요. 신문도 매일 보고 책도 틈만 나면 읽는데 이게 학교 많이 다녀야 할 수 있는 건 아니잖아요. 나, 똑똑하다는 소리도 많이 들었어요. 그러니까 마을 사람들이 부녀회장까지 시켜줬죠. 슈퍼의 송씨 아저씨도 초등학교만 나왔는데 자치회 일을 얼마나 꼼꼼하게 잘 처리하는지…….

주민자치회 총무거든요."

"어느 슈퍼요?"

"인호슈퍼요."

15

    그냥 슈퍼라고 했으면 당연히 가장 가까운 인호슈퍼를 가리켰으리라는 걸 알면서도 경수 엄마는 한번 확인을 해보았다. 처음 슈퍼에 들렀을 때 경수 엄마는 주인 남자를 어디선가 보았다는 느낌이 들었는데 기억이 가물가물했다. 두 번째로 슈퍼에 들렀다가 집으로 가는 길에 그녀는 전에 분식집 할 때 상가 2층에서 중국집을 운영하던 남자가 떠올랐다. 다른 칸 다 비어 있는데 화장실 문을 집요하게 두드리던 그 남자. 중국집 사장이 왜 이 동네에 와 있는 걸까. 장사도 그럭저럭 됐던 것 같은데. 에이, 그 남자가 불과 2년 만에 이런 가난한 동네로 들어와 조그만 구멍가게나 하고 있을 리가 없지. 경수 엄마는 그저 닮은 사람이겠거니 생각하고 넘어갔다. 친하지도 않고 스쳐 지나가며 가벼운 눈인사나 한 사이라서 얼굴을 또렷이 기억하고 있지도 않았다. 그런데 옆집 여자가 슈퍼 남자 얘기를 꺼내자 경수 엄마는 다시 2년 전 그날 화장실 문을 열었을 때 지척에서 마주친 중국집 사장의 눈빛이 떠올랐다. 그 눈빛이 슈퍼 남자의 눈빛과 겹쳐졌다. 경수 엄마는 혹시나 해서 옆집 여자에게 물어보았다.

"그 사람, 슈퍼 아저씨요, 주민자치회 총무면 이 동네에 아주 오래 살았나 봐요?"

"아니에요. 얼마 되지 않았어요. 한 2년 정도 됐나. 전에는 멀쩡한 주택가에서 제법 큰 중국집을 했다는데."

아, 중국집 사장이 맞았다. 제법 큰 중국집은 아니었지만…… 그런데 남자도 그녀를 못 알아보는 것 같았다. 아마 남자도 경수 엄마와 똑같이 생각했을지 모른다. 어디서 본 듯한데…… 분식집 여자? 에이, 그 여자가 이 동네에 들어와 살 리가 없지.

"그런데 그렇게 큰 중국집을 하다가 왜 이 동네로 들어오게 되었대요?"

"그건 잘 모르겠어요. 그러는 그쪽은 왜?"

"……"

"거봐요. 그쪽도 말하기 쉽지 않잖아요. 사연이야 다들 있겠지요. 여기서는 그런 거 잘 안 물어요. 먼저 털어놓으면 들어주기야 하지만……. 여기 왕년에 잘나갔다는 사람들 많아요. 우리나라에서 제일 큰 이쑤시개 공장 사장이었다는 사람도 있었어요. 그림 그냥 그런가 보나 하지, 그런데 왜 이 동네에 들어와 사냐고 물어보나요? 사실은 우리나라에서 제일 큰 이쑤시개 공장이 아니라 두 번째나 세 번째로 큰 이쑤시개 공장이 아니었냐고 물어보나요? 아, 자꾸 그쪽, 그쪽이라고 하니 좀 그러네. 어떻게 불러야 되죠?"

"아, 경수 엄마라고 부르세요. 그쪽은요?"

"전에는 일석 엄마라고 불렸는데 요즘에는 광석 엄마로 통해요. 첫째아이 이름이 일석이인데 애가 크기도 했고 또 공장생활을 오래 하다 보니 동네에서 잘 안 보이니까……."

"그럼 광석이는 몇째예요?"

"열한째요."

옆집 남자는 바깥일에만 전념하고 집안일은 여자에게 전부 일임한다고 했다. 그것은 결혼생활 초기에 여자가 요구한 바이기도 했다. 아이들 양육과 교육 문제에 있어서도 여자가 모든 것을 결정했고 남자는 전혀 간섭을 하지 않았다. 여자는 남자에게 아이들 이름 짓는 일도 집안일에 속한다고 주장했다. 외동으로 자란 여자는 열둘까지 바란 건 아니지만 가능하면 자식을 많이 낳고 싶었다. 여자는 아이가 태어날 때마다 고민하기 싫어서 이름에 태어난 순서대로 숫자를 넣기로 했다. 돌림자로는 쌀을 세는 단위인 '석(石)' 자를 썼다. 느티나무 아래 평상에 모인 노인들 사이에서 아이들 이름을 너무 대충 짓는 게 아니냐는 비판도 있었지만 다산과 풍요를 기원하는 마음을 담아내는 데 이보다 더 적당한 작명이 어디 있겠느냐는 반론도 만만치 않았다. 고일석, 고이석, 고삼석…… 열째까지는 그대로 갔다. 그런데 열한째에 이르자 고십일석, 이름이 너무 길어졌다. 열하나까지 낳을 줄이야. 여자는 사전을 찾아가며 뜻과 발음까지 신경을 써서 이름을 지었다. 그렇게 해서 열한째아들과 막내아들의 이름은 각각 광석, 현석이 되었다.

"사람들은 광석이가 발음하기가 제일 괜찮은지 언제부턴가 광석 엄마라고 부르더라구요."

경수 엄마는 여덟째와 아홉째, 열째아들의 이름을 떠올려보았다.

"이름 때문에 놀림당하기도 할 텐데 아이들이 엄마한테 뭐라고 하지는 않아요?"

"아니요. 전혀."

"아이들이 참 착한가 봐요."

"다 착한데 광석이는 좀 달라요. 가끔 대들기도 하고. 오늘도 그 새끼가 주동해서 엄마 밥을 다 먹었어요. 그래도 왠지 그 애에게 제일 정이 가는 거 같아요. 처음으로 고민을 하면서 이름을 지어서 그런 건지, 아니면 나를 많이 닮아서 그런 건지……"

"월급도 다 갖다 바치는 착한 애들인데 엄마 밥 좀 먹은 거 갖고 너무 심하게 혼내시는 거 아니에요?"

"호호, 아까 내가 소리 지르는 거 들었구나. 아들만 있다 보니 좀 세게 나갈 때가 있어요. 안 그러면 기어오르고 여자라고 무시해요. 어릴 때부터 단단히 잡아야지. 가끔 그렇게 환기를 시켜야 엄마가 소중하다는 것도 알죠. 그런 마음이 저절로 생기는 게 아니에요. 세뇌도 필요하다니까. 엄마는 소중하다, 엄마는 소중하다, 틈만 나면 환기를 시켜야지."

"배고프시겠어요. 집에 식은 밥 한 그릇 있는데 그거라도 드실래요?"

"라면 끓여 먹었어요. 그리고 나, 식은 밥은 정말 싫어하거든요. 애들도 그렇고. 그래서 항상 사람 수에 딱 맞춰서 밥을 해요. 오늘도 일요일에 모처럼 엄마가 해준 밥 먹으러 온 애들에게 식은 밥 먹이기가 싫어서 딱 맞춰서 밥을 했는데……. 그런 마음을 몰라주고 엄마가 부엌일 마무리하는 사이에 엄마 밥까지 먹어치웠으니 화가 안 나겠어요? 그리고 또…… 내가 먹는 것만큼은 절대 양보 못 하는 성격이거든요."

옆집 여자는 정말로 화가 난 것처럼 보였다. 옆집 여자는 손을 부르르 떨다가 작은 플라스틱 대야를 끌어당겨 비눗물 속에 담긴 빨랫감을 휘저었다. 경수 엄마는 그 작은 대야로 도대체 무슨 빨래를 하나 싶었다. 기껏해야 팬티 한두 장이나 손수건 두세 장이겠거니 했다. 고개를 빼고 조금 더 가까이서 보니 천이 아니었다. 비닐 같기도 하고 수술용 고무장갑 같기도 했다. 옆집 여자는 대야에서 비눗물을 빼내고 맑은 물로 여러 차례 헹궜다. 물기를 짜내고 털어낸 빨랫감을 빨랫줄에 하나씩 널기 시작할 때에야 비로소 경수 엄마는 그게 콘돔이라는 사실을 알게 되었다. 옆집 여자는 콘돔의 동그랗게 말린 부분의 한쪽을 빨래집게로 살짝 집어 빨랫줄에 고정시켰다. 여섯 개의 콘돔이 여름 햇살 아래서 반짝거렸다.

"열 개들이 한 통 사면 며칠 못 간다니까요. 이거 한 개 값이면 두부 한 모를 살 수 있고 콩나물 한 근을 살 수 있는데 한 번 쓰고 버리기엔 너무 아깝잖아요. 이렇게 깨끗하게 빨아서 쓰면 많게는 열 번까지 쓸 수 있어요."

"그거 재활용하는 거 아닌데."

"햇볕에 바싹 말리면 괜찮아요."

"안전하지 않을 텐데요. 여러 번 쓰면 찢어질 수도 있고."

"그래서 제일 두꺼운 걸로 샀어요. 두꺼운 게 값도 싸고 튼튼하더라구요. 이렇게 빨아 써도 몇 년 동안 아무 문제 없었어요. 뭐, 애가 생기면 운명으로 생각하고 또 낳아야죠."

경수 엄마는 할 말을 잃었다.

"무슨 생각 하는지 알아요. 그렇게 돈이 아까우면 횟수를 줄이라는 거죠? 줄인 게 이 정도예요. 애들 아빠가 그걸 많이 좋아해요. 사람마다 몸이 다 다르잖아요. 몸이 시키는 대로 따라야죠. 게다가 애들 아빠가 별다른 취미도 없고 술도 안 하고 담배도 안 하다 보니까. 뭐 나도 그렇게 싫지는 않고."

경수 엄마는 빨랫줄에 널린 여섯 개의 콘돔을 계속 보고 있기도 뭐해서 고개를 들어 나무에 걸린 여섯 개의 해먹을 바라보았다. 경수 엄마의 시선을 따라간 옆집 여자가 경수 엄마 옆에 와 나란히 섰다.

"나무가 참 커요."

"저 밤나무, 한 백 년은 된 것 같지만 사실은 20년도 안 됐어요. 내가 스물한 살 때, 그러니까 이 집에서 첫애 낳던 해에 저 나무도 태어났으니까, 이제 18년 됐나. 정말 그죠? 그런데 저 나무, 꽃이 안 피어요. 꽃이 피었으면 해마다 밤이 몇 가마는 나왔을 텐데."

꽃이 안 핀다, 꽃이 안 핀다…… 속으로 몇 번 중얼거리던 경수 엄마는 어느새 옆집 여자의 나이를 계산하고 있었다.

"그런데 광석 엄마, 참 젊어 보여요."

"그래요? 자주 듣는 얘기이긴 하지만 어쨌든 고마워요."

"저랑 나이 차이가 좀 나는데 제 또래로 보이네요. 비결이 뭐예요?"

"글쎄요, 토마토를 많이 먹어서 그런가? 나, 토마토를 많이 먹어서 이름도 토마토 문이에요."

"에이, 설마."

"못 믿는군요. 민증 까볼까요? 자, 난 그만 들어가서 또 아이들과 한바탕 씨름해야겠네. 그럼 다음에 봐요."

옆집 여자가 집으로 들어가자 다시 다다다닥, 도미노 무너지는 소리가 났다.

16

옆집 여자가 들어간 뒤에도 경수 엄마는 한동안 그 자리에 서서 나무를 계속 바라보았다. 비눗물이 뚝뚝 떨어지는 고무장갑을 낀 채로.

때로는 바람이, 때로는 가지의 반동이 해먹을 부드럽게 흔들었다. 아이들은 해먹의 흔들림에 온전히 몸을 내맡겼다. 그 수동적인 동요를 제외하고 아이들의 움직임은 따로 없었다. 해먹 위의 아이들은 벌써 깊은 잠에 빠져든 것 같았다. 회갈색의 굵은 가지와 적갈색의 가는 가지, 그 가지를 무성하게 뒤덮은 날씬하고 윤기 나는 잎사귀가 아이들에게 차광막이 되어주었다. 잠이 깨고 나면 아이들은 엄마가 지어준 더운 저녁밥을 먹고 다시 공장으로 돌아가야 하리라. 일요일을 집에서 보내는 것도 사실은 일요일에는 기숙사에서 밥을 주지 않기 때문인지 몰랐다.

시원한 바람이 불었다. 나무가 노래를 했다. 한 그루의 나무가 숲처럼 깊은 소리를 냈다. 어디선가 아코디언 소리가 들려왔다. 평상 쪽인 듯했다. 아코디언이 집시 선율을 연주했다. 나무의 노래가 아코디언의 선율을 부드럽게 감쌌다. 바람이 초식동물의 분비물 냄새를 한 번 풍기고 지나갔다.

나뭇가지에 걸린 해먹이 색색의 연처럼 보였다. 태양이 그림자를 삼키며 머리 꼭대기로 올라왔다. 고무장갑의 물기는 다 말라 있었다. 중국집 사장이었던 슈퍼 남자가 가게 앞에서 담배를 피우며 경수 엄마 쪽을 바라보다가 눈이 마주치자 황급히 고개를 돌렸다. 무동에서 맞은 첫 휴일의 절반이 지나가고 있었다.

아코디언 소리

1

미리 물에 불려놓은 마늘을 다 까고 나자 경수는 할 일이 없어
졌다. 점심밥도 먹었고 숙제도 했고 산에 가서 약수도 받아 왔다.
엄마가 집에 오려면 아직 멀었다. 경수는 방바닥에 드러누워 구
구단을 외웠다. 구구단을 9단까지 다 외워도 늘어진 시간은 좀처
럼 줄어들지 않았다. 구구단은 왜 9단까지밖에 없을까. 열 번쯤
외우고 나자 구구단이 미워지려고 했다. 경수는 자리에서 일어
났다. 밖으로 나가 동네나 한 바귀 돌자.

날도 덥고 해서 경수는 먼저 아이스크림을 하나 사 먹기로 하
고 골목 어귀에 있는 슈퍼로 갔다. 가게는 딸린 살림집까지 치면
경수네 집의 서너 배 크기는 되었다. 마을의 다른 집들처럼 자투
리 합판과 검은 천을 덮어 비닐하우스를 대충 개조한 것이 아니
라 비닐하우스를 완전히 부수고 그 자리에 멀쩡한 건축자재를
사용하여 멀쩡하게 새로 지은 멀쩡한 건물이었다. 인호슈퍼는

그 건물의 반을 가게로 쓰고 나머지 반은 살림집으로 썼다. 살림집에는 현관이 따로 없어서 가게를 통해야만 늘어갈 수 있는 구조였다. 꼭 닫힌 창문 아래에서 에어컨 실외기가 분주히 돌아가며 골목으로 뜨거운 열기를 배출했다. 경수는 가게로 들어갔다. 에어컨 실외기의 요란한 소리에 비해 가게 안은 그리 시원하지 않았다. 에어컨은 살림집에만 설치되어 있었는데 가게에서 방으로 통하는 문이 꼭 닫혀 있었다. 그나마 방문 위로 난 작은 창문이 열려 있었고 거기서 새어 나온 한 줌의 차가운 공기가 천장에 매달린 선풍기의 도움을 받아 돌며 가게 안의 더운 공기를 조금 식혀주었다. 강풍으로 돌아가는 선풍기 소리와 라디오에서 흘러나오는 트로트 음악 소리의 빈틈 사이로 낡은 마룻바닥이 삐거덕거리는 듯한 소리와 여자가 숨을 헐떡이는 듯한 소리가 새어 나왔다.

경수는 주인 남자에게 꾸벅 인사를 하고 냉동고의 유리문을 열었다. 한쪽으로는 만두봉지가 쌓여 있었고 다른 한쪽으로는 아이스크림이 뒤섞여 있었다. 경수는 냉동고 속을 뒤지며 멜론바를 찾았다. 혹시 멜론바가 없으면 수박바를 먹을 생각까지 미리 해두었다. 그러나 멜론바도 수박바도 보이지 않았다. 아이스크림은 딱 세 종류였다. 투게더, 부라보콘, 죠스바. 경수가 먹으려고 한 아이스바 형태는 죠스바 한 가지밖에 없었다.

"멜론바는 없어요?"

"거기 없으면 없어."

"멜론바가 맛있는데."

"하드 맛이 뭐 다 거기서 거기지."

"수박바는요?"

"거기 없으면 없다니까. 이 좁은 가게에 손님들이 찾는 걸 다 갖다 놓을 수 있나. 어차피 여러 가지를 갖다 놔도 없는 것만 찾는 사람들이 꼭 있다구. 정 먹고 싶은 게 따로 있으면 큰 슈퍼로 가. 아니면 그냥 죠스바 먹든지."

"죠스바는 싫어요."

"왜? 다른 애들은 잘만 먹던데."

"그냥요. 좀 무섭게 생겼어요."

"웃기는 녀석이네. 맛만 좋으면 됐지 생긴 게 무슨 상관이야?"

"맛도 별로예요. 냄새도 이상하고."

경수는 처음 들른 가게에서 아무것도 사지 않고 그냥 나가기가 미안해서 값이 두 배나 되는 부라보콘 하나를 집어 들었다. 포장을 벗긴 아이스크림을 한 입 깨물고 경수는 주인 남자에게 꾸벅 인사를 했다. 가게를 나가려는데 꼭 닫힌 방문 너머에서 헐벅이는 여자 목소리가 들려왔다. 한 시간 다 됐는데요. 슈퍼 남자가 말했다. 30분만 더 해.

2

아이스크림을 아껴 먹으며 경수는 동네를 천천히 걸었다. 아이스크림을 감싸고 있던 원뿔 모양의 과자 꼭지까지 다 먹고 나자 어느덧 느티나무 앞에 도착했다. 경수는 나무 그늘 아래서 조금 쉬었다 가기로 했다. 평상에는 이미 아이들이 자리를 잡고 있었다. 모두 다섯 명. 그 가운데 둘은 아는 아이. 같은 학교 같은 반이었다. 뿔테 안경을 쓴 남자아이의 이름은 인호. 여자아이의 이름은 유미. 학교에서만 보았을 뿐 동네에서 보는 건 처음이었다. 다섯 명의 아이들이 전부 죠스바를 먹고 있었다. 아이들은 먹는 데 정신이 팔려서 경수의 등장에는 별로 신경을 쓰지 않았다. 경수는 평상으로 다가가 아이들과 조금 떨어진 자리에 걸터앉았다. 인호가 다른 아이들에게 말했다.

"앞으로 내 말 잘 들으면 이런 거 매일 먹을 수 있어."

아이들이 거의 교태를 부리는 표정으로 인호를 바라보았다.

"너는 정말 좋겠다. 집이 슈퍼를 해서."

"송인호, 넌 하루에 아이스크림 열 개도 먹을 수 있지?"

"물론 그렇게 먹을 수도 있지만 그렇게는 안 먹어. 건강에 안 좋으니까."

"나는 건강에 안 좋아도 한번 그렇게 먹어봤으면 좋겠다."

"사실은 우리 집이 슈퍼를 해도 아무거나 마음대로 먹을 수 있는 건 아냐. 우리 가게지만 나도 돈을 내고 사서 먹어야 해. 오늘 이것도 내 용돈 털어서 산 거야. 그러니까 잘 알고 먹으라구."

인호가 생색을 냈고 아이들은 다 함께 입을 맞춰 고맙다는 말을 했다. 한 아이가 말했다.

"그럼 어떡하니? 너 용돈 다 떨어졌겠다."

인호가 뿔테 안경 속의 눈알을 굴렸다. 인호는 잠시 머뭇거리며 자신이 방금 전에 한 말의 유불리를 따졌다.

"아, 아, 괜찮아. 나는 용돈을 아주 많이 받으니까. 이 정도쯤이야 매일 살 수도 있어."

말을 하고 나자마자 인호는 또 다른 걱정이 생겼다. 내가 용돈을 많이 받는다는 걸 얘들이 알면? 질 나쁜 이 동네 아이들이 그걸 다 뺏어 갈지도 몰라. 인호는 아이들의 관심을 분산시키기 위해 갑자기 경수에게 고개를 돌렸다.

"야, 한경수! 너도 아이스크림 먹을래? 내가 먹던 거긴 하지만."

"아냐, 됐어."

"내가 먹던 거는 좀 그런가. 그럼 유미가 먹던 거 한 입 먹어볼래?"

"와, 간접 키스다! 간접 키스!"

아이들의 웃음보가 터졌다. 인호의 의도는 성공한 듯했다. 유미의 아이스바 먹는 속도가 빨라졌다.

"정말 괜찮아. 나도 방금 전에 하나 먹고 왔어."

그때 어디선가 아고디언 소리가 들려왔다. 아이들이 웃음을 그쳤다. 뱀처럼 꿈틀거리는 집시 선율이 16분음표로 잘게 쪼개진 경쾌한 리듬을 타고 다가왔다. 리듬이 점점 빨라졌다. 무언가에 홀린 듯 아이들의 몸도 뱀처럼 꿈틀거렸다. 목과 두 팔과 허리가 저마다 따로따로 움직이며 물결 모양을 그렸다. 아이들이 평상에 그대로 앉은 채 상체만 흔들어 춤을 추었다. 아코디언 소리가 점점 커졌다.

마침내 아코디언을 멘 아이가 느티나무 앞에 모습을 드러냈다. 눈이 크고 콧날이 오뚝하고 피부가 약간 검은 남자아이였다. 아이는 리듬에 맞추어 스텝을 밟고 뱅글뱅글 돌기도 하며 걸었고 동시에 아코디언을 연주했다. 뒤에 한 아이가 더 보였다. 평범한 얼굴에 체구가 작고 깡마른 남자아이가 한 손에 물통을 들고 앞선 아이의 스텝을 흉내 내며 몸을 흔들었다.

연주가 끝났다. 아이들은 자신의 의지와 상관없이 꿈틀거리던 몸을 겸연쩍게 바라보다가 이내 몸을 추슬렀다. 몸놀림이 그리 과격하지는 않았는지 아이들의 손에는 아이스바가 그대로 들려 있었다. 아이들은 다시 아이스바를 먹기 시작했다. 아코디언을 멘 아이가 평상에 악기를 내려놓고 깡마른 아이에게 물통을 받아 물을 마셨다. 깡마른 아이가 평상 앞에 서서 아이들이 아이스바 먹는 모습을 침을 꿀꺽 삼키며 바라보았다. 인호가 깡마른 아이에게 말했다.

"영배야, 너 오늘도 밥 못 먹었냐? 배고프지? 이거라도 먹을래? 내가 먹던 거긴 하지만."

"아니. 괜찮아. 민구가 나한테 밥을 안 먹고도 배가 부를 수 있는 방법을 가르쳐준다고 했어."

"민구가 누군데?"

영배라는 아이가 아코디언을 연주하던 아이를 손가락으로 가리켰다.

"우리 옆집에 살아. 며칠 전에 이사 왔어."

민구라는 아이가 주위를 둘러보다가 느티나무 아래 드리워진

밝은 그늘로 가서 섰다. 빛과 그림자가 겹치는 반그림자 지대였다. 민구는 빛의 가루를 한 줌 집어 손가락으로 비비고 코로 냄새를 맡으면서 그 농도를 쟀다.

"여기가 좋겠다. 자, 그럼 이제 시작해볼까?"

영배가 민구 옆으로 가서 섰다. 잠시 후 두 아이가 함께 땅바닥에 앉았다.

"처음부터 빛이 너무 센 데서 하면 일사병에 걸릴 수도 있어. 사실 비닐하우스에서 하면 더 좋겠지만 근처에 식물이 사는 하얀색의 진짜 비닐하우스는 없고 사람이 사는 검은색의 가짜 비닐하우스밖에 없으니까 뭐 이 정도에 만족해야지. 더 멀리까지 가기도 그렇고."

민구는 손에 든 물통의 물을 한 모금 마시고 영배에게 건넸다. 영배가 물통을 받아 한 모금 마시고 다시 민구에게 건넸다. 두 아이는 이 농작을 계속 반복했다.

"이렇게 물을 조금씩 꾸준히 마셔야 해. 숨도 계속 크게 내쉬고 다시 크게 들이마시고."

평상에 앉아 있던 아이들이 일어나 밝은 그늘에 앉은 두 아이에게 다가갔다. 민구가 손을 들어 아이들을 제지했다.

"뒤로 비켜. 빛을 완전히 가리면 안 돼."

아이들이 몇 걸음 뒤로 물러섰다. 유미가 물었다.

"지금 뭐 하는 거니?"

"광합성."

아이들은 처음 들어보는 말인지 어리둥절한 표정을 지었다.

"광. 합. 성. 물과 공기와 햇빛을 이용해 밥을 만드는 거지. 이렇게 하다 보면 조금 있다가 우리 몸속에 설탕물이 생길 거야."

영배가 흙을 한 줌 집어 입가로 가져가며 물었다.

"나무처럼 흙도 먹어야 하지 않을까?"

"너는 시키는 대로만 해. 흙은 안 먹어도 돼. 먹어봐야 배만 아프지."

인호가 웃음을 터뜨렸다.

"하하, 뭐라고? 광합성? 조금 전에는 제대로 못 들어서 가만있었는데 내가 광합성이라는 말도 모를 줄 알아? 어린이백과사전을 다 읽은 내가? 하하, 사람이 어떻게 광합성을 하냐? 얘들아, 이 녀석 순 거짓말쟁이다. 영배야, 너도 얘한테 더 이상 속지 마. 그래 봤자 점점 더 배만 고파질걸. 괜히 헛수고하지 말고 내가 돈 줄 테니까 가서 빵이나 사 먹는 건 어때?"

영배가 머뭇거리며 민구의 눈치를 살폈다. 민구가 말했다.

"마음대로 해. 그런데 빵은 한번 먹고 나면 없어지지만 광합성은 한번 배우고 나면 배고플 때마다 계속 써먹을 수가 있지."

민구의 말을 듣고 영배가 다시 광합성 자세로 돌아갔다. 의심 반 호기심 반으로 기다리던 아이들은 아이스바까지 다 먹고 나자 더 이상 따분함을 참지 못하고 자리를 떠나 다른 놀잇거리를 찾았다. 아이들은 미리 준비해 온 비눗물로 비눗방울 놀이를 했다. 두 아이가 플라스틱 막대로 비눗방울을 불었고 나머지 아이들은 뛰어다니며 비눗방울을 터뜨렸다. 경수는 비눗방울 놀이를 할 나이는 지났다고 생각했지만 그냥 우두커니 평상에 앉아 있는 것도 어색해서 아이들 사이에 끼어 비눗방울 몇 개를 터뜨렸다. 하다 보니 의외로 재미가 있었고 아이들에게서 느끼는 서먹함도 조금 덜어졌다.

3

비눗방울 무리가 빛 속을 나비처럼 날았다. 얇은 막을 통과한 빛이 일곱 갈래로 흩어지며 방울의 둥근 표면에 작은 무지개를 그렸다. 먼저 태어난 비눗방울들이 짧은 비행을 마치고 함박눈처럼 천천히 꽃잎처럼 가볍게 떨어져 땅속으로 스며들었다. 비눗방울 하나가 민구의 콧등 위에 내려앉았다. 민구가 영배에게 말했다.

"나는 슬슬 배가 불러오는데, 너는?"

"글쎄, 배가 부른 거까지는 잘 모르겠는데 이제 배가 고픈 거 같지는 않아."

"그렇지? 조보자치고 이 정도면 성공적이야. 이제 그만하자. 처음부터 너무 무리하면 안 되니까."

민구와 영배는 바닥에서 일어나 엉덩이에 묻은 흙을 털고 평상에 가서 앉았다. 비눗방울 놀이를 하던 아이들이 영배에게 다가가 광합성을 해서 이제 배가 부르냐고 물었다.

"음, 잘 모르겠어. 조금 전까지는 배가 안 고팠는데 이제 다시 배가 고파진 것 같기도 하고."

인호가 의기양양한 얼굴을 하고 말했다.

"거봐. 내가 뭐랬어. 넌 속은 거야. 이 녀석이 널 가지고 장난을 친 거라고. 조금 전까지는 물을 계속 마셨으니까 배가 고픈 걸 잠시 잊었겠지. 물을 그렇게 쉬지 않고 마시는데 배가 고프겠어? 안 그래?"

인호의 시선이 영배에게서 민구로 옮아갔다.

"민구, 네가 말해봐. 어때? 내 말이 틀려?"

아이들이 전부 민구를 바라보았다. 민구는 고개를 조금 숙인 채 아무 말도 하지 않았다. 곤혹스러워하는 것 같기도 했고 무슨 생각에 골똘히 잠긴 것 같기도 했다. 잠시 후 민구가 한숨을 길게 내쉬었다. 한숨과 함께 민구의 어깨가 축 처졌다. 민구가 고개를 들었다. 크고 촉촉한 눈망울이 우울과 연민을 가득 머금고 있었다. 마침내 민구가 입을 열었다.

"그래, 네 말이 맞아. 영배는 광합성을 할 수가 없어. 얼굴색을 보니까 너희들도 다 광합성을 할 수 없을 것 같다."

민구가 기운이 빠진 목소리로 말을 이어갔다.

"그렇다고 내 말이 완전히 틀린 것도 아니야. 광합성을 하려면 몸에 엽록소가 있어야 하는데 내가 그걸 깜빡했어. 난 너희들에게도 당연히 다 엽록소가 있는 줄 알았지. 그런데 너희들은 진화가 덜 돼서 그런지 아직 몸에 엽록소가 없나 보다. 몸에 엽록소가 있으면 사람도 광합성을 할 수 있어. 그러니까 영배가 광합성을 할 수 없다는 말은 맞지만 사람은 광합성을 할 수 없다는 말은 맞지 않아. 자, 내 얼굴을 봐. 무슨 색인 거 같아?"

말을 하며 아이들을 천천히 둘러보던 민구의 시선이 질문을 하는 순간 우연히 유미 앞을 지나가고 있었다. 유미가 조그만 목소리로 말했다.

"글쎄…… 조금 까만 거 같은데."

"얼핏 보면 까만 거 같지만 자세히 보면 올리브색이라는 걸 알 수 있을 거야."

"올리브색?"

"아, 너희 올리브를 모르는구나. 우리 고향에서는 올리브로 기름도 짜고 장아찌도 담가 먹는데……. 올리브색은 초록색처럼 보이기도 하고 갈색처럼 보이기도 하는 색이야. 내 얼굴색을 잘 봐. 초록색 같기도 하지?"

"어, 정말 그러네."

"내 얼굴에서 초록빛이 나는 건 바로 엽록소 때문이야. 이 엽록소 때문에 내가 광합성을 할 수 있는 거고. 아직 풀이나 나무처럼 완벽하지는 않아서 밥을 이예 안 먹고 살 수는 없어. 하지만 여름에는 하루에 밥을 한 끼만 먹고도 살 수 있지. 그래도 마르지는 않았잖아. 봐, 제법 살이 있지?"

민구는 손가락으로 팔뚝과 허벅지의 살을 두툼하게 집어 보였다.

"우리 할아버지의 할아버지 때부터 연습을 해서 내가 이렇게 광합성을 할 수 있게 된 거야. 혹시 알아? 너희들도 열심히 연습하면 나중에 너희 손자의 손자들 때가 되면 광합성을 할 수 있게 될지."

인호는 민구의 주장이 터무니없다는 걸 뻔히 알면서도 뭐라고 반박할 말이 얼른 떠오르지 않았다. 아이들은 인호가 돌리는 아이스바를 받아 들었을 때와 같은 눈빛을 하고 민구를 바라보고 있었다. 아이스바는 나한테 얻어먹고서 이게 뭐야. 인호는 속으로 분통을 터뜨리면서도 겉으로는 태연한 모습을 유지하려 애를 썼다. 내가 이 녀석들한테 다시는 뭐 사주나 봐라. 이제 국물도 없다. 멍청한 녀석들. 거짓말인지 아닌지는 따져보지도 않고 그저 신기한 이야기라고 귀 기울이고 빠져들다니. 역시 이 동네에는 나와 수준이 맞는 친구는 하나도 없는 건가. 아, 우리 집은 왜 하필이면 이런 동네로 이사를 왔을까.

그 순간 경수도 인호와 비슷한 생각을 했다. 엄마가 동네 친구 좀 사귀어보라고 해서 나오긴 했는데. 그래서 어색한 것도 참고 계속 있어보긴 하는데. 이 가운데 과연 내가 같이 놀 만한 친구가 있을까. 민구라는 녀석은 이상하고 인호라는 녀석은 재수 없고.

아이들은 이제 고개를 숙여 자기 살갗을 꼼꼼히 들여다보고 고개를 들어 다른 아이의 얼굴을 살펴보며 혹시 있을지 모르는 엽록소를 찾고 있었다. 이거, 초록색이지? 맞지? 맞지? 와, 그럼 나도 엽록소가 있는 건가. 에이, 그건 그냥 실핏줄 같은데.

"어쨌든 영배에게는 미안하게 됐지만 나는 배가 부르네. 배부르게 빛을 한 그릇 가득 먹었으니까 한 대 피워야겠다."

민구는 주머니를 뒤져 담뱃갑을 꺼냈다. 민구는 담배 한 개비를 뽑아 입에 물고 성냥을 그어 불을 붙였다. 민구의 얼굴에 다시 생기가 돌았다. 민구의 콧구멍과 입이 굴뚝처럼 연기를 내뿜었다. 놀란 아이들이 돌아가며 한마디씩 했다. 어머, 진짜 피우나 봐. 무슨 애가 담배를 다 피워? 담배를 피우려면 적어도 중학생은 되어야 하는 거 아니니?

"너 도대체 몇 살이야? 우리랑 나이 같지?"

"아마 그럴걸."

"그런데 담배를 피워? 부모님이 아시면 어쩌려고?"

"괜찮아. 내가 담배 피우는 거 집에서도 다 알아."

"그런데도 집에서 가만있어? 안 혼나?"

"사실은 이 담배도 할아버지가 사준 거야. 내가 무슨 돈이 있겠니?"

"와, 정말 골 때리는 집이다."

"너희들도 참, 그깟 담배 좀 피우는 거 가지고 뭘 그래? 이거 옛날부터 내려오는 우리 민족의 풍습이야. 우리 집시는 애 어른 가리지 않고 다 담배 피우는 걸 좋아하거든."

"집시? 그럼 너는 우리나라 사람이 아니야?"

"물론 우리나라 사람이지. 우리나라 사람이기도 하고 또 집시이기도 해. 예진에는 저기 저 멀리 시구 반대편, 유럽 남동부에서 살았어. 거기서 살다가 동쪽으로 동쪽으로 조금씩 이사를 하다 보니까 여기까지 오게 된 거고."

잠자코 있던 인호가 드디어 복수의 기회를 잡았다.

"점점 더……. 너, 이제 거짓말 좀 그만해라. 더 이상은 못 듣겠다. 우리나라에 집시가 어디 있냐? 우리나라에 집시가 있다는 말이 나온 책은 지금까지 읽어본 적이 없다."

"책에 모든 게 다 나와 있는 건 아냐."

"오, 그래? 그럼 하나 물어보자. 너 이사 올 때 어떻게 왔는데? 뭘 타고 왔지?"

"그냥 걸어서."

"확실히 비행기는 안 탄 거지?"

"그럴 돈이 어디 있어? 또 급하게 갈 필요도 없는데 뭐하러 비행기를 타."

"배는? 확실히 배도 안 탄 거지?"

"안 탔지. 땅길로만 다녔으니까."

"그래?"

"그래."

"오, 얘들아, 드디어 이 녀석이 거짓말쟁이라는 게 다 밝혀졌다."

인호가 아이들을 둘러보며 말했다.

"우리나라는 삼면이 바다라는 거 다 알지? 또 나머지 한쪽은 철조망으로 꽉 막혀 있다는 것도 알지? 그런데 어떻게 비행기도 안 타고 배도 안 타고 지구 반대편에서 우리나라에 올 수 있었을까?"

아이들이 맞아, 맞아, 하며 인호의 말에 동조했다. 인호가 회심의 미소를 지었다. 곧이어 민구가 아무렇지도 않다는 듯 한마디 툭 던졌다.

"뭐, 그건 내가 자세히 모르지. 내가 태어나기 전이라. 나는 여기서 태어났거든."

이번에는 아이들이 민구를 바라보며 고개를 끄덕였다. 인호가 승리의 기쁨을 채 만끽하기도 전에 전세는 곧바로 역전되었다. 민구의 말에 인호는 마땅히 대응할 방법을 찾지 못했다. 인호의 두 손이 부르르 떨렸다. 얼굴까지 빨개지면 안 되는데. 그러면 진짜 지는 건데. 부르르 떨리는 두 손과 빨개지려고 하는 얼굴에 온통 신경이 쓰여서 반박할 말은 더욱더 떠오르지 않았다. 민구가 말을 이어갔다.

"사실 이 동네로 이사를 올 때 사람은 걸어서 왔지만 짐은 낙타에 싣고 왔어."

"이번엔 낙타? 우리나라에 낙타라고? 하하, 동물원에서 도망 나왔나?"

인호가 깐죽거리며 큰 소리로 웃었다. 그러자 떨리던 손과 빨개지려고 하던 얼굴이 제자리로 돌아왔다. 신기하다고 생각하며 인호는 더 큰 소리로 과장되게 웃었다. 아이들이 눈을 흘겼다. 인호는 평상에서 내려와 신발을 신었다. 태어나서 처음으로 신발 뒤축을 꺾어 신었다. 인호는 아이들 속에 완전히 끼지도 않았고 아이들 곁을 완전히 떠나지도 않았다. 딜거덕거리는 신발 소리를 내거나 귀에 거슬리는 웃음소리를 내며 아이들 주변을 어슬렁거렸다. 인호는 이제 민구에게 정면으로 진지하게 대응하지 않고 약간 거리를 두고 떨어져 있다가 이따금 깐죽대기로 했다. 민구가 다시 이야기를 시작했다.

"전에 살던 마을에서는 집에서 돼지를 키웠어. 할아버지는 밖으로 일을 나갔고 돼지 키우는 일은 전부 누나가 도맡아 했지. 나는 그냥 같이 놀았고. 그런데 그해 봄에 시작된 가뭄이 여름이 되어도 끝나지가 않는 거야. 마을 사람들은 백 년 만에 찾아온 가뭄이라고 했어. 논바닥이 쩍쩍 갈라지고 어린 나무와 풀들이 말라 죽었지. 사람도 힘들었지만 돼지가 정말 힘들어했어. 돼지가 원래 축축한 땅을 좋아하잖아? 하지만 사람이 먹을 물도 모자란데 돼지에게 진흙탕을 만들어줄 수는 없었지. 돼지는 점점 말라갔어. 마침 그때 돼지는 새끼까지 배고 있었거든. 비쩍 마른 몸에 배만 점점 불룩해졌지. 몇 모금 마신 물마저 전부 새끼에게 먹인 거야. 돼지가 뱃속의 새끼에게 말했어. 아가야, 빨리 나오고 싶지? 엄마도 우리 아가가 빨리 보고 싶단다.”

“어? 어떻게 돼지가 하는 말을 알아들어?”

“집시는 가끔 동물이 하는 말을 알아들을 때가 있거든.”

“아, 그렇구나. 그래서 어떻게 됐는데?”

“돼지가 뱃속의 새끼에게 계속해서 말했어. 엄마도 우리 아가가 빨리 보고 싶단다. 하지만 조금만 더 있다가 나오는 게 좋을 거 같아. 답답해도 엄마 뱃속이 그나마 지내기가 더 나을 거야. 벌써 얼마 동안 비가 내리지 않았는지 몰라. 바깥세상에선 지금 물 구경 하기도 힘들어. 그런데 가뭄이 계속되자 돼지가 뱃속의 새끼에게 하는 말이 조금 바뀌었어. 돼지가 숨을 헐떡이며 말했어. 아가야, 너는 오랫동안 물을 안 먹고도 견딜 수 있는 몸으로 태어나거라. 이 말을 겨우 하고 돼지는 잠시 정신을 잃었지. 너희들, 태교라는 말 알아?”

아이들이 고개를 흔들자 민구는 인호 쪽을 바라보았다. 인호는 황급히 고개를 돌려 딴 곳을 보는 척했다. 인호가 두 번이나 읽은 어린이백과사전에는 태교라는 말이 나와 있지 않았다.

"엄마가 뱃속의 아기에게 무언가를 가르치는 걸 태교라고 해. 돼지가 뱃속의 새끼에게 한 말도 태교라고 할 수 있지. 돼지가 마침내 임신을 한 지 열두 달 만에 새끼를 낳았어. 원래는 네 달이면 낳거든. 그리고 보통은 한 번에 열 마리 정도는 낳는데 이번에는 딱 한 마리만 낳았어. 우리 식구는 그게 기나긴 가뭄 탓이라고 생각했지. 조금 있으니까 새끼가 몸이 채 마르기도 전에 비틀거리며 일어섰어. 그런데 그 모습이 아무래도 돼지 같지가 않은 거야. 다리도 길고 목도 길고 눈망울도 아주 큰 게 새끼 돼지가 아니라 무슨 송아지처럼 보였어. 아무튼 새끼는 어미의 젖을 먹고 무럭무럭 자랐지. 돼지들은 보통 두 달 만에 젖을 떼는데 이 녀석은 1년 동안이나 젖을 먹었어. 녀석이 어미의 젖꼭지에서 도무지 안 떨어지려고 하는 거야. 우리 식구는 그것도 기나긴 가뭄 때문에 어미 뱃속에서 제대로 못 먹어서 그런가 보다 했지. 거우 젖을 떼고 나자 새끼의 등에서 혹이 자라기 시작했어. 우리 식구는 그세야 녀석의 정체를 알아챘지. 녀석은 돼지노 아니고 송아지도 아니었던 거야. 긴 다리와 길게 굽은 목, 타조처럼 큰 눈. 그리고 길고 두꺼운 속눈썹에 갈라진 윗입술, 거기다가 이제 등에서 자라는 혹까지."

"어, 그거 혹시 낙타 아니야?"

"맞아. 틀림없는 낙타였어. 태교가 효과가 있었던 거야. 녀석은 오랫동안 물을 안 먹고도 견딜 수 있는 몸으로 태어나라는 어미의 말을 들은 거지. 가뭄은 이미 끝났지만 어쩌겠어. 낙타의 몸으로 태어났으니까 계속 낙타로 살아야지. 나는 젖을 뗀 낙타를 데리고 가까운 산과 들을 돌며 나뭇잎과 풀을 먹였어. 겨울에는 볏짚이나 낙엽, 음식 찌꺼기를 먹였고. 얼마 지나지 않아 낙타는 내가 타고 다닐 수 있을 만큼 몸집이 커졌어. 그후로도 낙타는 계속 자라서 지금은 어미 돼지를 등에 업고 하루 종일 걸을 수 있을 정도가 됐지. 그래서 이번에 여기로 이사 올 때는 이삿짐을 낙타에 싣고 올 수 있었던 거야."

"와, 정말 신기하다."

"낙타가 참 착한가 봐. 뱃속에서부터 엄마 말을 그렇게 잘 듣고."

"그 낙타 한번 보고 싶다. 지금 어디 있어?"

"집에 있어? 한번 보여줘."

아이들이 낙타를 보여달라고 다 같이 졸라대자 민구는 난처한 표정을 지으며 지금은 보여줄 수 없다고 했다. 곧바로 인호가 끼어들었다.

"당연히 보여줄 수가 없겠지. 낙타 같은 건 처음부터 없었으니까. 그런 건 처음부터 지어낸 얘기니까."

아이들 주변을 어슬렁거리며 걷던 인호는 다시 자신감을 얻었다. 다리가 아프기도 했다. 인호는 다시 평상에 올라 민구를 정면으로 마주보고 앉았다.

"야, 양치기 소년! 아니, 낙타치기 소년인가? 얼른 낙타를 보여줘. 다들 기다리고 있잖아."

"음, 지금 당장은 보여줄 수 없어. 왜냐하면…… 지금은 여기 없으니까. 이사 올 때 낙타에 짐을 가득 실었기 때문에 어미 돼지는 걸어야 했어. 그런데 어미 돼지는 오랜 시간 걷는 데 익숙하지가 않아서 자꾸 뒤로 처졌어. 그래서 우리는 아주 천천히 걸었고 중간에 자주 쉴 수밖에 없었지. 혹시라도 돼지가 우리를 놓치고 길을 잃어버릴까 싶어서 나는 제일 뒤에서 돼지를 따라 걸었어. 그런데 마을에 거의 다 도착했을 때 내가 그만 방심을 하고 말았어. 내가 잠깐 딴생각을 하는 사이에 돼지가 없어진 거야. 우리는 낙타를 앞세우고 주변을 샅샅이 뒤졌지. 하지만 밤이 깊도록 돼지를 찾지 못했어. 일단 집으로 와서 이삿짐을 대충 풀어놓고 다음 날 아침 일찍 다시 찾아다녔어. 마을에서 동쪽 산으로, 저수지로, 다시 마을로, 몇 바퀴를 돌았는지 몰라. 하지만 결국 돼지를 찾지 못했어. 그다음 날도 마찬가지. 그렇게 벌써 며칠째 돼지를 찾고 있는 중이야. 이제 할아버지와 나는 돼지 찾는 일에서 빠지기로 했어. 내일부디 일을 나가야 하는데 그 전에 준비할 것도 있고 짐 정리도 해야 하니까. 누나는 오늘도 낙타를 타고 돼지를 찾으러 갔어. 그래서 지금은 집에 낙타가 없는 거야. 정 보고 싶으면 밤늦게 우리 집에 한번 와봐. 영배네 옆집이야."

"거짓말인 거 다 알지만 어쨌든 말은 참 잘하네. 말 잘하면 커서 사기꾼이 된다는데."

"인호야, 너도 말 잘하잖아."

"나는 그냥 말을 잘하는 거고 이 새끼는 징그럽게 말을 잘하는 거야. 나처럼 그냥 말을 잘하면 나중에 커서 변호사가 되는 거지."

"너, 장래희망이 과학자라고 하지 않았어?"

"그래서 고민이야. 잘하는 게 너무 많아서."

인호가 금세 태도를 바꾸어 상냥한 목소리로 민구에게 물었다.

"그건 그렇고 혹시 너 백과사전 어느 출판사 거 보니?"

"나는 그런 거 안 봐."

"그런데 그렇게 많은 걸 알아? 치사하게 혼자만 보지 말고 좀 가르쳐줘."

"정말 나는 백과사전 같은 거 안 봐. 그냥 할아버지한테 이야기를 많이 들어. 이런저런 세상이야기, 이런저런 옛날이야기, 할아버지의 할아버지 때 이야기……. 그리고 여기저기 많이 돌아다녀서 보고 들은 것도 많고."

"할아버지는 무슨 일을 해? 학교 선생님이야?"

"우리 할아버지는…… 이발사야."

"뭐? 이발사?"

"와, 이발사가 선생님보다도 더 아는 게 많나 봐."

"나도 거기 가서 머리 깎아야지. 어느 이발소야?"

"가게는 따로 없고 이 동네 저 동네 돌아다니면서 일을 해. 그런데 머리는 안 감아줘. 면도도 안 해주고. 그 대신 이발비는 이발소의 반값만 받아. 형편이 어려운 사람에게는 아예 돈을 안 받기도 해. 물건으로 받을 때도 있고. 양파나 호박 같은 거. 그래서 돈은 많이 못 벌어. 그래도 우리 식구는 밥을 많이 안 먹으니까 괜찮아. 작년부터는 나도 할아버지와 같이 다니면서 일을 돕고 있어. 나는 아코디언을 연주해서 사람들에게 이발사가 왔다는 걸 알려. 두부 장수의 종소리 같은 거지. 이발을 할 때도 손님들이 심심하지 않도록 아코디언으로 신청곡을 연주해주기도 하고."

"그럼 너 학교는 안 다녀?"

"집시는 원래 학교 잘 안 다녀. 학교를 다녔으면 아마 나는 광합성도 할 수 없고 아코디언 연주도 할 수 없었을 거야. 또 학교에서는 담배도 피울 수 없잖아."

민구가 자리에서 일어나 비눗방울 놀이 도구를 가지고 온 아이에게 다가갔다.

"나도 좀 불어봐도 돼? 내가 재미있는 거 보여줄게."

민구는 한 손으로는 불을 붙인 담배를 들고 다른 한 손으로는 비눗물에 적신 플라스틱 막대를 들었다. 민구가 담배를 한 모금 깊이 빨아들인 다음 둥글게 오므린 입으로 비눗방울을 불었다. 민구의 입에서, 아니 플라스틱 막대의 링에서 탁구공처럼 삭고 하얀 공들이 튀어나왔다. 몸속에 연기를 가득 채운 수십 개의 하얀 공들이 허공에 둥둥 떠나녔다. 아이늘은 투명하지도 않고 무지갯빛 비늘도 달지 않은 비눗방울이 그저 신기하기만 했다. 아이들이 탄성을 지르며 일어나 처음으로 보는 하얀 비눗방울을 쫓기 시작했다. 하얀 공들이 톡톡 튀며 하늘로 날아오르고 잡힐 듯 말 듯 달아났다. 한 아이가 간신히 하얀 공 하나를 잡았다. 얇은 막이 터지며 하얀 연기가 밀가루처럼 흩날렸다. 아이들에게는 하얀 비눗방울도 신기했지만 그게 터지는 모습은 더욱더 신기했다. 보통의 투명한 비눗방울은 손가락으로 살짝 집는 순간 흔적도 없이 사라지는데 이놈은 폭죽처럼 멋지게 터지며 긴 여운을 남겼다. 아이들이 뜀을 뛰고 하늘 높이 손을 뻗어 소리 없는 작은 폭죽을 하나둘씩 잡아 터뜨렸다. 경수도, 심지어 인호도 천진난만한 아이가 되어 뛰어다녔다. 민구가 담배 세 대를 연달아 피우며 비눗방울을 부는 동안 느티나무 주변에는 소리 없는 폭죽 소리가 끝없이 울려 퍼졌고 포연이 자욱하게 끼었다.

4

한 아이가 와서 소리를 지르지 않았다면 민구는 반 갑쯤 남은 담배를 마저 다 피워야 했을지도 모른다.

"영배, 이 새끼, 너 지금 여기서 뭐 하는 거야?"

경수도 아는 아이였다. 옆집에 사는 광석이었다. 언젠가 경수에게 버스에서 껌이나 볼펜을 팔면 많은 돈을 벌 수 있다고 한 아이였다. 영배는 깜짝 놀라 민구 뒤로 숨었다. 아이들은 동작을 멈추고 광석의 눈치를 살폈다. 광석은 경수보다는 작았지만 다른 아이들보다 어른 주먹 하나만큼은 더 키가 컸다.

"너 오늘 나랑 만나기로 했잖아. 첫날부터 이렇게 약속을 안 지키면 어떡해? 너 돈 벌기 싫어?"

"미안해. 잘못했어. 때리지 마."

"내가 언제 너를 때린 적 있어? 니네 아빠한테 맞는 것도 불쌍한데 내가 너를 왜 때리겠냐? 자, 안 때릴 테니까 이리 나와봐. 어서."

민구 뒤에 숨어 있던 영배가 천천히 걸어나와 광석 앞에 서서 고개를 숙였다.

"네가 먼저 돈 벌고 싶다고 했지? 내가 먼저 얘기한 거 아니지?"

"응."

"네가 돈을 많이 벌면 집 나갔던 엄마도 돌아올 거라고, 그럼 아빠도 술을 덜 마실 거고 때리지도 않을 거라고, 나한테 분명히 얘기했지?"

"응."

"그래서 내가 아는 형들한테 사정사정해서 겨우 일을 구했는데 이렇게 약속을 안 지키면 내 입장이 어떻게 되겠어? 응? 말해봐. 오늘 왜 일 안 나온 거야?"

영배가 민구 쪽을 한 번 돌아보고 나서 머리를 긁적이며 말했다.

"그게…… 민구가 밥을 안 먹어도 배가 부를 수 있는 방법을 가르쳐준다고 해서…… 그래시 그길 배우나가 그만 깜빡했어."

"뭐라고? 이 새끼가……. 핑계를 대려면 좀 그럴듯하게 대라. 세상에 그런 게 어디 있냐?"

"진짜야. 그런 게 있어. 광합성이라고."

"뭐? 광합성? 그게 무슨 말이야?"

광석이 아이들을 둘러보며 물었다.

"너희들, 영배가 지금 무슨 소리 하는 건지 알아?"

아이들이 아무도 대답을 하지 않자 광석은 인호를 지목했다.

"그래, 그래도 여기서 네가 제일 똑똑하니까……. 네가 한번 설명해봐."

"내가? 그게 말야……. 아, 민구가 아까 그랬어. 사람도 식물처럼 광합성을 할 수 있다고. 그러니까 사람도 식물처럼 햇볕을 쬐고 물과 공기를 마셔서 양분을 만들어낼 수 있다는 거야. 영배는 민구가 시키는 대로 했지. 그런데 영배는 계속 배가 고프다고 했어. 그러니까 민구가 바로 말을 바꾸더라. 자기는 몸에 엽록소가 있어서 광합성을 할 수 있는데 우리는 몸에 엽록소가 없어서 광합성을 할 수 없다고. 우리도 열심히 연습을 하면 한 백 년, 2백 년 뒤에는 몸에 엽록소가 생기고 그럼 광합성도 할 수 있게 될 거라고. 나는 당연히 민구 말이 거짓말이라고 했지. 그런데 아이들은 전부 다 내 말이 아니라 민구 말을 믿더라고."

"그래? 그럼 여기서 민구 말이 맞다고 생각하는 사람, 손 들어."

영배가 손을 번쩍 들었다. 다른 아이들은 머뭇거리며 서로의 눈치를 살폈다. 일부는 가슴 높이까지 손을 들었다가 다시 내렸다.

"그럼 민구 말이 거짓말이라고 생각하는 사람, 손 들어."

인호 혼자 손을 들었다.

"뭐야? 나머지는 뭐야? 이것도 저것도 아닌 사람은 도대체 뭐야? 그럼 다시. 민구 말이 맞다고 생각하는 사람."

영배 혼자 천천히 손을 들었다.

"이번엔 민구 말이 거짓말이라고 생각하는 사람."

인호를 포함한 다섯 아이가 손을 들었다.

"1대 5. 그럼 이제 민구 말은 거짓말로……. 어, 그런데 한 명이 모자라네."

광석이 손뼉을 세 번 치고 판결을 내리다가 다시 아이들의 숫자를 셌다. 아이들은 전부 아홉. 재판관을 자임하고 나선 광석과 피고인 민구를 제외하고도 한 명이 모자랐다.

"아, 경수, 너구나. 너는 왜 한 번도 손을 안 들었지?"

"글쎄, 나는 누구 말이 맞는지 잘 모르겠어. 그리고 이런 건 손을 들어서 정할 문제는 아닌 것 같은데……."

곰곰이 생각에 잠겨 있던 인호가 경수의 말에 동의를 하고 나섰다.

"그래, 경수 말이 맞아. 이건 다수결로 정할 문제는 아닌 거 같아. 한 명은 지구가 동그랗다고 하고 다섯 명은 지구가 네모라고 했다고 쳐. 그렇다고 지구가 네모가 되는 건 아니잖아? 그래서 말인데…… 우리, 실험을 해보는 건 어떨까? 지구가 둥글다는 것도 실험과 관찰을 해서 알게 된 거니까."

인호는 어린이백과사진에서 본 실험을 떠올리는 데 흠뻑 빠져서 자신이 광석의 방식에 감히 이의를 제기하고 나섰다는 사실을 알아채지 못했다. 광석은 어이가 없었지만 한편으로 호기심이 일기도 해서 일단 인호의 말을 들어보기로 했다. 이 녀석, 어떻게 나오나 한번 두고 보자.

"무슨 실험?"

"광합성 실험. 동물은 숨을 쉴 때 산소를 마시고 이산화탄소를 내뱉거든. 식물도 밤에는 똑같아. 그런데 낮에 광합성을 할 때는 완전히 반대야. 이산화탄소를 마시고 산소를 내뱉지. 공기가 안 통하는 유리 상자에 식물이 담긴 화분과 쥐를 넣고 캄캄한 곳에 두면 어떻게 될 것 같아?"

"글쎄……."

"식물과 쥐, 둘 다 죽어. 산소가 없으니까. 그럼 유리 상자를 햇빛 속에 두면 어떻게 될까?"

"이 새끼가……. 물어보지 말고 그냥 말해. 네가 선생님이야?"

"아, 미안. 식물과 쥐, 둘 다 살아. 식물이 광합성을 하면서 내뱉은 산소를 쥐가 마시고 쥐가 내뱉은 이산화탄소를 식물이 마시니까."

"아, 알았다. 그러니까 유리 상자에 식물 대신 민구를 넣고 실험을 하자 이거지?"

"어, 어떻게 알았어?"

"오, 그래. 그렇게 하면 민구가 광합성을 할 수 있는지 없는지 확실히 알 수 있겠다. 광합성을 하면 사는 거고 못 하면 죽는 거니까."

"아, 죽을 때까지 하면 안 되고 좀 힘들어 보이면 그 전에……."

"아니야. 실험을 하려면 확실하게 해야지. 이거 점점 재미있어지네. 그런데 유리 상자가 없어서 어떡하나? 아, 너희 가게에서 큰 비닐봉지 팔지? 김장독 파묻을 때 쓰는 거."

"어? 글쎄…… 여름이라서 있을지 모르겠네."

"유리 상자도 없는데 뭘로 실험하려고 했어? 너도 처음부터 비닐봉지를 생각했던 것 같은데. 아니야?"

"……."

"잔말 말고 빨리 가서 비닐봉지 가지고 와. 우리는 그동안 쥐
나 잡고 있을 테니까. 아주 큰 놈으로 말야."

겁을 먹은 인호가 머뭇거렸다.

"뭐 해? 빨리 안 갔다 오고. 너, 어른들한테 이를 생각은 하지
마라. 그럴 시간도 없을걸. 1분 안에 안 오면 네가 쥐가 되는 거
야."

광석의 말이 끝나기가 무섭게 인호는 전력을 다해 뛰기 시작
했다. 인호는 뛰면서 생각했다. 괜히 실험 얘기를 꺼내가지고 이
게 뭐야. 그래도 설마 민구를 죽이기까지야 하겠어? 하지만 광석
이는 무슨 짓을 할지 종잡을 수 없는 녀석이다. 아, 지금 내가 민
구 걱정을 할 때가 아니지. 1분 안에 못 돌아오면 내가 죽는데. 어
른들한테 이를까? 아니야. 어른들한테 일러도 내가 죽지. 오늘이
아니어도 언젠가는. 일단 내 걱정부터 하자. 가게에 도착한 인호
는 몸을 날려 안쪽 선반 구석에 진열된 비닐봉지를 집어 들었다.
인호야, 너 오늘 공부방에 안 갔어? 인호는 아버지의 목소리가
들리는 방향으로 대충 고개를 한 번 꾸벅 숙이고 가게를 나와 아
이들이 있는 평상 쪽으로 있는 힘을 다해 달려갔다.

"오, 59초. 아슬아슬했네."

인호가 숨을 헐떡이며 평상에 도착했을 때 광석은 왼쪽 손목
위에 오른쪽 집게손가락을 직각으로 세운 해시계로 시간을 재는
시늉을 하고 있었다. 어차피 초 단위를 정확하게 잴 수 있는 시계

는커녕 그냥 보통 시계 하나 없었던 거다. 인호는 안도감과 함께 허탈한 기분이 들었다. 하지만 이 정도의 성의조차 보이지 않았다면, 그래서 광석의 신경을 거슬리게 했다면 인호는 꼼짝없이 쥐 역할을 맡아야 했을지도 모른다.

"어쩔 수 없이 영배가 쥐가 되어야겠다. 아무리 찾아봐도 주변에 쥐 새끼 한 마리 보이지 않으니."

쥐는 언제 잡나, 민구의 몸집에 맞추려면 몇 마리나 잡아야 하나, 하는 문제를 느긋하게 생각하고 있던 아이들이 놀라 입을 벌렸다.

"뭘 그렇게 놀라? 여기서 민구 말을 믿는 사람은 영배밖에 없으니까 당연히 영배가 쥐가 되어야 하는 거 아냐? 몰랐어?"

영배의 얼굴이 하얗게 질렸다.

"영배, 너 떨고 있냐? 왜 떨어? 민구가 광합성을 할 수 있으니까 아무 걱정 없을 텐데."

영배는 민구를 돌아보았다. 민구가 영배에게 미소를 지었다. 민구의 미소가 말하고 있었다. 괜찮아. 나를 믿어. 아무 걱정 하지 마. 하지만 민구의 미소도 영배를 진정시켜주지 못했다.

민구의 미소는 영배보다는 다른 아이들을 안심시켰다. 아이들은 생각했다. 그래, 뭐 별일 있겠어? 저렇게 편하게 웃고 있는데. 만일 위험하다 싶으면 누군가 나서서 말려주겠지. 아이들은 일단 안심을 하고 나자 다시 호기심이 생겼다. 과연 어떻게 될까? 무슨 일이든 어서 일어났으면 좋겠다.

영배는 마지막 기대를 하고 아이들을 둘러보았다. 아이들도 민구처럼 편안한 미소를 짓고 있었다. 아이들의 미소와 민구의 미소는 그 의미가 완전히 다르다는 것을 영배도 직감했다. 아이들의 턱 끝이 살짝 위로 올라갔다. 아이들의 턱 끝이 일제히 비닐봉지를 가리켰다. 영배는 이제 그만 포기하기로 하고 아이들의 미소에 일그러진 웃음으로 화답했다.

광석이 땡볕 속에 서서 비닐봉지, 아니 비닐자루의 입구를 열어젖히며 말했다.

"자, 시작해볼까?"

민구는 광석에게 다가가 비닐자루를 받아 들었다. 민구는 느티나무 쪽으로 몇 걸음 걷더니 빛의 가루를 한 줌 집어 손가락으로 비비고 코로 냄새를 맡았다. 민구는 다시 몇 걸음 더 걸으며 같은 동작을 반복했다. 광석이 왼손으로 입을 막고 키득대다가 오른손 집게손가락으로 관자놀이께에 동그라미를 두 번 그렸다. 영배는 우물에 가서 물통에 물을 가득 채워 왔다. 마침내 빛의 농도가 적당한 자리를 찾아낸 민구가 바닥에 비닐자루를 내려놓았다.

민구가 먼저 비닐의 입 속에 두 발을 담갔다. 이어서 영배가 비닐 속으로 들어갔다. 광석이 나가 비닐의 주름을 펴며 비닐의 주둥이를 두 아이의 머리통 위까지 끌어 올렸다. 비닐의 주둥이를 꽈배기처럼 꼬아 묶으려 했으나 그러기에는 길이가 모자랐다. 광석은 유미에게 머리끈을 받아 비닐의 끝을 묶었다.

광석은 땀을 훔치며 아이들이 모여 있는 그늘로 갔다. 아이들은 제각각 평상에 올라앉거나 걸터앉거나 그냥 서 있거나 땅바닥에 쪼그리고 앉아서 비닐 속의 두 아이를 지켜보았다. 민구는 물을 조금씩 꾸준히 마시고 있었다. 광합성을 하지 않는 영배도 목이 마른지 가끔 물을 받아 마셨다. 두 아이가 숨을 쉴 때마다 비닐자루가 부풀었다 오그라들었다 했다. 나른한 오후 따가운 여름 햇살 아래서 비닐자루가 파닥거리는 소리를 내며 꿈틀거렸다.

5

"인호, 너 여기 있었구나. 유미도."

한 청년이 아이들 앞으로 다가왔다. 아직 상황을 파악하지 못한 청년이 잠시 그늘 속의 아이들과 햇빛 속에서 파닥거리는 물체를 번갈아 바라보았다. 비로소 비닐자루 속에 사람이 있다는 것을 알아차린 청년이 소리를 질렀다.

"너희들 지금 뭐 하는 거야?"

청년은 우물쭈물하는 아이들에게서 대답을 기다려 들을 때가 아니라고 판단하고 재빨리 비닐 속의 두 아이에게 달려갔다. 청년이 비닐자루를 푸는 동안 광석이 인호에게 물었다.

"누구야?"

"선생님."

"담임이야?"

"아, 학교 선생님이 아니라 공부방 선생님."

광석이 인호를 노려보았다.

"너, 일렀지?"

"아, 아니야. 정말 안 일렀어. 그럴 시간이 어디 있어. 입도 뻥끗 안 했다고. 아빠한테도 아무 말 안 하고 그냥 고개만 까딱하고 뛰어왔는데."

"그런데 공부방 선생님이 공부방에 안 있고 여길 왜 와?"

"그건 나도 잘 모르겠어."

"너 어디 나중에 두고 봐. 내가 고자질하는 녀석을 제일 싫어한다는 거 알지?"

비닐자루에서 나온 두 아이가 청년의 양손을 하나씩 잡고 평상 쪽으로 걸어왔다. 민구의 얼굴에는 아무 표정이 없었다. 영배는 입을 벌려 활짝 웃고 있었는데, 그게 위험에서 벗어났다는 안도감 때문인지, 산소 부족으로 정신이 몽롱했기 때문인지, 아니면 민구가 배출한 신선한 공기와 피톤치드로 실컷 삼림욕을 했기 때문인지 알 수 없었다. 괜찮아? 정말 괜찮은 거야? 병원에 안 가도 되겠어? 청년이 두 아이에게 연거푸 물었고 두 아이는 그때마다 고개를 끄덕였다. 청년은 그제야 고개를 돌려 이글거리는 눈빛으로 광석이 있는 쪽을 노려보았다.

"너희들 도대체 무슨 짓을 한 거야?"

"그냥 장난한 거예요."

광석이 히죽 웃으며 말했다.

"장난이라고? 사람이 죽을 뻔했잖아. 이거 살인미수야. 감옥에 가고 싶어?"

"에이, 아는 형들한테 들었는데 우리는 어려서 아무리 나쁜 짓을 해도 감옥에는 안 간대요.”

“그렇게 잘 알면 소년원도 알겠네.”

“소년원이요?”

“왜? 아는 형들이 그런 건 안 가르쳐줬어? 그거 감옥하고 비슷한 거야. 감옥하고 학교를 합쳐놓은 거라고나 할까?”

“감옥하고 학교를 합쳐놓은 거면…… 그럼 감옥보다 더 나쁜 거잖아요.”

“뭐…… 그럴 수도 있고…….”

“아, 그냥 장난이라니까요. 안 그래도 막 풀어주려고 했어요.”

“장난이든 아니든 어떻게 된 일인지 말해봐. 아니면 경찰을 부를까?”

“에이 씨, 나는 누구처럼 고자질 같은 건 하고 싶지 않은데 진짜……. 그럼 할 수 없이 얘기해야겠네요. 나도 나중에 와서 들었는데 민구가 자기는 광합성을 할 수 있다고 했대요. 그러니까 인호가 그 말이 맞는지 알아보기 위해 실험을 하자고 했어요. 그게 다예요. 그래서 이렇게 된 거예요. 거기 비닐이 누구 건지 머리끈이 누구 건지 한번 물어보세요.”

청년이 물어보자 인호와 유미가 차례로 손을 들었다.

“거봐요. 인호, 유미, 둘 다 착하고 똑똑한 아이들인데 설마 무슨 나쁜 짓을 하려고 했겠어요? 그래도 나는 혹시 위험한 일이 생기면 어떡하나 걱정이 돼서 아이들을 지켜보고 있었죠. 그러다가 조금 더 있으면 위험할 거 같아서 내가 막 비닐을 풀러 가려고 했는데 그때 선생님이 온 거예요. 진짜예요. 얘들아, 맞지?”

아이들은 대답은 않고 고개를 조금 숙였다. 그것이 청년에게는 고개를 끄덕이는 것으로 보이기도 했다.

"장난이든 과학실험이든 다시는 이런 위험한 짓 해서는 안 된다. 이번엔 그냥 넘어가지만 한 번만 더 이런 짓 하면 가만 안 둘 거야."

"아유, 왜 자꾸 나한테만 그래요? 누가 고자질했죠? 그죠?"

"그런 거 없어. 나는 너희들 전부에게 물어본 건데 처음부터 네가 혼자 대표로 대답한 거지. 뭔가 찔리는 게 있나 봐?"

"그런 거 없어요. 선생님이 나만 노려보면서 얘기하니까 내가 대답한 거죠."

"아니야. 네가 대답을 해서 그다음부터 너를 본 거야."

일단 이번엔 그냥 넘어간다는 말을 들었으므로 광석은 청년에게 더 이상 고분고분한 태도를 취할 필요를 느끼지 못했다.

"에이 씨, 성발 까다롭게 구네. 진짜 선생님도 아니고 공부방 선생님이면서."

"뭐? 이 녀석이 정말……."

"내가 뭐 틀린 밀 했어요? 선생님, 대학생이죠? 맞죠? 그럼 우린 둘 다 같은 학생이잖아요. 게다가 나는 공부방에 다니는 것도 아닌데 왜 자꾸 나한테 선생님처럼 굴어요?"

"너 정말 안 되겠다."

"그럼 어떡하게요? 경찰을 부를 거예요? 이번엔 그냥 넘어간다고 아까 분명히 약속했죠? 선생님이라는 사람이 약속을 안 지키면 되겠어요? 그걸 보고 아이들이 무얼 배우겠어요."

청년은 할 말을 잃었다. 이 아이, 말 참 이상하게 한다. 아이의 말투에서 청년은 문득 기시감을 느꼈다. 언제 어디였더라. 그래, 맞다. 몇 년 전 분식집의 여중생들. 그때 여중생들과 주인 남자가 나누는 대화를 듣고 웃다가 입에 넣었던 잔치국수 가락을 그릇에 도로 담아낸 기억이 떠올랐다. 그 아이들도 이제는 여고생이 되었겠지. 이 아이는 혹시 그 여학생의 막내동생쯤 되는 걸까.

"너, 혹시 누나 있냐? 여고생 누나."

청년의 입에서 생각지도 않은 엉뚱한 말이 튀어나왔다.

"왜요? 소개시켜줘요? 헤헤, 선생님, 어린 여자 밝히는구나. 그런데 어떡하죠? 나는 형밖에 없는데. 누나는 하나도 없고 형만 열 명 있어요. 형이라도 소개시켜줄까요?"

"혹시 네가 모르는 누나도 있지 않을까? 너희 아버지가 바깥에서 다른 여자랑……."

이번에는 엉뚱한 말 정도가 아니다. 엄연한 실언이다.

"지금 무슨 말을 하는 거예요? 그럼 우리 엄마가 첩이라는 거예요?"

대화는 점점 더 이상한 방향으로 흘러갔다.

"어, 어, 그게 아니라…… 너, 첩이라는 말도 알아?"

"그거 창녀랑 비슷한 말이잖아요. 우리 엄마가 창녀예요?"

"아니야. 창녀하고 첩은 아주 다른 말이야. 그리고 창녀나 첩이 그렇게 나쁜 건 아니야. 그렇게 만든 남자가 진짜 나쁜 거지."

청년은 지금 꼬맹이들 앞에서 무슨 말을 하고 있는 건지 알 수 없었다. 청년은 대화를 빨리 마무리하고 싶었지만 아이가 또 꼬리를 잡고 늘어졌다.

"이번엔 우리 아빠가 나쁜 사람이라고요? 우리 아빠가 집에 가끔 안 들어온다는 거 누구한테 들었어요? 인호한테 들었어요? 유미한테 들었어요?"

"아니야. 그런 거 들은 적 없어. 정말이야."

"우리 아빠가 집에 가끔 안 들어오는 건 시장이 공사를 빨리 마치라고 쪼아대서 한밤중에도 일을 하기 때문이에요. 다른 여자 집에서 자는 게 절대 아니라구요."

"그래? 어쨌든 미안하게 됐다. 그러니까 이제 그만하자."

"어쨌든 미안하게 됐다? 그냥 미안하다면 다예요? 우리 엄마를 창녀라고 하고 우리 아빠를 나쁜 놈이라고 해놓고서 그냥 미안하다면 다예요?"

"아, 진짜, 내가 언제 그랬어? 난 그런 말 한 적 없어."

"그게 그거죠. 우리 엄마한테 다 얘기할 거예요. 우리 엄마가 마을 부녀회장이거든요. 공부방에서 자를 수도 있어요."

6

청년은 짜증이 복받쳐 올랐다. 날은 더웠고 아이는 말을 이상하게 했고 간밤에 마신 술의 여독은 오후가 되어도 가시지 않았다.

전날 저녁에 청년은 여자친구와 심하게 싸웠다. 여자친구는 일주일에 한 번도 못 만나는 게 무슨 남자친구냐고 따졌다. 그러면서 공부방하고 자기하고 둘 중에 하나만 선택하라고 했다. 둘 중에 하나만 선택하라……. 무슨 권리로 여자들은 이런 말을 아무렇지도 않게 툭툭 내뱉을까. 청년은 어릴 때 어머니에게서도 이런 말을 자주 들었다. 짜장면과 짬뽕, 둘 중에 하나만 선택해. 엄마와 아빠, 둘 중에 하나만 선택해. 청년은 여자친구는 다를 거라고 생각했다. 한때 야학에서 함께 일한 적도 있어서 누구보다도 자신을 이해해주리라 믿었던 여자친구가 갑자기 이런 선택을 강요하리라고는 전혀 예상하지 못했다.

청년은 대학에 들어가고 나서 입시 때문에 잠시 연기해두었던 사춘기를 뒤늦게 다시 앓았다. 청년은 그렇게 세 학기 동안 자기만의 상처에 갇혀 있다가 우연히 친한 선배의 손에 이끌려 서울의 한 달동네에 있는 야학에서 일을 하게 되었다. 여자친구도 거기서 만났다. 야학에서 일하면서 청년은 남을 돕는 일이 자기 자신을 구원할 수도 있음을 깨달았다. 더이상 누구를 원망하지 않게 되었다. 아버지와도, 어머니와도, 그리고 스스로와도 화해했다. 아니, 화해했다고 생각했다.

청년은 가끔 야학 교사의 고유 임무를 벗어난 영역에서도 활동했다. 때로는 세입자 철거민의 권리를 위해 인권변호사를 연결시켜주는 일을 하기도 했고, 때로는 철거용역에 맨몸으로 맞서다 주먹과 각목으로 된통 얻어맞는 역할을 맡기도 했다. 언어맞으면서도 마조히스트처럼 행복했다. 그러나 마을이 완전히 철거되면서 야학도 일단 해산을 할 수밖에 없었다.

그후 청년은 서울의 달동네보다도 주거환경이 더 열악한 무동으로 오게 되었다. 무동에는 한부모 가정과 조손 가정이 많았다. 적지 않은 아이들이 방과 후에 그냥 방치되었고 가정 폭력에 시달렸으며 밥을 굶거나 혼자 라면으로 끼니를 때웠다. 무동에서 당장 필요한 것은 야학보다는 공부방이었다. 청년은 몇몇 선생님들과 함께 무동에 초등학생과 중학생을 대상으로 하는 공부방을 열어 아이들을 돌보고 밥을 먹이고 공부를 가르쳤다.

이제 6개월이 된 무동의 공부방에 주민들은 대체로 호의적인 반응을 보였다. 물론 아직도 불순세력에게는 절대 아이를 맡길 수 없다는 입장을 고수하는 영배 아버지 같은 사람이 없지는 않았다. 청년은 그들도 시간이 흐르면 진심을 알아주고 마음을 열게 되리라고 믿었다.

마을에 새로운 가구도 계속 유입되고 있었고 투기세력처럼 보이는 이들의 입주도 몇 번 목격했지만 아직 재개발의 조짐은 보이지 않았다. 아니, 무동은 주거지로 분류되어 있지 않으니 재개발이 아니라 개발이라고 해야 하나. 아무튼 당분간은 철거용역과 몸싸움을 벌이는 일은 일어나지 않을 듯싶었다.

청년은 무동에서 지내는 시간이 늘어나면서 여자친구와 만나는 횟수가 뜸해졌다. 하지만 그건 청년의 탓만이 아니었다. 두 사람의 학교는 서로 너무나 멀리 떨어져 있었고, 여자친구는 3학년이 되면서 취업 준비를 위해 도서관에 틀어박혔다. 거기에 대하여 불만이 아주 없지는 않았지만 청년은 여자친구의 선택을 존중해주었다. 그런데 이제 와서 여자친구는 일방적으로 청년을 몰아붙였다. 둘 중에 하나만 선택하라고. 난 둘 다 좋은데 어떻게 하나만 선택하란 말인가. 야학에서 여자친구를 만나지 않았더라면 청년은 일을 하면서 그만큼의 희열을 느끼지 못했을지도 모른다. 마찬가지로 여자친구를 야학이 아닌 다른 곳에서 만났더라면 그저 평범한 여자아이로 여겼을지도 모른다. 청년은 자신에 대한 여자친구의 감정도 비슷한 줄 알았다. 그런데 아니었던가. 하나만 선택하라니. 둘은 그렇게 서로 묘하게 맞물려 있는데.

청년이 둘 다 좋다고 하자 여자친구는 어린애처럼 굴지 말라고 했다.

"우리 이제 3학년이야. 미래에 대한 대책을 세워야지."

"미래에 대한 대책 속에 둘 다 들어가면 안 되는 거야?"

"그런 일은 이제 1, 2학년에게 맡겨도 돼. 할 만큼 했어."

"난 늦게 시작했으니까 좀 더 해야 하지 않을까?"

"이제 3학년이잖아. 각자 개인의 행복을 위해 고민을 해도 될 때야. 죄책감 같은 거 가질 필요 없어. 좋은 세상 만드는 일은 이제 후배들에게 맡겨도 돼. 그건 릴레이 같은 거야. 혼자서 전 구간을 다 뛰려고 하지 마."

이 말은 훗날 청년의 삶에서 때때로 그럴듯한 알리바이로 고맙게 사용되기도 했지만 당시에는 전혀 귀에 들어오지 않았다.

"거창하게 좋은 세상까지는 잘 모르겠고 나는 그냥 이 일이 좋아. 즐겁고 행복해."

"그럼 나는?"

순간 여자친구의 눈가에 살짝 물기가 맺히는 듯했다. 이내 여자친구는 자세를 가다듬고 카랑카랑한 목소리로 또박또박 힘을 주어 말했다.

"너, 지금 도망가고 있는 거야. 비겁하게 자신의 상처에서도 도망가고, 현실에서도 도망가고 있는 거야. 정면으로 대응하라고. 스스로를 응시하고 현실을 직시하라고."

청년은 움찔했다. 잊고 있었거나 잘 정돈되어 있던 무언가를 여자친구의 말이 들쑤시고 헤집어놓았다. 청년은 방어자세를 취했다.

"그래, 자신의 내면을 줄기차게 들여다본다고 무슨 답이 나와? 상처를 계속 응시한다고 치유가 돼?"

"어쨌거나 자기 자신을 속이는 건 옳지 않아."

"오히려 자기 자신을 잊어버리는 데서 해답을 찾을 수도 있지 않을까?"

"난 네가 지금 무슨 소리를 하는지 하나도 못 알아듣겠어."

오, 저 말버릇, 할 말이 막히면 돌연 상대를 헛소리나 지껄이는 사람으로 둔갑시켜버리는 저 말버릇이 청년은 끔찍하게 싫었다. 그것은 바로 어머니의 말버릇이기도 했다. 이제 청년의 말도 서서히 공격성을 드러냈다.

"그래, 너는 상처가 없어서 정말 좋겠다. 상처가 없는 사람에게는 모든 게 취미인가 보지? 너에게는 사랑도 운동도 그냥 둘 중에 하나만 고르라고 할 수 있는 게임이겠지?"

여자친구는 흥, 콧방귀를 한 번 뀌고 이제 작정이나 한 듯 과장되게 거친 말투로 쏘아붙였다.

"제 앞가림도 못 하면서 지금 도대체 무슨 헛소리를 하고 있는 거야? 나, 지금 심각해. 한없이 가벼운 건 오히려 너야. 너, 평생 그거나 하고 살아라. 혹시 아주아주 잘 되면 빈민운동 경력 내세워서 국회의원쯤 될 수도 있겠네. 그래 봤자 4년짜리 비정규직. 그다음엔 또다시 민폐를 끼치고 다니겠지."

"뭐? 제 앞가림? 민폐?"

"내 말이 틀렸어? 너, 바쁘다는 핑계로 요즘 아르바이트 하나 안 하잖아. 나는 아주아주 한가해서 과외를 두 개나 뛴단다. 요즘 만날 때마다 영화비, 찻값, 밥값, 술값, 다 내가 내는 거 알아? 벌써 한 6개월 됐나? 이런 게 민폐가 아니면 뭐가 민폐일까?"

최소한 그 순간만큼은 두 사람 다 마음속으로 이별을 결심한 것 같았다. 감정이 격해지고 분노가 치밀고 술잔을 비우는 속도가 빨라졌다. 두 사람 다 이별이라는 말은 한마디도 내뱉지 않았지만 이별은 기정사실로 다가왔다. 그러자 가슴이 아려왔다. 격한 감정은 격한 감정이고 치미는 분노는 치미는 분노고 아린 가슴은, 어쩔 수 없이, 따로 또, 아린 가슴이다. 그렇게 가슴이 아려올수록 두 사람은 이별을 수월하게 하기 위하여 적극적으로 정을 뗄 필요를 느꼈고 그래서 서로 경쟁하듯 날선 말들을 토해내며 상대방을 할퀴었다.

이번 술값은 당당하게 청년이 냈다. 술집에서 나와 여자친구는 택시를 타고 청년은 버스를 타고 각자의 집으로 돌아갔다. 청년은 집 앞 포장마차에 들어가 혼자 술을 더 마셨다. 분을 삭이며 소주 한 병을 마셨고 후회를 하며 소주 한 병을 더 비웠다. 두 번째 소주병의 마지막 잔을 비우며 청년은 그래도 헤어지자는 말은 서로 끝까지 안 한 게 그나마 다행이라고 생각했다.

아침에 일어나니 머리가 깨질 듯 아팠다. 청년은 오전에 있는 학교 수업을 빼먹고 곧바로 공부방으로 출근했다. 오후가 되어도 숙취는 가시지 않았다. 주량을 과도하게 넘겨 마셨나 보다. 학교에 다녀온 아이들이 공부방으로 몰려들어왔다. 청년은 지끈거리는 머리를 짚으며 아이들에게 간식을 챙겨주었다.

그때 전화벨이 울려 청년은 전화를 받았다. 인호 아버지였다. 인호 아버지는 지금 공부방에 인호가 있느냐고 물었다. 청년은 아이들을 둘러보고 나서 없다고 대답했다. 그러자 인호 아버지가 고함을 질렀다.

"아니, 안 왔으면 안 왔다고 전화를 해줘야지. 도대체 아이들을 어떻게 관리하는 겁니까? 지금 애가 어디서 무슨 짓을 하고 있는지 모르잖아요. 이런 식이면 어떻게 믿고 아이를 맡기겠어요? 공짜라고 이렇게 대충 해도 되는 겁니까? 이렇게 무책임해서야 원……. 아, 글쎄, 공부방에 있어야 할 인호가 조금 전 불쑥 집에 왔다가 번개처럼 사라졌는데 뭔가 쫓기는 것 같았어요. 나가서 좀 찾아뵈요. 나는 가게도 봐야 하고 집에 일이 좀 있어서……. 앞으로는 신경 좀 써줘요. 공짜라고 대충대충 하지 말고."

전화를 끊고 나서 청년은 재빨리 출결 상황을 점검했다. 인호 말고 유미도 오지 않았다. 유미에게는 연락할 전화번호도 없었다. 집까지 찾아가는 수밖에 없었다. 청년은 인호 아버지의 말에 울컥 억울한 마음이 들었지만 일단 아이들을 찾아보기로 했다.

그렇게 청년은 땡볕 속을 걷다가 느티나무 아래 평상에 모인 아이들을 발견했다.

7

"우리 엄마가 마을 부녀회장이거든요. 공부방에서 자를 수도 있어요."

청년은 짜증이 났다. 날은 더웠고, 전날 저녁에는 여자친구와 심하게 싸웠고, 오후가 되어도 숙취는 가시지 않았고, 인호 아버지는 전화를 걸어 고함을 쳤고, 아이들은 사람을 죽일 뻔한 장난을 쳤고, 광석의 이상한 말투에 몇 년 전 분식집에서 본 여학생들이 떠올랐고, 바닥에는 온통 죠스바 봉지가 깔려 있었고, 광석은 계속해서 말을 이상하게 했다. 청년의 속에서 무언가가 터져 나왔다. 그 무언가가 청년의 혀를 빌려 소리를 지르기 시작했다.

"이 녀석이 정말 보자 보자 하니까. 도대체 누가 누굴 잘라? 응? 누가 누굴 잘라? 대가리에 피도 안 마른 녀석이 어디서 이상한 말만 배워가지고. 내가 돈 한 푼이라도 받고 이 일을 하는 줄 알아? 나, 완전히 공짜로 일하는 거야. 자원봉사라고, 자원봉사! 그뿐인 줄 알아? 공짜도 모자라 거기다가 내 돈까지 더 갖다 바쳐가면서 이 일을 한다고. 공부방에 들어가는 돈이 좀 많아? 식비, 교재비, 전기세, 난방비, 그거 일부는 지원을 받지만 일부는 우리 선생님들이 돈을 모아서 마련하는 거야. 그거 알기나

해? 어휴, 내가 정말 치사해서 이런 얘기까지는 안 하려고 했는데…… 나 여기 공부방에서 일주일에 이틀, 하루에 일곱 시간씩, 전부 열네 시간 동안이나 일을 한다고. 그 시간이면 고액 과외를 세 개나 뛸 수 있어. 그럼 웬만한 회사원 월급은 되지. 그런데도 내가 왜 여기 와서 돈 들여 시간 들여가며 이 고생을 하고 있는 줄 알아? 너희들이 불쌍해서야. 돌봐줄 사람도 없고 숙제를 챙겨줄 사람도 없는 너희들이 불쌍해서, 엄마는 도망가고 아빠한테는 얻어맞고 밥도 제때 못 얻어먹는 너희들이 불쌍해서…… 그런데 나를 잘라? 하하, 누가 누굴 잘라? 자르더라도 내가 너희들을 자를 거다. 아주 싹둑싹둑."

갑작스럽게 시작된 혀의 발작이 갑작스럽게 진정되었다. 그리고 정적. 뜨거운 공기 속으로 여전히 청년의 혀가 토해낸 말들이 떠다니고 있었다. 청년은 그 말들을 바라보며 경악했다. 이건 내가 한 말이 아니야. 내가 한 말일 리가 없어.

청년은 그동안 아이들에게 무언가를 베푼다는 생각을 한 적이 없었다. 오히려 도움을 받는다고 생각했다. 가르치는 게 아니라 오히려 배운다고 생각했다. 그런데 깊숙한 속에는 또 다른 생각이 도사리고 있었던 걸까. 내가 전혀 모르는 나의 생각에 대해서도 내가 책임을 져야 할까. 아, 아, 심각하게 생각할 거 없다. 그냥 말실수다. 너무나 많은 것이 겹쳤다. 날은 더웠고, 전날 저녁에는 여자친구와 심하게 싸웠고, 오후가 되어도 숙취는 가시지 않았고, 인호 아버지는 전화를 걸어 고함을 쳤고……. 그나저나 앞으로 아이들의 얼굴을 어떻게 볼까.

정적을 깨고 유미가 울음을 터뜨렸다. 청년은 어떤 변명도 통하지 않으리라는 걸 알았지만 당장 어떤 말이라도 해야만 했다.

"미안해. 정말 미안해. 피곤해서 말이 잘못 나왔어. 내가 잠시 마귀에 홀렸나 봐. 진심이 아니었어. 미안해. 정말 미안해."

광석이 빙그레 웃으며 말했다.

"선생님, 벌써 미안하다는 말 몇 번 했는지 알아요? 그러게, 미안하다고 할 일을 왜 계속해요? 어른이 그런 것도 몰라요? 그래도 그렇게 훌륭한 일을 하신다고 하시니 그만 용서해드리자, 유미야."

유미가 겨우 울음을 그쳤다. 따져보면 유미를 제외하고 청년의 말에 상처를 받은 아이는 거의 없었다. 광석은 여전히 빙그레 웃고 있었다. 광석은 공부방에 다니지도 않았고 청년의 말에 상처를 받을 만큼 예민하지도 않았다. 다른 아이들도 대충 마찬가지였다. 그 자리에 모인 아이들 가운데 공부방에 다니는 아이는 유미와 인호뿐이었다. 청년의 말에 가장 상처를 받은 사람은 청년 자신이었다.

인호로 말하자면 그 와중에도 오로지 한 가지 생각에만 빠져 있었다. 위험한 실험을 주동했다는 이유로 공부방 선생님에게 찍히는 것과 아버지에게 혼나는 것쯤은 감당할 수 있었다. 정말 걱정이 되는 건 광석이 자신을 고자질쟁이로 오해하고 보복을 하는 것이었다. 청년이 이 자리를 떠나기 전에 자신의 결백을 밝혀줘야만 한다. 더 이상 미룰 수 없다. 인호가 청년에게 물었다. 선생님, 그런데 여기는 어떻게 알고 왔어요? 청년은 잠시 멍하니 있다가 인호에게 사정을 설명해주었다. 하마터면 청년은 이게 다 너희 아버지 때문이야, 하고 다시 한 번 더 크게 소리를 지를 뻔했다.

8

청년은 인호와 유미를 데리고 공부방으로 갔다. 남은 아이들도 슬슬 흩어져 집으로 돌아가려는 분위기였다. 경수도 평상에서 내려와 신발을 신었다. 아코디언으로 손을 뻗는 민구에게 광석이 다가갔다. 광석이 민구의 가슴을 손가락으로 콕콕 찌르며 말했다.

"그러니까 이사 와서 처음부터 너무 설치는 게 아니야. 실험을 끝까지 하지는 못했지만 오늘은 그냥 이 정도로 하고 넘어가기로 하지."

광석은 경수를 힐끔 보고 나서 영배에게 다가갔다. 광석이 이번에는 영배의 가슴을 손가락으로 콕콕 찌르며 말했다.

"너 때문에 오늘 장사 완전히 망쳤다. 앞으로 너, 약속 안 지키면 어떻게 되는지 알지?"

그때 민구가 광석의 말을 자르며 외쳤다.

"누나! 드디어 찾았구나!"

경수는 고개를 돌려 민구의 시선이 향한 곳을 바라보았다. 뽀얀 흙먼지가 일었고, 그 위로 아주 키가 큰 동물이 보였다. 기린처럼 길고 날씬한 목과 다리에 황소처럼 육중한 몸통! 낙타였다! 연갈색 낙타 한 마리가 터벅터벅 긴 다리를 흐느적거리며 사거리를 가로질러 느티나무 쪽으로 다가오고 있었다. 낙타의 등에는 돼지가 업혀 있었고 하얀 민소매 원피스를 입은 소녀가 그 옆에서 걷고 있었다. 낙타가 느티나무 아래 멈추어 섰다. 민구가 달려가 소녀와 돼지, 낙타를 차례로 안았다.

민구는 전혀 앙금이 남지 않은 듯 아이들에게 천진난만한 웃음을 지어 보였다. 그리고 소녀를 가리키며 말했다.

"우리 누나야. 이름은 마리."

마리가 미소를 지으며 아이들에게 손을 흔들었다. 올리브색 피부와 커다란 눈, 오똑한 콧날이 민구와 꼭 닮았다. 길게 기른 머리칼은 민구보다 더 검고 곧았고, 입술은 도톰한 민구에 비해 조금 얇았는데 선이 선명하고 단정했다. 나이는 민구보다 서너 살 정도 많아 보였다.

"얘는 꾸리."

민구가 돼지를 가리키며 말했다. 꾸리라는 이름의 돼지는 몹시 지쳐 있었던지 계속 눈을 감고 있다가 민구의 말에 눈을 치켜뜨고 한 차례 꿀, 하는 신음을 내뱉더니 곧바로 다시 눈을 감았다. 민구가 마지막으로 낙타를 소개했다.

"얘는 봉구. 봉구야, 인사해야지."

봉구라는 이름의 낙타는 길고 숱 많은 요염한 속눈썹을 깜박이다가 채찍 같은 꼬리를 흔들어 좌우 볼기를 두어 번 때리고 특유의 흐느적거리는 걸음으로 아이들에게 다가가 에스라인의 날

렴한 목을 뻗어 인사를 했다.

그보다 조금 전, 공부방으로 가고 있던 청년과 인호, 유미도 낙타가 지나가는 광경을 보고 입을 벌렸다. 낙타의 등에는 돼지가 업혀 있었다. 인호는 당황했다. 그럼 민구가 했던 말이 전부 사실이란 말인가. 인호가 청년에게 말했다.

"와, 이건 말도 안 돼. 선생님, 어떻게 우리나라에 낙타가 살 수 있어요? 사막도 아닌데."

"글쎄……. 낙타가 사막에서 살긴 하지만 그렇다고 사막이 아닌 곳에서는 절대 살 수 없다는 말은 들어보지 못한 것 같은데……. 사실은 나도 잘 몰라. 선생님이라고 모든 걸 다 아는 건 아니야."

"선생님도 모르는 게 있어요?"

"이, 그런데 우리나라 동물원에서도 낙타가 살지? 긴 우기에도 멀쩡하게 잘만 살잖아. 그러니까 야생 상대로는 잘 모르겠지만 가축으로 키운다면 우리나라에서도 얼마든지 낙타가 살 수 있을 것 같네. 그렇지 않아?"

"아, 그렇겠네요. 와, 선생님은 정말 대단해요. 어떻게 모르는 것도 알 수가 있어요?"

우쭐해진 청년이 몇 마디 덧붙였다.

"에이, 뭘 이런 걸 갖고. 그러니까 항상 생각을 해야 해, 생각! 그냥 외우지만 말고! 아는 사실들을 하나하나 따져가며 이치에 맞게 차근차근 생각을 하다 보면 가끔씩은 모르는 것도 알 수가 있어."

"그건 그런데요, 민구가 아까……."

인호는 청년에게 민구가 했던 말들을 전해주었다. 낙타와 돼지의 관계, 광합성, 집시…….

"그런데 지금 낙타를 보고 나니까 민구가 아까 했던 말들이 전부 다 진짜 같아요."

"에이, 그래도 사실만 보고 생각하고 판단해야지. 백 퍼센트 거짓말보다는 이렇게 간간이 진실이 하나둘 섞여 있는 거짓말이 더 위험해."

유미가 활짝 웃으며 말했다.

"그래도 재미있지 않아요? 동물원도 아닌데 낙타를 보다니."

"그래, 재미있네."

"저 낙타, 정말 웃기게 생겼죠? 나는 낙타 처음 봐요. 동물원에도 못 가봤거든요. 낙타를 보니까 기분이 다시 좋아졌어요. 선생님은요?"

청년은 낙타를 핑계로 억지로 기분을 풀고 화해를 하려는 유미의 마음을 읽었다.

"그래, 나도 기분이 좋아졌어."

세 사람이 다 같이 웃음을 지었다. 사막도 아니고 동물원도 아니고 온대지방의 한 작은 마을 어귀에서 뜻밖에 마주친 낙타가 각기 다른 이유로 가라앉은 세 사람의 마음을 잠시나마 달래주었다.

 감자탕집 사장은 식당 한쪽 자리에 경수 엄마를 따로 불러 앉히고 월급봉투를 내밀었다. 사장은 젊은 사람이 일을 참 야무지게 잘한다며 경수 엄마에게 칭찬을 늘어놓더니 주위를 둘러보다가 목소리를 한껏 낮추고 말했다. 조금 더 넣었어요. 그는 한껏 낮춘 데에서 한 단계 더 낮춘 목소리로 다른 직원들에게는 꼭 비밀을 지켜달라고 당부했다. 사장은 앞으로 내민 월급봉투를 경수 엄마에게 완전히 건네지 않고 그 위에 한 손을 얹어놓고 있었다. 다른 한 손으로는 맥주를 마셨다.

"결혼을 참 일찍 했나 봐. 몇 살에 했어요?"

"뭐 조금 일찍⋯⋯."

"아, 덥다. 더운데 선화씨도 시원하게 한잔 할래요?"

"아뇨, 됐어요."

맥주잔을 내밀던 손을 거두며 사장은 한숨을 내쉬었다.

"인생이 참 허무해."

경수 엄마는 생각했다. 가을도 아닌데 사장은 왜 이럴까. 여름을 타는 체질일까. 아니면 막상 월급을 내주자니 속이 허해진 걸까.

"그동안 참 아등바등 살아왔는데. 앞만 보고 달려왔는데. 이제 좀 먹고살 만해지니까 나는 그저 빈껍데기라는 생각이 들어. 돈이 아무리 많으면 뭐해."

경수 엄마는 속으로 말했다. 고작 감자탕집 하나 하면서 돈 자랑을 하다니요. 이거보다는 작았지만, 그리고 왕창 빚을 얻어 차리긴 했지만 나도 제법 큰 식당을 운영한 적이 있다구요. 그런데 망하는 거 한순간이에요. 당신도 언제 어떻게 될지 몰라요.

"선화씨, 이런 기분 이해해? 이제는 돼지 등뼈를 봐도 더 이상 가슴이 설레지가 않아. 아까 아침에 핏물을 빼는데 돼지 등뼈를 보고도 그냥 무덤덤하더라니까. 어떻게 이런 일이 있을 수 있지? 더 이상 가슴이 설레지가 않는 거야. 그 아름다운 곡선, 뼈와 뼈 사이를 꼭꼭 채운 분홍빛 살코기와 젖빛 기름, 다라이에 서서히 퍼지는 붉은 핏물을 보고도 말야. 이런 기분 이해해? 선화씨는 아직 젊어서 아마 이해하지 못할 거야."

사장이 두 번째 잔을 비웠다. 반말을 섞어 쓰던 사장은 이제 반말로 일관했다. 오른손 하나로 병을 따고 병에 든 맥주를 잔에 채우고 잔을 들어 마시는 일련의 동작을 하면서도 그의 왼손은 여전히 월급봉투 위에 놓여 있었다.

"아, 이 허기를 어떻게 채워야 할까? 어디 가서 근사하게 저녁이나 먹을까? 프랑스 요리 좋아해? 프랑스 요리에 와인 한잔 어때?"

"빨리 집에 들어가서 밥해야 해요."

"경수는 혼자서도 밥 잘 차려 먹지 않나? 뭐 한 끼 정도야 혼자 챙겨 먹어도 되지. 아, 내가 남편을 깜빡했네. 아이는 혼자 밥을 차려 먹어도 남편은 절대 혼자 못 차려 먹지."

말을 하며 사장은 재빠르게 경수 엄마의 표정을 살폈다. 경수 엄마는 남자들의 직감도 참 대단하다고 생각했다. 남편이 집에 없다는 건 어찌 그리 잘 알아챌까. 옷에 남자 스킨이라도 좀 뿌리고

188

다녀야 하나.

"점심도 혼자 챙겨 먹었는데 저녁은 엄마가 해줘야죠."

"음, 그래야겠지?"

사장이 갑자기 불쌍한 표정을 지었다. 그러더니 곧이어 맥주 한 잔을 단숨에 들이켜고 말했다.

"그래, 결국은 다 혼자인 거야. 뭐 그런 게 인생이겠지. 아무리 외롭고 슬퍼도 다 혼자 짊어지고 가는 거지. 아무리 외롭고 슬퍼도……"

사장의 혀가 약간 꼬이는 듯도 했다. 경수 엄마는 생각했다. 아, 이거 진짜 월급날마다 이러는 거 아냐? 왜 내게 젊어서 이해하지 못할 거라는 자신의 허무한 속을 달래달라는 건가. 그건 사장의 아내가 해야 할 일 아닌가. 아니면 아무도 하지 못할 일이든가. '지금 하신 말씀 사모님께 그대로 전해드릴게요'라는 말이 튀어나오려는 걸 겨우 참았다. 그럴 필요까지는 없다. 참자. 이만한 자리 구하기 힘들다.

"아이가 기다려요. 그럼 이만."

경수 엄마는 사장의 왼손이 누르고 있던 월급봉투를 단호하게 뽑아 들고 일어섰다. 사장의 얼굴 표정이 불쌍함에서 살짝 분노로, 다시 체념으로 바뀌었다. 사장이 별안간 고개를 푹 숙이고 꼬인 혀로 노래를 부르기 시작했다. 외로워도 슬퍼도 나는 안 울어. 참고 참고 또 참지 울긴 왜 울어. 고개를 푹 숙인 사장의 상체가 좌우로 흔들거리다가 테이블 위로 엎어졌고 곧이어 코 고는 소리가 들려왔다.

경수 엄마는 어이가 없었다. 뭐야? 맥주 세 잔에 벌써 취해 쓰러진 거야? 내가 너무 예민했나? 나쁜 사람 같았으면 더 치밀하게 작전을 짰겠지. 저녁이 아니라 점심을 같이 먹자고 했을 거고. 경수 엄마는 경계하는 마음을 조금 풀었다. 그래, 그냥 돼지 등뼈 때문이었을 거야. 청춘을 함께한 돼지 등뼈를 보다가 문득 든 회한 때문이었을 거야.

10

월급도 탄 김에 경수 엄마는 퇴근길에 삼겹살 한 근을 샀다. 둘이 먹기에는 넉넉한 양이다. 오늘 저녁에 구워 먹고 남은 건 내일 저녁에 김치찌개를 해야지.

인호슈퍼 앞에서 골목을 도는 순간, 경수 엄마는 덩치 큰 사내 하나가 집 앞에서 서성이는 모습을 포착했다. 동물적인 감각이 작동한 경수 엄마는 재빠르게 발길을 돌려, 오던 길을 되짚어 걸었다.

일단 사내의 시야에서 벗어나자 그녀는 골목을 천천히 거닐면서 누구일까 따져보았다. 아무리 생각해도 사채업자밖에 떠오르지 않았다. 결국은 찾아냈구나. 여관을 전전하고 아이를 전학시키고 별짓을 다 해도 결국 이렇게 되는구나. 그럼 그렇지. 사람 찾아내는 데는 귀신인 사람들인데 이 정도는 일도 아니었을 거야. 이제 어떻게 해야 하나. 무작정 집에 안 들어간다고 해서 해결될 일도 아니다. 그러다가 해결은 고사하고 괜히 경수가 무슨 해코지를 당할지도 모른다. 어쨌거나 집에는 들어가야 한다. 경수 엄마는 마지막 가능성에 기대를 걸었다. 어쩌면 그냥 지나가는 사람이었을지도 몰라. 지붕을 뚫고 자라는 거대한 나무를 보고 어리둥절해하며 여기저기 둘러보고 있던 사람일 수도 있어. 덩치 큰 사내라고 다 업계 사람은 아니겠지. 그녀는 손에 든 봉지를 바라보았다. 과연 오늘 저녁에 이 삼겹살을 구워 먹을 수 있을까.

경수 엄마는 동네를 한 바퀴 돌아 이번에는 인호슈퍼 반대편 모퉁이에서 골목으로 들어갔다. 집 앞에는 아무도 없었다. 정말 그냥 지나가는 사람이었나. 아니면 집 안에 들어가서 기다리는 걸까.

현관문으로 다가가는데 뒤에서 누군가가 그녀의 한쪽 어깨에 손을 얹었다. 힘을 주지도 잡아당기지도 않았지만 크고 억센 손이라는 것을 느낄 수 있었다. 그녀는 순간 움찔했지만 비명을 지를 상황이 아님을 곧바로 깨달았다. 집 안에는 아들이 있다. 당황하지 말자. 침착하게. 침착하게.

"아들에게 교육을 아주 잘 시켰나 봐. 미행하느라 정말 힘들었어."

경수 엄마는 천천히 고개를 돌렸다.

"똑바로 안 오고 여기저기 들르며 뱅글뱅글 돌지, 몇 분마다 갑자기 뒤를 돌아보지……. 어휴, 정말 힘들었어. 미행하는 데 일주일이나 걸렸다고."

"아니, 너, 너……."

"음, 그래, 나야."

"상국이? 네가 여길 왜?"

경수 엄마는 사내의 대답을 기다리지 않고 입술에 집게손가락을 갖다대며 쉿, 하는 소리를 내고는 사내의 옷을 잡아끌었다. 골목을 빠져나왔지만 마을에는 변변한 벤치 하나 없었다. 경수 엄마는 사내를 끌고 평상으로 갔다.

"경찰 아저씨랑 좋은 집에서 잘 사는 줄 알았는데 이런 동네에 들어와 살다니. 어쩌다가 이렇게 됐냐?"

"이 동네도 그럭저럭 살 만해. 사람들이 순박하고 인심도 좋고."

"하긴 나도 코딱지만 한 쪽방에서 살고 있지만……."

"잘 지냈어? 어떻게 살아?"

"나야 뭐 항상 그렇지……."

"나이도 있는데 너도 이제 자리 잡고 살아야지."

"나도 이제 취직했어."

"……."

"경수, 많이 컸더라."

"경수를 봤어?"

"응, 봤어."

"뭐라고? 너, 정말……."

경수 엄마는 소리를 지르다가 주위를 살피고 목소리를 다시 낮췄다.

"아니, 그게 아니라…… 미행할 때 봤다고. 안 들켰으니까 경수는 나를 못 봤을 거야."

"다시는 내 앞에 나타나지 않는다고 약속했잖아."

"걱정 마. 너 보러 온 거 아니야. 경수 보러 온 것도 아니고. 일 때문에 어쩔 수 없이 온 거야."

"무슨 일?"

"아까 말했잖아. 나도 취직했다고."

"도대체 어디에 취직했기에 우릴 미행해?"

"금융 분야인데……."

"금, 융?"

"혹시 채권추심업이라고 알아?"

결국은 사채업자였다.

"그래, 겨우 취직했다는 게 사채업자 똘마니야? 너는 어떻게 10년 동안 하나도 변한 게 없냐? 여긴 어떻게 찾았어?"

"이거 미안하게 됐네. 너도 우리를 따돌리려고 꽤나 치밀하게 신경을 썼나 본데……. 뭐 경수가 다니는 학교를 알아내는 일은 생각보다 간단하더라고. 미행이 좀 어려웠지. 다른 사람 같았으면 며칠 만에 포기했을 거야. 하지만 나는 일주일 동안 끈기 있게, 조심스럽게, 그리고 집중력을 가지고 달라붙어서 마침내 성공을 했지. 내가 이 분야에, 특히 미행에 소질이 있나 봐."

"그 큰 덩치로 미행에 소질이 있긴 무슨……. 그 덩치를 어떻게 안 들켰을까 몰라. 아, 진작에 끈이 있는 신발을 사줬어야 했는데."

"뭐? 그게 무슨 말이야."

"아, 그냥 그런 게 있어."

어색한 침묵이 흘렀다. 어쩌다가 입장이 이렇게 바뀌었을까. 사내는 독촉을 하고 경수 엄마는 아쉬운 소리를 해야 하는 상황. 경수 엄마가 먼저 입을 뗐다.

"그런데 돈은 못 갚아. 없어."

"그렇겠지. 나도 알아."

"웬만하면 이런 일 말고 다른 일을 찾아봐. 이게 뭐야?"

"그게…… 어쩔 수가 없어. 내 맘대로 그만둘 수 있는 일이 아니야."

사내가 한숨을 쉬며 고개를 숙이다가 경수 엄마 옆에 놓인 봉지를 보고 물었다.

"그런데 거기 든 건 뭐야?"

"아, 이거? 삼겹살. 오늘 저녁에 구워 먹으려고 했는데……."

"우와, 부럽다. 정말 맛있겠다. 나는 오늘 하루 종일 굶었는데."

사내가 침을 꼴깍 삼키는 소리를 냈다.

"금융 분야에서 잘나간다는 사람이 하루 종일 밥도 안 먹고 뭐 했어?"

"그게…… 사실은 나도 빚 때문에 이렇게 됐어. 사채업자가 당장 빚을 못 갚겠으면 장기를 내놓거나 채권추심 일을 하라는 거야. 장기는 콩팥 하나로 될 일도 아니고……. 그래서 어쩔 수 없이 이 일을 하게 된 거야. 아마 그 사람들도 내 덩치를 보고 이런 일을 시켰겠지. 그런데 빚을 갚아야 하는 시기를 연기해주고 이자를 조금 깎아주는 정도의 조건으로 일을 하기 때문에 일을 해도 돈은 거의 못 벌어. 그냥 차비 정도? 나도 너처럼 사채업자에게 쫓기는 처지야. 게다가 하기 싫은 일을 이렇게 억지로 해야 하니…….”

“너도 인생이 참……. 빚은 왜 졌는데?”

“뭐, 너도 대충 알잖아.”

사내는 헤헤 웃으며 머리를 긁다가 이내 진지한 표정을 하고 말했다.

“그래서 말인데, 우리 거래를 하자.”

“거래?”

“오늘 여기 찾아낸 거 사장에게 보고 안 할게. 그냥 눈감아준다고.”

“네가 눈감아준다고 이게 해결될 문제야?”

“어쨌든 당분간은 별문제 없을 거야. 다시 이사 안 가도 될 거고.”

“정말?”

“여기 담당은 나야. 사장이 사람을 잘 믿지 않는 편이지만 나, 벌써 여러 건을 해결해서 이쯤은 내 선에서 처리할 수도 있어. 내가 너와 아는 사이라는 걸 사장이 상상이나 할 수 있겠어? 또 이 바닥 사람들이 찰거머리처럼 끈질기긴 하지만 동시에 효율도 생각한다고. 안 될 일은 일찌감치 포기해. 인력도 한정되어 있는데……. 그리고 사장이 잔인하고 무서운 사람이지만 의외로 허술한 면이 있어. 직원도 몇 명 없고 또 자주 바뀌다 보니까 충성심도 별로고. 그러다 보니 정보가 사장 한 사람에게 집중되어 있지.

어쩌면, 내가 머리를 잘 쓰면, 당분간이 아니라 완전히 해결될 수 있을지도 몰라."

여전히 미덥지 못하다. 하지만 뒤의 말은 몰라도 자기 선에서는 눈감아준다는 말만큼은 진심일 것이다. 선택의 여지가 별로 없다. 이쪽에서 먼저 눈감아달라고 아쉬운 소리를 해야 할 처지에…… 그래도 거래 조건이나 들어보고 결정하자. 실세도 아닌 사람이 내건 실속도 없는 약속 하나에 이쪽에서 감당하기 버거운 걸 내줄 수는 없다.

"그럼 난 뭘 해주면 되는데?"

"그 삼겹살, 같이 먹자."

"뭐?"

"나 무지 배고파. 경수도 배고프겠다. 빨리 가서 구워 먹자."

"지금 우리 집에 가자는 거야?"

"싫으면 말고."

경수 엄마는 잠시 생각하다가 고개를 끄덕였다.

"알았어. 그 대신 밥만 먹는 거야."

"뭐? 밥만? 고기는?"

"아, 그 말이 아니라…… 밥이든 고기든 먹는 건 먹는데 먹는 거 말고 다른 건 하지 말라고. 말도 웬만하면 하지 말고."

"알았어. 벙어리처럼 한 마디도 안 할게."

"아니, 그럴 필요까지는 없고……."

무동에 사는 사람들은 고기를 좋아했다. 평소에 고기를 못 먹어서 고기 생각을 많이 했다는 말이 아니다. 그들은 고기를 좋아했고 또 실제로 자주 먹기도 했다.

그들은 부동산은 없었지만 현금은 있었다. 집 같지 않은 집에서 살았지만 그들도 대부분 어떻게든 돈을 벌고 있었던 것이다.

노가다, 그러니까 건설현장 인부가 무동에서는 상류층에 속했다. 광석 아버지가 처음 노가다를 시작했을 때보다는 못했지만 노가다가 아직은 사무직만큼 혹은 그보다 조금 더 많이 돈을 벌 수 있는 시절이었다. 이런 분류에 따르면 광석 아버지도 상류층이라고 해야 하겠으나 아이들을 열둘이나 낳으면서 하류층으로 몰락했다. 그러나 아이들이 커서 하나둘씩 공장에 가게 되면서 그는 차츰 하류층에서 중류층으로, 다시 상류층으로 신분이 상승했다.

남자가 일을 해도 노가다처럼 고소득 직종에 종사하지 않으면 중류층으로 분류되었다. 남자 혼자만 일을 하는 집, 남자도 여자도 일을 하는 집, 그리고 남자는 없고 여자 혼자만 일을 하는 집이 전부 중류층에 속했다.

남자가 있는데 일을 안 하는 집은, 여자가 집에 있든 없든, 여자가 일을 하든 안 하든, 전부 하류층으로 분류되었다. 이 경우에는 남자가 술이나 도박, 폭력, 질병 가운데 한 가지 이상의 문제를 안고 있었으므로 여자가 돈을 벌어도 집에 돈이 남아나지 않았다. 그 밖에 기력이 없는 노인이 폐지나 공병을 수거하여 겨우 생계를 잇는 집도 하류층에 속했는데 이 부류는 앞의 부류보다는 그나마 형편이 나았다.

끼니를 거르는 사람도 일부 있었고 평균적으로 따져도 가난하다고 할 수밖에 없었지만 그래도 무동에서 상류층과 중류층에 속하는 사람들은, 그러니까 절반이 훨씬 넘는 사람들은 그들 나름대로는 풍족한 생활을 했다. 마을 바깥 사람들이 집의 모양새를 보고 상상하는 만큼 아주 비참한 생활을 하는 건 아니었다.

그들은 무엇보다도 먹는 데에는 웬만하면 돈을 아끼지 않았다. 물론 먹는 데 쓸 돈을 아껴 모아서 무동을 벗어날 생각을 그들이 전혀 하지 않은 것은 아니다. 하지만 더 벌거나 다른 데 쓸 돈을 아껴야지 고작 먹는 데 쓸 돈을 아낀다고 무동을 벗어날 수 있겠나 하는 생각을 더 많이 했고, 인생의 부침(浮沈)을 겪으면서 내일 일이 어떻게 될지 모르니 오늘 먹는 거라도 제대로 먹자는 생각을 더 많이 했다. 먹는 것밖에 낙이 없다고 생각하는 사람도 있었고, 수도와 화장실 등 생활의 다른 불편에 대한 보상으로 잘 먹어야 한다고 생각하는 사람도 있었으며, 힘겨운 육체노동에 종사하다 보니 노동력을 재생산하기 위해서라도 어쩔 수 없이 잘 먹어야 한다고 생각하는 사람도 있었다. 잘 먹어야 하는 이유는 그렇게 저마다 달랐지만 어쨌든 그들에게 잘 먹는다는 것은 당연히 고기를 먹는 것을 의미했다.

느티나무 아래 평상에서는 여남은 명의 마을 사람들이 모여 고기를 나누어 먹는 작은 잔치가 사흘에 한 번꼴로 열렸다. 평상 옆에는 오래전에 마을 남자들이 벽돌을 쌓아 만든 화덕이 있었다. 마을 사람들은 화덕에 솥을 걸고 개고기를 삶아 먹거나 석쇠를 걸고 통삼겹살을 구워 먹으며 술판을 벌였다. 더운 여름 밤이면 가끔 여자들만 따로 모여 석쇠에 닭똥집이나 반건조 오징어를 구워 먹으며 맥주를 마셨다. 여기에 광석 엄마가 빠지는 일은 거의 없었다. 그들은 그렇게 음식을 나눠 먹으면서 비슷한 처지를 위로했고 주민들 사이의 친목을 도모했다.

12

사정이 이렇다 보니 마을 사람 가운데 민구 할아버지에게서 이발을 하는 사람은 아주 적었다. 이발비라는 게 두어 달에 한 번쯤 지출하는 비용인 데다가 그 액수가 하루 식비에도 미치지 못하기 때문에 마을 사람들은 반값 이발비에 그리 큰 매력을 느끼지 못했다. 반값이면 다 이유가 있겠지. 어른들은 면도도 안 해주고 머리도 안 감겨준다는 게 마음에 들지 않았다. 한창 멋을 부리는 아이들은 가뜩이나 무동에 사는 티를 안 내기 위하여 옷과 신발도 짝퉁일망정 유명 브랜드만을 고집했으니 머리도 당연히 시내 유명 미용실의 헤어디자이너에게 맡겨야만 했다. 민구 할아버지의 고객은 주로 어린아이와 노인이었다.

무동에는 손님이 좀 있을 것 같다는 민구 할아버지의 추측은 빗나갔다. 그러나 어차피 한 동네에 머물며 장사를 하는 게 아니었기에 크게 실망은 하지 않았다. 민구 할아버지와 민구는 요일을 정해놓고 위성시의 여러 지역을 돌았다. 민구 할아버지는 가끔 이발을 했고 민구는 그보다 자주 아코디언을 연주했다. 이따금 지나가던 사람이 아코디언 연주를 들은 대가로 돈을 주기도 했다. 민구 할아버지는 민구에게 우리는 거지가 아니니 돈을 받지 말라고 했다. 이런 일이 몇 번 반복되자 민구는 할아버지에게 그냥 관람료라고 생각하면 되는 거 아니냐고 말했다. 민구 할아버지가 민구에게 물었다.

"너는 이발사가 되고 싶냐, 악사가 되고 싶냐."

민구가 머뭇거리다가 대답했다.

"그야 물론 이발보다는 음악이 좋죠. 하지만 하고 싶은 일만 하고 살 수는 없는 거니까……."

민구 할아버지가 굳게 결심하고 말했다.

"그럼 너는 음악을 해라. 어차피 요즘 세상엔 이발사나 악사나 배고픈 건 마찬가진데 네가 하고 싶은 걸 해. 나는 가업을 잇느라 그러지 못했지만……."

민구가 환하게 웃었다.

"이제부터 너는 악사니까 사람들이 돈을 주면 공연관람료로 생각하고 받아도 돼. 아, 수백 년 동안 이어져온 가업이 여기서 끊기네."

이발 손님은 나날이 줄어들었다. 어느 날 오전 내내 허탕을 친 민구 할아버지가 투덜댔다.

"왜 갑자기 남자들이 다 미용실에 가서 머리를 깎는지 모르겠어."

그렇다고 갑자기 악사가 된 민구가 돈을 많이 버는 것도 아니었다. 아직 이 나라에는 거리의 악사에 대한 인식이 부족해서 공연관람료로 얻는 수입은 거의 무시해도 될 정도로 적었다. 몇 달 뒤에 꾸리가 열 마리의 새끼를 낳았다. 마리는 본격적으로 돼지를 키우기 시작했다. 이제는 장에 내다 팔기 위해서였다.

13

무동에는 인호슈퍼 말고도 에어컨이 있는 집이 몇 곳 더 있었다. 이 에어컨 소유자들은 무동에 들어오기 전에는 스스로를 그저 집이나 한 채 소유한 평범한 중류층으로 여겼다. 하지만 노가다가 상류층인 무동에서 그들은 최상류층으로 분류되었다. 이웃들의 시선을 의식한 그들은 에어컨을 설치하기 전에 여러 번 스스로에게 묻고 대답하는 과정을 거쳤다. 사람들이 이상하게 보지 않을까? 아니, 이상하게 볼 게 뭐 있어? 에어컨과 가격이 엇비슷한 냉장고는 집집마다 다 있는데 왜 유독 에어컨만 가지고 뭐라 그래? 그건 그렇지만 문제는 에어컨이라는 가전제품의 가격이 아니라 비싼 전기세야. 그래, 전기세가 많이 나오긴 하지. 하지만 비싼 전기세를 감당할 만한 이유가 있다고. 집이 습기가 많고 바람이 잘 안 통하는 구조이기 때문에 다른 동네와는 달리 이 동네에서는 에어컨이 사치품이 아니라 오히려 생활필수품이야.

에어컨이 없으면 정말 이 동네에서 못 살지.

인호 아버지도 에어컨을 설치하기 전에 이렇게 스스로 묻고 답하는 과정을 거쳤다. 그렇지, 에어컨이 없으면 정말 이 동네에서 못 살지. 하지만 그는 주민자치회 총무였다. 주민들에게 위화감을 조성하고 싶지 않았다. 원주민들처럼 에어컨 없이도 잘 사는 모습을 보여줘야 했다. 고민하던 인호 아버지는 마침내 에어컨을 설치하기로 결단을 내렸다. 최종 선택에 결정적인 작용을 한 것은 아내에 대한 사랑이었다. 그는 자신이야 찜통 같은 더위도 참고 견딜 수 있지만 아내는 그렇게 살면 안 된다고 생각했다. 그는 자신의 몸보다는 항상 아내의 몸을 먼저 챙겼다.

무동으로 이사 온 뒤로 그는 더욱더 아내에게 신경을 썼다. 무동의 나쁜 균이, 나쁜 공기가, 가끔 보이는 질 나쁜 사람들이 해를 끼치지 못하도록 그는 여름에도 창문을 꼭꼭 닫아두고 아내를 보호했으며 가게 일도 웬만하면 혼자서 감당했다.

인호 아버지가 이렇게 슈퍼를 하게 된 것도 실은 가까이서 아내를 보살피기 위해서였다. 중국집을 하던 시절 그는 가끔 함께 내기 장기를 두곤 하던 1층의 복덕방 사장에게서 무동에 대한 정보를 들었다. 인호 아버지는 중국집을 처분한 돈과 예금을 합쳐 무동의 땅을 샀다. 그러고 나니 남은 돈이 별로 없었다. 그는 자본이 없어도 되는 택시기사 일을 하기로 했다. 택시기사를 하면 수시로 집에 들러 아내를 보살필 수 있으리라고 짐작했다. 그러나 막상 일을 시작하자 사정은 달랐다. 꼭 장거리 손님을 태우고 갈 때면 불현듯 아내가 걱정되어 불안해지곤 했다. 장거리 손님을 거부하자 사납금을 못 채우는 날이 많아졌다. 하루는 집에 들렀는데 아내가 보이지 않았다. 동네를 다 뒤져서 겨우 찾았는데 글쎄, 아내는 광석 엄마를 비롯한 몇몇 여자들과 함께 평상에 앉아 해롱대며 닭똥집 구이에 맥주를 마시고 있는 게 아닌가! 그것도 벌건 대낮부터! 한 동네 건달이 그 주변에서 어슬렁거렸는데 입에서 술 냄새를 풍기는 게 필시 조금 전까지 평상에서 함께 술을 마시며 히히덕거렸음에 틀림없다. 그는 어이가 없었다. 다른 사내들 같았으면 당장 달려가 손모가지를 비틀어버렸으리라.

인호 아버지는 잠시 숨이 멎는 듯도 했지만 곧바로 냉정을 되찾았다. 그는 이런 상황에서도 차분하고 침착한 태도를 유지하는 자신이 대견스러웠다. 그렇지. 이런 게 나의 장점이지. 이런 게 무동의 다른 남자들과 내가 다른 점이야. 언젠가 광석 엄마도 내게 그러지 않았던가. 사람이 참 차분하고 성실하고 이해심이 많다고. 그래, 이해심 많은 내가 이해해야지. 아내보다 인생을 10년이나 더 산 내가 이해해야지. 무슨 사정이 있겠지. 거기에 대해서는 나중에 시간을 두고 차근차근 들어보는 거야. 급할 게 뭐 있어. 그는 당장은 넓은 마음으로 아내를 용서해주기로 했다. 그는 아내 앞으로 다가가 섰다. 아내가 놀란 얼굴로 말했다. 다, 당신이 이 시간에 여길 왜…… 인호 아버지는 바다와 같은 넓은 마음을 보여주는 미소를 지으며 손을 내밀었다. 그는 아내의 손을 부드럽게 잡아끌었다. 아, 아파요, 아파. 행여 손가락 마디 하나라도 부러질까 조심스레 살짝 잡았는데 아프다니. 이렇게 연약한 여자를 내가 아니면 누가 보호할까.

인호 아버지는 그날로 택시기사 일을 그만두었다. 그리고 가까운 곳에서 아내를 보호하기 위하여 빚을 내어 슈퍼를 차렸다. 빚은 처음이었다. 담배가게를 할 때도 중국집을 할 때도 빚을 진 적은 없었다. 인생의 오점이다. 하지만 아내를 위한 일이라면 그마저도 감수할 수 있었다.

택시기사를 그만둔 그날, 그는 차분한 목소리로 아내에게 말했다. 나한테 뭐 이야기할 거 없어? 없으면 됐고. 나중에 생각나면 천천히 이야기해도 돼. 그날 평상에서 왜 그런 행동을 했는지 아내에게서 사정을 듣고 싶은 마음이 간절했지만 그는 아내를 절대 다그치거나 몰아세우지 않았다. 한결같이 차분하고 다정한 목소리로 그냥 하루에 딱 한 번씩만 물어보았다. 그 대신 매일 꾸준히.

한결같이, 꾸준히, 이런 말들을 인호 아버지는 좋아했다. 한결같고 꾸준한 데에는 당해낼 것이 없다. 담배를 판 푼돈을 모아 그렇게 큰 중국집을 차리게 된 것도 한결같고 꾸준한 생활태도 때문이었다. 그가 서른이 한참 넘은 노총각으로 구멍가게에서 담배나 파는 처지에 열 살이나 어리고 예쁜 아내를 얻을 수 있었던 것도 같은 이유 때문이었다.

그는 저돌적인 남자들을 이해할 수가 없었다. 열 번 찍어 안 넘어가는 여자가 없다는 말도 싫어했다. 어떻게 여자를 도끼로 찍어 넘기는 나무에 비유하는가. 비유이지만 소름이 끼친다. 어떻게 연약한 여자를 도끼로…….

그는 아버지 심부름으로 담배를 사러 온, 당시 스물두 살의 처녀였던 아내에게 첫눈에 반했다. 첫눈에 반한다는 말도 그는 싫었다. 갑작스레 다가온 이 불안한 기쁨은 무엇이든 조금씩 꾸준히 쌓아가는 그의 성격에 맞지 않았지만 그것만큼은 어떻게 물리칠 도리가 없었다. 사랑도 정기적금처럼 마음을 차곡차곡 조금씩 저축을 하여 만기가 되면 이자와 함께 목돈으로 돌려받는 예측 가능한 기쁨이면 좋았을 것을.

그는 어느 날 가게에 온 처녀에게 장미 한 송이를 내밀었다. 처녀가 얼떨결에 꽃을 받아 들었다. 처녀는 꽃을 받긴 받았지만 고맙다고 해야 할지 이걸 왜 제게……라고 해야 할지 몰라 잠시 떨떠름한 표정으로 있다가 그냥 고개만 꾸벅 숙이고 가게를 나갔다. 처녀는 두 번째에도 얼떨결에 꽃을 받아 들었다. 이번에는 표정이 차갑게 굳었다. 그러나 처녀는 마음이 모질지 못했고 돌려준 방법도 몰랐고 돌려주며 무슨 말을 해야 할지도 몰랐다. 처녀가 말했다. 거스름돈은 주지 마세요. 거스름돈으로 생각하고 받을게요. 그가 세 번째로 꽃을 내밀자 처녀는 후다닥 뒤로 물러서더니 마치 징그러운 벌레라도 본 듯 얼굴을 찡그렸다. 처녀는 거스름돈도 받지 않고 꽃도 받지 않고 급히 가게를 빠져나갔다. 처녀가 나가고 나자 그는 생각했다. 나를 벌레처럼 본 것일까, 꽃을 벌레처럼 본 것일까. 에이, 설마 그 착하고 예쁜 처녀가 사람을 벌레처럼 볼 리가 없지. 처녀의 얼굴이 찡그러지는 순간 처녀의 시선도 분명 꽃을 향하고 있었다. 여자라고 다 꽃을 좋아하는

건 아닐 거야. 그는 처녀가 꽃을 싫어한다고 결론을 내렸다. 그후
로 처녀는 가게에 발을 끊었고 다음부터는 처녀의 아버지가 직
접 담배를 사러 왔다. 우리 딸이 왜 다 큰 처녀한테 자꾸 담배 심
부름을 시키냐고, 이제부터는 직접 사서 피우라고 하더라고.

그는 편지를 써서 처녀의 집 우편함에 넣기 시작했다. 자신은
집요한 게 아니라 꾸준하고 한결같은 건데 혹시라도 집요한 사
람으로 오해를 받을까 싶어서 그는 매일이 아니라 일주일에 한
번씩 편지를 썼다. 엄청난 절제다! 이런 절제를 할 수 있느냐 없
느냐에 따라서 꾸준함과 집요함이 갈라지는 거겠지.

편지의 내용은 길지 않았다. 짧게 한두 줄 쓸 때도 많았다. 사
실은 길게 쓸 말도 없었다. 자신의 마음을 글로 어떻게 표현해야
할지도 몰랐고, 자신의 마음을 온전히 드러내기도 두려웠으며,
그렇게 함으로써 부담을 주기도 싫었다. 그냥 편지를 쓰고 보낸
다는 행위 자체가 하나의 의식처럼 중요했다.

어떤 날은 다른 내용 없이 명언집에서 고른 문구만 적어 보냈
다. 그러다가 명언집 문구만 적어 보내는 날이 더 많아졌다. 명언
집이 질리자 소설책, 시집으로 분야를 넓혔다. 덕분에 책 읽는 버
릇이 생겼다.

1년 뒤에 처녀에게 애인이 생겼다는 것을 알고 나서도 그는
일주일에 한 번씩 치르는 이 의식을 중단하지 않았다. 다시 1년
이 흘러 처녀가 애인과 헤어진 뒤에도 그의 종교의식은 여전히
계속되었다. 명언집과 소설책과 시집에서 이별의 상처를 위로하

는 문구를 골라 적어 보냈다.

아빠가 몸이 불편해서……. 몸이 불편해도 담배는 피워야 하나 봐요. 마침내 처녀가 3년 만에 아버지 담배 심부름을 와서 말했다. 당신은 참 한결같군요.

그가 집요한 게 아니라 한결같다는 사실이 증명되는 순간이었다. 당신은 참 한결같군요. 그는 이 말을 평생 동안 잊을 수가 없었다. 이 말을 하는 순간 처녀의 입가에서 퍼지던 광채도…….

그는 처녀와 1년 동안 점잖은 교제를 하다가 결혼을 했다. 결혼하고 2년 뒤에는 마침내 중국집을 차렸다. 점잖은 그도 개업일 밤에는 조금 뜨거워졌고 그날 밤 아들 인호가 생겼다.

이렇게 그가 지금까지 이룬 모든 것들은 한결같고 꾸준한 생활태도 덕분이었다. 그는 아들에게도 이러한 생활태도를 항상 강조했다. 방학숙제로 내준 일기를 하루 만에 몰아서 쓰거나 시험 때 벼락치기를 하는 행동은 절대로 용납하지 않았다. 어린이백과사전도 하루에 10쪽을 넘게 읽지 못하게 했는데 대신 매일 꾸준히 읽게 했다. 결과는 인호 아버지가 예상한 대로였다. 하루에 10쪽을 읽었을 뿐이지만 인호는 1년 남짓한 기간에 2천 쪽에 가까운 어린이백과사전을 두 번이나 독파할 수 있었다.

"나한테 뭐 이야기할 거 없어? 없으면 됐고. 나중에 생각나면 천천히 이야기해도 돼."

한 달이 지났지만 아내는 솔직하게 이야기를 털어놓지 않았다. 그가 말을 걸면 아내는 고개를 돌리고 갑자기 설거지를 하거나 걸레질을 했다. 마침내 아내가 울먹이는 얼굴을 하고 말했다.

"도대체 무슨 이야기를 하란 말이에요? 제발, 제발……."

아내의 얼굴은 나날이 어두워졌다. 그는 아내에게 서운한 마음이 들었다. 내가 뭐 무동의 다른 남자들처럼 술을 마시고 행패를 부리길 하나, 돈을 못 벌길 하나, 아니면 밖에 나가 돈을 벌어 오라고 하길 하나, 때리길 하나. 하다못해 목소리 한번 높여본 적이 없다. 인호 아버지는 다른 사람에게는 몰라도 적어도 아내에게는 언제나 한결같이 차분하고 나긋나긋한 목소리를 유지해왔다.

이렇게 배려를 하고 정성을 다하는데 아내는 요즘 들어 제대로 된 웃음 한번 보여주지 않았다. 억지로 웃는 어색한 웃음 말고 진심이 담긴 웃음 말이다. 당신은 참 한결같군요, 하고 말하던 순간, 미소조차 거의 품지 않은 무덤덤한 표정이었음에도 아내의 입가에서 환하게 퍼지던 그 광채를 그는 다시 보고 싶었다.

필시 그날 평상에서 아내의 몸속으로 무동의 나쁜 균이 들어와 퍼졌음에 틀림없다. 인호 아버지는 곰곰이 생각했다. 그동안 아무 문제 없이 살아왔는데 괜히 무동으로 들어왔나. 아니야. 내 특유의 인내심으로 차분하게 기다리면, 그리고 내 특유의 꼼꼼함과 치밀함으로 일을 추진하면, 내가 무동의 땅에 투자한 돈은 열 배 스무 배로 불어날 것이다. 게다가 무동의 최대 지주인 최회장이 사례도 아주 두둑이 할 것이다. 그 돈으로 빌딩을 하나 지으면 임대 수익만으로도 평생을 여유롭게 살 수 있다. 노후 걱정을 할 필요가 없다. 이런 일을 꾸미는 것도 실은 다 아내에 대한 사랑 때문이다. 내가 걱정하는 건 나의 노후보다는 아내의 노후다. 나이 차이와 남녀 평균 수명의 차이, 이 두 가지를 다 고려하면 내가 죽고 나서 아내가 혼자 살아야 할 시간은 20년에 가깝다. 내가 죽고 나서도 아내가 풍족한 노후생활을 할 수 있어야 한다. 내가 죽어도……. 그는 감동하여 살짝 눈물을 흘렸다. 그래, 사랑은 주는 거지. 죽어도 주는 거지.

그나저나 지금은 아내의 노후생활이 아니라 무동의 나쁜 균에 옮은 아내의 건강을 걱정할 때다. 이건 병원에 가서 고칠 수 있는 병도 아니고. 아내가 건강을 되찾으려면 어떻게 해야 할까. 인호 아버지는 신문에서 유산소운동의 효과에 대하여 읽은 것이 떠올랐다. 유산소운동이라면 걷기, 조깅, 수영, 자전거……. 그러나 바깥 공기는 위험했다.

인호 아버지는 거금을 들여 러닝머신을 구입했다. 일반 가정에 러닝머신을 들여놓는 일은 상상도 할 수 없던 시절이었다. 그때까지 러닝머신이 있는 집은 무동에서는 물론 선무했고 위성시 전체에서도 손으로 꼽을 수 있는 정도였다. 하지만 아내의 건강을 위해서라면 그는 거금을 투자하는 것도 마다하지 않았다. 그렇게 해서라도 아내의 얼굴에 드리운 저 그늘을, 무동의 나쁜 균을, 순진무구한 아내의 몸과 마음을 숙주로 삼아 자라나는 저 주체 못할 음탕한 욕정의 독버섯을 제거할 수 있다면…….

과연 효과가 있었다. 아내의 얼굴이 밝아졌다. 뺨에 복숭앗빛이 돌았다. 그런데 러닝머신을 들여오고 나서 두어 달이 지나 첫

더위가 찾아왔다. 안 그래도 창문을 닫아 더운데 러닝머신에서 뛰기까지 한다면……. 인호 아버지는 주민들에게 위화감을 주고 싶지는 않았지만 아내의 건강을 위하여 결국 에어컨을 설치했다.

그러다가 인호 아버지는 새로운 신문기사를 보았다. 처음에 그가 러닝머신을 사기로 했을 때 참고한 신문기사에서는 유산소운동이 성에 대한 과도한 탐닉을 해소할 수 있다고 했다. 새로운 기사에서는 매일 30분에서 한 시간 사이의 유산소운동이 성욕을 증진시킨다고 했다. 아, 이럴수가. 지금까지 내가 무슨 짓을 한 거야. 한순간 정신이 멍해졌으나 그는 곧바로 다음 문장에서 희망을 보았다. '그러나 유산소운동도 지나치면 피로를 유발하고 성욕을 감퇴시킬 수 있으니…….' 신문기사에는 어느 정도가 지나친 운동인지 구체적인 시간은 나와 있지 않았지만 그는 아내의 병을 치료하려면 최소한 한 시간은 넘겨야 한다고 판단했다. 그는 두 시간으로 잡았다. 그는 운동시간을 한꺼번에 늘리지 않고 일주일에 5분씩 서서히 늘려갔다. 이제 한 시간 30분까지 늘렸다. 그러자 아내의 얼굴은 한결 더 밝아진 것처럼 보였다. 그는 아내가 무동의 균을 옮아온 그날의 사정을 다시는 묻지 않기로 했다. 나처럼 뒤끝이 없는 사람이 있을까.

아내가 방에서 노래를 부른다. 이제 아내는 치료가 거의 다 됐는지 흥얼흥얼 노래까지 부른다. 러닝머신의 효과가 참……. 인호 아버지는 흡족한 미소를 지었다. 그는 라디오의 볼륨을 최대한 줄이고 귀를 기울여 아내가 부르는 노래를 들어보았다. 사랑한다고 말할걸 그랬지. 님이 아니면 못 산다 할 것을……. 마음주고 눈물 주고 꿈도 주고 멀어져갔네. 님은 먼 곳에. 영원히 먼곳에…….

인호 아버지는 갑자기 아내에게 무언가 묻고 싶어졌다. 그는 방문을 열고 들어갔다. 아내는 빨래를 개며 노래를 부르고 있었다. 그는 아내에게 미소를 지으며 차분하고 나긋나긋하고 다정한 목소리로 물었다.

"여보, 그냥 궁금해서 그러는데…… 님이 누구야? 그러니까…… 먼 곳에 있는 님이 누구지? 바로 옆에 가까이 있는 나는 당연히 아닐 테고."

아, 짐작했던 대로 속마음을 들킨 아내의 얼굴이 파랗게 질렸다.

"마음 주고 눈물 주고 꿈도 주고, 다 줬는데, 떠났구나. 그런데 당신은 아직도 그 님을 잊지 못하는 거네."

"정말 당신……, 이건 그냥 노래잖아요."

"그냥 부르는 노래가 아닌 거 같은데? 정말 진심이 담겨 있지 않으면 그렇게 애질하게 못 부르지."

"노래 가사가 다 이렇지. 그럼 도대체 무슨 노래를 부르라는 거예요?"

"거 왜, 아름다운 강산 같은 건전하고 좋은 노래도 있잖아. 부르면 마음이 맑아지고 밝아지는 노래들도 많은데 왜 하필이면 그런 청승맞은 노래를 불러."

그는 여전히 차분하고 나긋나긋하고 다정한 목소리로 말을 이어갔다.

"백보 양보해서 먼 곳에 있는 님을 그리워할 수도 있다고 쳐.
하지만 속으로만 몰래 그리워해야지 이렇게 노래까지 부르면서
그리워하면 가까이서 같이 사는 사람에 대한 예의가 아니잖아.
벌써 13년하고도 78일이 지났어. 그런데 아직도 그 남자를 못 잊
는 거야?"

"그 남자라뇨? 지금 그게 무슨……."

"그 남자 말야. 당신이 스물세 살에 만나서 스물네 살에 헤어
진 그 남자, 당신 옛날 애인 말야. 그 남자하고 헤어진 지가 벌써
13년하고도 78일이나 됐다고."

"당신 정말……. 이 방에서 당장 나가요!"

아내가 소리를 지르며 그를 방에서 밀어냈다.

"당신, 오늘 방에 들어올 생각하지 말아요. 거기 가게 바닥에
서 자요."

아내가 쾅, 소리가 나게 방문을 닫았다. 귀청 떨어지겠네. 왜
저렇게 소리를 지를까. 나처럼 조용조용 나긋나긋 말해도 될 것
을. 애가 마침 공부방에 가 있기에 망정이지. 그런데 아내가 저런
모습을 보이는 건 처음인 듯했다. 저보다 낮은 강도의 모습은 몇
번 보았지만. 그래도, 참자. 자주는 아니지만 가끔씩 돌출하는 아
내의 저 변덕과 감정의 기복을 내가 다 이해하고 받아들였으니
지금까지 별 탈 없이 살아온 거다. 내가 진지하게 대화를 하자고
하면 아내는 언제나 저렇게 히스테리를 부린다. 아무튼 내일은
처가에 돈을 좀 보내야겠어.

인호 아버지는 담배를 피우러 밖으로 나갔다. 경수 엄마가 보였다. 젊고 건장한 사내와 함께 있었다. 잠시 후 경수 엄마가 사내를 끌고 골목 저편으로 사라졌다. 저런, 저런, 남편이 집에 없다고 바로 젊은 남자와 놀아나네. 경수 아버지도 뭐 다를 게 없지. 어린 여자만 밝히는 변태인데. 경수 아버지와 경수 엄마는 적어도 열다섯 살은 나이 차이가 나는 것 같아 보였다. 경수의 나이를 고려하면 경수 아버지는 미성년자였던 경수 엄마를 건드린 게 틀림없다. 저렇게 나이 차이가 나니 경수 엄마는 젊은 남자와 놀아나는 거고.

분식집 부부는 처음 볼 때부터 마음에 들지 않았다. 상가 건물 앞이나 복도를 잠시 스쳐 지나가는데도 부부가 잔뜩 내뿜는 역겹고 음탕한 기운을 느낄 수 있었다. 사람이 보든 말든 틈만 나면 쪽쪽 빨고 뽀뽀를 해대더니 급기야는 무얼 그리 참기 힘들었는지 남들 다 열심히 일하고 있는 벌건 대낮에 상가 화장실을 장시간 점령하고는 입에 올리기에도 낯 뜨겁고 민망한 짓을……

그 변태 부부가 또다시 이웃이 되어 마을의 공기를 오염시키고 있었다. 남자는 어디에 갔는지 계속 보이지 않았다. 여자는 그 틈을 타 젊은 남자와 놀아나고 있었다. 마을 사람들이 다 발정이 났다. 이 음탕한 공기를 어찌할까. 인호 아버지는 아내가 있는 방 창문이 잘 닫혀 있는지 다시 한 번 확인을 하고 담배에 불을 붙였다.

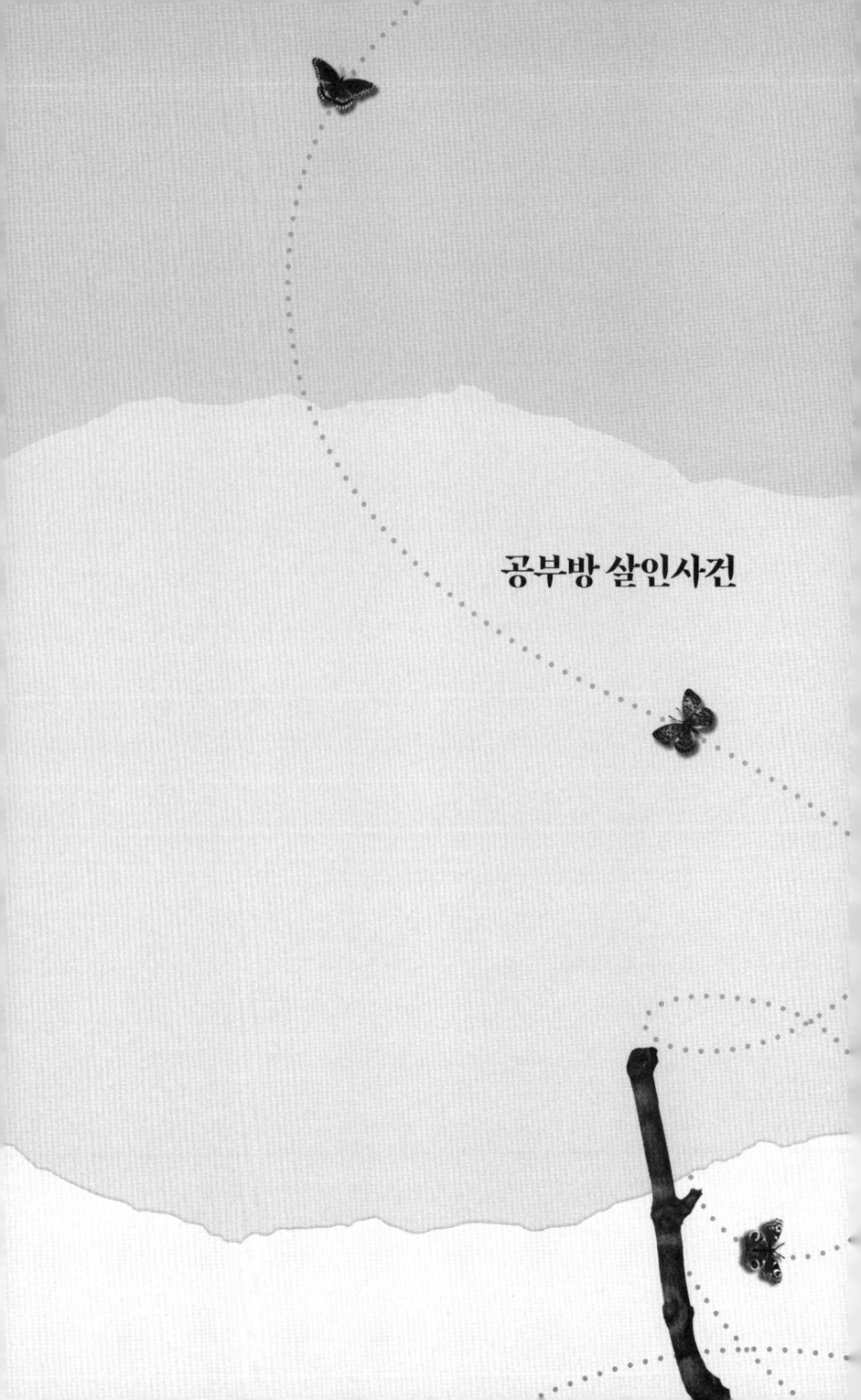

공부방 살인사건

1

경수 엄마는 감자탕집에서 한가한 오후 시간에 신문을 보다가 한 사채업자가 살해되었다는 기사를 읽었다. 경찰은 피해자 배 아무개씨(48)가 폭력 전과가 여러 번 있고 사채업에 종사했다는 점을 고려해 금전이나 원한관계에 얽힌 살인사건으로 보고 수사를 진행하고 있다고 했다.

사채업자. 배아무개씨. 48세.

신문에는 얼굴 사진과 정확한 이름이 나와 있지 않았지만 나이와 성(姓), 직업이 경수네 식구를 쫓고 있는 사채업자와 전부 일치했다. 배씨가 아주 드문 성은 아니지만 김씨나 이씨, 박씨처럼 아주 흔한 성도 아니어서 살해된 사람은 경수 엄마가 알고 있는 사채업자일 가능성이 매우 높았다.

경수 엄마는 막힌 숨통이 확 트이는 기분이 들었다. 빼앗긴 나라를 되찾고 거리로 나가 만세를 외치는 백성의 기분이 이럴까.

경수 엄마도 순간 손뼉을 치고 함성을 지를 뻔했다. 어서 이 소식을 경수 아버지에게 전해줘야 할 텐데. 그러나 경수 엄마 쪽에서 먼저 경수 아버지에게 연락할 방법은 없었다. 연락은 경수 아버지 쪽에서 했다. 경수 엄마는 미리 약속한 장소로 가서 기다리고 있다가 미리 약속한 시간에 걸려 오는 경수 아버지의 전화를 받았다. 전화 통화는 항상 다음 통화의 장소와 날짜, 시간을 약속하는 것으로 마무리했다. 장소는 주로 다방이었는데 몇 개의 다방을 교대로 돌았다. 시간 간격은 대체로 보름에 한 번꼴. 다음 통화까지는 아직 일주일이나 남았다.

남편은 쫓겨 다니느라 신문을 볼 여유도 없을 것이다. 기사도 워낙 작게 나서 그녀도 안 읽고 그냥 지나칠 뻔했다. 그러니 남편은 아마 이 사실을 까맣게 모르고 있을 것이다. 일주일이나 어떻게 기다리지. 경수 엄마는 몸이 달았다. 약간 설레기까지 했다. 그녀는 어서 남편과 함께 이 기쁨을 함께하고 싶었다. 오랜 수험 생활 뒷바라지 끝에 남편이 고시에 합격한 소식을 남편보다 먼저 알게 된 아내의 심정이 이럴까.

경수 엄마는 순간 화들짝 놀라 잠을 뿌리치듯 고개를 흔들었다. 아, 내가 지금 무슨 생각을 하고 있는 거야? 사람이 죽었다는 소식에 이렇게 기뻐하다니. 죄받을 짓 아닌가.

그녀는 이번에는 아주 천천히 고개를 흔들었다. 아니야. 죄가 아니야. 나는 아무 짓도 하지 않았어. 그 사람을 죽인 게 내가 아니지 않은가. 잠시 기뻐하기도 했지만 속으로 생각했을 뿐이다. 겉으로는 아무 행동도 하지 않았다. 생각으로야 무슨 짓인들 못

하겠는가.

그런데…… 그런데 과연 그런가. 지금까지 내가 그 사람이 죽기를 속으로 간절히 기도해왔다면…… 그래서 그 기도의 힘으로 그 사람이 죽었다면…… 그렇다면 나는 죄가 없는가.

물론 나는 그런 기도를 한 적이 없다. 그러나 내가 의식하지 못하는 내 속의 무언가가 간절히 기도를 했을 수도 있다. 내가 의식하지 못했어도 그런 기도가 있었으니 사람이 죽었다는 소식에 이렇게 기뻐할 수가 있는 게 아니겠는가. 죄받을 짓이다. 이 죗값을 어떻게 할 것인가.

2

경수 엄마는 다음 날도, 그다음 날도 신문기사를 꼼꼼하게 살펴보았다. 사흘째 되는 날 후속 기사가 나왔다. 경찰은 사채업자 살인사건의 유력한 용의자로 피살자와 채무 관계에 있는 한아무개씨를 주목하고 행석을 쫓고 있다고 했다.

채무자에 한씨라면 혹시 남편? 그럼 나는 벌써 죗값을 치르고 있는 걸까? 사람이 죽었다는 소식에 기뻐한 죗값을? 에이, 설마 그럴 리가 없어. 남편이 사람을 죽였을 리가 없어. 사람은 아무나 죽이나. 남편은 절대 그럴 사람이 아니야. 채무자 가운데 한씨가 남편 하나뿐이려고. 그런데 혹시…… 협박을 당하고 폭행을 당하다가 우발적으로 그랬을 수도 있지 않을까.

"선화씨, 바쁘지 않으면 이리 와서 감자 좀 같이 깎지."

경수 엄마가 홀에 앉아 신문을 펼쳐놓고 혹시와 설마 사이를 오가고 있는데 주방에서 눈치를 주었다. 내가 신문을 좀 오래 봤나? 그래도 방금 전까지 자기들 쉬는 동안 내가 설거지를 다 해놓았는데 너무 하는 거 아냐? 경수 엄마는 조금 억울한 마음이 들었다. 어쨌든 여기 와서 이제까지 남에게 싫은 소리 한 번 안 듣고 지내왔는데 바짝 정신을 차려야겠다. 경수 엄마는 서둘러 주방으로 갔다.

주방에서는 세 여자가 둘러앉아 감자를 깎고 있었다. 경수 엄마도 주방 여자들 사이에 끼어 감자를 깎기 시작했다.

"오늘은 하루 종일 피곤하네. 어제 너무 무리했나."

"언니도 그래? 어휴, 사람을 밤늦게까지 붙잡아놨으면 출근시간을 좀 늦춰주든가 해야지."

"내 말이……. 마시기 싫은 술 억지로 먹여놓고는 마지막에 하는 말 보라구. 내일 출근시간 꼭 지키는 거 잊지 마세요. 나는 아무리 밤늦게까지 술을 마셔도 새벽 다섯 시면 꼭 일어납니다. 문제는 정신력이에요, 정신력!"

"지는 그러든가 말든가. 다 지가 좋아서 하는 일이면서."

"정신력은 무슨……. 나이 들어서 새벽잠이 없는 거지."

어제 주방 직원 일부는 사장과 회식을 했다고 했다. 회식을 하더라도 좀 일찍 시작하면 좋은데 문제는 손님이 한가해지는 밤 열 시에 시작해서 새벽 두 시에 끝냈다는 것이다.

"그래도 사장, 체력 하나는 좋은가 봐. 어제 그렇게 마시고도 오늘 멀쩡하잖아."

"오전까지는 그랬지. 지금쯤 아마 사우나에 가서 뻗어 자고 있을걸. 지는 그렇게 틈만 나면 쉬고 보약을 먹어대고 하니까 버티는 거지."

"괜히 사장이야? 억울하면 언니가 사장을 해."

"그런데……"

눈치를 보던 경수 엄마가 주방 여자들의 대화에 끼어들었다.

"사장님이 술을 잘 마시나요?"

"사장님? 없는 자리에서 님은 무슨 님? 언니, 이 언니 정말 웃기다."

"뭐, 내가 보기에는 그렇게 자주 마시는 거 같지는 않던데……"

"그게 아니라…… 그러니까 사장님, 아니 사장이 술이 센가 해서요."

"세시지. 아주 세셔. 소주 세 병을 마시시고도 아주 말짱하셔."

경수 엄마는 문득 까맣게 잊고 있던 의사의 말이 떠올랐다. 돼지와 물을 꾀하고 이사 갈 일이 있으면 동쪽이나 남쪽으로 가라는 말. 그녀는 의사의 말을 완전히 무시하지도 않았고 완전히 맹신하지도 않았다. 융통성 있게 적당한 기간 동안 적당히 따르다가 경수의 이상한 증세가 사라지자 자연스레 잊게 되었다. 선택의 여지가 별로 없었으나 그래도 이사는 남쪽으로 왔으니 의사의 말을 완전히 잊고 있지는 않았던 걸까. 그때 경수 엄마의 머릿속에 위성시의 지도가 펼쳐졌다. 위성천이 도시의 중심에서 아래쪽으로 볼록하게 휘면서 흐르고 있다는 걸 이제야 깨달았다. 전에 살던 곳은 곡선의 개천이 둘러싼 볼록한 땅의 남단에 자리 잡고 있었다. 개천 위쪽에서 아래쪽으로 왔으니 당연히 남쪽으로 온 줄 알았는데, 아니었다. 전에 살던 곳을 기준으로 무동은 서쪽이었다.

경수 엄마는 이제 사소한 것 하나까지 마음에 걸렸다. 마을 사람들은 무동이라는 이름이 물동네에서 비롯되었다고 한다. 감자탕의 주재료는 돼지 등뼈다. 심지어 사장은, 경수 말에 따르면, 눌린 돼지처럼 생겼다. 그리고 그 눌린 돼지는 소주 세 병을 마시고도 멀쩡하다는데 내 앞에서는 맥주 세 잔에 취해 뻗어버렸다. 사방에서 물과 돼지들이 경수 엄마를 포위해 들어왔다.

3

다시 나흘이 지나 경수 아버지와 전화 통화를 하기로 약속한 날이 되었다. 경수 엄마는 퇴근을 하자마자 다방으로 가서 전화기가 놓인 카운터가 정면으로 보이는 곳에 자리를 잡고 앉아 초조하게 전화를 기다렸다. 통화만 하고 나면 이 모든 불안은 사라지리라. 남편이 이 사건과 아무 관계가 없다는 것도 알게 될 테고. 그럼 내가 그 죽음을 잠시 기뻐했던 고인의 명복도 빌어줘야지.

전화벨이 울릴 때마다 경수 엄마는 바짝 긴장을 하고 전화를 받는 종업원의 입 모양을 읽으며 귀를 기울였다. 그러나 약속한 시간에서 한 시간이 지나도록 남편에게서는 전화가 오지 않았다. 결국 문 닫을 시간이 되어서야 경수 엄마는 떠밀리듯 다방을 나왔다.

경수 엄마는 집에서 혼자 기다리는 경수도 잊은 채 밤거리를 정처 없이 걸었다. 그렇게 치밀하게 연락 방법을 준비한 사람인데. 그리고 약속 하나만큼은 철저하게 지키는 사람인데. 무슨 일이 생기지 않고서야……. 그래, 분명히 무슨 일이 생겼을 거야. 종업원에게 미안한 마음에 한 잔 더 시켜 마신 커피 때문에 심장은 더욱 두근거렸다.

경수 엄마는 불안을 떨쳐버리기 위해 애써 태연한 척을 하며 콧방귀를 뀌었다. 흥, 무슨 비밀공작원이나 지하혁명가라도 되는 양 치밀한 척은 혼자 다하더니 이게 뭐야. 양쪽 가운데 하나가 사정이 생겨서 이렇게 통화가 안 되면 대책이 없잖아. 이제 다음에 통화를 할 장소와 시간은 어떻게 되지? 어휴, 그 사람이 하는 일이라는 게 이렇지. 얼핏 보면 치밀한 것 같은데 결성석인 곳에 구멍이 뚫렸어. 허술해. 아주 허술해.

남편을 탓하는 데 십중하니 불안을 잠시 잊을 수 있었다. 그러나 한편으로는 남편을 탓하다 보니 남편에 대한 믿음이 흔들렸다. 남편에 대한 믿음은 그녀의 안정감의 원천이었다. 남편에 대한 믿음이 흔들리자 조금 전보다 더 불안해졌다. 그럴 바에 경수 엄마는 그냥 남편을 믿으며 불안해하기로 했다.

혹시…… 혹시 사람을 죽였다 해도 다 그럴 만한 이유가 있었을 거야. 여보, 도대체 어디 있는 거야. 사람을 죽였어도 좋으니 제발 살아만 있어줘.

4

인호네 집의 러닝머신처럼 비싼 것은 아니지만 경수네 집에도 무동에서 유일한 물건이 하나 있었다. 바로 비디오플레이어였다. 무동으로 들어올 때 경수 엄마는 다른 세간은 많이 처분했지만 비디오플레이어는 특별히 신경을 써서 챙겨 왔다.

결혼생활 초기에 경수 아버지는 경수 엄마가 연속극을 거의 보지 않는다는 점에 신기해했다.

"세상에 연속극 싫어하는 아줌마도 다 있네."

"구속당하는 게 싫어서요. 한번 보면 다음 회가 궁금하니까 계속해서 봐야 하잖아요. 짧게는 몇 달에서 길게는 1년 넘게까지."

경수 아버지도 비슷한 이유로 연속극을 잘 안 봤는데 그로서는 채널 주도권을 다툴 일이 없어 다행이었다. 부부는 티브이 보는 취향이 서로 비슷해서 주로 뉴스와 코미디, 다큐 등을 시청했다. 경수 아버지는 연속극은 안 봤지만 단막극은 가끔 보았다. 경수 엄마는 단막극도 잘 보려 하지 않았다.

"그럼 단막극은 왜 안 봐? 한 회에 끝나는데."

"단막극이라는 게 거의 다 문예물인데 결국 끝에 가면 꿈은 깨지고 사랑하는 사람들은 헤어지고 주인공은 죽잖아요. 주인공이 좌절하고 절망하고 고통받고 그래야 예술이 되나?"

"사람은 누구나 끝에 가면 다 죽어. 나도……."

"적어도 나의 드라마에서는 내가 사랑하는 사람들은 아무도 안 죽을 거예요. 내가 제일 먼저 죽을 테니까……. 약속해줘요, 나보다 먼저 죽지 않겠다고."

"약속이야 할 수도 있겠지만……. 그게 내 마음대로 되겠어? 그건 그렇고 학교 다닐 때 추리소설은 좀 읽지 않았어? 거기서는 사람이 엄청 많이 죽는데."

"그건 게임 같은 거죠. 죽음을 가지고 게임을 하는 게 마음에 들지는 않지만……. 그래서 요즘엔 안 읽잖아요. 그때도 당신 때문에 읽었던 거고."

"그럼 추리소설 말고 그냥 소설은? 그냥 소설은 요즘도 읽잖아."

"뭐라고 할까……. 드라마는 살아 있는 배우가 나와서 움직이니까 뭔가 주술효과가 더 큰 것 같아요. 그에 비해 소설은 내가 통제할 수 있는 듯한 느낌이 들고."

경수 엄마가 생각하기에도 별로 말이 되지 않는 것 같았다.

"지꾸 따지지 말아요. 그냥 취향이에요, 취향."

"아, 이제야 기억이 났네. 당신 옛날에 여고생 때 연예인 얘기며 그 연예인이 나온 드라마 얘기며 한참 떠들어댔던 것 같은데."

"내가 그랬나? 뭐, 취향은 바뀌기도 하는 거니까."

경수 엄마는 언제부터 취향이 바뀌었나 생각해보았다. 아이가 생기고부터? 결혼을 하고부터? 어쨌든 가족이 생기고부터였던 것 같다.

경수 아버지는 생각했다. 아내가 연속극을 안 보는 것도 결국 마찬가지 이유였다. 구속당하기 싫다는 건 부차적인 이유였다. 그러고 보니 요즘 연속극은 불치병과 시한부 인생을 소재로 한 것이 한창 유행이었다. 경수 아버지는 아내에게서 의외의 모습을 발견했다. 뭐 징크스 같은 거지. 누구에게나 그런 게 한두 가지씩은 있지.

며칠 후 경수 아버지는 비디오플레이어를 집에 들여놓고서 아내에게 말했다. 이제 결말이 마음에 드는 영화를 골라서 보면 되겠네.

경수 엄마는 일주일에 한 번쯤 비디오를 빌려 보았다. 그런데 예상치 못한 비극적인 결말을 보여주는 영화가 더러 있었다. 경수 엄마는 전략을 바꾸었다. 대충 골라 온 비디오를 뒷부분부터 먼저 보고 처음 30분 분량을 마지막에 보았다. 이렇게 보면 웬만한 영화는 다 해피엔딩이 된다고 경수 엄마는 생각했다. 로맨틱 코미디도 이런 식으로 보면 연인들이 지지고 볶고 싸우는 장면으로 끝나게 되는데 경수 엄마에게는 이런 결말이 어색하고 닭살 돋게 화해하는 원래의 결말보다도 더 해피엔딩처럼 보였다.

경수 엄마는 이러한 행위를 통해 우주에 미세한 조작을 가하고 있는 듯한 은밀한 쾌감을 느꼈다. 이렇게 해서 비디오 보기는 경수 엄마의 오랜 취미이자 소박한 주술행위가 되었다.

비디오 대여점이 없는 무동으로 이사를 오고 나서 경수 엄마는 시내까지 가서 비디오를 빌려 왔다. 신문기사를 읽고 난 뒤로 경수 엄마는 일주일에 하나씩 보던 비디오를 매일 하나씩 보게 되었다. 그녀에게 이제 비디오 보기는 간절한 기도 같은 것이었다.

5

비디오를 보고 있는데 현관문 두드리는 소리가 났다. 누굴까? 경수 아빠? 아니면 경찰? 경수 엄마는 비디오를 보면서도 심지어 잠을 자면서도 항상 문 밖의 기척에 신경을 곤두세웠다.

"누, 누구세요?"

"나야, 나. 옆집. 광석 엄마."

"아, 예."

경수 엄마가 현관문을 열자 광석 엄마가 고개를 들이밀었다.

"잠깐 들어가도 될까?"

"아, 예. 들어오세요."

"자고 있었어?"

"아, 아뇨. 그냥 누워서 영화 좀 보고 있었죠. 자, 여기 앉으세요."

두 여자는 부엌 겸 거실 겸 작은방으로 쓰고 있는 공간에서 마주 보고 앉았다. 광석 엄마는 안방의 열린 문틈을 향해 고개를 기웃거리며 물었다.

"경수는 자고 있나 봐?"

"예. 애들은 일찍 자니까. 뭐 마실 거라도……."

"괜찮은데……. 물이나 한잔 주든지."

경수 엄마는 자리에서 일어나 안방 문을 꼭 닫았다. 그리고 물을 두 잔 들고 와 다시 자리에 앉았다.

"좀 늦었다는 건 아는데 이 시간이 아니면 얼굴 보기가 힘드니까……."

"안 늦었어요. 괜찮아요. 그런데…… 무슨 일이세요?"

"아, 물맛 좋다. 시원하네. 이거 약수지?"

"네. 경수가 날마다 받아 와요."

"앞으로는 이 약수 맛을 보기 힘들어질지도 모르겠네."

"아니, 왜요? 약수터에 무슨 문제라도 생겼어요?"

"잘하면 우리 마을 사람들도 수돗물을 먹게 될 것 같아서. 아주 잘하면……. 이번에는 되려나 모르겠네. 일단 여기 서명해. 마을에 수도 들여놓겠다는 일인데 뭐 반대할 건 아니지?"

광석 엄마가 인쇄물을 내밀었다.

"아직 갈 길은 멀지만 그래도 여기까지 오게 된 데에는 한성재 선생님이라고, 올해 초에 우리 마을에 온 공부방 선생님의 도움이 컸어. 그렇다고 우리가 그 전까지 아무 일도 하지 않은 건 아니야. 수도 때문에 관청 사람들과 10년 가까이 싸웠거든. 그런데 지금 돌이켜보니 우리가 한 일이 관청에 우르르 몰려가서 소리를 지르고 떼를 쓰거나 아니면 무릎 꿇고 울면서 제발 수도 좀 놓아달라고 사정한 게 전부였어. 관청 사람들은 요즘 수도관 값이 얼마나 비싼 줄 아느냐, 거기까지 수도관을 깔려면 천문학적인 돈이 드는데 그 돈을 아줌마가 낼 수 있느냐고 하면서 비아냥거렸지. 관청 사람들, 천문학적인 돈이라는 말을 자주 하나 봐. 누구더라……. 아, 인호 아버지도 전에 관청 사람한테 그런 말을 들었다고 하던데. 아무튼 처음 두어 번은 그런 비아냥 섞인 답변이라도 들었지 나중에는 아무 말도 못 듣고 곧바로 경비원들에게 붙들려 끌려 나왔어. 그렇게 거의 10년이 흘렀어. 그런데 마을에 공부방이 생기고 나서 얼마 뒤 선생님이 우리를 찾아와서 묻더라고. 마을의 주거환경을 개선하는 데 있어서 가장 시급한 일이 뭐라고 생각하십니까. 물론 하수도나 변소 같은 것도 불편했지만 그런 건 감히 꿈도 꿀 수 없는 거니까 우리는 상수도 설치라고 대답했지."

공부방 선생님은 잘 아는 빈민운동가 몇 명과 함께 마을의 지하수를 떠서 전문 기관에 수질 분석을 맡겼다. 마을의 지하수는 심각하게 오염된 상태라는 결과가 나왔다. 그는 주민들의 진정서에 수질분석 결과보고서, 그가 잘 아는 빈민운동가와 그 빈민운동가가 잘 아는 인권변호사와 그 인권변호사가 잘 아는 국회의원이 기술한 의견서, 끝으로 뜻을 같이하는 지역사회와 인권단체, 언론매체와 함께 이 문제를 지속적으로 제기하며 여론을 환기시켜나가겠다는 협박조의 결의문 등을 첨부하여 위성시 상수도사업소에 보냈다. 결국 위싱시 상수노사업소는 무동에 수도를 놓아주겠다는 뜻을 밝혔다. 그러나 이번에는 공사에 대한 허가권이 있는 구청이, 수도를 설치해주면 나중에 무허가 건물을 정리하기가 어려워진다는 이유로 반대를 하고 나섰다. 개발의 기미를 감지한 일부 지주들이 구청에 압력을 넣었던 것이다.

경수 엄마는 광석 엄마에게서 자세한 내용을 들었기 때문에 인쇄물은 대충 훑어보았다. 광석 엄마가 말한 것과 대체로 비슷한 내용이었다. 경수 엄마가 서명을 하자 광석 엄마는 인쇄물을 하나 더 내밀었다.

"그리고 여기에는 무동의 주민이 아닌 일반 시민의 서명을 받아 왔으면 해. 구청을 움직이려면 일반 시민의 지지도 필요하거든. 그래서 주민 한 사람당 열 명의 시민에게 서명을 받아 오는 걸로 계획을 잡았어. 더 많아도 좋고. 어때? 할 수 있겠지?"

"예. 좋은 일인데 당연히 함께해야죠."

"고마워."

"에이, 고맙긴요. 더 고생하시는 분들도 많은데……. 그런데 그 공부방 선생님 이름이 뭐라고 그랬죠?"

"한성재 선생님. 왜?"

지푸라기라도 잡고 싶은 경수 엄마는 한씨가 참 많다고 생각했다. 생각만 한 줄로 알았는데 그 말이 입 밖으로 튀어나왔다.

"한씨가 참 많죠. 그죠?"

"뭐?"

"그 사람, 그 공부방 선생님이요. 혹시 사채 같은 거 안 썼대요?"

"그게 무슨 말이야? 뚱딴지같이……. 경수 엄마 오늘 좀 이상하다."

"아, 내가 왜 이러지. 죄송해요. 제가 요즘 잠을 좀 못 자서……."

"말이 나온 김에 하는 얘긴데, 경수도 공부방에 보내는 거 어때? 그 한성재 선생님이 평판이 좋아. 아이들을 아주 예뻐하고 공부도 잘 가르친다고 하던데."

"그래요?"

"우리야 내가 집에 있고 아이들이 형제도 많은 데다가 공부에 워낙 취미가 없어서 안 보내지만. 경수의 경우는……."

"괜찮은 방법이겠네요. 한번 생각해볼게요."

"생각하긴 뭘 생각해. 인호 아버지처럼 까다로운 사람도 믿고 맡기는데."

"인호 아버지가 까다로워요?"

"사람이 바깥일은 참 잘하는데…… 그런 사람하고 한집에서 살려면 정말 숨이 막힐 거야. 인호 엄마도 참 불쌍해. 나 같으면 1년도 같이 못 살아. 차라리 노름하는 남자나 때리는 남자가 낫지."

"왜요?"

"사람이 좀 집요한 데가 있어."

"그래요?"

"어머, 내가 뒤에서 남 이야기를 다 하고 있네. 이런 거 내가 제일 싫어하는 스타일인데. 그냥 안 들은 걸로 해요. 늦었는데 그만 가봐야겠다. 서명 받는 거 잊지 마시고……. 그럼 다음에 또 봐요."

광석 엄마가 나가고 난 뒤 경수 엄마는 싱크대의 수도꼭지를 한번 돌려보았다. 벌써 시간이 제법 지난 것 같은데 수도꼭지는 부드럽게 돌아갔다. 오, 아직까지 녹슬지 않았네.

6

경수는 아파트 단지 놀이터에서 그네를 탔다. 네 살까지 이 아파트에서 살았다고 들었는데 너무 어릴 때여서 경수에게 그 기억은 없었다. 아파트에서 산 기억은 나지 않았지만 놀이터에서 논 기억은 났다. 한 해 전까지 이 아파트에서 가까운 다가구주택에서 살았는데 거기는 놀이터가 없어서 이곳으로 자주 놀러 왔기 때문이다. 요즘에는 엄마가 학교 끝나고 바로 집으로 오지 말고 몇 군데 들렀다 오라고 해서 경수는 이 놀이터로 그때보다도 더 자주 오는 편이었다. 경수가 지금 앉은 그네는 두 해 전 경수 아버지가 사업 구상을 하며 긴 시간을 보내다가 문득 문방구를 떠올리게 된 바로 그 그네였다. 경수는 그네의 흔들림을 크게 하지 않고 그냥 흔들의자 삼아 흔들거리면서 두 해 전 아버지가 그랬던 것처럼 생각에 잠겼다. 마늘을 계속 깔 것인가, 여기서 그만 둘 것인가.

보름 전에 한 여자아이가 전학을 왔다. 여자아이가 자기소개를 했다. 저는 최지혜라고 하고예, 울산에서 왔어예. 앞으로 사이좋게 잘 지냈으면 좋겠심더. 빈자리는 먼저 전학을 와 맨 뒷자리에 혼자 앉아 있던 경수의 옆자리밖에 없어서 지혜라는 아이는 경수와 짝이 되었다. 지혜는 의자를 복도 쪽으로 조금씩 끌더니 경수와 최대한 멀찌감치 떨어져 앉았다. 쉬는 시간이 되자 경수에게, 아니 지혜에게 아이들이 몰려왔다. 말투와 다르게 외모에서는 귀티를 풍기는 지혜를 향하여 아이들은 연예인과 친구가된 것만 같은 영광스럽고 황송한 표정을 지으며 찬사를 보냈고, 지혜는 그 말들을 잠자코 들으며 백인이 원주민을 대하는 듯한 눈빛으로 아이들을 바라보았다.

"시골에서 온 애가 어째 우리 서울 애들보다 더 예쁜 것 같다."

"우리가 무슨 서울 애냐?"

"그래도 수도권이니까 서울이나 마찬가지지."

"우리보다 훨씬 더 부자처럼 보이지 않아? 어떻게 시골에서 온 애가……."

참다못한 인호가 아이들의 말을 잘랐다.

"너희들 무식하게 자꾸 시골, 시골 할래? 울산이 무슨 시골이냐? 울산이 우리나라에서 거의 제일 잘사는 도시라는 거 너희들 몰라?"

"정말? 나는 울산이라는 도시는 처음 들어보는데."

"그럼 우리 위성시보다도 더 잘산다는 거야?"

"그야 물론이지."

"와, 말도 안 돼. 그래도 여긴 수도권인데……."

"아마 서울보다도 더 잘살지도 몰라. 울산에는 엄청나게 큰 조선소, 자동차공장, 석유회사가 몰려 있거든."

지혜가 드디어 원주민의 추장을 찾아냈다는 듯한 표정을 하고 입을 열었다.

"니는 그래도 멀 알긴 아네."

"그렇지? 거기서는 거지도 부자지?"

"거지가 부자라꼬? 호호, 니 말 참 재밌게 한대이."

지혜가 웃었다. 새침한 지혜에게서 말뿐만 아니라 웃음까지 끌어낸 인호를 아이들은 다시 보았다.

"그건 내도 잘 모르겠다. 거서는 거지를 한 번도 본 적이 없어가……. 내도 원래는 여서 태어났는데 내가 한 살 때 아빠가 울산의 큰 자동차회사로 발령이 나는 바람에 울산으로 이사를 갔던 기다."

지혜는 그후로 지금까지 계속 울산에서 살았다고 했다. 그런데 얼마 전 아버지가 할아버지의 사업을 물려받으려고 회사를 그만두었고 그래서 다시 위성시로 돌아오게 되었다고 했다.

"똑똑해 보이는 게 너는 공부도 잘할 것 같은데?"

"머 그냥 쪼매 한다. 전에 다니던 학교에서는 반장을 했다."

"나는 우리 반 부반장이야. 앞으로 학교생활 적응하는 데 어려운 일 있으면 언제든지 나한테 얘기해."

수업 종이 울렸다. 아이들이 제자리로 돌아갔다. 쉬는 시간마다 이렇게 아이들이 몰려들었다가 빠져나가는 일이 몇 번 더 되풀이되었다. 다음 날 교문 앞에서는 아이들이 지혜의 가방을 서로 자기가 들어주겠다고 실랑이를 벌였다. 결국 한 아이는 지혜의 책가방을 들고 한 아이는 지혜의 실내화 가방을 드는 걸로 타협을 보았다.

7

지혜는 전날처럼 복도 쪽으로 의자를 끌어 경수와 멀리 떨어져 앉아 틈틈이 경수를 힐끔힐끔 흘겨보았다. 이에 질세라 경수도 의자를 복도 쪽으로 최대한 끌어 지혜와 멀리 떨어져 앉았다.

이 모습을 본 지혜가 콧방귀를 뀌었다. 잠시 후 지혜가 번쩍 손을 들었다.

"새임요, 짝 바까주이소. 야한테서 마늘 냄새가 나가 머리가 억수로 아파 몬 살겠심더. 그라고 바까주는 김에 앞자리로 해주이소. 뒷자리는 공부에 집중이 잘 안 됩니더."

경수는 처음에 지혜가 무슨 이야기를 하고 있는지 전혀 이해하지 못했다. 도대체 누구한테 무슨 냄새가 난다는 거야? 잠시 후 상황을 파악한 경수는 오므린 손바닥에 입김을 불어 냄새를 맡았다. 아무 냄새도 나지 않았다. 그런데 입에서 손을 떼는 순간 손가락 끝에서 살짝 마늘 냄새가 났다. 엄지와 검지 손톱 끝에서 나는 냄새였다. 아이들의 시선이 일제히 경수 쪽을 향하고 있었다. 지혜를 보는 건지 경수를 보는 건지 둘 다를 보는 건지 알수 없었지만 경수는 고개를 숙여 아이들의 시선을 피했다. 얼굴에 경련이 나고 다리가 떨리기 직전. 문득 엄마 얼굴이 떠오르면서 경수는 마음이 편해졌다. 그래, 이 정도는 아무 일도 아니야. 사랑하는 엄마가 있는데. 엄마에게서 물려받은 예의에 대한 타고난 감각도 되살아나서 경수는 창피함보다는 남에게 피해를 준데 대한 미안함을 더 많이 느꼈다. 그래도…… 그래도 내가 지혜 입장이었다면 자리를 바꿔달라고 할 때 웬만하면 다른 핑계를 댔을 텐데. 눈이 나쁘다고 하든지. 아니면 처음부터 뒷자리는 공부에 집중이 잘 안 된다고 하든지. 경수는 고개를 들었다. 아이들은 조용히 숨을 죽인 채 여전히 경수 쪽을 바라보고 있었다. 이때 한 아이가 키득대기 시작했다면 그 웃음은 금세 모든 아이들에게 전염되었으리라. 그러나 아이들은 아무도 웃지 않았다. 먼저 아이들은 선생님에게 감히 짝을 바꿔달라고 요구한 지혜의 당돌함에 놀라 웃을 수가 없었다. 다음으로 아이들은 경수의 일이 남의 일로 여겨지지 않았기 때문에 웃을 수가 없었다. 자신들도 언제든 지혜에게서 냄새나는 원주민 취급을 받을 수 있는 게 아닌가. 아이들은 이제 고개를 돌려 선생님 쪽을 바라보았다. 고개를 돌리면서 몇몇 아이들은 슬그머니 자신의 입 냄새를 맡아보았다. 선생님은 처음엔 당황했고 곧이어 화가 났다. 짝이 자꾸 때리고 괴롭힌다면서 교무실에 따로 조용히 찾아와 짝을 바꿔달라고 부탁하는 아이는 있었지만 이렇게 무례한 요구를 무례한 방식으로 하는 아이는 교사생활 10여 년 만에 처음이었다.

"여러분! 짝을 이렇게 마음대로 바꿔달라고 하는 게 아니에요. 다들 이런 식으로 나오면 어떻게 되겠어요? 아마 여러분 가운데 반 이상은 짝을 못 구할 거예요. 그러지 않겠어요?"

선생님은 몇 마디를 하고 나자 화가 조금 풀렸고 그제야 아침에 교감선생님이 당부한 말이 떠올랐다. 선생님 반에 이번에 새로 온 학생 있죠? 최회장님의 손녀니까 신경 좀 써주세요. 네? 최회장님? 최회장님이 누구예요? 아, 위성시의 유지인데 워낙 재력가인 데다가 교육사업도 하고 있고 교육청에 줄도 있는 분이라서……. 아, 예에. 그래도 그분 참 대단하지 않습니까? 아이가 다양한 계층의 다양한 아이들과 어울리도록 평범한 공립학교에 보냈으니. 명문 사립학교도 있고 본인이 이사장으로 있는 학교도 있는데 말이죠. 그 정도 위치까지 올라간 사람은 뭔가 그릇이 다르다니까요. 아무튼 아이가 낯선 환경에 잘 적응하도록 신경 좀 써주세요.

"하지만 지혜의 경우는⋯⋯."

선생님은 머뭇거렸다. 예외를 허용할 핑계가 얼른 떠오르지 않았다. 이 아이는 그냥 사립학교에 다니지 왜 우리 학교로 와서 사람을 난감하게 하는가. 아이들이 똘망똘망한 눈으로 선생님의 입을 바라보고 있었다. 더 이상 머뭇거릴 수가 없었다.

"음⋯⋯ 지혜의 경우는⋯⋯ 키가 커서 뒤에 앉게 했는데 눈이 나쁘다는 걸 선생님이 깜빡했네요."

선생님은 결국 거짓말로 둘러대고 말았다. 더구나 금세 들통 날 거짓말이다. 그때 적당한 핑곗거리가 뒤늦게 떠올랐다.

"앗, 선생님이 잠깐 착각을 했어요. 눈이 나쁜 건 지혜가 아니라 다른 반에 전학 온 아이인데. 음⋯⋯ 지혜의 경우는 그러니까⋯⋯. 경수도 전학을 온 지 얼마 되지 않았잖아요? 그런데 전학생을 전학생 옆에 앉게 하다니 선생님이 정말 큰 실수를 했네요. 전학생끼리 앉으면 새로운 학교에 적응하기 힘들 텐데 말이죠. 이번에는 선생님이 실수를 한 서니까 특별히 허락하는 거예요. 앞으로는 이렇게 마음대로 짝을 바꿔달라는 일이 있으면 절대 안 됩니다. 알았죠?"

선생님은 우왕좌왕했으나 난감한 상황을 어떻게든 넘겼다. 결국 키도 작고 진짜 눈이 나쁜 유미가 맨 뒷자리로 자리를 옮겨 경수의 짝이 되었다.

8

유미는 경수와 짝이 되고 나서 며칠 뒤 수업시간에 교실에서 똥을 쌌다. 똥을 싸기 전날 유미의 엄마와 아빠는 싸웠다. 아빠가 엄마를 때렸다. 아빠가 엄마를 때리는 일이 처음은 아니었지만 이번에는 좀 심했다. 이러다가 엄마가 죽는 게 아닐까. 유미는 엄마와 아빠 사이에 끼어들어 싸움을 말리다가 아빠에게 뺨을 세게 맞았다. 엄마는 유미를 내버려둔 채 집을 나갔다.

아빠와 단둘이 집에 있다 보니 유미는 숨이 막혔다. 낮술에 취한 아빠가 잠이 들자 유미는 집 밖으로 나왔다. 일요일이라 공부방도 문을 닫았고 마땅히 갈 데도 없어서 유미는 거리를 정처 없이 걸었다. 유미는 모든 것을 잊고 싶었다. 모든 것을 잊을 만큼 짜릿한 무언가가 필요했다. 아주 시큼한 것이 먹고 싶기도 했다.

유미는 어느새 아파트 단지 상가 앞을 걷고 있었다. 과일가게에 진열된 자두가 눈에 들어왔다. 유미는 자두를 훔치기로 했다. 훔치겠다는 생각만으로도 가슴이 콩닥콩닥 뛰었다. 과일가게 주인과 눈이 마주쳤다. 유미는 슬그머니 고개를 돌렸다. 아직 때가 아니다. 유미는 과일가게를 그냥 지나쳐 한참을 걷다가 다시 돌아왔다. 여전히 가슴은 두근거렸다. 몸과 마음은 오로지 훔친다는 행위 하나에 사로잡혀 있었고 다른 모든 것은 사소해 보였다. 유미는 살아 있다는 기분을 느꼈다. 아빠도 이런 기분 때문에 도박을 하는 걸까.

통로를 사이에 두고 진열대의 왼쪽에는 수박과 참외, 오른쪽에는 자두와 복숭아, 토마토, 포도가 놓여 있었다. 마침 과일가게 주인은 수박을 고르는 손님을 상대하고 있었다. 주인은 자두 진열대와 등을 지고 섰고 손님의 시선은 주인의 너른 몸집에 가로막혔다. 이때다. 유미는 자두 두 알을 집어 재빨리 반바지 주머니 속에 넣고 가게를 빠져나왔다. 티셔츠로 덮어도 볼록 튀어나온 주머니를 완전히 가릴 수는 없었다. 하지만 뒤에서는 보이지 않겠지. 뛸까? 아니야. 지금 뛰면 오히려 의심받을지도 몰라. 유미는 태연한 몸짓과 발걸음으로 천천히 걸었다. 뒤통수가 따가웠다. 이 도둑년! 하고 외치면서 금방이라도 주인아저씨가 달려와 어깨를 움켜잡고 머리끄덩이를 잡아당길 것만 같았다. 다리가 덜덜 떨렸다. 뒤를 돌아보고 싶었지만 고개를 돌릴 엄두가 나지 않았다. 모퉁이 근처까지 가서야 유미는 겨우 뒤를 돌아보았다. 주인아저씨는 그 자리에 그대로 서서 잘게 자른 수박 한 조각을 칼로 찔러 손님에게 내밀고 있었다. 안 들켰다. 유미는 모퉁이를 돌자마자 냅다 뛰었다.

놀이터 그네에 앉아 유미는 숨을 돌렸다. 자두를 꺼내 티셔츠로 대충 닦고 한 입 깨물었다. 시큼하고 달콤한 과즙이 입안 가득 퍼졌다. 시큼한 맛에 때리는 아빠를 잊을 수 있었고 달콤한 맛에 도망간 엄마를 잊을 수 있었다. 지금까지 맛본 자두 가운데, 아니 지금까지 맛본 과일 가운데 가장 맛있었다. 유미는 다시 살아 있다는 기분을 느꼈다. 긴장과 이완과 황홀과 죄의식이 뒤섞인 맛을 삼키면서 유미는 오줌을 조금 지렸다.

9

집으로 돌아왔다. 엄마는 오지 않았다. 현실로 돌아온 유미는 다시 무력감에 빠져 부엌방 한쪽 구석에 웅크리고 누웠다. 덜컥, 하는 소리에 유미는 눈을 떴다. 깜빡 잠이 들었나. 얼마나 시간이 지났을까. 꺼진 형광등. 작은 창. 시간을 가늠할 수 없다. 낮인지 밤인지도 알 수 없다. 현관문이 열리며 빛이 쏟아져 들어왔다. 아직 밤은 아닌가 보다. 누굴까. 아빠는 안방에서 자고 있다. 그럼 엄마가 돌아온 걸까. 엄마야? 빛을 등지고 선 검은 형상이 서서히 다가왔다. 흐흐흐, 이년이 여기 숨어 있었네. 남자 목소리였다. 누, 누구세요. 이 도둑년 드디어 잡았다. 조금 더 가까이 다가온 얼굴. 과일가게 아저씨였다. 어, 어떻게 여길……. 내가 널 못 찾을 줄 알았어? 어서 내 자두 내놔. 그, 그건…… 벌써 다 먹었는데요. 그래? 그럼 할 수 없지. 배를 갈라야겠구나. 과일가게 아저씨가 수박을 자르던 칼을 내밀며 다가왔다. 아저씨, 제발…… 제발 살려주세요. 암, 살려주고말고. 나는 내 자두만 갖고 가면 된다. 그 전에 먼저 배를 가르고……. 유미는 아빠가 있는 안방 문을 바라보았다. 낮술에 취해 잠이 들었지만 크게 소리를 지르면 깨어날지도 모른다. 아빠, 도와주세요! 아빠! 아빠!

유미야, 왜 그러니. 괜찮아, 괜찮아. 아빠, 여기 있다. 유미는 힘껏 소리를 지르다가 잠에서 깼다. 옆에서 아빠가 유미의 머리를 쓰다듬고 있었다. 아, 꿈이었구나. 유미는 안도의 한숨을 내쉬었다. 아빠가 유미의 머리를 쓰다듬으며 물었다. 우리 아가, 나쁜 꿈 꿨어? 유미는 고개를 끄덕였다. 낯설었다. 아빠의 다정한 눈빛과 손길, 말투가 낯설었다. 낯설어서 불안했다. 불안을 느끼자마자 아빠의 표정과 목소리가 바뀌었다. 나쁜 짓을 하니까 나쁜 꿈을 꾸지. 도둑년! 네가 훔쳤지? 네? 어, 어떻게 알았어요? 대가리에 피도 안 마른 년이 벌써부터 도둑질을 해? 아빠, 잘못했어요. 용서해주세요. 이리 내놔, 네가 훔친 거. 그, 그건…… 벌써 다 먹어 버렸는데요. 이제 아빠도 칼로 배를 가르려고 할까. 그 많은 돈을 벌써 다 썼어? 이년이 간도 크네. 겁도 없이 아빠 지갑에서 돈을 훔치고 또 그 많은 돈을 하루아침에 다 써? 네? 그게 무슨 말이에 요? 저, 돈은 정말 안 훔쳤어요. 이년이 도둑질에 이제 거짓말까 지. 아까 분명히 훔쳤다고 해놓고 이제 와서 말을 바꿔? 너 도대 체 커서 뭐가 되려고 그러니. 정말 말로 해서는 안 되겠다. 버릇을 단단히 고쳐야지. 옷 벗어. 아빠, 제발……. 유미가 버티자 아빠가 강제로 유미의 옷을 벗겼다. 속옷 하나 남김없이. 아빠가 알몸이 된 유미를 밖으로 끌고 나갔다. 서쪽으로 길을 가던 태양이 유미 의 죄를 비추기 위해 다시 중천으로 놀아왔다. 유미가 사타구니 를 가렸다. 부끄러운 건 알아? 부끄러운 걸 아는 년이 그런 짓을 해? 동네 사람들, 이리 와서 좀 보소. 마을 사람들이 하나둘 모여 들었다. 거기에는 또래 남자아이들도 섞여 있었다. 이제 유미에 게 허락된 건 울음밖에 없었다. 무릎 꿇고 빌며 우는 일밖에 없었 다. 그때 경수와 눈이 마주쳤다. 유미는 우는 대신 경수를 향해 고 함을 치기 시작했다. 뭘 봐. 뭘 그렇게 보는 거냐고. 와서 구해주든가 아니면 고개를 돌리고 그냥 지나가든가. 그렇게 서서 도대체 뭘 보는 거야? 뭘 그렇게 뚫어지게 쳐다보는 거냐고오! 내가 재미있어? 내가 재미있냐고오!

유미는 소리를 지르다가 눈을 떴다. 솜털 한 오라기까지 훤히 비추던 중천의 태양과 이미 벗은 몸을 다시 살갗까지 벗겨대던 수백 개의 시선이 물러가고 꺼진 형광등과 작은 창이 있는 어두운 부엌방이 모습을 드러냈다. 이번에도 꿈이었다. 유미는 또다시 안도의 한숨을 내쉬었다. 그때 덜컥 현관문이 열리며 빛이 쏟아져 들어왔다. 빛을 등지고 선 검은 형상이 서서히 다가오며 말했다. 흐흐흐, 이년이 여기 숨어 있었네. 이 도둑년 드디어 잡았다. 다시 과일가게 아저씨였다.

꿈에서 깨도 꿈, 꿈, 또 꿈……. 두 개의 꿈이 끝없이 이어졌다. 다음 날 아침, 유미는 겨우 일어나 학교에 갔지만 학교에 가서도 눈을 감거나 눈을 뜬 채로 계속 꿈을 꾸었다. 끝없이 이어지는 꿈의 터널……. 그만 꿈에서 깨고 싶었지만 꿈은 유미를 꼭 붙들고 놓아주지 않았다.

엉덩이 밑에서 작은 뱀 한 마리가 꿈틀거렸다. 뱀의 몸은 생각했던 것보다 따뜻했다. 유미는 긴장이 풀리면서 나른해졌다. 뱀이 똬리를 틀자 따뜻하고 물컹한 방석을 깔고 앉은 듯 편안한 기분이 들기도 했다. 그러나 잠시 후 엉덩이의 무게에 짓눌린 뱀의 가죽이 터지며 살과 내장과 체액을 토해냈다. 아주 고약하고 메스껍고 소름이 끼치는 감촉이 유미의 볼기에 끈적끈적하게 달라붙었고 사타구니 곳곳을 질퍽하게 파고들었다. 이것도 꿈일까?

10

아침부터 유미가 조금 이상했다. 밤에 잠을 자지 못했는지 계속 꾸벅꾸벅 졸았고 눈을 뜨고 있을 때에도 술 취한 사람처럼 눈이 풀려 있었다. 경수는 틈틈이 고개를 돌려 유미의 얼굴을 살펴보았다. 어느 순간 유미가 아주 편안한 미소를 지었다. 눈은 뜨고 있었다. 조금 뒤 유미가 심하게 얼굴을 찡그렸다. 그리고 그 상태로 얼굴이 굳었다. 여전히 눈을 뜬 채로. 곧이어 냄새가 났다. 예사롭지 않은 냄새였다. 아, 이건…… 방귀 정도가 아니다. 경수는 재빨리 상황을 파악했다. 조금만 더 있으면 앞자리의 아이늘이 냄새를 맡고 고개를 돌리기 시작할 것이다. 시간이 없다. 서두르자.

"선생님! 유미가 많이 아파요. 배도 아프고 머리도 아프고 열도 임청 나고. 세가 양호실에 데려다주고 올게요."

선생님이 고개를 끄덕였다.

"그리고 죄송합니다. 제가 방귀를 뀌었어요. 냄새가 좀 심하죠?"

아이들이 까르르 웃었다. 우, 냄새 지독하다. 창문 열어, 빨리 창문 열어. 아직 냄새가 퍼지지도 않았을 텐데 아이들은 과장되게 코를 찡그리고 소리를 질러댔다. 경수는 유미를 일으켜 세웠다. 아이들의 소란을 틈타 경수는 유미를 끌고 교실 뒷문을 향해 걸었다. 한 손으로는 유미를 부축하고 다른 손으로는 유미의 책가방을 들어 유미의 엉덩이를 가려주었다. 교실 뒷문까지 가는 시간이 참 길게 느껴졌다.

복도로 나오자 유미의 눈동자에 비로소 초점이 돌아왔다. 경수는 만일을 대비해 한 층 위에 있는 다른 학년의 화장실로 유미를 데려갔다. 경수는 화장실 앞에 몇 발짝 떨어져 서서 유미를 기다렸다. 수돗물 소리가 길게 이어졌다. 다행히 반 아이들은 아무도 눈치를 채지 못한 듯했다. 마침 체육수업이 있는 날이어서 체육복을 가져온 것도 다행이었다. 양호실에 데려가도 좋다는 선생님의 허락이 떨어지자마자 경수는 유미의 책가방에 자신의 체육복 바지를 재빨리 구겨 넣었다. 유미의 상태로 보아 준비물을 미처 챙겨 오지 못했을 가능성이 높았다. 길게 이어지던 수돗물 소리가 그치고 조금 뒤 유미가 화장실에서 나왔다. 경수의 체육복 바지를 입고서.

"양호실에는 나 혼자 갈게. 너는 그만 들어가봐."

"혼자서 괜찮겠어?"

하교시간이 되어도 유미는 돌아오지 않았다. 경수는 유미가 책상 위에 놓고 간 교과서와 공책, 필통을 챙겨서 교실을 나왔다. 유미는 아마 양호실은 들르지도 않고 수위 아저씨의 눈을 피해 개구멍으로 학교를 빠져나갔으리라.

집으로 오자 빨랫줄에 경수의 체육복 바지가 널려 있었다. 이렇게 빨리 돌려줄 필요는 없는데. 뭐가 그리 급하다고. 어차피 체육시간에 벌써 복장 불량이라는 이유로 운동장을 다섯 바퀴나 돌았다. 또 잠깐 입었다고 이렇게 빨아서 줄 필요까지도 없는데. 유미가 왔다 간 지 얼마 되지 않았는지 빨래에서 물이 뚝뚝 떨어졌다. 그래도 기왕 빨아서 줄 거면 건조까지 해서 줄 것이지.

유미는 다음 날 학교에 나오지 않았다. 유미의 결석이 사흘째 계속되자 선생님은 아이들에게 유미의 집을 아는 사람이 있느냐고 물었다. 아무도 손을 들지 않았다. 인호조차 손을 들지 않자 경수가 손을 들었다. 선생님은 경수에게 유미네 집에 한번 가보라고 했다.

경수는 유미네 집의 정확한 위치는 몰랐지만 동네 사람에게 물어서 어렵지 않게 찾을 수 있었다. 유미는 마당에 쪼그리고 앉아서 빨래를 하고 있었다. 빨래판 위에 놓인 것은 유미가 사흘 전에 학교에 입고 온 옷이었다. 경수를 본 유미가 천천히 일어섰다. 비누거품이 일부는 흘러내리고 일부는 가라앉자 유미의 부르튼 손이 드러났다. 유미는 사흘 내내 이 옷을 빨고 또 빨고 있었던 걸까.

"여긴 무슨 일이야?"

"걱정이 돼서…… 선생님도 걱정하고 있고…….'

"……."

"아무도 눈치채지 못했어."

"뭘?"

"그거."

"그거?"

"그거."

"그래도…….."

"……."

"그래도…… 너는 알잖아."

"……."

"너는…… 너는…… 짝 바꿔달라는 말 안 할 거지?"

"에이, 그거야 당연하지. 그러니까 이제 그만 제발 학교에 나와라."

그날 저녁 유미는 수십 차례의 연습 끝에 그럭저럭 어른의 필체를 흉내 낸 결석사유서를 쓰는 데 성공했고 몰래 빼낸 아빠의 도장으로 날인까지 했다. 이튿날 유미가 선생님에게 제출한 결석사유서는 아무 문제 없이 넘어갔다. 새치기도 한번 해본 적 없는 유미는 며칠 사이에 절도와 사문서 위조라는 두 가지 범죄를 저질렀다.

11

경수는 졸지에 온갖 냄새를 풍기고 다니는 아이로 찍히고 말았다. 마늘에서 방귀까지. 그런데 세상일이라는 게 참 이상하게 돌아갔다. 경수가 한 가지 냄새만 나는 아이였을 때 경수에게는 더럽고 냄새나고 불쌍한 아이, 게다가 재수 없게 지혜에게 걸려든 불운한 아이라는 이미지가 씌워졌다. 그런데 거기에 한 가지 냄새가 더 추가되자, 그러니까 경수가 유미를 돕기 위하여 자신이 방귀를 꿰었다고 말하고 나자 기존의 이미지는 사라졌고 경수는 갑자기 대담하고 유쾌한 아이로 여겨졌다.

경수의 의도와 전혀 관계 없이 아이들 사이에서 경수는 자신의 잘못을 스스럼없이 인정하는 솔직한 아이이자 잘못에 대하여 곧바로 사과하는 예의 바른 아이, 수치스러운 행동을 고백하면서도 주눅 들지 않는 당당한 아이, 심지어 지루한 수업시간에 방귀라는 단어를 발설함으로써 웃음 바이러스를 전파한 유쾌한 아이가 되고 말았다.

역시 방귀의 힘은 대단했다. 방귀사건이 마늘사건을 눌렀다. 그러니까 지금 경수가 놀이터 그네에 앉아서 마늘을 계속 깔 것인가, 그만둘 것인가를 놓고 고민한 것은 쪽팔려서가 아니었다. 성수는 마늘사건 때문에 쪽팔려할 필요가 없었다. 오히려 경수에게는 발 냄새나 겨드랑이 냄새 등 몇 가지 냄새쯤 추가로 너 풍겨도 되는 특권이 주어졌다고 해도 될 정도였다. 그러나 경수는 그러한 특권을 누리려 하시 않았다. 성수는 어쨌든 남에게 피해를 주면 안 된다고 생각했다. 후각이 특별히 예민한 아이들도 있을 것이고 그로 인해 심한 고통을 받는 아이도 있을 것이다. 그러나 엄마에게 마늘을 그만 까기로 한 이유를 말할 수도 없었다.

경수는 마침내 마늘을 계속 까기로 결정했다. 그 대신 손을 깨끗하게 씻는 거야. 비누칠을 해서 몇 번씩 깨끗이 씻는 거야. 특히 손톱 끝을 깨끗이 문질러 씻어야지.

어, 문제가 의외로 간단했네. 경수는 놀이터의 그네가 생각을 정리하는 데 도움이 되었다고 생각했다. 그후로도 경수는 생각을 정리할 일이 있으면 종종 그네를 찾아오곤 했다. 그러나 경수의 앞날에는 놀이터 그네에 앉아 풀 수 없는 문제들이 더 많았다.

경수는 집에 가기 위해 그네에서 내려 모래밭을 딛고 섰다. 발목이 따끔했다. 발목 위를 기어가던 개미 한 마리가 바닥으로 떨어졌다. 발 옆에는 개미 떼로 덮인 자두 씨 두 개가 모래밭에 반쯤 파묻혀 있었다. 경수는 자두 씨 하나를 발로 힘껏 찼다.

"에이씨, 누구야!"

경수는 고개를 들었다. 인호였다.

"아, 아파라."

놀이터 바로 옆으로 난 길에서 인호가 엉거주춤한 자세로 허벅지를 만지고 있었다. 경수가 발로 찬 자두 씨가 하필 인호의 허벅지로 날아간 것이다.

"에이씨, 조금만 더 위로 날아왔으면 큰일 날 뻔했잖아. 고추를 맞을 뻔했다구."

"미, 미안. 모르고 그랬어. 방금 전까지만 해도 근처에 아무도 없었는데……."

"아, 아파 죽겠네. 난 총 맞은 줄 알았어. 무슨 녀석이 킥이 그렇게 세냐? 너 축구나 태권도 같은 거 하면 절대 안 되겠다. 그러다가 살인나겠다."

두 아이는 아파트 단지를 가로질러 집 방향으로 걷기 시작했다.

"그런데 인호 네가 여길 왜?"

"그러는 너는?"

"난 어릴 때 여기서 산 적이 있어서……. 요즘도 가끔 놀러 와. 너는?"

"나는…… 곧바로 집으로 가면 학교 아이들이 내가 무동에 산 다는 걸 알아버리니까. 그럼 쪽팔리잖아. 그래서 이렇게 아파트 단지로 돌아서 가는 거야."

"아아……."

"더구나 내는 부반장인데…… 같은 반 아이들이 내가 무동에 서 산다는 걸 알모 부반장 체멘이 안 슨다 아이가. 그건 억수로, 억수로 쪽팔린 일이다. 그래서 유미한테도 아이스크림 사주면서 학교에서는 같은 동네 사는 티 내지 말고 웬만하모 아는 척도 하 지 말라꼬 했다. 니도 학교에서는 쫌 조심해줬으모 좋겠다."

"너 말투가 왜 그래? 무슨 사투리 같은데?"

"아, 이거? 울산 사투리다. 요즘 앞자리에서는 이기 표준어다. 그란데 쫌 어렵다. 한참 배우고 있는 중이다."

"그런데 너, 아이들에게 아이스크림 왕창 돌리는 거, 그런 거 앞으로 하지 마라. 그러먼 아이들이 오히려 너를 싫어해. 아이스 크림은 좋아할지 몰라도."

"니가 그란 건 우째 아노?"

"저번에 평상에서 아이들 얼굴 보니까 뻔히 보이던데 뭘."

"그래? 음…… 안 그래도 내도 그런 생각을 했다. 그래서 앞으 로는 안 그랄라꼬. 니도 발로 차는 거, 축구나 태권도 같은 거 절 대 하지 마래이. 하더라도 힘 조절을 해가모 살살 해야지. 아깐 정말 총 맞은 줄 알았다."

"그랬어? 미안해. 내가 가끔 힘 조절이 안 될 때가 있나 봐. 그
래서 어릴 때 병원에도 한번 간 것 같은데……. 잘 생각은 나지
않지만……."

12

청년은 입영신청서를 제출하고 병무청을 나왔다. 여자친구는
둘 중에 하나만 선택하라고 몰아세웠다. 청년은 둘 다 선택하면
안 되느냐고 사정을 해보았지만 여자친구의 입장은 완강했다.
청년은 고민 끝에 결국 군대를 선택했다. 어차피 가야 할 군대
를 가는 것이니 여자친구의 요구에 반하는 결정도 아니었다. 둘
중에 어느 하나도 완전히 포기한 것은 아니니 청년 자신의 뜻을
굽힌 것도 아니었다. 누구의 뜻도 거스르지 않는 절묘한 선택이
었다. 고마운 군대! 여자친구도 그렇게 생각해줄지는 모르겠지
만……. 당장 3년이라는 시간을 벌었다. 이십대에 3년이라면 꽤
긴 시간이다. 그동안 여자친구의 생각은 얼마든지 변할 수 있다.
마찬가지로 청년 자신의 생각도 얼마든지 변할 수 있다. 이제 선
택은 여자친구의 몫. 기다리든지 기다리지 말든지 둘 중에 하나
를 선택해.

청년은 공부방으로 출근을 했다. 아이들이 하나둘씩 오기 시
작했다. 청년은 가슴이 조금 뭉클했다. 이제 이 아이들과도 작별

할 준비를 해야겠네. 한 아이가 청년에게 다가와 고개를 숙여 인사했다. 공부방에 처음 오는 아이였다. 마을에서 몇 번 마주쳤는지 아주 낯이 선 얼굴은 아니었다. 청년은 서류를 작성하기 위하여 아이를 데리고 교무실로 들어갔다.

"이름이 어떻게 되지?"

"한경수요."

청년은 펜을 놓고 고개를 들어 아이를 보았다. 전에도 아주 짧게 몇 번 보았을 뿐이다. 더구나 아이들은 금방금방 자라니 알아보지 못한 것은 어쩌면 당연했다. 그런데 어쩌다가 이 동네에 들어와 사는 걸까.

"너희 집 예전에 분식집 하지 않았어?"

"어? 어떻게 알았어요?"

"경수네 분식. 네 이름을 들으니까 생각이 나네. 거기 음식 진짜 맛있었는데. 떡볶이도 맛있고 잔치국수도 맛있고."

"그렇죠? 진짜 맛있었죠?"

"그래. 그땐 꼬마였는데 진짜 많이 컸네. 엄마 아빠는 잘 계시니?"

"네. 그런데 아빠는 일 때문에 지방에 가서 벌써 오랫동안 못 봤어요."

"음…… 앞으로는 다 잘될 거야. 아빠도 곧 돌아오실 거고."

"선생님 이름은 뭐예요?"

"한성재."

"같은 한씨네요. 친척이에요?"

"그, 글쎄……."

"에이, 농담이에요."

청년은 될 대로 되라고 생각했다. 어차피 일주일 뒤에는 다른 선생님에게 인수인계를 할 것이다. 그리고 입대 전까지 남은 시간에는 여행을 다녀올 계획을 세워두고 있었다.

"그런데 어떡하지? 선생님이 얼마 뒤에 군대를 가게 되어서……. 나중에 더 좋은 선생님이 오실 거야. 그 전에 짧은 시간이지만 우리 잘 지내보자."

13

후속 기사는 나오지 않았다. 경수 아버지에게서 연락도 오지 않았다. 경수 엄마는 아들을 생각해서 억지로라도 느긋해지기로 마음먹었다. 내가 안달한다고 해서 달라질 문제가 아니잖은가. 그동안 경수에게 너무 소홀했다. 앞으로 학교 갔다 왔을 때야 어쩔 수 없지만 공부방에 갔다 왔을 때에는 집에 엄마가 있는 모습을 보여줘야지. 경수 엄마는 아들이 집에 돌아올 시간을 계산하며 저녁밥을 준비하기 시작했다.

낮에는 경수의 담임선생님과 상담을 했다. 가정통신문에서 상담과 관련된 글을 꽤 오래전에 보았으나 시간을 내기도 힘들고 마음의 여유도 없고 또 의무사항도 아닌 데다가 기한이 딱 정해진 것도 아니어서 차일피일 미루고 있었다.

"안녕하세요. 경수 전학 오는 날 뵙고 처음이네요."

"죄송합니다. 제가 직장에 다니느라 낮에는 시간을 내기가 힘들어서……."

"아, 아니에요. 괜찮아요. 저도 그런 사정 다 이해하고 있어요. 저도 직장 다니는 엄마인 걸요."

"아이가 학교생활은 잘 적응하고 있나요?"

"처음에는 낯설어서 그랬는지 아이들과 잘 어울리지 못했는데 지금은 많이 활달해졌고 아이들에게 인기도 많아요. 아주 잘 지내고 있어요."

"네에, 다행이네요."

"그런데 혹시…… 집에서 아이가 부업 같은 거 하나요?"

"네에?"

"마늘 까기 같은 거……."

"아, 네에. 하긴 하는데 그게 무슨 문제라도……."

"모르고 계셨구나. 아, 진짜 별건 아니고…… 후각이 아주 예민하고 좀 까다로운 아이가 하나 있는데 저한테 조용히 찾아와서 경수에게 마늘 냄새가 난다고 하더라구요. 다른 아이들도 또 저도 전혀 못 느끼고 있었으니까 그 아이가 좀 유별난 아이죠. 그래서 그냥 알고나 계시라고……. 혹시 만에 하나라도 경수가 상처를 받을 일이 생길까 해서……."

경수 엄마는 퇴근을 하자마자 곧바로 전자제품 대리점으로 달려가 탈수기를 구입했다. 그리고 대리점 기사와 함께 용달차를 타고 집으로 와서 탈수기를 설치했다. 경수 엄마는 웬만한 말로는 경수의 고집을 꺾기 힘들다는 걸 알고 있었다.

밥이 다 되고 찌개가 끓었다. 경수가 시간에 맞추어 집으로 돌아왔다. 모처럼 밥 냄새와 찌개 냄새, 그리고 엄마 냄새가 나는 집이 경수를 맞이했다.

"경수야, 탈수기 고맙다. 잘 쓸게."

"어어?"

탈수기를 본 경수가 어리둥절한 표정을 지었다.

"우리 아들이 마늘 까서 번 돈이 벌써 이렇게 됐어."

"벌써요?"

"그래, 그러니까 이제 엄마도 아들도 마늘 까기는 끝."

"끝?"

"탈수기도 샀고 엄마 월급도 올랐고 이제 더 이상 마늘을 깔 필요는 없음."

"아, 네에."

"경수야, 고마워. 잘 쓸게. 이제 빨래가 아주 쉬워지겠는데. 자, 우리 아들, 배고프겠다. 어서 밥 먹자."

14

길고 긴 여름이 가고 가을이 왔다. 낮에는 덥고 아침저녁으로는 서늘해서 긴팔을 입어야 할지 반팔을 입어야 할지 망설이게 되는 무렵, 9월의 어느 날, 무동에 상수도 설치 공사가 완료되었고 드디어 마을에 수돗물이 들어왔다.

마을 사람들은 남녀노소 할 것 없이 물장난을 쳤다. 집집마다 수도꼭지에 연결된 긴 고무호스를 들고 골목으로 나와 푸른 하늘을 향해, 마른 땅을 향해, 그리고 서로의 얼굴을 향해 물줄기를 쏘아댔다. 초가을 날씨에 차가운 물벼락을 맞고 또 맞아도 아무도 화를 내지 않았다.

느티나무 아래 평상을 중심으로 마을잔치가 벌어졌다. 골목 곳곳에도 돗자리가 펼쳐졌다. 인호 아버지는 얼떨결에 이날만큼은 주류를 무제한 무료로 제공한다는 선언을 해버렸지만 그러고 나서도 전혀 후회하지 않았다. 마리는 눈물을 머금고 새끼 돼지 한 마리를 잡았다. 민구는 낙타 위에 올라탄 채 아코디언을 연주했다. 마을 사람들이 음악에 맞추어 춤을 추었다. 민구의 연주에는 아무리 뻣뻣한 사람도 춤을 추게 하는 힘이 있었다. 마을 사람들은 밤이 깊도록 술을 마시고 춤을 추고 노래를 불렀다.

점잖은 인호 아비지도 이날만큼은 만취했다. 수도가 들어왔는데 좋은 일이지. 암, 좋은 일이고말고. 일부 지주들은 개발이 어려워질 거라고 걱정을 하는데, 어차피 길바닥에 나앉게 생긴 사람들이 수도가 없다고 해서 순순히 물러날까. 오히려 수도가 들어와서 땅값이 오를 수도 있으니 좋은 일이지. 암, 좋은 일이고말고.

청년은 마을 사람들에게 작별인사를 했다. 광석 엄마가 청년의 공로를 치하하면서 다 함께 감사의 박수를 치자고 제안했다. 마을 사람들이 박수를 치며 함성을 질렀다. 청년은 박수와 함성 소리를 뒤로하고 마을을 떠났다. 그리고 같은 시간 경수 아버지가 다리를 절룩거리며 마을로 들어오고 있었다.

15

전화를 걸기로 약속한 날로부터 며칠 전 경수 아버지는 공사장에서 일하다가 사고로 머리와 다리를 다쳤다. 뇌수술을 받고 나서 경수 아버지는 의식을 되찾았고 곧바로 이름과 나이를 기억했다. 차츰 뇌 기능을 회복했으나 몇월 며칠 몇시에 어느 다방으로 전화를 걸기로 했다는 세세한 부분을 기억해내는 데는 한 달이 넘게 걸렸다. 경수 아버지는 병원 공중전화로 다방에 전화를 걸다가 수화기를 내려놓았다. 바보 같은 짓이다. 지금까지 경수 엄마가 거기에 있을 리가 없다. 경수 아버지는 다른 사람의 도움 없이 혼자 걸을 수 있을 정도가 되자 곧바로 병원을 나와 경수 엄마를 만나러 갔다.

경수 엄마는 남편에게 무슨 일이 생겼다고 느꼈을 때 까맣게 잊고 있던 의사의 말을 떠올리며 남편만 돌아오면 곧바로 무동을 떠나겠다고 결심했다. 그리고 사람을 죽였어도 좋으니 제발 살아만 있어달라고 기도했다. 이제 남편은 살아 돌아왔다. 게다가 사람을 죽이지도 않았다. 큰 걱정이 사라지자 이사를 가려는 결심이 무뎌졌다. 당장 무동을 떠나 얼마 못 버는 돈으로 비싼 월세를 내다 보면 평생 월세를 벗어나지 못할 것 같았다. 경수 엄마는 집세가 거의 10분의 1 수준인 무동에서 한동안 더 살면서 전세금을 모으기로 했다.

경수 엄마는 의사의 말을 완전히 무시하지는 않았다. 그녀는 무동에 당분간 더 머무르는 대신에 감자탕집은 단호하게 그만두고 24시 김밥집에서 일했다. 월급이 조금 줄기는 했지만 남편도 언젠가 다시 일을 할 것이다. 게다가 큰 빚 부담이 사라졌다. 경수 엄마는 앞으로는 조심씩 나아지기만 하리라고 생각했다. 다만 아주 가끔씩 가위에 눌리다 깬 새벽이면 그녀는 스스로가 만든 서늘한 공포에 사로잡히곤 했다. 세상에 공짜는 없어. 누군가의 죽음으로부터 뜻밖의 이익을 보았다면 언젠가 그 대가를 치러야 할지도 몰라.

16

경수 아버지의 다리는 많이 나아졌지만 다치기 전의 상태로 돌아가지는 못했다. 평지를 걷는 데는 지장이 없었으나 계단을 오를 때는 불편했다. 설음걸이도 약간 기우뚱했다. 경수 아버지는 일거리를 알아보았다. 세상에는 수많은 직업이 있었지만 경수 아버지의 몫은 잘 보이지 않았다. 농사를 지을 땅도 없었고 장사를 할 밑천도 없었다. 서비스 업종에서는 주로 여자 직원을 원했고 남자라면 젊기라도 해야 했다. 여자도 아니고 더 이상 젊지도 않고 다리까지 불편한 경수 아버지가 끼어들 자리는 거의 없었다. 눈높이를 낮춘다고 낮추었는데 연거푸 거부를 당하자 경수 아버지는 정신이 멍해졌다.

더 이상 구직활동을 할 의지를 상실한 경수 아버지는 폐지와 공병을 수거하여 고물상에 파는 일을 했다. 이 일로 경수 아버지는 최소한 자신의 용돈과 가족을 위한 쌀값과 연탄값은 벌 수 있었다. 물론 쌀이나 연탄 말고 돈 들어갈 데가 한두 곳이 아니니 경수 아버지의 속은 편하지 않았다. 아내가 힘든 식당 일을 하는 게 안쓰러웠다. 미안하고 겸연쩍은 마음에 그는 일을 마치고 집으로 돌아오는 아내를 향하여 이따금 어색한 미소를 지어 보였다. 그러면서 속으로 말했다. 이거 참…… 미안한 건 나도 잘 아는데…… 어떻게 해야 할지 모르겠어. 당장은 뭘 어떻게 해도 이 상황이 바뀔 것 같지는 않고……. 경수 엄마는 그 미소를 볼 때마다 섬뜩 놀라곤 했다. 웃는 듯 우는 듯 비웃는 듯 일그러진 그 미소는 말하고 있었다. 이게 다 당신 때문이야. 그녀는 급히 고개를 돌리고 부엌으로 가서 저녁식사를 준비했다. 곧 괜찮아질 거야. 저축도 하고 있고. 조금만 더 모으면 이사도 갈 수 있어. 그래, 괜찮아. 다 괜찮아질 거야.

시간이 조금 흐르자 경수 아버지는 집안일 가운데 절반 이상을 맡아서 했다. 설거지와 청소, 저녁밥은 경수 아버지가 했고 빨래와 아침밥은 경수 엄마가 했다. 가사노동 분담은 협상을 통해서가 아니라 그냥 자연스럽게 이루어졌다. 그러니까 이런 식이었다. 경수 아버지가 점심을 차려 먹으려는데 그릇이 없다. 아내가 급히 출근을 하느라 미처 설거지를 못 해놓은 것이다. 어쩔 수 없이 설거지를 한다. 설거지를 하고 나니 깔끔해진 것이 보기에 좋다. 내친김에 청소까지 한다. 저녁에 배가 출출한데 아내가 오지 않는다. 아내가 집에 오기까지는 그럭저럭 기다릴 수 있으나 집에 와서 밥상을 차릴 때까지 기다리기는 힘들 것 같다. 아들도 배가 고픈 눈치다. 분식집 시절 이후 집에서는 요리의 세계와 결별했으나 어쩔 수 없다. 쌀을 씻어 밥을 안친다. 밥이 되기를 기다리는 시간이 지루해서 오이를 썰어 무치고 찌개를 끓이고 생선을 굽는다. 경수 아버지의 가사노동 분담은 본의 아니게 경수 엄마의 저녁 연장근무라는 결과를 낳았다. 하지만 그 인과관계를 알아챌 눈치가 없었던 경수 아버지는 아내를 돕고 있다는 생각에 마음의 부담을 한결 덜 수 있었다.

17

무동에 수도가 설치되고 나서 3년이 흘렀다. 선생님들이 이런저런 사정으로 하나둘씩 떠나고 새로운 선생님은 좀처럼 오지 않으면서 공부방이 문을 닫아야 할 상황에 처했다. 홀로 남아 버티던 선생님이 마지막 수업을 하고 떠난 다음 날 경수 아버지는 공부방을 맡아서 하기로 마음먹었다. 공부방 문을 닫으면 당장 저녁 늦게까지 방치된 채 밥을 굶는 아이들이 생길 텐데 그것만큼은 막아보고 싶었다. 공부방이 뭐 별건가. 아이들에게 밥 챙겨주고 놀아주고 숙제나 봐주면 되는 거지. 공부방의 특성상 초등학생이 대다수이지만 중학생까지도 전 과목을 봐줄 수 있다. 바쁜 고교생 시절에도 수십 명이나 되는 동생들의 학습지도를 한 경험이 있는데 이 정도쯤이야.

모든 걸 직접 준비한다면 밥해 먹이는 데도 큰돈은 들지 않을 거다. 아주 좋고 근사한 걸 먹이겠다는 욕심은 일찌감치 버리자. 누구에게 보이기 위한 것도 아닌데 까짓것 커다란 양푼에 콩나물과 무생채만 넣고 밥을 비벼 숟가락을 들고 둘러앉아 먹으면 또 어떤가. 그래도 굶는 것보다는 낫겠지. 아니, 굶는 것보다 나은 정도가 아니다. 계란 프라이만 하나씩 돌리면 영양학적으로도 양호하다. 가끔은 어묵과 삶은 계란을 듬뿍 넣고 떡볶이도 만들어주자. 이 녀석들은 설마 영혼이 없는 떡볶이니 뭐니 하는 소리를 하지 않겠지.

지원금이 나올지, 또 얼마나 나올지는 모르겠지만 폐지와 공병을 수거해서 번 돈만으로 밥 문제는 어느 정도 해결할 수 있을 것 같았다. 게다가 전에는 선생님들이 일주일에 두어 번 정도 나오면서 교대로 일했기 때문에 여러 사람이 필요했겠지만 자신은 매일 출근할 수 있기 때문에 혼자서도 충분히 운영이 가능하리라. 경수 엄마도 경수 아버지의 결정을 적극 지지했다. 경수 아버지 얼굴에 아주 오랜만에 생기가 돌았다.

18

경수 아버지가 공부방에서 아이들을 돌본 지도 벌써 한 달이 되었다. 처음에 그냥 아저씨라고 부르라고 했는데도 이제는 말 끝마다 선생님, 선생님, 하는 아이들이 제법 생겼다. 굳이 그것까지는 말리지 않았다. 선생님이라는 소리가 듣기에 그리 싫지도 않았다. 새벽부터 오전 내내 폐지 수거를 하고 낮에 잠시 설거지와 청소 등 집안일을 한 다음 경수 아버지는 공부방 아이들에게 밥을 해 먹이기 위해 장을 보았다. 아이들 올 시간에 맞추어 식사를 준비하기 위해 공부방에 들어가던 경수 아버지는 건물 바깥벽에 붉은 스프레이로 쓴 낙서를 발견했다.

'변태 아저씨, 또다시 아이들 상대하는 일을 시작하다.'

이번에는 꽤 오랜만이지만 역시 지겨울 정도로 익숙한 내용. 아, 누군지 몰라도 정말 끈질기네. 그나마 아직 아이들이 오기 전이라 다행이다. 경수 아버지는 서둘러 페인트 가게에 다녀왔다. 페인트로 열심히 낙서를 덮어 칠하고 있는데 어느새 옆에 경수와 유미가 서 있었다. 경수가 물었다.

"누가 또 낙서했어요?"

경수 아버지는 한숨을 쉬며 고개를 끄덕이고 나서 말했다.

"야, 정말…… . 설사 내가 변태라 해도 이건 너무 심한 거 아니야?"

"선생님, 변태예요?"

유미가 노골적으로 물었다. 경수 아버지의 머릿속에 여러 질문이 동시에 떠올랐다. 얘들이 변태의 뜻을 제대로 알기나 하나. 변태를 판별하는 확실한 기준이 있기나 한가. 가슴에 손을 얹고 나는 정말 절대로 변태가 아니라고 자신 있게 말할 수 있나. 그리고 변태는 정말 나쁘기만 한 걸까. 하지만 아이들에게 그걸 하나하나 따져 말하고 토론을 벌일 수도 없는 일.

"물론 절대 아니지. 그래서 내가 앞에 설사라는 말을 붙였잖아. 너, 설사라는 말 알지? 사실은 그게 아닌데 그렇다고 가정할 때 쓰는 말."

"네."

"설사 내가 변태라 해도 이러는 거는 너무 심한 건데 사실 나는 절대 변태가 아니니 얼마나 억울하겠니?"

"네. 저도 선생님이 절대 변태가 아니라고 생각해요. 그런데요, 인호 아버지가 그러는데요……."

"인호 아버지가 뭐?"

"아, 말 못 하겠어요."

"그럼 말하지 말든가."

"아, 아니에요. 말할게요. 대신 제가 이런 말 했다고 인호 아버지한테는 절대 말하지 마세요. 인호 아버지가 이랬어요. 경수 아버지가 이번에 너희 공부방 선생님이 됐다며? 내가 걱정이 돼서 하는 말인데, 너만 알고 있어라. 경수 아버지, 그 사람 변태야. 아주 조심해야 해."

경수 아버지는 공부방 일을 마치자마자 집으로 달려갔다. 내가 그걸 버렸나, 안 버렸나. 집에 도착한 경수 아버지는 오래된 편지와 명함, 서류가 온갖 잡동사니와 함께 먼지에 덮여 있는 서랍을 뒤졌다. 한참을 씨름한 끝에 마침내 문방구 시절 경수의 책가방으로 배달된 편지를 찾아냈다. 경수 아버지는 편지를 주머니에 넣고 인호네 가게로 갔다. 경수가 따라가겠다고 나섰다. 경수 아버지는 말리지 않았다.

"야, 이제야 범인을 잡네. 그만큼 했으면 그만해야지. 꼬리가 기니까 결국에는 잡히는 거야."

"저도 이번에는 딱 그 아저씨가 범인이다, 생각했어요. 그때도 지금도 같은 동네에 사는 사람은 그 아저씨밖에 없잖아요."

"그러네. 이제야 이해가 가. 인호 아버지는 복덕방 사장과 아주 친하게 지냈지. 결국 복덕방 아들이 우리 분식집을 인수했고. 그런데도 나는 애먼 여학생들만 의심했네."

"그럼 이제 인호 아버지 감옥에 가는 거예요?"

"글쎄…… 아마 그 정도 일로는 감옥에 보내기는 힘들 거야."

"와아, 그렇게 나쁜 짓을 하고도 감옥에 안 가는 게 말이 돼요?"

"감옥에 보내는 거 말고도 뭔가 방법이 있겠지. 어떻게 혼을 내줄지는 차차 생각해보자."

인호 아버지는 완강하게 범행을 부인했다. 하지만 얼굴 표정에는 당황한 기색이 역력했다. 경수 아버지는 진열대에 놓인 스프레이를 바라보았다. 경수 아버지의 시선을 의식한 인호 아버지가 숨을 고르고 나서 말했다.

"그거 판매용입니다. 보면 아시겠지만 마개도 안 땄어요. 찾는 손님들이 있으니까 파는 겁니다. 사실 이 동네에 스프레이 들고 다니며 낙서하는 사람들 많아요. 빨간 스프레이로 이상한 그림도 그리고 개발 반대, 주거권 보장, 생존권 보장이다 뭐다 휘갈겨 쓰고 다니는 사람들. 그 사람들부터 의심할 일이지……. 그리고 얘기를 들어보니 경수 아버지를 딱 꼬집어 말한 것도 아닌데 왜 지레 자신에 대한 낙서라고 단정을 짓습니까?"

"그게 그거 아닙니까. 공부방 벽에 그런 내용의 낙서를 하면 당연히 저를 지칭하는 거잖아요. 공부방에서 일하는 사람은 저 혼자인데……."

인호 아버지는 계속 범행을 부인했다. 게다가 뻔뻔스럽게도 스스로가 떳떳하면 그만이지 왜 그런 유치한 낙서 따위에 신경을 쓰느냐는 훈계까지 했다. 정보원 보호를 위해 유미가 한 증언에 대해서는 이야기를 꺼낼 수 없었다. 그래도 경수 아버지는 그 자리에서 그냥 물러서지 않았다. 죄송하지만 필체를 확인할 수 있을까요? 인호 아버지가 놀란 얼굴로 스프레이도 필적 감정이 가능하냐고 되물었다. 경수 아버지는 스프레이 필체를 보자는 게 아니라며 볼펜으로 아무 글씨나 써보라고 부탁했다. 그제야 인호 아버지는 얼굴에 미소를 띠며 이런 건 정식 절차를 밟아야 하는 거 아니냐고 했다. 말은 그렇게 하면서도 인호 아버지는 필적 감정에 순순히 응했다. 인호 아버지는 메모지를 한 장 꺼내어 볼펜으로 '인호슈퍼 송재필'이라는 글씨를 써서 경수 아버지에게 건넸다.

가게를 나와 걸으며 경수 아버지는 문방구 시절의 편지와 인호 아버지의 필체를 꼼꼼히 대조했다. 필적 감정에는 오랜 시간이 필요하지 않았다. 완전히 다른 필체였다. 경수가 말했다.

"필체 확인에 순순히 응한 게 이상해요."

"그동안 피나게 필체 바꾸는 연습을 했나?"

"그게 가능해요?"

"글쎄…… 좀 힘들겠지. 가능하더라도 그 바쁜 사람이 이런 일까지 예상하고 필체 바꾸는 일에 엄청난 시간을 투자했을 리도 없고."

"제 생각에는 이번 낙서의 범인은 인호 아버지가 확실한 것 같아요. 하지만 옛날 것 중에서 최소한 편지는 인호 아버지가 쓴 게 아니에요. 그러니까 필체 확인을 하고 나면 이번 사건에 대한 의심을 벗을 수 있다는 걸 안 거죠."

"그래. 나도 그런 것 같다. 처음에 필체 확인을 하자고 하니까 당황한 얼굴로 스프레이도 필적 감정이 가능하냐고 묻다가, 내가 볼펜으로 쓴 글씨를 보고 싶다고 했더니 그제야 여유를 되찾고 정식 절차니 뭐니 하는 농담까지 했잖아."

"맞아요."

"까짓것 이번 낙서만이라면 그냥 넘어가자. 더 이상 망할 것도 없는데. 이웃끼리 얼굴 붉히기노 그렇고."

19

어느새 마리가 키우는 돼지는 50여 마리로 늘어났다. 마리네 집은 원래 창고로 쓰던 건물이어서 천장이 높았다. 마리네 식구

는 위쪽 공간에 설치한 조그만 다락에서 생활했고 아래쪽 공간
은 낙타와 돼지에게 내주었다. 마을의 한쪽 끝에 위치한 마리네
집은 남쪽으로는 논밭, 남동쪽으로는 저수지, 동쪽으로는 산자
락과 거의 맞닿아 있었다. 집과 산자락 사이에는 수백 그루의 모
과나무가 심어져 있었다. 마리네 집의 주인이기도 한 땅 주인은
마리에게 전 주인이 모과농사를 지었다면서 자신은 상관하지 않
을 테니까 꽃이든 잎이든 열매든 알아서 하라고 했다. 다만 나중
에 혹시 조경수로 팔 수 있을지도 모르니 나무는 베지 말고 가지
를 꺾지도 말라고 했다. 마리는 매일같이 막걸리 공장에서 술지
게미를 얻어오고 마을을 돌며 음식찌꺼기를 수거했다. 마리는
모과와 모과나무 잎을 썰어서 자신의 오줌에 삭힌 것을 술지게
미와 음식찌꺼기에 섞어 돼지 밥을 만들었다. 돼지 방에도 모과
나무 잎을 깔아주었고 날마다 돼지의 배설물을 치웠다.

경수는 마을 사람 일부가 마리네를 두고 왜 냄새나게 돼지를
키우느냐고 투덜대는 소리를 들은 적이 몇 번 있다. 경수는 마리
네 집 바로 앞을 지나면서도 뭔가 특별히 나쁜 냄새는 맡아보지
못했다. 바로 앞에서도 냄새가 안 나는데 무슨 마을 전체에 악취
를 풍긴다는 말인가. 심지어 어떤 여자는 마리에게서도 돼지 냄
새가 난다는 터무니없는 말을 했다. 경수가 느끼기에 그 여자야
말로 냄새가 지독했다. 생선 비린내에 청국장 냄새까지⋯⋯. 사
실 마리에게서는 돼지 냄새와는 아주 거리가 먼, 진한 밀크캐러
멜 냄새가 났다.

마을 사람들 전부가 마리에 대해 안 좋은 소리를 하는 건 아니

었다. 그런 말을 하는 건 깔끔을 떠는 일부 여자들이었다. 마리 할아버지 벌이도 안 좋은데 어린애가 고생한다면서 고물상 조씨는 리어카를 끌고 마을을 돌 때 가끔 음식찌꺼기까지 함께 수거하여 마리에게 가져다주었고 목수 장씨는 한 달에 두어 번 돼지 사료를 몇 포대씩 사서 마리네 집에 들렀다.

20

인호 아버지는 주민자치회를 나와서 따로 새 자치회를 만들었다. 주민자치회 간부들을 설득하는 일은 지지부진했다. 결국 중요한 것은 일반 주민들의 힘인데 간부들이 주민들의 자유로운 의견 수렴을 방해하고 오히려 나쁜 방향으로 선동하는 역할을 하고 있었다. 인호 아버지는 내부에서 주민자치회를 바꾸기보다는 아예 다른 조직을 만들어 일을 추진하는 편이 빠르리라고 판단했다.

광석 엄마도 인호 아버지의 권유로 새 자치회로 소속을 옮겼다. 어느 날 광석 엄마가 경수 엄마를 찾아와 말했다. 내가 경수 엄마에게만 알려주는 건데…… 더 늦기 전에 당장 여기 집 하나 사. 아직은 괜찮지만 조금만 더 지나면 비싸서 못 살 거야. 광석 엄마는 이 거지 같은 좁은 집 하나가 몇 년 뒤면 20평대 이상의 멋진 새 아파트로 바뀌게 된다고 장담했다. 직접 들은 건 아니지만 시청의 고위공무원에게서 나온 확실한 정보인데 조만간 개발

제한구역을 해제한다는 발표가 나올 테니 두고 보라고 했다. 여기는 철로 서쪽에 생기는 신도시보다도 입지조건이 더 좋다는 거 알지? 서둘러야 해. 그린벨트 해제 발표가 나고 나면 금세 값이 서너 배로 뛸 테니까.

경수 엄마가 보기에도 광석 엄마의 말이 허튼소리 같지는 않았다. 요즘 들어 마을에 에어컨을 단 집들이 부쩍 늘었다. 형편이 넉넉해 보이는 사람들이 온갖 생활의 불편을 감수하고 무동으로 이사를 온 데에는 다 그럴 만한 이유가 있을 것이다. 광석 엄마도 얼마 전에 지금 살고 있는 집을 매입했다고 고백했다. 광석 엄마의 추측에 따르면 인호 아버지도 이미 오래전에 무동에 많은 땅을 사놓았는데 지분으로 따지면 아마 아파트 수십 채에 해당될 거라고 했다. 경수 엄마는 이제야 인호 아버지가 왜 무동에 들어와 사는지에 대한 오랜 의문이 풀리는 듯했다.

그동안 경수 엄마는 무동을 떠나기 위해 전세금을 모으고 있었다. 방 한 칸짜리로는 당장이라도 갈 수 있지만 1년만 더 돈을 모아서 방 두 칸짜리로 이사를 갈 계획이었다. 그런데 계획을 변경하는 결단을 내려야 할 것 같았다. 지금까지 모은 돈만으로도 무동에 집 한 채를 살 수 있다. 다가구주택 방 두 칸짜리 전세금에도 못 미치는 돈으로 좋은 입지조건의 20평대 아파트를 장만할 수 있는 이런 기회는 두 번 다시 오지 않으리라.

경수 엄마는 위험요인은 없을까 따져보았다. 개발이 안 된다면? 영영 개발이 안 된다면? 아주 헐값에 내놓지 않는 이상 이런 집이 팔릴 리가 없다. 그렇게 된다면 그동안 모은 전세금은 다 날린 거나 마찬가지다. 그럼 뭐…… 비닐하우스촌에서 당분간 더 살면 되지. 지금까지도 살았는데 몇 년 더 사는 것쯤이야. 전세금 이야 다시 모으면 되는 거고. 경수 엄마는 아주 큰 위험요인은 없다고 판단했다. 경수 아버지는 소극적으로 반대하다가 경수 엄마에게 알아서 하라고 했다. 하루가 다르게 시세가 올랐다. 시간이 없었다. 경수 엄마는 마침내 결단을 내리고 살고 있던 집을 매입했다. 이로써 경수 엄마는 무동을 벗어날 마지막 기회를 놓치고 말았다.

21

개발제한구역 해제가 발표되었다. 인호 아버지가 조직한 새 자치회는 본격적으로 개발계획을 추진했다. 경수 엄마도 광석 엄마의 권유로 새 자치회에 가입했다. 경수 엄마의 입장에서 개발은 꼭 되어야만 했다. 전세금을 날린 셈으로 치고 투자했지만 이제 전세금이 문제가 아니었다. 이미 소유한 거나 다름없는 아파트를 잃느냐 마느냐의 문제였다. 경수 엄마로서는 광석 엄마의 권유가 없었더라도 적극적으로 개발 추진을 도와야 할 입장이었다.

마을 곳곳에 개발 반대, 주거권 보장, 결사 투쟁 등의 문구가 적힌 현수막이 걸렸다. 예상했던 일이지만 인호 아버지는 혀를 찼다. 가난한 게 무슨 벼슬인가. 관청에서 허가를 내준다는데 지들이 무슨 권리로 남의 사유재산에 대하여 이래라저래라 간섭을 해. 갈 데가 없다고? 지금까지 싸게 살았으면 고마워해야 할 일이지 앞으로도 계속 싸게 살 수 있는 권리를 보장받겠다는 건 무슨 논리야. 물에 빠진 놈 구해줬더니 보따리 내놓으라는 격이지. 그런 도둑놈 심보를 주거권이라는 얼토당토않은 말로 포장하는 기술만큼은 참으로 감탄스럽다.

하지만 세입자들을 무조건 적대시하기만 해서는 개발이 순탄하게 진행될 수 없음을 인호 아버지도 일찌감치 알고 있었다. 그래서 무동에 이사를 온 날부터 세입자들에게 인심을 얻는 일에 공을 들였다. 주기적으로 밥과 술과 고기를 사 먹이고 명절마다 통조림과 비누, 식용유 세트를 돌렸다. 새 자치회를 조직할 때 집을 소유한 주민들을 모으는 건 어려운 일이 아니었으나 세입자가 문제였다. 인호 아버지는 세입자들을 분류하여 전략을 세웠다. 우선 주민들과 친화력이 있고 여론 형성에 영향력이 있는 세입자들을 끌어들였다. 이들에게는 그동안 특별히 공을 들였다. 명절에도 통조림 세트 대신 소고기 세트를 돌렸다. 이들을 영입할 때 그린벨트 해제와 개발에 대한 정보를 살짝 흘렸다. 나중에 왜 혼자만 알고 있었냐는 항의를 들을까 싶어서였다. 예상대로 인호 아버지의 말을 듣고 집을 산 사람은 거의 없었다. 귀가 얇은 광석 엄마 정도가 예외였다. 대부분 어느 세월에 그걸 기다리냐는 반응을 보이거나 아예 믿지 않거나 생각은 있어도 돈이 없다거나 하는 식이었다. 인호 아버지가 바라던 바다. 새 자치회가 더 절실히 원하는 건 세입자 회원이다. 집을 소유하게 되면 이용가

치가 반으로 줄어든다. 곧이어 선거를 통해 자치회장으로 당선
된 인호 아버지는 집행부 간부들을 세입자 중심으로 꾸렸다. 이
로써 새 자치회는 집을 소유한 주민과 세입자 주민을 두루 아우
르는 모양새를 갖추게 되었다. 그린벨트 해제 발표가 나고 개발
을 본격적으로 추진하면서 인호 아버지는 전에 특별 영입한 세
입자 회원들에게 임대아파트 입주권을 보장한다는 약속을 했다.
그동안 들인 공에다가 임대아파트 입주권까지 보장하니 이들은
확실한 우군이 되었다.

　다음 단계로 인호 아버지는 남은 세입자들을 말이 통하는 쪽
과 말이 통하지 않는 쪽으로 분류했다. 말이 통하지 않는 쪽은 당
분간 내버려둔다. 말이 통하지 않는다면 다른 방법을 써야 한다.
말이 통하는 쪽에게는 간부들을 동원하여 설득 작업을 벌였다.
이런 일은 결과가 뻔하다. 국가와 법, 경찰이 다 당신들 편이 아
니다. 버텨봐야 괜히 몸만 다치고 경찰서에 불려 가고 자칫하면
전과자가 될 수도 있다. 그럴 바에 실속을 차리는 게 낫다. 의리?
의리가 밥 먹여주냐. 다들 겉으로는 투쟁을 외치면서 속으로는
실리를 계산하고 있다. 세상일이 다 그렇지 않나. 며칠 안으로 개
발에 찬성한다는 서명을 하면 약간의 사례를 하겠다. 인호 아버
지는 말이 통하는 쪽을 다시 형편이 나은 쪽과 아닌 쪽으로 분류
했다. 후자에게는 위로금과 이사 비용, 약간의 주거비 지원을 약
속했다. 서명을 하는 순간 총 금액의 30퍼센트를 지급할 것이다.
그다음에는 공사가 시작되기 전날까지 마음대로 살아도 된다.
그리고 이사를 가는 날 나머지 70퍼센트를 지급할 것이다. 전자

에게는 임대아파트 입주에 대한 기대심리를 자극했다. 이 개발사업은 자선사업이 아니다. 그러므로 모든 세입자가 임대아파트에 들어갈 수는 없다. 세입자 가운데 임대아파트에 들어갈 수 있는 세대는 5퍼센트에서 10퍼센트. 서명을 하면 임대아파트 입주권 추첨에 참여할 수 있는 기회를 주겠다. 10퍼센트면 주택복권과는 비교가 안 되는 높은 확률이다. 당첨이 안 되더라도 약간의 금전적인 보상을 하겠다. 어떻게 되더라도 손해를 볼 것이 없는 거래다. 대신 빨리 결정을 내려야 한다. 시간이 지나면 어떠한 보상도 없을 것이다.

22

서로 돕고 의지하며 지내던 무동의 주민들은 두 편으로 갈라져 싸웠다. 개발에 찬성하는 편과 개발에 반대하는 편으로. 그런 가운데 마을에 화재가 발생했다. 민구네 집이 전소(全燒)되었다. 집 안에 있던 사람과 동물 중 단 하나의 생명도 구조되지 못했다. 사람과 수십 마리의 돼지가 불에 타 죽었다. 같은 날 마을에서는 살인사건도 일어났다. 경수 아버지가 공부방에서 살해되었다.

경찰은 살인사건에 대하여 경수 아버지가 마리를 공부방에 끌고 들어가 성폭행하려고 했고 마리가 이에 저항하다가 경수 아버지를 살해했다고 결론을 내렸다. 화재사건에 대해서는 방화의 흔적을 전혀 발견할 수 없으므로 누전이나 실화(失火)가 원인으로 추정된다고 발표했다.

한 마을에서 같은 날 화재사건과 성폭행미수사건, 살인사건이 동시에 발생하자 언론에도 크게 보도되었다. 개발에 반대하는 주민 측에서는 화재사건에 지속적으로 의문을 제기했다. 철저한 조사를 요구하는 여론의 압박에 무동의 개발 결정 과정 전반에 대한 의혹으로 수사가 확대되었다. 화재의 원인은 끝내 확실하게 밝혀지지 않았으나 당시 위성시 남구의 국회의원이던 시장과 부동산개발업자 최회장, 시청의 고위공무원 몇 명이 개발인허가 과정에서 거액의 뇌물을 주고받은 혐의로 기소되었다.

무동의 그린벨트 해제는 취소되었다. 개발계획도 백지화되었다. 시장과 최회장은 재판에서 실형을 선고받았다. 두 사람 모두 무동에 완전히 정이 떨어졌다. 시장은 그후로 민선 시장을 연거푸 하면서도 무동의 개발에는 손도 대지 않으려 했고, 최회장은 큰 손해를 감수하며 무동의 땅을 전부 매물로 내놓았다.

출소

1

　3년 만에 본 바깥세상은 낯설었다. 3번이나 7번, 11번과 같은 친숙한 번호의 버스가 사라진 도로를 암호 같은 일곱 자리, 여덟 자리의 긴 숫자를 단 버스들이 점령하고 있었다. 혼돈 속에서 경수는 버스를 세 번이나 탔시반 복적지에 도착하지 못했다. 처음 두 번은 잘못 탔다. 세 번째는 묻고 물어서 제대로 탔지만 자리에 앉아 졸다가 엉뚱한 곳에 내렸다. 버스에서 잠이 든 것도 잇달아 버스를 잘못 타서 땡볕 속을 헤매다가 더위를 먹은 탓이었다. 버스 번호 하나가 20년을 넘게 산 도시에서 길을 잃게 했다. 경수는 그냥 걸어서 가기로 했다. 걷는다면 길을 잃을 일은 없을 테니. 다시 더위를 먹을 수도 있겠지만 그래도 확실하게 집에 가는 게 낫다.

　도시의 북쪽 끝, 시계(市界) 부근의 지방도는 인도가 없거나 있더라도 터무니없이 좁은 구간이 많았다. 경수는 쏜살같이 달리는 화물차의 위협을 피해 논둑길로 물러나 걸었다. 논둑 너머로 초록의 논이 펼쳐졌다. 포기를 한껏 불리고 줄기마다 살이 올라 이제 막 꽃을 터뜨린 벼가 논바닥을 빼곡하게 메웠다. 바람 한 점 불지 않는 뜨거운 8월의 들판. 고요한 부동자세를 취한 벼꽃 위로 고추잠자리가 홀로 또는 짝을 지어 허공을 딛고 튀어 오르고 급강하하고 급선회하고 맴을 돌고 까불며 분주하게 날아다녔다. 철로가 너른 논의 한복판을 가로질렀다.

사람들은 노는 땅을 조금도 내버려두지 않았다. 논둑길과 논 사이의 완만한 경사면에도 밭을 만들어 호박이나 고추, 감자 따위를 심었다. 잡초는 논둑 주변에서도 식용작물에게 밀려나거나 식용작물과 경쟁을 해야 했다. 논둑길로 완전히 올라서야 비로소 잡초만의 세상이 허락되었다. 걸음을 내디딜 때마다 질경이가 밟혔다. 개망초와 쑥, 소리쟁이는 어른 허리 높이만큼 키가 자라 있었다.

어디선가 한약재 냄새가 났다. 경수는 주위를 둘러보았다. 근처에 한약방이 있을 리 없다. 잠시 후 농도가 묽어지면서 한약재 냄새는 낙엽 타는 냄새로, 다시 조금 더 농도가 묽어지자 무시래기나 건초 냄새 같은 것으로 바뀌었다. 그러다가 다시 진한 한약재 냄새로 돌아갔다. 낙엽, 시래기, 건초……. 경수는 비로소 냄새의 근원을 알아챘다. 잡초에서 나는 냄새였다. 기나긴 여름 낮을 타오르는 불볕에 맨몸으로 맞선 잡초가 산 채로 마르면서 나는 냄새……. 산 잡초에서 죽은 한약재의 냄새가 났다. 더위 때문에 후각이 교란된 걸까. 땅에 뿌리를 내리고 서서 그냥 산 채로 마른 것에서, 아직 죽지도 않은 것에서, 밤이슬 몇 방울이면 다시 생생하게 물이 오를 것에서, 뿌리가 뽑혀 죽고 다듬어지고 썰린 채 마른 것의 냄새가 났다.

철로가 휜 것인지 도로가 휜 것인지 둘 다 휜 것인지 남쪽으로 갈수록 철로와 도로의 간격은 좁아졌다. 더불어 그 사이에 낀 논의 너비도 줄어들었다. 철로 너머 도시의 북서쪽 벌판에 대형 타워크레인들이 뭉게구름을 등에 지고 우뚝 솟아 있었다. 칠팔 년 전 철로 서쪽에 세워진 신도시가 이제 북쪽으로 영토를 확장하기 시작했다. 도로 너머 동쪽으로는 공단이 보였다. 북부공단. 광석의 형제들이 청소년기를 보낸 곳.

공단을 지나자 낡은 주택가가 이어졌다. 도로변에는 전에 쉽게 볼 수 없었던 중국어 간판을 단 가게들이 눈에 많이 띄었다. 환전소, 식료품점, 성인오락실……. 양고기꼬치를 파는 집도 여럿 보였는데 러닝셔츠 차림의 사내들이 가게 앞 둥근 철제 탁자에 삼삼오오 둘러앉아 생맥주로 목을 축이며 꼬치를 먹고 있었다. 양고기 굽는 냄새가 뜨거운 공기 속으로 퍼졌고, 마침 대형 화물차가 지나가며 뿌연 흙먼지를 일으켰다. 순간 경수는 중국 서부의 한 마을에 와 있는 듯한 느낌이 들었다.

언제까지 걸어야 하나 막막했는데 어느새 도시의 반지름을 가로질러 도심에 접어들었다. 건물의 높이가 높아지고 그새 해도 조금 기울어서 뭉툭했던 그늘이 제법 길어졌다. 철로 서쪽에 신도시가 생긴 이후로 도심은 도심보다는 구도심으로 불리는 일이 더 많아졌다. 하지만 여전히 상점과 사무실이 밀집해 있는 번

화가였다. 두 개의 백화점 가운데 아직 하나가 남아 있었고, 대형 마트는 오히려 하나가 더 늘었으며, 단관 영화관을 밀어낸 자리에는 멀티플렉스 영화관이 새로 들어섰다. 그리고 무엇보다도 여전히 시청을 비롯한 여러 관공서를 품고 있는, 도시의 행정적 중심이었다.

경수는 역에서 개천으로 이어지는 길을 걷다가 또다시 외국어 간판이 늘어선 거리를 발견했다. 이번에는 중국어뿐만 아니라 남아시아와 중앙아시아, 동남아시아의 여러 언어로 된 간판이 뒤섞여 있었다. 경수는 양고기 굽는 냄새와 카레 냄새, 쌀국수의 향신료 냄새를 번갈아 맡으며 개천까지 걸었다. 개천은 복원공사 중이었다. 4년마다 열고 닫는 일을 반복하는 개천은 열려 있거나 닫혀 있는 시간보다 열리고 있는 중이거나 닫히고 있는 중인 시간이 더 많았다. 경수는 개천을 건너기 위해 임시통행로를 찾아 한참을 돌아가야 했다.

2

방문을 열다가 그대로 돌아서서 집을 나온 경수는 정처 없이 길을 걸었다. 다시 개천을 건너 역 앞에 이르렀다. 목적지도 없이 무작정 계속 걸을 수는 없었다. 경수는 역 앞 광장의 벤치에 앉아 서서히 해가 저무는 모습과 10여 분 간격으로 역사에서 쏟아져 나오는 퇴근길의 인파를 지켜보았다. 두어 시간을 그러고 있자 엉덩이가 저렸다. 배가 고프기도 했다. 경수는 편의점에 가서 컵라면을 먹기로 했다.

편의점 진열대를 둘러보는데 컵라면보다 두부가 먼저 눈에 띄었다. 그러고 보니 아직 두부를 먹지 않았다. 두부를 먹을까. 판에 놓고 한 모씩 잘라 파는 두부가 아니라 플라스틱 용기에 낱개로 포장된 두부여서 혼자서 먹기에도 양이 그리 많지 않을 듯했다. 게다가 작은 용량도 있었다. 그래도 생두부를 아무 양념도 없이 그냥 먹으면 잘 안 넘어가지 않을까 생각하며 고개를 드는데 마침 두부 위쪽 칸에 진열된 김치가 보였다. 한 끼에 먹을 수 있는 꼬마김치도 있었다. 그래, 꼬마김치를 곁들이면 얼추 간이 맞겠다. 그때 편의점 한쪽 구석에 마련된 탁자 위에서 세 개의 컵라면 뚜껑이 일제히 열리면서 라면 국물 냄새가 진동했다. 경수는 컵라면 먹는 사람들 옆에서 혼자 꾸역꾸역 두부를 삼키고 있는 모습을 머릿속에 그려보았다.

두부도 안 먹고 컵라면도 안 먹고 편의점에서 나온 경수는 근처에 있는 식당에 들어가 된장찌개를 시켰다. 물컵에 든 물을 홀짝홀짝 마시며 10여 분을 기다리자 찌개뚝배기와 콩나물부침, 도라지볶음, 배추김치, 공깃밥 한 그릇으로 구성된 된장찌개백반이 나왔다. 밥 한 술과 찌개 한 술을 떠먹는 동작을 서너 번 반복해도 두부가 씹히지 않았다. 이상하다 싶어서 고개를 숙여 뚝배기 속을 들여다보았다. 두부가 보이지 않았다. 혹시 밑에 가라앉아 있을지도 몰라. 경수는 숟가락으로 뚝배기 속을 여러 차례 휘저어보았다. 그러나 두부는 끝내 모습을 드러내지 않았다. 이럴 수가!

된장찌개에 두부가 없다니! 혼자 생두부를 먹기가 부담스러워서 오직 두부를 먹기 위해 된장찌개를 시켰는데, 먹고 싶은 라면도 참고 된장찌개를 시켰는데, 된장찌개에 두부가 없다니! 주방에서 실수로 두부 넣는 것을 빼먹었나? 경수는 식당 여자를 불러 된장찌개에 두부가 없다고 했다. 경수는 두부를 넣어 다시 끓여 오겠다는 대답을 기대하면서 한편으로는 '죄송해요, 마침 두부가 떨어져서……'라는 대답이 돌아오면 어떻게 해야 하나 생각했다. 두부를 사와서 다시 끓여 오라고 해야 하나. 식당 여자의 대답은 전자도 후자도 아니었다.

"아니, 된장찌개에 된장 들어갔으면 됐지 두부찌개도 아닌데 무슨 두부 타령이래?"

앞에서 목청 높여 한마디 쏘아붙인 식당 여자는 돌아서고 나서도 계속 투덜거렸다.

"요즘 채소가 좀 비싸? 몸에 좋은 온갖 채소, 호박 넣고 양파 넣고 비싼 표고버섯까지 듬뿍 넣어 정성스레 끓였더니만 그깟 두부 하나 빠졌다고 따져? 나 참, 음식 투정 하는 어린애도 아니고…… 어디서 두부 못 먹고 죽은 귀신이라도 붙었나."

말은 저렇게 해도 음식을 다시 만들기 위해 주방으로 들어가나 싶었던 식당 여자는 주방 몇 발짝 앞에서 왼쪽으로 방향을 틀더니 티브이가 잘 보이는 빈자리에 앉아 콩나물을 다듬기 시작했다. 졸지에 아무것도 아닌 걸로 트집이나 일삼는 까탈스러운 손님으로 몰린 경수는 다시 한 번 숟가락으로 뚝배기 속을 뒤져보았다. 식당 여자의 말대로 호박도 있고 양파도 있고 표고버섯도 있었다. 하지만 국물에 비해 건더기가 너무 적었다. 이건 뭐 국도 아니고 찌개도 아니고……. 이런 음식이 된 건 애초의 계획에는 포함되었던 필수적인 식재료를 어떤 사정으로 조리과정에서 빼먹었기 때문일 텐데, 그 식재료는 아마도 두부이리라. 이 어중간한 음식에는 두부의 부재로 인해 생긴 딱 그만큼의 빈 공간이 있었다.

식당 여자가 키득거리는 소리에 경수는 고개를 들었다. 식당 여자는 콩나물 다듬는 일도 잠시 멈춘 채 티브이에 흠뻑 빠져 있었다. 경수는 반사적으로 식당 여자의 시선을 따라가다가 티브이 뒤쪽 벽면에 붙은 사진을 발견했다. 식당에서 파는 여러 음식들을 찍은 사진. 오래되어 색이 바래고 일부는 티브이 수상기에 가려져 있어서 눈에 잘 띄지 않았던 것이다. 경수는 그 가운데 된장찌개 사진에 주목했다. 걸쭉한 황갈색 국물 위로 다양한 빛깔의 푸성귀를 시송처럼 거느린 채 도도하게 떠 있는 예닐곱 개의 하얀 육면체. 낡은 사진이었지만 뚝배기 속 다른 식재료를 제치고 단연 돋보이는 그 하얀 육면체의 정체가 두부라는 것쯤은 쉽게 일아챌 수 있었다.

결국 두부가 떨어졌는데 나가서 사 오기는 귀찮았던 거다. 경수는 식당 여자에게 한바탕 따지려다가 그만두었다. 어디선가 본 것처럼 음식 사진 하단 구석진 자리에 깨알 같은 글씨로 '실제 음식은 사진과 다를 수 있습니다'라는 문구가 박혀 있을지도 모를 일. 설사 그런 문구가 없다 하더라도 식당 여자의 성격으로 보아 조금 전보다 더 심하게 나올 게 뻔했다. 사진이랑 똑같은 걸

원해? 그럼 아예 사진을 씹어 드시지.

경수는 허탈한 웃음을 지으며 음식을 반도 넘게 남기고 식당을 나왔다. 이래도 손님이 있는 건 아마도 음식값이 싸기 때문이리라. 식당 여자의 뻔뻔한 성격과 거친 말투를 친근함의 표시로 받아들이는 특이한 취향의 일부 단골도 있을 테고.

3

해가 져도 열기는 쉽게 가시지 않았다. 볕을 피해 그늘에 숨었던 이들이 모습을 드러내면서 역 앞 광장은 해가 지기 전보다 더 북적거렸다. 여관에 들어가 잠을 자기에는 아직 이른 시간. 경수는 바깥에서 시간을 조금 더 보내기로, 비록 더운 공기라 하더라도 바깥 공기를 조금 더 마시기로 했다. 경수는 어슬렁어슬렁 걷다가 광장 한쪽 구석 늙은 소나무 주변을 둔각으로 둘러싼 벤치들 가운데 빈자리 하나를 찾아 앉았다. 주변에서 시큼하면서도 고소한 냄새가 났다. 누가 도시락이라도 싸 와서 먹고 있는 걸까. 그런데 친숙한 냄새다. 많이 맡아본 냄새다. 뭐더라…… 아, 맞다. 어릴 때 먹었던 김치볶음 냄새.

경수는 그냥 김치도 싫어하지는 않았지만 볶은 김치를 더 잘 먹었다. 경수 엄마는 그런 경수를 위해 가끔 묵은 김치를 돼지고기와 함께 볶아주었다. 간혹 바쁜 일이 있거나 반찬 걱정에서 며칠 동안이라도 해방되고 싶은 마음이 생길 때면 경수 엄마는 한꺼번에 많은 양의 김치볶음을 만들곤 했다. 그런데 돼지고기와 함께 볶은 것은 하루만 지나도 냄새가 나고 맛이 변한다는 문제가 있었다. 경수 엄마는 돼지고기를 빼기로 했다. 그러자니 뭔가 허전해서 마른 멸치를 넣어보았다. 돼지고기를 넣었을 때에 비해 짰다. 멸치 맛도 김치에 충분히 스며들지 않았다. 다음번에는 재료를 기름에 볶기 전에 물을 조금 부었다. 두어 번의 시행착오를 거친 뒤에 완성된 레시피는 이렇다. 묵은 김치와 마른 멸치 한 줌, 물 반 국자를 냄비에 넣고 뚜껑을 닫은 채 익힌다. 김치가 어느 정도 숨이 죽었다 싶으면 콩기름을 두르고 휘저어 볶는다. 불을 끄고 참기름과 통깨를 뿌려 무친다. 경수는 이 새로운 김치볶음을 더 잘 먹었다. 혼자서 밥을 차려 먹을 때 경수는 냉장고에 냄비째 넣어둔 김치볶음을 꺼내어 그냥 차게 먹기도 하고 데워서 먹기도 했다. 밥에 김치볶음을 몇 숟가락 덜어 얹고 그 위에 계란 프라이 하나를 올리면 순식간에 김치덮밥이 완성되었다. 멸치에 계란까지 함께 먹으니 경수 엄마는 영양에 있어서도 문제가 없다고 보았다. 맛도 좋고 영양도 괜찮고 조리도 간편하고 보존기간도 제법 길어서 경수 엄마는 한동안 다른 반찬은 안 만들고 거의 김치볶음 하나로 버티기도 했다.

10여 년이 지난 지금 경수는 바로 그 김치볶음 냄새를 맡고 있었다. 정확히 그 냄새였다. 적당히 묵은 김치 냄새와 콩기름 냄새, 참기름 냄새에 멸치 냄새가 섞여 있었다. 참기름까지야 그럴 수 있다 쳐도 어떻게 멸치까지……. 멸치를 넣은 그 특이한 김치볶음은 다른 어느 곳에서도 먹어본 적이 없다.

경수는 옆 벤치로 고개를 돌렸다. 벤치들이 직선으로 나란히 놓이지 않고 등 뒤의 소나무를 둔각으로 둘러싸고 있어서 옆쪽을 보려면 고개를 한참 더 돌려야 했다. 허름한 옷차림의 노인이 혼자 술을 마시고 있었다. 술병 옆으로 일회용 접시가 하나 보였다. 가로등 불빛을 받아 반짝이는 은빛 접시에 담긴 것은 하얀 두부와 빨간 김치볶음. 두부김치라……. 아버지가 가끔 술상을 부탁했을 때 엄마는 그 김치볶음을 이용하여 순식간에 두부김치 안주를 만들어내는 마술을 보여준 적도 있었지. 경수는 이제 아예 몸을 돌린 채 일회용 접시에 담긴 음식을 뚫어지게 바라보았다. 노인과 경수의 시선이 마주쳤다.

"뭘 그렇게 뚫어지게 봐? 사람 민망하게."

"아, 그냥……. 죄송합니다."

"술 마시는 사람 처음 봐?"

"아니, 그게 아니라…… 혹시 그거, 김치볶음, 어디서 났어요?"

"허 참, 기분 나쁘네. 어디서 나다니? 내가 이걸 뭐 어디서 훔치기라도 했다는 거야 뭐야?"

"아, 그런 뜻이 아니었는데…… 기분 상하셨다면 죄송합니다. 저는 그냥 그걸 어디서 사셨는지 궁금해서……. 아니면 직접 만드셨나요? 아니면 누가 만들어……."

"그건 왜? 그게 왜 궁금해?"

"그게 그러니까…… 너무 똑같아서요. 제가 어릴 때 먹었던 김치볶음이랑 냄새가 너무 똑같아서요."

"김치볶음 냄새가 다 거기서 거기지 무슨 특별한 게 있다고……."

"아니에요. 조리법이 좀 특이해서 지금까지 다른 데서는 그런 김치볶음을 한 번도 본 적이 없거든요."

"그래? 목 아파. 이리 와 앉아봐."

"예?"

"나이 든 사람 계속 목 꺾고 얘기하게 할 거야? 어디서 났는지 궁금하다며?"

"아, 예."

경수는 옆 벤치로 가서 노인과 두부김치 접시가 차지하고 남은 좁은 자리에 엉덩이를 걸쳤다.

"먹어볼래?"

"아뇨, 괜찮습니다."

"그러지 말고 한번 먹어봐."

"정말 괜찮습니다."

"아, 한번 맛이나 보라구. 먹어봐야 냄새만 같은지 아니면 맛도 같은지 알 거 아냐. 더러워서 그래? 무슨 병이라도 옮을 거 같아?"

"아니 무슨 그런 말씀을……."

경수는 당황했다. 경수는 처음에는 예의상, 두 번째에는 모르는 사람과 음식을 나눠 먹는 게 선뜻 내키지 않아서 사양을 했다고 생각했다. 그러나 생각 저편의 깊은 속에는 노숙자 행색의 취객이 먹던 음식에 대한 찜찜함이 있었는지도 몰랐다. 이렇게 된 판에 더러워서 그러는 게 아님을 증명하기 위해서라도 먹어야 했다. 한편으로는 김치볶음의 맛이 궁금하기도 했다.

"더럽다뇨. 저는 다만 아저씨 저녁식사에 손을 대는 게 죄송해서……."

"괜찮아. 나 혼자 먹기에는 양이 많아."

다행히 일회용 나무젓가락은 여분으로 한 개가 더 있었다. 경수는 노인이 건네준 나무젓가락의 포장을 뜯고 김치볶음 한 젓가락을 집어 먹었다.

"어때? 맛도 똑같아?"

맛은…… 글쎄, 뭐라고 해야 할까. 맛의 기억은 냄새의 기억보다는 덜 또렷한 듯했다. 비교 대상이 또렷하지 않으니 똑같다고 단정 지을 수도 없었다. 하지만 비슷하기는 했다.

"예, 비슷하네요."

"두부도 먹어. 같이 먹어야 간이 맞지."

편의점에서도 먹지 못하고 식당에서도 먹지 못한 것을, 예상치 못한 시간에 엉뚱한 곳에서 먹게 되었다. 이런 날 먹는 두부는 손수 찾아다니는 게 아니라 누군가에게 선물처럼 받아야 하는 것일까. 경수는 두부 한 조각 위에 김치볶음 한 젓가락을 얹어 입에 넣었다. 대충 씹어 삼킨 음식물이 목구멍으로 넘어가는 순간, 속에서 무언가가 복받쳐 오르면서 눈물샘을 툭 건드리고 말았다. 우여곡절 끝에 먹게 된 두부 때문일까. 엄마가 막 만들어놓고 간 듯한 김치볶음 때문일까. 아마 둘 중에 하나만 맞닥뜨렸더라면, 그러니까 두 가지 음식에게 동시에 습격당하지 않았더라면, 감정의 동요 따위는 없었으리라. 적어도 먹을 것 앞에서 우는 일은 일어나지 않았을 터. 뚝뚝 흐르지도 않고 눈가에 찔끔 고인 눈물이라도 눈물은 눈물이어서 목이 메었다. 그럼에도 경수는 두부를 꾸역꾸역 집어삼켰다. 식당에서 밥을 먹다 말고 나와서 배가 고프기도 했고 맛이 있기도 했다.

"배가 많이 고팠나 보네."

노인의 목소리를 듣고서야 경수는 자신이 노인의 음식을 절반 가까이나 해치웠다는 사실을 깨달았다.

"앗, 맛만 보려고 했는데…… 제가 너무 많이 먹었죠?"

"더 먹어. 난 배가 불러서."

"아뇨, 이제 됐습니다. 많이 먹었어요."

"괜찮아. 더 먹어. 난 정말로 배가 부르다니까. 여기서 배가 조금만 더 부르면 술맛이 안 나. 막걸리가 배가 좀 부르잖아. 안주가 필요 없지. 거기 김치볶음 몇 젓가락만 남겨놔. 두부 한 조각하고. 나중에 술 다 마시고 입가심이나 하게."

"에, 그럼 조금만 더 먹겠습니다."

"그 대신 술은 안 줄 거야. 한 모금도 안 줄 거야. 지금 이것도 모자란데."

"술은 정말 됐습니다. 벌써 3년 동안 한 모금도 안 마셨는데요."

"3년 동안이나? 와아, 대단하네, 대단해. 대단한 절제력이야."

"뭐 그런 건 아니고…… 어쩌다 보니까……."

"그 정도 의지력이면 뭘 해도 성공하겠어."

"그게 아니라니까요. 그냥 상황이 그렇게 됐어요. 아마…… 내

일부터는 마실지도 몰라요. 아니면 오늘부터라도……."

"뭐? 오늘부터? 하지만 이건 절대 안 돼. 먹고 싶으면 따로 사서 먹으라고."

"예, 예, 알겠습니다."

한 모금의 술도 주지 않겠다는 말을 듣자 괜히 오기가 발동하여 생각지도 않았던 술 생각이 났다. 오늘 같은 날은 술도 좀 마셔주어야 하지 않을까. 할 일도 없고 갈 곳도 없는데 그만 술이나 사 들고 여관으로 가는 것도 괜찮을 듯싶었다. 자리를 털고 일어날 시점을 저울질하고 있던 경수에게 문득 애초에 노인의 벤치로 옮겨 앉은 이유가 떠올랐다.

"그런데 아직 말씀 안 해주셨네요. 이걸 어디서 구하셨는지……."

"아, 맞다. 어디서 났는지 말해준다고 했지. 아까 어떤 아가씨가 와서 주고 갔어. 술이랑 같이 맛있게 드시라고. 빈속에 마시면 속 버린다고. 건강해야 오래 살고 오래 살아야 술도 더 마실 수 있을 거 아니냐면서. 나야 뭐 공짜니까 고맙게 받았지. 그런데 많이는 못 먹겠더라. 안주 없이 술 마시는 게 버릇이 돼서 그런지."

"그 아가씨, 아는 사람이에요?"

"아니. 오늘 처음 봤어."

"어떻게 생겼어요?"

"음…… 얼굴은 계란형에 머리는 조금 길고……."

"그리고?"

"그리고…… 다른 건 별로 기억이 안 나네. 잠깐 봤을 뿐이니

290

까."

"나이는 몇 살쯤 되어 보여요?"

"글쎄…… 직장인처럼 보이기도…… 학생처럼 보이기도 하고……. 아, 모르겠다. 내가 나이가 들어서인지 세상이 변해서인지 요즘엔 학생하고 애 엄마도 구별이 안 가. 아무튼 젊은 여자야."

경수는 노인에게 고맙다는 인사를 하고 자리에서 일어났다. 노인의 말에서 얻을 수 있는 정보는 거의 없었다. 하지만…… 노인에게서 대체 무얼 알고 싶었던 걸까. 행여 누군가가 출소를 축하하며 깜짝 선물로 두부를 준비해놓았을 가능성을, 목이 메면 곁들여 먹으라고 김치볶음까지 함께 준비해놓았을 가능성을 상상했단 말인가. 과연 나를 위하여 그런 수고를 아끼지 않을 사람이 있을까. 혹시 있다 하더라도 내가 광장의 수많은 벤치 가운데 어느 자리에 앉을지 어떻게 미리 알 수 있었을까. 노인의 말을 있는 그대로 받아들이는 게 자연스럽다. 두부김치는 노인을 위해 준비된 음식이었고 우연히 노인 옆에 내가 앉았던 것뿐이다.

4

경수는 광장을 천천히 가로질러 걸었다. 역사 앞을 지나가는데 누군가 뒤에서 등바닥을 세게 후려쳤다. 속이 꽉 막히는 듯했다. 척추를 타고 올라온 진동이 두개골을 울리자 콧속까지 얼얼

했다. 경수는 인상을 쓰고 고개를 돌렸다.

"히야, 맞네. 너, 경수 맞지?"

"어? 인호?"

"드디어 나왔구나. 이제 완전히 나온 거지? 가석방이나 뭐 그런 거 아니고."

"응."

"뭐야? 얼굴 표정이? 하나도 안 반갑다는 표정이네."

"물론 반갑지. 하지만 반가운 거는 반가운 거고 아픈 건 아픈 거니까."

"어디가 아파? 얼핏 보기엔 전보다 몸이 더 좋아진 것 같은데. 거기서 무슨 병이라도 걸린 거야?"

경수는 대답은 않고 손으로 등허리를 짚었다.

"조금 전에 내가 친 거? 그게 아파?"

경수는 막힌 속을 뚫기 위해 심호흡을 연거푸 하며 고개를 끄덕였다.

"미안. 난 웬만큼 세게 쳐서는 그 덩치에 아무 느낌이 없을 것 같아서 있는 힘을 다해 쳤지."

"도대체 뭘로 친 거야? 야구방망이 같은 거 아니었어?"

인호는 그때까지 손에 들고 있던 배낭을 어깨에 멨다.

"그 가방 안에 돌 들었지?"

"돌은 무슨. 책 몇 권이 전부야."

"이 자식이……. 책이 얼마나 무거운데."

"병원 안 가도 되는 거면 일단 어디 가서 뭐 좀 먹자."

인호는 경수의 손을 잡아끌고 근처에 있는 두족류 골목으로 갔다. 오징어, 낙지, 문어 등 두족류 해산물로 만든 음식을 파는 가게들이 모여 있는 곳. 경수와 인호는 주꾸미볶음을 전문으로 하는 한 음식점에 들어가 마주 앉았다.

"어떻게 연락도 없이 이렇게 나올 수가 있냐? 섭섭하다, 섭섭해."

"어쩌다 보니까 그렇게 됐어."

"저번 편지에서는 아직 한참 있어야 나온다고 하지 않았어?"

"바쁠 텐데…… 부담 주기 싫어서."

"너 무슨 말을 그렇게 섭섭하게 하냐? 내가 아무리 바빠도 하루 정도 시간을 못 내겠냐?"

"미안."

"그런데 두부는 먹었냐?"

"어? 네가 그걸 어떻게……."

인호는 두부의 출처나 여자의 정체에 대해서 무얼 알고 있는 걸까. 혹시 그 두부는 인호가 준비한 선물? 그렇다면 노인은 물론 여사도 심부름꾼이었다는 건데…….

"내가 뭘?"

경수는 인호의 표정을 살펴보았다. 뭔가 알고 있으면서 시침을 떼고 있는 것 같지는 않았다. 역시 우연이었다.

"아, 아냐. 두부는 먹었어."

"오, 나 말고도 너를 챙겨주는 사람이 있었네. 누구야?"

"모르는 사람인데 혼자 먹기에는 양이 많다고 해서 같이 나누어 먹었지."

"그래? 그래도 내가 사는 건 다르지. 잠깐만 기다려. 내가 가게에 가서 한 모 사 올게."

"됐어. 두부는 실컷 먹었어."

"그래도……."

"정말 됐다니까."

경수는 엉거주춤 서 있는 인호의 팔을 잡아당겨 다시 자리에 앉히고 화제를 돌렸다.

"어디 갔다 오는 길이야? 학교?"

"아니."

"아, 지금 방학이지."

"대학생들, 방학에도 학교도서관에 가긴 하는데……. 나는 아직 복학 안 했어."

"왜? 제대한 지 벌써 꽤 됐잖아."

"알바 하느라. 요즘 대학등록금이 장난 아니거든."

"그렇구나. 그래, 돈은 좀 벌었어?"

"간신히 한 학기 등록금 벌었다. 반년 동안 쉬지 않고 일했는데."

"그럼 됐네. 다음 학기에 복학하면 되겠네."

"등록금이 전부가 아니야. 학원비나 어학연수비는 제외하더라도 최소한 교통비, 밥값, 책값은 있어야지. 적어도 1년은 벌어야 한 학기를 다닐 수 있다는 계산이 나와. 한 학기 다니고 1년 휴학하고 한 학기 다니고 1년 휴학하고…… 이런 식이라면 마흔 전에 졸업이나 할 수 있을지 몰라."

"집에서는 전혀 도움을 받지 않는 거야?"

"처음 두 학기는 집에서 등록금을 대주었는데 그다음부터는 내가 혼자 힘으로 해결한다고 했어. 조그만 구멍가게에서 나오는 돈으로 생활비나 겨우 감당이 될 텐데 부모님 노후자금까지 당겨써서야 되겠어? 노후자금이나 있는지도 모르겠지만. 무슨 대단한 공부를 한다고……."

"혼자서 해결한다 하니까 부모님은 선뜻 받아들이셨어?"

"응. 의외로 순순히. 나름 비장하게 선언했지만 아버지가 의외로 순순히 허락해서 오히려 내가 당황했지. 몇 초 후 머릿속에서 몇 가지 사항이 정리됐어. 우선 집안 형편이 그만큼 좋지 않다. 다음으로 아버지는 누구나 성인이 되면 제 갈 길은 스스로의 힘으로 개척해나가야 한다는 말을 가끔 했는데 그게 빈말이 아니었다. 자식 교육에 대한 과도한 열정에 가려져 있었을 뿐. 마지막으로 아버지는 일단 결정을 내리면 번복 없이 쭉 밀고 나간다. 큰소리는 쳤지만 막상 뾰족한 방법이 없어서 학자금대출을 받았는데 그런 식으로 나가다가는 졸업할 때쯤이면 엄청난 빚더미에 올라앉게 되겠더라. 취업이 되리라는 보장도 없는데 말야. 그래서 학교 다니면서 알바를 했지. 그런데 돈도 별로 못 벌고 학점은 엉망. 도망치듯 군대에 갔다 왔지만 상황은 달라지지 않았어. 오히려 더 나빠졌지. 등록금은 더 올랐고 취업은 더 어렵고 알바 시급은 그대로고……."

"요즘 취업이 그렇게 어려워?"

"명문대 나오고도 놀고 있는 사람이 수두룩한데 내 학벌 가지고는 정말 쉽지 않지. 이공계는 그나마 조금 나은데 문과 졸업생은 진짜 갈 데가 없어."

"너 어릴 때 장래희망이 과학자라고 하지 않았냐? 그런데 왜 문과를 갔어?"

"너는 뭘 그런 당연한 걸 묻고 그러냐? 수학을 못하니까 당연히 문과지. 지금 생각해보니까 내가 수학을 못하게 된 건 다 아버지 때문인 거 같아."

"그건 또 무슨 소리야?"

"수학이라는 게 뇌가 적당히 쉬어줘야 잘할 수 있는 건데 초등학교 때부터 이것저것 시키고 여기저기 학원 돌리고 도대체 뇌가 쉴 틈을 주지 않았어. 또 수학이라는 게 반쯤은 타고나야 하는 건데 타고나지 못한 것도 결국 아버지를 닮아서야. 그러니까 어느 쪽으로 보나 내가 수학을 못하게 된 건 아버지 때문이라는 결론이 나오지."

"듣고 보니 맞는 말 같기도 하고 억지 같기도 하고."

"억지 아니야. 다 맞는 말이야. 아무튼…… 현재로선 복학할 계획은 전혀 없어. 내가 직접 돈을 벌어보니까, 아까워. 학교에 그대로 갖다 바치기에는, 너무너무 아까워. 남은 학기 등록금 모으고, 거기다가 학교 다닐 시간 동안 벌 돈까지 더하면, 제법 되지 않겠어? 그 돈을 밑천으로 조그만 사업이라도 하는 게 학교 다니는 것보다 더 남는 장사야. 공부에 소질이 없다는 건 진작에 알았고 이제 그나마 미련도 없어. 가끔 책이나 읽으면 되지. 하루 이삼십 분씩 짬을 내서……. 문과, 이과 가리지 않고 마음이 가는 분야를 넓고 얕게……. 그게 내 수준에 딱 맞아. 어쩌면 내게는 위대한 과학자가 되는 것보다 한 달에 한 권쯤 교양과학서를 읽는 게 더 행복할지도 몰라."

"그럴 수도 있겠네. 넌 뭘 하든 잘 해나갈 거야. 누구보다도 성실하니까."

"좋게 말해줘서 고맙다. 그런데 너는 앞으로 뭘 할 계획이야?"

"글쎄…… 내가 언제 무슨 계획을 갖고 살았나."

"너, 특별히 할 일 없으면 당분간 주유소에서 일하는 건 어때?"

"주유소?"

"내가 오전에는 편의점, 오후에는 주유소에서 일하는데 오후에는 다른 일을 해보려고. 몸도 풀 겸 한번 해봐. 앞으로 할 일은 차차 생각하고."

대화가 잠시 끊기고 식당의 떠들썩한 소음이 일시적으로 가라앉은 틈새로 아코디언 소리가 흘러나왔다. 귀에 익숙한 바로크 선율. 민구가 가끔 연주하던 곡이다. 바흐. 토카타와 푸가 D단조. 민구가 연주하는 이 곡을 처음 들었을 때 경수는 마치 대성당의 한복판에 서 있는 듯한 느낌이 들었다. 민구의 작은 아코디언은 거대한 파이프오르간처럼 장엄하고 신비로운 소리를 만들어 냈다. 오른손의 현란한 손놀림도 대단했지만 그보다 더 놀라웠던 건 왼손이었다. 민구의 왼손은 화음을 담당하는 동그란 단추들을 오른손의 건반처럼 능란하게 다루면서 오른손과는 독립적

으로 진행되는 화려한 선율을 뽑아냈다. 작은 악기와 웅장한 음
향이라는 의외의 조합으로 기억에 깊이 새겨진 그 음악이 민구
가 죽고 십수 년이 지난 지금 다시 흐르고 있다. 마치 죽은 민구
가 다시 살아나 근처 어디선가 연주하고 있는 것처럼 당시의 음
색과 호흡, 강약과 리듬을 그대로 지닌 채…… 이미 귓속으로 들
어온 음악은 다시 높아진 실내 소음에도 파묻히지 않았다. 오히
려 점점 더 또렷하게 들려왔다.

"이 소리 들려?"

경수가 인호에게 물었다. 인호가 주위를 둘러보다가 가만히
귀 기울이는 자세를 취했다.

"무슨 소리? 내 귀에는 사람들 말소리 말고는 아무것도 안 들
리는데."

마침 음악이 끊겼는지 다시 실내 소음에 파묻혔는지 경수의
귀에도 더 이상 사람들 말소리 말고는 아무 소리도 들리지 않
았다.

"방금 전까지 아코디언 소리가 들렸는데…… 끊겼네."

"아코디언 소리?"

"민구 알아?"

"민구? 그…… 민구? 죽은……?"

"그래."

"재수 없게 민구 얘기는 왜 하냐?"

"민구의 연주와 똑같았어."

"똑같다니. 뭐가?"

"방금 전 그 음악. 바흐의 '토카타와 푸가'. 너, 민구가 그 곡 연주하는 거 못 들어봤어?"

"글쎄…… 난 민구 근처에 잘 가지 않아서……. 내가 민구 별로 좋아하지 않았던 거 너도 잘 알잖아. 게다가 나는 그 무렵 억지로 피아노학원을 다녀서 클래식이라면 질색을 하고 귀를 닫았거든. 체르니 30번 중간까지 치다가 그만뒀으니까 바흐는 근처에도 못 갔지. 그런데 민구의 연주와 똑같다고? 같은 작곡가의 같은 곡이면 다 거기서 거기지 누가 연주를 하느냐에 따라서 그렇게 달라지나?"

"다른 곡이라면 나도 그런 걸 잘 구별할 수 없지만 그 곡은 민구의 연주가 워낙 인상에 깊이 남아서 한 소절만 듣고도 알 수 있어. 나중에 방송을 통해서도 그 곡을 여러 번 들어봤지만 민구처럼 아코디언으로 연주하는 건 지금까지 한 번도 들어본 적이 없거든."

"어허, 이 자식이 공포영화 찍고 있네. 우리 동네 땅값 떨어지게. 하긴 여기서 더 떨어질 것도 없지만……. 그러니까 네 말은, 죽은 민구가 다시 살아나서 죽은 할아버지와 함께 이발을 하러 다니며 아코디언을 켜고 있다는 거야? 그게 말이 되는 소리야?"

"물론 말이 안 되지. 그래서 나도 내 귀를 의심하고 있어."

경수는 생각했다. 역시 잘못 들은 걸까. 엄마처럼 나도 환청을 들은 걸까. 나도 이렇게 환청을 듣다가 머지않아 엄마가 간 길을 따라가게 되는 걸까. 다시 민구의 연주 소리가 들렸다. 그래, 한 번으로 끝난다면 환청도 아니겠지. 경수는 이번에는 인호에게 무슨 소리가 들리지 않느냐고 묻지 않았다. 핀잔만 들을 게 뻔하니까. 그때 인호가 눈을 크게 뜨고 잠시 무언가에 귀를 기울이는 표정을 짓더니 옆자리에 놓아둔 가방을 열었다. 음악 소리가 더욱 크고 또렷하게 들렸다. 인호가 가방에서 휴대폰을 꺼내 들고 전화를 받았다. 다시 음악 소리가 끊겼다.

"전화 걸었어요? 아, 주변 소음 때문에 벨소리를 못 들었나 봐요. 무슨 일이 있는 건 아니죠? 아, 걱정하지 마세요. 네. 네. 네. 저녁은 먹고 들어가요. 네, 많이 늦지는 않을 거예요. 그럼⋯⋯."

전화를 끊은 인호가 손에 든 휴대폰을 향해 고개를 숙인 채 말했다.

"집이야. 아버지. 조금 전에도 전화를 했다고 하네."

손가락으로 여기저기 누르며 휴대폰의 액정화면을 들여다보던 인호가 설핏 미소를 흘리며 휴대폰을 탁자 위에 내려놓았다. 바흐의 '토카타와 푸가', 그 장중한 도입부가 울려 퍼졌다.

"내 휴대폰 벨소리야. 이거 꽤 유명한 곡이잖아. 제목이 낯설어서 그렇지. 나도 벨소리로 쓰면서 제목도 정확히 모르고 있었네."

소리의 진원을 재차 확인시켜주기라도 하려는 듯 인호는 휴대폰을 건드려 음량을 한층 높였다.

"조금 전에 들었다는 소리, 이거 맞지?"

경수의 머리는 거의 상황 파악을 했지만 입은 여전히 고집을 부렸다.

"곡은 같은데 악기가 달라. 아깐 분명 아코디언 소리였는데…… 이건 오르간이네."

"소음에 묻혀서 엄청 작게 들렸는데 잘도 구별했겠다. 오르간을 풍금이라고도 하고, 또 아코디언을 손풍금이라고도 하잖아. 이름이 비슷하니까 소리도 대충 비슷하지 않겠어? 사실 나는 두 악기의 소리를 잘 구별하지 못하겠어."

오르간과 아코디언의 음색이 구별조차 할 수 없을 정도로 비슷하다는 인호의 말은 어처구니가 없었지만 어쨌든 경수는 조금 전에 들었던 두 번의 소리가 휴대폰의 벨소리였다는 것만큼은 받아들일 수밖에 없었다. 인호 아버지가 몇 분 간격으로 두 번의 전화를 걸었고 두 번의 벨소리가 울렸다. 그 시간에 몇 분 간격으로 두 번의 음악 소리가 들렸다. 두 가지 소리를 같은 소리로 볼 수밖에 없었다. 겨우 휴대폰 벨소리였다니. 경수는 긴장이 풀리면서 허탈감과 동시에 안도감을 느꼈다. 그런데 안도감보다는 허탈감이 우세한 것 같았다. 뭐지, 이런 기분은……. 차라리 환청이기를 바라기라도 했단 말인가. 혹은 초자연적 존재의 등장을 기대하기라도 했단 말인가. 그런 생각을 하자 허탈감 쪽에서 안도감 쪽으로 마음이 기우는 듯도 했다.

"인정. 벨소리였다는 것 인정. 그런데 너는 왜 이런 음악을 벨소리로 써서 사람을 헷갈리게 하냐? 이런 거 벨소리로는 좀 안 어울리는 거 같지 않아?"

"심각하고 비장한 게 좋아서. 벨소리를 들을 때마다 내가 처한 심각한 상황을 깨닫고 내가 지금 이렇게 한가하게 여유 부릴 때가 아니라는 경각심을 갖기 위해서. 그런데 이제 벨소리를 바꿔야겠어. 민구가 즐겨 연주하던 곡이라는 것도 마음에 안 들고. 주변 사람들이 가끔 벨소리를 듣고 키득거리는 게 신경 쓰이기도 하고. 왜 요즘에는 심각한 것이 코믹한 것이 되어버렸는지 몰라. 세상이 가벼워진 걸까. 아니면 오히려 세상이 너무 심각해져서 웃음으로 얼버무리며 잊고 싶은 걸까. 모르겠다. 자, 바꿨다, 벨소리."

인호가 말을 하며 만지작거리던 휴대폰을 탁자 위에 내려놓았다. 귀에 아주 익숙한 피아노곡이 흘러나왔다.

"어릴 때 피아노를 3년 동안 쳤는데 지금 외워서 칠 수 있는 곡은 딱 하나, 이거야."

"'엘리제를 위하여'네."

"너, '엘리제를 위하여'를 우습게 보지 마라."

"우습게 안 봐."

"뒤로 가면 어려워. 음표도 많고 속도도 빠르고. 어쨌거나 베토벤 작품이잖아. 나, 이 곡 마스터하는 데 반년은 걸린 거 같아. 그리고 너도 기억하나 모르겠는데, 이거 초등학교 때 수업종 소리였어."

"아아, 맞다."

"쉬는 시간이 끝나고 스피커에서 이 곡이 흘러나오면 나는 다시 긴장을 하고 열심히 수업에 임하겠노라 마음을 다잡곤 했지. 이제 휴대폰 벨소리를 들을 때마다 초등학교 때 마음으로, 초심으로 돌아가야지."

"초심이 초등학교 때 마음이란 뜻이었나?"

"아마 그럴 거야."

레코드판이 튀듯 '엘리제를 위하여'가 중간에 끊기더니 다시 처음으로 돌아갔다. 벨소리를 바꾸자마자 전화가 온 것이다. 인호가 전화를 받았다.

"웬일이야? 경수? 경수 나온 걸 네가 어떻게 아냐? 지금 옆에 같이 있어."

인호가 경수에게 휴대폰을 내밀었다.

"유미. 너 바꿔달래."

"지금은 별로 통화하고 싶지 않다고 해."

인호가 턱을 내밀어 한 번 더 권유하는 시늉을 했고 경수는 고개를 저어 거부 의사를 표시했다. 인호가 다시 유미와 통화를 이어갔다.

"지금은 별로 통화하고 싶지 않으시단다. 니들 뭔 일 있었냐? 으음…… 응, 듣고 있어. 아니, 화가 난 거 같지는 않은데. 대신 애가 맛이 좀 간 거 같다. 아, 농담이야, 농담. 뭐? 농담할 기분이 아니라고? 미안. 나도 농담할 기분이 아닌데 왜 그런 말이 나왔는지 모르겠네. 응. 괜찮아. 아주 멀쩡해. 옆에 잘 있으니까 걱정하지 마. 저녁? 지금 먹고 있지. 이제 거의 다 먹어가. 뭐라고? 아, 주꾸미볶음. 뭐 그럭저럭 먹을 만해. 그럼 너무 걱정하지 말고. 그래. 다음에 다 같이 한번 보자."

통화를 마친 인호가 경수의 눈치를 살피며 물었다.

"무슨 일이야?"

"음…… 별로 대답하고 싶지 않은데……."

"왜?"

"그냥…… 사생활 문제야."

"사생활? 우리 사이가 공적인 관계냐? 사생활 문제니까 친구 사이에 얘기할 수 있는 거지. 친구 사이에 못 할 말이 뭐가 있어."

"친구 사이니까 더 말 못 하겠어. 유미와 네가 친구 사이니까. 만약 유미가 네가 모르는 사람이라면 몰라도."

"그러니까 네 사생활이라기보다는 유미의 사생활을 보호하는 차원에서 묵비권을 행사하겠다, 이거네."

완곡하게 묵비권을 행사했지만 결국 '유미의 사생활'이라는 표현까지 등장하고 말았다. 호기심 많은 인호의 표적에서 벗어나기 위해서는 묵비권의 행사보다 적극적인 허위진술이 효과적이었을 테지만 그건 경수의 능력 밖이었다.

"마음대로 생각해."

"그래? 뭐, 알았다. 그런데, 내가 자세한 사정은 모르겠다만, 너답지 않게 왜 그러냐? 오해가 있으면 만나서 풀어야지 피한다고 문제가 해결되냐?"

"오해?"

"유미가 그러더라. 영배와 집에 단둘이 있는 걸 경수, 네가 봤는데 뭔가 오해를 한 것 같다고."

"유미가 그런 말을 해?"

"그래. 조금 전에 전화로."

경수는 속으로 한숨을 쉬었다. 유미는 아무 말도 안 한 것과 마찬가지다. 그리고 자신도 아무 말을 하지 않았다. 하지만 '유미의 사생활'과 '유미와 영배, 집에서 단둘이', 이 두 가지 단서의 조합은 호기심 많은 인호의 상상력을 가만 내버려두지 않을 거다. 그렇다 해도 계속 완곡하게 묵비권을 행사하는 것 말고 무슨 방법이 있을까. 인호가 말을 이어갔다.

"영배야 뭐 유미와 초등학교 동창에다 이웃사촌인데 집에 형광등 갈아주러 왔을 수도 있고 못 박아주러 왔을 수도 있지. 당연히 유미는 아무런 잘못도 한 게 없지만 너를 보고는 당황할 수밖에. 왜? 빵에 있어야 할 네가 아무 연락도 없이 불쑥 집에 나타났는데 어떻게 당황하지 않을 수 있겠어?"

"유미가 그런 말도 했어?"

"아니. 내 나름대로 오해의 소지가 있을 상황을 상상해봤지. 그런 상황은 수도 없이 많아. 그런 거 열거하라고 하면 나, 한 시간 동안 쉬지 않고 떠들 수도 있어."

"인호야, 그런데 유미 말야."

"그래, 그래, 말해봐."

인호의 눈이 걱정 반 호기심 반으로 빛났다.

"유미는 말야, 혼자서 형광등도 잘 갈고 못도 잘 박거든."

"이 자식이 말귀를 못 알아듣네. 그거야 예를 들어서 그렇다는 말이지."

"아무튼 그 문제는 내가 알아서 할게."

"오해가 있다면 빨리 풀수록 좋아."

"내가 알아서 한다니까. 아무튼 오늘은 안 보는 게 좋을 거 같아."

"그럼 너 오늘 집에 안 들어간다는 거야?"

"오늘은 일단 근처 여관에 가서 잘 생각이야."

"네 마음대로 해라. 난 더 이상 참견 안 할란다."

인호가 말을 잠시 끊었다가 목을 뽑고 언성을 높였다.

"그러게, 나올 거면 나온다고 미리 알리고 나왔어야지. 바쁜 우리 사정을 생각해서 그랬다고? 너, 그거 배려 아니다. 네가 미리 알리고만 나왔어도 이런 일은 안 생겼을 거 아냐. 의도야 어쨌든 네 방식의 배려 때문에 결과적으로 여러 사람이 불편해졌잖아."

묵비권 행사에 집중하던 경수는 인호의 말에 약간 충격을 받았다. 이건 경수가 전혀 고려하지 못한 부분이다.

"미안. 그건 미처 생각하지 못했네. 고맙다. 내가 몰랐던 부분을 지적해줘서. 앞으로 고쳐보도록 노력할게."

"누가 그런 말 듣재?"

인호의 목소리가 조금 누그러졌고 그 끝마디에는 물기가 조금 어려 있는 듯도 했다. 인호에게는 호기심보다 정말로 친구들을 걱정하는 마음이 더 컸는지도 몰랐다. 인호가 목을 가다듬고 다시 목청을 높였다.

"그런데 너, 왜 휴대폰 안 쓰는 거야?"

"이제 막 나온 사람한테 휴대폰은 무슨."

"너, 들어가기 전에도 휴대폰 없었잖아."

"없다고 딱히 불편한 건 없는데."

"너야 불편하지 않겠지. 하지만 주변 사람이 불편해. 너는 전화하고 싶으면 언제든 전화할 수 있지만 다른 사람은 그럴 수 없잖아. 그리고 너도 전 같지는 않을 걸. 요즘에는 공중전화도 많이 없어졌어."

"맞아. 정말 안 보이더라. 게다가 버스 번호는 다 바뀌었지. 더위 먹고 길 잃고……. 그때 공중전화만 찾았어도 너나 유미한테 전화했을 텐데."

"거봐. 너도 불편하잖아."

"그래. 알았다. 네 충고, 진지하게 받아들일게. 대신 유미와 나 사이의 문제는 당분간 내가 알아서 하게 놔둬."

"그래. 나도 이제 신경 안 쓴다."

식당 밖으로 나오자 에어컨 때문에 잊고 있던 골목의 더운 공기가 목을 쓸고 숨 속을 파고들었다. 경수는 사양했지만 인호가 한사코 여관 앞까지 바래다주겠다고 고집을 부렸다. 더위 탓에 취기가 한층 올랐는지 식당에서만 해도 멀쩡하던 인호의 혀가 살짝 꼬부라졌다.

"경수야, 니 나 버리면 안 된다. 내가 친구가 너하고 유미, 딱 둘뿐이다."

"그건 나도 마찬가지네."

"너는 다르지. 너는 세상 자체에 미련이 없는 놈이잖아. 친구 따위가 뭐 대수겠어. 그래도 나 버리지 마라. 죽지도 말고……. 빵에도 다시 들어가지 마라. 나, 너 없는 동안 무지 외로웠다."

"하, 이 자식, 더운데 사람 진짜 피곤하게 하네."

"너도 덥냐? 우리 아이스바 하나씩 먹자. 네가 사라."

인호가 손가락으로 몇 미터 앞에 있는 조그만 슈퍼를 가리켰다. 경수는 슈퍼에 들어가 아이스바 두 개를 사 들고 나왔다. 두 사람은 아이스바를 하나씩 먹으며 길을 걸었다.

"생각나냐? 네가 한 말. 아이들한테 아이스크림 왕창 돌리는 거 하지 말라고. 그럼 아이들이 아이스크림은 좋아할지 몰라도 오히려 나를 싫어하게 될 거라고. 너한테 그 말을 들었을 때 잘난 체하기 좋아하는 나는 일단 나도 알고 있다고 대꾸했지만 사실은 좀 충격을 받았어. 아무도 내게 그런 말을 해준 적이 없거든. 내가 지금도 이상하지만 그래도 아주 이상하게는 안 되고 지금 이 정도라도 된 건 다 네 덕분인 거 같아."

"나는 내가 무슨 말을 했는지 하나도 기억이 안 난다. 그리고 너, 별로 안 이상해."

"아니야. 나 이상해. 교도관 같은 아버지와 죄수처럼 갇혀 사는 엄마 밑에서 자랐는데 안 이상하다면 그게 오히려 이상한 거지."

"어머니는 요즘도 집 밖에 잘 못 나가시냐?"

"아니야. 요즘은 상황이 완전히 달라졌어. 외박까지 한다니까."

"정말?"

"요즘은 오히려 아버지가 불쌍하다는 생각이 가끔씩 들어. 아버지도 이제 많이 늙었어. 벌써 꼬맹이 손님들에게 할아버지라는 소리까지 듣고. 아버지를 싫어하기는 하지만 그럴 땐 내가 다

화가 나서 꼬맹이들 머리를 한 대 쥐어박고 싶더라니까……. 엄마가 집에 안 들어오는 날에는 나한테 자꾸 전화를 거는데 짜증이 나지만 어쩌겠어. 웬만하면 받아줘야지. 엄마한테는 감히 전화도 못 거는데 나까지 야박하게 굴 수도 없고……."

아이스바를 거의 다 먹었을 때 여인숙 간판이 하나 보였다.

5

고가여인숙은 이름만 여인숙이었다. 에어컨은 물론이고 최신형 티브이와 냉장고, 컴퓨터까지 갖춰놓고 있었다. 이 모두가 보통 여인숙에는 없는 것들이다. 객실은 충분히 넓고 쾌적했고 방마다 욕실과 화장실이 딸려 있었다. 아무리 봐도 모텔 수준 이상의 숙박시설인데 이름이 장(莊)도 여관도 아니고 여인숙이라니. 그러고 보니 숙박비도 여인숙치고는 터무니없이 비싸게 받았다. 모텔 수준의 가격이었다. '고가'가 성씨의 하나인 고가(高哥)나 오래된 집, 고가(古家)가 아니라 비싼 가격, 고가(高價)를 의미했는가 보다. 아니면 이 세 가지 의미를 모두 포함하는 작명이었을까.

그래도 곳곳에 여인숙 분위기를 양념처럼 뿌려놓았다. 객실문을 열면 곧바로 신발을 벗게 되어 있는 구조여서 신발은 벗어방 한쪽 구석의 신문지 위에 올려놓아야 했다. 플라스틱 쟁반 위에는 생수병 대신 노란 양은 주전자가 놓여 있었다. 주전자 옆으로 스테인리스 컵과 팔각 성냥통, 플라스틱 재떨이, 오프너 등이

흩어져 있었는데, 일부러 그러기라도 한 듯 재떨이와 오프너 손잡이, 쟁반 곳곳에 시커먼 담뱃불 자국이 나 있었다. 양은 주전자의 몸통에 돋아난 작은 이슬방울들이 잊고 있던 갈증을 떠올리게 했다. 뚜껑을 열자 물 반 얼음 반이었다. 경수는 스테인리스 컵에 물을 따라 마셨다. 시원한 보리차였다. 침대가 없고 대신 방바닥에 두툼한 요와 얇은 이불이 깔려 있었다. 경수는 쟁반을 통째로 들고 가서 이부자리 옆에 놓았다. 이불을 걷어내고 요 위에 앉아 보리차를 한 컵 더 따라 마셨다. 엉덩이에 라텍스 재질이 느껴졌다. 요라기보다는 매트리스에 가까웠고 침대 못지않게 쿠션이 좋았다. 벽은 벽지 대신 신문지로 도배되어 있었다. 세로쓰기로 된 옛날 신문. 손으로 만져보니 신문지가 아니라 신문을 디자인의 소재로 삼은 벽지였다. 이런 걸 시중에서 팔기나 할까. 일부러 주문 제작했다면 비용이 만만치 않았을 텐데 주인의 취향도 참……

보통의 여인숙으로 알고 공동화장실에서 간단하게 세수만 하려고 했는데 뜻밖에 개별 욕실을 갖추고 있어서 시원하게 샤워까지 할 수 있게 되었다. 몸이 끈적끈적하던 차에 잘된 일이었으나 계획에 없던 샤워를 하자니 잠깐의 뜸이 필요했다. 경수는 보리차를 한 컵 더 따라 천천히 마시다가 성냥통을 집어 들었다. 성냥이란 걸 얼마 만에 보는지 모르겠다. 요즘도 성냥공장이 있을까. 과연 이게 불이 켜지기나 하는 걸까. 혹시 모형? 담배 생각이 별로 나지는 않았지만 경수는 성냥의 성능을 확인하고 싶어서 담배 한 개비를 꺼내어 입에 물다가 거울 옆 벽면에 붙은 금연 표지판을 보았다. 어쩌라는 거야. 큼직한 팔각 성냥통에 재떨이까지 갖춰놓고서. 피우라는 거야, 말라는 거야. 경수는 담배를 다시 담뱃갑 속에 집어넣고 성냥을 그어보았다. 두 개비를 부러뜨린 끝에 불을 붙이는 데 성공. 진짜 성냥이구나. 이렇게 그냥 성냥 긋기 놀이나 하라는 건가 보네. 담배는 피우지 말고. 경수는 남은 보리차를 마시고 일어섰다.

웃통을 벗으며 욕실로 가는데 가볍게 문 두드리는 소리가 났다. 워낙 조심스럽게 두드려서 못 듣고 지나칠 뻔했다. 인호? 아니다. 인호라면 술도 마셨겠다 좀 더 세게 두드렸을 것이다. 종업원인가? 종업원이 무슨 일로……. 경수는 옷을 다시 입고 문 앞으로 바짝 다가가서 물었다. 누구세요? 여자 목소리가 뭐라고 더듬대는데 잘 알아들을 수가 없어서 경수는 문을 조금 열어보았다. 뭐라고 묻고 확인할 겨를도 없이 손 하나가 불쑥 들어와 거칠게 문을 잡아당겼다. 손의 주인이 몸을 굽힌 채 경수의 옆구리를 스치며 방 안으로 돌진했다. 어찌해볼 도리가 없었다. 순식간이었다. 고개를 돌려보니 유미가 요 한복판 위에 앉아 있었다. 경수는 유미에게 다가가 옆으로 직당한 간격을 두고 떨어져 앉았다.

"다시 자유인이 된 거 축하해."

"고맙다. 근데 여긴 어떻게 알고 찾아왔냐? 인호가 말해줬어?"

"아니. 인호 입장에서 내가 묻는다고 선뜻 말해주겠어?"

"그럼?"

"아까 인호에게 전화했을 때 저녁으로 뭘 먹고 있냐고 물었지. 그러니까 주꾸미볶음을 먹고 있다고 하더라. 그래서 두족류 골목 입구를 지키고 서 있었어. 네가 갈 만한 곳들을 헤매고 다니던 중이었는데 마침 근처에 있었거든. 인호와 같이 있으면 제대로 얘기를 못 할 거 같아서 여기까지 미행했지."

"방 호수는 어떻게 알았어?"

"그냥 널 따라온 거야. 약간의 거리를 두고. 카운터에는 방금 들어간 사람 친구인데 잠깐만 들어갔다가 나오겠다고 했지. 문 앞에서 좀 머뭇거렸는데 결국 노크를 하고 말았네."

"역시 여인숙이라 그런지 외부인 출입관리가 허술하군. 그런데 할 얘기라는 게 뭐야?"

"네가 뭔가 오해를 한 것 같아서."

"오해? 무슨 말인지 모르겠네. 내가 무슨 오해를 했는데?"

"그거…… 내가 먼저 영배에게 하자고 한 거 아니야. 오늘 미용실 노는 날인 걸 알고 영배가 집으로 찾아왔어. 그러더니 한 번만 하자고 사정사정하는 거야. 자기는 이제까지 한 번도 못 해봤다고. 불쌍하잖아. 어릴 땐 밥도 제대로 못 먹고 굶고 다니더니 커서는 또 그렇게 굶고 다니니."

"……."

"전에도 몇 번 껄떡대는 걸 그때마다 단호하게 잘랐어. 그런데 오늘따라 이상하게 마음이 약해지는 거야. 평생소원이라고 울며 비는데 매정하게 거절할 수가 없더라고. 생체리듬의 문제였을까? 글쎄…… 나도 오늘 내가 왜 그랬는지 명확한 이유를 잘 모르겠어. 내가 대체로 조신한 편이지만 가끔씩 충동적으로 움직일 때가 있는 거 같아. 가게에서 물건 몇 번 훔친 것도 그렇고."

"……"

"오늘 일 하나를 가지고 다른 건 안 봐도 다 뻔하다고 오해하지 않았으면 좋겠어. 오늘 일은 단 한 번의 예외야. 자랑은 아니지만, 나 돈 받고 남자랑 잔 적도 없어. 요즘에는 대학생들도 그런 일 많이 한다고 하더라. 등록금은 비싸지 취업은 안 되지. 가만 생각해보면, 요즘 젊은 애들 취업이 이렇게 어려워진 데에는 무슨 음모가 있는 거 같아. 누군가가, 그러니까 돈 많고 힘 있고 나이 든 남자들이 일부러 세상을 이렇게 만들지 않았을까? 돈 없는 어린 여자들을 돈 주고 쉽게 살 수 있도록……. 그 사람들에게 청년실업은 절대로 해결되어서는 안 될 문제겠지. 아, 얘기가 옆으로 좀 샜네. 마지막으로 한 가지 덧붙이자면…… 삽입은 하지 않았어. 솔직히 말해서, 일부러 안 한 게 아니라, 그 직전에 네가 온 거야. 이런 차이가 무슨 의미가 있을까 싶지만, 남자들에겐 그 차이가 의외로 중요하시 않을까 해서……."

경수는 오해를 풀고 말고 할 것이 없었다. 애초에 오해를 한 게 없으니. 경수는 그저 유미와 영배가 옷을 벗고 함께 있는 모습을 보았을 뿐이다. 경수는 그것만을 사실로 받아들였을 뿐 거기에 어떠한 추측도 보태지 않았다. 그런데 유미는 오해를 풀자면서 계속 엉뚱한 말만 늘어놓았다. 만일 이런 사안에서 오해를 거론하고자 한다면 해명은 사실 자체를 부정하는 것이어야 하지 않을까. 이를테면 현장에 있던 여자는 유미가 아니라 유미와 닮은 다른 여자였다거나 혹은 경수가 낮에 더위를 먹어서 헛것을 보았다거나 하는 식으로. 아니면 사실은 그대로 두고 사실의 의미를 바꾸든가. 이를테면 유미가 아르바이트로 애로배우를 했는데 촬영에 앞서서 리허설을 하고 있었다거나 혹은 경수의 출소 기념 몰래카메라였다거나 하는 식으로.

"오해한 거 없어. 그러니까 풀 것도 없고."

"그래? 아무튼 미안하게 됐어. 미안하다는 말을 먼저 할까 했는데, 나는 네가 쓸데없는 상상을 눈덩이처럼 키울까 봐, 오해부터 먼저 푸는 게 좋을 거 같아서……."

"미안할 게 뭐 있어. 네가 미안해할 거 하나도 없어."

"이해해줘서 고마워."

경수의 말에 일단 한숨을 돌린 유미는 겸연쩍은 듯 농담 비슷하게 상황에 대한 부연 설명을 했다.

"지금 생각해보니까 영배가 불쌍해서만은 아니고 호기심도 좀 있었던 거 같아. 도둑질을 끊으니까 엉뚱한 쪽으로 문제가 터지네. 다시 도둑질을 해야 하나."

"도둑질보다는 새로운 취미가 나을 거 같네. 뭐 어때. 네 몸인데 네 마음대로 해. 범죄도 아니고."

"지금…… 비꼬는…… 거야?"

"비꼬는 거 아니야. 말한 그대로야."

그렇다. 말한 그대로다. 경수는 아무리 생각해도 유미의 행동에서 잘못을 물을 이유를 찾아내지 못했다. 범죄가 아닌 한, 자유의지를 가진 개인이 자기 몸을 자기 마음대로 사용하는 데에 문제를 삼을 수 없다. 행위의 동기가 자선이든 호기심이든 쾌락이든 어쨌든 개인의 행복에 조금이라도 기여한다면 오히려 장려해야 할 일. 논리적으로 따지면 이렇다. 그런데 머리로는 이렇게 생각하더라도 마음은 따로 놀아야 하는 게 아닐까. 왜 화가 나지 않는 걸까. 왜 이렇게 침착한 걸까.

"그럼 너는 내가 아무 남자하고나 자고 다녀도 괜찮다는 거야?"

"……"

"대답해봐. 내가 아무 남자하고나 자고 다녀도 너는 아무렇지도 않다는 거야?"

"잘 모르겠어."

"어떻게…… 어떻게 그럴 수 있니?"

"……"

"너에게 나는 도대체 뭐야?"

"……"

"나, 내 여자친구 맞아? 너, 나를 사랑하기는 하는 거야?"

"……"

"차라리 화를 내. 때려."

말을 듣고 보니 정작 미안해해야 할 사람은 유미가 아니라 경수 자신이었다. 화가 나지 않아서 미안했다. 너무 침착해서 미안했다. 경수가 잠시 유미를 안 보는 게 좋겠다고 판단한 건 혹시 돌발 상황이 생길까 우려해서였다. 경수는 자신이 아주 가끔이지만 힘 조절을 못 할 때가 있음을 잘 알고 있었다. 행여 사회면 기사에서나 볼 수 있는 극단적인 상황이 벌어지지 않으리라 장담할 수 없었다. 현재 상태로 보면 그런 일은 전혀 생기지 않을 듯했다. 오히려 자신이 지나치게 침착한 게 문제였다. 왜 화가 나지 않는 걸까. 경수는 누이가 없지만 만약 누이의 정사 장면을 우연히 목격한다면 어떤 기분일까 상상해보았다. 당혹스럽고 민망하긴 하겠지만 화가 나지는 않을 것 같았다.

경수는 언제부터 유미와 사귀게 되었는지 돌이켜보았다. 한동안 유미는 재혼한 엄마의 집에 들어가 살았다. 유미가 새아버지와 갈등을 겪다가 1년 만에 집을 나와 무동에 돌아왔을 때는 유미의 친아버지가 이미 방을 빼서 무동을 떠난 다음이었다. 갈 곳이 없어진 유미는 당분간 경수의 집에서 살기로 했다. 당분간이 1년이 되고 2년이 되었다. 어느새 경수와 유미는 연인 사이가 되어 있었다. 어느 시점부터 친구에서 연인 사이로 넘어갔는지 경계가 분명하지 않았다.

"유미야, 우리……."

"……."

"우리, 잠시 떨어져 지내면서 생각할 시간을 갖자."

"3년 동안 떨어져 지냈는데 뭘 더 떨어져 지내?"

"그래서…… 덜 힘들 거야. 계속 붙어 지내다가 안 보는 것보다는."

"지금 너, 헤어지자는 소리야?"

"그게 아니라 잠시 생각할 시간을 갖자는 거야."

"그게 그거지. 돌려 말하는 거잖아. 생각할 시간? 뭘 생각해? 난 생각할 거 없어. 솔직히 너 오늘 일 때문에 이러는 거지? 찜찜해서 앞으로 못 보겠다, 이거지? 다 이해한다면서 치사하게 다른

핑계나 대고……. 너, 쿨한 척하는 거 정말 역겨워. 차라리 화를
내고 때리라니까. 얼마든지 맞아줄 테니까. 죽지 않을 정도로만
때려. 그리고 없던 일로 하고 넘어가."

"유미야, 제발……."

"아니면…… 너도 다른 여자랑 자. 그렇게 해서 쌤쌤하자."

"사람 말을 그대로 받아들여. 헤어지자는 게 아니야. 잠시 생
각할 시간을 갖자는 거야."

"도대체 뭘 생각하는데?"

"내가 왜 화가 안 나는지. 좀 이상하지 않아? 남자친구라면 그
러면 안 되는 거잖아. 너도 내게 그걸 문제 삼았고."

"그거야…… 네가 워낙 쿨하니까. 조금 전에 내가 한 말 취소
할게. 쿨한 척하는 거 역겹다는 말."

"그런 걸까?"

"그런 거야. 사람이 어떻게 다 똑같을 수 있어? 이런 사람도 있
고 저런 사람도 있지. 나는 네가 화 안 나는 거 괜찮아. 아냐, 오히
려 더 좋아. 멋져. 진짜야. 난 쪼잔한 남자들 정말 싫어."

"얘가 자꾸 이랬다저랬다……. 아무튼 이번 기회에 우리 관계
에 대하여 생각을 좀 해봐야겠어. 더 늦기 전에. 너에 대한 나의
감정이 뭔지, 이게 정말 사랑인지……. 만약에, 만약에 말야, 우
리가 서로 사랑하는 사이가 아닌데도 그저 함께한 시간이 길다
고, 익숙한 습관처럼 끊기가 힘들다고 계속 관계를 이어간다면
그건 서로에게 불행한 일이 아닐까."

"사랑? 사랑이 뭐 대단한 건 줄 알아? 이게 사랑이야. 익숙한

것도 사랑이고 습관도 사랑이야. 심장이 벌렁벌렁 뛰고 그런 것만 사랑인 줄 알아? 아아, 그래서 더 늦기 전에 심장이 벌렁벌렁 뛰는 그런 새로운 사랑을 찾아 나서겠다? 모르지. 벌써 찾았는지도. 하, 이제야 알겠네. 이거저거 다 핑계고. 너, 새 여자 생겼지? 그래서 화가 안 난 거네. 오히려 고마웠겠구나. 이제야 다 설명이 되네. 면회 자주 오지 말라고 한 거까지."

"그런 거 아니야."

"재주도 좋아. 빵에 갇혀 있으면서 어떻게 새 여자를 사귀었을까. 요즘 큰집은 남녀공학인가? 아니면 여자 교도관이라도 꼬셨나? 오, 직업 좋네. 안정된 공무원! 미용사 보조와는 비교가 안 되지."

"그만해."

"아니야? 그럼 너 남자 좋아하냐?"

"그건…… 확실히 아니야."

"뭔가 비교 대상이 있으니까 우리 관계가 사랑이 아닌 거 같다는 기분이 드는 거잖아."

"그런 거 없다니까."

"아무튼 설렘이나 두근거림, 그런 감정 별로 오래 안 가. 나이를 이만큼 먹었으면서 그것도 몰라? 설렘이 가라앉을 때마다 평생 상대를 바꾸면서 살 거야? 철없는 소리 하지 말고 이제 그만 집에 들어가자."

"……"

"내가, 자존심 강한 내가 이만큼까지 얘기했으면 그냥 못 이기는 척 받아들여도 되는 거 아냐? 무슨 고집이 그렇게 세?"

"이런 시간이 한 번쯤 필요하다면 여러 가지로 지금이 딱 좋아. 복잡하게 생각할 거 없어. 너는 그냥 내가 아직 안 나왔다고 치면 돼."

유미는 한참 동안 아무 말 없이 경수를 멍하니 바라보다가 고개를 떨구었다. 다시 고개를 든 유미가 입가에 쓴웃음을 지은 채 말했다.

"네 고집을 어떻게 꺾겠어. 하긴 오늘 일도 있는데 곧바로 같이 집으로 가자고 하는 것도 염치가 없다. 그래, 네 말대로 시간을 좀 갖자. 대신 너무 길어지면 안 돼."

"알았어."

"그리고…… 짝 바꿔달라는 말 안 하기로 한 거, 잊지 마."

"뭐?"

"벌써 잊었어? 초등학교 때 내가 며칠 학교에 안 나가니까 네가 우리 집에 찾아와서 그랬잖아. 너는 짝 바꿔달라는 말 절대 안 할 거라고. 그 말 잊지 마. 약속 꼭 지켜야 해."

"그 짝이…… 이 짝이야?"

"나는 그 말만 믿고 지금 여기까지 왔어. 다른 건 몰라도 너, 약속 하나는 잘 지키잖아. 계속…… 끝까지…… 믿을게."

"……."

"늦었네. 내일은 휴일 다음 날이라 일이 많을 텐데 그만 일어나야겠다. 너도 피곤할 텐데 좀 쉬어. 나오지 마."

"버스정류장까지만 갈게."

"아니야. 나오지 마. 갑자기 또 마음 바뀌어서 같이 가자고 매달릴지도 몰라. 그럼 그동안 밥 잘 챙겨 먹고……."

6

엘리베이터에 탄 인호는 층 번호 버튼과 닫힘 버튼을 차례로 눌렀다. 손가락 끝이 아니라 손가락 관절로. 정확히 말하자면 가운뎃손가락 첫 마디뼈와 중간 마디뼈 사이의 관절로. 얼마나 많은 사람이 저걸 눌렀을까. 수억 수조 마리의 세균이 득실거리는 저 버튼을 사람들은 대개 손가락 끝으로, 그것도 주로 검지 끝으로 누른다. 그 손가락으로 휴대폰을 누르고 열쇠와 지갑과 신용카드를 만지고 과자를 집어 먹고 코를 후비고 이를 쑤시고 음경을 잡고 소변을 본다. 손에서 검지 끝만큼 신체와 잦은 접촉을 하는 부분도 없을 것이다. 세균 덩어리를 만진 손가락을 곧바로 코와 입과 성기에 갖다대는 사람들이 맨손으로 똥을 닦는 어느 나라의 사람들을 미개하다고 할 자격이 있을까. 누가 더 미개한지 모르겠다. 적어도 후자의 경우에는 똥을 만지고 난 직후 손을 깨끗이 씻으며 밥을 먹는 손과 똥을 닦는 손을 엄격하게 분리한다고 들었다. 인호는 자신이 유난히 깔끔을 떠는 것도, 심각한 결벽증도 아니라고 생각했다. 이건 순전히 위생의 문제다. 한편으로 인호는 일회용 비닐장갑과 손 소독제까지 가방 속에 넣고 다니면서 수시로 끼고 닦고 하는 사람들과는 거리를 두었으니, 굳이 분류하자면 자신은 합리적 중도파에 속한다고 생각했다.

인호도 전에는 엘리베이터 버튼을 손가락 끝으로 누르고 버스 손잡이를 맨손으로 잡았다. 대신 손을 자주 씻었다. 그런데 주부습진으로 크게 고생을 하면서 생활습관을 바꾸기로 결심했다. 어느 날 인호는 자신과 타인의 일상 행동을 관찰하다가 손가락 관절은 조금만 조심하면 신체의 다른 부위에 닿을 일도, 세균의 전달자 역할을 하는 주변 사물을 만질 일도 거의 없다는 사실을 발견하고 '유레카!'를 외쳤다. 주부습진 투병 이후로 버스의 손잡이도 웬만하면 잡지 않았다. 세로 봉 옆에 서서 서핑하듯이 균형을 잡다가 버스가 심하게 흔들린다 싶으면 즉시 팔오금이나 겨드랑이에 세로 봉을 끼웠다. 화장실 문 손잡이도 웬만하면 잡지 않았다. 어깨로 밀었다. '당기세요'라고 써 있어도 어깨로 밀었다. 어쩔 수 없는 경우에만 손잡이를 잡았다. 이를테면 버스가 붐벼서 세로 봉 옆에 자리가 없을 때나, 밀어서는 절대 안 열리는 문 앞에서. 손잡이를 잡은 날은 빠른 시간 안에 깨끗이 손을 씻었다.

이런 노력으로 손 씻는 횟수를 획기적으로 줄였다. 지금은 보통 사람보다 조금 더 많이 씻는 수준이다. 심각한 결벽증 환자라면 의지만으로 이러한 결과를 얻을 수 있었겠는가. 그냥 위생관념이 철저할 뿐이거나, 병이 아니라 일종의 개성으로 간주해도 무방할 가벼운 결벽증 정도이리라. 혹시…… 스스로를 너무 합리화하는 건 아닐까. 아니야. 이 정도면 거의 정상에 가까워. 아무리 생각해도 병은 아니다. 병이라면 본인이나 타인에게 불편이나 손해를 끼쳐야 하는데 이러한 행동은 감염성 질병을 줄이는 데 기여하니 오히려 본인이나 타인에게 이익이 아닌가.

그래도 남들이 이상하게 볼 수가 있다. 타인의 시선을 별로 의식하지는 않지만 괜히 심각한 결벽증 환자라는 오해를 살 필요는 없다. 더구나 그 타인이 아는 사람이라면 구구절절 사정을 설명해야 하는 번거로움이 있다. 그래서 엘리베이터 버튼을 누를 때 볼펜을 사용할까 하는 생각은 일찌감치 접었다. 손가락 관절을 사용할 때도 남들이 눈치채지 못하도록 동작을 재빠르게 했다. 합리적 중도파로서 극단에 치우치지 않는 균형감각, 그리고 자신을 객관적으로 바라볼 수 있는 능력, 거기에 타인의 시선에 대한 배려까지……. 이 정도면 뭐 거의 정상이라고 해야 하지 않을까.

엘리베이터에서 내린 인호는 당구장을 지나 복도 끝까지 걸었다. 학원 출입문을 열자 정면으로 사람의 전신(全身)을 담은 커다란 그림들이 붙어 있었다. 그림마다 뼈와 근육, 경혈과 경락의 이름이 빼곡히 적혀 있었다. 인호는 처음 그 그림들을 보았을 때 생물학과나 한의학과 강의실에 들어온 듯한 느낌을 받았다. 인호는 왼쪽으로 고개를 돌려 책상 앞에 앉아 있는 강사에게 인사를 한 다음, 오른쪽에 있는 소파로 가서 앉았다. 이 방은 학원의 사무실 겸 상담실 겸 대기실 겸 휴게실로 쓰이는 공간이다. 맞은편 소파에는 먼저 온 수강생이 반쯤 누운 듯 비스듬히 앉아 고개를 뒤로 젖힌 채 코를 골고 있었다.

학원을 알게 된 것은 버스 안 광고판을 통해서였다. 백 퍼센트 취업 보장. 한 달에 쌀 서른 가마 이상의 수입 보장. 수강생 선착순 모집. 위성목욕관리학원. 의심이 많은 인호지만 광고를 보고 난 후 일을 할 때도 책을 볼 때도 그 문구가 머릿속에서 떠나지 않았다. 한 달에 쌀 서른 가마라니! 일반 회사원 월급의 두 배다. 편의점이나 주유소 일과는 비교가 안 된다. 목욕관리학원이라면 목욕관리사, 즉 때밀이를 양성하는 학원일 터. 인호는 공중목욕탕에 간 기억들을 떠올렸다. 매번은 아니지만 때밀이가 일하는 모습을 제법 보았다. 약간의 과장은 있을지 몰라도 아주 터무니없는 광고는 아닌 듯했다. 인호는 어림으로 계산해보았다. 하루에 일곱 명만 밀어도 한 달이면 2백 명. 일반 회사원의 월급이 나온다. 하루에 열네 명을 밀면 그 두 배. 스무 명을 밀면 거의 세 배…… 하루에 손님이 일곱 명만 있어도 해볼 만하다. 그래도 편의점과 주유소에서 번 돈을 다 합친 것의 갑절이 넘는다. 인호는 광고를 본 지 일주일 만에 학원에 등록을 했다. 거액의 수강료를 지불한 건 알바로서만이 아니라 직업으로도 괜찮다는 판단이 들어서였다. 웬만한 월급생이보다 낫다. 혹시 열심히 일해 돈을 모아 10년 뒤에 근사한 찜질방 하나 정도는 차릴 수 있을지 모른다. 삼십대 중반에 근사한 찜질방의 사장이라…… 오, 정말 근사한 일이다. 세상이 이대로 간다면 아마 또래들 가운데 태반은 그때까지 취업도 못 하고 백수로 지내고 있을 터. 그다음엔 온천, 호텔 등 다른 레저 분야로 사업을 확장해볼까. 아니다. 딱 찜질방까지만이다. 무리하게 욕심 부리다가 누구처럼 개털 된다. 당장은 때밀이 일에만 집중하자.

학원에 등록하기 전에 인호는 이런 고소득 직종에 왜 사람이 몰리지 않는지 곰곰 따져보았다. 우선은 남들 눈을 의식해서이리라. 이런 직업을 바라보는 세상 사람들의 눈. 학원 이름을 때밀이학원이라고 하지 않은 것도, 목욕관리사라는 말이 생긴 것도 그래서이겠지. 다음으로 외국인 노동자들이 접근하기가 쉽지 않아서일 터. 요즘 웬만한 3D 직종에는 다 외국인 노동자가 진출해 있다. 내국인이 꺼리는 일을 외국인 노동자가 감당해준다면 고마운 일이지만, 특히 고용주에게는 고마운 일이지만, 학력도 기술도 변변치 않아 3D 직종 말고는 마땅한 일을 구할 수 없는 내국인은 극심한 경쟁에 내몰려야 했다. 무동 사람들의 전통적인 고소득 직종인 건설현장 인부도 상당 부분 외국인 노동자가 대체했다. 일당이 10년 동안 제자리걸음을 하거나 뒷걸음질 쳤다. 소규모 제조업 공장은 남아시아와 동남아시아에서 온 노동자의 비율이 압도적이어서 오히려 내국인을 찾기가 힘들 정도. 그런데 때밀이는 아직 일부 중국 교포를 제외하면 외국인 노동자와 경쟁할 필요가 없다. 언어도 어느 정도는 통해야 하고 이 나라의 독특한 목욕문화에 대한 이해도 있어야 하지만 무엇보다도 중요한 게 피부색이다. 이 일의 특성상 신체 접촉을 피할 수가 없다. 더구나 맨살과 맨살의 접촉. 외국인에 대한 거부감이 많이 줄었다고는 해도 아직까지는 자신의 알몸을 피부색이 다른 외국인의 손에 무방비 상태로 맡기기를 꺼리는 사람들이 상당수 있으리라. 나중에 학원에서 강사에게 들은 말도 대충 비슷했다. 어쨌든 인호에게는 때밀이가 일종의 틈새 직업인 셈.

맞은편 소파에 앉아 졸고 있는 수강생은 항상 지각을 하고 걸핏하면 결석을 하더니 오늘은 용케 일찍 왔다. 수강료가 아깝지도 않나. 어떻게 지각을 하고 결석을 할까. 저 사람은 아마 과정을 이수하지 못하고 중도 탈락하리라. 취업을 하더라도 얼마 못버틸 게 뻔하다. 지각과 결석뿐만이 아니다. 수업시간에도 틈만 나면 존다. 밤새 대리기사 일을 하고 와서 그런다는데 남들은 다른 일 안 하고 오나. 야간근무는 아니지만 인호만 해도 이른 아침부터 편의점에서 일곱 시간 동안 일하고 곧바로 학원으로 온다. 설사 피곤하다 해도, 졸음이 온다고 해도 어떻게 대리기사로 한 달 이상은 일해야 벌 돈을 고스란히 수강료로 갖다 바치고서 졸 수가 있을까.

한번은 실습 상대가 된 그의 때를 밀게 된 적이 있는데 인호가 비누칠을 하고 물을 끼얹어 헹구는 순간에도 그는 코를 끌았다. 그가 인호를 상대로 실습을 한 적도 있었다. 때를 밀 때는 손목이 뻣뻣했고 성의도 없었다. 조금도 시원하지 않았고 아프기만 했다. 마사지를 할 때는 자꾸 엉뚱한 곳을 눌렀다. 수십 개의 코스를 외우기는커녕 기본 중의 기본인 견갑골과 용천혈의 위치조차 모르고 있었다. 학원에서는 열흘 선배, 인생에서는 10년 선배인 그가 이렇게 학습이 부진한 것은 틈만 나면 수업시간에 졸았기 때문이리라. 도대체 자세가 안 돼 있다.

인호로 말하자면 학원에서 쓰기 위하여 두툼한 노트까지 한 권

준비하는 자세를 보였다. 출입문 앞에 붙은 인체 도면에서 대학 강의실 같은 분위기를 느끼기도 했고 아무래도 학원은 학원이니 '목욕의 역사'나 '세계의 목욕문화'와 같은 약간의 이론수업은 하지 않을까 기대했다. 그러나 노트를 사용할 일은 한 번도 없었다. 이론수업은 따로 하지 않았다. 모든 수업은 목욕탕 안에서 이루어졌다. 강사가 노트에 받아 적을 만한 말을 전혀 하지 않은 건 아니지만 목욕탕 안에서 물에 젖은 손으로 필기를 할 수는 없지 않은가. 아무튼 중요한 건 노트의 사용 여부가 아니라 수업에 임하는 자세다.

하루에 다섯 시간씩 한 달 동안의 집중 교육. 이제 열흘이 지났다. 열심히 수업에 임한 결과 손가락, 특히 엄지손가락 손톱 부분은 검푸르게 멍이 들었다. 두 시간이 걸리는 전신마사지 실습을 할 때는 한 시간만 지나도 손가락이 너무 쑤시고 아파서 이제 1분도 더는 못 하겠다는 생각이 들기도 했지만 용케 끝까지 참고 견뎌냈다. 한 수강생이 강사에게 머리나 발은 몰라도 등이나 다리 같은 넓은 부위를 누를 때는 손가락 대신 도구나 팔꿈치를 써도 되지 않느냐고 물은 적이 있다. 강사는 그러면 힘은 덜 들겠지만 섬세함이 떨어지며 무엇보다 기(氣)가 전달되지 않는다고 했다. 언젠가 손가락에 굳은살이 박이길 기다릴 수밖에.

손을 바라보다가 인호는 그제야 열흘 동안 매일 몇 시간씩 물을 만졌음에도 주부습진이 안 생겼다는 데 생각이 미쳤다. 신기한 일이다. 주부습진 때문에 외출 후 손 씻는 일도 두려워했는데. 더구나 때밀이라는 직업을 선택하면서 지병인 주부습진을 전혀 고려하지 않았다는 점도 놀라운 일이다. 정신력의 승리. 절박한 생존의 문제 앞에서는 주부습진도 힘을 못 쓰는 듯.

인호가 앉은 소파와 마주한 벽면에 문이 하나 있다. 문을 열면 탈의실이고 더 들어가면 목욕탕이다. 강의실로 쓰는 그 공간은 가정용 욕실보다는 물론 훨씬 크지만 옛날 동네 공중목욕탕의 반의반도 되지 않는다. 대중을 위한 목욕시설이 아니라 수강생을 위한 교육시설인데 굳이 클 필요가 없다. 쓸데없이 커봐야 투자비용만 늘어나고 거기에 따라 수강료도 올라간다. 크기는 작지만 한증탕만 빼고 공중목욕탕이 갖추어야 할 것은 얼추 다 갖추어놓았다.

목욕탕은 하나다. 남탕과 여탕이 따로 설치되어 있지 않았다. 하나의 목욕탕에서 남녀 수강생의 수업이 모두 진행된다. 그렇다고 혼탕에서 남자와 여자가 함께 수업을 받는 건 아니다. 남탕과 여탕의 구분은 공간이 아니라 시간에 따라 이루어진다. 오전 열 시부터 오후 세 시까지는 여탕이었다가 오후 세 시부터 오후 여덟 시까지는 남탕으로 바뀐다. 이러한 운영방식에 대하여 강사는 하루에 한 번씩 음양의 기운이 뒤섞이니 탕이 건강해지고 사람도 건강해지고 아울러 비용까지 절감할 수 있다며 일석삼조라고 했다. 방금 전에 여탕이었던 곳에 처음 들어갔을 때 인호는 기분이 묘했다. 여탕은 아니지만, 방금 전에 남탕으로 바뀌었지만, 마치 여탕에 잘못 들어간 듯한 느낌.

남자 수강생은 전부 네 명. 남은 두 명이 막 도착했다. 탈의실에서 말소리가 새어 나왔다. 앞 반의 수업이 끝났나 보다. 여자 수강생은 남자보다 많아 열 명 가까이 된다. 여자들이 목욕탕이나 찜질방, 마사지 등에 남자들보다 더 많은 시간과 돈을 투자한다. 수요가 많으니 공급도 많아졌을 텐데 그걸 고려하더라도 여자 때밀이가 남자보다 수입이 많을 수밖에 없다. 이럴 땐 정말 여자가 부럽다.

수강생 중에서는 인호가 가장 어리다. 대리기사와는 열 살 차이고 다른 남자 수강생들과는 스무 살 이상 나이 차이가 난다. 일의 특성상 함께 수업을 받지 않는 데다가 수업이 끝나는 시간이 달라 함께 회식을 한 적도 없어서 여자 수강생들에 대해서는 자세히 몰랐지만 남자들과 마찬가지로 대충 사오십대의 중년으로 보였다. 아마 남녀를 통틀어 이십대는 자기 혼자일 거라고 인호는 생각했다. 그런데 그때 탈의실 문을 열고 나오는 여자 수강생들 사이에서 인호는 한 젊은 여자를 발견했다. 인호 또래의 젊은 여자였다. 소녀 티를 막 벗은 듯한 뽀얀 피부. 길게 기른 검은 생머리. 허벅지를 반쯤 드러낸 짧은 치마. 함께 나오던 여자반 강사가 젊은 여자의 어깨에 손을 얹으며 말했다.

"수지 학생, 오늘 처음인데 제법 잘하네요. 소질이 보여. 손목이 아주 유연하고 손가락 힘도 좋고 게다가 성실하기까지 하고. 요즘 젊은 사람들 이런 일 안 하려고 하는데 정말 대견스럽네. 스물다섯이면 우리 딸과 동갑인데, 어휴, 우리 딸은 아직도 애기야. 밥도 못 하고 속옷 하나까지 내가 다 빨아줘야 한다니까."

고맙게도 강사는 여자에 대한 여러 정보를 인호에게 알려주었다. 오늘 처음 수업을 받았다는 것. 이름이 수지라는 것. 나이가 스물다섯으로 강사의 딸과 함께 인호와도 동갑이라는 것. 아울러 강사는 고맙게도 인호의 시선이 여자의 얼굴에 조금 더 머물러 있어도 무방한 상황을 자연스럽게 만들어주었다. 대화가 들려오는 쪽으로 시선이 가는 건 자연스러운 일이니까. 강사가 여자의 어깨에 얹은 손을 내리며 말했다.

"아무튼 생각 잘 했어요. 앞으로 열심히 하면 이 분야에서 틀림없이 성공할 거야. 그럼, 내일 또 봐요."

여자가 고개를 돌리고 출입문을 향해 걷기 시작했다. 고개를 돌리기 직전 여자의 눈길이 인호에게 잠시 머물렀다. 약간 놀란 듯한 표정. 아마 여자도 이런 데서 또래를 만난 게 의외였으리라. 인호는 여자의 뒷모습을 곁눈으로 바라보다가 여자가 문 밖으로 나가고 나서야 자리에서 일어났다.

수업을 받기 위해 인호는 탈의실에서 옷을 벗고 목욕탕에 들어갔다. 공기가 평소와 달랐다. 인호는 수업에 집중할 수가 없었다. 숨이 막힐 듯한 자욱한 증기 속에 비누 냄새와 샴푸 냄새, 그리고 수지라는 아이의 살냄새가 섞여 있었다. 덥고 어지럽고 심장이 두근거리고 얼굴이 화끈거렸다. 냉탕에 두 번이나 들어갔다 나와도 증세는 나아지지 않았다. 마침내 인호가 실습 상대가 되어 때밀이 베드에 올라가야 할 시간이 다가왔다. 수지가 맨살의 배를 깔고 누웠던 자리에 누울 생각을 하자 증세는 더욱 악화되었다. 인호는 결국 몸이 안 좋다는 이유로 수업을 중단하고 강의실을 빠져나왔다.

경수는 식곤증으로 꾸벅꾸벅 졸다가 눈을 떴다. 건설폐기물을 가득 싣고 온 대형 덤프트럭이 폭주족처럼 무리를 지어 달려갔다. 뜨겁게 달아오른 메마른 4차선 도로가 매연과 흙먼지, 모래와 시멘트 가루로 뒤덮이면서 한동안 시야가 흐려졌다. 경수는 그때 도로 건너편 공터에서 움직이고 있는 희미한 물체를 보았다. 네발짐승 하나와 사람 둘. 뿌연 먼지바람을 가르고 연갈색 낙타 한 마리가 긴 다리를 흐느적거리며 느린 걸음으로 지나갔고 노인과 아이가 그 뒤를 따랐다. 경수가 눈을 비비고 자세히 보려 하는데 다시 대형 트럭이 무리를 지어 달리며 앞을 가렸다. 트럭의 긴 대열이 지나가고 흙먼지가 제법 가라앉았을 때 건너편 공터에는 낙타도, 노인과 아이도 보이지 않았다. 경수는 오씨에게 물었다. 혹시 지금 건너편으로 낙타 한 마리가 지나가지 않았어요? 오씨가 콧방귀를 뀌었다. 웬 낙타? 꿈꾼 거야, 더위 먹은 거야? 경수는 생각했다. 그럼 그렇지. 잠결에 잘못 본 거겠지.

오후가 되자 주유소의 시멘트 바닥이 거대한 다리미가 되었다. 열기를 식히기 위해 오씨가 물뿌리개로 수시로 물을 뿌렸다. 시멘트 바닥에 물이 닿자 피지직 소리가 나며 증기가 피어올랐다. 사무실에는 에어컨이 있지만 밥 먹을 때 말고는 사무실 안에 머물 수 있는 시간은 거의 없었다. 대부분의 시간은 주유기 옆에 놓인 의자에 앉아서 대기하고 있어야 했다. 더위를 많이 타는 오씨가 더위에 맞서 할 수 있는 일은 바닥에 물 뿌리기밖에 없었다.

오씨는 경수가 인호의 부탁으로 일하게 된 주유소의 선배 주
유원이다. 주유소 일, 배울 게 뭐가 있겠나 싶었는데 오씨를 따라
다니며 일을 배우는 데 꼬박 이틀이 걸렸고 적응을 하는 데는 며
칠이 더 걸렸다. 사실 주유기 작동법을 비롯하여 주유하는 일 자
체는 쉽고 단순했다. 문제는 수많은 매뉴얼을 숙지하고 그에 따
라 말하고 행동하는 것이었다.

손님에게 말을 할 때에는 친절하고 공손한 태도를 갖추면서
동시에 크고 또박또박한 소리를 내야 한다. 어서 오세요. 얼마나
넣어드릴까요? 주유구 열어주세요. 사은품으로 생수와 티슈가
있는데 어느 걸로 하시겠습니까? 결제는 뭘로 하시겠어요? 현금
영수증 필요하십니까? 혹시 쓰레기 버리실 거 있습니까? 주유
끝났습니다. 고맙습니다. 안녕히 가세요. 오씨는 이런 말들이 입
에 착 달라붙어서 순서에 맞추어 자동으로 나와야 한다고 했다.

기름을 얼마나 넣을지는 정확한 발음으로 손님에게 꼭 다시
한 번 확인을 해야 한다. 덜 넣었을 때는 더 넣으면 되니까 별문
제가 없지만 더 넣었는데 손님이 기름 빼라, 돈 더 못 내겠다고
나오면 어쩔 수 없이 수유원이 그 돈을 물어내야 한다. '혹시 쓰
레기 버리실 거 있습니까?'는 '휴지통 비워드릴까요?'로 바꿔 말
해도 되지만 '재떨이 비워드릴까요?'라고 하면 절대 안 된다. 자
기가 담배 피우는 사람처럼 보이느냐고 시비를 거는 손님이 간
혹 있다. 운전대만 잡으면 거칠어지는 사람이 있는데 그건 주유
소에 와서도 마찬가지다. 손님들은 대체로 오래 기다리는 걸 아
주 싫어한다. 주유구를 닫는 순간 곧바로 차가 출발할 수 있도록

웬만하면 기름이 들어가고 있는 동안 계산까지 모든 일을 처리하는 게 좋다. 금전등록기와 카드리더, 사은품은 전부 사무실 안에 있으니 차와 사무실 사이에서 끊임없이 왕복달리기를 하는 수밖에 없다.

원래 한 조가 세 명인데 사람을 구하지 못해서 둘이 한 조가 되어 일을 했다. 평소에는 두 명으로도 그럭저럭 굴러가지만 손님이 한꺼번에 몰려들 때면 혼쭐이 빠지곤 했다. 언젠가 오씨가 화장실에 똥을 누러 가고 사장마저 외출을 했을 때는 어쩔 수 없이 경수 혼자서 여덟 대의 차에 동시에 주유를 하는 묘기를 부려야만 했다. 사장은 정작 손이 필요할 땐 보이지 않다가 한가한 시간에 나타나 신문기사에 대한 감상이나 논평을 늘어놓곤 했다. 그럴 때 사장의 말 상대 역할을 해주는 일도 오씨의 주요 업무 가운데 하나였다.

"한 편의점 사장이 자살을 했다네."

"왜요?"

"알바생 인건비도 안 나와서."

"그렇다고 자살을 해요? 그냥 문을 닫으면 되지."

"그게 그렇게 간단한 문제가 아니야. 계약조건 때문에. 장사가 안 돼도 24시간 영업을 해야 하고 계약기간이 끝나기 전에는 폐업도 못 하고."

"정말 딱하네, 딱해."

오씨가 적당히 맞장구를 쳐주자 사장의 목소리 톤이 점점 높아졌다.

"최저임금제? 좋아. 상생? 좋아. 노동자의 권익? 물론 중요하지. 사실 나는 최저임금을 지금의 두 배 이상으로 올려야 한다고 생각하는 사람이야. 하지만 직종 구분 없이 모든 걸 일률적으로 정해서는 안 되지. 편의점 알바 같은 건 최저임금제에서 제외해야 하는 거 아냐? 공장 일과 편의점 일, 그게 어디 같아? 노동의 강도로 봐서나 실제 일하는 시간으로 봐서나. 공장에서는 화장실 갈 시간도 없이 쉬지 않고 빡세게 일하는데, 편의점에서야 음악도 듣고 영어 단어도 외우고 하다가 가끔 손님이 오면 계산이나 하면서 쉬엄쉬엄 일하지 않냐고. 말이 나와서 하는 말인데 주유소 일도 이거 편의점 일보다야 힘들겠지만 크게 다르진 않지. 내가 안에서 쭉 관찰해보니까 한 시간이면 대략 20분만 일하고 나머지 40분은 그냥 쉬면서 대기하고 있더라고."

경수는 속으로 사장의 말에 반박했다. 한꺼번에 몰려드는 손님들 상대하는 일도 쉽지 않지만 멀뚱하니 대기하는 시간도 마냥 편하지는 않아요. 오히려 대기하는 시간이 없었으면 좋겠어요. 그런데 손님들이 적절한 간격으로 분산되어 오지 않는 걸 어떡하나요? 예약제로 운영해야 할까요? 그것도 분 단위로? 사장은 잠시 말을 끊고 곁눈질로 경수와 오씨의 표정을 살피다가 계속 말을 이어갔다.

"내 말은, 주유소 일이 쉽다는 게 아니라, 어떻게 성격이 아주 다른 일들을 똑같이 취급하느냐, 이거지. 최저임금제 때문에 혜택을 본 사람보다 피해를 본 사람이 더 많아. 사실 최저임금제 때문에 생산직 노동자의 임금은 오히려 낮아졌어. 그쪽 고용주들은 이제 최저임금만 줘도 되는구나 생각하게 된 거야. 또 가뜩이나 힘든 영세 자영업자들은 알바 인건비로 더 힘들어지고. 자살하는 사람이 생길 정도로 말야. 아니, 편의점 사장이, 주유소 사장이 무슨 재벌이야? 영세 자영업자지.”

사장은 그럼에도 불구하고 자신은 법을 지켜 최저임금을 주고 있다는 점을 강조하고 여태까지 직원들 임금 주는 거 한 번도 밀린 적 없다는 점에 대하여 생색을 냈다.

“이런 주유소 별로 없어. 이 의자만 해도 그래. 내가 직원들 생활습관을 관찰하다 보니까 의외로 의자에 앉아 있는 시간이 길더라고. 그런 직원들 건강을 생각해서 특별히 인체공학에 기반하여 설계된 최고급 의자를 들여놓았지. 보통 싸구려 의자보다 열 배 이상 비싼 가격이지만 직원들 복지문제에는 돈을 아끼지 말자 생각하고 통 큰 결단을 내린 거야. 그래 봤자…… 아무도 알아주지 않아. 싸구려 의자와 인체공학 의자의 차이를 아무도 몰라.”

사장은 이렇게 티도 안 나는 일에 신경을 쓰는 자신이 참 불쌍하다는 말을 마지막으로 던지고 쓸쓸한 얼굴로 사무실을 향해 터벅터벅 걸어갔다.

원래 주유소 일은 청소년과 젊은 사람들이 주로 했고 나이 든 사람은 찾아보기 힘들었다. 이제 중년이 가장 많고 그다음이 이십대. 청소년은 찾아보기 힘들다. 경제위기 이후 실직한 중년들이 이런저런 일을 모색하다가 알바라도 해야겠다며 주유소로 몰려든 듯한데 그렇다면 청소년은 다 어디로 갔을까. 아마 청소년에게 더 좋은 일자리가 생겼을 리는 없을 테고 중년에게 밀려났다고 봐야 할 듯. 사람을 쓰는 입장에서야 나이 든 사람이 더 낫다. 젊은 사람들은 석 달을 못 넘긴다. 한 달 만에 그만두는 경우도 부지기수.

6개월을 버틴 인호도 대단한데 오씨의 근속기간은 무려 6년이다. 오씨는 주유소가 문을 여는 새벽 여섯 시부터 문을 닫는 밤 열두 시까지 하루에 자그만치 열여덟 시간 동안이나 일을 한다. 주유원 시급 수준을 고려했을 때 그 정도 시간은 일을 해야 겨우 가장 노릇을 할 수 있을 터.

계산을 해보니 오씨는 하루에 다섯 시간도 채 못 자는 듯했다. 경수는 오씨의 볼록 나온 배를 보며 수면부족이 복부비만에 미치는 영향에 관한 언론보도를 떠올렸다. 오씨가 말했다. 나는 노가다 같은 일은 절대 못 해. 힘들고. 위험하고. 오래 하면 몸 버리고. 이 일이라면 앞으로 20년은 거뜬히 더 할 수 있을 거야. 열여덟 시간 동안 일하면 벌이도 그렇게 나쁘지 않아. 오씨는 욕심을 줄이면 주유소 일이 딱 좋다고, 가능하면 평생 주유소에서 일하겠다고 했다.

경수가 할리우드 영화를 보면 미국에는 주유원이 없고 고객이 직접 차에 기름을 넣는 것 같은데 우리나라도 곧 그렇게 되는 거 아니냐고 하자 오씨가 콧방귀를 뀌었다. 거 뭐 셀프 주유손가 뭔가 그거 말하는 거야? 우리나라에도 몇 개 생겼지. 그런데 더 안 늘어나잖아. 왜 안 늘어나냐? 장사가 안 되니까. 내가 보기에 우리나라에서는 그거 절대 안 돼. 그까짓 돈 몇 푼 아끼려고 거기를 가? 여기야 깍듯이 고개 숙여 인사하지, 물 주지, 휴지 주지, 쓰레기 버려주지, 재떨이 비워주지……. 아닌 말로, 트럭기사들이 여기 말고 어디 가서 갑이 되어보겠어? 안 그래? 오씨의 말에 경수는 고개를 끄덕였지만 오씨의 평생직업이 될 만큼 주유원이라는 직업의 수명이 오래 남아 있으리라는 생각은 들지 않았다.

한 시간 가까이 차가 들어오지 않았다. 오씨가 예의 인체공학에 기반하여 설계된 회전의자에 앉아 연신 허리를 좌우로 돌리는 동작을 반복했다. 오씨는 이 의자를 놓게 된 데에는 자신의 공이 크다고 했다.

전에는 주유원들이 그냥 서서 대기했다. 오씨는 무릎도 아프고 허리도 아프고 무지무지 피곤했다. 오씨는 사장에게 근무환경이 너무 열악하다고, 사무실에서 대기하지도 못하게 하면서 의자조차 안 주는 건 너무 가혹하다고, 그러니 직원들이 금방 그만두는 게 아니냐고 말했다. 사장은 의자에서 일어나는 시간에 손님이 차를 돌려 다른 주유소로 간다는 이유를 들어 오씨의 제안을 받아들이지 않았다. 오씨는 1년 동안 '우리에게 의자를 달라!'라고 쓴 머리띠를 두르고 근무했다. 마침내 굴복한 사장이 등받이도 없는 플라스틱 간이의자를 내놓았다. 무릎에 무리는 덜 갔지만 허리는 여전히 아팠다. 엉덩이만 걸칠 수 있는 의자에 앉아 졸다가 바닥에 떨어진 적도 있었다. 졸지 말고 긴장하고 있으라고 등받이 없는 의자를 내놓았을 텐데 아무튼 오씨는 다시 사장에게 더 좋은 의자를 달라고 요구했다. 사장은 하나를 주면 둘을 달라고 한다고, 도무지 만족을 모른다며 오씨의 요구를 거부했다. 오씨는 다시 1년 동안 '우리에게 더 좋은 의자를!'이라고 쓴 머리띠를 둘렀다. 마지막 한 달은 시한을 정하고 요구조건이 받아들여지지 않으면 그만두겠다고 선언했다. 그럴 필요까지는 없는데, 그냥 등받이만 있는 의자면 되는데, 오기가 난 사장은 가구점에 제일 비싸고 좋은 의자를 주문했다. 이래도 더 좋은 의자 타령을 할 거야? 그리하여 주유기 옆 어울리지 않는 자리에 인체공학에 기반하여 설계된 최고급 회전의자 세 개가 놓이게 되었다.

사장이 오씨를 자르지 않고 심지어 요구조건까지 받아들인 데에는 오씨가 없으면 당장 주유소가 잘 안 돌아간다는 점 못지않게 오씨가 저 혼자만 머리띠를 둘렀을 뿐 다른 직원들을 선동하지 않았다는 점이 크게 작용했다고 한다. 오씨가 말했다. 사람은 선을 넘지 말아야 해. 경수는 사장 앞에서 쩔쩔매는 오씨의 모습을 보면 그의 말을 백 퍼센트 곧이곧대로 믿기는 힘들다고 생각했다. 경수의 속을 읽었을까. 오씨가 말을 덧붙였다.

"내가 사장과 동년배로 때론 친구처럼 지내기도 하지만 공과 사는 확실히 구분할 줄 안다고. 다른 직원들이 보는 앞에서는 고분고분하게 굴면서 사장 대접을 해주지. 다시 말하지만 사람은 선을 넘지 말아야 해."

오씨는 말을 하면서도 쉬지 않고 허리를 좌우로 돌리는 동작을 반복했다. 경수의 시선이 오씨의 허리로 향하자 오씨가 물었다.

"눈에 거슬려?"

"아, 아뇨."

"가만있으며 뭐해. 운동 삼아 허리라도 돌려야지. 이걸 하다 보니까 뱃살도 좀 빠진 거 같아. 그리고 무엇보다도…… 다리 떠는 버릇이 없어졌어."

의자를 달라고 했는데 막상 의자에 앉아 멀뚱하니 대기하고 있다 보니 오씨는 다리 떠는 버릇이 생겼다고 했다.

"이게 의식을 하면 할수록, 안 떨려고 하면 할수록 더 떨게 되더라고. 허벅지를 때려도 이놈이 말을 안 들어. 간이의자가 회전의자로 바뀌고 나서 의자가 얼마나 잘 돌아가나 허리를 돌려보았지. 돌리라고, 회전시키라고 나온 게 회전의자니까. 그런데 허리를 돌리다 보니 어느새 다리 떠는 버릇이 없어진 거야. 고치고 싶은 버릇이 있으면 억지로 고치려 하기보다 아예 다른 쪽으로 관심을 돌리는 게, 대체물을 찾는 게 나아. 아무튼 잘된 거지. 다리를 떨면 복 달아난다느니 정서불안이라느니 하는 소리를 들을 수 있지만 회전의자에 앉아 가볍게 몸을 흔든다고 해서 누가 뭐라고 하지는 않으니까."

경수는 그제야 자신에게 다리 떨림 증상이 사라졌음을 깨달았다. 오씨처럼 허리를 돌리지 않아도 경수의 다리는 한결같이 단정한 자세를 유지하고 있었다. 언제부터 증상이 사라진 걸까. 출소하던 날도 버스에서 다리를 떨었던 것 같은데…….

*

엄마가 세상을 떠난 후 경수에게는 다리 떨림 증상이 나타났다. 가끔 속에 있는 무언가가 폭발하기도 했다. 그럴 때는 힘 조절도 안 되었다. 아이들이 시비를 걸어도 참고 또 참다가 1년에 한두 번 대응을 한 게 꼭 대형 사고로 이어졌다. 소년원에 두 번을 갔다 왔고 결국 고교 2학년 때 학교를 그만두었다. 자퇴 형식의 퇴학이었다. 돈도 벌어야 하고 차라리 잘됐다고 생각했다. 어차피 하고 싶은 것도 없었고 되고 싶은 것도 없었다. 경수는 학교 대신 공사장으로 나갔다.

힘 쓸 일이 많아지니 마음은 편해졌다. 그동안 힘이 남아돌았나 봐. 속에서 끓던 무언가가 조금 가라앉은 듯했고 다리 떨림 증상도 완화되었다. 작업마다 들어가는 힘이 다 다른 일을 매일 하다 보니 힘 조절 연습도 되는 것 같았다. 경수는 각종 도로 공사와 위성천 복개 공사, 아파트 공사 현장에서 잡부로 일했다. 그렇게 무사고로 4년이 지나갔고 경수는 스물두 살이 되었다.

경수는 여느 때와 마찬가지로 공사장에 일을 하러 갔다. 한 달 넘게 나가던 아파트 공사 현장의 작업반장이 바뀌어 있었다. 어디선가 본 듯한 얼굴이었는데 전에 잠시 같이 일을 한 사람이려니 했다. 새 작업반장은 자신을 안반장이라고 소개했다. 안반장은 첫날이니 다른 얘기는 안 하고 딱 한 가지만 당부하겠다면서 무엇보다도 안전이 가장 중요하다고 했다. 안전모 착용하는 거 잊지 마세요. 덥다고 중간에 벗는 사람이 있습니다. 그러면 절대 안 됩니다. 술 마시고 작업하는 건 음주운전보다 더 위험합니다. 술기운을 빌려야 힘을 쓸 수 있다는 사람은 고층건물 공사에는 맞지 않으니 시골에 가서 농사나 지으세요. 거기도 일손이 많이 부족합니다. 가서 막걸리 마시면서 모내기도 하고 김매기도 하세요. 그리고…… 제가 여러분의 안전을 위하여 한 달 동안 잠도 제대로 못 자고 열심히 연구한 게 있습니다. 안반장이 카세트의 재생 버튼을 눌렀다. 국민체조의 배경음악이 흘러나왔다. 다 같이 안전체조 시이작! 안반장이 힘차게 구령을 외치며 국민체조를 조금 변형한 안전체조의 시범을 보였다. 인부들이 투덜거리며 마지못해 체조 동작을 따라하는 시늉을 했다.

체조를 마치고 나서 안반장이 인부들에게 작업을 지시했다. 전날까지 함께 일한 동료들은 전부 전날처럼 바구니 모양의 임시 승강기를 타고서 골조 공사를 마친 건물의 내부 공사를 하러 갔다. 경수 혼자만 따로 떨어져 일하게 되었다. 안반장은 경수에게 현장사무소 앞 공터에 쌓인 철근을 나르라고 지시했다. 공터 왼쪽 끝에 있는 철근을 백여 미터쯤 떨어진 오른쪽 끝으로 옮기는 일인데 경수는 그 일이 도무지 왜 필요한지 알 수 없었지만 묵묵히 지시에 따랐다. 잡부에게 큰 그림 같은 건 필요 없다. 이유를 물어서도 안 된다. 그저 무슨 일이든 시키면 해야 한다. 그게 잡부다.

점심시간에 인부들이 안반장에 대한 이야기를 한마디씩 했다. 아무래도 이 바닥 사람 같지는 않아. 뭔가가 어색해. 몰랐어? 전에는 제법 큰 식당을 했대. 그런데 무리하게 사업을 확장하다가 때마침 경제위기가 왔고 쫄딱 망한 거지. 현장경험은? 거의 없다고 봐야지. 그런데 어떻게 반장을 해? 작업반장을 하려면 최소한 10년 정도는 경력이 있어야 하는 거 아냐? 현장소장 빽이라는 소문이 있어. 하긴 그 나이에 잡부 일부터 시작하기는 무리지. 아무리 그래도 그렇지, 일도 해보지 않은 사람이 어떻게 일을 지시해? 공고를 나와서 도면은 볼 줄 안다고 하더라고. 도면만 볼 줄 알면 뭘 해? 현장을 모르는데. 사실 현장경험이 아주 없는 건 아니래. 이십대 때 잠깐 현장생활을 했다나 봐. 까마득한 시절 얘기네. 그동안 강산이 서너 번은 바뀌었겠다. 어디선가 본 듯했고 전에 식당을 했다는 말까지 들었음에도 경수는 그때까지 안반장이 어릴 때 보았던 감자탕집 사장이라는 데에는 생각이 미치지 못했다.

점심을 먹고 나서 경수는 현장사무소 앞 공터에서 일을 재개했다. 철근을 다 옮기고 나자 안반장이 이번에는 공터 오른쪽 끝에 산처럼 쌓여 있는 모래를 공터 왼쪽 끝으로 옮기라고 했다. 공터 왼쪽의 철근을 옮기라고 했을 때 거기를 비워두어야 할 무슨 이유가 있으리라고 생각했으나 그것도 아닌 모양이었다. 이번에도 이유를 알 필요는 없다. 철근을 다시 원위치로 옮기라고 해도 시키는 대로만 하면 된다. 공사현장에 가 있던 오전과 달리 오후에 안반장은 경수의 시야에서 거의 벗어나지 않았다. 안반장은 현장사무소와 그 옆에 있는 공구 창고 겸 탈의실, 두 개의 컨테이너 사이를 오가면서 무언가 쓰고 지우고 정리하다가 이따금 컨테이너 앞에서 현장소장과 자판기 커피를 마시거나 담배를 피우면서 이야기를 나누었다.

경수는 잠시 바닥에 앉아 숨을 고르며 땀을 닦았다. 그걸 본 안반장이 소리를 질렀다. 언제까지 쉴 거야? 그렇게 쉬고 싶으면 집에서 쉬지 뭐하러 나왔어? 쉬는 걸 허락하지 않는다면 조금 천천히 하는 수밖에 없다. 경수는 삽질 하는 속도와 리어카 끌고 가는 속도를 약간 줄였다. 안반장이 어느새 그걸 또 보았다. 이 새끼가 느려 터져가지고……. 좀 빨리빨리 하지 못하겠어?

혼자 떨어져 일하면 여러모로 안 좋다. 우선 밥 먹으러 가자고 하는 사람이 없어서 점심시간을 놓칠 수가 있다. 실제로 경수는 혼자서 일하다가 점심을 굶은 적이 몇 번 있었다. 다음으로 언제 쉬어야 할지 모르게 된다. 노동의 강도와 속도를 조절하기도 어렵다. 여럿이 일할 때는 다른 사람 하는 거 보며 눈치껏 하면 되는데 혼자 일할 때는 그럴 수가 없다. 가장 안 좋은 건 이런 경우다. 전력을 다해 일하고 있는데도 비교 상대가 없으니 지켜보는 쪽에서는 열심히 하는지 게으름을 피우는지 천천히 하는지 빨리 하는지 분간하기가 쉽지 않다. 이럴 때는 그냥 믿고 맡겨야 하는데 안반장은 그러지 않았다. 경수는 근육의 피로가 한계에 이르렀다. 그럼에도 안반장은 쉬면 안 된다고 한다. 속도를 늦춰서도 안 된다고 한다. 그렇다면 힘의 강도를 줄이는 수밖에 없다. 경수는 한 번 삽으로 뜨는 모래의 양과 리어카로 나르는 모래의 양을 3분의 2쯤으로 줄였다. 얼마 지나지 않아 안반장의 거친 목소리가 귀청을 때렸다. 이새끼가……. 너 지금 장난하는 거야? 장난해? 모래로 소꿉장난하는 거야? 너 지금 대충 시간 때우고 일당이나 챙기려는 거지? 젊은 놈이 그런 자세로 살아서 앞으로 뭐가 되겠어? 일당은 뭐 하늘에서 떨어지는 줄 알아? 밥을 먹었으면 밥값을 하라고, 밥값을! 이 밥버러지 같은 놈아!

경수는 더 이상 참고 일을 할 수가 없었다. 쉬지 않고, 빨리, 많이. 안반장이 요구하는 이 세 가지를 동시에 다 만족시켜주기는 불가능하다. 한시라도 빨리 이 자리를 떠나야 한다. 속에서 무언가가 폭발하기 전에. 더 있다가는 무슨 일이 생길지 모른다. 입고 있는 작업복은 집에서 가져왔다. 안전모가 공사장에서 받은 유일한 것. 안전모만 벗어놓고 그대로 나가자. 탈의실에 가서 원래 위치에 두고 평상복이 든 배낭까지 챙겨 가려면 시간이 지체된다. 그동안 무슨 일이 생길 수도 있다. 한시라도 빨리 여기를 벗어나야 한다. 경수는 안전모를 벗어서 그냥 공터 바닥에 내려놓으려고 했다. 그러나 경수의 손은 그걸 힘껏 바닥에 내동댕이치고 있었다. 더불어 경수의 입이 경수의 손과 보조를 맞추고 있었다. 에이씨, 더러워서 못 해먹겠네. 그걸 본 안반장이 달려왔다. 이런 쌍놈의 자식을 봤나. 너 지금 이게 무슨 짓이야? 당장 화이바 들어. 화이바 안 들어? 경수가 안전모를 들지 않자 안반장이 경수의 멱살을 움켜잡았다. 경수는 안반장의 손을 뿌리쳤다.

안반장은 안전을 그렇게 강조했는데 정작 본인은 당시 작업 중이 아니라는 이유로 안전모를 안 쓰고 있었다. 안반장은 머리를 크게 다쳤고 한 달 동안 의식을 찾지 못했다. 의식을 찾고 나서도 뇌 손상 때문에 운동능력 대부분을 상실한 안반장은 오랜 시간을 자리에 누워 있어야 했다. 그후로 안반장은 오랫동안 병원에서 치료를 받았지만 타인의 도움을 받아 휠체어를 타고 간신히 움직이는 수준 이상으로 회복되지는 못했다.

안반장이 아직 의식을 찾기 전에 경찰서로 안반장의 아내가 찾아와 경수에게 고함을 지르고 욕설을 퍼부었다. 아니, 아무런 이유도 없이 사람을 두드려 패서 저 지경으로 만들어놔? 이런 인간 말종 새끼는 평생 감옥에서 썩어야 해. 아니, 이런 새끼한테는 콩밥도 아까워. 당장 사형을 시켜야 해, 당장 사형을! 이 나쁜 새끼야, 내 남편 살려내라, 내 남편! 울다 지친 안반장의 아내가 주저앉았다. 안반장의 아내를 보고 나서야 비로소 경수는 안반장이 예전에 본 감자탕집 사장이라는 걸 알아차렸다.

멱살을 부여잡고 흔드는 손을 그저 뿌리친 것뿐인데 경수는 교도소에서 3년을 갇혀 지내야 했다. 경수는 거기서 시간이 날 때마다 안반장이 자신에게 왜 그렇게 심하게 굴었는지 곰곰 생각해보았다. 불쾌지수가 높은 날씨 때문이었을 수도 있다. 현장 경험 부족으로 오전에 인부들에게 무시를 당해서 엉뚱한 곳에 화풀이했을 수도 있다. 아무리 그래도 안반장의 태도는 너무 심했다. 안반장이 거친 말과 욕설을 할 때의 목소리를 떠올려보았다. 뭔가 어색했다. 초등학생이 국어책을 읽는 듯한 억양. 안반장의 성격과 당시의 특이한 정황들을 모두 고려하여 경수는 마침내 결론을 내렸다. 안반장은 평소에 써보지 못한 욕과 거친 말투를 연습한 것이다. 거친 인부들에게 밀리지 않기 위해 인부 다루는 연습을 한 것이다. 여럿을 한꺼번에 상대하면 버거우니까 한 놈만 따로 떨어뜨려놓고서. 그중에서 가장 어린 놈, 가장 만만한 놈을 골라놓고서…….

교도소에서도 경수는 몇 번의 크고 작은 사고를 쳤다. 그리고 내내 다리를 심하게 떨었다. 출소하던 날 아침에도……. 그런데 언제부터 다리를 안 떨게 된 걸까?

토마토 문의 시대

1

인호 아버지가 투자한 돈은 열 배가 되기는커녕 반 토막이 났다. 인호 아버지는 조급해하지 않고 인내심을 가지고 기다렸다. 그러나 날이 갈수록 무동의 땅값은 떨어졌다. 설상가상으로 개천 건너에 대형 할인마트가 생기면서 가게 매출도 날이 갈수록 줄어들었다. 구멍가게에서 비는 돈으로는 생활비조차 감당하기 힘들었다. 마침내 통장 잔고가 바닥이 보였다. 슈퍼 차릴 때 받은 대출금에 대해서는 이자만 내고 있었는데 그나마 몇 달을 연체했다. 더 이상 버틸 수 없는 상황에 처한 인호 아버지는 결국 반 토막에서 또다시 반 토막이 난 헐값에 땅을 팔았다. 빚을 갚고 나니 가게 딸린 집 하나만 남았다.

집에만 있던 인호 엄마는 밖으로 나가 일을 하기 시작했다. 집 안일 말고는 다른 경력이 없는 기혼여성이 선택할 수 있는 일은 제한되어 있어서 처음에는 어쩔 수 없이 식당 일을 했다. 오랫동안 집에 갇혀 있던 인호 엄마는 기왕이면 이곳저곳을 많이 돌아다니는 일을 하고 싶었다. 인호 엄마는 근무시간을 조정할 수 있는 식당으로 자리를 옮겼다. 그리고 틈틈이 시간을 내어 운전을 배웠다. 1종보통 운전면허를 따고 1년이 지나 1종대형 면허까지 땄다. 인호 엄마는 2년 동안 마을버스 기사로 경력을 쌓은 다음 전국 곳곳을 운행하는 관광버스 회사에 들어갔다. 일주일에 이틀은 외박을 해야 하는 격무에 시달렸지만 인호 엄마는 스스로 선택한 일에 아주 만족했다.

인호 아버지는 극도의 위험에 노출되어 있는 아내가 몹시 걱정이 되었다. 그러나 인호 아버지에게는 이제 아내를 통제할 수 있는 무기가 하나도 없었다. 처가에 넉넉하게 돈을 보내지 못한 게 벌써 꽤 오래되었다. 그나마 어려운 형편에도 무리를 해서 장인의 병원비만큼은 책임졌는데 3년 전에 장인이 세상을 떠났다. 홀로 남게 될 아내의 노후생활에 대한 뾰죽한 대책도 내놓지 못하고 있었다. 아내는 이제 인호 아버지의 말을 고분고분하게 듣지 않았다. 인호 아버지는 아내의 안전 문제에 대하여 속으로만 걱정을 하는 수밖에 없었다. 자칫 말 한마디 잘못 했다가는 아내가 영영 집에 안 들어올지도 몰랐다.

인호 아버지는 가게 앞에서 한숨을 쉬며 담배를 피웠다. 평생 피땀 흘려 모은 재산 다 날리고, 아내를 위험 속에 방치하고. 모든 게 현실로 느껴지지 않았다. 이 모든 게 꿈이었으면……. 그때 꿈처럼 아코디언 소리가 들려왔다. 골목 저편 느티나무 앞으로 민구가 아코디언을 켜며 지나갔다. 곧이어 민구 할아버지가 낙타를 몰고 갔다. 인호 아버지는 소름이 끼쳤다. 노인과 아이만 보았다면 그저 닮은 사람으로 여기고 넘어갈 수도 있겠지만 낙타까지……. 낙타가 어디 개나 고양이처럼 길에서 흔히 볼 수 있는 동물인가. 인호 아버지는 노인과 아이를 민구 할아버지와 민구로 간주할 수밖에 없었다. 죽은 사람들이 다시 살아나 마을을 돌아다니다니. 이걸 어떻게 설명해야 할까. 내가 헛것을 보고 있는 걸까. 벌써 치매에 걸리기라도 했나. 아내에게 짐이 되지 않으려고 치매 예방을 위해서 암산을 그렇게 열심히 했는데……. 혹시 귀신? 귀신이 왜 하필 내 앞에? 인호 아버지는 가까스로 울음을 참았다. 세상이 왜 내게만 이렇게 모질게 구는가. 도대체 내가 무슨 큰 잘못을 했다고. 아, 이 모든 게 다 꿈이었으면, 꿈이었으면…….

2

성재는 위성역 부근의 한 여관에 며칠째 묵고 있었다. 회사의 구조조정으로 정리해고를 당한 성재는 몇 달 동안 나름 열심히 뛰어다녔지만 재취업을 하지 못했다. 이러다가 평생 실직자로 살게 되는 건 아닐까 초조하고 불안해지기 시작했다. 아내에 대한 묘한 열등감에 빠져들기도 했다. 교육공무원이라는 안정된 직업을 가진 아내와는 가족이지만 신분이 영 다르다는 느낌이 들었다. 마님 앞에 선 머슴 같은 기분. 아내에게 위축되자 잠자리도 잘 안 되었다. 잠자리가 잘 안 되자 아내에게 더욱더 위축되었고 그러자 잠자리가 더 안 되는 악순환이 이어졌다. 이거야 원, 낮일도 못하고 밤일도 못하고……. 남자로서 영 쓸모없는 인간 아닌가.

아내가 말했다. 느긋하게 생각해. 내가 일하고 있으니까. 어느새 성재에게는 꼬아 말하는 버릇이 생겼다. 정말 미안해. 나도 느긋하게 생각해보려고 노력하는데 그게 잘 안 되네. 아마 내가 평생 정리해고 같은 건 당할 일 없고 65세까지 정년도 보장되는 정규직 공무원이 아니라서 그런가 봐. 아, 내가 조급한 성격이라 고맙다는 인사도 제대로 못 했구나. 고마워. 내 몫까지 힘들게 일해줘서. 자기 아니었으면 우리 식구 당장 거리에 나앉았을 텐데.

마음은 급한데 정작 할 일은 없었다. 취학 전 아동기를 제외하고 살면서 이렇게 시간이 많은 적이 없었다. 하루 이틀이지 시립도서관에서 시간 때우기도 고역이었다. 함께 회사를 나와서 아직 재취업을 못 한 동료와 가끔 만났다. 만날 때마다 술 마시며 신세 한탄하는 것도 지겨워서 기분전환도 하고 몸도 풀 겸 나이트클럽에 갔다. 종업원들은 낮일도 밤일도 못하는 사람을 왕처럼 대접했다. 왕은커녕 사람대접이라도 받아본 게 얼마 만인가. 황송해서 눈물이 날 뻔했다. 나이트클럽은 입사 초기 회식 때 동기들과 몇 번 가본 게 전부였다. 그사이 부킹 서비스가 잘 되어 있었다.

합석을 한 여자들은 처음에 자리가 어색한지 얼굴이 약간 굳은 채 말도 거의 하지 않았다. 파마머리 여자는 친구 손에 끌려 마지못해 왔다는 시위라도 하듯 생머리 여자에게 가볍게 눈을 흘겼다. 웨이터가 과일안주를 들고 왔다. 서로 좋은 시간 되기를 바라는 의미에서 드리는 서비스입니다. 동료가 과일안주에는 양주가 어울린다며 여자들 쪽 의견을 물었다. 생머리가 손뼉을 치며 말했다. 어머, 이 오빠, 내 취향을 어떻게 알았지? 맥주는 화장실 자주 가야 해서 싫은데. 배도 나오는 것 같고.

술잔을 비우면서 차츰 여자들 얼굴에 화색이 돌고 말수가 늘었다. 사람이 가장 무거울 때가 언제인지 아세요? 동료가 진지한 표정을 하고 물었다. 함께 차를 타고 오다가 라디오에서 들은 이야기였다. 여자들이 번갈아가며 말했다. 변비 걸렸을 때? 땡. 술 먹었을 때? 땡. 정답은…… 철들었을 때입니다. 여자들이 잠시 멍하니 있다가 웃음을 터뜨렸다. 와, 재미있다. 또 다른 거 없어요? 동료가 성재를 바라보자 여자들이 성재 쪽으로 고개를 돌렸다.

라디오에 출연한 왕년의 인기 코미디언에게서 들은 옛날 농담은 두 개. 하나는 동료가 이미 써먹었다. 나머지 하나는 수준이 떨어진다. 하지만 다른 게 떠오르지 않으니 어쩔 수가 없다. 물 한 방울과 물 한 방울을 더하면 몇 방울일까요? 두 방울? 땡. 둘이 붙어서 하나가 되니까 한 방울? 땡. 정답은…… 쌍방울입니다. 이 수준 떨어지는 농담에 여자들은 폭발적인 반응을 보였다. 앞의 것보다 더 큰 웃음을 터뜨렸고 웃음 시간도 더 길게 이어졌다. 호호호. 까르르. 쌍방울이래, 쌍방울. 나 오줌 쌀 뻔했어. 너무 웃겨서. 성재는 도무지 이해할 수가 없었다. 쌍방울…… 쌍방울이 뭐가 그렇게 웃긴가.

이미 웃음에 발동이 걸린 여자들은 아무것도 아닌 말 한마디에 까르르 웃었다. 성재는 자신이 아주 유쾌한 사람인 것처럼 느껴졌다. 술에 취하여, 여자들의 체취에 취하여, 애교 섞인 콧소리와 웃음소리에 취하여, 모처럼 취업 걱정을 잊었다. 실직자라는 걸 잊었다. 낮일도 밤일도 못하는 사람이란 걸 잊었다.

자연스럽게 동료와 생머리가 짝이 되고 성재와 파마머리가 짝이 되었다. 파마머리와 느린 음악에 맞추어 춤을 추었다. 춤을 추다가 술을 마시다가 다시 춤을 추다가 술을 마시다가 누가 먼저 이끌었는지 모르게 자연스럽게 어디론가 갔다. 같이 온 동료와는 언제 어떻게 헤어졌는지 기억도 나지 않았다. 안 되면 어떡하나 걱정했는데…… 두 번이나 했다. 자신감이 생겼다. 일도 잘 풀릴 것 같았다. 그후로 파마머리를 몇 번 더 만났다. 어느 날 파마머리가 성재에게 물었다.

"오빠, 유부남이었어?"

"응. 그런데 그건 어떻게 알았어?"

"그건 알 거 없고. 유부남이라는 거 왜 나한테 말 안 했어? 나, 오빠 유부남이라는 거 알았으면 처음부터 만나지도 않았을 거야. 감쪽같이 나를 속였어."

"속이다니? 말할 기회가 없었을 뿐이야. 물어보지도 않았잖아."

"내 입장에서는 연애를 하자고 접근하는 사람이라면 당연히 싱글로 여길 수밖에. 유부남이라면 먼저 고백했어야 하는 거 아냐?"

"그런 데서 만난 사람에게, 잠시 스쳐 지나가는 사이에, 누가 사생활을 다 고백해?"

"뭐? 잠시 스쳐 지나가는 사이? 오빠, 그렇게 아무렇게나 막 사는 사람이었어? 난 진심이었는데…… 괘씸해. 혼인빙자간음죄로 고소할까 봐."

"아직도 그런 게 있어? 그거 없어지지 않았어?"

"아직 있어. 논란이 있었지만 없애기에는 아직 이르다고 결론이 났어."

"세상에…… 시대에 뒤떨어진 그런 법이 아직도 남아 있다니. 개인의 사생활에 국가가 이래라저래라 간섭하는 게 말이 돼? 성인에게는 엄연히 성적 자기결정권이 있는데."

"오빠, 나, 성인 아니야. 미성년자야."

"뭐? 정말? 얘가 사람 잡겠네. 아니, 미성년자면 미성년자라고 미리 말을 했어야지."

"나는 오빠도 당연히 아는 줄 알았지. 솔직히 말해서 다 알고 접근한 거 아냐?"

"와, 이거 점점 너……."

"아무튼 나는 큰 충격을 받았어. 하루하루가 불안해. 매일매일 악몽을 꾸고 있어. 어느 날 갑자기 들이닥친 오빠 와이프에게 머리채를 잡혀 끌려다니는 꿈, 간통죄로 감방에 갇히는 꿈, 성경에서처럼 죽을 때까지 돌팔매를 맞는 꿈……."

파마머리는 이제 심신이 다 지칠 대로 지쳤다며 조용히 문제를 해결하자고 했다. 성재는 파마머리의 돈 요구를 단호하게 거

절했다.

"이거 왜 이래? 사람 잘못 봤어. 나 그렇게 호락호락한 사람 아니야. 나 지금까지 살면서 불의와는 절대 타협하지 않았어."

"아이, 무서워라. 제가 사람 잘못 봤네요. 그럼 알아서 하세요."

성재는 파마머리 뒤에 지원세력이 있다는 느낌이 들면서 조금 불안해졌지만 다시 마음을 굳게 먹었다. 원칙을 지켜야 해. 그런 사람들일수록 강하게 나가야지. 한번 받아주면 계속 끌려다니게 된다.

며칠 후 파마머리에게서 전화가 왔지만 성재는 받지 않았다. 사나흘 간격으로 몇 번 더 전화가 오다가 잠잠해졌다. 계속 무시하자 지쳐서 포기한 듯. 역시 원칙을 지키는 게 중요하다. 보름 넘게 별다른 일이 없어서 성재가 비로소 마음을 놓았을 때 아내가 서류봉투 하나를 내밀었다. 봉투 속에는 성재와 파마머리가 함께 있는 모습이 담긴 사진들과 파마머리가 쓴 편지가 들어 있었다. 아내가 싸늘한 미소를 지으며 말했다. 어쩜…… 어린 여자 밝히는 게 아버지와 아들이 똑같네.

그 말을 들은 성재는 순간 이성을 잃고 아내의 뺨을 때렸다. 아내에게, 아니 누군가에게 손찌검을 한 건 처음이었다. 아버지를 들먹거리지만 않았다면 성재는 아내가 고함을 지르고 욕을 하고 분이 풀릴 때까지 발길질을 했다 하더라도 모든 걸 묵묵히 감내했을 것이다. 잘못을 인정하고 재발 방지를 약속하며 무릎을 꿇고 빌었을 것이다. 아내도 손찌검이 없었다면 이혼까지 요구하지는 않았을지 모른다. 아내는 다른 건 몰라도 손버릇 나쁜 것까지 참고 살 수는 없다고 했다. 더 이상 얼굴 보고 싶지 않아. 눈도 마주치기 싫어. 소름 끼쳐.

성재도 마찬가지였다. 아내의 얼굴을 마주하는 것 자체가 끔찍했다. 성재는 짐을 싸서 집을 나왔다. 잘못한 건 사실이지만 이렇게 된 데에는 아내의 탓도 크다. 아내가 조금만 더 살갑게 대해줬어도, 조금만 더 기를 살려줬어도 꽃뱀 조직에게 걸려드는 일 따위는 없었으리라. 아내가 아버지를 들먹거리지만 않았어도 결코 손찌검을 하지는 않았으리라.

성재는 늦은 점심을 먹고 역 앞 광장 벤치에 앉아 자판기 커피를 마셨다. 맞은편에 노숙자 행색의 남자가 앉아 있었다. 그 모습이 성재에게 자신의 머지않은 미래처럼 느껴졌다. 실직자인 데다가 집에서도 쫓겨난 신세.

성재는 우울한 기분을 떨쳐버리기 위해 자리에서 일어나 산책 삼아 광장을 한 바퀴 돌기 시작했다. 교복을 입은 여학생들이 지나갔다. 성재는 걸음을 멈추고 서서 여학생들을 물끄러미 바라보았다. 요즘 애들은 잘 먹어서 그런지 발육 상태도 좋고 비율도 좋다는 생각을 하는데 돌연 가슴이 두근거리고 피가 뜨거워지는 듯한 느낌이 들었다. 아내의 말이 떠오르면서 성재는 소스라치게 놀랐다. 이거…… 혹시 내 몸속에 나쁜 피가, 소녀를 좋아하는 취향의 나쁜 피가 흐르고 있는 건 아닐까. 점점 증세가 악화되어 어느 순간 초등학생까지 여자로 보이게 되는 건 아닐까.

3

학원에서 조퇴를 한 다음 날 인호는 아예 수업을 빠진 채 학원 근처에서 기다리고 있다가 여자반 수업을 마치고 나온 수지의 뒤를 따라갔다. 따라가서 무얼 어떻게 할 것인지 아무런 계획이 없었다. 말을 걸 용기도 나지 않았다. 그저 멀찍이 떨어져서 뒷모습이라도 바라보고 싶었다. 바보 같은 짓이지만 달리 할 수 있는 게 없었다. 이렇게라도 하지 않으면 못 견딜 것 같았다. 수지가 버스정류장에서 걸음을 멈추었다. 버스를 타려나 본데. 어떡할까. 바로 뒤에서 버스를 따라 타면 들킬 염려가 있다. 그렇다고 안전거리를 유지하다가는 버스를 놓칠 수도 있다. 인호는 주위를 둘러보다가 버스정류장에서 50미터쯤 뒤에 있는 택시정류장을 발견했다. 수지가 버스를 타자 인호는 택시기사에게 수지가 탄 버스를 따라가달라고 부탁했다.

수지가 버스에서 내렸다. 인호도 택시에서 내려 수지의 뒤를 쫓았다. 수지가 시내 번화가의 한 상가 건물로 들어갔다. 인호는 멀찍이 서 있다가 수지가 탄 엘리베이터의 문이 닫히자 그 앞으로 다가가 숫자판을 바라보았다. 여러 사람이 탄 엘리베이터가 여러 층에서 멈추고 있었다. 수지가 몇 층에서 내렸는지 알 수 없었다. 밖으로 나온 인호는 건물 입구가 보이는 벤치에 앉아 수지를 기다렸다. 고개를 들어 건물에 달린 간판들을 살펴보니 혼자 온 수지가 갔으리라 짐작되는 곳은 영어학원 정도.

저녁 여덟 시. 네 시간이 넘게 지났지만 수지는 나오지 않았다.

영어공부를 이렇게 오래 하다니. 때밀이로 돈을 모아서 유학이라도 갈 예정인가. 유학이라……. 나보다는 형편이 낫네. 공부가 적성에도 맞는 모양이고. 다시 두 시간이 더 지났다. 밤 열 시. 시간을 확인한 인호는 발작이라도 난 듯 돌연 자신의 양쪽 뺨을 때리며 신음했다. 정신 차려라, 이 녀석아! 정신 차려! 비싼 수강료를 갖다 바쳐놓고서 수업도 빼먹고 이게 무슨 짓이란 말인가. 찜질방 사장이 되기 전까지 때밀이에만 집중하기로 하지 않았는가. 성공하기 전까지 여자는 처다보지도 않기로 하지 않았는가. 앞으로는 절대로 한눈팔지 말자고 굳게 다짐하며 인호는 자리에서 벌떡 일어섰다. 배에서 꼬르륵 소리가 났다. 속도 조금 쓰렸다. 이런, 여태까지 밥도 안 먹었네. 밥이 가장 중요하다. 당장은 밥값을 하며 살아야 할 때. 인호는 건물 1층에 있는 분식집에 들어가 김밥 한 줄을 꾸역꾸역 먹었다. 집으로 가는 길에 다시는 한눈팔지 않겠다는 다짐을 한 번 더 했다.

다음 날 여느 때처럼 일찍 일어난 인호는 여느 때처럼 성실하게 편의점에서 아르바이트를 하고 학원으로 갔다. 수지와 마주칠까 두려워 10분쯤 늦게 학원에 도착했다. 수업을 방해할까 걱정했는데 수강생 가운데 한 명은 과정을 수료했고 나머지 두 명은 결석을 해서 인호 혼자서 수업을 받았다. 어쩔 수 없이 강사가 인호의 실습 상대가 되어주었다. 인호가 강사의 때를 밀고 나자 강사가 인호의 손을 어루만지며 감탄했다.

"오, 이런 손은 처음이야. 내가 10년 넘게 제자들을 가르쳐왔지만 이런 손은 정말 처음이야. 수강생들이 대부분 낫질이나 삽질, 못질 같은, 손을 꼭 움켜쥐고 하는 일을 하다 와서 그런지 손이 잘 안 펴지더라고. 그런데 때밀이는 손바닥이 활짝 펴져야 해. 때는 손가락 끝이 아니라 손바닥 전체로 미는 것. 손바닥과 수건 사이에 빈 공간이 나면 안 되지. 손바닥이 수건에 착 달라붙어야 하고 또 수건을 감은 손바닥이 손님의 살에 착 달라붙어야 해. 그러기 위해서 때밀이는 무엇보다도 손바닥이 활짝 펴져야 하는 거야. 그런데 이 손은 단순히 평평하게 펴지는 데 머물지 않고 탄력 있게 활처럼 뒤로 휘기까지 하니 오목한 곳과 평평한 곳, 볼록한 곳을 자유자재로 넘나들며 때를 밀 수가 있어. 게다가 손목도 유연하지, 마사지할 때 보니까 손가락 힘도 좋지. 이 업계에서는 백만 불짜리 손이야. 도대체 전에 무슨 일을 하다 온 거야?"

"음…… 학교 다니다가 휴학하고……."

"그리고?"

"군대 갔다 오고……."

"그리고?"

"주유소와 편의점에서 알바로 일했습니다. 편의점에서는 아직도 일하고 있고."

"혹시 집안에 목욕 관련 업계에 종사하는 분이 계시나?"

"아니요. 제가 알기로는…… 전혀 없어요."

"그럼 무슨 특별한 운동을 따로 했나?"

"특별한 운동이라뇨?"

"글쎄…… 손바닥을 유연하게 하는 운동이 뭐가 있을까. 축구도 아니고 야구도 아니고……. 뭔가 떠오르는 거 없어?"

"없는데요."

"그럼 그냥 타고난 거란 말인가? 와, 이거 참 세상 불공평하네."

인호가 살면서 이렇게 큰 칭찬을 받은 건 처음이었다. 인호는 강사의 기대에 어긋나지 않도록 더욱 분발해야겠다는 생각을 했다. 그런데 수업을 마치고 학원에서 나온 인호는 어느새 전날 수지가 들어간 건물을 향해 길을 걷고 있었다. 인호는 자신이 왜 이러는지 알 수 없었다. 자리를 잡기 전까지 여자는 쳐다보지도 않겠다고 굳게 다짐했는데……. 한갓 평범한 여자아이 하나가 어떻게 그 단단한 마음을 한순간에 무너뜨릴 수 있단 말인가. 때밀이학원에서 만났기 때문일까. 대학 캠퍼스에서나 마주칠 법한 또래 여자아이를 때밀이학원이라는 뜻밖의 장소에서 만났기 때문일까. 그래서 다른 데서 보았다면 그냥 지나쳤을 평범한 아이가 외계의 별을 떠돌다 수천 년 만에 만난 유일한 동족처럼 느껴지는 걸까.

밤 열한 시가 되어서야 모습을 드러낸 수지의 어깨가 많이 처져 있었다. 영어공부를 하고 나온 사람이라기보다는 봉제공장에서 하루 종일 미싱을 돌리다 나온 사람처럼 보였다. 수지는 한숨을 길게 내쉬고 터벅터벅 길을 걷기 시작했다. 천천히 길을 걸으며 틈틈이 목을 돌리고 어깨를 돌리고 두 손을 깍지 낀 채 기지개를 켰다. 5분쯤 걷다가 수지가 한 편의점으로 들어갔다. 이 시간에 편의점 아르바이트까지? 여태까지도 공부가 아니라 무슨 일을 하고 나온 듯한데? 어쩌면 나보다 더 사정이 안 좋을지도 몰라. 그나저나 아침에 일찍 일어나야 할 텐데 잠은 언제 자나.

인호가 수지의 수면시간에 대하여 걱정하고 있는 사이 수지가 맥주 한 캔을 들고 밖으로 나왔다. 편의점에는 그냥 손님으로 들어갔나 보다. 그럼 그렇지. 에라, 이 녀석아. 누가 누굴 걱정하냐. 제 코가 석 자인 주제에. 수지가 파라솔이 달린 둥근 철제 탁자 위에 맥주를 놓고 빨간 플라스틱 의자에 앉았다.

목이 마르던 차에 인호도 맥주를 마시고 싶어졌다. 그러다가 얼굴이라도 마주치면 어쩌지? 잠시 망설이던 인호는 오히려 좋은 기회가 될 수도 있다는 생각에 용기를 내어 편의점에서 맥주 한 캔을 사 들고 나왔다. 탁자 세 개가 나란히 놓여 있었고 수지가 한쪽 끝 탁자에 자리를 잡고 있었다. 인호는 다른 쪽 끝으로 갔다. 인호는 자리에 앉자마자 화장지를 꺼내어 캔에서 입에 닿는 부분을 닦았다. 평소에는 티슈를 세 장 사용하지만 수지가 볼 수도 있기에 절제를 하여 두 장으로 끝냈다. 수지 쪽을 곁눈질했다. 그때까지도 수지는 앞 손님이 탁자 위에 흘려놓고 간 컵라면 국물 같은 것을 화장지로 닦고 있었다. 탁자 위를 다 닦은 다음에는 핸드백에서 화장지를 더 꺼내어 맥주 캔을 닦았다. 인호와 똑같이 두 장을 썼다.

맥주를 한 모금 들이켠 수지가 벌떡 일어나서 캔을 손에 든 채 차도를 향해 걷기 시작했다. 대형 버스가 빠른 속도로 달려오고 있었다. 수지가 차도로 발을 내디뎠다. 버스가 멈추지도 못하고 속도를 줄이지도 못하고 클랙슨 한 번을 누르고 그대로 지나갔다. 차도로 내려간 수지는 더 이상 걸음을 옮기지는 않고 보도 턱 밑에 멈추어 서서 밤하늘을 향해 고개를 젖힌 채 머리를 부르르 떨었다. 이어 고개를 숙이고 허리를 숙이고 무릎을 조금 굽히더니 입속에 든 것을 바닥에 뱉어냈다.

이 동작을 서너 번 더 반복한 수지는 아무 일도 없었던 것처럼 다시 자리로 돌아와 앉았다. 아무리 생각해도 수지의 행동은 물 대신 맥주로 가글을 한 것으로밖에 설명이 되지 않았다. 차도로 내려간 건 거기에 배수구가 있기 때문이고. 수지가 남은 맥주를 천천히 마시며 담배를 피웠다. 피아노 음악 소리가 들렸다. 엘리제를 위하여. 인호의 휴대폰 벨소리. 인호는 가방을 뒤져 휴대폰을 꺼내 들고 통화 버튼을 눌렀다. 음악이 끊기자 핸드백을 뒤지던 수지가 주변을 둘러보았다. 수지의 시선이 인호에게서 멈추었다. 곧 들어가요. 먼저 주무세요. 인호는 아버지와 간단하게 통화를 하고 전화를 끊었다. 수지가 인호 쪽을 바라보며 미소를 지었다. 인호는 뒤를 돌아보았다. 거기에 수지가 미소를 지을 만한 대상은 없었다. 인호는 조금 전까지의 상황을 반주했다. 설마 수지의 휴대폰 벨소리도 '엘리제를 위하여'?

수지가 손을 흔들었다. 수지는 손바닥을 인호에게 보인 채 좌우로 손을 흔들다가 잠깐 멈추더니 이내 아래위로 흔들었다. 인호는 오른손 검지로 자기 가슴께를 가리키고 곧이어 수지 쪽을 가리키는 동작을 두 번 반복했다. 수지가 고개를 끄덕였다. 인호는 감격했다. 오, 이게 꿈은 아닌지. 일이 이렇게 술술 잘 풀려도 되는 걸까. 인호는 가방과 맥주를 들고 수지에게 달려갔다. 인호가 챙겨 온 소지품에 수지의 눈길이 잠시 머물렀다.

"나 참, 합석까지 하자는 건 아니었는데……. 아무튼 잠깐 앉아봐요."

인호가 자리에 앉자 수지가 웃음을 거두고 핸드백에서 총을 꺼내어 인호를 향해 겨누었다.

"이거 장난감 아니에요. 진짜 총이야, 진짜 총."

"예? 진짜 총이라구요?"

"그래요. 진짜 총. 진짜 가스총."

"아, 진짜 가스총. 그런데 제가 뭘 잘못했다고……."

"당신, 뭐 하는 사람이야? 도대체 정체가 뭐야?"

"정체라뇨. 그냥 보통 사람인데요."

"그냥 보통 사람 같지는 않은데? 관상이…… 스토커 관상이야."

"스토커라뇨. 외모만 보고 사람을 판단하지 마세요."

인호가 한숨을 크게 내쉬고 말을 이었다.

"사실은 저, 전에도 한 번 스토커 관상이라는 소리를 들은 적이 있어요. 어떡하죠? 성형수술이라도 해야 할까요?"

"그건 알아서 하시고. 우리, 초면이 아니죠?"

"아, 저도 어디선가 본 듯해요. 어디서였더라……."

"시침 떼기는……."

"아, 맞다. 이제야 생각이 났네. 때밀이학원. 며칠 전에 거기서 마주친 적이 있죠? 아주 잠깐 동안이었는데 기억하시네요."

"집이 이 근처신가?"

"아니요."

"그런데 여기까지 와서 맥주를 마시는 이유는?"

"그냥 산책을 하다가 목도 마르고 맥주 생각이 나서……."

"산책? 이 주변에 산책할 만한 데가 있던가?"

"그러니까…… 제가 공원 같은 곳보다는 아주 번잡한 도심을 산책하는 걸 더 좋아하거든요. 간판 구경도 하고…… 약간의 매연이 가끔은 감미로울 때도 있고……."

"그래요? 스토커답게 취향도 참 특이하네. 아무튼 여기까지는 우연이라고 치죠. 얼마든지 그럴 수 있다고 쳐요. 하지만 우연이 계속 겹치면 의심을 할 수밖에. 이제부터 한마디라도 거짓말을 하면 총을 쏠 거예요. 휴대폰 벨소리, 어떻게 된 거예요? 벨소리가 왜 나랑 같죠?"

"어? 벨소리가 같아요? 엘리제를 위하여?"

"또 시침 떼신다. 이것도 우연이라고 할 거예요? 흔히 쓰는 벨소리라면 몰라도 초딩 취향이라 그런지 아직까지 주변에서 이걸 벨소리로 쓰는 사람을 한 번도 못 봤어요. 내 벨소리를 알아내고 바꾼 거 아니에요?"

"아이참…… 절대 아니에요. 제가 그럴 이유가 뭐가 있겠어요?"

"그쪽이 뭔가 자꾸 나를 따라하는 거 같아서. 때밀이학원에 다니는 것도 그렇고."

"때밀이학원은 제가 열흘 정도 선배일 텐데요."

"등록 시점으로 따지면 아마 내가 열흘 정도 선배일걸요. 사정이 있어서 한동안 학원에 못 나왔을 뿐이지."

"아, 어떻게 해야 제 결백을 증명할 수 있을지 모르겠어요."

"그럼 '엘리제를 위하여'를 벨소리로 선택한 이유를 말해봐요. 납득할 만한 이유를 대면 결백이 증명되는 거예요. 스토커 혐의도 벗게 되고."

"그런데…… 수지씨가 먼저 말하면 안 될까요?"

"어? 내 이름도 알아요? 아니, 내 이름은 도대체 어떻게 알아냈어요?"

"그때 학원에서 마주쳤을 때 여자반 선생님이 부르는 걸 들었어요."

"그랬던가? 그럼 그쪽 이름은?"

"인호요. 송인호."

"이봐요, 송인호씨. 총은 내가 들고 있고 내가 묻고 있어요. 인호씨가 먼저 말해요. 내가 먼저 말하면 인호씨가 또 따라할 거잖아요."

수지가 다시 총을 겨누며 인호의 진술을 재촉했다.

"그럼 할 수 없죠 뭐. 제가 먼저 얘기할게요. 어릴 때 피아노를 쳤어요. 3년 동안. 체르니 30번 중간까지 치고 그만두었죠."

"뭐야? 아예 시작을 하지 말든가. 일단 피아노를 시작했으면 적어도 베토벤 소나타나 쇼팽 연습곡까지는 쳐야 하는 거 아닌가?"

"그래도 3년이면 오래 버틴 편 아닌가요? 태반이 1년 안에 그만두는데."

"자꾸 변명하지 말아요. 차라리 1년 안에 그만두는 게 낫지. 어중간하게 3년이라니. 시간만 낭비했잖아요."

"죄송합니다. 그래서, 그렇게 어중간하게 배워서, 제가 클래식 작품 가운데 처음부터 끝까지 칠 수 있는 곡이 딱 하나, '엘리제를 위하여'뿐입니다. 제게는 3년 동안 피아노를 쳤다는 유일한 증거죠."

"이유가 그게 다예요?"

"아, 아니에요. 하나 더 있어요. 초등학교 때 수업 시작종이 '엘리제를 위하여'였습니다. 제가 그 시절에는 조금 성실했거든요. 쉬는 시간에 놀다가도 수업종만 들으면 자동으로 이제 열심히 공부를 해야겠다는, 가슴 벅차고 결연한 다짐을 하곤 했죠. 그래서 앞으로도 나태해질 때마다 초등학교 때 마음을 떠올리며 정신을 차리기 위해서……"

"어쩜…… 벨소리뿐만 아니라 벨소리를 선택한 이유까지 나랑 똑같네. 내 어린 시절까지 뒷조사했어요? 이쯤이면 스토커도 보통 스토커가 아니야. 정보수집 능력이 국정원 수준."

"와, 미치겠네. 정말 아니에요. 이럴 줄 알고 제가 나중에 말하려고 했는데. 왠지 불길한 느낌이 들어서."

그제야 수지는 웃음을 지으며 총을 내려놓았다.

"오해해서 미안해요. 사실 처음부터 반쯤은 장난이었어요. 의심 반, 장난 반. 우연이 계속 겹치니까 이거 이상하다, 의심이 들기도 했지만 신기하고 재미있기도 하고 호기심도 생겨서. 반쯤은 장난이라는 거 알았죠?"

"글쎄요…… 그럴 수도 있다는 가능성을 열어두기는 했지만 내내 긴장을 늦출 수가 없었어요. 백 퍼센트 장난은 아니라고 느 꼈으니까. 게다가 진짜 가스총의 위력이 어느 정도인지도 모르 고. 만에 하나 진짜 가스총이 아니라 진짜 진짜 총이면 어떡하나 하는 걱정도 들고."

"그래도 제법 느긋해 보이던데요. 장난에 장단도 맞추어주고."

"많이 노력한 거예요. 스토커에 겁쟁이라는 소리까지 들을까 봐. 그런데…… 정말로 저와 벨소리를 선택한 이유가 같아요?"

"이 사람이…… 그럼 내가 거짓말을 했다는 거예요? 같지도 않은데 같다고?"

"아, 아뇨. 그게 아니라…… 수지씨는 당연히 체르니 40번 끝내 고 베토벤 소나타, 쇼팽 연습곡까지 치지 않았을까 해서."

"아니에요. 나도 체르니 30번 중간까지 치고 그만뒀어요. 어중 간하다, 시간만 낭비했다는 말은 나 자신에게 한 말인 셈이죠. 나 도 클래식 작품 가운데 처음부터 끝까지 칠 수 있는 곡은 '엘리 제를 위하여' 하나예요. 그런데 지금 다시 생각해보니까…… 벨 소리로 선택한 이유가 인호씨와 아주 똑같지는 않은 거 같아요. 내 경우에는 나태해질 때마다 정신을 차리기 위해서라기보다 는…… 집안 형편도 넉넉했고 성적도 좋았고 줄곧 반장을 했던 잘나가던 그 시절에 대한 그리움이 더 크게 작용한 듯해요."

"수지씨 말을 듣고 보니까 제 경우에도 그런 면이 더 컸던 거 같네요. 당시에 우리 집도 형편이 좀 좋았거든요. 동네에서 피아노학원에 다닐 형편이 되는 아이가 저 혼자였어요. 그리고 수지 씨처럼 반장은 못 해봤지만 부반장은 몇 번 해봤고……. 그건 그렇고 조금 전 수지씨 얘기를 듣다가 막 떠오른 게 있는데, 그냥 시간만 낭비한 건 아닐 거예요."

"갑자기 그게 무슨 말이에요?"

"어릴 때 3년 동안 피아노 친 거 말이에요. 저도 그동안 시간 낭비라고만 생각했는데 그게 아닌 거 같아요. 학원 선생님이 제 손을 백만 불짜리 손이라고 칭찬했거든요."

"피아노학원 선생님이요?"

"아니요, 때밀이학원 선생님이요. 선생님이 오늘 제 손을 보고 10여 년 동안 제자들을 가르쳐왔지만 이런 손은 처음 봤다면서 무슨 운동을 했냐고, 손바닥을 유연하게 하는 무슨 특별한 운동을 따로 했냐고 묻더라구요. 그때는 도무지 떠오르지 않았는데 이제 알겠어요."

"혹시 피아노?"

"예. 피아노. 선생님이 제 손에 대해 칭찬한 모든 점들. 손바닥이 활짝 펴지고 손가락 힘이 좋고 손목이 유연하고……. 현재로선 피아노가 아니면 이 모든 걸 설명할 수가 없어요."

"아, 그러고 보니까 나도 선생님에게 손가락 힘이 좋고 손목이 유연하다는 말을 들었어요."

"저도 그때 옆에 있었어요."

"그럼 맞네요. 확실히 피아노 때문이네요. 특히 하농은 음악이라기보다는 체조에 가깝잖아요. 손가락 체조."

"그렇죠. 손이 한창 자라고 있는 성장기에 그런 훈련을 3년 동안 매일 했으니 손 모양에 영향을 주지 않았다면 더 이상한 거 아닐까요."

"그렇군요. 피아노가 때밀이에 아주 적합한 손 모양을 만들어 주었군요. 여기에 대해 과연 우리가 기뻐해야 할까요? 인호씨는 기쁜가요?"

"당연하죠. 수지씨는 기쁘지 않으세요?"

"뭔가 웃기다거나 슬프다거나 하는 기분은 들지 않아요?"

"왜요? 소중한 시간을 허비한 게 아니라는 걸 알았는데."

"……."

"왜 그런 눈으로 보세요? 제가 뭘 잘못했나요?"

"아니요. 마음에 들어요. 현재까지 인호씨에게서 유일하게 마음에 드는 부분이에요."

"유일하게? 아무튼 좋은 뜻으로 받아들이겠습니다."

수지가 인호를 향해 맥주 캔을 높이 들었다.

"하루에 한 시간씩 3년이면 대략 천 시간. 우리의 소중한 천 시간이 낭비가 아니었음을 축하하는 의미에서 건배."

두 사람은 건배를 하고 맥주를 들이켰다. 인호의 맥주 캔이 비었다. 수지도 고개를 젖히고 캔에 남은 마지막 한 모금을 입에 털어넣었다. 인호가 수지에게 물었다. 더 사 올까요? 수지가 손목시계를 들여다보고 나서 말했다. 그럼 딱 한 캔씩만 더? 인호는 수지의 마음이 바뀔까 봐 쏜살같이 달려가 맥주 두 캔을 사 왔다. 두 사람은 캔을 손에 잡자마자 서로 약속이라도 한 듯 동시에 티

슈를 꺼내어 부지런히 마개 주변을 닦았다. 따딱. 마개 따는 소리
도 거의 동시에 났다. 수지가 맥주를 마시며 말했다.

"정말 신기하다. 티슈도 나랑 똑같이 두 장을 쓰네."

"사실은…… 수지씨를 의식해서 두 장을 쓴 거예요. 원래는 세
장을 써요."

"세상에…… 세 장이나 쓰다니. 그거, 병이에요."

"아무리 그래도 병이라니요. 너무 심한 말 아닌가요."

"지금 누가 심한 건지 모르겠네. 두 장까지는 괜찮아요. 두 장
까지는 그냥 위생관념이 철저한 걸로 볼 수 있어요. 하지만 세 장
이상 쓰면 병이라니까요."

"저는 네 장부터 병이 아닐까 생각했는데."

"나 참 기가 막혀서……. 스스로에게 지나치게 관대한 거 아니
에요?"

"그런가요? 죄송합니다. 저도 줄이려고 몇 번 시도는 했어요.
그런데 그게 보통 어려운 일이 아니에요."

"나도 쉬운 일이라고 얘기하지는 않았어요. 생산과정부터 유
통, 진열과정까지 수많은 사람의 손을 거친 캔을 닦는 데 달랑 티
슈 두 장만 쓰고 어떻게 마음이 편할 수 있겠어요. 하지만 사람이
하고 싶은 대로 다 하고 살 수는 없잖아요. 어느 선에서는 절제를
할 줄도 알아야죠."

"저도 절제를 하려고 하기는 하는데…… 참고 참고 또 참다가
결국 딱 한 장만 더 쓰자는 유혹에 굴복하면서 번번이 실패하고
말아요."

"몇 번 실패했다고 포기하면 안 돼요. 꾸준히 노력해야지."

"그래도 오늘은 아직까지 성공이에요. 이게 다 수지씨 덕분인가 봐요. 수지씨가 지켜본다고 생각하니까 놀랍게도 절제가 잘되는 거 있죠? 앞으로 수지씨가 조금만 더 지켜봐주시면 완전히 고칠 수 있을 거 같은데……."

"이봐요. 나 그렇게 한가한 사람 아니에요."

"……"

"하지만…… 난치병 치료와 관계된 문제이니 고려는 한번 해보죠. 인도적인 차원에서. 설마…… 하루에 수십 번씩 손을 씻고 그러는 거는 아니겠죠?"

"솔직히 말씀드리자면…… 전에는 그런 적이 있지만 이제는 아니에요. 주부습진 투병 이후로 보통 사람들만큼만 씻고 있어요. 대신 버스 손잡이나 문 손잡이는 어쩔 수 없는 경우가 아니라면 절대 잡지 않으려고 노력하고 있습니다."

"음, 잘하고 있어요."

수지의 칭찬을 받은 인호는 신이 나서 말을 이어갔다.

"그리고 엘리베이터 버튼은 검지 끝이 아니라 가운뎃손가락 관절로 누릅니다. 오랜 관찰 끝에 제가 가운뎃손가락 관절은 신체의 다른 부위와 접촉할 일이 거의 없다는 걸 발견했거든요."

"아, 그건 좀 아닌 거 같네요. 검지 끝으로 누르는 것보다야 낫겠지만 그 정도로는 안전을 보장할 수 없어요. 무심코 두 손을 비비거나 깍지 끼거나 하다 보면 순식간에 세균이 손 전체로 옮아갈 수도 있어요. 그리고 인호씨 아까 보니까 잠깐씩 턱을 괴는 버룻이 있던데 가운뎃손가락 관절이 아랫입술에 살짝 닿아 있더라."

"앗, 그래요? 거기까지는 제가 미처 생각하지 못했습니다. 그럼 어떡하죠? 볼펜을 사용하면 아무래도 사람들 눈에 너무 띌 것 같고."

"열쇠를 사용해보세요. 안전하면서도 자연스러워요. 엘리베이터에서 손에 든 물건으로 열쇠만큼 자연스러운 게 어디 있겠어요. 문을 막 잠그고 엘리베이터에 탄 상황이든 엘리베이터에서 내려 문을 열기 위해 열쇠를 미리 꺼내 든 상황이든."

"정말 대단하세요. 어떻게 그런 기발한 생각을 하실 수가……."

"그나저나 이제 일 때문에 어쩔 수 없이 물을 자주 만지게 되었으니 주부습진이 재발할 수도 있어요. 핸드크림 바르고 있어요?"

"아니요. 아직 괜찮습니다. 정신력으로 버티려고 해요."

"주부습진을 어떻게 정신력으로 막아요? 물을 만지고 나면 빠른 시간 안에 반드시 핸드크림을 발라야 해요."

수지는 가방에서 핸드크림을 꺼내어 인호에게 건넸다.

"우선 이거라도 써요. 나는 집에 몇 개 더 있어요. 매일 밤 손에 핸드크림을 듬뿍 바르고 그 위에 비닐장갑을 끼고 자면 더욱 확실한 효과를 볼 수 있을 거예요."

인호와 수지는 남은 맥주를 마시고 자리에서 일어났다. 택시를 잡아 수지를 태워 보내고 혼자 밤길을 걷는 인호의 얼굴에서 오랫동안 웃음기가 가시지 않았다. 말 한번 걸지 못할 줄 알았는데 단둘이 마주 앉아 제법 긴 시간을 보냈다. 인호는 꿈속을 걷고 있는 것 같았다. 온몸이 공중에 약간 뜬 듯한 기분. 지구의 중력이 반으로 줄어든 듯한 느낌. 인호는 길을 조금 걷다가 아예 집까지 걸어서 가기로 했다. 집에 일찍 도착해봐야 기운이 너무 넘쳐서 잠을 못 이룰 것 같았다.

4

주유소에서 사람을 구하자 경수는 주유소를 그만두고 공사장에서 일을 하기로 했다. 벌이가 더 낫기도 한 데다가 자신에게는 힘을 쓰는 일이 더 맞을 듯싶었다. 공사장에 나가더라도 다시는 예전과 같은 사고를 치지 않으리라는 예감이 들었다. 출소 이후로 나날이 마음이 차분해졌다. 불쾌지수가 정점에 오른 계절을 통과하면서도 웬만한 일에는 전혀 화가 나지 않았다. 마치 분노를 담당하는 몸속 기관이 녹아 없어진 것 같았다. 마법에서 풀린 듯 10년 가까이 지속되던 다리 떨림 증상도 완전히 사라졌다.

경수가 임시로 머무는 고시원은 위성역과 위성천 사이에 있었다. 구도심과 맞닿아 있는 지역으로 교통은 비교적 편하지만 낙후한 주변 환경 탓에 집세는 싼 편이었다. 고시원에 거주하는 사람 가운데 절반 가까이는 외국인. 외모로 구별이 잘 안 되는 동아시아 사람까지 포함하면 절반이 훌쩍 넘을 듯. 근처 식당도 절반 이상이 외국 음식을 팔고 있었다. 경수는 하루는 양고기를 먹고 하루는 카레를 먹고 하루는 쌀국수를 먹었다. 그 거리에 인력사무소가 몇 개 몰려 있었다. 경수는 숙소에서 가장 가까운 곳을 골랐다. 건설현장은 아침 일곱 시 정각에 일을 시작한다. 현장에 도착하는 시간이 보통 여섯 시에서 여섯 시 반 사이. 인력사무소에 늦어도 다섯 시 반까지는 가야 일을 받을 수 있다. 기상시간을 단 몇 분이라도 늦출 수 있는 곳이 좋다.

수십 명의 인부들이 대기석에 앉아서 소장의 입에 귀를 기울이며 자기 이름이 불려지기를 기다리고 있었다. 소장 뒤에 앉아 있는 한 여자가 경수의 눈에 들어왔다. 여직원인가 싶었지만 인력사무소 직원이라기에는 옷차림이 지나치게 화려하고 고급스러웠다. 더구나 직원이라면 열심히 일하는 상사 뒤에서 다리를 꼬고 팔짱을 끼고 앉아 구경이나 하고 있을 리 없다. 소장이 경수의 이름을 부르고 현장을 배정했다. 여자가 선글라스를 벗고 잠시 경수를 바라보다가 다시 선글라스를 썼다. 경수는 그제야 여자가 광석 엄마라는 걸 알아차렸다.

현장으로 가는 승합차 안에서 인부들이 주먹 쥔 손의 새끼손가락을 펴 보이며 소장과 여자의 관계에 대하여 수군덕거렸다. 그 여자, 소장의 이거인가 봐요? 아니지. 소장이 여자의 이거야. 소장이 여자의 이거라구요? 그렇다니까. 인력사무소도 여자 돈으로 차린 거고 소장은 그냥 바지야. 그 여자, 문회장이라고, 땅부자에다가 돈이 어마어마하게 많아. 와, 그게 정말이에요? 그 젊은 여자가? 젊어 보이지? 그런데 소장보다 나이가 스무 살은 더 많을걸. 세상에……. 소장 말씨를 들어보니까 중국 교포 같던데요. 맞아. 입국하던 당시 전 재산이 달랑 두 쪽뿐이었다고 하더라고. 히야, 나보다 나을 게 하나도 없던 사람이 젊은 나이에 여자 잘 만나서 단번에 팔자 고쳤네요. 부러워? 당연하죠. 형님은 안 부러우세요. 그렇게 부러워할 거 없어. 문회장, 그 여자가 남자를 고르는 기준이 뭔지 알아? 글쎄…… 달랑 두 쪽에 얼굴은 그저 그렇고, 몸? 몸 아니에요? 소장이 다른 건 몰라도 몸 하나는 좋잖아요. 몸이라……. 물론 그런 것도 보긴 하겠지만 더 중요한 게 있어. 그게 뭐예요? 외국인이어야 해. 허가된 체류기간이 지나면 떠나야 할 외국인. 그건 왜요? 그래야 나중에 싫증났을 때 정리하기가 좋잖아. 또 외국인은 법적으로 여러 권리에 제한이 있으니까 재산 문제로 골치 썩을 일도 상대적으로 적고.

현장에 도착했다. 신설 도로의 고가도로 구간 건설 현장. 경수는 콘크리트 타설 작업에 배치되었다. 레미콘이 콘크리트를 쏟아부으면 밀대로 면을 고르게 하는 작업을 하고 그 위에 비닐을 덮어씌웠다. 계단을 오르내리며 그때그때 필요한 공구와 자재, 식수와 간식을 나르는 일도 경수 같은 잡부의 몫이었다. 일 자체가 그리 고되지는 않았지만 앞뒤 좌우 위아래가 뻥 뚫린 허공 속의 휘청거리는 계단을 밟고 10층 건물쯤 되는 높이까지 수시로 오르내리는 일이 아찔했다. 신설 도로의 고가 구간이라 주변에 그늘 한 뼘 없어서 뜨거운 땡볕을 무방비 상태로 고스란히 맞아야 하는 것도 고역이었다. 경수와 한 조가 된 남아시아 출신의 노동자는 틈틈이 주머니에서 생마늘을 꺼내어 조금씩 깨물어 먹었다. 그는 비싼 보약 대신 마늘을 먹는다고, 마늘을 안 먹으면 못 버틴다고 했다.

경수는 오전 일을 마치고 현장식당에서 점심을 먹었다. 식판에 음식을 받을 때마다 몇 번이고 고개 숙여 인사하는 버릇은 3년이 지난 지금도 여전했다. 고맙고 황송했다. 인심 좋은 식당 아줌마가 그냥 퍼 주는 것 같았다. 밥값이 일당에 포함된 것이지만 당장 그 자리에서 돈을 안 내고 먹으니 공짜라는 착각을 할 때가 많았다. 사람을 쓰는 쪽에서는 밥에 특별히 신경을 쓸 수밖에 없다. 밥의 질이 일의 성과와 직결되니까. 그래도 단백질류를 조금 보강한 가정식 백반일 뿐인데 경수에게는 어느 고급 식당에서 먹는 음식보다 맛이 있었다. 아침도 괜찮았지만 특히 일을 하고 나서 먹는 점심은 황홀하기까지 했다. 십대 후반부터 공사장에서 일을 한 경수에게 현장식당 밥은 집밥이나 다름없었다. 경수는 2인분에 가까운 양을 한 술도 남기지 않고 다 먹었다. 문득 현장식당 밥맛을 잊지 못해서 공사장으로 돌아온 건 아닐까 하는 생각도 들었다.

옆자리에 앉은 남아시아 출신 동료가 밥을 다 먹고 식판을 들고 가서 밥을 한 번 더 받아 왔다. 처음 받아 온 양과 거의 비슷한 양. 현장식당 밥은 원래 양이 많다. 일반 식당과 비교하면 곱빼기에 가깝다. 두 번을 먹으면 3인분이 넘을 터.

"이거 다 먹을 수 있어요?"

"물론입니다. 음식 남기면 안 됩니다. 먹을 만큼만 받아 왔습니다."

말은 그렇게 했지만 억지로 먹는 티가 역력했다.

"그러다가 탈나겠어요. 왜 그렇게 많이 먹습니까?"

"이렇게 먹고 나면 내일 아침까지 든든합니다."

"네?"

"그럼 오늘 저녁 안 먹어도 됩니다. 한 끼 식사비라도 아껴야 합니다."

"아, 네."

"고향에 있는 가족에게 돈 보내야 합니다. 어린 동생들 많습니다. 학교 다녀야 하고 생활비 필요합니다. 나 하나 조금 고생하면 우리 가족 전부 행복합니다."

그는 하루 세끼를 전부 현장식당에서 해결한다고 했다. 일이 없는 날 말고는 식비가 전혀 들지 않는 셈이다. 잠은 찜질방에서 잔다고 했다. 이틀 치 일당, 많게 잡아 사흘 치 일당이면 한 달 주 거비를 해결할 수 있다. 고시원이나 쪽방보다도 훨씬 싸다.

"하루 이틀이면 몰라도 계속 찜질방에서 지내면 제대로 쉬지 도 못하고 잠도 잘 못 잘 텐데요."

"찜질방 참 좋습니다. 전에 고시원 잠깐 살았습니다. 방에 혼 자 있으면 유혹 생깁니다. 밖에 나가 놀고 싶습니다. 돈 쓰게 됩 니다. 찜질방 그런 유혹 안 생깁니다. 모르는 사람들이지만 한방 에 많은 사람들 함께 있습니다. 대가족 한방에 모인 내 고향 같습 니다. 그래도 고향 생각이 나면…… 사우나 들어갑니다. 온도 높 습니다. 습도 높습니다. 내 고향 같습니다."

"그래요? 고향 날씨가 사우나랑 비슷해요? 와, 말만 들어도 숨이 막히네. 저는 사우나에서 10분 버티기도 힘든데……."

"하하, 농담입니다, 농담. 내 고향 사우나 아닙니다. 그냥 여기 여름보다 조금 더 덥습니다."

"농담도 잘하시고. 여기 말을 참 잘하시네요."

"그렇습니까? 찜질방에서 할 일도 별로 없고 드라마를 많이 봐서 그런 것 같습니다."

처음 볼 때부터 낯이 익었다 싶었는데 민구와 많이 닮았다. 민구가 죽지 않고 살아 있다면, 자라서 성인이 되었다면 꼭 이런 모습일 듯싶었다. 커다란 눈과 오똑한 코, 거무스레한 살빛, 검고 곧은 머리칼…….

"왜 그렇게 뻔히 보십니까? 내 얼굴에 뭐 묻었습니까?"

"아, 죄송합니다. 민구라고 제가 아는 사람과 너무 닮아서."

"나는 민구가 아닙니다. 내 이름은……."

외국인 동료는 아주 길고 발음이 어려운 이름을 말했다. 경수가 이름을 부르는 데 몇 차례 실패하자 외국인 동료는 너무 어려우면 그냥 민구리고 불리도 좋다고 했다.

"안 그래도 쉬운 이름이 하나 필요하다고 생각했습니다. 이것도 인연이니까 애칭을 민구로 하겠습니다."

문득 경수는 옆에 앉은 동료만큼은 아니지만 그동안 주변에서 본 남아시아 출신 노동자들이 대체로 민구를 조금씩 닮았다는 것을 깨달았다. 집시가 유럽 등 세계 각지로 이주하기 전에 원래 남아시아에서 살았다고 들은 적이 있다. 집시가 그 어원인 이집

트가 아니라 남아시아에서 유래했다는 것. 어쩌면 자기가 집시라고 했던 민구의 말이 사실일지도 모른다.

경수는 상상했다. 무동에 광대의 천막촌이 있던 시절, 무동에서 세계광대대회가 열린다. 발칸반도 대표로 참가하게 된 민구의 선조가 실크로드를 따라 오랜 이동 끝에 무동에 도착한다. 대회를 마치고 발칸으로 돌아가려 하는데 전에 없던 철조망이 길을 가로막는다. 그후로 광대의 천막촌이 사라지고 민구의 선조는 무동을 떠나 여러 곳을 떠돌며 산다. 이따금 종족의 무리가 있는 곳으로 돌아가려는 시도를 하지만 그때마다 철조망에 가로막힌다. 오랜 세월이 지나 민구 할아버지가 어린 시절을 보낸 무동으로 돌아온다…….

5

광석 엄마는 미용실에서 차례를 기다리는 동안 여성지를 뒤적이다가 섹스가 여성의 건강에 미치는 영향을 다룬 글을 읽었다. 기사는 섹스의 운동효과에 대한 이야기로 시작했다. '격렬한 섹스를 한 번 하면 무려 200칼로리를 소모하는데 이것은 줄넘기 1,500회를 했을 때 얻을 수 있는 운동효과다.' 그래. 잘해오고 있었어. 많이 먹는 편이고 별다른 운동을 하지 않는데도 이렇게 날씬한 몸매를 유지하는 데는 다 그럴 만한 이유가 있었어. 미소를 지으며 가볍게 고개를 끄덕이던 광석 엄마는 이어지는 내용을 읽다가 정신이 번쩍 들었다.

'콘돔을 사용하지 않으면 여성이 섹스를 통해 얻을 수 있는 이점은 더욱더 늘어난다. 정액에서 정자가 차지하는 비중은 1퍼센트 정도. 나머지 99퍼센트에는 몸에 좋은 여러 영양물질과 호르몬이 들어 있다. 콘돔을 사용하지 않으면 이러한 좋은 물질들이 질벽을 통해 체내에 흡수된다. 이 가운데 전립선에서 분비되는 한 호르몬은 여성의 몸속에 흡수되었을 때 질과 외음부로 유입되는 혈액의 양을 늘려 성적 흥분과 쾌감을 높여준다. 뿐만 아니라 신체의 전반적인 혈액 흐름을 원활하게 하여 피부 미용과 기억력 개선, 순환기질환 예방, 노화 방지에 도움을 준다. 한편 정액 속의 어떤 성분이 우울증을 예방하고 치료한다는 연구결과도 있다. 한 논문에 따르면 섹스를 할 때 콘돔을 사용하지 않는 여성은 콘돔을 사용하는 여성보다 우울증에 걸리는 비율이 현저하게 낮다고 한다.'

이쯤, 세싱에…… 이거야말로 불로징생의 묘약 아닌가. 미국에서 나온 연구논문과 책을 참고로 해서 쓴 글이라고 하니 과학적인 근거도 충분하다. 오, 아까워라. 그 귀한 약을 지금까지 다 버리다니. 앞으로는 토마토와 함께 이 천연 보약을 꾸준히 섭취해야지. 그러기 위해서는 이제 콘돔 말고 다른 피임 방법을 써야 한다. 피임약은 간편하기는 하지만 오랜 기간 매일 계속 먹기가 부담스럽다. 혹시 있을지 모르는 크고 작은 부작용에 대한 우려를 완전히 떨쳐버릴 수가 없다. 콘돔처럼 빨아서 다시 쓸 수도 없으니 비용도 많이 든다. 그럼 정관수술은 어떨까. 기사에 따르면 정액의 90퍼센트는 전립선과 정낭에서 분비된다고 하니 정관을 막아도 영양 성분에는 큰 변화가 없다. 비용 측면에서는 단연 최고다. 단 한 번의 수술로 끝. 더 이상 돈이 들지 않는다. 광석 엄마는 고민 끝에 새로운 피임 방법으로 정관수술을 선택했다. 몸에 칼을 대는 게 께름칙하기는 하지만 내 몸도 아닌 데다가 아주 간단한 수술인데 뭐……. 피임 방법의 선택도 일종의 집안일로 간주한 광석 엄마는 이 문제에 대하여 광석 아버지와 상의할 필요는 전혀 없다고 생각했다.

*

스무 살이 된 일석은 학력 미달 사유로 군대를 면제받았다. 일석에게 군대는 죽도록 맞는 곳이었다. 어릴 때 공장에서 맞으면서 항상 듣던 말. 이 정도는 군대에서 맞는 거에 비하면 아무것도 아니야. 일석이 엄마의 선견지명에 감탄하고 고마워하고 있는 사이 토마토 문은 중동에 가면 많은 돈을 벌 수 있다는 이야기를 어디선가 듣고 왔다. 토마토 문이 일석에게 무심한 투로 말했다. 중동에서 대수로 공사를 한다는데 그 일을 하면 여기 공장에서 일하는 것과는 비교할 수 없을 정도로 많은 돈을 번다고 하더라. 토마토 문은 오래전부터 그래왔던 것처럼 선택은 아들에게 맡겼다. 방금 전 군대 면제 사실을 알게 된 일석은 당장은 힘들겠지만 엄마 말을 들어서 나쁘게 되는 일은 없다고 생각하고 흔쾌히 중동으로 가겠다는 결정을 내렸다. 일석은 석 달 동안 직업훈련기관에서 교육을 받은 다음 중동으로 떠났다. 초등학교를 졸업하고 공장에 다닌 것처럼 이것도 가풍이 되어 동생들은 스무 살이 되자 차례로 형이 간 길을 따라갔다. 그렇게 열 명의 아이들이 중동으로 갔다. 거기서는 공장에서보다도 더 돈 쓸 일이 없었다. 아이들은 불볕더위 속에서 대수로 공사를 하며 힘겹게 번 돈을 비상금만 조금 남겨놓고 전부 엄마에게 보냈다.

*

 언제부턴가 건설현장에 외국인 노동자가 하나둘 보이기 시작하더니 날이 갈수록 그 수가 늘어났다. 광석 아버지의 일당은 여러 해 동안 정체와 소폭 하락을 반복했다. 무동의 다른 남자들에 비하면 여전히 많이 버는 편이었지만 중동에서 일하는 아들 하나가 버는 돈에도 크게 못 미쳤다. 그동안 광석 아버지는 열네 식구의 생계가 자기 손에 달려 있다고 생각하며 쉬지 않고 일을 했다. 이제 자기가 아니어도 된다. 중압감에서 벗어나자 홀가분하기도 했지만 그보다는 쓸쓸한 마음이 더 컸다. 중년의 위기도 겹쳤다. 무슨 낙으로 사는지 몰랐고 인생이 허무하게 느껴졌다. 게다가 활기를 잃은 남편을 위로한다고 광석 엄마가 한 말들이 오히려 광석 아버지를 더욱더 쓸쓸하게 했다.
 "당신도 일만 하지 말고 취미생활도 하고 그래."
 이 말은 광석 아버지에게 그럴 필요도 없었는데 왜 이제까지 바보처럼 일만 하고 살았느냐는 말로 들렸다. 광석 아버지의 시큰둥한 표정을 보고 광석 엄마가 말을 이었다.

"아니면 하다못해 다른 남자들처럼 술 담배라도 하든지."

광석 아버지는 아내의 말을 듣고 거의 울고 싶은 기분이 들었다. 술은 원래 못 마시고 담배는 결혼 직후 끊었다. 당시 아내는 금연을 권고 혹은 지시하면서 담배 한 갑 가격으로 살 수 있는 생필품의 목록을 침을 튀기며 십여 분 동안 쉬지 않고 열거한 바 있다. 그 사실을 까맣게 잊었단 말인가.

하루는 티브이 가요 순위 프로그램에 록 밴드가 출연하여 노래와 연주를 하고 있었다. 광석 엄마가 틀어놓은 방송이었고 광석 아버지는 아무 생각 없이 티브이 화면에 멍하니 시선을 고정시켜놓고 있었다. 굳이 무슨 생각을 했다고 한다면 '록 밴드가 1위 후보가 되는 건 참 오랜만이네' 정도였다. 광석 엄마가 티브이 화면과 광석 아버지의 얼굴을 번갈아 바라보며 말했다.

"왜? 후회돼? 누가 말려? 지금이라도 음악을 하지."

광석 엄마의 의도는 정말 순수했다. 남편이 일만 하지 말고 다른 취미생활을 했으면 좋겠는데 그것이 음악이어도 괜찮겠다는 것. 예기치 않게 약간 비꼬는 듯한 말투와 억양이 나온 건 지난 몇 주 동안 성격에 어울리지 않게 남편의 눈치를 살피며 숨죽이고 지낸 데 대한 짜증이 불쑥 솟구쳐 올랐기 때문이다. 광석 아버지는 아내의 이상한 말투에 서운한 감정이 극에 달했다. 자신의 삶이 통째로 부정당하는 느낌. 지금까지 내가 왜 이렇게 살아왔는데……. 아내 앞에서 한 번도 소리를 높여본 적이 없는 광석 아버지가 크게 고함을 질렀다.

"나도 중동으로 갈 거야."

자신의 목청에 당황한 광석 아버지가 소리를 조금 낮추었다.

"거기가 벌이가 훨씬 낫고. 오랫동안 못 본 아이들이 보고 싶기도 하고."

광석 엄마가 눈을 부릅뜨고 광석 아버지를 노려보았다.

"가기만 해봐. 다시는 나를 못 볼 줄 알아."

삶의 전부였던 음악도 단번에 끊은 광석 아버지. 비록 충동적인 결심이라 해도 한번 결심을 하면 단호했다.

광석 아버지가 중동으로 떠날 날이 다가오자 광석 엄마는 이혼서류를 내밀었다. 광석 아버지가 굳이 이렇게까지 해야겠냐고 하자 광석 엄마는 굳이 중동까지 가야겠냐고 맞섰다. 며칠 동안 똑같은 대화가 반복되었다.

마지막 밤 부부는 이따금 눈물을 흘리며 마지막 정사를 나누었다. 마지막이니만큼 서로에게 최선을 다했다. 그리고 이혼서류에 도장을 찍었다. 평소 피부 미용과 노화 방지에 신경을 많이 쓰는 광석 엄마가 끝내 마음에 걸린 광석 아버지는 혹시 광석 엄마가 의리 따위에 얽매일지도 모른다는 노파심에서 안 해도 될 말을 했다.

"이제 자유롭게 살아도 돼."

"그야 당연하지. 이제 우린 남남인데."

"그렇지, 남남……."

"대신 당신은 자유롭게 살면 안 돼. 나를 떠난 벌이야."

　열 명의 형들과 달리 광석은 초등학교를 졸업하고 공장에 가지 않았다. 초등학교 6학년 때 광석 엄마가 적성검사 차원에서 공부가 좋냐고 물었을 때 공장에 가기 싫었던 광석은 공부가 좋다고 대답했다. 거짓말은 아니었다. 뒤에 '공장에 다니는 것보다는'이라는 말을 생략했을 뿐이다. 형제들 가운데 처음으로 광석은 중학교에 진학했다. 공부와 담쌓고 살아도 고등학교까지 다니는 데 큰 어려움은 없었다. 광석이 고3이 되자 광석 엄마가 또다시 공부가 좋냐고 물었다. 이런, 아직 끝난 게 아니었다. 대학에 가지 못하면 영락없이 공장에, 아니 이제 공장보다 더 힘든 중동에 가야 한다. 그런데 대학은 공부가 좋다는 말만으로 들어갈 수가 없다. 시험을 봐야 한다. 다행히 시대의 흐름과 교육당국의 정책 변화가 광석을 도왔다. 그사이 출생률이 급격하게 낮아지고 대학의 설립요건은 대폭 완화되면서 광석과 같은 학생을 받아줄 만한 학교도 몇 개 생겼다. 광석은 원서만 내면 붙는 학교를 하나 찾아 지원했다. 오로지 중동행을 피하는 것이 목적인 광석에게 학교의 인지도나 건학 이념, 재정 건전성, 졸업생 취업률 따위는 전혀 중요하지 않았다. 광석이 대학을 한 학기 다니고 군대에 갔다 오자 더 이상 중동에 갈 필요도, 더 이상 공부가 좋다는 말을 할 필요도 없는 상황이 되어 있었다. 광석 엄마는 오래전부터 광석 아버지가 번 돈은 생활비로 쓰고 아이들이 공장과 중동에서 번 돈은 대부분 저축을 했다. 그 자체로도 적지 않은 돈인데 광석 엄마는 그 돈을 엄청난 규모로 불려놓았다. 광석은 알아차렸다. 엄마에게 당장 필요한 건 중동으로 가서 추가로 돈을 벌어줄 사람보다는 옆에서 일을 도와줄 믿을 만한 사람이라는 것을.

막내 현석도 광석처럼 공장행을 피했다. 중학교에 들어간 현석은 광석과 달리 내내 불안해했다. 공부가 좋다는 말이 거짓말로 밝혀지면 어떡하나. 현석은 공장에 가지 않기 위하여, 공부가 좋다는 말에 책임을 지기 위하여 기를 쓰고 공부를 했다. 성적이 점점 올라 고교에서는 마침내 상위권에 들었다. 그럼에도 여전히 진정으로 공부가 좋다는 경지에는 이르지 못한 현석은 언제 중동으로 가라는 명령이 떨어질지 몰라 불안한 마음에 대학은 멀리 미국에 있는 학교를 선택했다.

*

광석 엄마는 광석 아버지가 떠나고 난 뒤 한동안 상심에 빠졌다. 자유로운 몸이 되었지만 남자를 가까이 하지 않았다. 대신 일에 빠졌다. 광석 엄마는 아이들이 공장과 숭농에서 번 돈을 부동산에 투자했다. 광석 엄마는 물건을 선택하는 데, 그리고 사고파는 시기를 판단하는 데 뛰어난 감각이 있었다. 운도 많이 따라주었다. 5년쯤 지나자 감이나 운의 비중은 크게 줄었다. 돈이 돈을 벌었다.

사업이 안정적인 궤도에 오르자 광석 엄마는 비로소 수 년 동안의 금욕기간을 종료하고 남자를 만나기 시작했다. 그런데 여러 남자를 만나봐도 광석 아버지만 한 남자가 없었다. 게다가 재산 문제도 있어서 진지한 만남은 피하고 가벼운 연애만 하기로 했다. 광석 엄마는 새삼 광석 아버지에게 고마움을 느꼈다. 애초에 광석 아버지의 성실한 노동이 없었다면 이만큼의 부를 이루는 것은 불가능했다. 아버지가 열심히 일하는 모습을 보고 자란 아이들도 잘 커서 근면한 생활태도가 몸에 배었다. 특히 광석은 천성이 거칠고 욕심도 많고 주변 환경도 좋지 않았지만 아주 비뚤어지게 나가지 않은 것은 아버지에 대한 존경심 때문이리라. 그렇다고 광석 아버지와 재결합하기를 기대하고 있는 건 아니다. 감히 중동으로 떠난 것만큼은 절대로 용서할 수가 없다. 게다가 재산 문제도 있어서 광석 아버지를 받아주는 일은 절대 없으리라. 그저 고마움을 잊지 않겠다는 것. 미움은 미움이고 고마움은 고마움. 그걸 분리할 줄 알아야 한다. 광석 엄마는 깨끗하고 넓은 집으로 이사를 했지만 광석 아버지와 함께 열두 아이를 생산한 추억이 있는 무동의 집은 그대로 두고 별장으로 사용했다. 인력사무소는 별로 돈이 안 되는 사업이지만 광석 아버지에 대한 오마주 차원에서 운영했다.

어느 날 광석 엄마는 토마토 농장에서 일하던 처녀 시절의 꿈을 떠올렸다. 무동의 땅을 다 갖고 싶다는 꿈. 이제 그리 황당한 일만도 아니었다. 광석 엄마는 값이 크게 떨어진 무동의 땅을 사들이기 시작했다.

인호는 마침내 한 달간의 교육과정을 마쳤다. 강사는 시내 번화가의 대형 목욕탕은 손님이 많기는 하지만 권리금이 만만치 않다고, 식당이나 카페 같은 웬만한 가게 하나 차릴 수 있는 돈을 내야 한다고 했다. 그러면서 초보자는 권리금이 없는 동네 목욕탕에서 경험을 쌓는 게 좋다고 했다. 인호로서는 선택의 여지가 없었다. 위험 부담을 고려하지 않더라도 당장 돈이 없으니 강사의 권고를 받아들일 수밖에 없는 처지. 인호는 학원의 소개로 주택가의 한 목욕탕에서 일을 시작했다. 인호는 권리금을 내지는 않았지만 목욕탕 청소를 도맡아서 해야 했다. 남의 목욕탕을 영업장소로 이용하는 데 대한 대가였다. 첫날 목욕탕 사장이 이따금 시범을 보이기도 하면서 인호가 해야 할 일을 지시했다.

늦어도 아침 여섯 시까지는 출근을 해서 온탕과 열탕에 물을 받아놓고 손님 맞을 준비를 한다. 시간이 날 때마다 수시로, 적어도 한 시간에 한 번씩은 목욕탕 안을 돌면서 청소를 하고 정리 정돈을 한다. 샤워기 주변에 손님들이 쓰고 버린 일회용품과 쓰레기를 치우고, 바닥에 던져놓은 젖은 수건을 모아 수거용 바구니에 넣고, 여기저기 흩어진 플라스틱 대야를 물로 헹구어 정해진 자리에 크기에 맞추어 쌓아놓는다. 본격적인 청소는 영업이 끝나기 30분 전인 저녁 여덟 시 반에 시작하는데 남아 있는 손님들에게 방해가 되지 않도록 조심한다. 물때에는 안타깝게도 진공청소기도 빗자루도 심지어 대걸레도 사용할 수가 없다. 주요 청소도구는 솔이다. 락스를 섞은 액체세제를 솔에 묻혀 타일 하나하나를 빡빡 문질러 닦아야 한다. 손님이 미끄러져 다치면 때밀이에게 우선적인 책임이 있으니 바닥 청소에 특별히 신경을 써야 한다. 벽과 거울은 바닥만큼 열심히 닦을 필요는 없다. 매일 청소를 하기 때문에 수건으로 대충 비누거품을 바르고 곧바로 샤워기로 헹구어내도 된다. 탕 내부는 물때가 가장 많이 끼는 곳이다. 그런 만큼 청소가 어렵고 또 중요하다. 열탕과 온탕은 하루에 한 번, 냉탕은 일주일에 한 번 물을 빼고 청소를 한다.

인호가 냉탕은 왜 일주일에 한 번만 청소를 하느냐고 묻자 목욕탕 사장은 냉탕은 손님들이 자주 이용하지 않는 데다가 들어가더라도 추워서 오래 머무르지 않는다는 이유를 들었다. 또한 더운물에서는 불은 때가 몸에서 잘 떨어져 나오지만 찬물에서는 그렇지 않다고 했다. 인호가 냉탕은 온탕에서 나온 직후 땀이 범벅인 상태로 들어가는 경우가 대부분이라며 때는 몰라도 땀은 어떡하느냐고 문제를 제기하자 목욕탕 사장은 때는 눈에 보이지만 땀은 눈에 보이지 않으니까 괜찮다는 답변을 내놓았다. 물론 눈에 보이지는 않지만 땀의 여러 성분들을 고려하면 세균은 때보다는 땀을 더 좋아할 것 같다는 반론을 인호가 펼치자 목욕탕 사장은 급기야 짜증을 냈다. 나 참, 때밀이가 쓸데없이 그런 걱정을 왜 해? 오히려 청소할 일이 줄어서 좋은 거 아니야? 인호는 그제야 자신의 처지를 깨닫고 고분고분한 태도를 취했다. 아, 그렇죠. 죄송합니다. 제가 워낙에 걱정이 많은 성격이라……. 그럼 물값이나 걱정해. 예, 알겠습니다. 물, 아껴야죠. 우리나라 물 부족 국가,

맞죠? 아, 아직은 아닌가요? 그건 내가 알 바 아니고……. 목욕탕 사장은 계속해서 업무를 지시했다. 몸의 물기를 닦을 때 쓰는 두꺼운 수건은 세탁과 건조를 전부 외부 업체에 맡긴다. 따로 할 일은 없고 정리만 잘하면 된다. 비누칠을 할 때 쓰는 까끌까끌한 얇은 수건은 물을 빼기 전 탕에 넣고 몇 번 휘저은 다음 탈수기에 넣고 돌리면 세탁과 건조가 모두 끝. 손님들이 이미 비누칠을 해놓았으니 다시 비누칠을 할 필요가 없고 구멍이 송송 뚫린 천이니 때도 잘 빠지고 잘 마른다. 인호는 차마 더 이상의 이의제기를 할 수 없었다. 대신 속으로 굳게 다짐했다. 이 모든 것이 업계의 관행일지도 모르니 앞으로 다른 목욕탕에 가게 되더라도 비누칠 용도의 수건은 절대 쓰지 않겠다고. 아울러 냉탕에도 절대 들어가지 않겠다고. 때밀이를 직업으로 하는 한 따로 목욕탕에 갈 일이 있을지 모르겠지만.

첫날 인호는 목욕탕 청소를 하는 데 세 시간이 넘게 걸렸고 거의 자정이 다 되어서야 퇴근을 했다. 이후로 일에 익숙해지면서 청소시간이 조금씩 줄어들었다. 그러나 두 시간의 벽을 뚫지는 못해서 결국 퇴근시간은 저녁 열 시 반 언저리로 고정되었다. 인호는 목욕탕에서 송 사장으로 불렸다. 목욕탕 사장뿐만 아니라 때밀이, 이발사, 매점 운영을 겸하는 구두닦이 등 목욕탕에서 일하는 사람들 모두가 사장이었고 서로가 서로를 사장이라고 불렀다. 어쩌면 사장이라는 호칭이 당연한지도 몰랐다. 그들 모두가 한 공간에서 일하기는 하지만 목욕탕에 고용되어 정해진 임금을

받는 직원이 아니라 각자 알아서 수익을 내야 하는 자영업자이
니까. 그럼에도 인호는 사장이라는 호칭이 영 어색했다. 사장이
라니. 목욕탕 사장에게 시시콜콜 업무지시를 받고 청소검사까지
받아야 하는 처지인데 사장이라니. 한편으로 사장이라는 호칭은
무섭기도 했다. 손님이 없으면 한 푼도 못 번다는 말. 실제로 처
음 사흘 동안 인호에게는 손님이 하나도 없었다. 이발사와 구두
닦이가 지난 한 달 동안 목욕탕에 때밀이가 없었기 때문이라며
조금만 더 기다리면 손님이 많이 생길 거라고 했지만 불안한 마
음은 가시지 않았다. 계속 손님이 없다면 목욕탕의 온갖 궂은일
을 공짜로 해주는 셈.

넷째 날 드디어 한 손님이 인호에게 때를 밀어달라고 했다. 인
호는 첫 손님에게 다가가며 마치 입사시험 최종면접을 보러 가
는 사람처럼 긴장했다. 학원에서 연습한 게 실전에서도 통할까.
그동안 배운 기술이 과연 시장에서 화폐로 교환될 수 있는 것일
까. 혹시 일이 서툴다는 이유로 퇴짜를 맞지는 않을까. 손님 앞에
선 인호는 굳은 표정으로 떨리는 손에 천천히 수건을 감고 때를
밀기 시작했다. 손목이 평소처럼 잘 돌아가지 않았다. 유연한 손
목 하나만큼은 누구보다도 자신이 있던 인호는 당황했다. 당황
을 하자 손목이 더 뻣뻣해졌다. 당장 손님이 벌떡 일어나서 소리
를 지를 것만 같았다. 뭐야, 이거 순 엉터리네. 됐어. 그만둬. 차라
리 내가 미는 게 낫겠다. 남의 돈 먹기가 그렇게 쉬운 줄 알아? 다
행히 5분쯤 지나자 땀이 흠뻑 쏟아지면서 몸이 풀리고 손목도 원
래 상태로 돌아왔다. 이윽고 손님의 고른 숨소리. 대체로 만족하

고 있다는 신호로 읽어도 될 듯했다.

한숨을 돌린 인호는 허리를 굽히고 고개를 깊이 숙이는 동작을 취하다가 그제야 자신의 배꼽 속과 뱃가죽의 접힌 주름 사이마다 손님에게서 떨어져 나온 때가 가득 끼어 있는 것을 보았다. 거의 매일 때를 미는 학원의 실습 상대들에게는 때가 많이 나오지 않았기에 이런 상황은 미처 예상하지 못했다. 순간 눈물이 날 뻔했다. 누가 억지로 시킨 일도 아닌데, 스스로 선택한 일인데, 자신의 신체 깊숙한 곳을 대거 점령한 타인의 분비물을 보자 말할 수 없는 치욕감을 느꼈다.

그동안 인호는 스스로 자유롭게 선택한 일이기에 세상의 시선에 주눅 들지 않고 당당하게 밀고 나아갔다. 그러나 이제 오히려 선택의 여지가 없는 일임을 받아들이지 않고서는 더 이상 일을 계속할 수가 없다는 걸 깨달았다. 세상은 그렇게 만만치가 않다. 치욕은 선택사항이 아니다. 받아들여야 한다. 삶의 다른 선택지가 없음을 무조건 받아들여야 한다. 이건 특정 직업만이 아니라 거의 모든 세상 사람들에게 해당되는 문제일 터. 사회생활이라는 게 더 정도의 차이만 있을 뿐 온갖 굴욕과 모욕과 치욕을 받아들이는 과정 아닐까. 인호는 선택의 여지를 두는 건 도망갈 핑계를 마련하는 것일 뿐이라는 결론에 이르렀다. 그러자 마음이 담담하고 차분해졌다. 선택의 자유를 배제하자 오히려 자유로워졌다. 인호는 이제 완전히 다른 세계로 들어왔고 완전히 다른 존재가 되었다고 느꼈다. 앞으로는 폭포처럼 쏟아지는 때로 온몸에 샤워를 해도 무덤덤할 것 같았다.

그날은 더 이상 손님이 없었다. 다음 날은 손님이 둘. 그다음 날인 토요일에는 여섯. 일요일에는 일곱. 평일에 손님이 적은 걸 감안하면 주말에는 하루에 열두 명쯤은 되어야 한 달에 2백 명으로 일반 회사원 수준의 수입을 확보할 수 있다. 그러나 손님 수와 수입 계산보다 적응이 우선이다. 당장은 버텨내는 게 무엇보다도 중요하다. 아무리 손님이 많이 와도 감당할 체력이 안 되면 받을 수가 없다. 학원에서 실습할 때는 하루에 한 명만 밀었으니 체력은 전혀 고려의 대상이 아니었다. 실전에서는 손님이 오면 하루에 열 명이고 스무 명이고 밀어야 한다. 한꺼번에 몰려서 오면 휴식시간도 없이 연속으로 밀어야 한다. 더구나 실제 목욕탕은 학원의 실습실보다 온도와 습도가 높다. 가만히 있어도 땀이 나고 숨쉬기가 거북한 공간에서 격렬한 노동을 계속 하다 보면 체력 소모가 정말 장난이 아니다. 세 명의 손님을 연속으로 밀고 났을 때 인호는 마치 넓은 바다를 헤엄쳐 건넌 듯 숨이 차고 진이 빠졌다. 돈이고 뭐고 제발 더 이상 손님이 안 왔으면 좋겠다는 생각까지 들었다. 상황을 심각하게 인식한 인호는 적응을 최우선 과제로 삼았다. 손님이 더 늘기 전에 체력부터 길러야 한다. 체력이 받쳐주지 않으면 업계에서 퇴출될 수도 있다. 그렇다고 체력을 기르기 위해 따로 운동을 할 여유도 없다. 설령 여유가 있다 하더라도 운동은 여기서 체력 소모를 더 늘려 피로만 배가시킬 뿐. 일을 통해서 차츰 체력을 기르는 수밖에. 그러기 위해서는 손님이 급격히 늘면 안 된다. 당분간 현상을 유지하거나 서서히 늘어야 한다. 인호는 그동안 때를 미는 손님에게 서비스로 10분 동안 등 마사지를 해주었다. 때밀이학원 강사의 권고에 따른 것으로 단골을 확보하고 손님을 늘리기 위한 전략이었다. 손님들의 반응이 꽤 좋았지만 인호는 적응을 최우선 과제로 설정하면서 등 마사지 서비스도 잠정적으로 중단하기로 했다.

그사이 인호는 수지와 몇 번 더 만났다. 인호는 수지 앞에서 대체로 솔직한 태도를 취했다. 잘못은 곧바로 인정하고 사과했다. 허세를 부리지도 않았고 약점을 감추려고 애를 쓰지도 않았다. 인호는 그런 태도가 수지와의 관계에 긍정적인 영향을 미쳤다고 느꼈다. 하지만 수지의 뒤를 따라간 사실만큼은 쉽게 털어놓지 못했다. 처음 본 여자의 뒤꽁무니나 쫓아다니는 한심하고 찌질한 놈이라는 비난은 얼마든지 감수할 수 있었다. 두려운 것은 단 하나. 부담을 느낀 수지의 결별 선언 가능성이었다.

한 달 넘게 시간을 끌다가 인호는 마음에 걸리는 건 털고 가야 한다고, 수지에게는 역시 솔직한 게 최선이라고, 다음 일은 나음에 생각하자고 결론을 내리고 수지에게 사실을 밝혔다. 인호의 고백을 들은 수지의 얼굴이 굳었다.

"실망이네. 왜 그랬어?"

"그건…… 나도 잘 모르겠어."

인호는 솔직하게 말하되 직접적인 표현은 피하기 위해 애썼다.

"뭐랄까…… 정체를 알 수 없는 어떤 강력한 힘에 나도 모르게 끌려간 거 같아. 처음 본 여자든 잘 아는 여자든 여자 뒤를 쫓아간 건 그게 처음이자 마지막이야."

"다른 건 속인 거 없어?"

인호가 고개를 끄덕이자 수지는 더 이상 캐묻지 않았다.

"이제라도 솔직하게 말했으니 일단 넘어가기로 하지."

그러고 나서 수지는 침묵 상태에 들어갔다. 수지는 고개를 숙이고 시선을 탁자 중앙에 고정시킨 채 이따금 혼자서 술잔을 비웠다. 인호는 수지의 다음 말을 기다리며 마음을 졸였다. 마침내 수지가 고개를 들고 입을 열었다.

"나도 솔직히 말할 게 있어. 나야 너처럼 일부러 뭘 속인 적도 없고 굳이 사실을 밝혀야 할 의무도 없지만, 지금도 말을 안 하는 게 낫다는 생각이 더 강하지만, 왠지 시원하게 털어놓고 싶은 유혹을 물리치지 못하겠네. 나도 너처럼 정체를 알 수 없는 어떤 강력한 힘에 끌려가고 있나 봐. 뭐 갈 데까지 가보자고. 우리 인연의 끝이 어디인지."

"……."

"네가 여탕 일은 어떠냐고 물었을 때 그냥 웃으며 얼버무리고 말았는데 사실은 나, 목욕탕에서 일하지 않아. 유사 업계에서 일하고 있어. 하는 일은 거의 비슷해. 때도 밀고 마사지도 하고. 학원은 일을 시작하고 나서 다녔어. 업소에서 몇 시간 동안 대충 일을 배우긴 했는데 내가 무슨 일이든 제대로 정식으로 배우고 싶어 하는 성격이라. 그리고 미리 낸 학원비가 아깝기도 하고. 나도 원래 때밀이를 하려고 학원에 등록했다가 그보다 몇 배 많은 돈을 버는 유사 업계로 방향을 틀었지. 내가 돈을 좀 많이 벌어야 하거든. 집에 아픈 사람도 있고. 휴학하고 2년 동안 하루에 두세 개씩 온갖 알바를 뛰었지만 출구가 보이지 않더라."

"……."

"한 시간 반 코스의 마사지. 15분 동안 때를 밀고 한 시간 동안 전신 마사지를 하고. 나머지 15분은…… 학원에서 배우지 않은 거야. 손이 아니라…… 입으로 하는 마사지. 그거 하나 때문에 몇 배 많은 돈을 벌어. 그냥 아이스바 같은 거라고 스스로에게 최면을 거니까 그럭저럭 할 만해. 처음 얼마 동안은 하루 일을 마치고 나면 메스꺼워서 맥주로 속을 헹궈내지 않고는 견딜 수가 없었지만……. 아무튼 지금 하는 일 앞으로 딱 3년 동안만 더 할 생각이야. 그럼 돈 문제는 대충 해결돼. 공부도 다시 할 수 있고."

인호는 무슨 말을 해야 할지 몰랐다. 표정 관리조차 힘들었다. 고맙게도 수지가 자기 이야기를 마치자마자 시간이 늦었으니 그만 일어나자고 했다. 집에 돌아와 잠자리에 누운 인호는 최초의 멍한 충격에서 벗어나자 가슴이 쓰려왔다. 마치 실연이라도 당한 것처럼 슬프기도 하고 화가 나기도 했다. 인호는 조금 울다가 잠이 들었다.

다음 날 아침 일어난 인호는 머쓱했다. 내가 원래 이런 성격이 아닌데……. 밤을 꼬박 새울 것 같았는데 어느새 잠이 들었고 심지어 숙면까지 취했다. 인호는 감사하는 마음으로 하루를 시작했다. 어쨌든 수지가 결별 선언은 하지 않았다. 중요한 건 여전히 수지가 보고 싶다는 것, 그리고 다시 수지를 볼 수가 있다는 것이다.

출근을 한 인호는 탕에 물을 받으며 첫 손님을 받을 때의 기억을 떠올렸다. 수지는 아마 몇 배 더, 아니, 몇십 배, 몇백 배 더 고통스러웠으리라. 육체적으로도 때밀이보다 더 힘이 들었을 테고. 그런 강도 높은 노동의 무게에 비해 퇴폐라는 비난은 얼마나 쉽고 가벼운가. 오히려 지난밤의 상심이야말로 사치스런 퇴폐가 아닌가. 인호는 수지를 만나면 그냥 아무 말도 안 들은 것처럼 대하기로 했다. 만류는 말할 것도 없고 격려조차 우습다. 연민이나 위로도 주제넘는다. 그냥 태연하게, 자연스럽게, 이전처럼 대하자.

7

　광석 아버지가 중동으로 떠나기 위해 절차를 밟을 때 관청에서는 이름이 너무 이상하고 비속하다고 문제를 제기했다. 그 때문에 컴퓨터에 자꾸 오류가 발생한다고 했다. 다행히 그사이 개명 절차가 간소해진 덕분에 광석 아버지는 다시 고봉남이라는 이름으로 돌아갈 수 있었다. 중동으로 간 광석 아버지는 아이들과 오랜만에 다시 만났다. 광석 아버지는 아이들과 같은 기숙사에서 숙식을 하며 아이들과 함께 대수로 공사 일을 했다.

　몇 년 후 광석 엄마가 중동에 있는 아이들에게 이제 그러저럭 먹고사는 데에는 큰 어려움이 없으니 더 이상 송금을 안 해도 된다는 내용의 편지를 보냈다. 엄마 걱정은 하지 마라. 앞으로 번 돈은 너희들의 미래를 설계하는 데 쓰도록 해라. 거기서 계속 일할지 고국으로 돌아올지도 전적으로 너희들의 선택에 맡기겠다.

그런데 이쪽은 공장이나 건설현장이나 임금 사정이 워낙 좋지 않아서……. 아무튼 폭염에 건강 조심하고 돌아오는 그날까지 아무 탈 없이 잘 지내길 바란다. 사랑하는 엄마가. 열네살 때부터 일만 해온 열 아들은 엄마의 편지를 읽고 나서 한동안 일의 목표와 보람을 잃었다. 가슴이 허전해진 아이들은 아버지의 권유로 휴식시간에 악기를 하나씩 배우기 시작했다.

다시 몇 년이 흘렀다. 부동산 투자와 여러 사업으로 많은 돈을 번 광석 엄마는 걱정이 생겼다. 처음에 부동산에 투자한 자금은 아이들이 십수 년 동안 공장과 중동에서 흘린 땀에서 나왔다. 행여 엄마가 돈을 좀 번 걸 알고 열이나 되는 아이들이 전부 몰려와 손을 벌리고 권리를 주장하면 어떡하나. 몫을 떼어 주고 나면 광석 엄마에게는 푼돈밖에 안 남는다. 돈이 돈을 버는 세상. 푼돈으로는 아무 일도 할 수 없다. 사랑하는 아이들의 미래에 대해서도 많은 걱정을 했다. 젊은 나이에 갑자기 큰돈을 손에 쥐면 나태해져서 앞길을 망칠 텐데. 광석 엄마는 광식과 이 문제에 내하여 의논한 다음 중동에 있는 아이들에게 송금을 했다.

믿지 않겠지만 그농안 너희늘이 번 돈을 이 엄마는 한 푼도 쓰지 않고 모아두었단다. 그걸 이번에 전부 보낸다. 지금까지 밥해 먹이고 키워준 데 대한 금전적인 보답은 받지 않겠다. 세상에는 그런 것까지 악착같이 받아내려는 부모도 많은 듯하지만 이 엄마는 그렇게 각박하게 굴고 싶지 않다. 부모 자식 사이의 금전거래, 좀 치사하다고 생각하지 않니? 더 이상 우리 사이에 커다란 금전거래는 없었으면 좋겠다. 물론 가벼운 선물 정도야 언제든

환영이다. 한 달 안에 다른 말이 없으면 엄마의 뜻을 받아들이는 걸로 알겠다. 참, 얼마 전에 조금 더 넓고 수세식 화장실이 있는 집으로 이사를 했다. 전에 살던 집은 별장으로 쓰고 있다. 나무와 해먹도 그대로 있고 일주일에 한 번은 꼭 청소를 하고 있다. 너희들이 언제든 와서 쉴 수 있도록. 편지 말미에 광석이 형들에게 한마디 덧붙였다. 엄마 걱정은 하지 않으셔도 돼요. 홀로 남은 엄마는 제가 잘 모실게요. 형들은 하고 싶은 일을 하면서 자유로운 삶을 사세요.

열 아들은 엄마의 제안에 이의를 제기하지 않기로 했다. 전혀 예상하지 못한 목돈이 생긴 데 대한 놀라움이 원금만 돌려받는 이상한 정기적금에 대한 찜찜한 기분을 압도했다. 앞으로 최소한 10년 동안은 일을 하지 않아도 될 듯했다. 열 아들은 그동안 악기 배우는 데 재미를 들였고 음악에서 재능을 발견했다. 마침 음악에 더 많은 시간을 투자하고 싶어 하던 차였다. 그들은 본격적으로 음악을 하기로 하고 아버지와 함께 밴드를 결성했다. 밴드 이름은 고봉남밴드로 정했다.

음악을 완전히 끊었던 광석 아버지는 며칠 고민 끝에 아이들의 제안을 받아들였다. 이제는 아무리 생각해도 음악을 하지 말아야 할 이유를 찾아낼 수가 없었다. 아이들은 다 컸고 가장으로서 부양의 의무도 다했다. 광석 아버지는 취미로 음악을 하는 건신을 장난감 취급하는 것이라고 단정 지었던 젊은 날을 돌이키며 미소를 지었다. 물론 그때가 옳은지 지금이 옳은지는 알 수 없다. 광석 아버지는 록 음악만 위대하다는 편견도 버리고 세상의 모든 좋은 음악에 마음을 열었다. 고봉남밴드는 1년 정도 연습을 한 다음 거리에서 공연을 했고 다시 1년이 더 지나자 가끔 클럽 무대에도 서게 되었다.

*

어느새 토마토 문은 무동의 최대 지주가 되었다. 그녀는 최회장이나 인호 아버지처럼 무동의 개발을 서두르지 않았다. 토마토 문은 생각했다. 나는 10년이고 20년이고 30년이고 느긋하게 기다릴 테다. 왜냐하면 나는 아주 오래 살 거니까. 뇌물을 쓰지도 않고 편법이나 불법에 기대지도 않는다. 그저 기다린다. 시간은 내 편이니까. 무동은 어차피 지정학적으로 개발이 안 될 수 없는 곳. 시간이 문제. 결국에는 내가 이긴다. 토마토 문은 인호 아버지를 떠올리며 안쓰러움을 느꼈다. 고작 그 정도 가지고 인내심이니 끈기를 들먹이다니.

토마토 문이 소유한 땅에서는 벌써 오래전부터 세입자를 받지 않고 있었다. 그녀의 확고한 원칙은 살고 있는 사람을 억지로 쫓아내지는 않는다는 것. 대신 기존의 세입자가 나가면 더 이상 새로운 세입자를 안 받고 집을 비워두었다. 다른 사람이 소유한 집의 경우 세입자가 나가면 집주인에게 대신 집세를 내고 무료로 빈집 관리까지 해주었다. 원래 집주인이 살다가 불편함을 못 견디고 이사를 가서 비어 있게 된 집에 대해서도 마찬가지로 토마토 문은 세입자를 안 들인다는 조건으로 집주인에게 집세를 내고 빈집을 무료로 관리해주었다.

한편 토마토 문은 세입자들에게 다짐했다. 자신은 개발을 하더라도 세입자들을 분열시키고 이간질하는 일은 절대 하지 않겠다고. 강제퇴거나 강제철거 같은 일도 절대 없을 거라고. 그녀는 세입자 전원이 찬성하지 않으면 개발은 없다는 점을 확실히 했다. 만약 개발을 할 경우에는 원하는 세입자 전부에게 임대아파트 입주권을 주겠다는 파격적인 약속을 했다. 그녀는 세입자들을 경제적 사정에 따라 분류하지 않겠다고 했다. 어려운 사람에게 우선적으로 혜택을 주는 것이 얼핏 합리적으로 보이지만 세입자들을 분류하는 순간 세입자들 사이에 분열이 시작되고 지주들이 이간질을 했다는 말이 나오게 된다면서.

"단, 저도 수지를 맞춰야 하니까 세입자 가구 수가 2백이 넘으면 안 됩니다. 현재 세입자가 3백 가구 정도. 예전에 비하면 엄청나게 줄었죠. 이제 백 가구만 더 줄면 됩니다. 하지만 더 늘어날 수도 있어요. 그러니 느긋하게 생각하세요. 저는 절대 서두르지 않겠습니다. 세입자 전원이 개발에 찬성하고 제게 와서 제발 개발 좀 해달라고 부탁하기 전까지 저는 개발에 대한 어떤 시도도 하지 않을 겁니다. 다시 말하지만 느긋하게 생각하세요. 건강 잘 챙기고. 무엇보다 오래 살아야 해요. 수십 년 동안 개발만 기다리다가 병들어 죽고 늙어 죽은 사람 많습니다."

세입자들로서는 토마토 문의 제안에 반대할 이유가 없었다. 다만 시간이 오래 걸린다는 점이 문제. 그동안 세입자들이 개발에 반대한 가장 큰 이유는 갈 곳이 없다는 것이었다. 갈 곳이 없는 사람에게 시간이 오래 걸린다는 건 오히려 반길 일. 그러나 이제 상황이 달라졌다. 개발이 되더라도 강제퇴거는 없다. 오히려 임대아파트 입주권이 생긴다. 세입자들 대다수는 시간을 조금이라도 더 단축하고 싶었다. 그들은 자발적으로 조를 짜서 마을을 순찰하며 세입자 가구 수를 줄이기 위해 노력했다. 다른 곳에 편한 주거시설을 갖춰놓고서 아침저녁으로 잠깐 들르며 주민 행세를 하는 사람들을 적발했고, 밤새 몰래 들어와 빈집을 점령하고서 갈 곳이 없다고 버티려는 사람들을 막아냈다. 그들은 또한 주거환경 개선을 요구하는 시위와 개발을 촉구하는 시위를 벌이기도 했다. 자주는 아니고 아주 가끔. 마음 급한 세입자들도 완급을 조절했다. 시위를 너무 자주 너무 세게 하다가 갑작스레 개발이 결정되면 어떡하나. 세입자 가구 수가 2백이 되기 전에. 그럼 문제가 정말 복잡해진다. 가끔 시위를 하고 언론에 환기를 시키되 마음을 느긋하게 먹어야 한다. 세입자들은 알아서 수위와 속도를 조절했다.

토마토 문의 이런 계획에 결정적인 아이디어를 제공한 이는 아들 광석이었다. 전체적인 계획은 토마토 문이 구상했으나 커다란 걸림돌은 광석이 제거했다. 세입자를 더 이상 안 들이면 필연적으로 빈집이 늘어날 수밖에 없다. 그렇게 되었을 때 생기는 문제는 크게 두 가지. 집세 부담과 빈집 관리의 어려움. 광석은 그것을 한꺼번에 말끔히 해결했다. 단순히 걸림돌을 제거한 정도가 아니라 새로운 수익까지 창출했다. 어릴 때는 말도 안 듣고 싸움박질에 온갖 말썽만 피우고 다니던 놈이 아이디어도 많고 사업감각도 있고 많은 도움이 된다. 그런데 이놈도 언제 엄마를 치고 올라올지 모르니 항상 경계를 늦추지 말아야 한다. 어릴 때 엄마 밥을 뺏어 먹은 놈이다. 그것도 주동자였다.

*

광석은 토마토 문의 여러 사업을 도왔다. 주로 엄마를 닮았지만 아버지에게서 예술적 감수성을 조금 물려받은 광석은 가끔 사업인지 취미인지 애매한 엉뚱한 일을 벌이곤 했다. 무동의 낡은 집에서 깨끗하고 넓은 집으로 이사를 하고 나자 광석에게는 비로소 가난에 대한 물리적 거리와 함께 심리적 거리가 생겼다. 그러자 가난이 물건처럼 느껴졌다. 가난도 물건이라면…… 가난을 한번 팔아보면 어떨까. 요즘 세상에는 가난도 장사가 될 듯했다. 그렇게 해서 구상한 사업이 '고가여인숙'과 '비닐하우스에서 생긴 일', '가난한 밥상' 같은 것들이다.

'비닐하우스에서 생긴 일'은 일종의 가난 체험 테마파크로서 오래된 연인이나 권태기 부부에게 모텔이나 안방이 아닌 곳에서 이색적인 체험을 할 수 있는 기회를 제공했다. 이를 위해 광석은 무동의 빈집들을 개조했다. 원래의 비닐하우스 분위기를 내기 위해 천장과 벽의 검은 천을 뜯어내고 반투명의 비닐을 덮었다. 바닥도 뜯어냈다. 바닥의 절반가량은 맨땅이 그대로 드러나게 했다. 맨땅 한가운데에는 스티로폼을 깔고 시트를 씌웠고 스티로폼 주변으로는 비닐하우스라면 마땅히 있어야 할 각종 채소를 심었다. 바닥의 나머지 반에는 마루를 설치하고 그 위에 침대와 탁자, 냉장고를 들여놓았다. 스티로폼 위에서는 토마토나 오이, 고추 같은 채소들에 둘러싸여 잠시 이색적인 체험을 할 수 있었다. 날씨가 좋을 때에는 천창(天窓)을 열어 체험 중에 별을 볼 수도 있었다. 장시간 휴식을 취하거나 잠을 잘 때는 마루 위의 공간을 이용할 수 있도록 했다. 가난을 잠시 체험하는 것이지 진짜로 가난해지는 게 아니므로. 지붕과 벽이 달랑 비닐 한 장이니 냉난방시설에 완벽을 기했고, 방마다 세면대와 샤워기도 설치했다. 하수도가 없는 마을이기에 화장실만큼은 어쩔 도리가 없었다. 광석은 고민 끝에 어느 유명한 절에 있는 해우소를 모방하여 재래식이지만 비교적 쾌적한 숙박객 전용 공동화장실을 만들었다.

'비닐하우스에서 생긴 일'은 해외 영화제에서 다수의 상을 받은 홍기동 감독이 무명 시절에 생계용으로 만든 영화의 제목이기도 하다. 생계용으로 만들었다지만 영화제에서 상을 받은 다른 영화들보다 광석의 취향에 더 맞았다. 영화의 일부 장면은 무동에서 촬영했다. 광석은 "세계3대영화제 석권한 홍기동 감독의 '비닐하우스에서 생긴 일' 촬영현장"이라고 홍보했다. 허위광고는 아니다. 정확히 어느 지점인지는 모르겠으나 일부 장면을 무동에서 촬영한 것은 사실이니까. 그리고 '세계3대영화제 석권한'이라는 구절은 바로 뒤의 '홍기동 감독'을 수식한다. 읽는 사람이 그 뒤의 '비닐하우스에서 생긴 일'을 수식하는 걸로 오해하는 일까지 책임질 수는 없다.

영화의 남녀 주인공처럼 먹을 수 있도록 광석은 손님들에게

2인 1실 기준으로 컵라면 두 개와 꼬마김치 하나, 소주 두 병, 마른 오징어 한 마리를 무료로 제공했다. 손님들은 대체로 크게 만족했다. 비닐하우스에서 모텔보다 비싼 숙박비를 받아도 아무런 불만이 없었다. 가난이라는 상품은 싸게 팔면 안 된다. 가난을 사려는 사람들은 가난하지 않은 사람들이니까.

숙박을 하고 나서 아침에 속도 풀 겸 간단한 식사를 하려는 사람들을 위해 광석은 '가난한 밥상'이라는 식당을 차렸다. 메뉴는 콩나물국밥 한 가지. 요리는 셀프서비스. 요리 방법을 그림과 함께 알기 쉽게 써서 벽에 붙여놓았지만 광석은 가끔 식당에 들러 손님들에게 직접 요리법을 설명하곤 했다.

콩나물국밥은 저희 아버지가 결혼 전에 이 동네 비닐하우스에서 콩나물을 기르며 혼자 살 때 만들어 먹던 음식입니다. 여러분들을 위해 제가 그걸 약간 변형시켜서 간편하게 해 먹는 방법을 개발했습니다. 라면보다도 간단해요. 아니, 컵라면보다도 간단하죠. 먼저 그릇에 콩나물무침 서너 젓가락 정도를 덜어 넣습니다. 이 콩나물무침은 콩나물국밥에 쓰기 위해 다른 양념은 안 하고 소금과 참깻가루만 넣어 무친 거예요. 물론 그냥 먹어도 먹을 만합니다.

다음으로 고향의 맛, 다시다를 넣습니다. 다시다를 왜 넣느냐고요? 맛있으라고. 그리고 편하니까. 화학조미료를 왜 넣느냐 불만 가지신 분들도 계실 텐데, 비싸고 시간이 많이 걸리는 천연조미료는 가난한 밥상에는 어울리지 않습니다. 어? 왜 그렇게 이상한 눈으로 보세요? 고급식당에서도 화학조미료 많이 씁니다. 웬만한 식당에서는 엠에스지 다 넣어요. 티브이에서 맛집 소개할 때 며느리에게도 안 가르쳐준다는 비법 있죠? 그거 다 엠에스지라고 봐도 돼요. 카메라 앞에서 넣는 걸 보이기 싫으니까 며느리에게도 안 가르쳐준다는 비법이라며 잠시 카메라 치우라고 하는 거죠.

제가 아는 어떤 사람은 예전에 분식집을 하다가 화학조미료 안 넣겠다고 고집 부리다가 손님들이 맛이 없다고 외면하는 바람에 어려움을 겪었다고 들었어요. 쓸데없는 고집 부리다가 가족들만 고생시켰죠. 그런데 그 분식집에서는 순대도 팔았습니다. 물론 순대는 직접 만들지 않고 공장에서 떼어 온 거죠. 사실 공장 순대는 화학조미료 맛으로 먹는 거라고 해도 과언이 아니에요. 얇은 곱창과 약간의 선지를 빼면 대부분 당면인데 어디서 그런 감칠맛이 나겠어요.

외식을 점점 더 많이 하는 시대. 가정에서 아무리 노력해도 소용없어요. 그냥 긍정적으로 받아들이는 게 좋아요. 덕분에 요리에 돈과 시간을 덜 들이게 되었다고. 지금 이렇게 간단하게 요리를 할 수 있는 것도 다 엠에스지 넉분입니다. 게다가 엠에스지가 인체에 무해하다는 건 수십 년 동안의 검증을 통해 밝혀졌어요. 그에 비해 소금과 설탕은 모두가 동의하는 확실한 위험인자죠. 화학조미료에는 엄격하면서 소금과 설탕에는 관대한 태도, 뭔가 부조리하다고 생각하지 않으세요?

뭐, 아무리 인체에 무해하다지만 그래도 진짜 감칠맛이 아니라 가짜 감칠맛이니 웬만하면 절제를 하는 게 좋겠죠. 이 다시다에는 엠에스지는 아주 조금만, 남해산 명품 멸치는 무려 22퍼센트나 들어 있습니다. 혜자 누님, 좋은 일 많이 하시는 분입니다. 그 누님 얼굴을 보세요. 몸에 나쁜 걸 광고하시겠어요?

여기는 솔직합니다. 손님 스스로 양을 조절해 넣도록 하고 있어요. 눈꼽만큼, 이렇게 찻숟가락 끝에 살짝 걸치는 정도만 넣어도 충분합니다. 여기서 먹다가 시중 콩나물국밥집에 가면 화학조미료를 얼마나 많이 넣었는지 단번에 느낄 거예요. 아마 느끼해서 못 먹을지도 몰라요.

이제 계란과 파를 넣습니다. 계란과 파는 라면 끓일 때도 다 넣는 거죠? 면 대신 콩나물무침. 스프 대신 다시다. 라면보다 복잡한 게 하나도 없습니다. 자, 여기에 끓는 물을 붓습니다. 이제 덮개를 덮고 1분만 기다리면 요리 끝입니다. 라면은 면이 익는 데 보통 4분 이상은 걸리니까 라면보다도 훨씬 빠르죠.

앗, 벌써 1분이 다 지났습니다. 덮개를 열어보세요. 계란이 딱 알맞게 반쯤 익었죠? 여기에 공기밥을 말아 드셔도 좋고, 밥이 국물에 붙는 게 싫으신 분들은 따로국밥으로 드셔도 좋습니다. 취향에 따라 선택하세요. 새우젓과 김가루도 식성에 따라 적당히 곁들여 드세요. 김치와 깍두기는 앞에 놓인 통에서 드실 수 있는 만큼만 덜어 드시면 됩니다. 자, 어떠세요? 유명 콩나물국밥집과 비교해도 그리 떨어지지 않는 맛이죠?

광석이 하는 일은 대체로 잘 풀렸다. 걱정거리가 있다면 미국에서 홀로 유학생활을 하는 막내 현석에 대해서였다. 건강하게 잘 지내고 있을까. 밥은 제대로 먹고 사나. 공부가 너무 힘들지는 않을까. 너무 힘들어서 중도에 포기하지는 않을까. 학부까지야 어떻게든 마치겠지만…… 학부만 졸업하고 귀국하여 엄마 사업을 돕겠다고 하면 어떡하나. 광석은 현석에게 편지를 썼다. 형들이 못 한 공부 너는 끝까지 했으면 좋겠다. 학비 걱정은 하지 말고. 시간이 좀 걸리더라도 박사과정까지는 꼭 마치길 바란다. 그래서 꼭 교수가 되었으면 좋겠다. 형들의 숭고한 희생정신을 생각하면 우리 집안에 교수 하나는 나와야 하지 않겠니?

8

공부방을 그만두고 나서 성재는 무동을 한 번도 방문하지 않았다. 역 앞에서 무동까지는 걸어서 20분 거리. 성재는 무동 근처까지 와서 무동에는 가지 않고 며칠 동안 여관 주변 거리와 역 앞 광장만 배회하고 있었다. 더 이상 미루지 말자. 보고 싶지 않은 진실이라 해도 한 번은 마주쳐야 한다. 피하지만 말고 한 번은 부딪쳐야 한다. 노대체 무슨 일이 있었던 걸까. 신문기사 몇 줄에 다 담아내지 못한 사정이 있을지 모른다.

전혀 예상치 못한 엉뚱한 곳에 신도시가 건설되고 뉴타운이 들어섰으나 정작 20여 년 전부터 개발 이야기가 돌던 무동은 아직도 예전 모습 그대로였다. 막상 무동으로 왔지만 성재는 어디로 가야 할지, 누구를 찾아야 할지 막막했다. 떠오르는 사람이라고는 광석 엄마와 인호 아버지 정도. 건물도 길도 그대로인데 어디가 어디인지 감을 잡을 수가 없었다. 마을을 몇 바퀴 돌다가 간신히 인호슈퍼 간판을 발견했다. 성재는 인호슈퍼를 찾고 나서도 뜸을 들이며 마을을 한 바퀴 더 돌다가 가게 안으로 들어갔다. 인호 아버지가 여전히 같은 자리에서 가게를 지키고 있었다. 인호 아버지는 성재를 기억했다. 잠시 의례적인 인사말을 나누고 성재는 곧바로 용건으로 들어갔다.

"제가 프리랜서 기자로 일하고 있는데, 의혹이 완전히 가시지 않은 과거의 사건들을 다시 살펴보는 기사를 쓰고 있습니다. 도움을 좀 받고 싶어서 찾아왔습니다."

인호 아버지는 아는 게 하나도 없다며 손사래를 쳤다. 성재가 취재원에 대한 비밀은 철저히 지키겠다고 거듭 다짐을 하고 나서야 인호 아버지는 마지못한 듯이 성재의 요청을 받아들였다.

"한동환씨는 어떤 사람이었습니까?"

"글쎄요, 저는 친하게 지내지 않아서 잘은 모르겠지만…… 대체로 좋은 사람이었다고, 착하고 성실한 사람이었다고 기억합니다."

"착하고 성실한 사람이 왜 그런 끔찍한 범죄를 저지르려 했을까요?"

"그러게요. 사람 속이란 참 알 수가 없습니다."

"그전에 한씨가 마을에서 무슨 문제를 일으킨 적은 없습니까?"

"없어요."

"그럼 평소에 뭔가 특이한 행동을 한 적은 없나요?"

"제가 아는 한에서는 없습니다. 그냥 착하고 평범한 사람이었어요. 다만…… 변태라는 소문이 있기는 했죠. 전에 분식집 할 때도 그런 소문 때문에 가게를 접은 듯하고. 하지만 다 소문일 뿐. 제가 직접 목격한 건 하나도 없어요."

"한 동네에서만이 아니라 사는 동네마다 그런 소문이 났다면 전혀 근거가 없다고 볼 수는 없겠군요."

"글쎄요."

"화재사건의 원인에 대해서 아시는 게 좀 있습니까?"

"기사 안 읽고 왔어요? 경찰에서 누전이나 실화가 원인이라고 발표했잖아요."

"기사에서는 의문의 화재라고 표현했어요. 경찰도 누전이나 실화 때문인 듯하다고 추정했을 뿐 확실한 화재 원인을 밝히지는 못했습니다. 화재사건이나 살인사건이나 흔하게 일어나는 일이 아닌데 그 두 가지 사건이 한 동네에서 같은 날 발생했어요. 더구나 공교롭게도 두 사건 다 민구네 가족이 연루되있습니다. 단순한 화재사건은 아닌 것 같다는 느낌이 듭니다. 누전이나 실화 말고 뭔가 다른 게 있지 않을까요?"

"다른 거? 다른 거 뭐요? 누전이나 실화가 아니면 마을 사람 누가 일부러 불을 지르기라도 했단 말입니까?"

'글쎄요'를 남발하며 느긋하게 이야기하던 인호 아버지가 화재사건에 대해 묻자 예민해졌다.

"아니, 마을 사람이 무슨 이득을 보려고 불을 지릅니까? 그날 화재 때문에 개털 된 사람 많습니다. 마을 사람 다 그날 화재로 피해를 봤어요. 나만 해도 평생 피땀 흘려 모은 재산 다 날렸습니다. 그린벨트 해제는 취소되고 개발계획은 백지화되고. 땅값은 반 토막에 또 반 토막이 나서 완전 껌값이 됐습니다. 그뿐인 줄 아십니까? 정신적 피해도 커요. 저는 그때 충격 때문에 지금도 돼지고기 못 먹습니다. 돼지고기 굽는 냄새만 맡아도 그날의 화재가 떠올라요. 수십 마리의 돼지가 불에 타 죽었습니다. 사람도 죽었으니 꼭 돼지 타는 냄새라고 할 수만은 없죠. 돼지고기 굽는 냄새가 사람 시체 타는 냄새처럼 느껴지는데 어떻게 돼지고기를 먹겠습니까? 나만 그런 게 아니고 이 마을에 오래 산 사람들 세월이 흘렀지만 아직도 돼지고기 못 먹는 사람 많아요. 이거 사는 게 사는 게 아니에요. 암, 살아서 버티는 것만 해도 대단하지. 고물상 조씨는 결국 충격을 못 견디고 스스로……."

인호 아버지는 당황한 얼굴을 하고 입을 다물었다.

"예? 그게 무슨 말입니까? 누가…… 자살을 했어요?"

"……."

"조씨라고 했죠? 그 사건 때문에요?"

"……."

"돼지고기 못 먹는 것까지는 그럴 수 있다고 해도 자살까지 하다니 도저히 이해가 되지 않습니다. 자기와 직접적인 관련도 없는 사건 때문에 자살을 하다니요."

"……."

"도대체 무슨 일이 있었던 겁니까?"

"정말 저는 아무것도 몰라요. 조씨 그 사람 속에 들어가본 것도 아니고 제가 그 속을 어찌 알겠습니까.”

“제발 부탁드립니다. 도와주세요. 기사는 안 쓰겠습니다.”

“예?”

“사실은…… 한동환씨가 제 아버지입니다. 한동환씨와 부자 관계라는 걸 아시면 편하게 말씀을 못 하실 거 같아서 어쩔 수 없이 기자라고 했습니다. 죄송합니다.”

“아니, 한씨가 아버지라니…… 그게 무슨…….”

성재는 아버지와 오랫동안 떨어져 지내게 된 사정을 털어놓았다. 이야기를 듣고 난 인호 아버지가 성재에게 타이르는 듯한 어조로 말했다.

“한씨가 아버지라……. 그렇다면 더더욱 더 이상 알려고 하지 말아요. 알아봤자 좋을 거 없어요. 그냥 마리가 마녀라고 생각하고 살아요. 아버님이 재수 없게 마녀에게 걸려든 거라고……. 실제로 마리가 마녀라는 이야기도 있었어요. 암, 마녀 맞지. 마리네가 우리 마을로 들어와 살지만 않았다면 내가 평생 피땀 흘려 모은 재산을 날리는 일도 없었을 테니까.”

“경찰은 마리의 증언만 듣고 결론을 내렸어요. 그리고 이제 아버지의 말은 영영 들을 수 없습니다. 제발 도와주세요.”

“글쎄, 아버님 사건은 조씨의 자살과 아무 관련이 없다니까요.”

“그렇다 해도…… 저로서는 지푸라기 하나라도, 사소한 실마리 하나라도 잡을 수밖에 없습니다. 조씨가 왜 자살을 했는지, 아니 그냥 조씨가 어떤 사람이었는지라도 알고 싶습니다.”

성재의 거듭된 간청에 인호 아버지는 마지막 답변이라는 조건을 달고 말했다.

"조씨 그 사람, 겉보기와는 다르게 아주 심약한 사람이었던 것 같습니다. 죽은 민구가 자꾸 보인다고 했어요. 민구가 연주하는 아코디언 소리가 들린다고도 했고. 증세가 점점 심해져서 헛소리를 하고, 허공을 향해 소리를 지르고, 몸은 바짝 마르고. 그러다가 결국……."

"혹시…… 민구에 대한 죄책감이 있었던 걸까요?"

"더 이상은 저도 모릅니다. 이만하면 저로서는 최대한 협조한 겁니다."

고맙다는 인사를 하고 돌아서는 성재에게 인호 아버지는 그제야 생각이 났다는 투로 목수 장씨가 조씨와 친하게 지냈다는 말을 했다. 성재는 장씨의 집이 어디냐고 물었다. 인호 아버지는 장씨가 마을에서 사라진 지 이미 오래라고 했다. 그러면서 언젠가 장씨가 가족과 떨어져 혼자 노숙을 하고 있다는 소문을 들은 적이 있기는 하다는 말을 덧붙였다.

성재는 노숙인을 위한 무료급식소가 있는 곳들을 돌며 장씨를 찾아다녔다. 일주일을 헤매고 다니다가 거의 포기 직전에 마지막으로 한 번 더 들른 위성역 앞 광장에서 성재는 마침내 늙은 소나무 옆 벤치에 앉아 홀로 술을 마시고 있는 장씨를 만날 수 있었다.

성재는 장씨의 이야기를 듣고 화재사건의 내막을 어느 정도 알게 되었다. 인호 아버지와 서로 말이 다른 부분은 장씨 쪽 주장이 더 믿을 만했다. 설득력과 일관성이 있었다. 화재사건과 살인사건이 서로 관련이 있을지 모른다는 성재의 예감은 거의 들어맞았다. 그러나 장씨의 이야기는 여러 정황을 고려한 추측일 뿐이다. 사실을 확인하기 위해서는 마리의 말을 직접 들어봐야 한다.

마리를 찾는 일은 장씨를 찾는 일과는 비교가 안 될 정도로 어려웠다. 사건을 담당한 경찰서로 갔다가, 마리가 수감생활을 한 교도소로 갔다가, 마리가 형기를 마치고 들어간 장애인시설로 갔다가…… 전국을 돌고 돌며 마리의 행방을 찾는 데 한 달이 넘게 걸렸다.

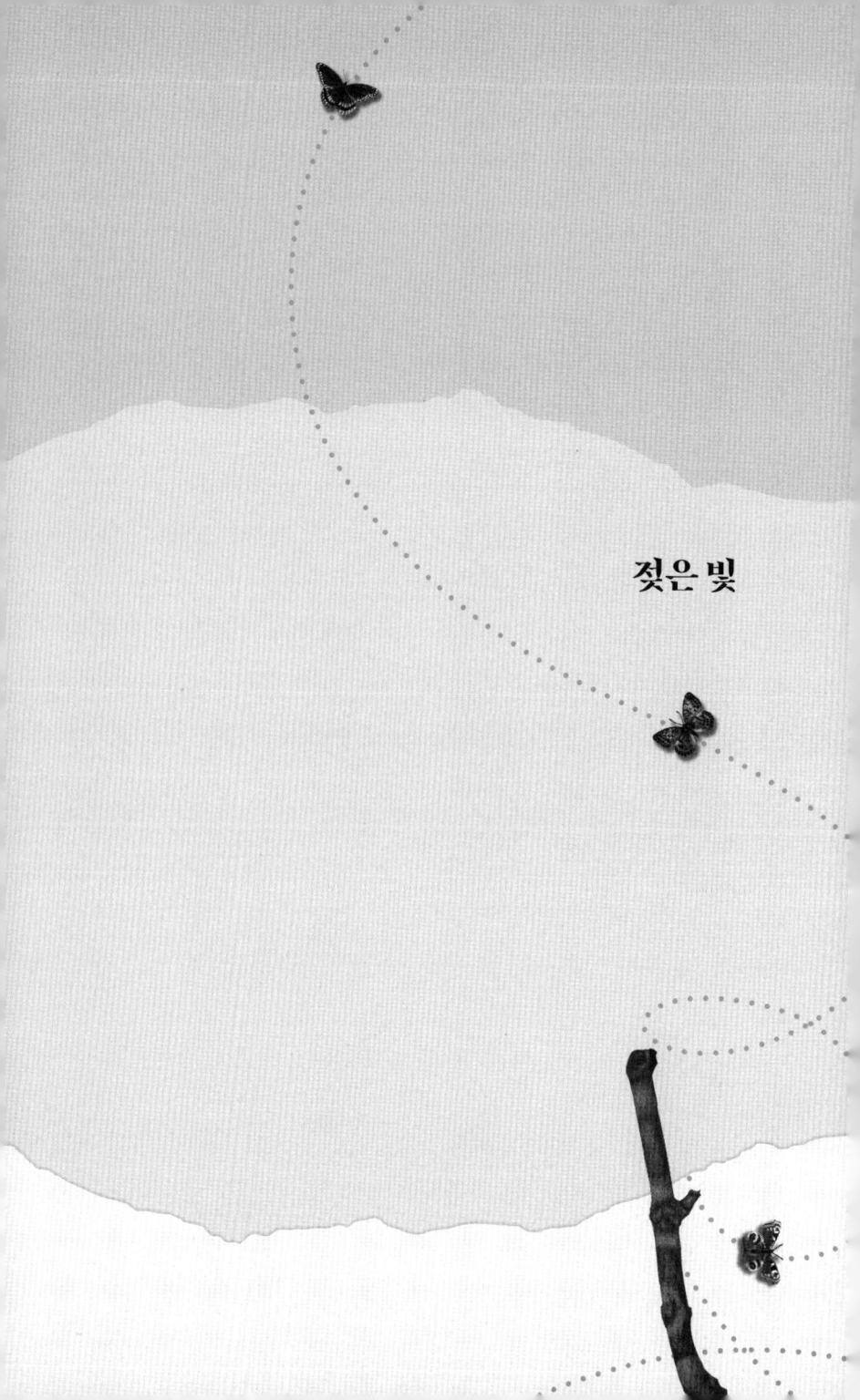

젖은 빛

1

마리의 피부에서는 마리의 피부색과 비슷한 밀크캐러멜의 냄새가 났다. 토마토 문의 바다 냄새가 강력한 대신 어떤 특정한 사람에게만 효과를 발휘했다면 마리의 밀크캐러멜 냄새는 보편적으로 작동한 대신 은은했다. 대부분의 사람들은 마리 근처를 지날 때 맡게 되는 달콤한 냄새를 공기 속에 섞인 각종 샴푸와 화장품, 섬유유연제 냄새나 바람에 실려 날아온 꽃향기쯤으로 여겼고, 그것이 마리에게서 나는 냄새임을 전혀 알아차리지 못했다. 영향권은 반경 3미터를 넘지 않았다. 냄새를 맡았을 때 나타나는 증세도 가볍게 입에 침이 고이는 정도여서 느끼지 못하거나 느끼더라도 그것이 일종의 증세임을 깨닫지 못할 수준이었다.

목수 장씨와 고물상 조씨에게는 사정이 달랐다. 두 사람은 후각이 특별히 예민한 데다가 마리와 근접한 거리에 머무는 기회가 잦았다. 두 사람은 마리를 만날 때면 까닭 없이 배가 고파오고 몽롱해졌다. 마리가 성숙해질수록 그 증세는 더욱 심해졌다. 그렇다 해도 마리가 말을 할 수 있다는 사실을 알았다면 두 사람은 어떻게든 절제를 할 수 있었을지 모른다.

초여름이 되어 마리가 얇고 부드러운 천의 옷으로 갈아입자 봉긋 솟은 가슴 위로 도드라진 젖꼭지의 윤곽이 그대로 드러났다. 그걸 보고 두 사람은 비록 어린애라지만 민망하여 눈을 어디에 두어야 할지 몰랐고 그 뾰족하고 단단한 유두가 얇은 옷을 뚫고 나올까 걱정이 되었다. 열여섯 살이면 이제 몸은 다 컸는데 집에 여자 어른이 없으니 저러고 다니는 거다. 엄마도 없고 할머니도 없고 심지어 언니조차 없으니, 쯧쯧. 그들은 문명인은 저러고 다니면 안 된다고 생각하여 마리에게 속옷을 선물하기로 마음먹었다. 고물상 조씨는 아내에게 시켜도 될 일을 왜 굳이 자신이 직접 하려 하는가에 대한 자각이 아예 없었고, 목수 장씨는 거기까지는 생각이 미쳤지만 아내에게 말했다가는 괜한 오해를 살 수도 있다고 판단했다. 두 사람 다 처음에는 그냥 속옷만 건네주고 오려고 했다. 입어보고 맞지 않으면 나중에 얘기해. 바꿔줄 테니까. 이 말만 하고 오려고 했다.

목수 장씨가 먼저 속옷을 사 들고 마리에게 갔다. 마리가 살며시 미소를 지으며 고개를 가볍게 흔들었다. '우리는 그런 거 입지 않아요. 거추장스러워서'라는 의미였다. 장씨는 마리가 야릇한 미소를 지으며 고개를 살래살래 흔드는 모습을 보고 당연히 '어쩜. 저는 상상도 못 했어요. 이런 걸 다 사다 주실 줄은. 고마워요'라고 하는 줄로 알았다. 지척에서 맡는 마리의 체취와 그 야릇한 미소가 장씨에게 용기를 북돋웠다. 장씨는 바로 그 자리에서 치수가 맞는지 확인하고야 말겠다는, 거역할 수 없는 유혹에 몸서리를 쳤다. 몸에 맞는지 확인해봐야지? 오늘이 지나면 안 바꿔준다고 하더라. 말을 마치기도 전에 장씨는 마리에게 달려가 뒤에서 마리를 덥석 끌어안았다. 두 손으로는 마리의 젖가슴을 꼭 움켜잡았다. 마리가 몸부림을 쳤지만 장씨는 조금만 더 그 자세를 유지하고 싶었다. 마리가 팔꿈치로 연달아 장씨의 배와 옆구리를 찔렀지만 장씨는 그 정도의 통증은 감당할 수 있었다. 얘야, 조금만 더 이러고 있자. 다른 건 바라지도 않아. 그 말을 들은 마리가 얌전해졌다. 마리가 팔꿈치로 찌르는 동작을 중단했다. 곧이어 마리의 몸에 힘이 빠지더니 고개가 앞으로 꺾였다. 얘가 왜 이러지? 장씨는 겁을 먹었다. 기절이라도 한 건가? 기절이 아니라면 혹시……. 그때 마리가 몸을 펴면서 반동을 이용하여 빠른 속도로 고개를 뒤로 젖혔다. 마리의 뒤통수가 장씨의 턱을 때렸다. 순간 장씨의 팔에 힘이 풀렸고 마리는 그 틈을 타 재빨리 장씨의 품에서 빠져나와 달아났다. 정신이 돌아온 장씨는 혀를 깨물며 후회했다. 내가 무슨 짓을 한 거야. 오늘 이 일은 나와 마리 말고 아무도 알면 안 된다. 마리가 말을 못 하는 게 그나마 다행. 잘 타이르고 겁도 조금 주고 하면 어떻게 넘어갈 수 있겠지.

이 일에 대해서 전혀 모르는 고물상 조씨가 며칠 후 똑같이 마리에게 속옷을 사 들고 갔다. 놀라고 겁에 질린 마리가 눈물을 흘리며 고개를 거세게 흔들었다. '제발 이러지 마세요. 좋은 아저씨들인 줄 알았는데 왜들 이러세요. 제발 그만 나가주세요. 자꾸 이러면 소리 지를 거예요'라는 의미였다. 그걸 보고 조씨는 마리가 예상치 못한 선물에 놀라 감동의 눈물까지 흘린다고 생각했다. 당치도 않다는 듯 고개를 흔드는 건 치수가 전혀 맞지 않는다는 얘기일 테고. 내가 너무 작은 걸 샀나. 내가 얘를 너무 어린애 취급했나. 장씨와 비슷한 이유로 조씨는 바로 그 자리에서 치수를 확인하고 싶은 강렬한 충동에 휩싸였다. 조씨가 다가가자 마리가 성큼 뒤로 물러섰다. 예상치 못한 마리의 반응에 조씨는 몹시 서운했고 심지어 화가 나기까지 했다. 아가야, 오늘 아니면 안 바꿔준다잖아. 달아나려고 하는 마리를 조씨가 몸을 날려 붙잡아 바닥에 눕혔다. 그는 발버둥 치는 마리의 원피스를 들추어 허리 위까지 올렸다. 보, 보기만 할 거야. 안 만져. 치수를 확인해야지. 그때 마리가 목에 뭔가 걸린 듯 아악, 끄악, 하악, 마악, 괴상한 소리를 내다가 급기야 말을 토해냈다. 하지, 마세요. 하지 마세요. 마치 짐승이 말을 하기라도 한 것처럼 놀란 조씨가 마리에게서 조금 떨어졌다. 싫, 어, 요. 싫어요. 마리의 목소리가 점점 커졌다. 발음도 차츰 더 또렷해졌다. 소리, 지를, 거예요. 소리 지를 거예요. 마리의 소리를 듣고 사람들이 달려올지도 모른다는 생각에 조씨는 벌떡 일어서서 급히 자리를 피했다.

조씨는 장씨에게 마리가 말을 할 줄 안다는 사실을 넌지시 알렸다. 조씨가 예상한 대로 장씨의 얼굴이 하얗게 질렸다. 두 사람은 혼자만의 비밀로 간직하고 무덤까지 가져가려고 한 자신의 실수에 대하여 서로에게 털어놓았다. 마리에 대해서만 아니라 도덕심에 대해서도 은근히 경쟁자였던 두 사람은 협력관계가 되었다.

조씨와 장씨는 마리가 말을 한다는 걸 알고 나서 하루하루가 불안했다. 가끔 종이에 짧은 몇 마디를 써 보여준 적이 있어서 마리가 글을 쓸 줄 안다는 건 알고 있었다. 아주 작정을 하고서 길고 자세하게 탄원서나 대자보를 쓰지 않는 이상, 글을 통해 온전히 비밀이 전달될 가능성은 낮다. 그에 비해 말은 자연스럽게, 은밀하고 친밀하고 세밀하게, 여러 번 되풀이하여, 비밀을 전달한다. 말하는 이가 작정하지 않아도 듣는 이의 능동적인 개입으로 의중이 저절로 전달된다. 말하는 이가 아무것도 아니라고 해도 듣는 이가 캐묻고 캐묻는 과정이 꼬리를 물고 이어지면서 결국에는 비밀이 드러나고 만다.

두 사람은 그동안 성실하게 일하여 가족을 부양했으며 곤경에 처한 이웃에게 도움을 아끼지 않았다. 가장으로서 존경을 받았고 마을 사람들에게서 좋은 평판을 받았다. 고물상을 차리고 나서도 조씨는 맨몸뚱이의 고물장수 시절을 잊지 않았다. 폐지 수거하는 노인들을 깍듯하게 대했고 다른 고물상보다 한 푼이라도 더 쳐 주었다. 가끔 고물상 마당에 이들과 함께 모여 앉아 국수를 말거나 비벼 나누어 먹었다. 평소에는 하다못해 시원한 보리차 한 잔이라도 대접했다. 리어카를 끌고 마을을 돌다가 마주친 배곯은 아이들에게는 엿이며 뻥튀기를 공짜로 나누어주었다. 일찍

이 배고픔의 설움을 겪어본 조씨는 허기의 징후를 누구보다 더 잘 알아채는 능력이 있었다. 한편 마을 사람들은 천장에 물이 새거나 벽이 흔들리거나 하면 목수 장씨를 찾아왔다. 장씨는 두어 시간 안팎의 자잘한 공사에 대해서는 아무런 대가를 받지 않았다. 의자나 책상 같은 간단한 가구는 재료비만 받고 만들어주었다. 특히 마리에게는 다락을 설치하고 집의 일부를 축사로 개조하는 제법 큰 공사를 해주고서도 어린애가 고생한다며 재료비조차 받지 않았다.

두 사람은 단 한 번의 실수로 그동안 쌓아온 모든 것이 무너지는 듯한 기분을 느꼈다. 조씨는 마누라도 무섭지만 애들이 알면 이게 무슨 창피냐고 했다. 조씨의 말에 고개를 끄덕이며 장씨는 세상에서 딸이 제일 무섭다고 했다.

"걔는 어릴 때부터 대학생이 된 지금까지 줄곧 세상에서 가장 존경하는 사람이 아버지라고 했거든."

"어떡하죠. 이 일이 알려지면 앞으로 마을에서 고개를 들고 다닐 수도 없을 거예요."

"그동안 순수한 마음으로 베푼 모든 일들이 무슨 나쁜 목적을 가지고 한 걸로 여겨지리라는 생각을 하면 너무 억울해서 더 이상 세상 살맛이 안 나."

"억울하죠. 정말 억울해요."

"딸은 틀림없이 나를 위선자라고 욕할 거야. 그렇게 실수도 자주 하고 나쁜 짓도 가끔 하며 살 걸 그랬나 봐. 그럼 최소한 위선자라는 소리는 안 들을 텐데."

"뭐 이런 경우가 다 있습니까. 착하게 살았다고 더 욕을 먹어야 하다니."

"위선자라니. 아니, 우리가 뭐 착한 사람이라는 소리나 듣자고 남을 도왔나?"

"아니죠. 그냥 마음에서 우러나서 도운 거지. 안 그러면 마음이 불편하니까."

"정이 많은 것도 병이야. 세상을 살아가려면 적당히 냉정해야 할 필요도 있는데."

"그러게요. 불쌍한 사람을 봐도 그냥 모른 척할 줄도 알아야 하는데."

"하지만 우리야 타고나길 그렇게는 못 하는 걸 어쩌나."

"하긴. 생긴 대로 살아야죠. 앞으로도 계속 이렇게 살아야겠죠?"

"그래야지. 우리의 도움을 필요로 하는 사람이 세상에 있는 한…… 나는 거창한 건 모르겠고 그저 세상이 조금이라도 더 살 만한 곳이 되도록 하는 데 작은 힘이나마 보태고 싶어. 그게 내 삶의 의미이자 보람이야."

"그건 저도 마찬가지예요."

"마리, 그 기집애 하나 때문에 우리가 도와야 할 수많은 사람을 외면할 수는 없지."

"그럼요. 마리, 그 애가 요물이에요. 도대체 속옷은 왜 안 입고 다녀가지고 일을 이렇게…… 그 애가 먼저 노브라로 다니고 야릇한 냄새까지 풍기면서 우리를 유혹한 겁니다."

"그렇다면 요물 정도가 아니지. 악마가 보낸 마녀야. 착한 사람을 유혹해서 골탕 먹이기 위해 악마가 보낸 마녀. 왜? 악마는 세상이 조금이라도 더 나아지는 꼴을 못 보니까."

"처음부터 불쌍한 척해서 동정심 많은 우리의 관심을 끌었는지도 몰라요. 야릇한 냄새와 노브라에 불쌍한 척까지……. 그 모든 것이 우리를 유혹하기 위해 치밀하게 준비한 미끼였어요. 맞다. 불쌍하게 보이기 위해서 일부러 말도 못 하는 척했나?"

"설마…… 그건 좀 아닌 거 같은데. 우리가 그 애를 안 게 몇 년이야? 아무리 독종이라도 그렇게 감쪽같이 연기를 할 수 있을까?"

"마녀라면서요. 마녀가 못할 게 뭐가 있습니까."

"말이 그렇다는 얘기지. 꼭 동화 속에 나오는 마녀만 마녀인가."

"저는 동화 속에 나오는 진짜 마녀라고 생각해요. 소싯적에야 몰라도 자식이 생기고 난 뒤로 저는 여자 문제 같은 건 단 한 번도 일으킨 적이 없습니다. 오로지 자식 키우는 재미와 어려운 이웃들 돕는 보람으로 살았어요. 다른 데 한눈팔 이유도, 겨를도 없었죠. 더구나 어린애는 제 취향이 아닙니다. 진짜 마녀가 아니고서야 제가 그런 같잖은 유혹에 속수무책으로 당했을 리가 없습니다."

"그래, 자네 말대로 마리가 동화 속에 나오는 진짜 마녀라 치자고. 그래도 우리는 어차피 상대가 인간이라는 걸 전제로 해서 대책을 세워야 해. 우리가 지금 마법학교 같은 데 다닐 수도 없잖아."

두 사람 사이에 잠시 마리의 마녀설에 대한 약간의 이견이 있었지만 현실적인 대응방침에 대해서는 조씨가 장씨의 설득을 받아들였다.

"그럼 도대체 뭘까요?"

"귀도 멀쩡하고."

"목도 혀도 멀쩡하고요."

"말을 못 했던 게 아니라 그냥 말수가 적었던 걸까?"

"에이, 그냥 말수가 적었다면 그런 불편을 감수하면서까지 한마디도 안 했을 리가 있습니까? 그건 말을 못 하는 척했다는 것보다 더 이상합니다."

"그럼 도대체 뭘까?"

"귀도 멀쩡하고요."

"목도 혀도 멀쩡하고."

불현듯 조씨의 머릿속에 무언가가 떠올랐다.

"요즘 주말 연속극에 나오는 여주인공 있죠?"

"어느 방송?"

"7번이요."

"아아, 그 실어증에 걸렸다는……."

"그 여주인공이 정신적인 충격 때문에 어느 날 갑자기 말을 못하게 되었잖아요. 그런데 지난주부터 갑자기 말을 하더라고요."

"옳아, 마리도 그거네, 실어증. 청각기관도 발성기관도 다 정상인데 그동안 말을 못 했을 이유가 없잖아. 귀머거리나 벙어리가 어느 날 갑자기 말을 하는 거 봤어?"

"못 봤죠. 아무튼 다음 주가 마지막 회라는데, 아마 비밀을 다 털어놓고 복수하면서 끝날 것 같아요."

"재수 없게 그런 얘기는 왜 해?"

그들이 드라마를 참고로 해서 마리의 증세에 대하여 내린 진단은 한편으로는 맞고 한편으로는 틀렸다. 마리가 실어증인 것은 맞지만 마리와 드라마 속 인물의 언어장애는 완전히 다른 것이다. 실어증은 뇌의 언어중추 부위가 손상되어 나타나는 장애다. 치료를 해도 손상된 뇌의 조직이 완전히 회복될 수는 없다. 드라마에서처럼 전혀 말을 못 하다가 어느 날 갑자기 예전처럼 말을 하게 되는 일은 거의 불가능하다. 드라마 속 인물의 언어장애는 실어증이 아니라 함묵증이다. 이런 경우에는 사실 말을 못 한다기보다는 말을 안 하는 것에 더 가깝다고 할 수 있다. 함묵증이라면 심리적인 원인을 제외하고 청각기관과 발성기관, 뇌의 언어중추까지 아무런 문제가 없기 때문에 어느 날 갑자기 유창하게 말을 하게 될 수도 있다.

마리의 증상은 경미한 수준의 브로카 실어증이다. 어릴 때 앓은 뇌염의 후유증이다. 표현성 실어증이라고도 하는 브로카 실어증은 청각기관과 발성기관이 정상이며 말을 듣고 그 의미를 이해할 수는 있지만, 말을 하는 데에는 어려움이 있는 언어장애다. 뇌에서 언어적인 표현능력을 관할하면서 특히 문장을 문법적으로 구성하여 산출하는 역할을 하는 부위인, 전두엽의 브로카 영역이 손상되었을 때 나타난다. 심한 경우에는 거의 말을 하지 못하며 의미 없는 음절을 반복하거나 몇 개의 단어만을 겨우 말할 수 있다.

마리의 경우에는 경미한 수준이라고는 해도 처음에 말을 잘 못하게 되면서 큰 충격을 받았다. 간단한 말 몇 마디를 하는 데 엄청난 집중력과 에너지가 필요했다. 단어를 생각해내고 고르느라 느리게 말을 하면 답답하다고 구박받기가 일쑤였다. 그래서 빨리 말을 하려다 보면 또 엉뚱한 말이나 문법적으로 안 맞는 말을 하는 일이 자주 생겼다. 이를테면 '나는 밥을 먹어요'를 '나를 밥이 먹어요'라고 잘못 말했다가 급히 '아니, 밥이 나를 먹어요'로 잘못 정정하는 일이 다반사였다. 사소한 토씨 하나 잘못 썼을 뿐인데 사람들은 경악했다. 바보라는 놀림은 그래도 견딜 만했다. 미친년이라거나, 어린애가 벌써 노망이 들었다거나, 무섭다거나 하는 말은 정말 듣기 싫었다. 마리는 점점 말하는 걸 기피했고 마침내 가족 말고는 아무에게도 말하는 모습을 보이지 않게 되었다. 가끔 벙어리라는 소리를 듣기는 했으나 전에 듣던 말에 비하면 아무것도 아니었다. 무동으로 이사를 오고 나서는 가족을 제외한 그 어느 누구도 마리가 서투르게나마 말을 할 수 있다는 사실을 알지 못했다.

마리는 작은 종이 한 장과 가벼운 볼펜을 주머니에 넣고 다녔다. 들을 줄 아니 웬만한 의사소통은 얼굴 표정과 손짓으로도 가능했으나 그걸로 안 될 때는 종이에 글을 써서 보여주었다. 느리게 쓴다고 답답하다 구박하는 사람은 없으니까. 어차피 보통 사람들도 쓰기는 말하기보다 몇 배 느리다. 마리는 혼자 있을 때도 쓰기 연습을 했다. 쓰기를 자주 하다 보니 쓰는 속도는 오히려 보통 사람들보다 더 빨라졌다. 마리는 자신의 언어장애를 가리키는 구체적인 명칭도 몰랐고 의료기관에서 치료를 받지도 않았지만 꾸준한 쓰기 연습이 뇌의 언어중추를 자극했기 때문인지 증상은 더 악화되지 않았고 오히려 시간이 흐르면서 조금씩 호전되었다. 뇌 조직이 손상되었더라도 성인과 달리 소아는 아직 뇌가 발달하고 있기 때문에 손상 부위를 만회할 여지가 있다. 마리의 경우에는 일찍 치료를 받기만 했더라면 아마 거의 완치가 되었을지도 모른다.

2

인호 아버지는 고물상 조씨와 목수 장씨에게 나타난 변화를 눈여겨보았다. 얼굴에서 웃음이 사라졌고 넋이 나간 표정을 자주 보였으며 이따금 땅이 꺼질 듯 무거운 한숨을 내쉬곤 했다. 두 사람이 동시에 이러는 데에는 분명히 무슨 이유가 있을 것이다. 인호 아버지는 고물상 조씨와 목수 장씨의 공통점을 따져보았다. 한마디로 욕심이 많다. 모든 걸 다 가지려 한다. 그들은 맨몸뚱이로 시작해 악착같이 일해서 자리를 잡았고 이제 무동에서는 제법 먹고사는 축에 속한다. 그러면 됐지 더 욕심을 부려 착한 사람이라는 소리까지 듣고 싶어 한다.

두 사람은 노인이나 소년소녀 가장 등 형편이 어려운 이웃을 돕는 일에 누구보다도 앞장서왔다. 거기에 대해서 자신들은 아무런 대가도 바라지 않는다고, 이웃을 돕는 일 자체가 기쁨이라고 한다. 역겹다. 어떠한 위험이나 자기희생도 감수하지 않으면서, 자기가 가진 그 많은 것 가운데 부스러기 조각 하나 내놓으면

428

서, 고작 국수와 뻥튀기 따위를 나눠주거나 벽과 지붕에 합판을 대고 못질이나 몇 번 해주면서, 아프리카의 성자라도 된 양한다.

인호 아버지가 마을 사람들에게 밥과 고기를 사고 선물을 돌리는 데 쓴 돈을 계산하면 두 사람이 쓴 돈과는 비교를 할 수 없을 정도로 많다. 그럼에도 인호 아버지는 성자는커녕 착한 사람이라는 소리도 못 듣는다. 그게 서운하지는 않다. 그런 소리를 듣기 위해 돈을 쓴 건 아니니까.

두 사람이 형편이 어려운 이웃을 우선적으로 챙겼다면 인호 아버지는 주민들과 친화력이 있고 여론 형성에 영향력이 있는 세입자들을 특별우대했다. 이용가치에 따라 명절 선물도 소고기 세트와 참치 통조림 세트로 차별했다. 인호 아버지는 대가를 바라고 돈을 썼다. 대가를 바란다는 것을 굳이 숨기지도 밝히지도 않았다. 그래도 상대는 고기를 얻어먹거나 선물을 받고 나서 그게 빚이라는 걸 안다. 알아야 한다. 세상에 공짜는 없다. 고물상 조씨와 목수 장씨만 그걸 모른다. 아니, 모르는 척한다.

정말로 어이가 없는 건 개발 문제에 있어서도 두 사람이 착한 적을 한다는 것이다. 아파트는 갖고 싶다고 하면서도, 안 나가겠다고 버티는 세입자들을 매정하게 쫓아낼 수는 없다고 한다. 그게 어떻게 가능한가. 아파트를 포기하든가, 세입자들을 쫓아내든가, 둘 중 하나를 선택해야지. 세상사의 이치를 모르는 건지, 모르는 척하는 건지.

이런 면에서는 경수 엄마도 비슷하다. 다소 개인주의적인 성향이 있어서 마을 사람들과 잘 섞이지 못하고 조씨와 장씨처럼 오지랖 넓게 남을 돕는다고 나서고 다니지는 않지만, 경우 바른 척 인정 많은 척하는 꼴은 두 사람 못지않아, 갈 데도 없는 사람들을 강제로 내쫓는 일에는 반대한다고 한다. 말은 안 하지만 그 속이, 아파트를 향한 포기할 수 없는 욕망이 훤히 다 보이는데. 내가 사정을 뻔히 다 아는데. 전 재산을 다 쏟아 집을 샀으니 물러설 곳이 없다는 걸.

결국 자기 손으로는 험한 일을 안 하겠다는 심보다. 자기 손은 깨끗하다는 알리바이만큼은 절대 양보하지 못하겠다는 거다. 그러면서 속으로는 누가 대신 해줬으면 하고 바라고 있겠지. 이거야 원. 손 안 대고 코 풀겠다는 심보 아닌가.

경수 엄마는 처음 볼 때부터 마음에 안 들었다. 이유를 딱 꼬집어 말할 수 없지만…… 그냥 나보다 훨씬 젊다는 것 자체가 마음에 안 든다. 내 앞에서도 은근히 젊음을 과시하는 티가 난다. 그래서 나보고 어쩌라는 건지. 그 어린 여자와 사는 경수 아버지도 마음에 안 든다. 공부방 벽에 스프레이로 경수 아버지를 흉보는 낙서를 하기도 했지만 전혀 죄책감이 들지 않는다. 열댓 살이나 어린 여자와 살면 그게 바로 변태지. 물론 열 살 차이까지야 괜찮지만…… 친구가 거의 없는 인호와 놀아주는 경수에게는 약간 고마운 마음이 들기도 하는데 역시 그 자식도 싸가지가 없다. 인사도 건성건성하고 내 앞에서 웃는 얼굴을 한번 못 봤다. 다른 데서는 안 그러면서. 내가 마음에 안 든다는 거겠지. 그래, 나도 네가 마음에 안 든다.

조씨와 장씨의 공통점을 짚어보던 인호 아버지는 마을 사람들이 대체로 싫어하는 마리네에게 두 사람 모두 친절하게 대했다는 사실을 떠올렸다. 그럴 수밖에. 선행을 피부색을 가려서 할 수는 없으니까. 미행까지는 아니고 산책 삼아 두 사람의 동향을 관찰하던 인호 아버지는 그들이 요즘 마리네 집 근처에 얼씬도 안 한다는 점을 발견했다. 그래, 바로 이거다. 이 지점에서 뭔가 일이 있었어. 정이 많은 사람은 거절을 잘 못하는 면이 있기도 하지. 달리 말하면 유혹에 약하다고도 할 수 있지 않을까. 인호 아버지의 머리에 번뜩 무언가가 떠올랐다. 그래, 뭔가 일이 있었어. 잘 하면 손 안 대고 코를 푸는 쪽은 자신이 될 수 있을 듯했다.

인호 아버지는 두 사람과 함께 밥을 먹고 술을 마시는 자리를 자연스럽게 만들었고 그 횟수를 서서히 늘려나갔다. 인호 아버지는 무얼 묻지도 않았고 뭔가 눈치를 챘다는 내색도 하지 않았다. 그냥 가벼운 대화를 하며 인내심을 갖고 기다렸다. 어느 날 조씨가 끊었던 담배를 다시 입에 물게 되면서 담배 이야기가 화제에 올랐다. 장씨가 그깟 담배 하나를 가지고 소심하게 끊었다 피웠다를 반복하느냐, 그렇게 해서 얼마나 오래 살려고 하냐며 조씨를 타박했다. 담배 장사를 오랫동안 한 인호 아버지가 그런 건강염려증과 담배를 못 피워 생기는 스트레스가 담배보다 건강에 더 해로울지 모른다며 슬그머니 장씨를 거들었다. 장씨는 자기 아버지가 하루에 두 갑씩 70년 동안 담배를 피웠지만 평균 수명보다 20년을 더 살았다고 증언했다.

"와, 70년 동안이라구요?"

이 말을 하고 나서 인호 아버지는 입을 다물었다. 인호 아버지로 향한 두 사람의 시선이 그대로 멈추었다. 그 상태로 이삼 분의 시간이 흘렀고 마침내 인호 아버지가 입을 열었다.

"백만 개비가 넘어요. 아버님이 평생 피우신 담배가…… 정확히 말하면 1,022,000개비. 40개비 곱하기 365일 곱하기 70년 하면 1,022,000개비."

"지금 그걸 계산하고 있었습니까? 머릿속으로?"

"허 참, 대단하네. 그게 암산으로 됩니까?"

"빠르지는 않지만 됩니다. 사실 종이에 쓰면서 계산하는 것보다는 느립니다. 좀 오래 걸렸죠?"

"아, 아니에요. 그 정도면 대단한 겁니다. 작은 숫자도 아니고 큰 숫자인데다가 더하기도 아니고 곱하기를……."

"그것도 두 번 연속 곱하기를……. 혹시 주산학원 같은 데 다녔습니까?"

"아뇨. 주산학원은 근처에도 안 갔고 학교 다닐 때 수학도 형편없이 못했습니다. 구구단이나 외운 정도죠. 사실 이건 종이에 쓰면서 하면 간단한 계산입니다. 암산을 하니까 대단하다 하시는 거죠. 가게를 하다 보면 물건 정리 하다가 계산을 할 일이 많아요. 그때마다 먼지 묻은 손으로 종이와 펜을 찾아 계산하기가 귀찮아 암산하는 버릇이 생겼습니다. 숫자가 아니라 돈이라 생각하면 암산도 쉬워집니다. 한번 해보세요. 머릿속에 쏙쏙 들어올 걸요. 아차, 아까 윤년은 계산에 넣지 않았습니다. 윤년까지 포함하면 680개비나 720개비를 더해야 합니다. 70년 동안 드는 윤년이 17번이나 18번이니까."

인호 아버지가 별로 대단하지도 않고 시간도 오래 걸리는 암산 능력이나 자랑하면서 이런 시시껄렁한 말을 계속 늘어놓는 것은 두 사람이 긴장과 경계심을 풀도록 하기 위해서, 그리고 마리의 남동생이자 소문난 골초 어린이인 민구가 자연스럽게 화제에 등장하도록 하기 위해서였다. 민구 이야기가 나오면 또 자연스럽게 마리 이야기로 넘어갈 수 있을 테니.

"지금 제가 암산 잘한다는 자랑을 하려는 게 아닙니다. 제가 주목하는 건 담배를 백만 개비나 피워도 무병장수하는 사람이 제법 있다는 사실입니다. 세상에는 단 한 번만 맛을 보아도 치명적으로 위험한 게 수두룩합니다. 복어나 버섯 잘못 먹어도, 민물고기 날것으로 먹어도, 연탄가스 잠깐 마셔도 그냥 한 번에 갈 수 있습니다. 몸에 아무리 좋다는 것도 백만 번 먹으면 독이 될 수 있어요. 백만 번이나 노출되었는데 무사할 수 있는 거, 세상에 거의 없습니다. 물이나 공기 정도나 될까? 그것도 깨끗한 물, 맑은 공기여야 합니다. 물론 담배가 유해하다는 건 인정하지만 백만 번의 노출로 병에 걸리기도 하고 안 걸리기도 하는 유해물질이라면 그렇게 나쁘다고 볼 수는 없지 않습니까?"

그때까지 인호 아버지의 말에 진지하게 귀를 기울이고 있던 두 사람이 헛웃음을 터뜨리며 한마디씩 했다.

"허허, 말 되네. 담배 회사에서 스카우트해도 되겠습니다."

"말이 되긴요. 궤변이지."

"아무튼 인호 아버지에게도 참 싱거운 면이 있네. 이런 아무것도 아닌 이야기를 정색을 하고 하다니."

"저는 그동안 멀리서 얼굴 표정만 보고 인호 아버지가 항상 심각하고 중요한 이야기만 하는 사람인 줄 알았어요."

"우리야 뭐 싱거운 사람이 좋지. 빈틈없고 깐깐한 사람보다는."

헛웃음이지만 오랜만에 두 사람이 웃는 모습을 보였다. 인호 아버지에 대한 경계심도 조금 풀린 듯했다. 오랜 기다림에 대한 보답으로 조씨가 드디어 미끼를 물었다.

"아마 민구는 백만 개비를 훌쩍 넘길 겁니다. 아주 어릴 때부터 피우기 시작했으니까. 오래 살기만 한다면……."

인호 아버지는 혀를 차며 성인이라면 몰라도 한창 성장하는 어린이와 청소년에게는 담배가 아주 해로울 거라고 했다. 장씨가 그 문제에 대해서는 마을 사람들도 걱정을 하고 있다고 말했다. 인호 아버지가 장씨에게 물었다.

"민구의 건강에 대해서요?"

"아니, 그보다는…… 자기 아이들에게 나쁜 영향을 끼칠까 봐."

이어서 조씨와 장씨가 번갈아가며 민구네에 대한 이야기를 했다. 틈틈이 자신들의 의견이 아니라 마을 사람들의 말을 전달하는 것이라는 점을 강조했다. 하지만 어디까지가 두 사람의 의견이고 어디까지가 마을 사람들의 말인지 경계가 모호할 때가 많았다.

"할아버지가 아이에게 피우라고 담배를 사준다는데, 이거야 원, 남의 집 일에 끼어들어 말릴 수도 없고……."

"어른이나 아이나 그 집 사람들 참 골칫거리입니다."

"마리가 키우는 돼지도 문제예요. 돼지 냄새 때문에 마을 사람들 불만이 이만저만이 아니더라구요."

마리 이야기가 나오자 두 사람의 술 마시는 속도가 빨라졌다.

"마리네가 다른 데로 이사를 갔으면 좋겠다고 수군덕거리는 사람들을 여러 번 봤습니다."

"그런데 그 사람들 말에 따르면 마리네가 제 발로는 마을에서 한 발짝도 안 나갈 거랍니다. 돼지가 생계수단인데 다른 데 어디로 가서 그런 마땅한 집을 구하겠냐고."

"많은 사람들이 언제까지 참고 살아야 하느냐면서 한숨을 쉬더라구요."

"개발이 된다고는 하지만 10년이 걸릴지 20년이 걸릴지 알 수 없는 일. 그 전에 마을 아이들이 다 골초가 되고 말 거라네요."

"저는 그동안 이웃끼리 불편해도 조금 참고 살자고 말해왔습니다만 더 이상 마을 사람들에게 일방적으로 불편을 감수하라고 하기도……."

할 말을 다 했는지, 앓던 속을 웬만큼 풀었는지, 체면상 자제가 필요하다고 판단했는지 두 사람의 마리네 흉보기는 이쯤에서 일단 멈추었다. 인호 아버지는 한동안 두 사람에게 하지 못한 이야기를 다시 꺼내도 될 시점이라고 생각했다.

"개발 이야기가 나와서 하는 말인데 두 분은 여전히 강제철거에는 결사반대를 하고 계십니까?"

조씨는 "그야…… 사정이 딱하다는 거지 결사반대까지는……"이라고 하며 말을 흐렸고, 잠시 뜸을 들인 후에 장씨는 "그동안 기다릴 만큼 기다렸으니 이제는 저도 생각을 좀 달리 해야 할 때가 된 것 같습니다"라고 했다. 인호 아버지는 이 정도면 거의 다 돌아선 거나 마찬가지라고 생각했다.

"이러다가는 개발을 하는 데 백 년 2백 년이 걸릴지도 모르겠습니다. 일부 세입자들이 돈도 싫다, 입주권도 싫다, 살아도 여기서 살고 죽어도 여기서 죽겠다고 고집을 부리는데, 이거야 원 말이 통해야죠. 말이 안 통하면 무슨 다른 방법을 써야 하는 게 아닐까요?"

"무슨 방법이요?"

"그거야 저도 모르죠. 그냥 답답해서 하는 소리입니다."

여기서 인호 아버지는 입을 다물었다. 조씨와 장씨는 인호 아버지의 입을 바라보다가 이내 술잔을 향해 고개를 떨구고 예의상으로나마 생각에 잠긴 척해야 했다. 한동안 정적이 흘렀다. 세 사람은 아무런 말도 하지 않고 술잔만 비웠다. 마지막 술잔을 들며 조씨가 말했다.

"뭔가 공포심을 일으키는 것은 어떻겠습니까?"

인호 아버지가 물었다.

"공포심이요? 이를테면?"

"글쎄요. 그건 아직……."

인호 아버지는 충분히 시간을 두고 기다렸다. 두 사람에게서 무슨 말이 올 때까지. 다음 자리는 두 사람이 먼저 제안했다. 장소도 두 사람이 정했다. 재래시장 순댓국집으로. 버스를 타고

30분은 가야 하는 곳이었다. 마을에서 가까운 식당이나 술집은 언제 누가 엿들을지 몰랐다. 자치회 사무실도 드나드는 사람이 많아 안전하지 않았다. 세 사람은 혼잡한 점심시간과 저녁시간을 피해 오후 두 시쯤 순댓국집에서 늦은 점심을 먹었다. 주인과 알은척하는 걸 보니 조씨와 장씨는 그사이 이곳에 몇 번 들른 눈치였다. 조씨가 목소리를 낮추어 말했다.

"전에 말한 공포심을 일으키는 방법으로…… 불은 어떻겠습니까?"

"불이요?" 인호 아버지가 반문했다. "지금, 불을 내자는 말씀이십니까?"

두 사람이 고개를 끄덕이자 인호 아버지가 고개를 저으며 말했다.

"오호, 그건 너무 센데요. 효과야 강력하겠지만 너무 위험합니다. 더구나 그건 범죄예요."

쇠고랑을 찰 수 있다는 인호 아버지의 우려에 대하여 목수 장씨가 안심을 시켰다.

"우리 마을이야 전깃줄이 복잡하게 뒤엉켜 있어서 언제든지 누전의 가능성이 있습니다. 게다가 집의 재료들도 다 화재에 취약한 것들이기 때문에 제가 장담하건대 방화로 의심받을 일은 절대 없을 겁니다."

이어서 고물상 조씨가 다짐을 했다.

"일이 잘못되더라도 인호 아버지를 끌어들이지는 않겠습니다. 제안도 우리가 먼저 했고 실행도 우리가 알아서 할 겁니다.

인호 아버지가 먼저 우리를 배신하지 않는 한, 우리도 인호 아버지를 절대 배신하지 않겠습니다."

인호 아버지가 피해가 클 수도 있다는 문제제기를 하자, 장씨는 겁을 주자는 거지 진짜 피해를 주려는 게 아니라고 했고, 조씨는 피해를 최소한으로 하기 위하여 마을 끝에 떨어져 있어서 다른 집들로 번질 위험이 적은 곳을 선택할 것이라고 했다. 인호 아버지가 물었다. 그렇다면…… 마리네? 두 사람이 고개를 끄덕였다.

세 사람은 그후로 순댓국집에서 몇 차례 더 모임을 가지며 구체적인 계획을 세웠다. 약간의 재산 피해는 어쩔 수 없다 해도 인명 피해만큼은 절대 있어서는 안 된다는 데 세 사람의 의견이 일치했다. 따라서 사람들이 깊이 잠든 한밤중은 피하기로 했다. 그렇다고 밝을 때 할 수도 없는 일. 시간은 밤 열 시에서 열한 시 사이로 정했다. 적당한 시점에 소방서에 신고하기로 했고 소화기도 미리 여러 개 준비해두기로 했다.

3

세 사람이 일을 앞두고 마지막으로 작전 점검을 하던 날, 경수 아버지는 공부방 식사 준비를 위해 시장에 갔다. 농수산물을 전문으로 하는 재래시장으로 조금 멀기는 하지만 재료가 신선하고 값도 싼 편이었다. 장보기를 마친 경수 아버지는 시장 안 순댓국집에 들러 늦은 점심을 먹었다. 점심을 사 먹는 건 일주일에 한 번쯤 부리는 사치였다. 보통은 집에서 먹거나 공부방에서 만들어 먹었다. 경수 아버지가 국밥을 반쯤 비웠을 때 조금 떨어진 뒷자리에서 귀에 익은 목소리가 들려왔다. 경수 아버지는 고개를 돌려 보려다가 멈칫했다. 한껏 낮춘 목소리와 심각한 어조가 무슨 은밀한 이야기를 나누고 있는 듯했다. 경수 아버지는 그대로 앉아 남은 국밥을 최대한 천천히 먹었다. 엿듣고 싶지는 않았으나 한껏 낮춘 목소리가 오히려 귀를 기울이게 했다.

한편 장씨는 그날 화장실에 다녀오다가 고개를 숙인 채 밥을 먹고 있는 경수 아버지의 옆모습을 보았다. 훗날 장씨는 그가 경수 아버지임을 깨달았으나 당시에는 그저 닮은 사람이겠거니 하며 대수롭지 않게 생각하고 넘어갔다. 경수 아버지가 이 먼 데까지 와서 혼자 밥을 먹을 리가 없지. 설사 경수 아버지가 맞다 해도 바로 옆자리도 아닌 데다가 목소리를 낮추고 조심을 다했으니 우리 이야기를 들었을 리도 없고.

마을로 돌아온 경수 아버지는 마음이 급했다. 불을 지르겠다는 날이 임박한 듯했다. 당장 오늘일 수도 있다. 어떡할까. 세 사람을 찾아가서 그러지 말라고 설득할까. 아니야. 그랬다가는 나만 이상한 사람이 되고 말지. 마리네 집 앞에서 보초를 설까. 그것도 아니다. 남의 집 앞에서 며칠 밤낮으로 서성대고 있을 수도 없다. 보초를 서더라도 그 집 사람이 서는 게 낫다. 일단 그 집 사람에게 알려야 한다.

경수 아버지는 공부방 문을 평소보다 일찍 닫았다. 일을 하러 나간 민구와 민구 할아버지는 아직 돌아오지 않았을 시간이다.

그래도 마리는 집에 있을지 모른다. 경수 아버지는 마리네 집으로 달려갔다. 노크를 하고 이름을 불러보아도 아무 대답이 없었다. 문은 잠겨 있었다.

경수 아버지는 마리를 찾아 마을을 헤매다가 공부방 앞에서 잔반통을 들고 가는 마리와 마주쳤다. 막상 마리를 찾았지만 경수 아버지는 어떻게 말을 해야 할지 난감했다. 경수 아버지는 머릿속으로 몇 가지 문제를 따져보았다. 첫째, 마리는 이 상황을 도저히 이해하지 못할 것이다. 여유를 가지고 차근차근 차분하게 설명해야 한다. 그럴 수 있는 장소가 필요하다. 둘째, 이 상황은 마을의 어떤 사람들에 대하여 나쁘게 이야기하지 않고서는 설명이 불가능하다. 다른 사람이 들으면 안 된다. 길에서 말할 수는 없다. 셋째, 마리는 말을 못한다. 그런데 일방적으로 전달만 해서는 이 상황을 이해시킬 수가 없다. 아이에게는 의문이 한두 가지가 아닐 터. 쌍방향의 대화를 하기 위해서는 필기도구가 있어야 한다. 넷째, 위급한 상황이다. 지금이 아니면 안 된다. 경수 아버지는 마리를 공부방에 데려가기로 했다.
"안에 들어가서 나랑 잠깐 얘기 좀 하자."
경수 아버지가 마리의 손을 잡자 마리는 놀란 얼굴을 하고 경수 아버지의 손을 뿌리쳤다. 그 바람에 마리가 잔반통을 떨어뜨렸다. 잔반통이 엎어지며 내용물이 길바닥에 쏟아졌다. 마리가 주춤 뒤로 물러서며 달아나려 했다. 경수 아버지는 마리의 팔을 잡아끌었다. 마리는 완강하게 버텼다.

"제발 말 좀 들어라. 정말 중요한 일이야. 지금 상황이 아주 급하다고."

이러다가 누가 보기라도 하면 일이 진짜 복잡해진다. 안 되겠다. 경수 아버지는 사정은 나중에 설명하기로 하고 마리를 번쩍 안아 들었다. 다리가 불편한 경수 아버지는 마리가 몸부림치는 통에 금세 마리를 떨어뜨리거나 함께 부둥켜안고 쓰러질 것만 같았다.

"제발 좀……. 다 너를 생각해서 이러는 거야."

간신히 경수 아버지는 마리를 안고 공부방 안으로 들어가는 데 성공했다. 공부방에 들어서자마자 경수 아버지는 등으로 문을 막은 채 마리를 거의 내던지듯 바닥에 내려놓았다. 거의 동시에 경수 아버지도 바닥에 주저앉았다. 다 큰 여자애라 얌전히 있어도 안기에 버거운데 필사적으로 몸부림까지 치는 걸 안고 한바탕 씨름을 하고 나니 경수 아버지는 온몸에 진이 다 빠졌다. 숨이 치고 팔다리기 떨리고 얼굴은 땀으로 흠뻑 젖었디. 경수 아버지가 가쁜 숨을 내쉬며 말했다.

"미안하나. 이렇게 강제로 끌고 와서. 아주 중요하고 급한 일이라 어쩔 수 없었어. 다 너를 생각해서 이러는 거야."

마리는 생각했다. 다 말은 이렇게 한다. 다 나를 생각해서 이러는 거라고. 마을에서 내게 친절하게 대해준 사람들은 아주 적다. 조씨와 장씨, 그리고 경수 아버지 정도. 그런데 믿고 따랐던 조씨와 장씨에 이어 경수 아버지까지 나에게 나쁜 짓을 하려고 한다.

결국 나에게 잘해준 사람들은 전부 나쁜 사람이고 위험한 사람이고 경계해야 할 사람이다. 더구나 경수 아버지는 이상한 사람이라는 소문까지 있다. 금세 지워지긴 했지만 바로 이 공부방 벽앞에서 경수 아버지가 변태라는 낙서를 본 적도 있다.

앞서 장씨와 조씨가 달려든 두 차례의 사건에서 마리는 더 이상의 위험한 상황은 용케 피할 수 있었다. 하지만 다음번에도 그럴 수 있으리라는 보장이 없었다. 힘으로는 남자 어른을 당해낼 수가 없다. 마리는 주머니칼이라도 하나 사서 몸에 지니고 다녀야겠다고 마음먹었다. 그런데 실행을 차일피일 미루고 있는 사이 뜻밖에 일찍 위험이 다시 찾아오고 말았다. 마리는 뼈에 사무치는 후회를 했다. 미리 칼을 준비해두었어야 하는데. 아, 지금 칼이 있다면. 칼이 있다면……. 마리의 머릿속이 온통 칼로 가득 찼을 때 마리의 눈에 번득 공부방 주방에 있는 식칼이 들어왔다. 마리는 곧장 주방 싱크대로 달려가 칼을 잡았다. 마리는 경수 아버지에게 칼을 내밀며 말했다.

"내, 내보내줘요."

"어? 너, 말 할 줄 알았어?"

"조금은, 할 줄 알아요."

"그래? 오오, 이거 참 놀라운 소식이네. 반갑다. 마리, 네가 말을 할 줄 알다니. 어떻게 된 일인지 몹시 궁금하긴 하다만 그건 나중에 차차 듣기로 하고……. 일단 그 칼 치워."

"먼저 내보내줘요."

"그 전에 먼저 할 얘기가 있어. 아주 급하고 중요한 일이야."

"먼저 내보내줘요."

마리는 칼을 그대로 든 채 경수 아버지에게 한 걸음 다가갔다.

"제발. 이게 다 너를 위해서 이러는 거야. 너와 너의 가족을 위해서."

"먼저 내보내줘요."

마리가 다시 한 걸음 더 다가갔다.

"얘기 들어. 네가 알아야 해. 곧 너와 너의 가족에게 위험한 일이 생길 거야."

"저에겐 아저씨가 가장 위험해요."

마리가 또다시 경수 아버지에게 한 걸음 더 다가갔다.

"그 칼 치워."

마리는 고개를 흔들고 앞으로 나아갔다. 마리의 칼끝과 경수 아버지 사이의 거리가 한 뼘 남짓으로 좁혀졌다. 경수 아버지는 재빨리 몸을 옆으로 돌려 칼을 든 마리의 손목을 휘어잡았다. 마리는 칼을 놓치지 않기 위하여 필사적으로 저항했다. 경수 아버지가 다리를 걸어 마리를 넘어뜨리고 마리의 몸 위에 올라탔다. 마리가 몸부림을 치자 칼도 더불어 봄부림을 쳤다. 뉘엉킨 두 사람의 몸싸움이 조금 길게 이어졌고 몸부림치던 칼이 마침내 경수 아버지의 왼쪽 가슴에 꽂혔다. 경수 아버지가 숨을 헐떡이며 가까스로 몇 음절의 말을 입 밖으로 내보냈다.

"집에…… 물……."

물이 어디 있지? 마리는 공부방 구석구석을 이리저리 헤매고 다녔다. 마음이 급하니 그 흔한 물조차 쉽게 찾을 수 없었다. 분명 어딘가에 물이 있을 텐데……. 냉장고 안에는 오렌지주스밖에 보이지 않았다. 가스레인지 위 주전자에 담긴 연갈색 액체는 보리차가 아니라 멸치 육수였다. 싱크대 하단 수납장에 보관된 페트병 속의 투명한 액체는 생수가 아니라 소주였다. 더 이상 시간을 지체할 수 없다고 판단한 마리는 컵에 수돗물을 받아 들고 경수 아버지에게 달려갔다. 마리가 물컵을 내밀자 경수 아버지는 힘없이 고개를 흔들고 이내 눈을 감았다.

마리는 머릿속이 텅 비었다. 안에 있는 것도 무섭지만 바깥에서 자신을 기다리고 있는 무언가는 더 무서웠다. 마리는 부르르 떨며 바닥에 주저앉았다. 그 상태로 꼼짝 않고 있다가 이내 무릎을 안고 앉아 앞뒤로 몸을 흔들었다. 마리는 멍하니 그 요람 같은, 그네 같은 기계적인 반동에 몸과 마음을 내맡겼다. 자신이 시계추가 되자 시간을 잊을 수 있었다.

마리는 앉은 채로 깜박 잠이 들었다가 깨어났다. 얼마나 시간이 지났을까. 그새 창 밖에는 어둠이 깔려 있었다. 어둠을 배경으로 이따금 작은 불빛들이 유성처럼 선을 그으며 지나가기도 했고 등대처럼 명멸하기도 했다. 사람들이 웅성거리는 소리와 발걸음 소리가 간헐적으로 들려왔다. 문 틈새를 파고들어온 바깥 공기도 예사롭지 않았다. 나무 때는 냄새가 나는 듯도 했고 고기 굽는 냄새가 나는 듯도 했다. 아주 고약한, 비닐 태우는 냄새가 섞여 있는 듯도 했다. 시각과 청각, 후각이 한꺼번에 마리를 깨웠다. 마리는 서둘러 밖으로 나가보았다. 마을 사람 몇 명이 손전등을 들고 어디론가 바삐 움직였다. 마리는 그들 뒤를 따라갔다. 마리네 집 방향으로 불길과 연기가 치솟아 오르고 있었다. 혹시 집에 무슨 일이 생긴 건 아닐까. 마리는 뛰기 시작했다. 냄새가 점점 짙어졌다. 불길과 연기의 기세도 더욱 높아졌다. 마침내 집 앞에 도착했다. 마을 사람들이 마리네 집을 집어삼킨 거대한 불길 앞에서 소화기 몇 대와 양동이 몇 개를 들고 서성대고 있었다. 주위를 아무리 둘러보아도 할아버지와 민구는 없었다. 울부짖으며 집 안으로 뛰어 들어가는 마리를 마을 사람들이 붙잡아 말렸다.

조씨와 장씨는 계획한 대로 불을 지르자마자 소방서에 신고를 했다. 소방서에서는 얼마 전에 소방차를 모두 신형으로 바꾸었다. 새로운 소방차를 도입하는 데 정식 주거지도 아닌 무동의 좁은 골목까지 고려하지는 못했다. 마을을 통과하여 화재 지점까지 진입하는 것은 불가능했다. 남쪽의 질퍽한 논 위로 소방차가 지나갈 수도 없었다. 마을 입구에 차를 세우고 사람이 직접 소방 장비를 들고 화재장소까지 갔을 때는 이미 손을 쓸 수 없을 지경이 되어 있었다.

화재사건에서 경찰은 방화의 흔적을 찾지 못했다. 경찰은 누전이나 실화가 원인이라고 추정했다. 민구가 평소 집 안팎에서 담배를 많이 피웠고 꽁초 관리를 허술히 했다는 마을 사람 다수의 증언이 있었다.

살인사건의 경우 경찰은 마리의 진술이 신빙성이 있다고 판단했다. 진술 자체가 일관되고 구체적이었으며 여러 증언과 정황이 마리의 진술을 뒷받침했다. 한 마을 사람이 공부방 앞에서 경수 아버지가 마리를 강제로 끌고 가는 걸 보았다고 증언했다. 공부방 학생들은 사건 당일 경수 아버지가 평소보다 몇 시간 일찍 공부방 문을 닫았는데 그때까지 그런 일은 한 번도 없었다고 했다. 경수 아버지가 마리에 대한 성폭행을 계획적으로 준비했으며 치밀하게 장소까지 미리 확보해둔 것으로 볼 수밖에 없었다. 마리는 재판에서 정당방위는 인정되지 않았지만 정상참작이 되어 살인죄로는 최소 형량일 듯싶은 3년형을 선고받았다.

감당하기 힘든 두 가지 사건을 연속으로 겪은 마리는 뇌 손상에 의한 기존의 브로카 실어증에 심리적 충격으로 인한 함묵증까지 겹치면서 한동안 한마디의 말도 할 수 없게 되었다.

마리가 다시 말을 하게 된 건 형기를 마치고 시설에서 지내다가 어느 날 문득 너무나 뒤늦게 진실을 깨닫고 나서였다. '집에…… 물……'이라는 경수 아버지의 마지막 말. 물이 아니라 불이라고 한 거다. 어떻게 알았는지 모르겠지만 집에 불이 날 거라고 알려준 거다. 나에게 나쁜 짓을 하려 한 게 아니다. 사실은 도우려 한 거다. 마지막 순간까지…….

4

동환은 선화의 보육원 선배였다. 경찰공무원인 동환은 보육원 출신 중에서 꽤 성공한 축에 들었다. 1년에 한두 번 명절 때나 얼굴을 비쳐도 원생들에게 좋은 영향을 주었을 터인데 동환은 한 달에 몇 번씩 정기적으로 보육원을 방문하여 여러 자원봉사를 했다. 선화가 초등학생일 때 동환은 중고생을 대상으로 학습지도를 했고, 선화가 중학생일 때 동환은 주방에서 김치 담그기를 돕거나 초등학생과 몸으로 놀아주는 일을 했다. 선화가 동환을 가까이에서 본 것은 고등학교 2학년 때 동환이 지도하는 독서모임에 들어가면서부터였다. 명목은 독서모임이지만 동환은 구성원들의 다양한 상황과 요구에 맞추어 학습지도와 진로상담을 병행했다. 모임은 동아리와 공부방이 혼합된 방식으로 운영되었다. 전반부에는 책에 대하여 이야기했고 후반부에는 각자 독서 또는 자습을 하는 가운데 개별적으로 학습지도와 진로상담을 했다.

선화가 처음에 동환에게 방심한 것은 편안하고 익숙한 느낌이 들고 나이 차이가 많이 났기 때문이다. 그런데 선화가 동환을 좋아하게 된 것도 결국 같은 이유 때문이다. 마침 그 무렵 선화의 마음은 또래 남자아이에게 크게 실망하고 난 뒤의 반작용으로 편안함과 안정감, 어른다움을 갖춘 이성에게 쏠릴 준비가 되어 있었다. 선화는 눈빛과 표정, 목소리의 미세한 떨림을 통해 동환의 마음도 움직이고 있음을 느꼈다. 남자치고도 둔해 보이는 동환은 미처 그걸 의식하지 못하고 있을 수도 있겠지만……. 혹시 의식하고 있다 하더라도 동환이 먼저 적극적으로 나오기는 어렵지 않을까? 나이 차이도 많이 나는 데다가 모임에서는 스승과 제자의 관계. 동환이 먼저 적극적으로 나오면 범죄 비슷한 걸로 여겨질 수도 있는 일. 내가 먼저 적극적으로 나가면? 그건 장벽을 뛰어넘는 용기 있는 사랑이다. 선화는 자기가 먼저 나설 수밖에 없는 상황이라고 판단했다.

어느 날 선화는 모임을 마치자마자 빠르게 움직여 보육원 문 앞에서 동환을 기다렸다. 막상 동환을 보자 선화는 당황하여 어떻게 말을 꺼내야 할지 몰랐다. 고맙게도 동환이 먼저 입을 열었다.

"빠르네. 방금 전까지 다목적실에 있던 애가…… 무슨 급한 일 있어?"

"그냥…… 배가 좀 고파서…… 간식이나 먹을까 하고……."

"배가 많이 고팠나 보네. 이렇게 급히 나온 걸 보면……."

"……."

"잘됐다."

"예?"

"잘됐다고. 나도 출출했는데."

"……."

"우리 떡볶이나 먹으러 갈까? 떡볶이 좋아해?"

선화는 고개를 끄덕였다. 선화는 동환과 함께 근처 분식집에 들어가 마주 앉았다. 의외로 일이 순조롭게 진행되자 선화는 역시 혼자만의 착각은 아니었다고 생각했다.

"선생님도 떡볶이 좋아하세요?"

"응. 나중에 떡볶이 가게나 차릴까 하는 생각도 있어. 혹시 직장에서 잘리면."

"에이, 그럴 리가…… 선생님은 무슨 그런 말씀을…….."

"사람 일이란 모르는 거야. 그런데 너는 수업시간도 아닌데 왜 자꾸 선생님이라고 해?"

"그럼 뭐라고 불러요? 아저씨?"

"음…… 선배님과 오빠, 둘 중에 어떤 게 좋을까? 네 마음대로 선택해. 내 생각에는 한 글자라도 짧고 간단한 게 좋을 것 같긴 하다만……."

"그럼 오빠라고 할게요, 선생님. 아니, 오빠."

"고맙다. 10년은 젊어진 느낌이야. 그렇게 부르니 얼마나 좋냐. 돈 드는 것도 아닌데."

"돈은 안 들지만 저는 약간 닭살이 돋네요."

"괜찮아. 금방 적응될 거야."

"그런데 오빠는…… 결혼은, 하셨어요?"

"응. 아들이 벌써 열 살이 넘었어."

선화는 떡볶이가 목에 걸릴 뻔했다. 유부남일 가능성이 높다고 생각했지만 막상 확인을 하자 충격이 컸다. 화도 났다. 아니, 유부남이면 명찰을 달는지 이마에 도장을 찍는지 무슨 표시를 하고 다녀야 하는 거 아닌가. 게다가 저런 충격적인 발언을 일말의 망설임도 없이 하다니. 선화의 표정 변화에 동환의 얼굴이 굳었다. 그 얼굴을 보고 선화는 포크를 집어 던지고 당장 자리를 뛰쳐나가려는 충동을 가까스로 눌렀다. 동환의 굳은 얼굴은 상대의 갑작스러운 표정 변화에 대한 단순한 반사작용이었을 테지만 선화의 눈에는 용서를 구하는 죄인처럼 보였다. 선화의 상상 속에서 동환이 무릎을 꿇고 빌었다. 미안해. 유부남이어서. 죽을죄를 졌어. 그런데 너를 만나게 될 줄은 미처 예상하지 못했어. 아냐, 아냐. 변명은 하지 않을게. 다 내 잘못이야. 예상하지 못한 것도 내 잘못이지. 용서해줘. 제발. 선화는 통 크게 동환을 용서해주기로 했다. 그래, 유부남이든 아니든 그 따위가 무슨 대수랴. 그 따위 서류 한 장에 무슨 대단한 의미가 있겠는가. 이 윤선화, 애초에 관습과 제도에 얽매이는 속물스러운 사랑 따위에는 추호의 관심도 없었다. 선화는 어색한 분위기를 추스르기 위해 목소리 톤을 조금 높였다.

"그럼 오빠가 아니라 아저씨네에. 에이, 이제 아저씨라고 불러야겠다."

"그런 법이 어디 있냐? 결혼을 했다고 오빠가 아저씨가 되는 법이."

동환도 선화의 노력에 협조하여 평소와 다르게 목소리에 억양을 많이 넣었다. 이렇게 호흡이 잘 맞다니. 선화는 금세 마음이 풀렸다.

"그건 제 마음이에요."

"치사하네. 그렇게 어려운 일도 아닌데⋯⋯."

"좋아요. 봐줬어요. 오빠라고 부를 테니 오빠도 저를 어린애 취급하지 말아요. 같은 이십대끼리."

"뭐? 같은 이십대?"

"반올림 비슷한 걸 적용하면 우리 둘 다 대충 이십대잖아요. 저는 조금만 있으면 이십대. 오빠는 조금 전까지 이십대."

선화는 동환의 아내에 대하여 전혀 알고 싶지 않았지만 한편으로는 미치도록 궁금하기도 했다.

"결혼했을 거라는 짐작은 했지만 열 살이 넘는 아이가 있을 줄은 몰랐어요. 왜 그렇게 결혼을 일찍 했어요?"

"글쎄…… 왜 그랬을까? 어쩌다 보니 그렇게 되었네. 음…… 보육원 나와서 혼자 자취생활을 오래 했어. 그러다 보니 일찍 가정을 꾸리고 싶은 마음이 든 것도 같아. 경찰시험 합격하고 나서 혼자 밥해 먹기는 무리여서 하숙집으로 옮겼지. 그런데 하숙집에서 나를 가족처럼 대해주더라고. 결국 하숙집 딸과 결혼했어. 그냥 자연스럽게 그렇게 됐어. 가족처럼 대해준 사람과 가족이 된 거지."

하숙생과 하숙집 딸 사이의 그저 그런 흔한 이야기를 듣자 선화는 마음이 한결 가벼워졌다.

"그 하숙집 딸은 지금 뭐해요? 아직도 하숙을 하나?"

"하숙은 벌써 오래전에 그만뒀고…… 지금은 학교 선생님이야."

여기서 선화는 기가 조금 숙었다.

"와, 학교 선생님이라니. 결혼 잘하셨다."

"꽉 잡혀 살아. 나한테도 선생님처럼 굴어."

"그래도 행복하시죠?"

"그러엄. 엄청 행복하지."

과장이 실린 동환의 긍정이 선화를 만족시켰다. 그때 선화는 깨달았다. 행복하냐는 질문이 백 퍼센트 행복을 확신하는, 소수를 제외한 대부분의 사람들에게는 불행을 환기시키는 암시나 심지어는 주문(呪文)이 될 수도 있음을. 그후로도 선화는 동환에게 이따금 행복하냐고 묻곤 했다. 자주는 아니고 아주 가끔.

"저도 중학교 때까지는 학교 선생님이 꿈이었는데, 이제 접었어요. 공부를 웬만큼 하는 줄 알았는데 고등학교 들어왔더니 공부 잘하는 아이 정말 많아요. 저 정도 실력으로는 선생님 되는 거 어림도 없어요. 만에 하나 어렵게 대학에 합격한다 해도 학비가 문제예요. 장학금 받는 거나 스폰서 잡는 거나 하늘의 별 따기. 후원자 눈에 들려면 성적도 아주 좋아야 하고 품행도 방정해야 하잖아요. 그런데 저는 성적도 어중간하고 무엇보다도 품행이 안 좋아요. 행실이 안 좋다는 소문, 벌써 보육원과 학교에 다 퍼졌을 거예요."

"난 아직 못 들었는데?"

"곧 들을 거예요. 아무튼 현재로선 졸업하고 여급으로 일하면서 공무원 시험 준비하는 쪽으로 기울었어요. 그것도 무지 어렵겠지만 일단 학비는 안 드니까. 이럴 줄 알았으면 실업계 학교를 가는 건데 괜히 인문계로 왔나 봐요."

"공무원 시험 볼 거면 인문계가 더 나아."

"그래요? 아무튼 이도 저도 다 안 되면 시집이나 가야지. 왜요? 왜 그런 눈으로 봐요? 여자들 대부분 이렇게 살잖아요. 어차피 힘들게 취업을 해도 몇 년 일하다가 결혼하면서 그만두잖아요. 몇몇 전문직 아니면……."

"시집가는 건 쉬운 줄 아냐?"

"하긴……."

"그 문제는 차차 생각하기로 하자."

"저 시집가는 문제요?"

"그래, 그 문제까지 포함해서."

독서모임이 있을 때마다 선화는 보육원 앞에서 동환을 기다렸다. 동환은 선화와 단둘이 만나는 데 매번 시간을 할애했다. 바쁠 텐데도. 동환의 성격으로 보건대 분명 아이들을 공평하게 대해야 한다는 강박이 있었을 텐데도. 선화는 동환의 편애와 배려가 미안하고 고마웠다. 얼마 후 동환은 선화에게 보육원 정문 앞이 아니라 단골 분식집에서 만나자고 했다. 다시 얼마 후 두 사람은 보육원에서 조금 떨어진 분식집으로 단골을 바꾸었다. 선화는 동환의 떳떳치 못한 태도에서 이상한 희열을 느꼈다. 선화는 용기를 내어 동환에게 물었다.

"오빠는, 저…… 좋아해요?"

"그럼, 당연히 좋아하지. 좋아하니까 이렇게 보는 거잖아."

동환은 곧바로 시원하게 대답을 했다. 선화는 다시 물었다.

"그냥 그렇게 좋아하는 거 말고요…… 여자로서는요?"

이 질문에 동환은 별안간 엄청난 식욕이 발동했는지 아무 말 없이 고개를 숙인 채 두툼한 쌀 떡볶이 다섯 개와 어묵 꼬치 하나를 연속으로 집어 먹었다.

"지금 그게 목에 넘어가요?"

"왜?"

"······."

"난 그저 네가 잘 안 먹길래······. 남기면 아까우니까."

"지금 묻고 있잖아요."

"뭐?"

"······."

"아, 그건 말야······."

"······."

"그건······ 대답하고 싶지 않아."

"······."

"지금은······ 지금은 대답하고 싶지 않아."

"······."

"나중에······ 나중에 네가 고등학교 졸업하면······ 그때 대답할게."

선화는 처음에 잠시 실망했지만 이내 차분하게 두 사람의 처지와 거짓말을 잘 못하는 동환의 성격을 고려하며 동환의 말을 해석해보았다. 첫째, 동환은 솔직하게 말할 수 없는 상황에서 거짓말을 하는 것보다는 답변을 회피하는 게 낫다고 판단했다. 둘째, 동환은 무엇을 솔직하게 말할 수 없었을까? 여자로서는 좋아하지 않는다는 말? 그런 말이라면 당장 상처를 주더라도 솔직하게 털어놓지 않았을까? 설사 솔직히 말하기 곤란했다 하더라도 당장의 얼버무림이라면 모를까 고교 졸업 때까지 그런 답변을 연기한다는 건 아주 우스꽝스러운 일이다. 셋째, 남은 경우의 수는 두 가지. 아직 스스로의 마음을 잘 모르거나 좋아하거나. 여러 정황으로 볼 때 후자일 가능성이 매우 높지만 일단 두 가지 가능성을 다 열어놓자. 선화는 사실상 동환이 대답을 한 거나 마찬가지라고 생각했다. 이 정도면 됐다. 동환으로서는 최선의 대응. 선화도 애초에 더 이상은 바라지 않았다.

5

선화는 고등학생이 되고서 한동안 노는 아이들과 어울렸다. 중학교 때까지 선화는 누가 보아도 모범생이었다. 공부를 뛰어나게 잘하지는 않았지만 품행이 방정하고 예의범절이 몸에 배어 있었다. 수업시간에는 앞자리에 앉아 초롱초롱한 눈망울을 하고 선생님의 말에 귀를 기울이며 수업과 직접 관계가 없는 농담까지 열심히 노트에 필기하는 성실한 학생이었다. 지각을 한 적도 없었고 감히 숙제를 빼먹은 적도 없었고 사소한 교칙 하나 어긴 적이 없었다. 이렇게 된 데에는 타고난 고지식한 기질도 영향을 끼쳤지만 보육원 출신이라서 어떻다느니 하는 소리가 듣기 싫어서 기를 쓰고 노력한 측면이 더욱 크게 작용했다.

사춘기를 거치면서 선화의 몸과 마음에도 변화가 일었다. 모범생 생활이 갑갑하게 느껴졌고 그동안 스스로에게 지나치게 엄격했다는 생각이 들었다. 뭐든 극단적인 건 좋지 않다. 하지만 지금의 극단에서 벗어나기 위해서는 또 다른 극단을 살아봐야 한다. 그래야 중용의 감각 같은 것도 체득할 수 있지 않을까. 선화는 지금까지와는 아주 다르게 살겠다고 결심했다. 다만 그 시기는 선생님과 친구들이 다 바뀌는 고등학교에 들어간 다음으로 연기했다. 사람의 성격을 규정하는 데 타인의 시선도 아주 큰 몫을 차지한다는 점을 고려하여.

선화는 모범생 생활에서 벗어나기 위해서도 규칙을 잘 준수하는 모범생 기질에 의지했다. 고등학교 입학을 앞두고 선화는 종이에 구체적인 실천지침을 써내려갔다. 일주일에 한 번 이상은 지각을 한다. 한 달에 한 번 이상은 결석을 한다. 숙제 문제에 이르러서 선화는 머뭇거렸다. 숙제까지 포기하자니 마음이 아팠다. 그러나 숙제를 꼬박꼬박 다 챙기고서는 결코 모범생 딱지를 벗을 수 없다. 선화는 수족을 자르는 심정으로 결단을 내렸다. 숙제는 두 번에 한 번꼴로 거부한다. 그 아래에 '단, 실제로는 하고 제출만 안 한 것도 안 한 걸로 친다'라는 단서조항을 달았다. 숙제 문제에 있어서는 조금 비겁했다는 생각이 들었다. 대신 두발과 교복에 대한 규제는 과감히 무시하기로 했다. 두발과 교복에 대한 규제는 시대에 따라 변하는 것으로서 사실 학생 본분과는 별로 상관이 없다. 별거 아니지만 무시할 경우 이미지 변신에는 아주 효과적이다.

선화는 규정보다 길게 기른 머리에 가벼운 파마와 염색까지 했고 교복 치마는 무릎 위로 짧게 줄여 입었다. 학교에 가자 선생님이 문제점을 지적하며 이유를 물었다. 이에 대한 답변을 미처 준비하지 못한 선화는 솔직하게 두발과 교복은 학생 본분과 별로 상관이 없다고 말했다. 선생님이 반항하는 거냐고 물었고 선화는 전혀 아니라고 대답했다. 교무실에 불려 가서도 다른 답변이 떠오르지 않았다. 선화는 같은 대답을 했다. 선화는 면학 분위기를 위해 맨 뒷자리에 배정되었다.

선화는 단지 답답한 모범생 생활을 탈피하려 했으나 보통 아이들마저 선화에게 거리를 두는 결과를 낳고 말았다. 한편 뒷자리의 껌 좀 씹는 아이들은 선화를 영웅 취급하며 환영했다. 얼떨결에 선화는 노는 아이들 그룹에 속하게 되었다. 그리고 그룹에 속한 이상 그룹의 문화에 따를 수밖에 없었다. 그 문화란 대부분 어른 흉내를 내는 것이었다. 아이들은 진한 화장을 하고 담배를 피우고 술을 마셨다. 미성년자의 출입이 금지된 장소를 성지처럼 여겼다. 실제로 돈이 많이 들어 그런 곳에 자주 가지는 못했다. 아이들은 아직 소심했다. 삥 뜯기, 즉 또래를 상대로 한 소액의 지속적인 금품 갈취 행위 같은 건 엄두도 내지 못했다. 껌이나 좀 씹었지 아직 면도날 씹는 단계까지는 기지 못했다. 유흥비가 부족한 아이들은 주로 관리가 허술한 공동주택 옥상에 숨어서 술을 마셨다. 술맛도 놀랐지만 아이들은 술을 마셨다. 노는 아이들이라는 정체성을 보여주기 위해서. 그러지 않으면 어느 그룹에도 끼지 못할 것 같아서. 당연히 아이들은 공허함을 느꼈다. 무언가가 빠진 것 같았다. 엉뚱하게도 아이들은 그 무언가가 남자라고 결론을 내렸다.

평소 여고에 배정된 데 불만을 품고 있던 한 아이가 하교 후에라도 남녀공학 분위기를 느껴보자는 차원에서 다른 학교의 노는 남자아이들과 만남의 자리를 주선했다. 그런데 남자 쪽에서 약속을 제대로 지키지 않아 남녀의 수가 맞지 않았다. 남자가 하나 적었다. 남자아이들이 난처해하는 가운데 상국이라는 아이가 떨리는 목소리로 자신이 모든 책임을 지고 그날의 비용을 전부 내겠다고 선언했다. 다른 남자아이가 그런다고 문제가 해결되냐며 상국에게 핀잔을 주었다. 당장 밖으로 튀어나가서 지나가는 남자애라도 하나 끌고 오든지 해야지. 또 다른 남자아이가 말했다. 그리고 또 너…… 이런 데서 꼭 돈 많은 티를 내야 되겠냐? 그럼 우리는 뭐가 되냐? 그때 여자 쪽 주선자가 눈치를 주자 여자아이들이 일제히 자리에서 일어났다. 남자아이들은 일제히 눈을 동그랗게 떴다. 한 남자아이가 투덜거렸다. 그렇다고 그냥 가냐? 다들 어렵게 시간을 낸 건데……. 여자 쪽 주선자가 말했다. 아니, 너희들 대신 밖에 나가서 지나가는 남자애 하나 주워 오려고. 잠깐만 기다려.

여자아이들은 밖으로 나가 회의를 열었다. 선화가 먼저 손을 들고 말했다. 그냥 내가 빠질게. 그러면 다 해결되는 거 아냐? 그러자 아이들이 한마디씩 했다. 무슨 소리야? 의리 없게 그럴 수는 없지. 그런데 말야, 남녀 수가 꼭 맞아야 할까? 어차피 남녀 공학 분위기를 느껴보자는 차원이었잖아. 굳이 짝을 정할 필요가 있어? 맞아 맞아, 우린 콩 한 쪽도 나누어 먹는 사이니까 남자도 공유하자. 게다가 상국이라는 애가 물주인가 보던데……. 상국이? 아, 아까 무슨 정치인이라도 되는 것처럼 비장한 표정으로 모든 책임을 자기가 다 진다고 선언한 애 말야? 그래, 그런 물주를 어느 한 사람이 독점할 수는 없지 않겠어? 아이들은 그날도 앞으로도 짝은 정하지 않고 그냥 다 같이 만나 함께 놀기로 했다.

그날은 그냥 다 함께 놀았지만 이후로 짝을 정하지 않으면 아무 의미가 없다고 생각한 일부 남자아이들이 하나둘 빠져나가자 남녀 성비는 1 대 2 정도가 되었다. 귀한 남자아이들 가운데 특히 상국은 돈을 잘 써서 여자아이들에게 인기가 좋았다. 상국은 덩치가 아주 컸다. 키가 크고 뼈대가 굵었다. 우람한 덩치에 어울리지 않게 얼굴은 앳된 모습을 하고 있었다. 뽀얀 피부와 통통한 볼, 동그랗고 붉은 입술. 귀여운 얼굴이 지나치게 큰 덩치에 대한 경계심을 희석시켰다. 노는 아이치고는 성격이 온순했고 다른 남자아이들이 입에 달고 사는 욕설과 비속어를 거의 사용하지 않았다. 온순한 성격을 두고는 남자가 너무 소심하고 우유부단한 거 아니냐는 일부 지적이 있었다.

실제로 상국은 선화의 사소한 말 한마디에 눈물을 보이기도 했다. 슈퍼 앞 의자에 앉아 아이스크림을 먹을 때였다. 다른 아이들은 그 옆에서 망치로 두더지 머리를 때리고 있었다. 비용을 전부 대고도 정작 게임에서는 빠진 상국에게 선화가 이유를 물었다.

"이 누나는 지병인 오십견이 도져서 안 하지만 너는 왜?"

"글쎄, 뭐랄까…… 왠지 두더지가 불쌍한 느낌이 들어서……"

"뭐? 두더지가 불쌍하다고?"

"저렇게 망치로 머리를 연거푸 때리니 얼마나 아프겠어."

"얘는…… 저건 진짜 두더지가 아니야."

"그건 그렇지만…… 아무리 가짜 두더지라 해도 일어서면 때리고 일어서면 또 때리고 하니까 마음이 편하지가 않아. 그냥 계속 주저앉아 있으라고 하는 거 같아서. 계속 지하에 숨어서 죽은 듯 지내라고 하는 거 같아서."

"너, 지금 농담하고 있는 거지?"

"뭐가?"

"그럼 진심으로 하는 말이야?"

"……."

"너도 참…… 그렇게 마음이 여려서야 어떻게 이 험한 세상을 살아갈래? 제발 덩칫값 좀 해라."

선화의 말을 들은 상국의 눈가가 붉어지는 듯하더니 금세 눈시울에 물기가 어렸다.

"왜?"

"아, 아무것도 아냐."

선화가 재차 묻자 상국은 살면서 가장 많이 들은 말이 덩칫값이라는 말이라고, 그렇게 많이 들었는데도 들을 때마다 마음이 아프다고, 이제 선화에게마저 그런 말을 들으니 더더욱 마음이 아프다고 했다.

상국은 학교에서 체벌을 받을 때도 다른 아이들 두 배로 매를 맞는 일이 많았다. 학생주임을 비롯한 여러 선생님들이 상국에게 매를 들기 전에 항상 하는 말. 어이, 덩치! 덩치가 남들 두 배이니 두 배는 맞아야 같은 느낌이 오지 않겠어? 어때? 그래야 공평하겠지? 한편 싸움깨나 한다는 아이들은 걸핏하면 상국에게 싸움을 걸곤 했다. 오, 덩치! 네가 그렇게 힘이 세다며? 한번 붙어볼까? 맞서 싸워봐야 일만 더 커질 게 뻔해서 상국은 대체로 일방적으로 맞기만 했다.

"몰랐어. 그런 어려움이 있었는지⋯⋯."

선화는 머뭇거리는 손을 내밀어 상국의 뺨을 살며시 어루만지다가 재빨리 거두어들이고 나서 말을 이었다.

"참 힘들었겠구나. 덩치 큰 게 네 잘못도 아닌데⋯⋯. 미안해. 다시는 그런 말 안 할게."

문득 선화는 어느 봄날 하교하는 길에서 본 커다란 곰 인형이 떠올랐다. 근린공원과 주택가 사이로 난 2차선 도로를 따라 선화는 보도블록을 하얗게 덮은 벚꽃을 밟으며 걷고 있었다. 인도 안쪽으로 산자락의 경사면을 깎고 층층이 쌓아놓은 작은 바위들이 축대 겸 화단 구실을 하고 있었고, 그 바윗돌 사이사이마다 철쭉나무가 빼곡하게 뿌리를 박고 있었다. 며칠 동안 이어진 이상고온현상 때문이었을까. 차도 양쪽으로 길게 줄지어 늘어선 벚나무가 마지막 꽃비를 뿌리자마자 철쭉나무가 때 이른 꽃봉오리를 터뜨렸다. 선화가 걸음을 멈칫한 것은 꽃 속에서 눈사람을 본 느낌이 들어서였다. 이 따뜻한 봄날에 눈사람이라니⋯⋯. 선화는 고개를 돌려 보았다.

거기, 축대 겸 화단의 전망 좋은 위층에 자리 잡은 한 평평한 바윗돌 위에, 눈사람처럼 하얗고 둥근 커다란 곰 인형 하나가 색색의 꽃봉오리를 막 터뜨린 철쭉나무에 둘러싸인 채 앉아 있었다. 아무렇게나 던져져 있지 않고 바윗돌을 의자 삼아 반듯한 자세로 앉아 있어서 마치 곰 인형이 스스로 걸어와 거기에 앉은 듯한 느낌이 들었다. 벚꽃 잎 몇 장이 곰 인형의 이마와 어깨에 붙어 있었다.

다음 날도 그다음 날도 곰 인형은 그 자리에 그대로 있었다. 달리 생각할 길이 없었다. 인형은 잠시 꽃구경을 하러 나온 게 아니라 주인을 잃어버린 거라고, 사정이 생긴 주인이 인형을 쓰레기통에 버리기는 미안해서 거기에 둔 거라고 생각할 수밖에 없었다.

곰 인형은 일주일이 지나도, 보름이 지나도 같은 자리에 그대로 있었다. 곰 인형은 어두운 밤에도 거기 혼자 앉아 있었으리라. 그동안 비도 몇 번 내렸는데…… 선화는 곰 인형에게 약간의 안쓰러움을 느꼈지만, 거기까지였다. 저 큰 걸 가져다가 어디에 둔단 말인가. 인형을 안고 잘 나이는 한참 지났다. 어릴 때도 인형을 좋아하는 취향은 아니었다.

곰 인형이 사라진 건 한 달도 더 지나서였다. 새 주인을 만난 걸까. 청소부가 치운 걸까. 아마도 후자일 듯싶었다. 새 주인을 만날 거였다면 그보다 한참 더 전에, 하얀 털이 비와 먼지를 교대로 맞으며 누렇게 변하기 전에 만났을 테니까. 청소부가 한 달 이상 자신의 임무를 방기한 것은 인형에게 새 주인을 만날 기회를 주고 싶었기 때문일 테고. 깨끗하게 털을 씻겨 내보낸 걸 보면 원래 주인도 그걸 기대한 듯. 하지만 인형을 거두어들이려고 나선 이는 아무도 없었나 보다. 아무렴…… 근본을 알 수 없는 헌 인형을…… 위생의 위험을 무릅쓰면서까지…….

어쨌든 선화가 그때 곰 인형에 대해 연민 비슷한 감정을 느꼈다는 사실만큼은 분명하다. 이 지점에서 공정성에 대한 특유의 감각이 작동한 선화는 곰곰 따져보았다. 곰 인형은 불쌍해해도 되고 두더지 인형은 그러면 안 되는가. 곰 인형을 불쌍해하는 사람이 두더지 인형을 불쌍해하는 사람에게 뭐라고 할 자격이 있을까. 선화는 곰 인형과 두더지 인형의 처지를 비교해보았다. 사실 불쌍한 걸로 치면 곰 인형보다 두더지 인형이 더 불쌍하다. 곰 인형은 꽃 속에 둘러싸여 꽃비 몇 줌, 이슬비 몇 번을 맞았을 뿐이지만, 두더지 인형은 매일 망치로 수도 없이 머리를 두들겨 맞고 있었다.

선화가 상국에게 이 이야기를 하자, 상국은 고맙다며 자신을 제대로 이해해준 사람은 세상에 태어나서 선화가 처음이라고 했다.

"나와 함께 두더지를 불쌍해한 사람도 네가 처음이야."

"내가 언제 두더지가 불쌍하다고 했어? 내 말은 다만 이치가 그렇다는 거야. 곰 인형과 두더지 인형을 둘 다 불쌍해하거나, 둘 다 불쌍해하지 않거나, 그래야 이치에 맞는다는 거지."

"그게 그거지."

"그게 그거 아니라니까."

"아무튼."

"……."

"그런데 나는…… 두더지도 불쌍하지만…… 그보다는 곰 인형이 더 불쌍한 거 같아."

"저렇게 평생 두들겨 맞고 지내는 두더지보다 곰 인형이 더 불쌍하다고?"

"그래도 두더지는 든든한 처마가 비도 막아주고, 망치로 맞은 머리를 가끔 주인이 걸레로 닦아주기도 하고, 어찌 됐든 버림받지는 않았어. 그런데 곰 인형으로 말할 것 같으면, 꽃 속에 있으면 뭐해, 완전히 버림받은 거잖아."

"……."

"꽃 속에 버렸어도, 봄의 절정 속에 버렸어도, 버린 건 버린 거야."

눈물 한 방울 흘리지 않았는데 선화는 어느 순간 한바탕 크게 울고 난 듯한 기분이 들었다. 선화는 후련한 이완상태에 빠져들었다. 학대받는 것보다야 버림받는 게 낫다는 반론이 떠오르기도 했지만 더 이상 무언가를 따지고 싶지 않았다. 선화는 자기도 모르게 고개를 끄덕이고 있었다.

그날 이후로 상국은 눈치도 없이 선화에게 특별히 더 잘하고 선화만 특별히 더 챙기며 선화 옆을 졸졸 따라다녔다. 여자애들은 상국에 대해서는 아무 말도 하지 않고 선화를 두고 재수 없는 년이니 뭐니 하고 수군대다가 급기야 선화를 무리에서 제명했다. 이로써 선화는 당장 노는 아이들, 보통 아이들, 모범생들 그 어디에도 끼지 못하는 신세가 되었다. 선화는 좋은 방향으로 생각하기로 했다. 어쩌면 잘된 일일 수도 있어. 그 아이들과 조금 더 어울렸다면 껌만 씹는 데서 멈추지 않고 면도날까지 씹었을지 몰라. 학교에서 혼자가 된 대신에 선화는 상국을 자주 만났다. 눈치 없이 군 상국이 밉기도 했지만 그게 만나지 말아야 할 이유까지 되지는 못했다. 상국은 여전히 돈을 잘 썼다. 선화가 학생이 무슨 돈이 그렇게 많냐고 묻자 상국은 용돈을 좀 두둑하게 받는 편이라고 했다.

"집이 부자야?"

"그건 아니고. 월세와 생활비를 한꺼번에 받다 보니."

"월세?"

상국은 집에서 나와 따로 방을 얻어 산다고 했다.

"왜? 집이 학교에서 멀어?"

"그건 아니고."

"그럼 독립한 거야?"

"뭐…… 그런 셈이지."

"야, 대단한데. 벌써 독립을 하고."

"대단한 거 아냐."

"왜 대단한 게 아니야? 생활비 지원을 받는다지만 그래도 대단하지. 요즘 성인이 돼서도 마마보이로 사는 사람들이 얼마나 많은데."

"대단한 거 아니라니까."

"그럼 뭔데?"

"사실은…… 내가 새아버지와 관계가 안 좋아서……. 엄마가 제발 좀 나가서 살라고 설득하더라고. 말이 독립이지 집에서 쫓겨난 거나 다름없어."

"그랬구나. 내가 괜한 걸 꼬치꼬치 물었네."

"괜찮아. 너한테 숨길 게 뭐가 있겠어. 그리고 내가 선택한 게 아니라서 그렇지 사실 지금이 한결 편하고 좋아."

"방에 놀러 가도 돼?"

"뭐?"

"방에 놀러 가도 되냐고."

"내 방에? 정말?"

"싫으면 관두고."

"고마워."

"뭐가?"

"그만큼 나를 믿는다는 거잖아."

"촌스럽게 믿기는……. 야, 분명히 경고하는데…… 너, 이 누나 함부로 믿지 마라."

상국은 이제까지 친구들 가운데 자기 방에 온 사람은 선화가 처음이라고 했다. 혼자 방 얻어 사는 사정을 말하기도 싫었고 무엇보다도 자기 방이 친구들 아지트가 되는 것이 싫었다.

"그래서 애들이 남의 집 옥상에 숨어서 술을 마실 때도 내 방에 가자는 말은 절대 하지 않았지. 내가 보기보다 깔끔하거든."

상국의 방은 과연 깔끔하게 정돈되어 있었고 쾌적했고 두 명이 써도 넉넉할 정도로 넓었다. 당시 보육원에서 2층 침대 세 개를 들여놓고 여섯 명이 함께 방을 쓰고 있던 선화가 말했다.

"우와, 방 좋네. 이런 방 있으면 매일 방에만 틀어박혀 있어도 좋겠다. 나는 아직까지 혼자 쓰는 방은 고사하고 2인실도 못 써 봤는데."

선화는 상국에게 매번 길에서 시간과 돈을 버리느니 가끔은 방에서 노는 게 어떠냐고 했다. 상국은 흔쾌히 동의했다. 상국은 방 열쇠 하나를 복사하여 선화에게 건넸다. 그후로 선화와 상국은 주로 방에서 만나 시간을 보냈다. 어쩌면 선화는 상국보다 상국의 방이 더 마음에 들었는지도 몰랐다.

둘은 방에 누워 각자 소설책이나 만화책을 보며 뒹굴었다. 배가 고프면 라면을 끓여 먹거나 배달음식을 시켜 먹었다. 방에서 단둘이 있는 게 선화는 편했지만 상국은 마냥 편하지만은 않은 듯했다. 선화는 마치 자신이 방 주인이고 상국이 손님인 듯한 느낌이 들어 상국에게 농담을 건넸다. 그냥 내 방처럼 생각하고 편하게 있어. 선화의 농담에도 상국은 여전히 조금 긴장한 기색을 보였다. 상국은 차고 딱딱한 맨바닥에 엎드려 만화책을 보았다. 선화가 불편하지 않느냐며 요 위로 올라오라고 권해보았지만 상국은 매번 괜찮다고 했다. 선화가 몇 번 더 권하자 상국은 마지못한 듯이 요 끝자락에 한쪽 팔꿈치를 살짝 걸쳐 올렸다. 작은 접촉이지만 경계선은 무너졌다. 일단 몸의 일부를 요에 걸치고 나자 상국은 자연스럽게 선화와의 거리를 좁혀왔다. 하루에 몇 밀리미터씩 아주 조금씩.

6

상국과 사귀고 나서 반년쯤 지났다. 상국이 변한 걸까. 선화가
변한 걸까. 둘 다일까. 선화에게는 점점 상국의 나쁜 점만 두드러
지게 보였다. 상국은 돈 씀씀이가 헤펐고 경제관념이 없었다. 한
달 치 생활비를 받으면 열흘 안에 다 쓰고 빈털터리가 되어 선화
에게 돈을 빌렸다. 선화가 돈 좀 아껴 쓰라고 하자 상국은 활짝
웃으며 말했다. 와, 이거 영광인데. 나한테 마누라 행세까지 해주
고. 선화는 어이가 없어 입을 다물었다.

싸우다가 얻어맞아 선화가 약을 발라준 일도 여러 번이었다.
어느 날은 상처 부위가 평소와 많이 달랐다. 입술과 코, 광대뼈
등은 멀쩡한데 이마와 주먹만 조금 찢어지고 멍이 들어 있었다.
선화가 이유를 묻자 상국이 말했다. 어떻게든 끝까지 참았어야
하는데⋯⋯. 참고 참다가 가끔 나도 모르게 폭발할 때가 있어. 그
럴 때는 나도 나를 주체할 수가 없어. 마치 내 속에 내가 아닌 다
른 누군가가 들어와 있는 것처럼⋯⋯. 상국은 얻어맞았을 때보
다 훨씬 더 겁에 질려 있었다. 통제할 수 없는 자기 속의 괴물 때
문인지. 앞으로 감당하게 될 몇 배의 보복 때문인지.

한번은 방에서 만나기로 했는데 상국이 없었다. 저녁 늦게까
지 기다렸지만 상국은 오지 않았다. 다음에 만났을 때 선화가 사
정을 물었다.

"게임을 좀 하느라⋯⋯."

"게임? 무슨 게임?"

"카드."

"카드라면…… 도박?"

"도박이 아니라 일이야. 돈을 벌어야 해. 그래야 진정한 독립을 할 수 있지. 새아버지를 그렇게 싫어하면서 그 인간한테 돈을 받아 사는 건 치욕이야. 엄마가 주는 돈이지만 새아버지 주머니에서 나온 거니 그게 그거. 크게 한몫 잡아서 진정한 독립을 할 거야."

선화는 기가 막혀서 아무 말도 나오지 않았다. 이렇게 정신세계가 이상한 놈이라는 걸 왜 진작 몰랐을까. 두더지가 불쌍하다고 했을 때 미친놈이라는 걸 알아차렸어야 했다. 더 이상 생각하고 말고 할 게 없었다. 선화는 상국에게 그만 만나자고 했다. 상국은 울면서 빌었다. 실망시켜서 미안하다고. 앞으로는 잘 하겠다고. 한 번만 더 기회를 달라고. 선화는 별로 기대를 하지는 않았지만 형식적으로 한 번 더 기회를 주었다.

상국은 역시 크게 달라지지 않았다. 한 달도 지나지 않아 다시 도박에 손을 댔다. 두더지 인형을 불쌍하게 여기는 걸 보고 참 마음이 여린 아이라고, 최소한 나쁜 놈은 아닐 거라고 생각한 적도 있었다. 하지만 마음이 여리다고 해서 나쁜 놈이 아닌 건 아니다. 그렇게 마음이 약한 놈이 어떻게 도박을 끊을 것인가. 선화는 상국에게 최종적인 결별을 선언했다.

상국과 헤어지기 전, 그러나 마음은 이미 상국에게서 거의 떠났을 무렵, 보육원에 독서모임이 생겼다. 선화는 하나의 계기가 필요했다. 새로운 무언가에 집중하고 싶었다. 선화는 독서모임에 들어갔고 거기서 동환을 만났다. 동환을 만나지 않았더라면 선화는 상국을 정리하는 데 더 많은 시간이 걸렸을지 모른다. 어쩌면 영영 상국에게서 벗어나지 못했을지도 모른다.

결별 선언 후에도 상국은 여러 번 선화를 찾아와 울며 매달리곤 했다. 그런 상국이 한동안 뜸했다. 이제 포기했나? 그렇게 못 살 것처럼 굴더니. 역시 시간이 약인가 보다. 상국에게서 비로소 벗어났다 생각하자 선화는 마음이 조금 너그러워졌다. 혼자서만 새로운 사랑에 빠지는 게 미안하기도 했다. 아니, 새로운 사랑이 아니지. 첫사랑이지. 상국과는 사랑이 아니라 그냥 철없는 장난이었을 뿐. 아무튼 선화는 상국도 그에게 맞는 좋은 사람을 만나길 빌었다. 어렵겠지만 그런 여자가 세상 어딘가에 하나쯤은 있지 않을까.

그런 생각을 하고 있을 때 상국에게서 전화가 왔다. 벗어났다고 안심하고 있던 차에 목소리를 듣자 선화는 몸이 부르르 떨렸다. 너그러워졌던 마음은 온데간데없이 사라지고 증오심이 솟구쳤다. 이거 평생 찰거머리처럼 달라붙어 떨어지려 하지 않는 거 아냐? 불쑥 동환과의 관계를 망칠 수도 있다는 걱정이 들면서 증오심은 더욱 증폭되었다.

"우리 완전히 끝났다고 했지? 구질구질하게 왜 이래?"

"너 참 못됐다. 갑자기 일방적으로 이러는 게 어디 있냐? 마음의 준비를 할 시간을 줘야지."

"시간은 충분하게 준 거 같은데……. 이제 이런 이야기하는 것도 지긋지긋하다. 그만 끊자."

"자, 잠깐, 잠깐. 끊지 마. 이번엔 매달리는 게 아냐. 너 보고 싶어서가 아니야. 너의 도움이 필요해."

"또 돈 빌려달라고?"

"그게 아니야. 만나서 이야기하자. 이번이 정말 마지막이야."

잠시 실랑이 끝에 선화는 다시는 귀찮게 굴지 않는다는 조건으로 상국과 마지막으로 한 번 만나기로 했다. 약속장소는 상국의 방이 아니라 커피숍으로 정했다. 그래도 혹시 몰라서 동환에게 도움을 청했다.

선화는 동환과 함께 30분쯤 일찍 약속장소로 가서 상국을 기다렸다. 동환은 선화의 뒷자리에 앉았다. 채 5분도 지나지 않아 상국이 커피숍으로 들어왔다. 선화가 조금만 늦게 왔더라면 동환과 함께 있는 모습을 상국에게 보일 뻔했다. 상국이 얼렁뚱땅 선화 옆으로 비짝 디가와 앉으려고 했다. 선화는 상국의 등짝을 세게 후려쳤다. 상국은 겸연쩍은 얼굴로 테이블을 돌아 선화의 앞자리로 가서 앉았나.

"시간개념 없는 애가 이렇게 일찍 나온 걸 보면 굉장히 중요한 일인가 보네."

"그래. 네 도움이 필요해."

"뭔데?"

"도와줄 거지?"

"글쎄, 뭔지 알아야……."

상국은 주위를 둘러보며 주머니에서 조심스럽게 무얼 꺼냈다. 종이로 싼 작은 꾸러미였다. 상국은 그걸 선화에게 내밀며 말했다.

"이걸 잠시 맡아주었으면 해."

"이게 뭔데?"

"그건 몰라도 돼. 그냥 내겐 아주 중요하고 비싼 물건이라는 것만 알아둬."

"보석?"

"비슷해."

"설마 훔친 건 아니겠지?"

"아니야. 돈 주고 산 거야. 내가 얼마 전부터 새로운 사업을 시작했거든. 주변에서 이별의 상처를 극복하는 가장 좋은 방법이 일에 집중하는 거라고 하도 충고를 해주길래."

"네가 돈이 어디 있어서 이 비싼 걸 사?"

"빚으로. 그러니까 이걸 팔아서 갚아야 해."

"그런데?"

"그런데 내가 사고를 크게 쳐서 지금 언제 경찰에게 잡힐지 몰라. 이번에 들어가면 소년원 정도로 끝나지는 않을 거야."

"머리하고는. 돌려줘. 그럼 간단하잖아."

"어휴, 그게 그렇게 간단한 문제가 아니야. 내가 하는 일이 도둑질 같은 나쁜 짓은 절대 아니지만, 너의 이해를 돕기 위해서, 예를 들어서, 그러니까 순전히 예를 들어서 말하자면, 도둑질에 교환, 반품, 환불 있는 거 봤냐? 이 바닥에도 그런 건 절대 없어."

"그냥 도둑질을 해라, 도둑질을."

동환의 목소리였다. 동환이 다가와 상국의 옆자리에 앉았다. 상국은 선화에게 내민 물건을 끌어당겨 두 손으로 꼭 움켜잡았다.

"아저씬 누구세요?"

"경찰이다."

"에이, 농담도……. 무슨 경찰이 도둑질을 하라고 권해요?"

동환이 신분증을 꺼내어 상국에게 보여주었다.

"이제 믿겠어? 벌써 바깥에도 몇 명 깔려 있으니까 도망칠 생각은 하지 마."

"저 도망 같은 건 안 쳐요. 그래 봐야 죄만 더 늘어나지. 숨어지낼 자신도 없고. 안 그래도 자수할까 생각하고 있었어요. 속 편하게."

"지금 무슨 죄로 자수를 한다는 거지?"

"사람 때려서 다치게 한 거요. 그거 때문에 오신 거 아니에요?"

"지금 그게 문제가 아니야."

동환은 상국의 손에 있는 물건을 낚아챘다. 몇 겹의 종이와 몇 겹의 비닐을 풀자 한 줌의 하얀 가루가 나왔다.

"뽕이지?"

상국은 묵비권을 행사해도 되느냐고 묻다가 동환에게 뒤통수를 한 대 맞고 고개를 끄덕였다.

"먹기도 했어?"

"아뇨. 그냥 장사만. 얼마 팔지도 못했어요. 장사도 어려워요. 세상에 쉬운 일이 없어요."

"너 이런 거 파는 일이 얼마나 심각한 범죄인지 알아?"

"불법인 거야 알지만…… 약이 뭐 그렇게 나쁜 건 아니잖아요. 남에게 피해를 주는 것도 아니고. 사실 중독성이 조금 더 강할 뿐이지 술이나 담배하고 비슷한 거 아니에요? 건강에 해롭다고 해도 어쨌든 개인이 스스로 선택한 기호식품인데 국가가 나서서 처벌한다는 게 말이 안 되는 거 같아요. 실제로 약이 합법인 나라도 많대요. 선진국일수록."

"너 꼬신 놈들이 그렇게 얘기해?"

"네."

"마리화나 정도면 몰라도 뽕이 합법인 나라는 지금까지 들어본 적이 없다. 반대로 약 건드렸다 걸리면 사형시킨다는 나라는 많이 들어봤어."

"사형이요? 와, 그건 너무 심했다. 사람을 죽여도 웬만해선 사형을 안 때리는데."

"우리나라는 사형까지는 아니지만 엄벌에 처하고 있지. 내가 장담하는데 너, 이쪽 동네 계속 기웃거리다가는 인생 종친다. 왜? 마약 거래는 모든 강력범죄와 연결되어 있으니까. 조직 폭력, 강도, 강간, 살인……. 그래서 내가 차라리 좀도둑질이나 하라고 한 거야. 너 지금 주먹질 좀 한 거 갖고 실형 받을까 걱정하고 있는 모양인데 그건 아무것도 아니야. 이 바닥에 한번 발 들여놓으면 사형은 면할지 몰라도 평생 감옥에서 썩어. 아니면, 아주 운이 좋으면, 그 전에 다른 조직원에게 살해당하든지."

동환의 말을 듣고 있던 상국의 표정이 서서히 변하더니 마침내 하얗게 질렸다.

"잘못했습니다. 저는 정말 그 정도까지 위험한 일인지는 몰랐어요. 그냥 고수익 알바라고만 생각했어요. 고수익이니만큼 약간의 위험, 약간의 불법은 감수해야 한다고 그냥 단순하게 생각하고 시작한 거예요. 정말 다시는 안 하겠습니다. 제발, 제발, 한 번만 봐주세요."

"봐주라고? 나도 그러고는 싶지만…… 그랬다가는 내가 잘리는데 어떡하나?"

"……"

"이거 입장이 아주 곤란해졌네. 애초에 여길 오지 말았어야 하는데."

"예? 그게 무슨 말이에요? 지금 여기 저 잡으러 온 거 아니에요?"

"솔직히 말하지. 여긴 경찰로서가 아니라 선화의 아주 친한 오빠로서 왔어. 혹시 분위기가 너무 과열되면 잠시 내가 나서서 진정이나 시켜주려고."

"……"

"그런데 생각해보니까 내가 여기 오시 않았어도 문제였네. 신화가 범죄에 엮일 뻔했으니까. 도대체 이런 위험한 일에 선화는 왜 끌어들이려고 했지?"

"죄송합니다. 제가 믿을 만한 사람이 선화밖에 없어서…… 그리고 빵에 들어가기 전에 마지막으로 한 번 보고 싶어서……. 제가 생각이 너무 짧았습니다. 잘못했어요. 제발 한 번만 봐주세요."

동환이 고개를 돌려 선화를 바라보았다. 동환은 정말 난감하다는 표정을 하고 선화에게 눈빛으로 물었다. 어떻게 하지? 선화는 쉽게 판단을 내릴 수 없었다. 괜히 동환을 끌어들이는 바람에 동환과 상국 두 사람을 다 어려움에 빠뜨리고 말았다. 동환이 다시 눈빛으로 선화에게 물었다. 어떻게 하지? 선화는 계속 머뭇거렸다. 법대로, 원칙대로 하라는 말이 선화의 머릿속에 맴돌았지만 가위눌린 듯 그 말이 차마 입 밖으로 나오지 않았다. 머뭇거리는 선화를 보고 동환은 결정을 내렸다. 동환이 상국에게 낮은 목소리로 말했다.

"이번 건은 눈감아줄게. 그 대신 이걸 계속 갖고 다니면서 다른 사람에게 팔거나 맡기도록 내버려둘 수는 없어. 함께 화장실에 가서 변기에 넣고 물을 내리자. 빚은 내가 갚아줄게. 빌려주는 게 아니라 그냥 주는 거야. 그 대신 앞으로 다시는 선화 귀찮게 하지 마라."

상국은 동환에게 고개를 숙이고 울먹였다.

"고맙습니다. 이 은혜 절대 잊지 않겠습니다."

동환은 거리를 천천히 터벅터벅 걸었다. 선화는 몇 발짝 뒤에서 동환을 따라갔다. 동환의 다리는 힘이 풀린 듯 연체동물처럼 흐느적거렸다. 술집으로 들어간 동환은 말없이 술만 마셨다. 선화도 술을 마셨다. 동환은 말리지 않았다.

"죄송해요."

"네가 죄송할 게 뭐 있어. 덕분에 사람 하나 구했는데. 아, 둘이구나. 그 자식한테서 너도 구했으니까."

476

"오빠가 얼마나 힘들게 경찰이 됐는지 알아요."

"나 사실 경찰이 적성에 잘 안 맞는지도 몰라."

동환의 쓴웃음을 선화는 자신에 대한 암묵적인 비난으로 받아들였다. 선화는 술을 많이 마셨다. 동환은 선화의 심정까지 헤아릴 마음의 여유가 없었다. 동환도 술을 많이 마셨다.

술집에서 나왔지만 어디로 가야 할지 몰랐다. 두 사람은 아무 말 없이 한동안 거리를 무작정 걸었다. 마침내 선화가 먼저 침묵을 깨고 입을 열었다.

"지금 이 상태로 집에 들어가기는 싫어요. 저는 지금 6인실이 아닌 다른 공간이 필요해요. 오빠는 먼저 들어가시든지 알아서 하세요."

선화는 조금 걷다가 한 숙박업소 앞에 멈추어 섰다. 곧이어 선화는 뒤도 돌아보지 않은 채 현관문을 밀고 안으로 들어갔다. 동환은 그 자리에 우두커니 서 있다가 선화의 뒤를 따라갔다.

방에 들어가자마자 신화는 마치 울음을 터뜨릴 장소를 찾아 헤매기라도 했던 것처럼 참았던 눈물을 한꺼번에 쏟아냈다.

"미안해요. 제가 오빠 인생을……. 제가 어떻게 해야 위로가 될지 모르겠어요. 오빠 눈앞에서 확 사라져줄까요?"

동환이 고개를 흔들었다.

"저는 괜찮아요. 제 마음 같은 건 신경 쓰지 말고 솔직하게 말해주세요. 제가 없는 것보다는 그래도 있는 게 나은 거죠?"

동환이 고개를 끄덕였다.

"정말요?"

동환이 고개를 크게 두 번 더 끄덕였다.

"그럼 됐어요."

눈물로 젖은 선화의 얼굴이 환하게 빛났다. 그 젖은 빛이, 기쁨과 슬픔과 풋풋함과 요염함이 뒤범벅된 그 끈적거리는 젖은 빛이 동환의 마음을 어지럽혔다. 선화가 두 팔을 벌리고 다가와 동환을 껴안았다. 동환은 선화를 적극적으로 말리지 않았다. 대신 허리를 뒤로 조금 빼고 두 팔을 아래로 내린 자세를 유지했다.

"저, 기다리는 거 잘해요. 기다리는 거 자신 있어요. 하지만 이제 그러지 않으려고요. 오늘 일만 해도 그렇고 내일 당장 사람 일이 어떻게 될지 모르는데…… 언제 지구의 종말이 올지, 갑자기 전쟁이 터질지……. 아니, 그냥 내일 당장 교통사고로 죽을 수도 있어요."

선화는 더욱 세게 동환을 끌어안았다. 동환은 선화를 타일렀다. 혼잣말을 하듯 나른한 목소리로.

"제발 이러지 마라."

"우리, 미래, 앞날, 그런 거 너무 따지지 말아요. 바로 지금만 생각해요. 오늘 좋다고 하고 내일 싫증을 내도 상관없어요. 싫다고 하면 언제든 미련 없이 떠날 거예요. 나, 후회하지 않을 거예요. 나, 매달리지도 않을 거예요."

"제발 이러지 마. 나도 힘들어. 지금 머리도 복잡하고 저항할 힘도 남아 있지 않아."

선화는 동환에게 몸을 점점 더 밀착시켰다. 어느새 동환도 선화의 몸을 꼭 끌어안고 있었다. 두 사람 사이에 빈 공간이 거의 사라졌다. 동환은 숨이 막힐 것 같았다. 동환은 남은 힘을 모두 모아 선화를 꾸짖었다.

"왜 이러니? 너 도대체 왜 이렇게 내 말을 안 듣는 거니? 이제 그만 해라. 정말 힘들다. 그동안 내가 참느라고 얼마나 힘들었는지 아니? 밤낮으로 네 얼굴만 떠오르는데…… 이렇게 안간힘을 쓰고 참고 있는데……."

선화의 입술이 동환의 입술 위로 포개지면서 동환은 끝내 말을 잇지 못했다. 상국의 일이 없었다면 이런 상황에서도 동환은 보다 침착하게, 보다 냉정하게 대응했을지 모른다. 하지만 예상치 못한 두 개의 사건에 연달아 맞닥뜨리면서 동환은 결국 무너지고 말았다.

선화의 몸에 생긴 변화는 같은 방을 쓰는 원생들이 선화보다 먼저 알아챘다. 보육원에 선화와 동환의 관계에 대한 소문이 널리 퍼졌고, 급기야 누군가가 경찰서로 투서를 보냈다. 동환은 상관에게 불려 갔다. 상관은 동환에게 미성년자를 유인하여 성폭행을 하고 임신까지 시켰다는 투서 내용에 대한 해명을 요구했다. 동환은 성관계를 한 적은 있지만 강제성은 없었으며 임신 사실은 전혀 몰랐다고 대답했다. 혹시 금품을 주거나 주기로 약속한 일이 있는가? 없습니다. 강제성도 없었고 금전 거래도 없었다? 그럼 도대체 뭔가? 도대체 이 사건을 어떻게 설명할 텐가? 믿기 어려우시겠지만…… 서로 사랑하는 사이입니다. 오오, 그래? 예, 그렇습니다. 그래, 그래, 믿어주지. 피해자, 아니 그 여학생 말도 들어봐야겠지만 일단 믿어주지. 그렇다 해도 그냥 넘어갈 사안이 아니야. 문제가 심각해. 경찰이 미성년자와 성관계를 맺고 임신까지 시키다니. 게다가 자네는 유부남 아닌가. 자네 처도 이 사실을 알고 있나? 직접 말하기 힘들면 내가 대신 전해줄까? 무슨 뜻인지 알겠습니다. 그런 수고까지 하실 필요는 없습니다. 제가 그만두겠습니다. 안 그래도 얼마 전부터 경찰이 적성에 안 맞는다는 생각을 하고 있었습니다. 뭐 그럴 필요까지는 없는데, 자네 뜻이 정 그렇다면 내가 말릴 수도 없고. 자넨 착하고 성실해서 앞으로 무슨 일을 하던 잘 해낼 거야. 참, 퇴직금은 한 푼도 안 깎이게 내가 잘 처리해줄게. 이런 일은 타이밍이 중요해. 때를 놓치면 상처는 상처대로 받고 퇴직금도 제대로 못 받고.

동환은 아내에게 사실을 털어놓았다. 동환의 아내는 추잡하다고, 더럽다고, 당장 나가라고, 당장 나가서 그 머리에 피도 안 마른 어린년에게 가라고 소리를 질렀다. 또한 동환의 아내는 이제 모든 권한은 자신에게 있다면서 동환에게는 이혼을 요구할 권리도 없다는 점을 강조했다. 그 어린년에게 가라고 했지만 동환으로서는 보육원에 들어가 살 수도 없는 일이었다. 하루아침에 직장과 집을 모두 잃은 동환은 공원과 여관에서 대부분의 시간을 보냈다. 한 달쯤 지나 동환의 아내가 동환을 찾아와서 말했다.

"절대 이혼 안 해주고 평생 괴롭히려고 했는데…… 찝찝해서 안 되겠어. 내 서류에 추잡한 당신 이름이 있는 거 도저히 못 참겠어. 이혼하자. 대신 당신에게 고통을 줄 거야. 평생 성재는 못 볼 줄 알아."

"그건 너무 심한데."

"내 마음이야. 모든 권한은 내게 있다는 거 잊지 마. 나에게는 이제 성재 하나밖에 없어. 성재에게 당신의 추잡함이 전염되는 건 어떻게든 막을 거야. 돈 문제로는 치사하게 굴지 않을게. 재산은 반반씩 분할하자. 퇴직금도 당신이 다 가져."

동환은 타협안을 제시했다. 접근금지 약속을 확실히 지킬 테니 그 기한은 성재가 성인이 되기 전까지 하자고 했다. 동환의 아내는 동환의 제안을 받아들이지 않았다. 그게 무슨 소리야? 요즘 스무 살이 사리판단을 제대로 할 수 있는 나이야? 더구나 성재는 늦된 면이 있어서 스무 살이면 한창 예민한 사춘기를 겪고 있을 시기인데. 동환도 더 이상은 물러설 수 없다고 맞섰다. 동환의 아내는 절충안을 내놓았다. 접근금지 기한은 성재가 결혼하기 전까지로 한다. 한 번이라도 약속을 어기면 그 기한은 종신형으로 연장된다. 더 이상은 양보할 수 없으니 일주일 안에 선택하라.

동환에게는 선택의 여지가 없었다. 선화도 보육원에서 더 이상 못 견디는 상황이었다. 이혼과 재산분할 절차가 마무리되자 동환은 작은 아파트를 하나 구해 선화와 살림을 차렸다. 함께 살자는 제안을 받아들이기 전에 선화는 동환에게 뱃속의 아이가 동환의 아이가 아닐 수도 있다고 말했다. 동환은 선화의 아이라면 무조건 자신의 아이이기도 하다면서 다시는 그 얘기를 꺼내지 말라고 했다. 이웃의 눈에 두 사람은 평범한 중산층 신혼부부였고 두 사람도 그렇게 느꼈다. 이듬해 경수가 태어나면서 모든 것이 한결 더 자연스러워졌다.

그후로 상국은 선화 앞에 세 번 나타났다. 처음은 선화가 아파트 앞 놀이터에서 두 살인 경수와 놀고 있을 때였다. 상국은 놀이터를 둘러싼 싸리나무 울타리 너머 먼발치에서 모자(母子)를 지켜보다가 선화와 눈이 마주치자 말 한마디 걸지 못하고 도망치듯 사라졌다. 그로부터 7년 뒤 상국은 사채업자의 똘마니 자격으로 선화에게 채권을 추심하기 위해 무동의 집을 찾아왔다가 빚은 받아내지 못하고 구걸하듯 삼겹살만 얻어먹고 돌아갔다. 선화가 마지막으로 상국을 본 것은 선화가 일하는 식당 앞에서였다. 상국은 자신이 사채업자를 살해했다면서 경찰에 자수하러 가는 길이라고 했다. 어떻게 된 일일까. 신문에서는 범인을 채무자인 한 아무개로 추정한다고 했는데…… 상국을 사채업자와 한통속으로만 간주했던 선화는 그제야 상국이 사채업자의 부하 직원이면서 동시에 채무자이기도 하다는 데에, 또한 단 한 번도 중요하게 여기지 않았던 상국의 성이, 오래전 사귈 때에도 이름과 함께 불러본 일이 없던 상국의 성이, 바로 한씨라는 데에 생각이 미쳤다.

"이제야 경찰 아저씨에게 진 빚을 갚았네."

"세상에…… 너, 그걸 말이라고 해? 사람을 죽이는 걸로 빚을 갚다니."

"원래 죽이려는 의도는 없었어. 사고였어. 일을 제대로 못한다고 한참 동안 두들겨 맞다가 그렇게 계속 맞다가는 죽을 것 같아서…… 지렁이가 꿈틀거리듯 잠시 몸부림을 쳤을 뿐인데…… 뜻밖의 사고가 터진 거야. 일이 터지고 나서 생각했지. 기왕 이렇게 된 거, 이 기회에 장부를 태워버리자."

"……"

"그런데 솔직히 말하면, 잘 모르겠어. 백 퍼센트 우발적인 사고였는지……. 전부터 장부를 찾아 빼돌려야겠다고 생각은 하고 있었거든."

"너, 솔직한 건 좋지만, 경찰에 가서 그런 말은 절대 하지 마. 전부터 장부를 없애버리겠다는 생각을 한 것 같다느니, 경찰 아저씨에게 진 빚을 갚으려 했다느니."

"에이, 나 그 정도로 멍청하지는 않아."

"무조건 백 퍼센트 우발적인 사고였다고 해. 맞다가 죽을 거 같아서 최소한의 방어를 한 거라고, 그 말만 해."

작별인사로 선화는 상국을 꼭 껴안고 등을 쓰다듬으며 말했다.

"앞으로는 제발 좀 잘 살아라. 네가 이렇게 살든 나야 아무 상관없지만 그래도…… 제발."

"네가 이렇게 나오니까…… 이제 성발…… 이제 정말 마지막인 거 같네."

세상일이라는 게 참 이상하게 돌아갔다. 만약에 상국이 동환에게 은혜를 갚지 않았더라면 동환은 그렇게 갑작스러운 죽음을 맞지 않았을지도 모른다. 빚쟁이에게 계속 쫓기면서 비참한 밑바닥 생활을 더 오래 했을지언정…….

동환이 세상을 떠나고 나서 선화는 깊은 상실감에 빠졌다. 남편과 아버지, 오빠를 동시에 잃은 듯한 슬픔. 그 자체도 감당하기 힘들었는데 동환에 대한 원망과 스스로에 대한 책망이 선화에게 고통을 가중시켰다. 선화는 무엇보다도 자신이 직접 겪고 알아온 동환을 믿었지만 경찰의 발표와 세상에 떠도는 말을 아예 무시하기가 쉽지 않았다. 시시때때로 일어나는 의심과 원망을 떨쳐버릴 수가 없었다. 원래 어린 여자애가, 십대 여자애가 취향이었던 게 아닐까? 나를 좋아한 것도 그때 내가 십대 여자애였기 때문에? 한편으로 선화는 모든 것을 자신의 탓으로 돌리고 뼈에 사무치는 후회에 사로잡히기도 했다. 이사를 갈 수 있었는데…… 무동을 떠날 기회가 몇 번이나 있었는데…… 아파트 때문에, 아파트에 대한 욕심 때문에 결국……. 슬픔과 원망, 자책이 번갈아가며 때로는 한꺼번에 선화를 짓눌렀다. 선화는 아들 경수를 생각하며 이를 악물고 버텨보았지만 마음은 제자리를 쉽게 찾지 못했다.

며칠 연속으로 잠을 제대로 못 자고 나면 선화는 가끔 환청을 듣곤 했다. 아코디언 소리. 민구가 연주하는 아코디언 소리. 선화도 그 소리가 환청임을 알았다. 민구의 아코디언 소리가 실제 소리일 리가 없다. 처음 한 번은 경수에게 물어 확인을 했다. 경수는 그런 소리는 전혀 들리지 않는다고 했다. 선화는 그후로 경수에게 걱정을 끼치지 않기 위해 아코디언 소리가 들려도 전혀 내색을 하지 않았다.

하루는 그 소리가 너무나 크고 또렷하고 생생하게 들렸다. 그냥 무시하고 지나칠 수가 없었던 선화는 얼떨결에 경수에게 묻고 말았다. 이 소리 들려? 민구의 아코디언 소리? 경수는 불안한 얼굴로 고개를 저었다. 선화는 금세 태연한 표정을 지으며 잠깐 산책이나 하고 오겠다는 말로 경수를 안심시켰다. 밖으로 나간 선화는 아코디언 소리를 따라서 걸었다. 평상을 지나 민구네 집이 있던 곳까지 가자 아코디언 소리가 멈추었고, 거기에 마리가 있었다. 선화는 음식점과 다방으로 자리를 옮겨 다니며 마리에게서 길고 자세한 이야기를 들었다.

마리와 헤어지고 나서 선화는 길을 걸으며 회한의 눈물을 흘렸다. 미안해. 내가 당신을 죽게 만들었어. 당신을 의심한 것도 미안해. 회한의 눈물이 이내 기쁨의 눈물로 바뀌었다. 동환의 사랑을, 동환에 대한 사랑을 온몸으로 다시 느꼈다. 선화는 눈물이 펑펑 쏟아지는 걸 주체하지 못했다. 그래, 실컷 울자. 가슴속이 뻥 뚫리는 듯했다. 선화는 눈물을 흘리며 웃었다. 눈물이 앞을 가렸다. 젖은 빛이 산란되고 굴절되었다. 횡단보도. 발을 잘못 내디뎠다는 느낌이 들었을 때는 이미 늦었다. 전진도 후퇴도 불가능한 시점. 동환이 보였다. 동환이 갓 태어난 경수를 안고 있다. 장면이 바뀌어 아기 경수가 아파트 앞 놀이터에서 놀고 있다. 이어서 분식집에서 이쑤시개에 순대를 꽂고 있는 일곱 살의 경수. 문방구에서 장난감 로봇을 조립하고 있는 여덟 살의 경수. 금세 홀쩍 커 중학생이 된 경수가 선화의 손을 잡았다. 경수의 손에서 온기가 느껴졌다. 선화는 마지막 힘을 다해 경수에게 말했다. 아빠는 아무 잘못 없어. 아빠는 마리를…… 도우려고 한 거야. 선화가 눈을 감자 저만치서 동환이 미소를 지으며 손을 흔들었다. 여고생이 된 선화가 동환에게 달려갔다.

7

민구네 집에 불이 난 날. 낙타도 유독가스를 마시기는 했지만 체중이 사람보다 훨씬 많이 나갔기 때문에 사람보다 오래 버틸 수 있었다. 낙타가 쓰러진 민구를 혀로 핥았다. 민구는 거의 의식을 잃은 상태에서 낙타에 올라탔다. 아니, 낙타에 업혔다. 연기와 불을 보고 겁을 먹은 낙타는 집 밖으로 나간 뒤에도 민구를 업은 채 쉬지 않고 달렸다. 가다가 꼬리에 불이 붙은 걸 느낀 낙타가 놀라서 날뛰는 바람에 민구가 바닥에 떨어졌다. 낙타는 미안한 마음에 진정을 하고 자리에 다소곳이 앉았다. 습기를 머금은 흙에 닿은 꼬리의 불이 자연스레 꺼졌다. 추락의 충격에 정신이 든 민구는 잠에서 막 깨어나기라도 한 듯 아무렇지도 않게 자리를 홀홀 털고 일어났다.

민구와 낙타는 사흘 밤낮을 쉬지 않고 걸었다. 거대하고 견고한 철조망이 길을 가로막았다. 마침 한 군인이 망명을 위해 철조망을 끊고 지나갔다. 낙타와 민구는 군인이 만들어놓은 길을 따라 철조망을 통과했다. 그후로도 작은 철조망들이 여러 번 길을 가로막았지만 그때마다 민간인이 생계 목적으로 넘나들기 위해 뚫어놓은 개구멍을 발견했다.

민구와 낙타는 고향으로 돌아가는 철새처럼, 회귀하는 물고기 떼처럼 어떤 본능 같은 것에 이끌려 길을 걸었다. 민구는 유독가스 때문인지 낙타에서 떨어져 다쳐서인지 기억을 잃었다. 민구는 유전자에 남은 기억에 의지하여 할아버지의 할아버지가 살던 곳을 향하여 실크로드를 따라 서쪽으로 서쪽으로 발길을 재촉했다. 불에 놀란 낙타도 자기 종이 모여 사는 곳을 향하여 실크로드를 따라 서쪽으로 서쪽으로 걸음을 옮겼다.

먹을 것이 없을 때 민구는 거의 초식동물이 되어 낙타와 함께 풀과 나뭇잎을 뜯어 먹었다. 가끔 운이 좋으면 인가에서 음식을 얻어먹었다. 항상 굶주렸지만 민구는 그나마 광합성 능력이 없었다면 벌써 굶어 죽었으리라는 생각을 하며 감사하는 마음으로 하루하루를 버텼다.

민구는 길에서 아고디언 허니를 주웠다. 기억은 잃었어도 아코디언 연주 능력은 전혀 잃지 않았다. 민구는 며칠을 매달려 아코디언을 고쳤지만 몇 개의 선반은 여전히 소리가 나지 않았다. 민구는 고장 난 건반들을 피해가도록 편곡을 하여 아코디언을 연주했다. 그럭저럭 들어줄 만한 음악이 만들어졌다. 오히려 그러한 편곡이 그 지역 전통음악의 음계와 맞아떨어졌다. 거리공연을 통해 모은 돈으로 민구는 하루에 한 끼 정도는 제대로 된 식사를 할 수 있었다. 거리공연을 하던 중 민구는 서커스단의 눈에 띄었다. 중동의 여러 지역을 돌며 공연하는 서커스단이었다. 민구는 낙타와 함께 입단 제안을 받아들였다. 서커스단에 들어가자 숙식 문제가 완전히 해결되었고 더불어 낙타에게는 많은 친구들이 생겼다.

몇 년 후 기억을 되찾은 민구는 그제야 할아버지와 누나가 떠올랐다. 몹시 보고 싶기도 했고 무사히 잘 있는지 걱정이 되기도 했다. 민구는 집으로 돌아가겠다고 사정을 했지만 단장은 민구를 놓아주지 않았다. 단장은 그동안 먹여주고 재워주었는데 은혜도 모른다면서 민구에게 화를 내고 고함을 질렀다. 가겠다면 어디 한번 가봐. 사막 한복판에서 굶어 죽을 거야. 올 때는 어떻게 운이 좋아서 살았지만 그런 운이 두 번 다시 반복되지는 않을 걸. 말은 그렇게 했으나 단장의 지시를 받은 단원들은 민구가 달아나지 못하도록 철저한 감시를 했다.

세월이 흘러 한 도시의 축제에 공연을 하러 온 광석 아버지가 서커스단의 공연을 보다가 민구를 발견했다. 광석 아버지는 단장에게 민구를 풀어주는 대가로 돈을 지불했다. 민구는 그간의 사정을 이야기하기 전에 먼저 가족의 안부부터 물었다. 광석 아버지는 민구의 할아버지는 그날 화재로 죽었고 누나 마리는 행방을 알 수 없다고 대답했다. 다만 마리가 그날 죽지 않은 것은 확실하며 그날 일어난 다른 사건에 연루되어 교도소에 가게 되었는데 그후로 마을에서 모습을 볼 수 없었다고 덧붙였다. 할아버지가 죽었다는 슬픈 소식을 접한 민구는 그래도 누나가 살아있을 거라는 말에서 조금이나마 위로를 받았다. 광석 아버지는 민구에게 나중에 함께 귀국하여 누나를 찾는 일을 돕겠다고 약속했다. 그 전에 민구는 당분간 중동에서 광석 아버지와 함께 음악을 하기로 했다.

민구가 합류하면서 밴드에는 많은 변화가 생겼다. 건반악기의 추가로 사운드가 더욱 풍성하고 화려해졌고, 클래식 음악과 집시 음악, 아랍 음악에 두루 정통한 민구의 영향으로 음악세계가 보다 넓고 깊어졌다. 밴드의 이름은 여전히 고봉남밴드였지만 음악적 주도권이 민구에게 많이 넘어가서 밴드는 사실상 광석 아버지와 민구의 2인 리더 체제가 되었다. 12인조로 재정비하며 현지의 음악적 요소를 많이 받아들인 고봉남밴드에 대한 대중의 반응은 전보다 크게 더, 날이 갈수록 더 좋아졌다. 귀국 시기가 여러 차례 미루어졌다. 민구는 성인이 되었지만 열세 살 때의 모습에서 크게 달라지지 않았다. 낙타에서 떨어져 다친 열세 살 이후로 민구는 더 이상 키가 자라지 않았다.

마침내 귀국을 한 고봉남밴드는 전국을 돌며 공연을 했다. 공연이 없는 날에 민구는 광석 아버지와 함께 마리를 찾아다녔다. 고봉남밴드가 소도시까지 빼놓지 않고 순회한 것은 공연 못지않게 마리를 찾는 일을 중요하게 여겼기 때문이다. 사실 공연을 하는 것 자체가 마리를 찾는 일이기도 했다. 공연을 보고 마리가 먼저 민구를 발견할 수도 있으니까. 직접 보지는 못하더라도 언젠가 낙타와 아코디언에 대한 소문 한 번쯤은 들을 수도 있으니까. 전국 곳곳을 열심히 훑고 다니다 보면 언젠가는…….

위성시에서 공연을 하게 되자 민구는 공연이 있는 날에도 시간이 날 때마다 광석 아버지와 함께 낙타를 끌고 도시 구석구석을 둘러보았다. 특히 무동은 세 번이나 들러 마을을 여러 바퀴 돌았다. 마침 무동에 온 성재가 민구 일행이 지나가는 모습을 보았다. 마을 사람들과 달리 성재는 노인과 아이, 낙타로 이루어진 그 무리를 헛것이나 귀신으로 여기지 않았다. 마리를 만났을 때 성재는 자신이 본 것 그대로를 마리에게 전해주었다.

마리는 돼지 한 마리를 안고 무동으로 돌아와 예전의 집터에 작은 집을 짓고 살며 기다렸다. 사람이든 귀신이든 헛것이든 그 무엇이든 언젠가 한 번은 더 오겠지. 새로운 주민이 들어오는 데 엄격한 통제를 하고 있던 마을 사람들도 마리에 대해서는 아무 말도 하지 못했다.

고봉남밴드는 수도권의 여러 도시에서 공연을 했다. 어느 날 한 도시에서 일정을 마치고 다른 도시로 이동하는 중에 위성시를 통과하게 되었다. 민구는 광석 아버지에게 한 번만 더 마을을 둘러보자고 했다. 마을에 들어서자 민구는 예전의 집터부터 먼저 찾았다. 지난번까지 안 보이던 작은 집이 하나 들어서 있었다. 마리가 낙타의 발걸음 소리를 듣고 문을 열었다.

8

분식집을 찾아갔을 때 성재의 마음속에는 아버지에 대한 일말의 기대가 남아 있었다. 아직 서로 얼굴을 마주할 용기는 나지 않았다. 탐색 차원의 방문이었기에 성재는 야구모자를 눌러썼고 얼굴을 정면으로 마주치지 않으려고 신경을 썼다.

아버지는 성재를 알아보지 못했다. 알아보지 못하게 했으면서 막상 알아보지 못하자 성재는 실망했다. 그래도 아버지라면 아들을 알아봐야 하는 거 아닌가. 더구나 어린 시절 이후 처음 본 아버지는 여학생들에게 성희롱에 가까운 발언을 하는 등 한심한 모습만 보여주었다. 조금이나마 남아 있던 기대가 깡그리 무너졌다. 성재는 아버지에게 가벼운 복수를 했다. 분식집이 있는 건물 화장실에 낙서를 했다. 한 번으로는 성이 차지 않았다. 건물 벽에 스프레이로 한 번 더 낙서를 했다. 하교하는 경수의 가방 속에 몰래 장난편지를 넣었다.

사소한 낙서가 나비효과처럼 아버지를 죽음으로 몰고 갔을지도 모른다. 하지만 그리 큰 죄책감이 들지는 않는다. 그저 가벼운 날갯짓을 했을 뿐인 나비에게 무슨 큰 잘못이 있겠는가. 더구나 잘못은 아버지가 먼저 했다. 모든 게 아버지가 자초한 일. 부부 사이에 무슨 문제가 있더라도 자식과 연을 끊으면 안 된다.

성재의 한 친구는 서른이 넘어 받은 회사의 건강검진에서 혈액형이 그동안 알고 있던 A형이 아니라 O형임을 알게 되었다. 그 친구는 혈액형에 따른 성격유형에 대한 속설을 믿지 않았지만 자기도 모르게 영향을 받았다. 그는 30년 동안 A형인 줄 알고 속설에서 말하는 A형 성격으로 살았는데 O형임을 알고 얼마 지나지 않아서 O형 성격으로 바뀌었다고 했다. 혈액형이 아니라 혈액형에 대한 속설이 성격에 영향을 주는 것인지도 모른다.

성재는 자신의 몸속에 흐르는 피가 그리 나쁜 피가 아님을 알게 되었다. 그렇다면 이제 자신의 삶도 조금 더 나은 방향으로 바뀔 수 있지 않을까. 직장은 조바심 내지 말고 최소한 1년은 걸린다는 생각으로 느긋하게 알아보자. 상황에 따라 눈높이를 대폭 낮출 필요도 있다. 아내에게는 진심으로 용서를 빌고 마음을 열 때까지 인내심을 가지고 기다리자. 이것도 최소한 1년은 걸린다는 각오를 해야 한다. 아내가 끝내 받아주지 않더라도 아이에게는 좋은 아버지가 되기 위해 최선을 다하자. 아이 문제만큼은 아내에게도 절대로 양보할 수 없다.

9

약속장소로 간 경수는 인호를 못 알아보고 다른 자리에 가서 앉을 뻔했다. 그사이 인호의 모습은 많이 변했다. 초등학교 때부터 쓰던 안경을 벗었고 얼굴 살이 쏙 빠졌다. 인호는 목욕탕에서 일을 하다 보니 안경에 자꾸 뽀얗게 김이 서리고 여러모로 불편해서 렌즈를 끼게 되었다고 했다.

"살도 많이 빠졌네. 일이 힘든가 봐."

"생각보다 힘드네. 노가다보다 더 힘든 거 같아."

"너 노가다 해보지도 않았잖아."

"꼭 해봐야 아나?"

"남이 하는 일은 다 쉬워 보이지?"

"그게 아니라니까. 고온다습한 밀폐된 공간에서 힘쓰는 일을 한다고 생각해봐. 생각만으로도 힘이 들고 숨이 막히지 않냐?"

"그러네. 노가다보다 더 힘들겠구나. 그래서? 그만두려고?"

"무슨 소리. 학원에 갖다 바친 수강료가 얼만데. 본전은 뽑아야지."

"본전 뽑고 나서는?"

"수강료가 전부는 아니야. 돈보다 더 중요한 게 시간. 힘들게 배운 기술이 아깝잖아. 아무리 힘들어도 최소한 3년은 버틸 거야. 계속 할지 그만둘지는 그때 가서 생각하지 뭐. 그리고 복학은 절대 하지 않겠다는 고집도 버렸어. 대학 공부, 지금은 쓸데없어 보이지만 언젠가 예기치 않은 데서 도움이 될지도 몰라. 피아노처럼."

"피아노처럼?"

"어릴 때 친 피아노, 얼마 전까지 전혀 쓸데없다고 생각했거든. 그런데 피아노를 치면서 만들어진 손 모양이 때밀이 기술에 큰 도움이 되었다는 걸 알았어."

"때밀이를 하기 위해 피아노를 친 거네."

"결과적으로 보면 그런 거지. 세상일이란 알 수가 없어. 때밀이 일 때문에 여친까지 생기고."

"정말? 어떻게?"

"때밀이학원에서 만났어. 같은 수강생으로."

"와, 모처럼 좋은 소식이네. 축하한다."

"확실한 건 좀 더 두고 봐야 해. 아직은 연인이라기보다는 친구 사이에 더 가까워. 그런데 내가 많이 좋아하는 줄 알면서도 계속 만나주는 걸 보면 앞으로 잘될 것도 같아. 나 하기에 달려 있어. 내가 노력해야 해. 내가 많이 변해야 해."

"그런데 너 자리 잡을 때까지 여친 안 사귀기로 하지 않았어?"

"어디 인생이 계획대로 되나? 피아노와 때밀이와 여친이 이렇게 연결되어 있을지 누가 알았겠어? 알 수 없는 게 인생. 그 앞에서 겸손해야지. 계획도 세우고 노력도 해야겠지만 무엇보다도 겸손해야지. 착하게 살고 열심히 노력했다고 해서 반드시 결과가 좋은 것도 아니니까."

"야, 너 많이 달라졌다. 너 아닌 거 같다. 학원에서 만났으면 여친도 때밀이?"

"뭐…… 거의 비슷해. 때도 밀고 마사지도 하고. 오늘은 그 친구도 쉬는 날이야. 이렇게 세 사람이 동시에 쉬는 날도 쉽게 오지 않을 텐데 같이 보는 건 어때? 네가 불편하면 오지 말라고 하고."

"아니야. 불편하긴. 나도 보고 싶다. 네 인생의 첫 여친인데."

인호가 전화기를 들고 잠깐 밖으로 나갔다 들어와서 경수에게 말했다.

"지금 수지가, 아, 그 친구 이름이 수지인데, 역 앞 광장에 있어. 일 마치고 여기까지 오려면 30분쯤 걸릴 거야."

"일? 오늘 쉬는 날이라며?"

"아, 수지가 쉬는 날마다 역 앞 광장에서 봉사활동을 하거든. 노인이나 노숙자에게 음식을 나눠주는 일."

"무슨 음식?"

"뭐라더라…… 아, 두부김치."

경수는 수지에게 만나자마자 다짜고짜 두부김치에 대해 캐물을 수가 없어서 인사말 비슷하게 이야기를 시작했다.

"얼굴만큼 마음씨도 예쁜가 봐요."

수지가 눈을 치켜떴다.

"예? 얼굴이야 뭐 그렇다 치고 마음씨가 예쁘다구요? 제 마음을 알아요? 언제 저를 봤다고 마음씨가 예쁘다니 뭐니 그런 말을 해요?"

당황한 경수는 구조요청을 하듯 인호를 향해 눈길을 돌렸지만 인호는 수지만 바라보며 지당하신 말씀이라는 표정을 짓고 있었다.

"봐요. 저 못됐죠? 마음씨 하나도 안 예쁘죠?"

경수로서는 수지의 말에 긍정도 부정도 할 수 없었다.

"음…… 아직 잘 모르겠습니다. 저는 다만 인호한테서 수지씨가 바쁜 시간을 쪼개서 좋은 일을 하신다고 들어서……."

"좋은 일이요? 아, 그서 말씀하시는 거구나. 그기 무슨 좋은 일을 하겠다, 누군가를 돕겠다는 생각으로 하는 거 아니에요. 오로지 내 자신의 이익을 위해 하는 거예요. 일종의 기복신앙 같은 거죠."

"기복신앙이요?"

"초면의 남자 앞에서 얘기하기가 뭐하지만 몇 해 전부터 치질을 앓았어요."

수지는 억울했다. 치질이란 게 나이가 좀 들고 술도 많이 마시고 의자에 오래 앉아 일하는 사무직 남성이 주로 걸리는 병 아닌가. 해당 사항이 하나도 없는데 치질이라니. 되는 일은 하나도 없고 모든 게 꽉 막혀 있는데 짜증나게 치질까지……. 수지는 너무 억울해서 차라리 세상이 이대로 콱 망했으면 좋겠다는 생각까지 했다. 미루고 또 미루다가 너무 오래 방치하면 안 될 것 같다고 판단한 수지는 몇 달 전 가까운 병원을 찾아갔다. 의사는 대낮인데도 입에서 술 냄새를 풍겼다.

"수술을 하는 방법과 수술을 하지 않는 방법이 있어. 어느 쪽으로 할 거야?"

수지는 술 냄새도 마음에 걸리고 기왕이면 칼을 안 대는 게 나을 듯싶어서 후자를 선택했다.

"그래, 잘 선택했어. 내가 원래 치질이 전공이긴 하지만 이제 나이도 들고 손놀림이 예전 같지가 않아."

의사는 부적을 하나 써 주면서 옷 주머니 가운데 항문과 가장 가까운 곳에 넣고 다니라고 했다.

"속옷 안에 넣고 다니면 더욱 효과가 좋겠지만 아무래도 그건 불편할 테니까."

세상에…… 치질 치료에 항문 근처에 붙이는 부적이라니. 의사가 아니라 무당이라 해도 차마 이런 뻔뻔스러운 발상은 하지 못했으리라. 수지는 어이가 없고 황당했지만 이상하게도 기분이 나쁘지 않았다. 갑갑한 일상 속에서 내심 파격을 바라고 있었나. 마음은 오히려 유쾌한 쪽에 가까웠다. 의사가 책상을 탁 치면서 말을 이었다.

"그런데 부적보다 더 중요한 게 마음가짐과 행동이야. 지금 당신 몸을 둘러싼 기가 꽉 막혀 있어. 변비도 심하지?"

수지는 고개를 끄덕였다.

"그것 봐. 내 말을 믿으라구. 믿음이 중요해. 꽉 막힌 기운을 뚫기 위한 처방으로 두 가지가 있는데 마음에 드는 걸로 골라봐. 먼저 내가 강력 추천하는 건 라틴댄스."

"라틴댄스요? 그건 좀……. 제가 몸이 워낙 뻣뻣해서요."

"내가 아는 사람이 라틴댄스 학원을 운영하고 있어. 내가 소개하면 30퍼센트 할인을 해줄 거야. 6개월 약정으로 하면 추가로 20퍼센트 더 할인해주고. 완전 반값이지. 이런 기회가 날마다 오는 게 아니야."

"그래도 제가 몸치에다 박치까지 겹쳐서……."

"에이, 소개비나 좀 챙겨보려 했더니 안 되겠네. 그럼 결정 났어. 라틴댄스는 관두고…… 작은 기라도 꾸준히 남에게 베푸는 일을 한번 해봐."

"구체적으로 어떤 일이요?"

"그런 거야 많지. 스스로 찾아서 해. 그러면서도 남을 돕는다는 생각은 웬만하면 하지 마. 아직 습관이 안 돼 있어서 지금 단계에선 그런 생각을 하면 오히려 머리가 복잡해져. 내가 어울리지 않게 왜 이러고 있지? 위선은 아닐까? 귀찮다. 그냥 생긴 대로 살자. 그러니까 오직 치질에만 마음을 집중하라고. 오로지 치질을 치료하기 위해서라고 생각해."

수지는 의사와 잠깐 대화를 나누었을 뿐인데 벌써 꽉 막힌 속이 조금 뚫리는 듯한 기분이 들었다. 오랜만에 호기심도 살아났다. 수지는 의사의 처방을 한번 믿어보기로 했다. 치질이 촌각을 다투는 병도 아니고. 효과가 없으면 그때 가서 멀쩡한 병원의 멀쩡한 의사에게 치료를 받아도 그리 늦지는 않으리라.

며칠 후 수지는 역 앞 광장을 지나가다가 노숙자들을 관찰했다. 그들은 대체로 안주 없이 술을 마시고 있었다. 무료급식단체는 있지만 안주를 지원하는 곳은 없는 듯했다. 언론을 통해서도 그런 지원에 대해서는 들어본 적이 없다. 안주는 하루에 겨우 한 끼 내지 두 끼의 식사를 하는 그들에게 부족한 영양분을 보충해줄 수 있다. 하물며 밥은 안 먹고 술만 마시는 사람에게는 하루 중 유일한 식사가 될 수 있다. 수지는 그들에게 안주를 제공하는 일을 하기로 했다. 술을 마시지 말라 한다고 안 마실 사람들도 아니고. 음식과 함께 먹으면 그나마 건강 악화를 줄이거나 늦출 수 있지 않을까.

"그렇게 돼서 하게 된 일이에요. 의사 말을 믿고 따랐더니 지금은 많이 좋아졌어요. 거의 완치 수준이에요. 변비도 사라지고……."

경수가 수지에게 물었다.

"혹시 위약(僞藥) 효과 같은 건 아닐까요?"

"그럴 수도 있겠지만…… 위약 효과의 경우에는 위약이란 걸 알고 나면 효과가 사라지는 거 아닌가요. 그러면 안 되니까 저는 그냥 기복신앙 쪽으로 생각할래요."

경수에게 마침내 두부김치에 대하여 물어도 좋을 시점이 왔다.

"그런데 여러 음식 가운데 특별히 두부김치를 선택한 이유가 있습니까?"

"안주로 적당하잖아요. 소주에도 어울리고 막걸리에도 어울리고. 영양학적으로도 우수한 편이고. 안주가 아니라 식사 대용으로도 괜찮고. 그리고…… 제가 사실은 제대로 할 줄 아는 요리가 그거밖에 없어요."

수지의 아버지는 오랫동안 식당을 했다. 제법 큰 식당이었고 장사도 잘 되었다. 초등학생 때 수지는 하교 후 식당에서 보내는 시간이 많았다. 식당에서 숙제도 하고 밥도 먹었다. 식당에서 파는 음식은 돼지고기가 주재료. 돼지고기가 안 들어간 음식이 거의 없었다. 질리고 느끼해서 시큼한 김치찌개를 해달라고 해도 돼지고기는 빠지지 않았다. 그때 식당 직원 가운데 젊고 예쁜 아줌마가 하나 있었다. 가끔 수지와 놀아주고 숙제도 봐주곤 했다. 주방에서 요리하는 직원도 아니고 홀에서 일하는 직원인 그 아줌마가 어느 날 수지에게 색다른 김치볶음을 만들어주었다. 돼지고기가 아니라 멸치가 들어간 김치볶음. 수지는 그 김치볶음을 그냥 먹는 것도 좋아했지만 김치덮밥을 만들어 먹는 걸 더 좋아했다. 밥 위에 김치볶음 몇 젓가락을 얹고 계란 프라이 하나만 올리면 순식간에 맛깔스러운 김치덮밥이 완성되었다. 그 아줌마가 있는 동안 수지는 밥을 아주 맛있게 먹었다. 질리지도 않았다. 일주일 동안 연속으로 아줌마가 만들어준 김치덮밥을 먹은 적도 있다.

"아줌마가 요리하는 걸 옆에서 가끔 지켜보았어요. 나중에 중학생 때쯤인가 그 맛을 잊지 못해서 내가 직접 요리를 해보았죠. 몇 달 동안의 도전 끝에 겨우 비슷한 맛을 만들어냈어요. 그 김치볶음에 전자레인지에 데운 두부만 함께 올리면 그게 바로 두부김치예요. 아주 간단해요. 복잡하고 힘들었으면 시작도 하지 않았어요. 돼지고기 들어간 것과 달리 맛이 쉽게 안 변하니까 김치볶음은 한 번에 많이 만들어놓아도 되고……."

"혹시, 아버지가 하시던 식당, 감자탕집 아니었어요?"

"어? 그걸 어떻게 아셨어요?"

10

며칠 후 경수는 고시원의 짐을 싸서 무동의 집으로 돌아왔다. 경수는 그날 유미에게 화가 나지 않은 건 엄마의 김치볶음 때문이라고 믿을 수밖에 없었다. 출소하던 날 수지를 거쳐, 그리고 광장의 노인을 거쳐 경수에게 배달된 엄마의 김치볶음. 그것 말고는 달리 설명할 길이 없었다. 마법에서 풀린 듯 갑자기 다리 떨림 증상이 사라진 것까지. 어차피 세상일의 인과관계는 다 드러나지도 않고 다 알 수도 없으니 경수는 그냥 이 모든 게 다 엄마의 김치볶음 때문이라고 믿기로 했다. 어쩌면 그 믿음이 마법에서 풀린 상태를 앞으로도 계속 유지시켜주는 힘이 될지 몰랐다.

아무리 간소하게 살아도 민간인의 살림살이는 달랐다. 출소할 때 들고 나온 가방 하나만 가지고 고시원에 들어왔는데 그새 짐이 많이 늘었다. 인호가 짐을 옮기는 일을 도와주었다. 무동의 집 앞에 도착하자 유미가 마중을 나와 있었다. 유미가 경수에게 말했다. 이제 아주 돌아온 거지? 경수가 고개를 끄덕이며 다가가 유미를 안았다. 재회의 포옹이 약간 길어지는 동안 인호가 투덜거리며 혼자서 집 안에 짐을 들여놓았다. 그리고 나서도 시간이 남아 엉거주춤 집 앞을 서성거리던 인호가 바닥에서 무언가를 집어 들고 외쳤다. 도토리다, 도토리! 경수와 유미는 그제야 포옹을 풀고 인호에게 다가갔다. 인호가 손바닥 위에 놓인 도토리를 보여주었다.

　"하나가 아니야. 여러 개가 있어. 깍정이 모양을 보니까 상수리나무 열매 같은데. 이게 어디서 왔을까? 아직 덜 익었는데 누가 따 가다가 흘린 것도 아닐 테고."

　"그럼?"

　"혹시?"

　세 사람이 동시에 고개를 들어 지붕 위의 나무를 바라보았다. 자세히 보니 진초록의 잎사귀 사이사이로 수없이 많은 연둣빛 어린 열매들이 매달려 있었다. 나무의 열매는 밤이 아니라 도토리였다.

　"저거, 밤나무가 아니었어?"

　"꽃이 핀 걸 못 봤는데. 열매가 맺혔으면 그 전에 분명 꽃이 피었을 텐데."

"상수리나무는 꽃이 화려하지 않고 워낙 작으니까 못 보고 지나칠 수도 있어."

"이 나무도 참 어지간히 늦네. 서른이 한참 넘어서야 꽃이 피다니."

"그런데 어떻게 마을 사람 전부가 상수리나무를 밤나무로 잘못 알았을까?"

"백과사전에서 본 기억이 나는데 밤나무와 상수리나무는 꽃이나 열매를 보지 않으면 전문가도 잘 구별하지 못할 때가 있대."

경수는 집으로 들어가 부엌 한쪽의 장판을 들추고 그 아래 덮인 두꺼운 판자를 들어 올렸다. 엄마의 유골함이 사라졌다. 엄밀히 말하면 유골함의 형체가 사라졌다. 깨진 유골함 조각들이 흙에 파묻힌 채 나무뿌리와 뒤엉켜 있었다. 옆집의 나무가 여기까지 뿌리를 뻗을 줄은 몰랐다. 흙의 빛깔은 온통 진갈색. 하얀 유골 가루는 흔적을 찾아볼 수 없었다. 유골은 이미 뿌리에 흡수되어 나무의 몸이 되었다. 개발이 되더라도 나무는 살아남으리라. 무동의 최대 지주인 광석 엄마에게도 사연이 있는 나무인 만큼 그 자리에 그대로 있거나 다른 자리에 옮겨 심어질 것이다. 경수는 납골당에 안치된 아버지의 유골함도 곧 엄마의 유골함이 있던 자리에 묻기로 했다. 밖으로 나온 경수는 살며시 미소를 지으며 지붕 위의 나무를 다시 바라보았다. 나무의 열매가 엄마가 보낸 편지처럼 보였다.

이야기는 힘이 세다

김영찬(문학평론가)

침묵 뒤에 오는 것

우리는 엄우흠을 『감색 운동화 한 켤레』(실천문학사, 1991)의 작가로 기억한다. 『감색 운동화 한 켤레』는 당시 고작 스물세 살인 대학생이 쓴 노동소설로 화제를 모았고 나아가 그 시기 노동소설의 경직성과 도식성을 한 단계 뛰어넘은 문제작으로 평가되며 주목받았다. 이 소설은 한 노동자 부부의 관계를 중심에 놓고 계급투쟁의 격랑에 뛰어든 조선소 노동자들의 각성과 투쟁의 현장을 섬세하게 따라간다. 이념적 열정에 충만하면서도 냉철한 이성과 섬세한 감성이 조화를 이룬 이 소설은 돌아보면 당대 노동소설이 도달한 최량의 성과 중 하나라고 할 수 있었다.

데뷔작에서 보여준 엄우흠의 이야기꾼으로서의 재능과 신선한 감수성은 오랜 침묵 뒤에 발표한 두 번째 장편소설인 『푸른 광장에서 놀다』(실천문학사, 1999)에서도 유감없이 발휘된다.『푸른 광장에서 놀다』는 작가의 자전적 경험이 투영된 성장소설이다. 이 소설에서 작가는 꿈과 현실, 관념과 환상 등을 자유롭게 넘나들며, 희망 없는 세상을 헤쳐가는 한 지식 부랑자의 유년시절부터 서른 살까지의 성장과 방황과 좌절의 기록을 엮어간다. 노동운동의 이념에 충실하면서도 삶의 디테일을 놓치지 않았던 소설『감색 운동화 한 켤레』의 스타일은 이 소설에서도 다른 방식으로 여일히 관철되고 있었다.『푸른 광장에서 놀다』에서 그것은 삶과 이념의 본질을 집요하게 파고드는 관념적 성찰과 변두리 인생에 대한 애정 어린 생생한 묘사의 결합으로 나타난다. 그런 측면에서 보면『푸른 광장에서 놀다』의 세계는 비유컨대 최인훈적 세계와 김소진적 세계의 독특한 결합이라 할 만한 것이었다.

『푸른 광장에서 놀다』는 성장소설이자 일종의 후일담 소설이지만 당시 쓰여졌던 후일담 소설들의 전형적인 관습과 패턴을 배반하는 소설이었다. 그리고 소설가로서 엄우흠의 고유한 미덕은 바로 그 지점에 응축돼 있었다. 그는 1990년대 후일담 소설에서 유행처럼 번졌던 환멸의 포즈, 그리고 그와 맞물려 있던 경박한 청산주의와 나르시시즘을 멀리한다. 대신 거기엔 배반의 시절에도 여전히 꿈을 버리지 못하는 청춘의 실패와 망집과 정체(停滯)를 끝까지 끌어안고 삶을 견뎌나가겠다는 긍정의 의지가 있었다. 소설에서 '나'는 "1987년 이후 한 살도 더 먹지 않"았고 앞으로도 내내 그럴 것이라고 고백한다. 당연하게도 그 고백은 1987년으로 상징되는 꿈과 이상의 시절에 대한 회고적 고착에서 오는 것이 아니다. 오히려 우리가 거기에서 읽을 수 있었던 것은 비록 좌절하고 체념하더라도 기대와 희망으로 지탱되는 '젊음'의 정신을 잊지 않고 기억하겠다는 의지이고, 그리하여 꿈을 버리지 않는 자의 지루한 고통을 기꺼이 감수하겠다는 다짐이다.

그리고 그는 침묵했다. 『푸른 광장에서 놀다』 이후 엄우흠의 오랜 침묵 뒤에 무엇이 있었는지 우리는 알지 못한다. 그러나 『푸른 광장에서 놀다』에서 불가피한 실패와 부패를 견디면서 앞으로 나아가겠다던 그의 다짐을 일찍이 보았던 나로서는, 그의 긴 부재와 침묵의 시간도 한낱 의미 없는 공백의 시간만은 아니었으리라 미루어 짐작해볼 뿐이다. 아마도 그는 차라리 말하지 않음으로써 위선과 기만과 허위와 자기합리화로 가득한 길고 긴 배반과 변절의 세태에 저항하고 있었는지도 모른다. 또 어쩌면 그것이 스스로 선택한 지루한 고통을 견디는 엄우흠 나름의 선택이었으리라 헤아려볼 수도 있겠다. 그런데 이제 그는 오랜 침묵을 깨뜨리고 세상 밖으로 걸어 나오기로 한 듯하다. 그가 새롭게 들고 나타난 장편소설 『올드 타운』은 길고 긴 침묵의 세월을 견디고 드디어 열린 그의 말문의 시삭이다.

우연은 우연을 낳고

엄우흠의 전작인 『푸른 광장에서 놀다』가 한편으로 관념적·독백적 성격이 강한 소설이었다면, 새 장편소설 『올드 타운』은 어느 면에서 그와는 상반된 지점에 있다. 이 소설은 관념과 독백보다는 다양한 캐릭터와 그들의 욕망, 또 그것이 만들어내는 우여곡절과 인생유전의 이야기가 중심이 되는 소설이기 때문이다. 그러면서 이 소설에서는 『푸른 광장에서 놀다』에서 볼 수 있었던 작가의 이야기꾼으로서의 성향과 지향이 조금은 다른 스타일로 한층 활성화되고 있다. 말(言)과 캐릭터의 활력이 이야기를 앞으로 진전시키고 부풀려간다는 점에서 그렇다.

전작인 『푸른 광장에서 놀다』에서 엄우흠은 에밀 쿠스트리차의 영화 〈언더그라운드〉의 마지막 장면을 작품의 중요한 모티프로 삼은 바 있다. 그것은 신화와 환상과 마법이 현실과의 경계를 지우고 함께 어우러지는, 유머와 유희로 가득한 카니발적 순간에 대한 이 작가의 애착을 드러내는 지점이었다. 거기엔 어둡고 비루한 현실에 대한 강렬한 초월의 열망이 숨어 있었지만, 그와 동시에 작가는 그것만으로는 결코 넘어설 수 없는 현실의 무게에 대한 진중한 감각도 당연히 잃지 않았다. 『올드 타운』에서도 그런 경향의 흔적을 어렵지 않게 발견할 수 있다. 마치 마르케스의 소설 『백 년의 고독』의 무대인 '마콘도'가 그러했던 것처럼, 이 소설에서 엄우흠은 비록 그만큼 전면적이진 않지만 비현실적인 것이 아무렇지 않게 현실과 뒤섞여 살아가는 가상의 공간을 창조해낸다. 그곳이 바로 '무동'이다. 무동은 이를테면, 엄우흠의 마콘도다.

무동은 어떤 곳인가? 소설에서 무동은 어느 위성도시의 변두리에 자리한 근교농업 지구로 재개발 철거민과 실직자를 비롯해

도시에서 밀려난 주변부 인생들이 하나둘 모여들어 정착해 살아가는 마을로 설정되어 있다. 그곳은 주인공인 경수의 아버지가 온갖 자영업을 전전하다 실패하고 마지막으로 숨어든 피난처이며, 어린 경수가 마을 친구들과 이런저런 사건을 함께 겪으며 성장하는 곳이다. 무동은 또한 그린벨트 해제와 개발을 둘러싼 다양한 인물들의 흑심과 욕망이 가로지르는 곳이며, 예기치 않은 우연과 맞물리는 흥망과 성쇠와 파국의 사건이 펼쳐지는 장소다. 흥미로운 것은 그처럼 무동에서 펼쳐지는 현실적인 사연들 사이사이에 과장과 유머를 통해 빚어진 비현실적인 인물과 사건들이 끼어들어 이야기를 부풀린다는 점이다. 예컨대 록 가수 지망생인 '로큰롤 고'와 결혼해 아들을 열둘이나 낳고 그 자식들을 초등학교만 공부시킨 후 중동으로 보내 벌어들인 돈으로 부자가 된다는 '토마토 문'의 과장 섞인 사연이 그렇고, 이혼을 한 '로큰롤 고'가 중동으로 건너가 아들들과 함께 그토록 소원하던 록 밴드를 결성해 성공한다는 믿지 못할 이야기가 또 그렇다. 게다가 원래 집시 출신으로 지구 반대편 유럽 남동부에 살다가 계속 동쪽으로 걸으며 이사를 거듭한 끝에 무동에 들어와 정착했다는 민구네 식구들은 낙타와 함께 살고 있으며, 그 낙타는 전에 기르던 돼지가 오랜 가뭄으로 고생하다가 자기 자식은 오랫동안 물을 안 먹고도 견딜 수 있는 몸으로 태어나길 소망한 끝에 임신한 지 열두 달 만에 낳았다는 식이다. 이 소설이 현실에서 벌어지는 사건들을 그리면서도 마치 유머러스한 알레고리처럼 읽히게 만드는 것은 이러한 설정 때문이기도 하다.

소설에서 다양한 인물들의 삶의 곡절과 사연은 그렇게 무동을 중심으로 펼쳐지고 또 그 바깥으로 퍼져 나간다. 그중에서도 중심은 경수 가족의 사연이다. 한때 경찰이었던 경수 아버지는 커피숍에서 분식집으로, 문방구에서 통닭집으로 전전하며 실패를 거듭한 끝에 사채 빚에 몰려 도망자 신세가 되고, 경수는 엄마와 함께 무동의 낡은 집에 들어와 살게 된다. 경수 아버지는 그를 쫓던 사채업자가 살해당하자 가족이 있는 무동에 들어와 살며 동네 아이들을 위한 공부방도 운영하게 되지만 어느 날 우연히 알게 된 방화 음모를 민구의 누나인 마리에게 알리려다 성폭행을 하려는 것으로 오해하고 저항하던 마리의 칼에 찔려 죽는다. 경수의 엄마는 남편이 성폭행 미수범의 누명을 벗은 날 교통사고로 죽고, 홀로 남은 경수는 소년원에 들락거리다 공사판에서 작업반장(그는 경수가 어릴 때 경수 엄마를 유혹하던 감자탕집 주인이다)을 밀쳐 상해를 입히고 교도소에서 3년을 갇혀 지낸 후 출소한다. 그렇게 연이은 실패와 예기치 않은 행운이 엇갈리고 또 그 행운이 돌연 어이없는 파국과 죽음으로 이어지는 경수 가족의 요동치는 운명은 소설의 서사를 끌고가는 큰 줄기다.

그러나『올드 타운』의 서사 전체를 지탱하는 것은 경수 가족의 이야기만이 아니다. 경수 가족의 사연이 중심이 되면서도 그를 둘러싼 다양한 주변 인물들의 이야기가 또 각기 다른 방향으로 가지를 뻗어간다. 작가는 그렇게 무동에서 살아가는 다양한 이력과 개성을 가진 인물들의 이야기를 경수의 가족사와 똑같은 비중으로 나란히 펼쳐놓는다. 어린 아들들을 중동의 직업전선에 내

몰면서까지 탐욕스럽게 부를 축적하는 토마토 문, 뒤늦게 중동에 간 아들들과 함께 밴드를 결성해 그토록 소망하던 음악가로 성공하는 로큰롤 고, 흑심을 품은 마을 남자들 때문에 엉겹결에 살인자가 되고 집까지 불타 가족과 기르던 돼지를 모두 잃게 되는 마리, 간신히 살아남아 떠돌다 로큰롤 고의 밴드에 합류해 아코디언을 연주하는 민구, 개발 이익을 노리고 무동에 들어왔으나 뜻을 이루지 못하고 쇠락해가는 인호 아버지, 목욕탕 때밀이 양성학원에서 만나 사귀게 되는 인호와 감자탕집 딸 수지 등등. 다양한 곡절과 사연을 펼쳐가는 이들의 인생유전은 경수의 가족사와 어우러져 서사의 줄기를 여러 갈래로 분산시키며 소설에 다성적인 활기를 부여한다. 그렇게 보면 이 소설은 예측할 수 없는 인생사에 휘말리는 이들 주변부 인생들의 집단적 연대기라고도 할 수 있을 것이다.

흥미로운 것은 무동이라는 장소 말고는 서로 아무런 연관이 없어 보이던 그 다양한 인물들의 인생사가 경수의 가족사와 어떤 식으로든 연결되어 있었고 또 그 과거의 인연이 현재에도 영향을 미치는 것으로 그려진다는 사실이다. 열거하자면 끝도 없지만, 예를 들어 이런 식이다. 무동에서 공부방을 열었던 청년 한성재는 알고 보니 경수 아버지가 전처와의 사이에서 낳은 아들이었고, 한성재의 낙서는 어린 여자(훗날 경수 엄마가 된다)와 바람이 나 자기를 버린 아버지에 대한 소심한 복수였으며 그것이 결국 경수 아버지의 인생을 꼬이게 만든다. 그런가 하면, 무동에서 슈퍼를 운영하는 인호 아버지는 과거 분식집 사장인 경수 아버지를 진짜 변태로 오해하던 중국집 사장이었고, 경수 아버지를 쫓던 사채업자를 죽인 범인은 과거 학생이었을 때 경수 부모와 모종의 인연이 있었던 남자였음이 밝혀진다. 경수가 자기가 폭행한 작업반장이 어릴 적 엄마를 유혹하던 감자탕집 사장이었음을 알게 된다거나, 출소 후 우연히 엄마가 만들어주었던 것과 똑같은 맛을 내는 김치볶음의 주인공인 수지(그는 인호와 사귄다)가 그 감자탕집 사장의 딸이었음을 알게 된다는 것도 같은 맥락이다.

그렇게 경수 가족을 중심으로 서로가 서로에게 닿아 있는 인연의 사슬은 인물들의 예기치 않은 운명의 어느 한 지점에서 모습을 드러낸다. 과거의 인연은 숨어 있다가 현재에 돌연 얼굴을 드러내거나 몰래 숨어 작동하며 현재를 움직인다. 인연은 또 다른 인연을 낳고 어느 순간엔 도무지 알 수 없는 인생사의 향방을 결정한다. 그런 측면에서 이 소설은 무동 사람들의 집단적 운명의 연대기이면서 동시에 그 운명의 흐름 뒤에 촘촘히 숨어 있는 인연들의 작동기다.

부풀어 오르는 아이러니

『올드 타운』은 그렇게 인연과 인연으로 연결된 무동 사람들이 자기도 예측할 수 없는 인생사에 속수무책 휩쓸리는 이야기다. 정확하게 말하자면, 한편으로 이 소설은 우연이 만들어내는 기막힌 인과관계에 대한 이야기다. 다시 돌이켜보면 애초 분식집을 접고 온갖 자영업을 전전하다 결국 어이없는 죽음을 맞게 되는 경수 아버지의 운명은 "영혼이 없는 떡볶이"라는 여중생 손님들의 말 한마디와 '경수 아버지는 변태'라는 사소한 낙서에서부터 시작되었다. 성재도 이를 깨닫는다. "사소한 낙서가 나비효과처럼 아버지를 죽음으로 몰고 갔을지도 모른다."(491쪽) 경수 아버지의 운명은 사소한 우연에 의해 이리저리 흔들리고 결국 파국으로 귀결된다. 그가 빚에서 벗어나 가족과 재회한 것도 사채업자의 우연한 죽음 때문이고, 그가 죽게 되는 것도 따지고 보면 마리네 집 방화 음모를 우연히 엿듣게 된 때문이다. 우연은 돌고 돌아 행운을 낳고 그 행운은 다시 파국으로 역전된다. 세상사는 그렇게 우연이 조종하는 알 수 없는 인과관계에 의해 움직인다. 원인이 있으면 결과가 있다는 얘기지만, 원인과 결과 모두 우연이 만들어낸 것이기에 이들이 어떻게 해볼 수 있는 것은 아니다. 무동의 인물들을 하나로 엮어주고 있는 인연의 그물망도 그렇다. 그 인연이란 결국 우연이 만들어낸 알 수 없는 인과관계의 다른 이름이다. 그래서 목욕탕 때밀이 양성학원에서 수지를 만나게 되는 인호도 이렇게 말한다. "세상일이란 알 수가 없어. 때밀이 일 때문에 여친까지 생기고."(493쪽) 세상일을 알 수 없다는 것은 달리 말하면 자기 힘으로 통제할 수 없다는 말이다. 이들은 자기의 의지로 자기의 운명을 통제할 수 없고 그저 속수무책 휩쓸려갈 뿐이다. 사채업자의 죽음으로 경수 아버지(동환)와 다시 살게 돼 좋아하던 경수 엄마도 이렇게 생각한다.

그녀는 스스로가 만든 서늘한 공포에 사로잡히곤 했다. 세상에 공짜는 없어. 누군가의 죽음으로부터 뜻밖의 이익을 보았다면 언젠가 그 대가를 치러야 할지도 몰라.(257쪽)

알 수 없이 흘러가는 세상사의 인과관계에 대한, 거기에 휘둘릴 수밖에 없는 나약한 인간의 운명에 대한 불길한 예감이겠다. 그리고 소설은 그 예감이 틀리지 않았음을 보여준다. "세상일이라는 게 참 이상하게 돌아갔다. 만약에 상국이 동환에게 은혜를 갚지 않았더라면 동환은 그렇게 갑작스런 죽음을 맞지 않았을지도 모른다."(483쪽) 경수 엄마도 마찬가지다. 경수 아버지의 누명이 벗겨지지 않았더라면 그녀도 갑작스런 사고에 희생되지 않았을 것이다(경수 엄마는 경수 아버지의 강간 미수 누명이 벗겨진 날 기뻐서 울다 달려오는 차를 보지 못하고 교통사고로 죽는다). 모두가 이런 식이다. 소설에서 벌어지는 가장 큰 사건인 (마리네 집) 화재 사건과 (마리에 대한 경수 아버지의) 성폭행미수사건, (마리가 경수 아버지를 죽인) 살인사건도 그렇다. 그 사건들도 모두 순간의 음심(淫心)과 사소한 오해가 뒤엉켜 만들어낸 어이없는 결과가 아닌가. 무동의 사람들은 이렇게 자기의 의지로 통제할 수 없는 세상사의 기막힌 인과관계를 자기의 운명으로 증명하는 사람들이다.

작가는 이렇게 예측할 수 없는 세상사의 아이러니에 몸을 맡긴 채 살아가는 무동 사람들의 사연을 느슨하게 풀어놓는다. 죽음과 파국이라는 비극적인 결과조차도 여기서는 알 수 없는 세상사의 아이러니를 보여주는 에피소드의 하나로 의외로 심각하지 않게 처리된다. 인간의 운명과 세태를 진지하고 무겁게 다루기보다 짐짓 가볍게 부풀려 띄워 올리는 수법이 여기에 가세한다. 이 소설이 운명의 드라마가 아닌 아이러니의 소극(笑劇)이라 할 수 있는 것은 그 때문이다.

이 소설의 곳곳에 끼어드는 과장과 유머는 그러한 특성을 더욱 강화한다. 작가는 알 수 없는 인과관계에 의해 요동치는 인간의 운명에 심각한 관념적 의미를 부여하는 대신 가벼운 유머로 대처한다. 성재가 아버지의 어이없는 죽음이 '분식집 아저씨는 변태'라는 낙서가 불러온 나비효과일지 모른다고 생각하는 것부터가 그렇다. 어린 경수의 병증에 대해 내린 돌팔이 의사의 처방이 경수 집안의 운명을 계속 따라다니는 것도 마찬가지다. "앞으로는 물을 조심하고 돼지와 흰색을 멀리하도록. 이사를 갈 일이 있으면 동쪽이나 남쪽으로 가고. 명심해. 이것만 지키면 아무 문제 없을 거야."(52쪽) 자기에게 일어난 일의 원인을 "출소하던 날 수지를 거쳐, 그리고 광장의 노인을 거쳐 경수에게 배달된 엄마의 김치볶음"(500쪽) 덕분으로 돌리는 경수의 생각도 운명에 대처하는 그런 유머의 연장선상에 있다.

너무 가볍고 안일한 대처가 아니냐고? 그렇지 않다. 오히려 엄우흠의 소설에서 인생사의 아이러니에 대처하는 이런 식의 유머는 인생사의 '알 수 없음' 그 자체에 대한 역설적 긍정을 보여주는 것이다. 달리 말하면, 겉으로 가벼워 보이는 그 유머에 보이지 않게 숨어 있는 것은 주어진 삶의 운명적인 '알 수 없음'의 무게를 있는 그대로 감당하겠다는 태도다. 그런 측면에서 이 소설을 관통하는 엄우흠식 유머는 세계에 자기만의 관념을 덧씌우기보다 있는 그대로의 세계를 허심하게 바라보고 겸허하게 긍정하는 데서 출발하겠다는, 그렇게 현재에 충실하겠다는 이 작가의 조용한 선언처럼 읽힌다.

이야기는 힘이 세다

어쩌면 보기에 따라서는 이 소설의 서사가 산만하다고 느낄 수도 있을 것이다. 그도 그럴 것이, 이 소설의 이야기 방식은 통상의 소설들이 그런 것처럼 중앙 집중적이기보다 분산적이고 일탈적이다. 한번 시작된 이야기는 종종 자기의 원래 의도를 잊어버리거나 한 것처럼 엉뚱한 방향으로 흘러가거나 천방지축 사소한 곁가지로 건너뛴다. 그것은 인물들의 대화도 마찬가진데, 가령 이 소설에는 "입에서 생각지도 않은 엉뚱한 말이 튀어나"와 대화가 "점점 더 이상한 방향으로 흘러"가는 상황이 부지기수다. 소설의 표현을 따르자면, "말은 재즈보다 더 즉흥적으로 흘러간다". 그렇게 소설의 곳곳에서 인물들이 내뱉은 말이 점점 자기 통제를 벗어나 스스로 생명력을 얻은 것처럼 예기치 않은 방향으로 흘러간다. 그리고 그런 대화의 양상이 이 소설의 분산적·일탈적 이야기 방식과 정확히 조응하는 것임은 말할 것도 없다.

이 소설에서 이야기의 흐름은 그런 식으로 통제를 벗어나 스스로 생명력을 얻어 이리저리로 뻗어가고 몸을 부풀린다. 작가는 스스로 증식해가는 그 이야기의 흐름을 의식적으로 제어하거나 어느 한 곳에 비끄러매기보다 오히려 자유롭게 풀어놓는다. 앞에서 우리는 우연과 우연의 연속으로 이어지는 알 수 없는 세상사의 아이러니에 대한 작가의 시선을 확인했다. 우연은 자기 힘으로 통제할 수 없고 아이러니도 그렇다. 집중하기보다 분산하고 통제하기보다 풀어놓는 이 소설의 이야기 방식은 어떤 측면에서 작가의 그런 관점을 스토리텔링의 차원에서 구현하는 것처럼 보인다. 작가는 의식적인 조작과 통제에 의해 만들어진 이야기의 매끈함보다 이리저리 미끄러지면서 스스로를 부풀리고 뻗어나가는 이야기 자체의 생명력을 믿어보기로 한 듯하다.

오랜 침묵의 고통을 통과한 뒤에 엄우흠이 세상에 내놓은 첫 목소리가 이런 식의 '이야기'라는 것은 의미심장하다. 물론『올드 타운』은 말할 것도 없이 '소설'이지만, 통상적인 근대소설의 규범을 벗어나 '이야기'의 속성과 문법에 더 충실한 소설이다. 소설은 고독한 개인의 독백이지만 이야기는 귀 기울여 듣는 공동체를 전제하는 말하기다. 즉 고진적인 의미에서 근대소설이 고독과 침묵의 장르라면 '이야기'는 '말하고 듣기'라는 구연(口演)과 대화의 상황이 그 자체로 활성화되는 형식이다. 게다가『올드 타운』이 그리는 이야기는 고독한 개인의 운명에 대한 이야기가 아니라 크게 보면 우연과 인연의 관계 속에서 연결되어 있는, 그러면서 서로의 삶과 보이지 않게 영향을 주고받는 공동체의 집단적 운명에 대한 이야기가 아닌가.『올드 타운』은 그런 방식으로 작가로서 그가 있어야 할 자리가 어디인지를 암시한다. '말하기'와 '귀 기울여 듣기'에 의해 지탱되는 소통의 공동체가 바로 그곳이다. 그리고 엄우흠이 이야기의 생명력을 믿듯이, 우리도 그의 이야기가 더 크고 넓게 부풀어갈 것임을 예감한다. 이 소설 『올드 타운』이 바로 그 첫걸음이다.

작가의 말

    소설 집필에 들어가기 전에 몇 년 동안 구상과 답사, 자료조사를 했다. 계절을 가릴 상황이 아니었을 텐데 웬일인지 그 무렵은 언제나 여름으로 기억된다. 여름 내내 고란 브레고비치의 집시 음악을 들었다. 음악을 틀지 않아도 귀에서는 아코디언의 집시 선율이 환청처럼 들렸다. 폭염은 길게 이어졌다. 비몽사몽 중에 생각에 잠겼다. 우리나라 여름 더위는 이제 아열대, 아니 열대지방 못지않을 듯한데…… 소설 속 시간을 전부 여름으로 채워보면 어떨까. 마을에서 아예 낙타 한 마리를 키워보면 어떨까. 자리에서 일어나 찬물로 씻고 낙타에 어울릴 법한 장소를 찾아 집을 나섰다.

    주변에는 온통 아파트와 빌라, 다가구주택. 어디로 가야 하나. 버스와 전철을 갈아타고 땡볕 속에서 걷고 또 걸으며 경기도와

서울 곳곳의 비닐하우스촌을 찾아다녔다. 유목민이나 집시의 천막촌과 비슷한 곳, 그러니까 사람이 사는 마을 형태의 비닐하우스촌은 아주 드물었다. 그새 다 철거되었고 남은 곳은 한 손으로 꼽기도 어려울 정도였는데 대체로 도심에서 가까운 고가 아파트 단지 근처에 자리 잡고 있었다. 그 마을들이 화재사건을 여러 차례 겪었고 그것을 둘러싼 미스터리한 소문도 끊이지 않는다는 기사를 읽었다.

서울 근교의 노른자위 땅을 소설의 배경으로 삼고 거기에 낙타를 풀어놓았다. 그러자 '사회파 추리'와 '마술적 리얼리즘'의 결합이라는, 도무지 불가능해 보이는, 그래서 더 매혹적으로 보이는 과제가 성큼 내게 다가왔다.

과연 오래 걸렸다. 구상 기간까지 포함하여 무려 10년이나 걸렸다. 어린이집을 다니던 아이는 청소년이 되었다. 그 시간을 묵묵히 참고 기다려준 가족에게 감사와 사랑을 전한다. 해설을 써주신 김영찬 평론가님, 개정판을 위해 애써주신 김수진 편집자님과 자음과모음 여러분, 무엇보다도 이 책을 선택하고 끝까지 읽어주신 독자 여러분에게 진심으로 감사를 드린다.

2025년 8월
엄우흠

올드 타운

© 엄우흠, 2025

초판 1쇄 인쇄일 2025년 8월 12일
초판 1쇄 발행일 2025년 8월 25일

지은이 엄우흠
펴낸이 정은영
편집 김수진
디자인 홍선우
마케팅 최금순 이언영 연병선 송의정 김정윤
저작권 신은혜
제작 홍동근

펴낸곳 (주)자음과모음
출판등록 2001년 11월 28일 제2001-000259호
주소 10881 경기도 파주시 회동길 325-20
전화 편집부 (02)324-2347 경영지원부 (02)325-6047
팩스 편집부 (02)324-2348 경영지원부 (02)2648-1311
이메일 munhak@jamobook.com

ISBN 978-89-544-7299-9 (03810)

• 이 책은 2019년에 자음과모음에서 출간한 『마리의 돼지의 낙타』의 개정판입니다.